ALTYN-TOLOBAS

DU MÊME AUTEUR
CHEZ LE MÊME ÉDITEUR

Azazel
Le Gambit turc
Léviathan
La Mort d'Achille
Missions spéciales
Le Conseiller d'Etat

Boris Akounine

ALTYN-TOLOBAS

Roman

Traduit du russe par Odette Chevalot

PRESSES DE LA CITÉ

Titre original : *Altyn-Tolobas*

ISBN 2-258-05950-X

нікицки
твески
Дмитрос
петровск
Колуская

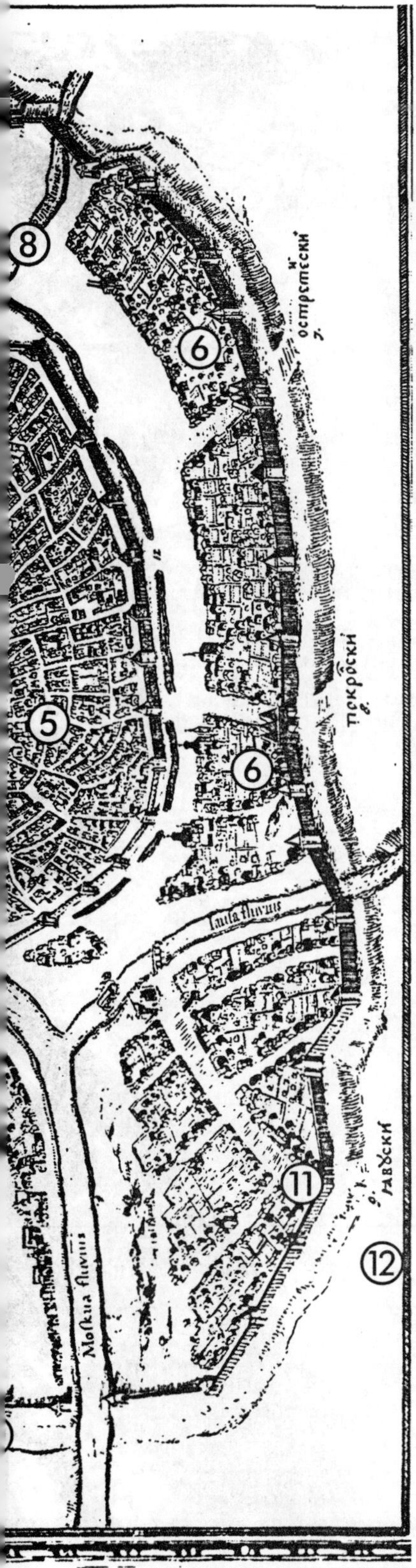

① La Moscova
② Cour des Marchands
③ Palais Matféiev
④ Kremlin
⑤ Ville Blanche
⑥ Skorodom ou ville de Terre
⑦ Résidence du métropolite
- Ancienne Cour des Opritchniks
⑧ La Néglinka
⑨ Porte de Kalouga
⑩ Porte de Serpoukhov
⑪ Porte de Iaouza
⑫ Maison Walser

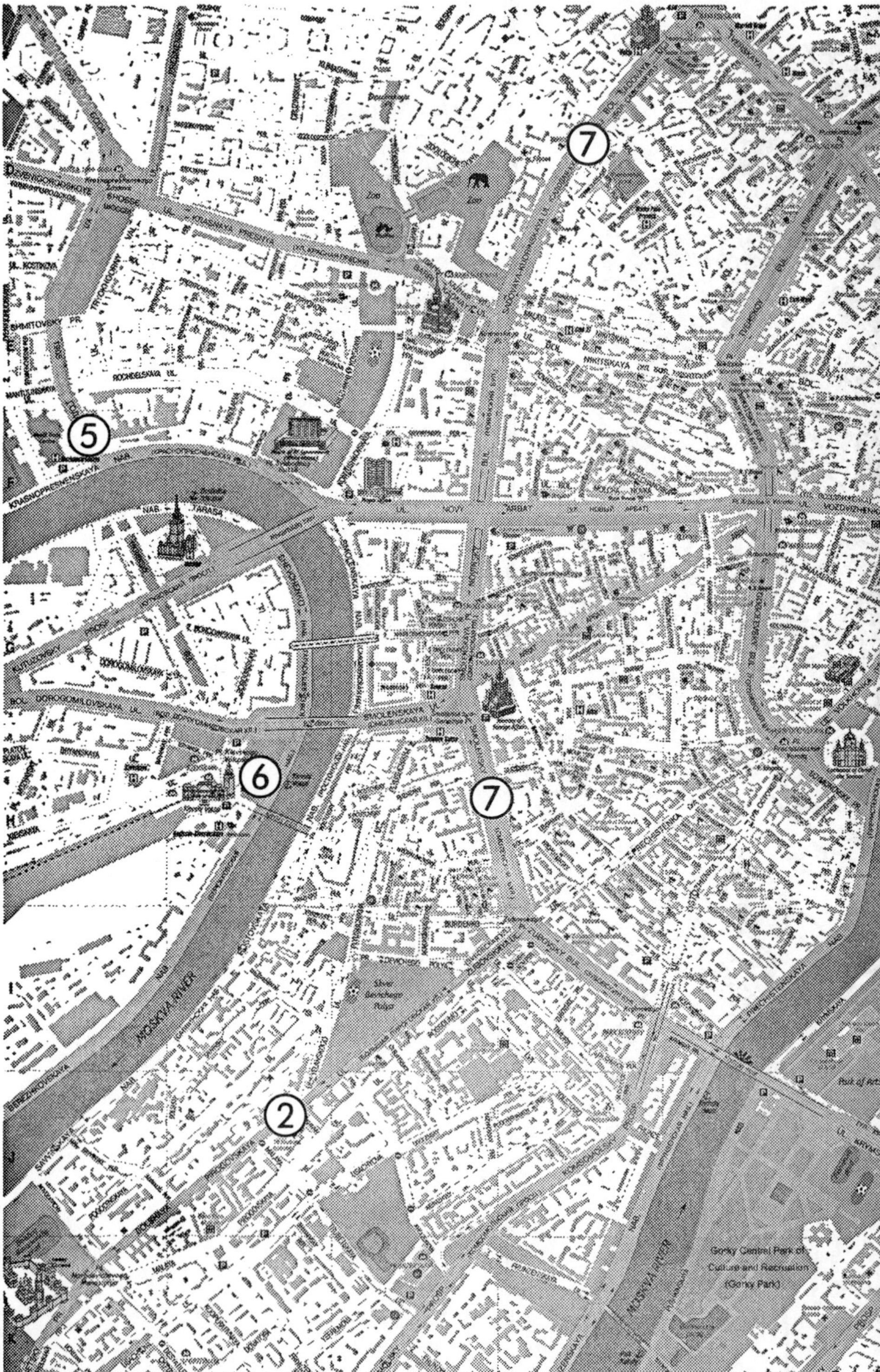

7
5
6
7
2
Zoo
Zoo
KRASNOPRESNENSKAYA NAB.
UL. NOVY ARBAT
SMOLENSKAYA
KUTUZOVSKY PROSP.
BOL. DOROGOMILOVSKAYA UL.
ROCHDELSKAYA UL.
SHMITOVSKY PR.
NIKITSKAYA
MOSKVA RIVER
MOSKVA RIVER
Gorky Central Park of Culture and Recreation (Gorky Park)
Park of Arts
Sport Bercheev Palace
D
F
G
H
I
J
K
1
2
3
4
5

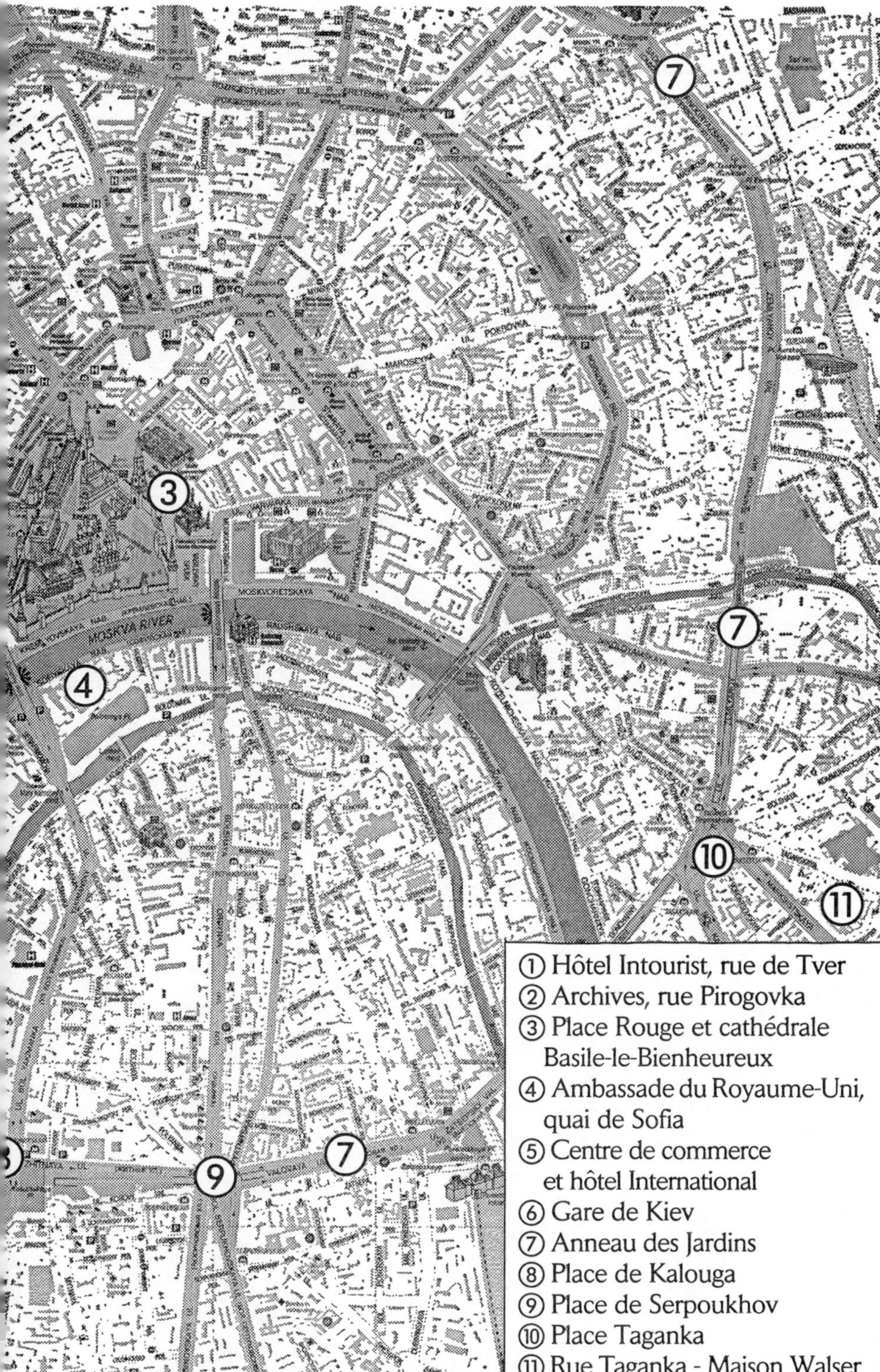
MOSKVA RIVER
① Hôtel Intourist, rue de Tver
② Archives, rue Pirogovka
③ Place Rouge et cathédrale Basile-le-Bienheureux
④ Ambassade du Royaume-Uni, quai de Sofia
⑤ Centre de commerce et hôtel International
⑥ Gare de Kiev
⑦ Anneau des Jardins
⑧ Place de Kalouga
⑨ Place de Serpoukhov
⑩ Place Taganka
⑪ Rue Taganka - Maison Walser

Chapitre premier

Même si ce n'est pas une beauté

Ce fut une antipathie immédiate.

Lorsque, roulant avec fracas sur le pont métallique, le train quitta la dernière gare lettonne au nom peu mélodieux de Zilupe et s'avança vers la frontière russe, Nicholas se colla à la fenêtre de son compartiment et cessa d'écouter les bavardages de son compagnon de voyage.

Aïvar Kalinkins, spécialiste en exportation de crème fraîche, était si fier de son anglais qu'il aurait été tout simplement cruel de vouloir parler russe avec lui, d'autant qu'à en juger par la façon dont l'homme d'affaires letton évoquait ses compatriotes d'hier, on pouvait douter qu'il eût envie de s'exprimer dans la langue de Pouchkine et de Dostoïevski. Depuis le départ de Riga, le businessman testait sur le timide Britannique sa pratique des tours idiomatiques et du prétérit progressif, tout en appelant son interlocuteur « mister Fendoraïne ». Nicholas avait d'emblée renoncé à expliquer que le nom de Fandorine figurant sur sa carte de visite se prononçait autrement, afin d'éviter des questions sans fin à propos de ses racines ethniques, ce qui aurait donné lieu à une trop longue explication.

Lui-même ne comprenait pas bien la raison pour laquelle il avait décidé de se rendre en Russie en faisant un tel détour : en bateau jusqu'à Riga et, de là, en train. Alors qu'il eût été infiniment plus simple et plus économique de prendre l'avion à Heathrow et d'atterrir quelque trois heures plus tard sur la terre russe, à l'aéroport de Chérémétiévo qui, selon le guide Baedeker, ne se trouvait qu'à vingt minutes de route de Moscou. Mais, trois cents ans plus tôt, le fondateur de la lignée des Fandorine russes, le capitaine Cornélius von Dorn, n'avait pu, lui, utiliser l'avion. Ni d'ailleurs le train. En revanche, il avait dû suivre approximativement le même chemin : contourner par la mer la turbulente Pologne, débarquer à Mitau ou bien Riga et se joindre à une caravane de marchands en route pour la capitale des farouches habitants de la Moscovie. Très vraisemblablement, en 1675, le lointain ancêtre avait lui aussi traversé cette indolente rivière qui scintillait sous le pont. Et c'était avec émotion qu'il s'était préparé à la rencontre avec ce pays inconnu et à demi mythique, cette même émotion qui, en cet instant, étreignait Nicholas.

Son père disait : « Il n'existe aucune sorte de Russie. Tu comprends, Nicholas, il y a bien un espace géographique sur lequel s'étendait jadis un pays portant ce nom, mais toute sa population s'est éteinte. Aujourd'hui, sur les ruines du Colisée vivent des Ostrogoths. Ils allument des feux de camp et font paître des chèvres. Les Ostrogoths ont leurs us et coutumes, leur langue. Nous, les Fandorine, n'avons pas besoin de voir ça. Lis les vieux romans, écoute la musique, feuillette les albums de famille. C'est cela notre Russie à tous deux. »

Ajoutons que sir Alexander qualifiait les actuels habitants de l'Etat russe de « nouveaux Russes », et cela bien avant que ce terme s'appliquât aux nouveaux riches d'aujourd'hui qui, depuis quelque temps, avaient la manie de commander leurs costumes chez les tailleurs les plus chers de Savile Row et d'envoyer leurs enfants dans les meilleures écoles privées (enfin, pas tout à fait les meilleures, bien sûr, mais celles où l'on acceptait les élèves pourvu seulement qu'ils paient). Pour Fandorine père, tous les habitants du Pays des Soviets étaient des « nouveaux Russes », des gens qui n'avaient pas grand-chose de commun avec les « anciens Russes ».

Sir Alexander, sommité de l'endocrinologie, à un doigt du prix Nobel, ne se trompait jamais sur quelque sujet que ce soit, raison pour laquelle, jusqu'à une période récente, Nicholas avait suivi les conseils de son père et s'était tenu le plus éloigné possible de la patrie de ses ancêtres. D'autant que chérir la Russie à distance lui paraissait de fait plus simple et plus agréable. La spécialité qu'il avait choisie – l'histoire du dix-neuvième siècle – dispensait Fandorine fils de soumettre ce lumineux sentiment d'amour à des épreuves risquées.

La Russie du siècle passé, en particulier de sa seconde moitié, paraissait tout à fait convenable. Certes, sous le couvert de l'aigle bicéphale avaient également été commises pas mal d'abominations, mais il s'agissait d'abominations somme toute modérées, s'inscrivant dans le cadre de l'histoire européenne et de ce fait excusables. Et là où cessait la bienséance et où l'absurde esprit de rébellion russe reprenait ses droits s'arrêtait la sphère des intérêts professionnels de Fandorine.

Le côté le plus séduisant des relations de l'historien avec la Russie tenait à leur nature totalement platonique, mais, après tout, le service du chevalier à sa dame ne suppose pas une étroite proximité. Alors que Nicholas était étudiant en licence puis en maîtrise, le fait de garder ses distances vis-à-vis de l'Empire du Mal n'avait rien de bien étrange. C'était l'époque de l'Afghanistan, du Boeing sud-coréen et de la disgrâce de Sakharov, le père de la bombe H, et pour leurs travaux de recherche, nombre de slavisants devaient se contenter des livres ou bien des archives provenant de l'émigration. Puis les charmes malfaisants qui avaient ensorcelé la puissance eurasienne commencèrent à se dissiper. L'empire socialiste se mit à vaciller, puis, à une vitesse fantastique, tomba en morceaux. En l'espace de quelques années, la Russie eut le temps de devenir à la mode pour, presque aussitôt, cesser de l'être. Le voyage à Moscou ne fut plus considéré comme une aventure et certains chercheurs parmi les plus sérieux allèrent même jusqu'à prendre un appartement à Moscou. Nicholas, lui, continua de respecter son serment de fidélité à l'autre, l'ancienne Russie, préférant observer de loin la nouvelle, qui changeait à une vitesse vertigineuse et partait vers on ne sait quoi.

Le très sage sir Alexander disait : « Une société ne peut changer rapidement que pour le pire — cela s'appelle une révolution. Alors que tous les changements positifs, appelés évolution, se font très très lentement. Ne te fie pas au verbiage des nouveaux Russes à propos des valeurs universelles de l'humanité. Les Ostrogoths se manifesteront encore. »

Comme toujours, son père avait vu juste. Sa patrie historique réserva à Nicholas une désagréable surprise : pour la première fois de sa vie il eut honte d'être né russe. Avant, quand le pays se nommait Union des républiques socialistes soviétiques, on pouvait ne pas s'identifier à lui, mais maintenant qu'il avait retrouvé son nom enchanteur, il était devenu plus difficile de s'en démarquer. Le pauvre Nicholas fut bouleversé lorsque, à la télévision, il vit les bombes s'abattre sur le Caucase, et le spectacle du président russe fin soûl dirigeant les musiciens berlinois complètement affolés lui arracha une grimace de douleur. On était cependant en droit de se demander ce qu'un universitaire londonien pouvait bien avoir à faire d'un gros rustaud ancien secrétaire du parti. En réalité, tout le problème résidait dans le fait qu'il ne s'agissait pas d'un président *soviétique*, mais *russe*. Il est dit : change le nom d'une chose, et cette chose change de nature...

Mais s'il n'y avait eu que le président... Le pire dans la nouvelle Russie était cet épouvantable mélange d'orgueil que rien ne justifiait et d'auto-humiliation obscène du genre « Je suis le tsar, je suis l'esclave, je suis un ver de terre, je suis Dieu ». Et que dire de cette façon de tendre la main en permanence tout en proférant des menaces et en brandissant une arme stratégique rouillée ? Et de l'absence totale de scrupules de la nouvelle élite ? Non, Nicholas n'avait pas le moindre désir de fouler le sol de sa patrie spirituelle, même si, au fond de lui-même, il savait que tôt ou tard cette rencontre serait inévitable. Et, progressivement, il s'y était préparé.

Contrairement à son père, qui refusait catégoriquement de s'intéresser aux nouvelles de Moscou et continuait de dire « aéroplane » et « appointements » à la place d'« avion » et de « salaire », Fandorine fils s'efforçait d'être au courant (autre expression que sir Alexander rejetait résolument) de toutes les nouveautés, liant connaissance avec les Russes de passage, inscrivant dans un carnet spécial les mots nouveaux et expressions à la mode : *une zique d'égout = une mauvaise musique ; piquer un citron = voler un million (million presque anagramme de limon, citron synonyme de limon)*, et ainsi de suite, ligne après ligne. Dès qu'il tombait sur une touriste russe, Nicholas adorait frimer avec sa prononciation moscovite impeccable et sa connaissance du parler actuel. Il y avait un truc parfaitement au point qui produisait un effet immanquable sur les demoiselles : un Londonien de deux mètres de haut, d'une courtoisie inhabituelle pour les Russes, avec un sourire stupide accroché aux lèvres et une raie irréprochable juste au milieu du crâne – en un mot, plus Anglais tu meurs – qui disait tout à coup : « Chère Natacha, et si on allait s'éclater à Chelsea ? Il y a une ambiance d'enfer en ce moment. »

Le lendemain du jour où il avait admiré à la télévision les talents de chef d'orchestre du président russe, se produisit pour Nicholas un événement qui allait devenir le premier pas vers sa rencontre avec la patrie de ses ancêtres.

Le brillant et infaillible sir Alexander commit l'unique erreur de sa vie. Devant se rendre avec son épouse à Stockholm (le voyage revêtait une importance extrême pour l'accélération du processus d'attribution du prix Nobel qui, s'il était inévitable, tardait néanmoins à venir), Fandorine père décida, plutôt que de prendre l'avion, d'en profiter pour faire une courte et plaisante croisière en mer du Nord à bord du *Christiania*. Oui, oui, ce même *Christiania* qui, par une incroyable accumulation de défaillances des systèmes informatiques, se jeta en pleine brume sur un pétrolier et chavira. Il y eut une monstrueuse et sauvage bousculade pour les places sur les canots de sauvetage et ceux qui ne purent en trouver furent précipités vers les fonds, là où achèvent de pourrir les galions de l'Invincible Armada. Malgré son âge, sir Alexander était dans une excellente forme physique et sans doute aurait-il pu figurer au nombre des rescapés, mais l'imaginer jouant des coudes pour sauver sa peau ou même celle de lady Anna était tout simplement impossible...

Mis à part les émotions, bien naturelles dans d'aussi douloureuses circonstances, l'erreur fatale de l'ex-futur lauréat eut diverses conséquences : Nicholas hérita du titre, d'un superbe appartement dans South Kensington, aménagé dans d'anciennes écuries, d'un compte en banque bien garni… et se vit privé de son sage conseiller. La rencontre avec la Russie était dès lors quasi inéluctable.

Puis, un an après le premier pas, un second suivit, décisif celui-là. Mais avant de parler de la demi-lettre du capitaine von Dorn et du mystérieux pli reçu de Moscou, il convient de faire la lumière sur un fait qui joua un rôle important, sinon déterminant, dans la conduite et les actes du jeune maître en histoire.

Ce fait peut se résumer par l'expression humiliante de « pas vissé jusqu'au bout » que Nicholas avait puisée chez un de ces nouveaux Russes avec qui il entretenait des relations éphémères (*Pas tout à fait vissé. S'emploie dans le sens « pas complet », « pas fini ». On dira « un type pas vissé jusqu'au bout » pour désigner un individu qui n'a pas trouvé sa place dans la vie)*. Le terme était sévère mais juste. Nicholas avait immédiatement compris que c'était de lui qu'on parlait ; il était en effet « pas vissé jusqu'au bout ». Il oscillait dans un orifice appelé vie, tournait autour de son propre axe, sans rien accrocher ni retenir : il n'avait de vis que le nom.

D'ailleurs, des termes comme « pas jusqu'au bout » ou « pas tout à fait » pouvaient s'appliquer à Fandorine dans bien des domaines. Prenons par exemple sa taille. Six pieds et six pouces. A priori, personne n'aurait eu l'idée de dire de Nicholas qu'il n'était « pas tout à fait » assez grand, lui qui devait baisser la tête pour regarder l'écrasante majorité des habitants de la planète. Mais il suffisait de convertir sa taille en mètres pour que l'on tombe sur une valeur symbolique : un mètre quatre-vingt-dix-neuf. « Pas tout à fait » deux mètres.

Même chose côté professionnel. Pour ce qui était de l'âge, c'était encore un gamin, bien sûr, il était encore loin de la quarantaine. Cependant ses condisciples de la même génération avaient tous publié une ou deux monographies, et beaucoup avaient déjà le titre de docteur ; l'un d'entre eux avait même été jugé digne d'appartenir à la Société royale d'histoire. Le professeur Crisby, son précédent directeur de recherche, avait un jour dit de lui : « Nicholas Fandorine est peut-être un historien, mais de petit calibre. Les grands trophées de chasse, à savoir les théories et les conceptions nouvelles, ne sont pas à sa portée. » Au mieux il arriverait à tirer de petits moineaux, c'est-à-dire à décrire quelques menus faits historiques. Et tout cela par manque d'assiduité, de patience et de sérieux. Ou encore, pour reprendre une expression de l'honorable professeur, « par manque de viande sur le derrière ».

Et alors, c'était sa faute, à lui, s'il était allergique à la poussière ? Si, après dix minutes passées aux archives, ses yeux pleuraient, son nez se mettait à couler, sa perpétuelle rougeur sur les joues s'étalait en taches violacées et sa voix se brisait ? C'est vrai, Nicholas n'était jamais allé dans les pays dits du tiers-monde, parce que là-bas il y a partout de la saleté et de la poussière ! Et en deuxième année de fac, c'est aussi à cause de cela qu'il n'était pas parti faire des fouilles au Maroc !

Et puis, pourquoi se leurrer ? L'histoire attirait Nicholas non pas en tant que discipline ayant pour vocation de comprendre l'expérience fondamentale de l'humanité afin d'en tirer des enseignements pratiques mais comme une course captivante, envoûtante, au temps irrémédiablement enfui. Le temps ne se laissait pas approcher, se dérobait, mais parfois se produisait un miracle et alors, l'espace d'un instant, il était possible d'attraper cet oiseau de feu par sa queue éphémère, de telle sorte que, dans la main, restait une petite plume fragile et resplendissante.

Pour Nicholas, le passé ne pouvait revivre que s'il revêtait les traits d'individus concrets qui avaient autrefois cheminé sur terre, respiré l'air frais, commis des actes justes ou d'atroces méfaits, puis étaient morts et avaient disparu à jamais. Fandorine n'arrivait pas à croire qu'on puisse mourir et disparaître définitivement. Simplement, les morts se font invisibles pour les vivants. Fandorine ne prenait pas comme une métaphore les paroles de ce poète nouveau russe dont même l'intransigeant sir Alexander appréciait parfois les vers : « ... Il n'est pas de mort en ce monde./Tous sont immortels. Tout est immortel./Il ne faut pas/craindre la mort qu'on ait dix-sept ou soixante-dix ans./Tout n'est que réalité et lumière,/il n'est ni ténèbres ni mort sur cette terre./Nous sommes tous déjà sur le bord de la mer,/et je suis de ceux qui tirent les filets,/quand tel un banc de poissons vient l'immortalité. »

Il faut en savoir le plus possible sur l'homme du passé : comment il vivait, à quoi il pensait, toucher les objets qui lui appartenaient. Alors, celui qui s'était pour toujours dissimulé dans l'obscurité s'auréolera de lumière, et il apparaîtra que les ténèbres n'existent effectivement pas.

Ce n'était pas là une position rationnelle mais un sentiment profond difficile à exprimer avec des mots. En tout cas, mieux valait ne pas faire part au professeur Crisby de ces conceptions farfelues et à demi mystiques. Au fond, si Fandorine s'était spécialisé dans le dix-neuvième siècle plutôt que dans l'histoire ancienne, c'était parce qu'il était plus facile de scruter les événements de la veille que ceux de l'avant-veille. Cependant, l'étude de la biographie des personnages dits historiques ne procurait pas un sentiment d'*implication personnelle*. Nicholas ne se sentait aucune affinité avec tous ces hommes déjà bien assez connus sans lui. Il avait longuement réfléchi à la façon de marier intérêt personnel et activité professionnelle et, finalement, avait trouvé la solution. Comme c'est souvent le cas, la réponse à cette question épineuse était à portée de main : dans le cabinet de travail de son père, sur la tablette de la cheminée où était posé un banal coffret d'ébène sculpté.

Elisabeth Anatolievna, la grand-mère de Nicholas, décédée bien des années avant sa naissance, avait quitté la Crimée en 1920 en emportant en tout et pour tout deux biens de valeur. Le premier était le futur sir Alexander, qui, à cette époque, séjournait encore dans le sein maternel. Le second était un coffret renfermant des reliques familiales.

La plus instructive de ces reliques était un petit cahier jauni, couvert de l'écriture régulière et appliquée de l'arrière-arrière-grand-père Isaac Samsonovitch qui, simple employé de bureau aux archives moscovites du ministère de la Justice, avait établi l'arbre généalogique des Fandorine, accompagné de commentaires détaillés.

Dans le coffret, se trouvaient également des objets infiniment plus anciens. Par exemple, une petite croix en bois de cyprès qui, si l'on en croyait la chronique familiale, avait appartenu au légendaire fondateur de la lignée, le croisé Théo von Dorn.

Ou bien encore une mèche de cheveux blond cuivré, qui n'avait rien perdu de sa couleur au cours des siècles passés dans un morceau de parchemin où figurait une inscription à peine lisible : « Laura 1 500 ». Le commentaire d'Isaac Samsonovitch était pour le moins laconique : « Boucle de femme, on ignore qui. » Oh, comme elle avait enflammé la bouillonnante imagination du jeune Nicholas, cette mystérieuse Laura aux cheveux cuivrés, dissimulée derrière le voile impénétrable des siècles !

Sur le bureau paternel, extrait lui aussi du coffret, était posé le portrait photographique d'un jeune homme brun d'une beauté époustouflante, aux yeux tristes et aux imposantes tempes grises. Il s'agissait du grand-père de Nicholas, Eraste Pétrovitch, un personnage à bien des égards remarquable.

Et puis il y avait cet inestimable autographe tracé de la main même de la grande impératrice sur une feuille de vélin, deux simples mots, mais lesquels ! « Reconnaissance éternelle », et, en dessous, la célèbre signature : « Catherine ». Le père de Nicholas disait que, jadis, le coffret avait également contenu les décorations du grand-père, dont certaines en or, avec des pierres précieuses, mais, dans les périodes difficiles, Grand-mère les avait vendues. Et elle avait bien fait. La belle affaire que ces croix de Vladimir et autre Stanislav ! On en trouvait tant et plus chez les antiquaires. En revanche, pour avoir conservé cet antique chapelet de jade (dont désormais on ne saurait plus auquel des ancêtres il avait appartenu) ou cet oignon du brigadier général Larione Fandorine, avec une balle turque incrustée dedans, grand-mère Elisabeth méritait une éternelle reconnaissance.

Nicholas s'étonnait lui-même de ne pas avoir songé plus tôt à une chose aussi simple. Pourquoi aller fouiller dans les biographies d'étrangers dont tout était d'ores et déjà plus ou moins connu, quand il avait à portée de main l'histoire de sa propre famille ? Et là, au moins, personne n'irait lui couper l'herbe sous le pied.

En premier lieu, bien évidemment, le maître en histoire s'occupa de l'autographe de la tsarine. Celui-ci ne pouvait appartenir qu'à Danil Fandorine, lequel avait occupé, auprès de la Sémiramis du Nord, la position-clé quoique discrète de secrétaire de la chambre. Nicholas publia dans une respectable revue historique une étude sur son ancêtre où, entre autres choses, il émettait quelques prudentes hypothèses quant aux motifs de cette auguste reconnaissance et à la datation du document (juin 1762 ?). Les historiens spécialistes de la Russie accueillirent la publication avec bienveillance et, encouragé par ce succès, Nicholas s'attaqua au conseiller d'Etat Eraste Pétrovitch Fandorine qui, dans les années quatre-vingt du siècle passé, avait travaillé auprès du général gouverneur de Moscou en qualité de fonctionnaire chargé des missions spéciales, puis, plus tard, à titre privé cette fois, s'était occupé à élucider toutes sortes d'affaires obscures, dont était si riche la période située à la frontière des dix-huitième et dix-neuvième siècles.

Hélas, compte tenu de leur caractère par définition délicat, Nicholas ne découvrit que très peu de documents relatifs aux activités du gentleman détective, raison pour laquelle, plutôt qu'un article scientifique, il publia dans une revue illustrée une série de saynètes mi-historiques, mi-littéraires basées sur les légendes qui couraient dans la famille. Du point de vue de sa réputation professionnelle, l'entreprise était douteuse et, en guise de pénitence, Nicholas entreprit une recherche minutieuse sur la période la plus ancienne — avant même la Russie — de l'histoire des von Dorn : il étudia les ruines et les environs du château familial Theofels, rencontra les rejetons issus des branches parallèles de la lignée (il faut dire que le croisé Théo avait essaimé des descendants de Laponie jusqu'en Patagonie), éternua et pleura tout son soûl dans les archives des lander, les réserves des musées, les scriptoriums des diocèses.

Le résultat de tous ces efforts ne fut guère impressionnant : une demi-douzaine de modestes publications et deux ou trois découvertes mineures, sur la base desquelles il était inenvisageable de bâtir une monographie décente.

Quant à l'article concernant la moitié du testament de Cornélius von Dorn (autre relique sortie du coffret noir), publié trois mois plus tôt dans la *Revue royale d'histoire*, il n'y avait pas non plus de quoi pavoiser. Pour parvenir à déchiffrer les pattes de mouche du brave capitaine du Wurtemberg, qui n'avait sans doute pas soupçonné que de son flanc sortirait le puissant rameau des Fandorine russes, il avait fallu suivre un cours spécial de paléographie. Cependant, même après déchiffrage, le document ne parut pas plus limpide.

Si la solide feuille grise avait été séparée dans le sens de la largeur plutôt qu'en longueur, il aurait au moins été possible de lire un morceau de texte suivi. Mais le rouleau conservé dans le coffret était trop étroit : un malotru avait découpé le parchemin de haut en bas, et l'autre moitié s'était perdue.

A vrai dire, Nicholas n'était pas totalement convaincu qu'il s'agît d'un testament et non d'un quelconque document d'affaire. Pour conforter sa thèse, il avait cité dans son article les premières lignes, dans lesquelles, comme de coutume dans les testaments, étaient mentionnés la tentation diabolique et Jésus-Christ, puis suivaient diverses indications à caractère domestique :

Ecrit pour mon fils
l'âge de raison et que
ne revienne pas à Moscou
n'arrives pas à trouver
conjurer la tentation diabol
trouves alors au nom du Christ
en bas dans l'altyn
de tille ne le touche

L'honorable revue n'admettant pas les illustrations, il n'avait pas été possible d'insérer une reproduction du texte, et quant à le citer plus longuement, Nicholas y avait renoncé. Suivaient en effet des allusions inintelligibles et fragmentaires à propos d'une certaine maison (vraisemblablement léguée à son fils par Cornélius), alternant avec l'évocation d'ancêtres von Dorn. Si les informations relatives aux biens du mercenaire étranger avaient figuré dans leur intégralité, cela aurait naturellement présenté un certain intérêt historique, mais ô combien plus important était le fait que l'on puisse lire la signature et la date qui, placées en bas dans le coin gauche, s'étaient parfaitement conservées.

écrit à Kroméchniki le 3 mai de l'an 7190
korneï fondorn a signé

Il en ressortait qu'en mai 1682 (7190 selon l'ancien calendrier russe) Cornélius se trouvait dans la ville de Kroméchniki, sur les bords de la Volga, où justement, à la même époque, le boyard en disgrâce Artamon Serguéiévitch Matféiev attendait d'être rappelé à Moscou. Cela confirmait la légende familiale qui prétendait que le capitaine von Dorn était un proche du Premier ministre du tsar Alexis Mikhaïlovitch et qu'il en avait même épousé la fille. Cette dernière affirmation, bien entendu, tenait du conte de fées pur et simple et était vraisemblablement fondée sur le fait que le fils de Cornélius, Nikita Fondorine, était resté pendant des années le secrétaire particulier du comte Andreï Artamonovitch Matféiev, ambassadeur de Pierre le Grand auprès de différentes cours d'Europe.

L'article de Nicholas se terminait par une supposition : le document avait de toute évidence été coupé en deux au moment de la révolte des arquebusiers de Moscou, qui avaient précipité sur leurs piques le boyard Matféiev et plusieurs de ses proches, dont vraisemblablement Cornélius von Dorn. Après mai 1682, date de cette révolte des *streltsy*, on ne trouvait en effet plus aucune information concernant ce dernier.

Or, il y avait de cela trois semaines, alors qu'il revenait de Venise où il avait découvert la trace d'une très surprenante histoire datant de 1892, liée au turbulent Eraste Pétrovitch, un pli en provenance de Russie attendait Nicholas.

Sur l'enveloppe de grossier papier brun, le tampon de la poste centrale de Moscou. Pas de nom ni d'adresse d'expéditeur. A l'intérieur : un numéro vieux de trois ans de la revue *Le Messager des archives de Russie.*

Page 178, à la rubrique « Nouvelles des archives », était fixé un signet rouge. Une information banale, perdue au milieu des annonces de séminaires scientifiques, de soutenances de thèses et de menues trouvailles faites dans les archives de province. Sans signature, sans titre, séparée du reste par une simple étoile.

Au cours de travaux de terrassement effectués lors de la construction d'un bâtiment administratif dans la ville de Kroméchniki (région de Kostroma), a été découvert le soubassement d'une construction ayant de toute évidence fait partie de la propriété des comtes Matféiev, détruite dans un incendie en 1744. Les membres de la commission régionale d'archéologie ont exploré le sous-sol, sondé les murs et découvert une cachette : une niche obturée par deux briques de couleur blanche. A l'intérieur se trouvait un petit coffre de cuir contenant différents objets datant, selon toute vraisemblance, des années 1650 : un réveil en bronze d'une grande rareté fabriqué à Hambourg, un médaillon en or portant les initiales « C. v. D. » en lettres latines, ainsi que la moitié d'un rouleau de papier écrit en cursive. Le réveil et le médaillon ont été remis au musée ethnographique de la ville, le rouleau de papier envoyé aux ACDA pour y être conservé.

Nicholas parcourut des yeux l'entrefilet, puis le relut cette fois très attentivement, et son cœur se serra sous l'effet d'un sentiment inexprimable, grisant, celui-là même qui s'emparait de lui chaque fois que, de l'épaisseur des ténèbres du temps à jamais envolé, filtraient de minces fils porteurs de lumière. C'était précisément pour ce moment magique, qu'il ne lui avait été donné de vivre que de rares fois dans sa vie, que le jeune homme avait décidé de faire de l'histoire. Dans l'obscurité profonde, dans le pays *of no return*[1] (expression sans équivalent en russe), brusquement s'allumait une petite flamme qui émettait des rayons faibles et tentateurs. Fais un pas, accroche-toi à ces fils immatériels et peut-être parviendras-tu à saisir le Temps par le pan de sa mante noire, à le faire revenir en arrière !

Kroméchniki, C. v. D., les Matféiev, la moitié d'un rouleau de papier, le dix-septième siècle... tout concordait. La partie manquante du testament avait été découverte, cela ne faisait aucun doute ! Et l'origine du pli était également à peu près claire. Un Russe (on pouvait supposer qu'il s'agissait d'un historien ou d'un employé des archives) était tombé sur l'article de Fandorine publié dans la *Revue royale d'histoire*, il s'était souvenu de l'entrefilet paru dans un ancien numéro du *Messager des archives de Russie* et avait décidé d'aider l'Anglais. Comme c'était russe, cette façon de ne pas mentionner son identité, de ne pas joindre de lettre d'accompagnement, de ne pas indiquer l'adresse de l'expéditeur ! Du point de vue occidental, c'était d'une grossièreté patente. Mais Nicholas avait appris à bien connaître les manières de faire et la psychologie des nouveaux Russes. Cet envoi anonyme témoignait moins d'un manque d'éducation que d'une certaine pudeur. Il

1. D'où on ne revient pas.

était probable que le pli avait été envoyé par un homme pauvre (on savait dans quelle situation se trouvaient actuellement les chercheurs russes), mais fier. Il craignait que le riche étranger, ravi de cet inestimable coup de main, ne lui fasse l'offense de lui proposer de l'argent en récompense. A moins que l'expéditeur ait eu peur de faire des fautes d'anglais, quoique l'auteur d'un article sur la Russie du dix-septième siècle fût tout de même censé comprendre tant bien que mal le russe moderne.

(Ah, cette fameuse pudeur des nouveaux Russes ! Nicholas connaissait un Moscovite, en stage à l'université de Londres, qui, un soir où il avait trop bu, s'était mis à raconter des sottises au titulaire de chaire. Le lendemain, il n'avait même pas demandé pardon, alors que, à en juger par son air confus, il se souvenait parfaitement de tout. « Il faut aller voir le professeur et s'excuser tout simplement, lui avait dit Fandorine. Bon, vous aviez un peu trop bu, ça arrive à tout le monde. » Le nouveau Russe avait répondu : « Je ne peux pas. Cela me gêne de m'excuser. » Et ainsi, il avait souffert jusqu'à la fin de son stage.)

Mais, après tout, quelle différence ? Si ce bienfaiteur anonyme ne voulait pas de l'argent de Nicholas, tant pis pour lui. Le principal était que maintenant, avec un peu de chance et d'opiniâtreté, il arriverait à écrire un vrai livre. Si Cornélius s'était trouvé en exil aux côtés d'Artamon Matféiev (et désormais on pouvait considérer ce fait comme pratiquement établi), cela signifiait que le texte intégral du testament recelait probablement des informations inappréciables. Tout cela laissait entrevoir une découverte scientifique sérieuse. Et si ce n'était pas le cas, il pourrait tout de même amasser suffisamment de matériaux pour une monographie. Qui pourrait, par exemple, s'intituler :

CORNÉLIUS VON DORN/KORNEÏ FONDORN

Biographie d'un mercenaire dans la Russie d'avant Pierre le Grand, réalisée par son descendant

Et alors ? Pas mal du tout. Il n'aurait qu'à passer quelque temps aux fameuses ACDA, à savoir les Archives centrales des documents anciens, à feuilleter les dossiers concernant l'emploi d'officiers étrangers, les registres des soldes, les protocoles d'interrogatoires de l'office des Affaires secrètes relatifs à l'affaire Artamon Matféiev, et ainsi les faits s'accumuleraient. Il suffirait ensuite de les exposer dans le contexte plus large de l'époque, de citer quelques biographies comparables d'autres mercenaires, et voilà un bouquin prêt pour la publication. Par la même occasion Nicholas ferait enfin connaissance avec sa patrie, la vraie, pas celle qu'on idéalisait. Et d'ailleurs, il était plus que temps...

Gisant au fond de la mer, sir Alexander n'avait pas été en mesure de dissuader son héritier de se lancer dans cette périlleuse entreprise, et Nicholas avait mis à exécution sa décision à une vitesse vertigineuse. Par échange de fax, il avait reçu confirmation que le document recherché se trouvait bien dans les archives moscovites et pouvait être prêté, le reste n'était plus que détail : billets, réservation d'hôtel, rédaction d'un testament (comme ça, pour le cas où). Du fait de l'absence de parents proches ou lointains, Nicholas léguait tous ses biens mobiliers et immobiliers au Fonds international de lutte pour les droits des animaux.

Dès lors, il ne lui restait plus qu'à se mettre en route : d'abord la mer, ensuite le train, en suivant l'itinéraire supposé du lointain ancêtre.

Dans son attaché-case, qui pour l'heure reposait sous le siège de son wagon-lit, Nicholas possédait tout le nécessaire : une solide recommandation de la Société royale d'histoire, un ordinateur portable avec téléphone par satellite, un scanner à main et un programme de déchiffrage des manuscrits anciens tout récemment mis au point, la moitié du testament accompagnée d'un certificat, une assurance, un billet de retour open (pas en train, en avion).

Pour se préparer à la rencontre avec sa patrie ancestrale, Nicholas s'était livré à des exercices d'autotraining destinés à ébranler ses préjugés ataviques.

Par exemple, se disait-il, la Russie est un pays pas très sympathique. Politiquement douteux, retardataire sur les plans social et économique et aux principes moraux incertains. Mais toutes ces notions étaient relatives. Pourquoi fallait-il comparer la Russie à la florissante Angleterre qui, cent ou deux cents ans plus tôt, avait déjà atteint un niveau de vie décent ? Pourquoi ne pas plutôt la comparer avec la Corée du Nord ou la République du Tchad ?

En outre, Fandorine ne manquait pas de griefs à l'égard des Anglais. Une nation de tatous où chacun traîne sur lui sa carapace, et tu peux toujours frapper pour qu'on t'ouvre ! De toute manière, personne n'aurait l'idée de frapper vu que ce serait considéré comme une intolérable intrusion dans le domaine privé. Et cet humour britannique tant vanté ! Seigneur, pas un mot dit simplement, sans simagrées ni autodérision. Croyez-vous qu'il soit possible de discuter avec un Anglais de sujets « russes », tels que le bien et le mal, l'immortalité ou le sens de l'existence ? Impossible. Enfin, c'était possible, bien sûr, mais mieux valait l'éviter.

Et il y avait aussi cette lueur d'espoir en l'irrationnel, l'intuitif : le sang russe, l'âme slave, la voix des ancêtres. Quand derrière les vitres défileraient les modestes forêts de bouleaux et les bois de trembles et que sur le quai résonneraient les voix des paysannes proposant des groseilles, des graines de tournesol ou autre chose (allez savoir ce que l'on vendait aujourd'hui sur le quai des gares...), peut-être qu'un sentiment profond et secret de *reconnaissance* lui étreindrait le cœur, et que Nicholas découvrirait alors cette Russie d'autrefois qui, en fin de compte, n'avait pas disparu mais simplement vieilli — non, pas vieilli mais mûri — de cent ans. Il avait terriblement envie qu'il en fût ainsi.

Telles étaient les pensées de l'historien N. Fandorine, alors que, dans le claquement régulier de ses roues, l'Ivan-le-Terrible avalait les derniers kilomètres avant la frontière lettono-russe. Hélas, il faisait déjà presque nuit et, derrière la vitre, le paysage se fondait en une masse gris-bleu qu'animaient de rares lumières. Et puis il avait ce mister Kalinkins, vraiment exaspérant avec son anglais si loin d'être parfait.

Au début, quand il s'était plaint de la difficulté, pour les produits laitiers lettons, de pénétrer le marché européen, c'était encore supportable. Fandorine avait failli donner un bon conseil au négociant : oublier le marché européen, où, de toute façon, on ne laisserait jamais pénétrer une société lettonne — l'Europe ne savait déjà plus quoi faire de ses propres vaches — et, à la place, établir des relations cordiales avec les Russes, en se réjouissant d'avoir à portée de main un aussi gigantesque débouché pour la crème fraîche. Il avait failli mais s'était retenu à temps. Nicholas avait une fâcheuse et incurable habitude : indisposer les gens avec des conseils intempestifs, ce qui, en Angleterre, était considéré comme incongru, pour ne pas dire tout à fait inconcevable. En trente et quelques années d'existence dans les îles Britanniques, Fandorine s'était tant de fois mordu la langue, alors que, de la manière la plus impudente, il était sur le point de se mêler de la *privacy* de quelqu'un d'autre qu'il était même étonnant qu'il n'ait pas fini par trancher définitivement ce perfide instrument.

En outre, on peut douter que le Balte ait trouvé le conseil à son goût, car, abandonnant ses récriminations à l'égard des impitoyables Européens, il avait commencé à accabler de reproches les Russes qui, selon lui, valaient à peine mieux que ces rapiats d'Estoniens. Nicholas lui-même n'avait pas une très haute opinion des nouveaux Russes, mais entendre ses propres jugements dans la bouche d'un *étranger* lui était odieux. (Pouchkine n'avait-il pas écrit quelque chose dans ce genre ?)

– Nous avons manqué de chance tous les deux, râlait l'exportateur de crème. Il ne restait plus une seule place dans le Karlis-Oulmanis, notre train national. Vous auriez vu, c'est le jour et la nuit : tout est impeccable, raffiné, au restaurant les produits laitiers sont frais. Alors qu'ici, c'est un vrai goulag sur roues. Le goulag, vous connaissez ? Ici, les employés du train vous donnent du thé froid, au restaurant, ça empeste le chou pourri, et après la frontière, vous allez voir, les prostituées vont commencer à arpenter les wagons.

– Je m'imaginais le goulag un peu autrement, ne put s'empêcher de persifler Nicholas, mais son compagnon de route ne saisit pas l'ironie.

– Et encore, s'il n'y avait que ça ! fit le Letton en baissant la voix. Après le contrôle des passeports et la douane, nous allons fermer la portière à double tour et mettre la chaîne, parce que... ça fauche. (Mister Kalinkins, qui venait d'utiliser une expression typiquement russe pour dire « voler », claqua des doigts et traduisit par *hold up*.) De vrais brigands. Ils font irruption dans le compartiment et piquent tout le fric. La police du train et les contrôleurs sont de mèche avec eux : ils leur glissent en douce où se trouvent les passagers les plus riches. Tenez, par exemple, il y a deux mois, un de mes amis…

Lassé des propos russophobes du Letton, Nicholas commit un acte d'une impolitesse criante : il plaça ses écouteurs et mit en marche son baladeur, dans lequel se trouvait une cassette prête à démarrer sur une chanson à visée psychothérapeutique, appelant à aimer la Russie, toute moche qu'elle fût. De toute façon, c'est ce que Fandorine avait prévu : franchir la frontière au son de la voix rocailleuse du chanteur Iouri Chevtchouk.

Cela fut apparemment efficace.

« Ma patrie, je vais dans ma patrie ! » retentit dans les écouteurs, l'Ivan-le-Terrible ralentit, s'apprêtant à freiner à la première gare russe, et Nicholas entreprit de se balancer au rythme entraînant du refrain. Quelque chose vibra effectivement à l'intérieur de lui, il eut des picotements dans le nez et – c'était le bouquet ! – des larmes montèrent à ses yeux.

– Ma patrie ! Je vais dans ma patrie !/Qu'ils la traitent de monstre fini !/C'est comme ça qu'elle nous plaît !/ Même si ce n'est pas une beauté ! ne put s'empêcher d'entonner Nicholas en même temps que le chanteur à la voix puissante, puis aussitôt il s'arrêta. Il savait que chanter à voix haute lui était catégoriquement contre-indiqué : à l'instar du héros de Tchekhov, sa voix était forte mais affreuse, et il était en outre totalement dépourvu d'oreille musicale.

Fandorine se détourna de la fenêtre et lança un regard coupable au Letton. Ce dernier considérait l'Anglais d'un air horrifié, comme s'il avait eu devant lui Méduse en personne. Nicholas, certes, chantait comme une casserole, mais tout de même pas à ce point-là… Ah oui, bien sûr, se souvint-il, Kalinkins ignore que je parle russe.

Il n'eut cependant pas à s'expliquer, car, au même instant, la porte s'ouvrit bruyamment et, dans un bruit de bottes, s'engouffrèrent dans le compartiment deux militaires à casquette verte : un officier et un simple soldat.

L'officier était singulièrement rubicond et, ainsi qu'il le sembla à Nicholas, pas tout à fait à jeun. En tout cas, il émanait de lui une odeur d'alcool fort et, de toute évidence, bon marché ; en outre, il hoquetait à intervalles réguliers.

Les gardes-frontière, comprit Fandorine.

Le chef se posta devant le Britannique, lui mit sous le nez une main large comme une pelle et fit :

— Hic.

Nicholas se troubla, comprenant qu'il n'avait pas la moindre idée de la façon dont, en Russie, se déroulait le rituel de vérification des passeports. Peut-être commençait-il par une poignée de main, allez savoir. C'était inhabituel et probablement pas très hygiénique, vu le nombre de mains que l'officier avait à serrer, mais en revanche c'était typiquement russe.

Fandorine se leva d'un bond, fit un large sourire et serra fermement la main du garde-frontière. Celui-ci, levant la tête, riva un regard ébahi sur l'étranger complètement fou et, s'adressant à son subordonné, marmonna à mi-voix :

— Un véritable abruti. Regarde bien, Saprika, t'as pas fini de rigoler.

Puis il reprit sa main, essuya sa paume à son pantalon et rugit :

— Allez, file ton passeport, fumier d'étranger. Passeport, *anderstend* ? (Puis, se tournant de nouveau vers le soldat :) Çui-là, c'est pas son passeport qu'y faut lui demander, mais son bon de sortie d'la maison de dingues.

Saprika, un jeune type maigre et tout pâle, ricana sans conviction.

Le drôle de garde-frontière n'accorda pas le moindre intérêt au petit livret rouge orné de la faune nationale britannique – le lion et la licorne. Il le passa à son subordonné avec ces mots :

– Tamponne. Hic.

Le temps que le troufion imprime le cachet sur la page ouverte, l'officier s'occupait déjà de mister Kalinkins.

– Ah, ah, prononça le rougeaud d'une voix sinistre. La Lettonie sœur. (Il feuilleta les pages en grimaçant et, pour une raison quelconque, en examina une à la lumière.) Ce visa, il est merdique, on y voit rien, fit-il remarquer avec un plaisir évident. Tout juste bon pour aller en Afrique. En plus, on lit pas bien la date.

– C'est votre consulat qui m'a apposé ce visa ! s'alarma le négociant. C'est tout de même pas moi qui l'ai fait ! Monsieur le lieutenant-chef, ce sont des tracasseries.

Le lieutenant-chef plissa les yeux.

– Des tracasseries, dis-tu ? Et vos gardes-frontière, tu crois qu'y s'gênent pour emmerder nos citoyens ? J'm'en vais te faire descendre pour vérifications, et là, tu pourras parler de tracasseries.

Mister Kalinkins blêmit et implora d'une voix tremblante :

– Non, pas ça. S'il vous plaît.

Après une pause, le garde-frontière hocha la tête :

– Voilà qui est mieux. J'vais vous apprendre, moi, à respecter la Russie... Hic ! C'est bon, tamponne-le, Saprika.

Et, majestueux, il sortit dans le couloir en heurtant la porte de l'épaule.

Le troufion immobilisa le cachet au-dessus du passeport, loucha sur le paquet de Winston posé sur la tablette, et demanda tout doucement à Kalinkins :

– Vous m'offririez pas une petite clope ?

Le Letton marmonna dans sa langue une bordée de jurons, poussa tout le paquet en direction de la main tendue.

Nicholas observa la scène dans un état de total effarement, sans savoir qu'il n'en était qu'au début de ses surprises.

Une minute ne s'était pas écoulée que, de nouveau, la porte glissait de côté (ici, apparemment, il n'était pas d'usage de frapper avant d'entrer) et que, dans le compartiment, entrait un fonctionnaire de la douane. A son cou, au bout d'un cordon, pendait un stylo à bille. Après un rapide regard aux deux passagers, le douanier s'assit face au citoyen letton.

— Drogues ? demanda-t-il d'un ton cordial. Un petit peu d'héroïne, de cocaïne ?

— Quelles drogues ! s'écria l'infortuné Kalinkins. Je suis un businessman ! J'ai un contrat avec la société Import-export Fromage et Saucisson !

— Et si on faisait une fouille à corps ? répondit l'homme en uniforme noir et vert.

Puis il se tourna vers Nicholas et déclara sur le ton de la confidence :

— Ici, la semaine dernière, on avait aussi un « business-man ». Il s'était caché un sachet de came dans le trou de balle. Bof, même là on l'a trouvée.

Le Letton avala nerveusement sa salive et, en froissant quelque chose, glissa sa main sous la tablette en direction du douanier.

— Bon, d'accord, si vous avez un contrat... soupira le fonctionnaire, avant de se tourner vers Fandorine. Et vous, d'où vous êtes ?

Et cette fois encore, le passeport britannique suscita infiniment moins d'intérêt que le letton.

Le fonctionnaire se leva et, pour une raison obscure, prononça en allemand :

– *Gute Reise.*

La fouille était terminée.

Le train fit grincer ses freins et, après une ultime secousse, s'immobilisa. Par la vitre, on distinguait un quai chichement éclairé et un bâtiment de gare style faux Empire avec ce panneau :

NIÉVOROTINSKAÏA
Mosc.-Balt.

La terre russe, enfin !

Son premier contact avec les représentants de l'Etat russe avait produit sur le maître en histoire une impression si saisissante qu'il ressentit un besoin vital d'avaler un morceau au plus vite.

Il faut savoir que Nicholas Fandorine ne consommait aucune boisson alcoolisée, mangeait très modérément, et encore, uniquement des nourritures physiologiquement correctes. Aussi, la tentation de vider un petit verre pour se calmer, propre à la majorité des gens, se transformait habituellement chez lui en un désir impérieux d'avaler quelque chose d'imprévu et d'incorrect.

Se remémorant les préventions de son compagnon de voyage contre le wagon-restaurant, Nicholas décida de s'acheter quelque chose au buffet de la gare, attendu que l'horaire indiquait un arrêt de quinze minutes à Niévorotinskaïa (dans le but évident de laisser aux gardes-frontière, douaniers, fraudeurs et autres contrevenants le temps de débarquer). A tout hasard, Fandorine préféra laisser dans son attaché-case son portefeuille avec son argent, ses papiers et ses cartes de crédit et ne prit avec lui que les quelques billets de mille roubles que, par précaution, il avait changés à la gare de Riga.

Assis sur le marchepied, le contrôleur s'écarta pour laisser descendre le voyageur et bâilla bruyamment. C'est accompagné de ce bruit fort peu romantique que le dernier descendant de huit générations de Fandorine russes foula pour la première fois le sol revêtu d'asphalte de ses ancêtres.

Il regarda à gauche, regarda à droite.

A gauche, pendait un long calicot décoloré représentant un soldat soviétique moustachu, coiffé d'un calot, et portant en lettres blanches :

50e ANNIVERSAIRE DE LA GRANDE VICTOIRE
TOI ET MOI AVONS PARCOURU LA MOITIÉ
DU MONDE,
S'IL LE FAUT, NOUS RECOMMENCERONS !

A droite, se trouvait un Lénine en plâtre de taille modeste, coiffé d'un képi et la main tendue. Nicholas s'étonna car, d'après les journaux, tous les monuments et objets de culte datant du totalitarisme avaient depuis longtemps été retirés. Ici, visiblement, c'est ce qu'on appelle une « ceinture rouge », se dit Fandorine avant de pénétrer dans le hall de la gare.

L'odeur y rappelait des toilettes bouchées depuis des lustres et, sur les banquettes, dormaient des gens sales et loqueteux. On pouvait supposer qu'il s'agissait de ces clochards modernes appelés « sans domicile fixe ». N'osant pas regarder trop attentivement ces pittoresques représentants des bas-fonds, Nicholas se dirigea au plus vite vers le comptoir vitré du buffet.

L'excitation nerveuse lui donnait envie de quelque chose de particulièrement subversif : un hot-dog ou même un hamburger. Mais sur les assiettes n'étaient présentés que des morceaux de pain blanc de forme irrégulière avec du saucisson gras et fuligineux, des tranches de fromage rebiquant sur les côtés et de petits poissons séchés tout racornis. La vue de ces « sandwichs » arracha à Fandorine un frémissement d'horreur. Il fouilla la vitrine du regard et, finalement, s'adressa à la vendeuse, une femme à l'air las et aux yeux troubles qui contemplait des mouches grimpant sur le comptoir, et lui demanda :

— Je voudrais un yogourt, s'il vous plaît. Avec des fruits. Non, plutôt deux.

Sans lever les yeux, l'employée du buffet jeta sur le comptoir deux pots de « tutti-frutti » (habituellement Nicholas achetait des Danone à 0 % de matière grasse, sans colorants ni agents d'aromatisation, mais folie pour folie...), prit deux billets de mille roubles et à la place de la monnaie posa trois bonbons acidulés enveloppés dans un affreux papier décoloré.

— Excusez-moi, mais la date de validité de ce produit est dépassée d'un mois, dit Fandorine après avoir étudié le marquage. Ce yogourt est impropre à la consommation.

Là, la vendeuse leva enfin le regard sur le capricieux client et proféra d'un ton haineux :

— Oh, mais c'est que j'en ai ma claque de vous tous. Tire-toi d'ici, espèce de dépendeur d'andouilles. Y a déjà assez d'emmerdeurs sans toi.

Elle s'était exprimée de façon si sincère et si convaincante que Nicholas ramassa son yogourt périmé et, décontenancé, se dirigea vers la sortie.

A la porte, quelqu'un l'attrapa par la manche.

— Eh, mister, vonna fak ?

Fandorine décida qu'il avait mal entendu – il était improbable que cet individu barbu et déplaisant, qui ressemblait au sylvain maléfique des contes russes, puisse sérieusement lui proposer ses services sexuels.

– Ten baks. Onli ten baks ! Jusqu'à nekst steïchen. (L'inconnu indiqua le train, puis un endroit quelque part sur le côté.) Ten baks !

Non loin, contre le mur, se tenait en effet une gamine. Rousse, couverte de taches de rousseur, elle ne pouvait en aucun cas avoir plus de treize ans. Elle regarda l'étranger d'un air indifférent, battit de ses paupières outrageusement fardées et, avançant ses lèvres d'un rouge écarlate, fit un ballon de chewing-gum.

– Seigneur, mais c'est une enfant ! s'écria Nicholas, profondément choqué. Quel âge as-tu, fillette ? Tu vas à l'école ? Comment peux-tu faire ça ? Pour dix dollars ! C'est monstrueux !

La gamine renifla un coup et fit bruyamment éclater son ballon de chewing-gum, tandis que son souteneur tapait sur l'épaule de Nicholas et lui disait en russe :

– Donne plus si t'es si bon.

Fandorine partit en courant, loin de ce repaire de brigands.

– Fak you, mister ! cria dans son dos le barbu.

Oh, horreur, le train venait de s'ébranler alors que les quinze minutes étaient loin d'être écoulées ! Pris de panique à la seule idée de rester coincé dans ce lieu de cauchemar, Nicholas lança les yogourts dans la poubelle et partit à toutes jambes pour rattraper sa voiture.

C'est à peine s'il eut le temps de bondir sur le marchepied. Le contrôleur fumait sur la plate-forme en compagnie de deux grands gaillards en survêtement bleu et blanc. Il lança un rapide coup d'œil à l'Anglais hors d'haleine, sans manifester le moindre sentiment quant à son retour en beauté.

Pas question d'aller à Kroméchniki ni ailleurs, se dit Nicholas tout en longeant le couloir. Je vais scanner l'autre moitié du testament, fouiller un peu dans les archives des offices de l'Armée et des Affaires étrangères et retour à Londres. Trois jours. Maximum cinq. Mon emploi du temps à Moscou va se résumer à : hôtel-archives-hôtel.

Décidément, sa patrie historique déplaisait souverainement à Fandorine. On se demandait même ce que le chanteur Chevtchouk pouvait bien lui trouver.

Le pire était que, dans l'esprit de Nicholas, commençait à frémir un mauvais pressentiment laissant entrevoir que même l'ancienne Russie, il ne pourrait plus désormais l'aimer sans réserve comme il le faisait autrefois. Ah, ce père, ce père, le plus sage des hommes...

Le marchand de crème fraîche, qui s'était enfermé dans le compartiment, ne laissa pas immédiatement entrer son compagnon de voyage, et quand il se décida enfin à ouvrir, il se cacha ostensiblement derrière une revue lettonne sur papier glacée.

Chaque fois qu'il se trouvait en difficulté ou qu'il était particulièrement de mauvaise humeur, Nicholas composait un limerick. Une certaine tension intellectuelle nécessaire à cette subtile activité associée au comique absurde du résultat favorisait la relaxation et la restauration d'un regard positif sur le monde. Ce moyen éprouvé l'aida cette fois encore : après son exercice de poésie, l'humeur de Nicholas s'améliora quelque peu.

C'est alors qu'on frappa délicatement à la porte. Fandorine se leva pour tirer le verrou, mais mister Kalinkins repoussa son magazine et, nerveux, dit en russe :

— Laissez la chaîne ! N'ouvrez qu'avec la chaîne !

Dans l'entrebâillement, tout était sombre, alors que quelques minutes plus tôt le couloir était éclairé. Droit sur le visage de Nicholas jaillit un bras revêtu de quelque chose de bleu avec une bande blanche, en même temps qu'un jet irritant et nauséabond le frappait en plein nez.

Fandorine voulut s'indigner d'une aussi scandaleuse offense, mais n'en eut pas le loisir, car, brusquement, ses jambes se dérobèrent.

Le maître en histoire s'affaissa puis tomba contre le jambage de la portière, dont il sentit l'arête métallique heurter durement sa tempe, avant de perdre tout contact avec la réalité.

Cette réalité revint à l'Anglais également par la tempe. Celle-ci était si douloureuse et battait si fort que Nicholas, complètement groggy, fut d'abord obligé de secouer sa tête lourde comme du plomb. Ensuite seulement, il put ouvrir les yeux.

Il lui fallut environ cinq minutes supplémentaires pour reconstituer la chaîne interrompue des événements et comprendre ce qui s'était passé.

Mister Kalinkins était allongé à sa place, roulant des yeux blancs. De sa bouche s'écoulait un filet de salive, sur sa poitrine reposait son portefeuille vidé de son contenu.

Nicholas se mit à genoux près de son compagnon de voyage, tâta sa carotide : Dieu merci, il était vivant.

Sa jambe frôla quelque chose de dur. Son attaché-case ! Son propre Samsonite, la gueule grande ouverte, regardait son maître d'un air coupable.

A l'intérieur, plus rien. Ni ordinateur, ni téléphone, ni portefeuille, ni — et c'était le plus abominable de tout — l'enveloppe dans laquelle se trouvait la relique familiale vieille de trois siècles.

Horreur, horreur.

Appendice :

Limerick composé par N. Fandorine après avoir quitté la gare de Niévorotinskaïa le soir du 13 juin à dix heures et quelques :

Un benêt profession chercheur
Etait trop prompt décideur.
Au pays des bouleaux et des tremblaies
Un sylvain l'avait emmené
Et à ce crétin avait dit : « Fak you, mister. »

Chapitre deuxième

La Fortune sourit à Cornélius. Le trésor du sac en cuir. Première rencontre avec les Moscovites. Le village de Niévorotinskaïa. Bon présage. Faux Eden.

Cornélius poussa un « iiiéhh ! » strident, donna un coup de fouet à son brave étalon espagnol acheté à Riga quarante-trois *reichstaler* (pas loin de la moitié de l'avance moscovite), et, moins effrayé par le coup que par le hurlement sauvage au creux de son oreille, le cheval moreau partit au trot. Un bon cheval : docile, large de poitrine, frugal – avec un seau d'eau et un boisseau d'avoine, il couvrait jusqu'à sept milles, sans trébucher. Et pour la vivacité, on venait de le voir, il n'était pas mauvais du tout. Or, pour l'heure, la vivacité de son cheval était pour Cornélius d'une importance vitale.

Derrière, au bout d'une longue rêne, une jument alezane aux pattes velues suivait avec le bagage. Pleine de zèle, elle aussi, elle lançait vaillamment ses sabots usés. Ses biens les plus précieux, bien sûr, von Dorn les gardait avec lui dans la sacoche de sa selle, mais ce n'était pas une raison pour se passer de l'alezane, et c'est pourquoi, loin de pousser sa monture, il devait la retenir. Dans le bagage se trouvait l'indispensable : viande séchée, sel, biscuits, ainsi qu'une chaude pelisse en poil de chien, car en Moscovie, d'après ce que l'on disait, même en mai il pouvait y avoir des froids rigoureux au point que les arbres se fendent et les moustaches se couvrent d'aiguilles de givre.

Ayant parcouru une distance de cinquante pas, Cornélius se retourna vers les gardes-frontière. Stupéfait d'une insolence aussi inouïe, l'exempt à la trogne aplatie le suivait d'un œil hagard. Trois des *streltsy* faisaient de grands gestes tandis qu'un autre s'affairait, ajustant son arquebuse – un modèle antédiluvien, déjà sorti d'usage en Europe au moment de la guerre de Trente Ans. Grand bien lui fasse, de toute façon il raterait sa cible. L'inaptitude des Russes au combat à l'arme à feu était connue de tous. C'était pour cela que le lieutenant, ou plutôt maintenant le capitaine von Dorn, avait été convié à Moscou : pour enseigner aux soldats du cru les principes du tir bien ajusté et de la formation correcte.

Le service des armes en Hollande n'offrait aucun avenir. Au début, leurs altesses néerlandaises payaient bien les mercenaires, mais quand la guerre avec l'Angleterre prit fin et que les combats terrestres avec les Français se calmèrent, les mousquetaires du Wurtemberg devinrent inutiles. Certains se mirent au service des Polonais, d'autres des Suédois. Cornélius, quant à lui, se languissait à Amsterdam et gaspillait ses ultimes deniers.

Il faut dire qu'il n'y avait pas de vraie guerre depuis longtemps. Peut-être, d'ailleurs, qu'elles étaient définitivement terminées, les vraies guerres. Cela faisait dix ans – depuis l'époque où il n'était encore qu'un adolescent imberbe – que von Dorn traînait son boulet de soldat. D'abord simple *reiter,* c'est-à-dire cavalier, puis cornette, il avait enfin pu, deux ans plus tôt, racheter un titre de lieutenant. Mais tout cela était piètre, précaire, éphémère. Il était resté deux ans au service des Français, six mois à celui du duc de Mecklembourg, un an à celui des Danois, puis à celui des Suédois – non, d'abord des Suédois, ensuite des Danois. Après quoi, il avait servi la ville libre de Brême, le roi de Pologne et de nouveau les Français. Fait prisonnier par les Hollandais, il avait combattu cette fois contre les Français. Sur le front, près de sa tempe gauche, il avait une marque en forme de demi-cercle : lors de la bataille d'Entzheim, alors qu'on tirait depuis le carré sur les cuirassiers du vicomte de Turenne, un cheval blessé qui se débattait à terre lui avait envoyé un coup de sabot ferré : c'était un miracle divin qu'il ne lui ait pas fracassé le crâne. Aux dames, Cornélius disait que c'était la cicatrice laissée par le trait de Cupidon, aux filles du peuple, que c'était la trace d'un yatagan turc.

Tiens, voilà par qui il aurait fallu se faire embaucher : par les Autrichiens pour combattre les Turcs. Le valeureux lieutenant pencha progressivement en faveur de cette solution quand ses dettes eurent dépassé les deux cents guldens et que cela commença sérieusement pour lui à sentir la prison. Allant sur ses vingt-six ans, il n'était déjà plus tout jeune pour se retrouver sans gloire ni richesse, sans même un toit au-dessus de la tête. Il n'était pas question de retourner vivre à Theofels, auprès de son frère aîné, car celui-ci ne verrait pas d'un bon œil une bouche de plus à nourrir. Claus avait bien assez de soucis comme ça : le château à réparer et cette vieille dette, jadis contractée par son père, à rembourser au monastère.

Seulement voilà, ils étaient où, ces Turcs ? Pour arriver jusqu'à Vienne, cela coûtait beaucoup de temps et d'argent, et rien ne disait qu'il y trouverait à s'embaucher. Il ne lui restait plus qu'à se faire moine et à rejoindre son frère

Andreas, le plus intelligent de tous les von Dorn, déjà abbé. Ou bien à devenir l'amant d'une vieille et grosse marchande. L'un et l'autre se valaient, autant être mordu d'un chien que d'une chienne.

Et c'est alors que, brusquement, dame Fortune lui sourit ! Dans une taverne située sur le canal Prinsen, un homme imposant vint s'asseoir à sa table, se présentant comme étant monsieur Faustle, sous-colonel en retraite de l'armée moscovite. Originaire de Baden, il était quasiment un pays. Après avoir servi le tsar durant quatre années, il rentrait chez lui avec l'intention de s'acheter une maison avec jardin et de se marier. Herr Faustle avait été aimablement conduit jusqu'à Amsterdam par un émissaire russe, Fürst Touloupov, dépêché en Europe afin de recruter des officiers expérimentés pour l'armée russe. La solde n'était pas énorme, mais payée ponctuellement. Pour le voyage, étaient allouées de généreuses indemnités de subsistance — cent *reichstaler* —, auxquelles s'ajoutait, à l'arrivée, une allocation de déplacement : cinquante *reichstaler* en argent, autant en zibelines, plus cinq aunes de drap fin. Mais plus important que tout : pour un homme audacieux et entreprenant soucieux de son avenir, ce pays asiatique offrait des possibilités réellement illimitées. Le sous-colonel expliqua où logeait le Fürst russe, paya le vin et alla à une autre table discuter avec deux dragons du Holstein. Cornélius resta quelques instants à réfléchir, puis cria à Herr Faustle : « Au fait, est-ce que le tsar se bat contre les Turcs ? » Il s'avérait qu'en effet, il combattait et les Turcs et les Tatars. Cela leva ses dernières hésitations.

Si bien que, lorsqu'il vit l'émissaire moscovite avec sa pelisse de brocart brodée de pierreries, sa haute chapka de splendide zibeline (chacune des peaux qui la composaient devait bien coûter deux cents reichstaler chez le pelletier !), il n'eut qu'une seule peur : qu'on ne le prenne pas.

Mais si, on le prit. Et il traita aux conditions les plus favorables : aux cent *reichstaler* alloués pour la route et aux cent autres versés à l'arrivée (l'officier n'avait pas menti, tout était exactement comme promis : l'argent, les zibelines et le drap), s'ajoutait une solde de onze roubles par mois, plus des indemnités de subsistance. La durée du contrat était de quatre ans, jusqu'en mai 1679. Afin de se donner de l'importance et pour qu'il y ait matière à marchandage, von Dorn exigea le grade de capitaine, tout en sachant qu'on ne le lui accorderait pas sans patente. Eh bien, on le lui accorda ! Lui qui était lieutenant à vie sans espoir de jamais monter en grade devenait capitaine des mousquetaires. L'émissaire corrigea immédiatement les papiers en indiquant le nouveau titre, apposa des cachets de cire rouge, fit tout dans les règles de l'art.

Le capitaine frais émoulu fit le voyage jusqu'à Riga à bord d'une barque de pêcheurs. Il était préférable de contourner la Pologne, car certains pouvaient se rappeler la façon dont, deux ans plus tôt, il avait déserté le régiment du comte Wichniewetski. Il empestait le hareng, mais en revanche le voyage ne lui avait pas coûté cher : six *reichstaler* en tout et pour tout.

Dans la capitale de la Livonie, dernière ville européenne, il fit provision de tout ce qui était nécessaire et introuvable en Asie : de la craie pilée pour se nettoyer les dents (leur remarquable blancheur valait à Cornélius pas mal de conquêtes amoureuses) ; une perruque, pas neuve mais dans un état tout à fait correct (couleur aile de corbeau) ; du tabac batave ; un attrape-puces plat et facile à porter (il s'accrochait de biais sous l'aisselle). Il décida de ne pas attendre d'éventuels compagnons de voyage. Le capitaine von Dorn avait avec lui un mousquet anglais, deux pistolets de Nuremberg et une épée de Tolède, si bien qu'il ne redoutait pas les voleurs de grand chemin. Il se dirigea seul vers la frontière russe. Le chemin était fastidieux. Au cinquième jour, il atteignit le dernier avant-poste suédois : les fortins de Neuhausen. Le lieutenant qui conduisit von Dorn jusqu'à la rivière frontalière lui indiqua la direction : « Tenez, là-bas, par-delà le champ et la forêt, à deux milles et demi d'ici, se trouve le village russe de Niévorotinskaïa. Ce nom vient du fait que les Moscovites ont ici deux bourgades : appartenant à un dapifer du nom de Vorotinski, la première s'appelle Vorotinskaïa, tandis que l'autre a été baptisée Niévorotinskaïa, autrement dit "qui n'appartient pas à Vorotinski". C'était un bel exemple de la bêtise et de l'absence d'imagination de ces têtes d'ail, lui dit le lieutenant. S'il y avait eu ici un troisième village, ils auraient été tout simplement incapables de résoudre pareil casse-tête.

« Pourquoi têtes d'ail ? » demanda Cornélius. Le lieutenant lui expliqua alors que les Russes étaient totalement dénués d'odorat. Du fait d'un penchant malsain pour la toilette (c'est tout juste s'ils ne se lavaient pas une fois par mois, ce qui, d'ailleurs, s'expliquait surtout par leurs mœurs dépravées, les étuves étant communes aux hommes et aux femmes), les Moscovites étaient complètement indifférents aux mauvaises odeurs, et l'essentiel de leur nourriture se composait d'oignon et d'ail.

Cette nouvelle ne troubla nullement Cornélius. Quiconque a subi un long siège sait que l'ail est très utile : contre le scorbut, contre le gonflement des jambes et même, dit-on, contre la maladie française. Les Russes pouvaient manger tout l'ail qu'ils voulaient pourvu seulement qu'ils payent la solde en temps et en heure.

Il traversa la rivière à gué, parcourut un demi-mille et là, des buissons, surgit une bande : un gros au groin cramoisi se tenait à cheval, quatre autres trottaient derrière. Tous portaient de longs cafetans verts passablement crasseux. Seul le cafetan du cavalier était intact, ceux des autres n'étaient que trous et pièces. Craignant d'avoir affaire à des brigands, Cornélius porta la main à l'étui de son pistolet, mais aussitôt il se rappela que les méchants ne portaient pas d'uniforme. Il s'agissait donc de la garde frontalière.

Trois des soldats étaient munis de hallebardes, le quatrième d'une arquebuse. L'officier avait un sabre courbe pendant à son côté. Il dit quelque chose d'un ton menaçant en appuyant sur les son *tsz, tch* et *tsch* comme pour faire taire un troupeau d'oies. Il n'était pas besoin de traduction pour deviner le sens de ses paroles. Qui est ce bonhomme et de quel droit foule-t-il la terre du grand tsar de Moscovie ?

Von Dorn souleva poliment son chapeau, sortit de son sac son sauf-conduit, montra ostensiblement les cachets. Puis il le déroula et fit mine d'en lire un passage. En fait, il répéta un texte appris par cœur, dans un russe parfaitement correct bien que teinté d'un fort accent allemand : « Autorisation est donnée au capitaine des mousquetaires Korneï Fondornov d'aller à Pskov, puis à Novgorod la Grande, puis à Tver, et de Tver à Moscou sans s'attarder nulle part. »

L'officier recommença à aligner les *tsz* et les *tch*, tendit la main vers le sauf-conduit (il y eut une odeur de mauvais schnaps), mais Cornélius, grâce à Dieu, n'était pas né d'hier. Il montra de nouveau rapidement le cachet qui pendait, puis rangea le sauf-conduit pour ne pas tenter le diable.

– Pskov, Novgorod, Tver, Moscou, répéta-t-il avant d'ajouter d'un ton sévère et menaçant : Pour affaire d'Etat de première urgence.

Il apparut alors que, sous un buisson, était assis un autre Moscovite, sans arme, avec un encrier pendant à son cou et une plume d'oie derrière l'oreille.

Se levant paresseusement, il dit dans un mauvais mais intelligible allemand :

– Donne trois thalers à l'exempt, un à moi, un aux archers – eux aussi doivent vivre. Ensuite, continue ton chemin et que Dieu te protège si tu es si précieux.

Cinq *reichstaler* ? Cinq ? ! Mais pourquoi donc ? !

– Ah oui, tout de suite, acquiesça Cornélius. Avant, laissez-moi juste resserrer la sous-ventrière.

Ce qu'il fit. Après quoi il poussa un hurlement strident à l'oreille de son cheval et lui assena un coup de fouet. Pour vos cinq *reichstaler*, vous pouvez toujours courir, messieurs les gardes.

Derrière Cornélius, on tira un coup de feu et, contre toute attente, un souffle d'air bruissa tout près, à une demi-aune de son oreille. Mais ce n'était rien, Dieu était de son côté. Les von Dorn étaient chanceux, on le savait depuis longtemps. Leur seul malheur était de n'avoir jamais su tirer profit de cette bonne fortune. La faute en était à leur fichue morgue, et aussi à la funeste devise familiale inventée par le fondateur de la lignée, Théo le Croisé, pour le plus grand malheur de sa descendance : *Honor primum, alia deinde*[1].

L'arrière-arrière-grand-père Thibault-Montessum, revenu du Mexique avec un plein chariot d'or aztèque, provoqua la colère de l'empereur Charles par ses propos insolents : il perdit ainsi et son or et sa tête. Le grand-oncle Ulrich le Bel acquit une position brillante en étant le favori de la duchesse d'Alten-Saxen devenue veuve. Et alors ? Il tomba amoureux d'une fille sans dot, quitta le palais princier et termina ses jours dans la misère.

Autrefois, jeune et naïf, Cornélius voyait une forme de beauté et de grandeur dans ce mépris des von Dorn à

1. L'honneur d'abord, le reste ensuite.

l'égard des cadeaux du destin, mais, après avoir connu la faim au cours des campagnes militaires et des sièges, après avoir souffert du froid, avalé de la fumée, il était peu à peu revenu à la raison et avait compris que l'honneur est bon pour ceux qui peuvent se le permettre. Mais si toute ta fortune est contenue dans la petite sacoche de ta selle, mieux vaut pour un temps oublier l'*honor*.

Mais qu'y avait-il donc dans cette précieuse sacoche ?

En tout premier lieu, la charte du prince Touloupov, laissez-passer pour la gloire et la richesse, après l'obtention desquelles il serait possible de se préoccuper aussi de l'honneur.

Ensuite, une petite croix en bois de cyprès provenant de Terre sainte et gagnée aux dés à un capucin d'Angers.

Un médaillon en or portant les initiales « C. v. D. », un cadeau secret de sa mère, quand Cornélius avait définitivement quitté Theofels. Avant, s'y trouvait également un petit morceau de la Vraie Croix de Notre-Seigneur, mais l'année précédente, au cours de la bataille de Charleroi, il était tombé et s'était perdu.

L'objet le plus précieux et le plus rare était un superbe réveil attribué à Cornélius lors du partage de la fortune familiale. La répartition avait été honnête, conforme au testament. A Claus étaient échus le château, la terre et les dettes ; Martha et Greta recevaient chacune un édredon avec deux oreillers ainsi que deux robes ; Ferdinand un bon cheval avec une selle ; Andreas rien, car pour un serviteur de Dieu les biens terrestres ne sont que vanité ; et quant au cadet, Cornélius, il recevait le réveil, trophée de guerre de feu son père, soldat de Wallenstein. Ce réveil était en bronze, avec un verre en cristal et des chiffres en or, mais Cornélius ignorait s'il était en mesure de sonner ou s'il était depuis longtemps cassé, car il gardait le précieux objet comme la prunelle de ses yeux et ne remontait pas le mécanisme. Jamais, même dans les périodes les plus difficiles, il n'avait gagé l'héritage paternel ni ne l'avait utilisé comme mise sur une table de jeu. Ce réveil avait une signification particulière. Une aussi splendide petite chose ne pouvant vraiment bien rendre que dans un riche entourage, au milieu de bronzes, de marbre et de portières en velours, le but que Cornélius avait fixé à sa carrière était le suivant : trouver au réveil une demeure digne de lui et s'arrêter là. Toutefois il était encore loin, bien loin d'atteindre ce but.

Mais dans la sacoche de cuir se trouvait également un minuscule paquet, grâce auquel les pérégrinations du réveil pouvaient connaître une heureuse issue dans un avenir pas si lointain. Une mèche de cheveux roux cuivré, soigneusement enveloppée dans du parchemin, promettait à Cornélius des profits qu'aucune solde ni aucune bataille contre les Turcs ne lui permettrait jamais d'amasser. Avant d'embarquer pour Riga, le capitaine des mousquetaires avait eu une discussion d'affaires avec un marchand du nom de Jan van Kharen, qui vendait dans les capitales européennes de magnifiques cheveux roux de femmes hollandaises, servant à la fabrication des perruques Laura, actuellement les plus à la mode. Van Kharen avait expliqué que les Hollandaises rousses étaient avides et capricieuses, qu'elles exigeaient des prix démentiels pour leurs tignasses clairsemées, tirant profit du fait qu'elles, à savoir les rousses, n'étaient pas très nombreuses. Or, justement, les femmes et les filles ayant des cheveux de cette teinte admirable abondaient en Moscovie : une sur deux étant de cette couleur, elles n'allaient pas demander trop cher. Le calcul était simple et sûr : avec sa solde de capitaine, il achèterait à bas prix leurs cheveux aux femmes moscovites, par des caravanes de marchands il les ferait parvenir à Van Kharen, lequel déposerait dans une banque d'Amsterdam la rétribution afférente. La mèche avait été donnée à titre d'échantillon, afin qu'il n'y ait pas d'erreur sur la couleur, et sur le parchemin le marchand avait soigneusement inscrit de sa propre main le prix convenu : 1 500 florins pour un chariot. En quatre ans, il en aurait mis, du foin dans ses bottes ! Et plus besoin d'aller se battre contre les Turcs.

En ce mois de mai, le temps était clair, léger, les oiseaux gazouillaient exactement de la même façon que dans son Theofels natal, et l'humeur de Cornélius était conquérante. Par mesure de sécurité, il chevaucha environ un mille de plus à trot rapide, même si l'on imaginait difficilement, plein comme il l'était, le chef des gardes verts se lancer à sa poursuite. Puis, lorsque l'alezane commença à manifester son mécontentement par des mouvements de tête et à lâcher alentour des lambeaux d'écume, il se remit au pas. Il fallait nourrir un peu les bêtes, les faire boire et, quant à lui, il n'avait rien contre l'idée de boire un verre à son avenir radieux sur les terres russes.

Quand, au pied d'une colline, apparut un village, le capitaine se dit d'abord qu'il était inhabité, soit qu'il ait été décimé par la peste, soit qu'il ait été abandonné par ses habitants. Maisons grises et tordues aux toits de chaume pourri, petites fenêtres opaques, minuscule chapelle surmontée d'une croix à huit branches, toute de guingois. Au-dessus d'une des masures, longue et ceinte d'une palissade, s'élevait une volute de fumée et, à l'écart du village, des bêtes paissaient dans un pré : trois vaches squelettiques et une dizaine de moutons crottés. Il s'agissait vraisemblablement du fameux Niévorotinskaïa.

Cornélius longea sans se presser l'unique rue du village, regardant à droite et à gauche avec curiosité. De sa vie, il n'avait vu pareille misère, même en Pologne. Pas une poule, pas le plus petit arbre fruitier, pas la moindre carriole. Même des chiens, il n'y en avait pas. Chose étonnante, rien ne dépassait des toits : apparemment, ici, on se chauffait sans cheminée, comme chez les Samoyèdes du Grand Nord.

Cependant, il finit par tomber sur des gens. D'abord une ancêtre d'une soixantaine d'années. Elle surgit d'un portail délabré au moment où le cheval moreau s'avisait de décharger son ventre, enfourna les crottes fumantes dans un pan de sa jupe en toile de sac (découvrant au passage ses jambes maigres et terreuses) puis, après avoir craché sur l'étranger, elle repartit en trottinant. Elle allait manger ça, ou quoi ? s'affola Cornélius, puis il se rassura : c'était pour fumer son potager ou allumer son feu.

Puis il aperçut un paysan vêtu d'une simple chemise. Il gisait au beau milieu du chemin sans qu'on sache s'il était mort, saoul ou simplement endormi. Le cheval l'enjamba précautionneusement, la jument le contourna.

De derrière un treillage émergèrent deux gamins sales et entièrement nus. Ils fixèrent l'étranger de leurs petits yeux vides et fixes. L'un reniflait, l'autre suçait son pouce. Cornélius eut l'impression de voir deux petites bêtes sauvages. Encore heureux qu'ils restent tranquilles, sans quémander d'aumône ni lui jeter des pierres.

Devant, apparut la masure aperçue un peu plus tôt, la seule de tout le village à posséder une cheminée et des fenêtres en mica (dans les autres maisons, les minuscules ouvertures étaient recouvertes de vessies de bœuf). Près du perron étaient étendus deux autres paysans, dans la cour stationnaient plusieurs chariots, une demi-douzaine de chevaux piaffaient à l'attache. Exactement ce qu'il fallait : une auberge ou un relais de poste.

Cornélius franchit la palissade, attendit un moment que sorte un valet. Personne. Alors il cria : « Hé ! Ohé ! » jusqu'à cinq fois. Toujours personne. Sur le perron sortit un homme en caleçons avec une croix en cuivre sur son torse nu, mais sans aucune intention de venir en aide au voyageur. Il s'immobilisa un court instant, chancela, puis s'effondra sur les marches tête la première. Autour du front fracassé de l'ivrogne se forma une mare rouge.

On boit beaucoup ici, conclut in petto Cornélius. Il doit y avoir une fête quelconque aujourd'hui.

Il attacha donc lui-même ses chevaux et, après avoir enlevé sa selle, leur versa un peu de sa propre avoine (il en avait une petite réserve dans son chargement). L'alezane avait son fer arrière gauche usé, il aurait été bien de le lui changer. Pour le cheval moreau, tout était en ordre ; cet animal était une merveille.

Il prit sa sacoche avec lui ainsi que ses pistolets et accrocha son mousquet à son épaule. Il faudrait envoyer au plus vite un valet chercher les bagages, sinon, Dieu l'en préserve, il risquait de se faire dépouiller.

Il poussa la porte en planches, se retrouva dans une grange plongée dans une semi-obscurité. Une odeur de pourri, d'aigre, de croupi le prit à la gorge. Le lieutenant suédois n'avait pas menti, les Moscovites ne fleuraient pas l'ambroisie.

Il s'immobilisa sur le seuil le temps de s'habituer à la pénombre. Il distingua quelques longues tables auxquelles étaient assis, silencieux – non, pas silencieux mais discutant à voix basse –, des barbus loqueteux. Ils avaient devant eux, qui une chope en argile, qui une bouteille carrée de verre épais, plus ou moins grande. Ils buvaient souvent en renversant la tête en arrière. Ils prenaient avec leurs doigts du chou haché contenu dans des écuelles. Au fond, dans un coin, se trouvait un comptoir derrière lequel somnolait le tavernier.

Le capitaine allait se diriger dans cette direction quand, soudain, il se figea, les yeux écarquillés. Tout près de la porte, assise à genoux à même le sol, une gamine d'environ treize ans vêtue d'une chemise sale grignotait des graines de tournesol, dont elle recrachait les balles par terre. Elle était couverte de taches de rousseur, avec des sourcils charbonnés jusqu'aux oreilles, des cils noircis à la suie, des joues rougies à la betterave. Pourtant ce n'était pas ce monstrueux barbouillage qui avait saisi Cornélius, mais la couleur de cette chevelure en bataille tombant jusqu'au nombril. Elle était exactement du roux cuivré recherché : une authentique « Laura » ! La rencontre avec la Moscovie se présentait sous les meilleurs auspices.

Von Dorn se pencha, saisit une mèche entre deux doigts, regarda mieux. Aucun doute possible. S'il envoyait à Amsterdam, disons... trois, non, quatre chariots par an, au bout de quatre ans, cela ferait... vingt-quatre mille florins ! Patience, mon merveilleux réveil, tu auras bientôt une demeure digne de toi.

Levant la tête, la gamine regarda l'étranger en train de marmonner, sans faire le moindre mouvement pour se dégager ni cesser de recracher ses graines de tournesol. Lui acheter sur-le-champ ses cheveux était bien sûr absurde ; il ne manquait sûrement pas de rousses à Moscou. Mais cela valait tout de même la peine de s'informer du prix, afin d'évaluer à combien reviendrait un chariot.

Cornélius saisit les cheveux et les désigna de l'index. Puis, employant un des dix mots russes indispensables qu'il avait appris en chemin, il demanda :

— Combien ?

Ce ne fut pas la gamine qui répondit mais un macaque à la barbe hirsute et au visage barré d'un bandeau noir :

— Poluschka.

Un rictus découvrit ses gencives édentées, il fit un geste monstrueusement obscène et dit autre chose, de beaucoup plus long cette fois. Le capitaine distingua le mot

« kopeïka ». La gamine renifla et retroussa sa chemise jusqu'à ses clavicules, frêles comme des brindilles. Pourquoi ce geste ? Mystère. En dessous, elle était entièrement nue mais, vu son jeune âge, il n'y avait pas encore grand-chose à voir. Sans doute est-elle simple d'esprit, se dit Cornélius tout en pensant à autre chose.

Pour autant qu'il eût compris ce qu'avait dit le barbu, pour un poluschka on lui laisserait couper les cheveux partiellement et pour un kopeck jusqu'à la racine. Un poluschka équivalait à un quart de kopeck, pour un florin les changeurs donnaient vingt kopecks... A vue de nez, il y avait environ deux livres de cheveux. Cornélius effectua les multiplications et, au résultat, son cœur se mit à battre plus fort. Cela faisait très peu cher !

Le macaque n'arrêtait pas de l'asticoter ; il lui donnait des coups dans les côtes tout en présentant la gamine et comme ci et comme ça. Le capitaine lui appliqua une légère tape à l'oreille pour qu'il cesse et se dirigea vers le comptoir.

Il aurait volontiers dévoré un demi-gigot ou un chapon entier, mais ici on ne servait visiblement pas de nourriture chaude. Sur le comptoir, au milieu de flaques glauques à l'odeur puissante, se trouvaient un plat de champignons visqueux, une écuelle contenant une masse noire d'apparence collante, ainsi que quelques tranches de pain gris. Quant au chou aigre, il était déversé en tas directement sur des planches de bois même pas dégauchies.

Le tavernier dormait, sa joue appuyée sur le comptoir, sa barbe grise s'étalant soigneusement sur les écuelles et le chou. Tout en se demandant que choisir, Cornélius enleva distraitement de la barbe un gros pou qu'il écrasa avec ses ongles. Ici, à part du pain et du vin, il n'y avait rien à se mettre sous la dent.

Il leva la main pour donner une tape sur la tonsure de l'aubergiste, mais il s'avéra que celui-ci ne dormait pas ; il jetait des coups d'œil à travers ses paupières plissées, moins intéressé par le visage du voyageur que par le sac qu'il portait à l'épaule. Le capitaine prit un énorme morceau de pain, jeta sur le comptoir un kopeck en argent et dit en polonais, espérant que le barbu comprendrait :

— Wodka !

Le tavernier fourra le kopeck dans sa bouche, et l'on entendit un tintement métallique derrière sa grosse joue, mais il n'apporta pas à boire immédiatement : pour une raison quelconque, il alla fouiller dans un coin sombre derrière le comptoir et en sortit non pas une bouteille mais une chope en argile. Pour un kopeck, c'était un peu juste. Von Dorn huma (cette buvée était encore pire que le calvados français), vida cul sec le liquide trouble et frappa sa chope vide contre le bois, manière de dire : verse encore.

La vodka se révéla particulièrement forte. La gueule ponceau de l'aubergiste devint floue et commença à ressembler à ce fruit américain appelé tomate, tandis que le sol se mettait à tanguer sous les pieds du capitaine. Il s'agrippa au comptoir. Son mousquet tomba dans un bruit de ferraille.

— Que m'as-tu donné à boire, Judas ? demanda Cornélius à la tomate, avant de fermer ses paupières lourdes comme du plomb.

Quand, un instant plus tard, il les rouvrit, ce n'est pas la sale trogne du tavernier qu'il vit, mais un ciel serein de mai et de petits nuages duveteux.

Un vent léger balayait non seulement son visage, mais tout le corps du capitaine, ce qui était agréable, quoique étonnant. Il passa la main sur son torse, son ventre, plus bas, et comprit qu'il gisait entièrement nu. Des brins d'herbe lui piquaient le dos. Une fourmi se mit à ramper le long d'un cil.

Et l'estaminet pouilleux, et son perfide tenancier, et le village russe lui-même avaient disparu en un clin d'œil, tel un mauvais rêve.

C'était dans cet état que se trouvaient nos lointains aïeux dans le merveilleux jardin d'Eden, nus et heureux, pensa Cornélius, bien qu'il sût qu'il n'était pas au paradis car, s'il était nu, il était loin d'être heureux – sa tempe lui faisait un mal de chien. Et quand il essaya de se lever, un flot de bile verte jaillit de sa bouche.

De même, les deux galopins assis sur le bas-côté du chemin poussiéreux à observer en silence l'homme qui se tordait par terre ne ressemblaient guère à des anges, même si, à l'instar de Cornélius, ils étaient nus comme au premier jour du monde. Le capitaine crut reconnaître les deux gamins qui, tantôt, l'observaient derrière un treillage.

– Où suis-je ? prononça-t-il d'une voix rauque. Que m'a-t-on fait ?

Un des gamins se gratta la nuque. L'autre dit quelque chose. Tous deux éclatèrent de rire, se levèrent et se mirent à gambader le long du chemin en se fouettant mutuellement le derrière avec des branches et en criant : hé, hé !

Le chemin descendait vers un amas gris de maisons dans lequel Cornélius reconnut immédiatement Niévorotinskaïa. Le village n'avait pas disparu ; il était à la même place et, au-dessus de la taverne, s'étirait toujours une petite fumée paresseuse.

Ainsi n'y avait-il là ni hallucinations ni sortilèges. A Riga, les gens expérimentés avaient prévenu von Dorn : Herr capitaine, attendez une occasion de faire route avec quelqu'un, ne voyagez pas seul à travers la Moscovie, on va vous dépouiller, vous tuer, et personne n'ira vous chercher. Homme arrogant et présomptueux, Cornélius avait fait fi de ces conseils. Et le résultat était là : à peine avait-il franchi la frontière qu'on l'avait déjà empoisonné, dépouillé, entièrement déshabillé et jeté sur une route où il ne lui restait qu'à crever.

Il n'avait plus ni chevaux, ni armes, ni argent, mais le pis de tout était la perte de son sauf-conduit.

Demander justice ? Mais qui croirait un homme sans papiers ni témoins et avec ses moustaches pour seul vêtement ? Comment s'expliquer dans une langue étrangère ? Et, surtout, à qui se plaindre ? Tout de même pas à cette trogne de porc à qui il avait faussé compagnie à la frontière ?

Von Dorn s'assit, s'accrocha des deux mains à ses cheveux ras.

Et maintenant qu'avait-il à attendre ? La mort ?

Chapitre troisième

Pourquoi les gens ne volent-ils pas comme les oiseaux ?

Le long de la rue Pirogovka illuminée par un insolent soleil de juin, juché sur des rollers et louvoyant entre les rares passants, filait à belle allure un étranger à la stature de basketteur, en blazer bleu marine à boutons dorés, cravate de shetland rayée rouge et vert, et portant un attaché-case dans sa main gauche. Du fait qu'il s'agît forcément d'un étranger témoignaient son sourire radieux aux dents d'une blancheur éclatante et le guide touristique qu'il tenait ouvert dans sa main droite. D'ailleurs, même sans cela il était évident que le jeune homme ne pouvait être un autochtone – à Moscou il était bien rare de rencontrer un adulte d'aspect respectable en patins à roulettes. Sa raie, qui séparait ses cheveux en deux moitiés parfaitement égales, avait quelque peu pâti de l'air qui lui frappait le visage, ses cheveux blonds et raides étaient en désordre, mais pas de façon catastrophique : deux ou trois coups de peigne, et il retrouverait son allure convenable.

Les patins à roulettes en question n'étaient pas d'un modèle ordinaire tel qu'on en trouve dans le commerce, mais au contraire très particuliers, fabriqués sur commande au prix de 399 livres sterling. En fait, on ne pouvait pas vraiment parler de patins à roulettes, mais plutôt de chaussures montées sur une semelle de cinq centimètres d'épaisseur dans laquelle se logeaient des roues en alliage de titane, à la fois très solides et d'une maniabilité remarquable. Quand Nicholas décida de passer d'une allure de sénateur à une glisse aérienne, il s'accroupit, actionna les minuscules leviers situés à l'arrière de ses fabuleuses chaussures, et aussitôt, à l'instar du dieu Hermès, de petites ailes poussèrent à ses pieds. Dans sa ville natale, Fandorine utilisait rarement la voiture ou les transports en commun, car ses étonnantes chaussures pouvaient en un temps record le transporter n'importe où dans les limites du centre de Londres. Il ne redoutait ainsi ni les embouteillages ni les bousculades du métro. Et en plus, c'était excellent pour la santé.

A Moscou, ville qui avait stupéfié l'hôte de la capitale par la profusion de véhicules et l'indiscipline des conducteurs, se déplacer en voiture paraissait insensé. Le trajet en taxi jusqu'aux Archives lui aurait pris beaucoup plus longtemps et n'aurait sans doute pas été aussi agréable. C'est absolument incompréhensible, se dit le maître d'histoire. Comment, dans une mégapole de dix millions d'habitants, peut-on se passer d'autoroutes à deux niveaux ?

Nicholas avait lu bien des choses intéressantes sur le métro de Moscou, dont les stations, allez savoir pourquoi, ressemblaient à des palais souterrains, mais faire connaissance depuis son sous-sol avec une ville dont il avait tellement entendu parler et sur laquelle il avait tant lu eût été absurde.

C'est pourquoi, en sortant de l'hôtel Intourist (un vilain parallélépipède de verre, qui gâchait la perspective de la rue de Tver et dont, de surcroît, les chambres étaient moins confortables que dans le plus élémentaire des beds & breakfast), Nicholas avait jeté un rapide coup d'œil au mur rouge du Kremlin (ça, ce serait pour plus tard) et était parti en direction du sud-ouest, comme l'indiquait son plan. Il avait suivi la rue Mokhovaïa en passant d'abord devant l'ancienne université, où pas moins de quatre Fandorine avaient fait leurs études, puis devant la nouvelle où, à l'époque d'Ivan le Terrible, se trouvait l'Opritchny Dvor[1]. En se démanchant le cou, il avait pu apercevoir la maison Pachkov avec sa forme de pot à tabac. Actuellement siège de la Bibliothèque nationale, elle avait, un siècle et demi plus tôt, abrité le lycée de garçons n° 4, où avait étudié son arrière-grand-père Piotr Isaakiévitch.

Devant la cathédrale du Christ-Sauveur nouvellement reconstruite (sir Alexander disait toujours que cette tête de géant défigurait Moscou par sa démesure et que l'unique bonne action des nouveaux Russes avait été la destruction, en 1931, de cet ouvrage monstrueux), le maître en histoire s'était arrêté un instant en se disant que, finalement, cet édifice lui plaisait bien : au cours du vingtième siècle les constructions de la ville s'étaient élevées et, désormais, le massif casque d'or ne donnait plus l'impression d'être un corps étranger.

Il faut dire que Fandorine était d'excellente humeur et, pour l'heure, prêt à tout aimer sans discernement : la douceur du temps, la respiration bruyante de la première capitale de la Russie et même le visage renfrogné des Moscovites et leurs regards chargés de réprobation à l'endroit de l'impétueux rollerskater.

Le cœur de Fandorine tintait et palpitait au pressentiment d'un miracle. Dans son attaché-case reposait la moitié de la précieuse lettre qui, très bientôt, allait être réunie à sa partie manquante, apparemment perdue à jamais. Et

1. Quartier où résidaient les « opritchniks », milice d'Ivan le Terrible, célèbre pour ses exactions et la terreur qu'elle fit régner sur le pays. (*N.d.T.*)

d'ailleurs, pourquoi « apparemment » ? Elle avait bel et bien été perdue *à jamais*... durant trois siècles. Pour Nicholas, aujourd'hui, c'était doublement la fête : sa fête en tant qu'historien et sa fête en tant que dernier représentant de la lignée des Fandorine.

Un jour merveilleux, réellement merveilleux !

Il se souvenait des événements de la veille comme d'un fâcheux malentendu. C'était une épreuve infligée au voyageur par une force maléfique, afin de vérifier s'il était ferme dans son intention d'atteindre le but qu'il s'était fixé.

La veille, la forêt épaisse et hostile qui défendait les abords de la cité ensorcelée s'était muée en un mur tellement infranchissable qu'il ne lui restait plus qu'à sombrer dans le désespoir.

Après avoir découvert que l'attaché-case dépositaire de tous ses trésors avait été violé et étripé, le maître en histoire avait à grand-peine ramené à la vie son compagnon d'infortune, et les deux victimes de l'attaque au gaz s'étaient précipitées dans le compartiment du contrôleur. Ce dernier était assis en train de boire du thé et contemplait dans la vitre noire le reflet de son peu attrayant visage.

Repoussant Nicholas d'un coup d'épaule, mister Kalinkins se mit à vociférer :

— Des bandits nous ont agressés ! C'est du terrorisme international ! Moi-même et le citoyen britannique ici présent avons été asphyxiés au gaz paralysant ! On nous a volé notre argent et nos affaires !

Le contrôleur se tourna nonchalamment, bâilla.

— Ouais, ça se peut, dit-il en regardant les deux passagers avec la plus totale indifférence. De toute façon, les chemins de fer ne sont pas responsables de la fauche.

Sinon, avec des emplumés comme vous, on aurait vite fait d'être sur la paille.

— Et où sont les deux jeunes gens en survêtement avec lesquels mister Fendoraïn vous a vu discuter ? demanda le marchand de crème, le regard rivé sur l'employé étonnamment calme. Dans quel compartiment sont-ils ?

— Qui ça ? s'étonna vaguement le contrôleur. J'ai discuté avec personne. Y raconte des craques, ton mister. (Et de nouveau il se tourna vers son reflet en maugréant.) Y vont m'les gonfler encore longtemps ces deux-là... Allez donc voir le milicien de garde. Il est dans la voiture n° 3. Et fermez la portière, ça fait de l'air.

Le Letton refusa d'aller voir le milicien en affirmant que c'était inutile, si bien que Nicholas dut se rendre seul auprès du représentant de la loi.

Le lieutenant, que Fandorine trouva dans le compartiment de la contrôleuse de la voiture n° 3, refusa effectivement dans un premier temps d'entreprendre quoi que ce soit.

— Comprenez, dans une heure et dix minutes, le train s'arrête à Pskov, lui expliqua Nicholas. Les voleurs vont descendre, et il sera alors impossible de retrouver ce qui m'a été volé. Il n'y a qu'à visiter tout le train, et je reconnaîtrai ces gens. Je suis sûr que c'est eux.

Cette pénible discussion se poursuivit assez longuement, et il devint évident qu'il n'en sortirait rien. L'Anglais ne disposait pas d'arguments tels que le milicien aurait reboutonné son uniforme, bouclé son ceinturon pour aller inspecter les treize voitures, plutôt que de vider son quatrième verre en grignotant quelque chose.

Ce fut la contrôleuse qui tira d'affaire ce grand escogriffe d'Anglais, confirmant par là même la justesse de la littérature classique qui attribue à la femme russe un cœur plein de compassion et de bonté.

— Bon allez, Valia, qu'est-ce t'as, fais pas ta tête de cochon, dit la femme à l'obésité malsaine et aux cheveux permanentés, descendantes des héroïnes de Nekrassov. Tu vois bien que ce pauvre gars est dans la panade, allez, vas-y. Moi, pendant ce temps, je hache les cornichons et je coupe les radis.

Les deux jeunes sportifs furent découverts dans le compartiment 6 de la voiture n° 4, voisine de celle de Nicholas. Ils voyageaient seuls et tapaient le carton avec des graisseuses qui, pour le coup, portaient bien leur nom. Sur la tablette étaient posées des bouteilles de bière.

— C'est bien ce survêtement, fit Nicholas en indiquant au lieutenant la manche bleue à bande blanche. Je suis sûr.

— On sort ses papiers, ordonna sévèrement le milicien. Et toutes ses petites affaires. J'ai une plainte de la part d'un citoyen étranger.

Le plus âgé des deux gars écarta les mains d'un air innocent :

— Quelles petites affaires, commandant ? Sergueï et moi, on est montés à Niévorotinskaïa et on descend à Pskov. Tiens, regarde, dans ma poche j'ai deux brèmes séchées et des clopes.

Il fallait rendre justice au lieutenant Valia : en violation manifeste des droits de la personne et des dispositions réglementaires, il fouilla non seulement le compartiment mais également les deux jeunes gens, mais à part deux poissons séchés, un paquet de L & M, des graines de tournesol et quelques bricoles sans intérêt, il ne trouva rien.

— Bon, et maintenant ? demanda Valia dans le couloir. On continue ou qu'est-ce qu'on fait ?

— J'ai compris ! s'écria Nicholas. Ils sont de mèche avec le contrôleur de ma voiture ! Et les affaires sont sûrement chez lui ! A Pskov, il va leur repasser les objets volés, et eux vont descendre.

— Ah non, le coupa le milicien. Je ne fouille pas le contrôleur, ça pourrait me coûter trop cher. (Puis, après un court instant de réflexion, il ajouta :) Sans mandat, ce n'est pas possible. Mais voilà ce que je vous propose, mister : rédigez une plainte, et venez me la porter dans la voiture n° 3. A plus tard.

Et Nicholas resta seul, impuissant, écumant de rage.

Le temps ! Le temps passait, et bientôt il serait trop tard ! Il ne restait plus qu'un petit quart d'heure avant l'arrêt à Pskov. Il était évidemment possible de se poster sur la plate-forme et d'essayer de prendre l'infâme contrôleur la main dans le sac, au moment où il remettrait le butin à ses complices. Et si jamais ils avaient prévu autre chose ? Par exemple, de balancer les affaires par la fenêtre à un acolyte attendant sur le quai. Et, pendant ce temps, Nicholas serait à poireauter sur la plate-forme.

Réfléchis, réfléchis, s'intima Fandorine. Tu laisses filer la lettre de Cornélius, et c'en est fini, tu ne la revois plus. Et cela, tu ne te le pardonneras jamais.

Il réfléchit cinq minutes environ, et une idée se fit jour.

Il passa encore cinq minutes à feuilleter son carnet folklorique et à apprendre quelques-unes des expressions argotiques notées dans la section « Vocabulaire marginal ».

Quand, dehors, les lumières jaunes se firent plus nombreuses, indiquant que le train entrait dans les limites d'une agglomération relativement importante, Fandorine ouvrit sans frapper la portière du compartiment de service, entra et se pencha au-dessus du contrôleur assis.

— Alors, mister, vous avez toujours pas retrouvé votre fourbi ? Faut chercher mieux. C'est peut-être vous-même qui l'avez fourré quelque part et vous savez plus où. C'est des trucs qu'arrivent.

D'un geste expressif, l'effronté suggéra que Nicholas avait trop bu, puis il sourit d'un air serein, apparemment convaincu de sa totale impunité.

— Regardez donc, mister, on approche de la gare. Allez, go, go, schnell !

Nicholas posa la main sur l'épaule de l'odieux personnage, serra les doigts de toutes ses forces et aligna une bordée de jurons et de menaces à faire pâlir le pire des truands.

L'effet produit fut assez similaire à la réaction de mister Kalinkins lorsqu'il avait entendu l'Anglais interpréter une chanson russe, mais en vingt fois plus fort. Nicholas n'avait jamais vu un homme devenir brusquement blanc comme un linge et avait toujours cru que cette expression était du domaine de la métaphore. Pourtant, le contrôleur devint effectivement tout blanc en une fraction de seconde, et même ses lèvres prirent une nuance gris clair, tandis que ses yeux clignaient de façon continue.

— T'es d'ici, t'es d'ici... bredouilla-t-il. (Il essaya de se lever mais Fandorine resserra son étreinte.) J'savais pas... Ah ben ça, c'est la meilleure ! Je pensais que t'étais un connard d'étranger ! Ben merde alors, t'es un frérot !

Là, Nicholas se rappela fort à propos deux autres termes tirés de son carnet, qu'il plaça avec succès :

— C'est le condé, ton frérot, salope.

A ce point, il était important d'éviter les fausses notes, de ne pas se tromper dans l'usage des mots. Pour cela, Nicholas n'ajouta rien de plus, se contentant de tendre la main sous le nez du scélérat (son autre main le serrait toujours à l'épaule).

— Alors ?

— Ça vient, ça vient, s'agita le conducteur, fouillant sous son matelas. Tout est intact et en parfait état...

Il rendit tout, intégralement tout ce qui avait été volé dans l'attaché-case : les papiers d'identité, le porte-monnaie, l'ordinateur et, chose la plus importante, l'inestimable enveloppe. Et par la même occasion, il rendit également le portefeuille de mister Kalinkins.

La forêt maléfique avait cédé devant la détermination du paladin et s'était écartée, le laissant poursuivre son chemin.

Mais on pouvait expliquer autrement ce qui s'était passé, de manière scientifique et non mystique. Le professeur Rosenbaum, qui enseignait la lexicologie, disait toujours à ses étudiants que la connaissance précise des idiomes propres à une langue et le respect scrupuleux des règles du langage parlé et de ses nuances conformément aux pratiques d'un groupe social donné étaient capables de réaliser des prodiges. La linguistique était vraiment la reine des sciences humaines, et la langue russe n'avait pas sa pareille pour ce qui était de la richesse lexicale et de l'expressivité. « Tu es mon seul appui et mon seul soutien, ô grande, puissante, loyale et libre langue russe ! s'était dit Nicholas, se remémorant les paroles de Tourgueniev, alors qu'il regagnait son compartiment. Il est inconcevable qu'une telle langue ait pu ne pas être donnée à un grand peuple. »

C'est avec une pieuse émotion que Nicholas foula pour la première fois le sol du centre des archives, gardien de la mémoire nationale et culturelle de l'Etat russe. Le souffle lui manqua à l'idée des trésors conservés derrière ses murs gris aux minuscules fenêtres, sortes de meurtrières laissant à peine filtrer la lumière. Là, quelque part à portée de main, se trouvait la feuille grise sur laquelle Cornélius von Dorn avait soigneusement tracé des caractères dans une langue étrangère, fraîchement acquise.

Après une demi-heure de queue pour obtenir un laissez-passer et la fouille méticuleuse à laquelle un milicien en faction, avec gilet pare-balles et mitraillette, soumit son attaché-case, Fandorine se retrouva enfin à l'intérieur des Archives centrales des documents anciens. Avant, il dut traverser une agréable cour ombragée puis zigzaguer au milieu des piles de briques, des bidons de peinture et des rouleaux de câble : le bâtiment était en réfection.

Ces travaux auraient dû être entrepris une cinquantaine d'années plus tôt, Nicholas le comprit en gravissant le large escalier qui, autrefois, avait dû être majestueux mais qui, depuis, était tombé dans une affligeante décrépitude : les marches de marbre étaient archiusées, les rampes écaillées, des statues et des miroirs qui avaient jadis orné les paliers ne restaient plus que des niches vides et des piédestaux abandonnés.

Il était évident que les archives souffraient de la pire des maladies susceptibles d'affecter une institution scientifique : le manque dramatique sinon l'absence complète de moyens financiers. Plein de compassion, Fandorine regarda tour à tour les boîtes de fiches fendues, les hautes fenêtres avec leurs rideaux mangés aux mites, le linoléum criblé de trous, et soupira. Sir Alexander n'avait pas tort quand il disait que la vie des nouveaux Russes aurait été plus ou moins supportable s'ils avaient un peu mieux respecté le passé de leur pays. Or le passé se trouvait justement là, entre ces vieux murs. Le nez du maître d'histoire, sensible à l'odeur du Temps, perçut immédiatement ce parfum magique, inimitable.

Même dans le cabinet du directeur, tout était délabré et misérable.

Stanislav Kondratiévitch Verchinine, médiéviste de renommée mondiale, accueillit son collègue britannique avec toute la cordialité possible.

— Bien sûr, bien sûr, je me rappelle fort bien votre requête, mister Fandorine, dit-il en faisant asseoir son hôte dans un fauteuil de cuir usé jusqu'à la corde. La moitié du document trouvé à Kimri, c'est bien cela ?

— A Kroméchniki, rectifia Nicholas, tout en regardant avec déférence la tonsure socratique de l'auteur des commentaires de la *Chronique de Vytchégod.*

— Oui, oui, Kroméchniki. Le soubassement du palais Matféiev, je me souviens maintenant.

Le directeur souleva le combiné d'un téléphone noir (un de ces appareils qu'à Londres on ne trouvait plus que chez les antiquaires), fit tourner le cadran.

— Maxime Edouardovitch, cher ami, pourriez-vous venir chez moi un instant ? demanda Verchinine, souriant aimablement à son interlocuteur invisible. Le chercheur anglais, mister Fandorine, est ici... Oui, oui, à propos des objets trouvés à Kroméchniki. Nous avons répondu à sa demande, vous vous souvenez ?... Très bien, parfait.

Ayant raccroché, il expliqua :

— Maxime Edouardovitch Bolotnikov, expert principal du département des études préalables. Toutes les nouvelles acquisitions passent entre ses mains. Un merveilleux paléographe et, soit dit en passant, un brillant spécialiste du dix-septième siècle. Tout jeune, il a déjà publié quatre monographies et soutenu sa thèse de doctorat, sur le Faux Dimitri, Marina Mnichek et le Petit Brigand. Vous vous rendez compte, fit Stanislav Kondratiévitch en levant l'index pour marquer l'importance de son propos, on l'a invité à venir travailler à Stanford moyennant un énorme salaire, et il a refusé. Un patriote ! Ce qui chez nous est devenu une rareté. Il croit en la Russie. Une gloire montante, vous pouvez me croire. Notre Mozart des archives.

Le Mozart des archives n'avait guère l'air d'être pressé de répondre à l'appel de son supérieur, et pour combler les temps morts le directeur engagea la conversation sur la situation désastreuse de son institution. Sans doute avait-il remarqué les regards en biais que l'étranger jetait aux rayonnages de guingois et au tapis lépreux.

— ... Et pour le prochain trimestre, il n'y a carrément plus un kopeck, poursuivait Verchinine dans une interminable suite de lamentations. La paye d'un directeur de recherches est de deux cent cinquante mille roubles, et encore, on la lui verse en retard ! Cinq appareils à microfilmer sont immobilisés, faute d'argent pour les réparer. La photocopieuse commence à dérailler, c'est une véritable tragédie. Et encore, s'il n'y avait que la photocopieuse, nous n'avons pas de quoi payer les femmes de ménage. Or, les femmes de ménage, vous savez, elles ne sont pas comme nous autres historiens, elles ne vont pas travailler gratuitement. C'est honteux, cette poussière qu'il y a partout. Mon cher, je vais vous donner un bon conseil. Ne venez pas ici habillé aussi chic, et en cravate par-dessus le marché. Epargnez votre veste et vos manchettes. Mettez des jeans et un blouson, ce sera parfait.

Nicholas était stupéfait d'entendre le directeur des archives donner un tel conseil à quelqu'un qu'il connaissait à peine, surtout sur un sujet aussi personnel que la manière de s'habiller. Puis, après un instant de réflexion, le jeune homme se dit que, bien que sans-gêne, cela était très russe et, finalement, plutôt sympathique.

— Voilà quelle est ma situation, pire que celle d'un gouverneur, conclut Verchinine en ouvrant les mains d'un air désarmé. Sans moyens, il est difficile de travailler, très difficile. Mais que faire ? L'Etat n'a pas d'argent. Que feriez-vous à ma place ?

Emu, Fandorine se sentit fondre. Verchinine avait été le premier à lui donner un conseil, et maintenant c'est lui qui en demandait un. Il fallait l'aider.

— A votre place, monsieur le directeur, voici ce que je ferais, commença Fandorine, tout de même un peu gêné. D'abord, je ne comprends pas pourquoi les archives autorisent les chercheurs à utiliser gratuitement leurs fonds irremplaçables. Pourquoi limiter l'accès à vos salles de lecture, en éliminant ceux qui viennent par simple curiosité et en n'acceptant que les spécialistes ? Vous pourriez ouvrir grandes les portes à tous les amateurs et, en contrepartie, faire payer un modeste abonnement. J'aurais personnellement volontiers payé pour avoir l'honneur de travailler dans votre salle de lecture. D'autre part, je suis certain que beaucoup de mes collègues seraient prêts à verser des sommes beaucoup plus substantielles si vous acceptiez des commandes de particuliers pour effectuer telle ou telle recherche. Par exemple, j'ai besoin de scanner un document qui m'intéresse et également de consulter les archives de l'office des Affaires étrangères, de l'Armée et de quelques autres ministères relatives à un sujet assez précis. Ce travail va me prendre une semaine, sans compter que j'ai dépensé et que je vais encore dépenser pas mal d'argent pour le transport, l'hôtel, etc. Croyez-moi, j'aurais avec plaisir payé mille ou même deux mille livres si un quelconque de vos remarquables spécialistes avait accompli cette tâche pour moi...

— Eh bien, c'est effectivement une excellente idée, fit le directeur, sortant de sa morosité. Il va de soi que surgira une multitude de difficultés financières et administratives, mais le jeu en vaut la...

Il n'eut pas le temps de terminer. On frappa à la porte et, aussitôt, sans attendre de réponse, entra un jeune homme brun élégant et soigné, portant d'étroites lunettes à la dernière mode et tenant un sac de sport à la main. Du sac, sortaient les manches de deux raquettes de tennis.

— Stanislav Kondratiévitch, dit le brun d'un air mécontent tout en lançant un rapide regard à Fandorine. Je vous avais pourtant demandé de me laisser partir plus tôt. J'ai un tournoi à Pétrovka.

— Oui, oui, répondit d'un ton d'excuse le directeur. Je m'en souviens, cher ami. Mais mister Fandorine vient d'arriver, il est membre de la Société royale d'histoire. Aidez-le à obtenir son fameux document, sinon il va devoir patienter jusqu'à demain. Cela ne se fait pas, il est notre hôte, tout de même. A propos, je ne vous ai pas présentés : Maxime Edouardovitch Bolotnikov, Nicholas Fandorine. Voyez, mon cher, cette impressionnante lettre de recommandation, avec blason et filigranes. Voyons ce qui est écrit.

Verchinine chaussa ses lunettes et commença à lire la lettre (sa prononciation était tout simplement monstrueuse) :

– « ... *please give every possible assistance to Sir Nicholas A. Fandorine, M.A., Bt.* » Veuillez accorder toute l'aide possible... Au fait, monsieur Fandorine, je sais ce que signifie « M.A. », « maître en sciences humaines », mais que veut dire « Bt. » ? C'est un quelconque titre universitaire ou bien une distinction ?

Nicholas se sentit affreusement rougir. Le savant secrétaire de la Société, son protecteur et bienfaiteur de toujours, dans son souci de faire sérieux avait montré un peu trop de zèle. « Sir, Bt. », à quoi cela rimait-il ?

— Non, Stanislav Kondratiévitch, « Bt. » signifie « baronet », c'est un titre héréditaire, expliqua Bolotnikov tout en dévisageant l'Anglais comme s'il se fût agi d'un objet sorti d'un magasin de curiosités. Comme Baskerville, vous vous souvenez ? Si ma mémoire est bonne, le titre de baronet a été inventé par Jacques Ier pour renflouer les caisses du royaume. Toute personne qui le souhaitait pouvait s'anoblir en versant quelque chose comme un millier de livres.

Immédiatement gagné par deux sentiments désagréables — la gêne et la jalousie envers l'impressionnante érudition du jeune et brillant historien —, Nicholas bredouilla :

— Vous parlez ici des anciens baronets dont le titre remonte à huit, voire parfois à dix générations. De ceux-là il ne reste actuellement que très peu. Quant à moi, je ne suis que le deuxième baronet de la famille, le premier était mon père. Il n'a pas acheté son titre, la reine le lui a conféré pour sa contribution à la recherche médicale...

C'était stupide et indigne, comme s'il se justifiait pour sir Alexander.

Alors qu'ils sortaient du bureau du directeur, Bolotnikov demanda d'un ton moqueur :

— Comment, dans ce cas, convient-il de vous appeler ? « Sir Nicholas » ou « sir Fandorine II » ?

— Si vous n'y voyez pas d'inconvénient, appelez-moi simplement « Nick », répondit Fandorine, bien qu'il ne pût supporter cette forme abrégée de son prénom.

Mozart regarda sa montre et se renfrogna :

— Voici ce que je vous propose, sir Nick, je vais vous installer dans mon bureau et, quant à moi, je descendrai à la réserve. Vous allez devoir patienter un peu, le temps que je trouve le bon inventaire, que je déniche le dossier... Zut, je vais louper le premier tour. Sans compter les embouteillages... Tant pis, je laisserai ma bagnole ici et j'irai en métro.

Ses deux dernières phrases, prononcées à mi-voix, ne s'adressaient manifestement pas à Nicholas, mais à lui-même.

— Dites-moi, Maxime Edouardovitch, demanda Fandorine, cédant à la curiosité. Monsieur le directeur m'a dit qu'on vous avait proposé un poste à Stanford et que vous aviez refusé. Pourquoi ? Par patriotisme ?

— Je n'ai rien à foutre du patriotisme, répondit Bolotnikov en regardant Nicholas comme un débile mental. Je suis spécialiste de l'histoire russe, et paléographe. Tous les documents importants pour ma spécialité se trouvent en Russie, pas à Stanford. Et les découvertes scientifiques se font tout aussi bien ici. Je laisse Stanford à ceux pour qui une belle maison en ville et un club de golf priment sur la science. Vous avez apporté la deuxième moitié de la lettre ? Je peux y jeter un coup d'œil ?

Nicholas sortit précautionneusement de son attaché-case une étroite enveloppe et, de l'enveloppe, une feuille robuste aux bords irréguliers, coupée par le milieu.

Fronçant les sourcils d'un air concentré, Maxime Edouardovitch parcourut des yeux le document.

— Voilà, maintenant tout me revient. L'écriture est épouvantable, ç'a été un vrai casse-tête.

— A qui le dites-vous, et je ne suis pas paléographe, moi ! s'exclama Nicholas.

— Vous allez vous débrouiller seul ? demanda Bolotnikov en le regardant avec perplexité. Ou bien faudra-t-il vous aider ?

Voilà, c'est tout le caractère russe, pensa Fandorine. L'individu est extérieurement peu affable et caustique, on peut même dire franchement désagréable, et le voilà prêt à vous venir en aide. Il a fait sa proposition comme à contrecœur, mais il est évident que, si on le lui demande, il ne refusera pas.

— Merci, mais je n'aurai pas besoin d'aide. J'ai « Scribmaster », il fera tout le travail à ma place.

— Qui ça, qui ça ?

Et Nicholas d'expliquer son remarquable programme cryptographique, spécialement conçu pour le déchiffrage des manuscrits du Moyen Age. Bolotnikov écouta en se contentant de hocher la tête.

— Vous autres Occidentaux, tout vous est servi sur un plateau. Bon, restez là et attendez. J'en ai pour une quarantaine de minutes, sinon plus.

Et Fandorine se retrouva seul. Il s'assit à la table de travail mais, une seconde plus tard, il bondit de sa chaise et se mit à arpenter nerveusement le minuscule bureau.

Seigneur, était-ce possible ? Dans quarante minutes ou une heure il aurait entre les mains le texte complet du testament de Cornélius, le fondateur de la lignée des Fandorine russes.

Un grand, un très grand moment !

Ce n'est pas quarante minutes ni une heure mais deux heures qu'il fallut attendre jusqu'au retour de Bolotnikov. Il était chargé d'un épais dossier toilé, à la vue duquel Nicholas vira du rose au rouge coquelicot. Le problème était que la profusion de livres anciens et poussiéreux qui envahissaient les rayonnages du bureau de l'expert principal avait déclenché chez le malheureux Fandorine une de ses éternelles crises d'allergie : ses joues s'étaient couvertes de larges taches, ses yeux s'étaient mis à pleurer, tandis que son nez se transformait en une sorte de puits artésien.

— C'est le tossier ? prononça Fandorine d'une voix nasillarde.

— Ah, ces crétins, maugréa, furieux, Maxime Edouardovitch en posant le dossier sur la table. Ils l'avaient fourré sur une mauvaise étagère, j'ai eu toutes les peines du monde à trouver. Tenez, signez ici.

— Tout de suite...

Nicholas eut un sourire fautif en rendant le reçu : d'émotion il avait tracé une signature toute tordue.

— Et maintenant, en avant, sir, le pressa Bolotnikov. De grandes découvertes vous attendent. Eh bien, allez-y, assemblez vos deux moitiés. Je veux seulement voir si elles correspondent, ensuite je file.

Fandorine regarda le modeste dossier gris avec, collée dessus, cette étiquette : « Fonds 4274, cachette de Kroméchniki, 1680 (?), 1 ex. Inventaire 12 », sans pouvoir se décider à dénouer les ficelles. D'où lui venaient ces paroles : « Et, dans la chambre à coucher, dénouer de ma bien-aimée la secrète ceinture » ? Comme ses doigts tremblaient ! Il n'aurait plus manqué qu'il déchire le délicat papier.

Il fallait se reprendre. C'était le bon moment pour composer un limerick à la tonalité légère.

— Alors, qu'est-ce que vous attendez ? s'énerva Bolotnikov. J'ai déjà paumé assez de temps comme ça. Laissez-moi faire.

D'un léger coup d'épaule, il repoussa le Britannique en train de remuer les lèvres, tira sur la ficelle avant d'extraire délicatement du dossier l'étroite feuille.

— Où est votre moitié ? Mettez-la ici.

Il posa les deux fragments côte à côte sur la table, et il parut aussitôt évident qu'ils formaient un tout. Certes, le papier de la moitié droite n'avait pas du tout jauni et les lettres s'étaient infiniment moins décolorées, mais cela n'avait rien d'étonnant : resté durant trois cents ans dans l'obscurité complète, le document avait mieux résisté. L'état de conservation était excellent, à l'exception, sur la partie gauche près de la jointure, d'un petit trou noir, engendré par l'appétit insatiable du Temps.

Maxime Edouardovitch examina attentivement la lettre reconstituée, eut un hochement de tête satisfait.

— Ça colle parfaitement. Sans votre ingénieux programme, il y en a pour une bonne heure à se creuser les méninges, sinon plus. Quand vous aurez terminé, fermez le bureau. Rendez le dossier dans la salle de lecture et remettez la clé au gardien. Sur ce, je fonce, qu'au moins j'attrape un petit bout du tournoi. Et je vous souhaite plein de trouvailles sensationnelles !

C'est avec ce vœu empreint d'ironie que le Mozart des archives s'éloigna, laissant Nicholas seul avec le testament de son ancêtre.

– Merci. Au revoir, bredouilla Fandorine avec un évident retard, alors que la porte s'était déjà refermée.

Tout en reniflant d'un air concentré, il commença à déchiffrer la première ligne.

« Ecrit pour mon fils nikita quand... »

Il dut s'arrêter, la suite n'étant pas claire. De toute façon, il ne fallait pas espérer déchiffrer d'une seule traite les pattes de mouche du capitaine von Dorn.

Mais, après tout, c'était pour cela qu'existait le progrès scientifique.

Le maître en histoire assembla encore plus soigneusement les deux moitiés du document, alluma son ordinateur, brancha le scanner à main et appuya sur la touche *scan*.

Nicholas aurait préféré entreprendre immédiatement le décodage, mais ses yeux pleuraient à cause de cette maudite poussière et son nez ruisselait tellement qu'il était sans doute plus raisonnable de remettre cette tâche captivante à son retour à l'hôtel. De toute façon, maintenant la lettre n'allait pas disparaître : on pouvait l'imprimer en autant d'exemplaires que l'on voulait, la transformer en texte intelligible.

Alors, vite, à l'hôtel ! Et pas en rollers mais en métro, l'heure n'était plus à la balade.

Nicholas rendit le dossier et la clé, mais avant de quitter les archives, il passa aux toilettes afin de se rincer les yeux, de se moucher et de soulager un besoin pressant.

Debout face à l'urinoir, il contemplait le mur de faïence en souriant rêveusement. Une comptine enfantine lui tournait dans la tête : « Petit oiseau s'est fait attraper. Halte-là, de la cage tu ne partiras. De toi désormais, pour rien au monde ne me séparerai. »

Son attaché-case était là, tout près, posé par terre.

La porte grinça, quelqu'un entra dans les toilettes. Fandorine ne se retourna pas. Pourquoi d'ailleurs l'aurait-il fait ?

Des pas feutrés, presque inaudibles. Comme lorsqu'on marche en chaussures de sport à semelles de caoutchouc.

Un léger bruissement, et brusquement l'attaché-case disparut du champ de vision de Nicholas.

Il se retourna aussitôt et vit une chose incroyable.

Un homme chaussé de baskets, en chemise à carreaux jaunes et verts (comme celles qu'on appelait « chemises de cow-boy » dans la littérature soviétique) et pantalon de toile bleu marine à rivets se dirigeait le plus tranquillement du monde vers la sortie en emportant le Samsonite.

– Halte-là ! cria Fandorine, éberlué. C'est à moi ! Vous faites sans doute erreur !

L'inconnu fit mine de ne pas avoir entendu. Il ouvrit la porte et se volatilisa.

Il fallut à Nicholas quelques secondes pour remettre en ordre son pantalon : il n'allait quand même courir avec sa braguette ouverte. Quand il bondit dans le couloir, le voleur était déjà au pied de l'escalier.

– Mais enfin, arrêtez-vous ! hurla Nicholas. C'est quoi, cette stupide plaisanterie !

L'homme à la chemise à carreaux se retourna.

Jeune. Cheveux clairs coiffés sur le côté et retombant sur le front. Visage ordinaire, sans aucun signe particulier. Lunettes démodées, comme on en portait il y a trente ans.

Avec un sourire de défi, le voleur dit :

– Eh, le basketteur, on joue à qui arrivera le premier ?

Et, d'un bond, il s'élança vers le sommet de l'escalier.

Comment sait-il que j'ai fait du basket ? se demanda Nicholas, ahuri, avant de comprendre sitôt après : ah oui, il fait allusion à ma taille.

C'était un fou, un détraqué, cela ne faisait aucun doute. Encore heureux qu'il n'ait pas filé en direction du rez-de-chaussée, car là, il aurait été bon pour le courser à travers tous les bâtiments des archives. Tandis que monter ne menait nulle part : au-dessus du premier étage, il n'y avait plus que le toit.

L'homme à lunettes ne se pressait pas plus que cela. Une ou deux fois il se retourna vers Nicholas et, comble d'effronterie, alla même jusqu'à agiter l'attaché-case pour le narguer.

La volée de marches se terminait par un palier. Le détraqué poussa une porte basse, et apparut un rectangle vivement éclairé par le soleil. De toute évidence, il s'agissait effectivement d'un accès au toit.

Sans prendre tout à fait conscience de l'absurdité et du rocambolesque de sa situation, Fandorine gravit les marches quatre à quatre tout en marmonnant : « Si je raconte ça, personne ne me croira. »

Sur le toit, il n'y avait nulle part où se cacher, et d'ailleurs le voleur ne cherchait pas à le faire : il se tenait debout et attendait à l'extrémité du toit donnant non pas sur la rue Pirogov mais sur la cour intérieure.

– C'est fini, on a bien couru. Vous avez gagné, j'ai perdu, prononça Fandorine d'un ton rassurant tout en s'approchant prudemment du fou. Maintenant, rendez-moi mon attaché-case, et on fait la course dans le sens inverse. D'accord ?

Le voleur se figea, dos au vide, l'attaché-case serré entre ses jambes, et, apparemment très content de lui, sourit d'un air réjoui. Pourvu qu'il ne balance pas l'attaché-case dans le vide, l'ordinateur portable n'y résisterait pas. Et surtout qu'il n'aille pas tomber, ce pauvre crétin.

Nicholas jeta un coup d'œil craintif par-dessus le rebord. Le bâtiment n'avait qu'un seul étage, mais c'était une construction ancienne aux vastes proportions, et la chute jusqu'en bas devait bien faire quarante pieds. Et aucune chance d'échapper à de multiples fractures : du fait des travaux, toute la surface de la cour jusqu'au pied des murs était encombrée de matériaux de construction, de toutes sortes de ferraille et de containers à gravats à rebords métalliques. Tomber équivalait à une mort certaine.

La réserve d'énergie du dément semblait épuisée. Il se tenait au même endroit, tranquille, regardant Nicholas avec le même sourire bonhomme.

Fandorine le toisa de toute sa hauteur, d'un geste lent montra l'attaché-case :

— Si vous n'y voyez pas d'inconvénient, je le reprends. D'accord ? Qu'est-ce qu'on a bien couru tous les deux. Allez, on repart dans l'autre sens.

— « Pourquoi les gens ne volent-ils pas comme des oiseaux ? » demanda à brûle-pourpoint l'homme à la chemise à carreaux, avant de préciser : C'est d'Ostrovski, le dramaturge.

Nicholas s'étonna :

— Pardon, vous dites ?

— C'est bien triste pour le petit oiseau, fit le dément en mimant quelqu'un qui pleure.

Comment peut-il savoir pour le petit oiseau de la comptine ? se demanda Fandorine, de plus en plus médusé. Mais, soudain, l'homme à lunettes l'attrapa d'une main par la ceinture de son pantalon, de l'autre par sa veste et, sans le moindre effort, il balança par-dessus sa tête l'Anglais de deux mètres, l'envoyant rejoindre les blocs de béton aux angles pointus et la ferraille rouillée.

Appendice :

Limerick composé par N. Fandorine aux Archives centrales des documents anciens dans un moment de vive émotion le 14 juin aux environs de midi.

Fou de bonheur, le fiancé,
S'écria : « Je la câlinerai à satiété ! »
Et sa bien-aimée il claqua
A l'endroit le plus délicat
Et se brisa les deux poignets.

Chapitre quatrième

Cornélius voit une étincelle d'or sur l'horizon. La plus grande ville en bois du monde. Audience chez le vice-ministre. Le faubourg Allemand. Les étranges coutumes des Moscovites. La principale plante russe.

La capitale du grand royaume asiatique apparut à Cornélius sous la forme d'une minuscule étincelle d'or sur l'horizon.

– Regardez, monsieur le capitaine, indiqua William Mayer, le chef des marchands. C'est la coupole du clocher du Kremlin appelé Johann-le-Grand. C'est là, à ses pieds, que siège le tsar des Moscovites. Encore trois ou quatre heures, et nous atteindrons les portes de la ville.

Depuis Pskov, Cornélius chevauchait avec cette caravane de négociants anglais et danois. Les chariots étant lourdement chargés, ils progressaient lentement mais, en revanche, en toute sécurité. De plus, de ses compagnons de route, qui pour la plupart n'en étaient pas à leur premier voyage en Russie, il avait obtenu quantité de précieuses informations sur le pays mystérieux et à demi féerique où, conformément au contrat qu'il avait signé, il était voué à séjourner quatre années entières.

Les marchands étaient des gens posés, qui en avaient vu de toutes sortes et que rien n'étonnait. Ils s'affranchissaient des gouverneurs et des magistrats avides en échange de modestes pots-de-vin, ne payaient jamais plus que nécessaire et, quant aux dangereuses forêts et aux terres incultes, où ça « fauchait », ils les contournaient. Mais dans le cas extrême où ils ne pourraient éviter une mauvaise rencontre, l'accord était le suivant : on ne demanderait pas d'argent à von Dorn pour sa nourriture ni celle de ses chevaux, moyennant quoi il prendrait le commandement de la garde et serait tenu de se battre loyalement, jusqu'à ses dernières limites, et ne livrerait pas aux brigands les marchands et leurs biens. Pour cette raison, dans les endroits reculés Cornélius chevauchait en tête, observant les alentours d'un air martial (le mousquet en travers de sa selle, les étuis à pistolet ouverts). Derrière lui, suivaient quatre soldats, également armés de mousquets. Venaient ensuite les chariots (encadrés par une douzaine de serviteurs en armes), puis, fermant la marche, les marchands portant sabre au clair et pistole. A deux ou trois reprises, sur le bord du chemin, les buissons avaient frémi et, une autre fois, en plein jour, une chouette s'était mise à hululer, mais aucun de ces vagabonds qui peuplaient les campagnes russes n'avait osé attaquer des gens aussi sérieux. Bref, pour Cornélius, le marché s'était révélé avantageux.

Seul inconvénient : chaque soir, au bivouac, au moment où ils accrochaient les chariots les uns aux autres pour former un cercle et disposaient les sentinelles, les respectables commerçants, qui n'avaient pas d'autres distractions, demandaient encore et encore au brave mousquetaire de raconter comment, au premier village russe rencontré, il avait été soûlé, entièrement dévêtu et jeté à l'orée du village. A chaque fois, c'était moult rires et plaisanteries, on ne se lassait pas du récit. Il est vrai que von Dorn faisait en sorte que l'histoire ne pâtisse pas de la répétition : il ne cessait d'inventer de nouveaux détails, toujours plus drôles et plus extravagants.

« Ce n'est pas avec une épée, mais avec une plume d'oie que vous devriez gagner votre pain, monsieur le capitaine, lui avait plus d'une fois répété Mayer en se tenant les côtes et en essuyant ses larmes. Les éditeurs de livres donneraient de l'or pour ce récit. J'aime tout particulièrement le passage où vous attelez cette fripouille de tavernier à la télègue et l'obligez à vous conduire au chef de la police. Et aussi celui où, nu comme un ver, vous traversez fièrement tout le village et où de jeunes paysannes examinent votre anatomie à travers une clôture. »

Certes, l'épisode de la télègue était une invention de Cornélius, mais, même sans fariboles, l'aventure vécue à Niévorotinskaïa valait son pesant d'or. Von Dorn se rappelait maintenant cette histoire avec plaisir, fier de ne jamais avoir perdu contenance dans d'aussi terribles circonstances, mais à l'inverse d'avoir pu récupérer son bien et châtier les voleurs.

Il avait traversé le village complètement nu, ça, c'était la vérité. D'ailleurs, comment aurait-il pu autrement regagner la maudite auberge ? Mais il n'avait vu aucune jeune paysanne et, plus généralement, n'avait rencontré personne. Avant de gravir le perron de la taverne, Cornélius avait pris une bûche noueuse sur un tas de bois.

Les ivrognes s'étaient tournés avec intérêt vers l'homme nu qui entrait, mais sans étonnement excessif : apparemment, ici, on en avait vu d'autres. Les deux valets qui s'étaient précipités pour chasser l'arrivant s'étaient vu gratifier par von Dorn l'un d'un coup de bûche sur la tête, l'autre d'un coup de boule en plein nez. Après quoi, alors qu'ils étaient à terre, il les avait roués de coups de pied, pour faire peur aux autres et aussi parce qu'ils le méritaient bien. A coup sûr, c'était ces sales types qui l'avaient traîné dehors, drogué et dépouillé de tout.

Le tavernier attendait derrière le comptoir, une pistole antédiluvienne à la main. Le capitaine esquiva facilement le coup de feu en s'accroupissant. Après quoi il attrapa la canaille par la barbe et entreprit allègrement de marteler sa face bouffie contre le comptoir. Puis dans le plat de champignons, puis dans la masse noire et collante (c'était, ainsi que lui expliquèrent les marchands, le fameux caviar d'esturgeon), puis dans le chou aigre, puis, tout simplement, contre une planche. Les coups étaient craquants, sonores ; Cornélius les comptait à voix haute, en allemand. Les soûlards observaient la scène avec déférence et personne n'eut la moindre velléité de venir en aide au tavernier.

Le barbu supporta les premiers coups sans broncher. A *zwei und zwanzig*, il commença à hurler. A *dreissig*, il se mit à cracher le sang directement dans le chou. A *drei und vierzig*, les cris firent place au râle, et il demanda grâce.

Alors, tout en essuyant leur sang qui dégoulinait, les deux valets qu'il avait frappés et roués de coups de pied rendirent à Cornélius tout ce qui lui avait été dérobé, puis ils amenèrent les chevaux.

Dans la cour, alors qu'il était déjà en selle, le capitaine se demanda s'il n'allait pas envoyer au diable ce repaire de voleurs en y mettant le feu, mais il eut pitié des ivrognes innocents dont une bonne moitié n'arriverait jamais jusqu'à la porte et grillerait.

Vers le soir, alors qu'il restait moins d'un mille avant Pskov, von Dorn avait eu la chance de rencontrer des commerçants européens ; chacun y avait trouvé son intérêt, et le plaisir était également partagé.

– Voici le poste frontière, soupira Mayer en sortant la bourse de cuir où il gardait l'argent destiné aux dépenses communes. Maintenant, nous allons marchander avec la douane. On appelle cela « s'aboyer dessus », c'est une habitude locale sans laquelle, ici, rien n'est possible. Ils vont crier, exiger trois roubles par chariot. Je vais à mon tour crier que je ne donnerai pas plus de trois altyns[1], et pour finir on se mettra d'accord sur un rouble et demi, mais pas immédiatement – dans une heure, une heure et demie. En attendant, promenez-vous dans le faubourg, monsieur von Dorn, dégourdissez-vous les jambes. Simplement, ne fumez pas la pipe, c'est interdit.

L'endroit s'appelait faubourg des Cochers, parce qu'y vivaient les postillons d'Etat, les charretiers et conducteurs de coches. Il n'y avait ici rien de particulier à voir. Cornélius embrassa du regard les palissades impénétrables d'où dépassaient de tristes toits couverts d'herbe, et retourna au poste frontière regarder Moscou.

Mayer et un autre marchand, Nielsen, qui connaissait bien le russe, invectivaient des barbus en cafetans rouges. De leur côté, ces derniers fulminaient également, l'un d'entre eux secouait même son sabre, sans toutefois, il est vrai, le sortir de son fourreau.

La frontière de la capitale russe se présentait de la façon suivante : un fossé à sec, le long duquel se promenait une truie brune et décharnée accompagnée de ses petits, suivi d'un rempart de terre surmonté d'une palissade qui penchait. Par-dessus les rondins dont les pointes acérées s'élançaient vers le ciel, on apercevait des coupoles – de bois pour la plupart, mais aussi de fer, et même d'or pour l'une d'entre elles (von Dorn l'examina avec une attention toute particulière, c'était bel et bien de l'or). Le capitaine

1. Altyn : ancienne monnaie russe valant trois kopecks. (*N.d.T.*)

était impatient de passer les portes de la ville et de voir de ses yeux toutes les merveilles que recelait la plus importante des cités de Moscovie.

Enfin, le convoi s'ébranla. Mayer était satisfait : les gardes-frontière étaient pressés d'aller manger le *kissel* (une gelée de fruit, ainsi qu'on l'expliqua à Cornélius), si bien que l'on avait transigé à un rouble et cinq kopecks par chariot.

– Vous n'avez qu'à venir avec nous jusqu'à la Cour des Marchands, expliqua-t-il. De là, il n'y a qu'un pas jusqu'à l'office des Etrangers.

D'abord, von Dorn fut déçu par Moscou, car la ville ressemblait à tous les bourgs et villages russes : champs, potagers, terrains vagues, demeures solitaires. Puis peu à peu l'habitat devint plus dense, les enclos se rapprochèrent les uns des autres, tandis que les toits s'élevaient d'un ou deux étages. A part quelques églises en calcaire tendre, toutes les constructions étaient en bois. Cornélius n'avait jamais rencontré de ville de cette ampleur qui fût entièrement faite de rondins et de planches. A n'en pas douter, Moscou était la plus grande ville en bois du monde ! Même la chaussée était en rondins. Faute d'habitude, les chevaux avançaient prudemment, car leurs sabots glissaient. Pourtant, quand le capitaine voulut mettre pied à terre pour mener son cheval espagnol par la bride, Mayer l'en empêcha, expliquant qu'à Moscou seules les petites gens allaient à pied et que cela était indigne d'un honnête homme. Même pour se rendre dans la maison voisine, il convenait de prendre son cheval ou une voiture. Les Moscovites étaient très pointilleux sur ce chapitre.

– Nous allons bientôt atteindre le marché à la viande, prévint Mayer en se bouchant le nez avec son mouchoir parfumé à la lavande.

Cornélius n'avait pas préparé de mouchoir et manqua être asphyxié par l'insoutenable pestilence. La petite place était encombrée d'étals en bois sur lesquels étaient posés des morceaux de viande pourrissants. On y voyait ramper des mouches vertes, et aux extrémités du marché, au milieu de flaques brunâtres, traînaient des monceaux de tripailles en décomposition.

— Les Russes ne fument ni ne salent la viande, ils sont trop fainéants pour ça, fit Mayer d'une voix nasillarde sans cesser de se boucher les narines. Ils sont indifférents à la pourriture, ils s'en servent pour préparer une soupe au chou appelée *stzchi*, qu'ils consomment avec délectation.

Près d'une petite chapelle en bois, se démenait un homme nu n'ayant pour tout vêtement qu'un petit tablier noué autour des reins. Il secouait sa longue barbe, montrait le blanc des yeux, crachait sur les passants. A son cou pendait une lourde croix de fonte et son corps jaunâtre était couvert d'ulcères.

Ayant aperçu les étrangers, l'effrayant personnage se mit à crier, à tourner sur lui-même, puis il ramassa un morceau d'excrément (sans doute de sa production personnelle) et le jeta sur le respectable monsieur Mayer. Faisant preuve d'une rare précision, il atteignit le marchand à l'épaule. Cornélius leva son fouet, prêt à assener une bonne leçon à l'insolent, mais le chef des marchands l'attrapa par la manche :

— Vous êtes fou ! C'est un bienheureux, une sorte de derviche tourneur. Les Russes considèrent ces gens-là comme des saints. Frappez-le, et l'on nous met tous en pièces.

Il essuya soigneusement son vêtement taché, jeta par terre son mouchoir souillé. Les mendiants se jetèrent sur le bout de tissu.

Dans la rue voisine, Cornélius put observer un autre exemple de la curieuse manière dont les Russes conçoivent la sainteté. De l'église, on vit sortir un pope revêtu des habits sacerdotaux, mais tellement ivre qu'il tenait à peine sur ses jambes. Il se mit à injurier un passant, lui reprochant de ne pas s'être prosterné assez bas. Il le frappa d'abord avec son encensoir de cuivre, puis il lui arracha brutalement sa chapka et, le tirant par les cheveux, l'obligea à se courber jusqu'à terre.

— Ici, l'ivrognerie n'est pas considérée comme un péché, expliqua Mayer avec un haussement d'épaules. Tenez, regardez ce boyard.

Au beau milieu de la rue chevauchait un monsieur important. Guère vêtu pour l'été, il portait une fabuleuse pelisse tissée d'or et un bonnet de fourrure haut comme un tuyau de poêle. A sa selle pendait un tambour, sur lequel l'élégant cavalier frappait en cadence avec le manche d'un fouet. Derrière le boyard suivaient plusieurs autres cavaliers, plus simplement habillés.

— Pourquoi tambourine-t-il comme cela ? demanda von Dorn.

— Pour qu'on s'écarte, qu'on lui cède le passage. Nous-mêmes, reculons-nous, sinon gare. Eh, vous autres, cria Mayer à l'intention de ses compagnons, mettez-vous de côté ! Place au dindon !

Cornélius s'abstint de se découvrir — question d'honneur. Le boyard le regarda méchamment à travers la fente de ses yeux boursouflés, lança un crachat. En Europe, von Dorn aurait jeté son gant à la figure du malotru et les épées auraient décidé du reste, mais ici ce n'était pas l'Europe, et il se retint, se contentant de ronger son frein.

Après la muraille de pierre blanche qui séparait les faubourgs de la partie centrale de la ville, une volée de gamins se colla à la caravane. Ils couraient à côté en esquivant habilement les coups de cravache et criaient quelque chose en chœur.

Cornélius prêta l'oreille et se rendit compte qu'ils répétaient toujours la même chose.

— Que crient-ils ? Cela veut dire quoi : « *Nemetz kysch na kukui* » ?

— Ils crient : « Etranger, va-t'en à Koukouï », expliqua Mayer avec un sourire malicieux. Koukouï, c'est le ruisseau qui traverse le faubourg où tous les étrangers ont pour ordre de s'établir et où vous-même habiterez. En même temps, c'est une polissonnerie de la part de ces garnements, car il y a ici un jeu de mots. « Koukouï » sonne comme un mot russe désignant une partie honteuse du corps.

Puis arriva le moment de se séparer des braves marchands.

— Nous allons à gauche, déclarer les marchandises. Vous, monsieur le capitaine, vous devez vous rendre là-bas, fit le chef de la caravane en pointant son doigt. Vous voyez, au-dessus des toits, cette tour avec un aigle à deux têtes ? Passez la porte et, tout de suite à droite, vous trouverez l'office des Etrangers. Mais ne continuez pas tout droit sur cette rue, faites un détour par là. Ce sera plus long, mais plus sûr.

— Pourquoi ? s'étonna Cornélius.

La rue qui menait à la tour était bonne, large et, contrairement à toutes les autres, presque déserte. Seule une bande de gueux se tenaient près du haut portail d'une grande demeure en bois.

— C'est la demeure du comte Tatiev. Il ne nourrit pas ses gens, ne les habille pas, si bien que les pauvres diables assurent seuls leur subsistance : toute personne qui passe à proximité est dépouillée et battue. Parfois à mort. Ce genre de mœurs fleurit à Moscou, c'est encore pis qu'à Paris. Il ne faut pas non plus passer rue Dmitrovka ; là-bas, ce sont les serfs de monsieur le grand chambellan Stréchniev qui détroussent les passants. Suivez un bon conseil : tant que vous ne vous serez pas bien assimilé, évitez tous les palais et toutes les grandes maisons. Le mieux serait, pendant la première année, de ne pas quitter les limites du faubourg Allemand sans escorte. Quoique, bien entendu, il soit parfaitement possible de se faire tuer même avec une escorte, surtout la nuit. Eh bien, adieu, fit le brave marchand en tendant la main. Vous êtes un honnête homme, monsieur le capitaine. Que le Seigneur vous protège dans ce farouche pays.

Non, le Seigneur ne le protégea pas.

Deux heures plus tard, le capitaine von Dorn, blême, les lèvres tremblant d'une colère impuissante, repassait les portes de l'office des Etrangers sans son épée, escorté par de lugubres arquebusiers vêtus de cafetans jaune canari.

Capitaine ? Pour ça, il pouvait toujours courir. Il faudrait qu'il se contente du grade de lieutenant.

C'était incroyable, mais les conditions signées à Amsterdam par l'envoyé du tsar le prince Touloupov se révélaient être une pure et simple supercherie !

Et pourtant tout avait commencé comme il faut, cérémonieusement. Le fonctionnaire de service (un homme à lunettes cerclées de métal, en cafetan sale et aux longs cheveux enduits de graisse) avait pris à l'étranger nouveau venu le document portant les tampons, avait hoché la tête d'un air important, puis lui avait demandé d'attendre dans le bureau. Là, sur de longs bancs, étaient assis les copistes. Des rouleaux posés sur leurs genoux, ils faisaient à toute vitesse courir leurs plumes sur le solide papier grisâtre. Lorsqu'une feuille était terminée, ils léchaient un pot contenant de la colle, passaient la langue le long de la bordure et collaient la feuille suivante. Comme il était normal dans un ministère, cela sentait la poussière, les souris, la cire à cacheter. S'il n'y avait eu cette franche odeur d'ail et de chou trop cuit dont on ne savait si elle montait du plancher ou exsudait des murs, on aurait pu s'imaginer non pas en Moscovie, mais dans une chancellerie d'Amsterdam ou de Lübeck.

Il avait fallu attendre longtemps, comme il est de mise dans l'antichambre d'un personnage éminent. Puis, enfin, l'officier étranger avait été reçu par Théodore Lykov, dont la fonction devait correspondre en Europe à celle de vice-ministre. C'était lui qui était chargé de l'installation des étrangers nouvellement arrivés, de leur affectation et leur subsistance.

Le bureau de Son Excellence était affreux : pauvre, avec un piètre mobilier, sans portière, avec, pour seul tableau, une petite madone noircie de fumée posée dans un coin. En revanche, au premier abord, Herr Lykov impressionna Cornélius. Il était imposant, imbu de sa personne, et pas moins bien habillé que le prince Touloupov : cafetan de brocart avec boutons de rubis bruts, col rigide montant plus haut que la nuque et entièrement brodé de perles, tandis qu'à sa chapka de drap bordée de zibeline étincelait une agrafe de diamant. On le voyait immédiatement : l'homme était un dignitaire, doté d'une immense fortune.

Il regarda longuement la feuille de route du nouveau venu, grimaçant et secouant la tête pour une raison quelconque. Quant à la patente de capitaine établie par l'émissaire russe, c'est tout juste s'il y accorda un regard avant de la jeter sur la table comme une vulgaire cochonnerie. Remuant à peine les lèvres, il prononça quelque chose d'un air de mépris.

Le truchement, un homme petit et malingre, avec un grand bleu au milieu du front, s'inclina obséquieusement devant le haut personnage et se mit à parler en allemand. Il avait une étrange prononciation et usait de tournures anciennes, si bien que Cornélius ne comprit pas tout de suite :

— Libre au prince Touloupov de promettre à la légère. Il n'est pas à cette heure de place pour un capitaine, et il n'est pas donné au prince Evfimi le pouvoir d'octroyer les titres de son propre chef. On peut te prendre comme lieutenant dans un régiment de mousquetaires, mais, comme capitaine, il faut encore réfléchir.

Von Dorn était ébahi, et pourtant ce n'était encore qu'un début.

— Ta solde sera de la moitié, car pour l'heure il n'y a pas de guerre, débitait à toute vitesse le truchement. Et pour les indemnités de subsistance, le prince s'est beaucoup engagé, on ne peut pas donner autant. Et ce que l'on pourrait donner, il n'y a actuellement nulle part où le prendre. Il faut attendre. Peut-être une année, peut-être une année et demie.

Cornélius bondit de sa chaise, tapa du pied.

— Je ne servirai pas comme lieutenant, et encore moins pour la moitié de la solde ! Si c'est comme ça, je repars immédiatement !

Lykov eut un sourire mauvais :

— Ah, tu crois ça. Tu as dépensé les cent *reichstaler* du voyage, tu as bien vu toutes nos villes et nos forteresses, et maintenant tu veux repartir ? Est-ce que tu ne serais pas un espion, des fois ? Non, Korneï Fondornov, fais ton temps de service comme convenu, et alors on verra.

De stupéfaction et de rage, la conscience de Cornélius se brouilla : il se jeta sur le vice-ministre, l'attrapa par son col perlé et se mit à le secouer et à le couvrir des pires injures, au point que, du bureau voisin, les copistes accoururent pour les séparer.

Le vice-ministre offensé appela les arquebusiers de la garde. Il voulut même envoyer le turbulent étranger en prison mais, se ravisant, il ordonna qu'il soit conduit sous bonne garde auprès du commandant du régiment auquel il était affecté.

– Le colonel Libenov va t'apprendre à insulter les gens du souverain et à tirer sur le cafetan royal ! criait l'ignoble vice-ministre, tandis que le truchement traduisait consciencieusement. Il va t'enfermer à la cave, te mettre au pain et à l'eau et te faire donner la trique ! Et s'il ne le fait pas, c'est moi qui présenterai une requête contre lui pour manquement à l'honneur !

Alors que le jour commençait à tomber et que les rues se vidaient rapidement, cette traversée de Moscou resta dans l'esprit bouleversé de Cornélius comme le souvenir d'un véritable cauchemar où se mêlaient les pentes sinistres des toits, les campaniles s'élevant tels des doigts menaçants et le tintement funèbre des cloches. Ballotté sur sa selle, von Dorn gémissait douloureusement et alla même jusqu'à pleurer de dépit et de pitié pour lui-même. Il cacha son visage derrière ses mains pour ne pas laisser le plaisir de ses larmes aux hommes de son escorte. Le chef des arquebusiers en personne menait le cheval par la bride, tandis que deux autres tiraient l'alezane avec le bagage. La finaude, elle ne voulait pas avancer, chauvait des oreilles, se cabrait.

Après la porte du rempart de terre – pas celle par laquelle était entrée la caravane, une autre –, ils débouchèrent sur une place d'exécution. Cornélius regarda fugitivement les gibets où pendaient des macchabées, ce qui n'avait rien d'extraordinaire, se détourna des pieux sur lesquels étaient embrochés des pieds et des mains, mais un peu plus loin, il vit un spectacle qui lui arracha un cri.

Un attroupement de badauds entourait une femme enterrée jusqu'aux épaules. Elle était défigurée par les coups et couverte de boue, mais vivante. Von Dorn se rappela le récit des marchands à propos de cette féroce coutume des Moscovites : lorsqu'une femme tuait son mari, elle n'était pas condamnée au bûcher comme c'était le cas dans les pays civilisés, mais enterrée vivante, jusqu'à ce que mort s'ensuive. Le capitaine avait cru qu'elle était entièrement ensevelie, y compris la tête, et qu'elle mourait asphyxiée, ce qui était déjà épouvantable. Mais comme ça, après un long supplice, c'était cent fois plus horrible.

Deux chiens errants harcelaient la malheureuse en aboyant avec une telle rage qu'ils s'en étranglaient. L'un d'eux planta ses crocs dans son oreille, l'arracha et la mangea. Dans la foule s'éleva un rire approbateur. Ses mains étant dans la terre, la criminelle ne pouvait se défendre, mais elle se débrouilla pour mordre le cabot à la truffe. Les badauds se manifestèrent de nouveau, cette fois pour exprimer leur approbation à l'épouse meurtrière.

— Coutume sauvage et barbare, dit le truchement à mi-voix. Les gens d'esprit noble et éclairé la condamnent.

On se demande bien où dénicher des esprits nobles et éclairés dans ce pays diabolique, faillit rétorquer Cornélius, mais il s'en garda. Comment expliquer ce subit changement de ton du fonctionnaire, sinon par sa volonté de le piéger avec une parole imprudente ?

Ils parcoururent encore une courte distance et, après toutes les épreuves qu'il venait de traverser, von Dorn eut une vision réconfortante. Le soleil couchant éclairait d'une lueur rose et vacillante une rivière bordée de petits moulins et, à peine plus loin, surplombant un ravin escarpé, se dessinait une charmante bourgade allemande, avec des maisons blanches et proprettes, la pointe d'une église luthérienne, des jardins verdoyants et même la surface miroitante d'un étang coquet avec une fontaine.

Cette bourgade ressemblait comme deux gouttes d'eau à Fürstenhof, une petite ville chère au cœur de Cornélius, située à un demi-mille au sud-est du château paternel. Visiblement, la providence, ayant pitié de von Dorn, avait charitablement décidé de le priver de sa raison, ce dont il ne prit nullement ombrage.

— Voilà, c'est le nouveau faubourg Allemand, que les malappris du lieu ont surnommé Koukouï, déclara l'interprète. Il a été bâti il y a vingt-trois ans. C'est un régal pour les yeux, pas vrai ? Il regroupe actuellement plus de trois cents foyers, et que des gens respectables : officiers, médecins, horlogers et autres ingénieux artisans. (Il ricana.) Et vous savez, monsieur le lieutenant, pourquoi « Koukouï » ?

— Pourquoi ? demanda sans ardeur von Dorn, comprenant que sa maudite raison ne l'avait aucunement quitté, et grimaçant au mot de « lieutenant ».

— Ce sont les servantes d'ici qui, lavant le linge dans le ruisseau et lorgnant les curieux Moscovites, se criaient les unes aux autres : « Kucke, kuck mal [1] ! » Voilà, c'est resté. Amusant, non ?

A l'entrée de la ville, derrière une barrière rayée, se tenait un soldat en faction, avec casque, cuirasse et hallebarde.

Il laissa passer les arquebusiers à contrecœur, après quelques tracasseries. Cornélius remarqua que les hommes qui l'escortaient n'avaient plus l'air aussi menaçant que lorsqu'ils traversaient Moscou : ils s'étaient regroupés et regardaient craintivement à droite et à gauche.

De l'auberge sur le toit de laquelle était plantée une roue de chariot avec une cigogne en fer-blanc (l'enseigne indiquait « Storch und Rad [2] ») sortirent deux reîtres enlacés

1. « Regarde, regarde donc ! »
2. « La Cigogne et la Roue ».

portant des lattes à la ceinture. L'un d'eux, pointant les arquebusiers barbus, cria en bavarois :

– Regarde, Zepp, des cochons russes viennent nous vendre des bandes de crin pour l'étuve !

Le second, plié en deux, éclata d'un rire assourdissant. Les arquebusiers n'avaient pu comprendre ce qui venait d'être dit, mais ils se serrèrent encore plus étroitement les uns contre les autres.

C'est surtout le truchement qui étonna Cornélius. Au lieu d'être furibond pour s'être fait traiter de « cochon russe », il fit un clin d'œil entendu, accompagné d'un large sourire.

– Voilà, dit-il en montrant une grande maison au toit de tuiles rouges. C'est ici que réside le chef de votre régiment, Herr Christian Libenau von Lilienklau, en russe « commandant Libenov ». Je n'ai rien à faire à l'intérieur, je vous salue donc et vous souhaite bonne chance. Si vous avez besoin d'un truchement, je suis à votre disposition. Je m'appelle Pachka Niemtsérov et j'habite l'hôtellerie du monastère de l'Archange. Je rédige les requêtes et actes de procédure. Je ne prends pas cher : un altyn et demi.

Le chef de l'escorte alla porter à l'intérieur de la maison la plainte du vice-ministre et ordonna à Cornélius d'attendre. Un mauvais pressentiment étreignit le cœur de ce dernier.

– Eh bien, jeune homme, vous en faites de belles. (Le colonel Libenau von Lilienklau alluma une pipe de porcelaine, gonflant ses joues maigres et fronçant ses épais sourcils pie.) Prendre au collet un sous-clerc, de surcroît dans l'enceinte du ministère, en présence de ses subordonnés ! Maintenant, cette fripouille menace de porter plainte pour outrage. Ce n'est pas bien, c'est même très mal. Quand on commence avec la paperasse, on ne s'en sort plus. (Il jeta un nouveau coup d'œil à la protestation adressée par Théodore Lykov et émit un grognement de colère.) Voyez-moi ce qu'il réclame, ce cloporte, la trique à un officier ! Je ne commande pas un régiment d'arquebusiers mais de mousquetaires ! Je ne donne pas la trique mais les verges, et uniquement aux soldats des grades inférieurs. Vil pays d'esclaves ! Pouah ! Il va falloir l'amadouer, avec trois roubles, ce démon ; ou peut-être même cinq, car il est vraiment fou de rage.

Le commandant n'était finalement redoutable qu'en apparence. Il râla, jura, frappa du poing sur la table à plusieurs reprises mais, des commandants, Cornélius en avait vu de toutes sortes dans sa vie et il savait bien que le chien qu'il faut craindre n'est pas celui qui aboie mais celui qui se tait.

Von Dorn écouta sans broncher les invectives du chef, puis alla dans la cour, sortit de son bagage une gourde de bon rhum hollandais, un paquet de tabac batave, et bientôt ils se retrouvèrent, lui et le commandant, assis sous une confortable véranda de verre, à fumer la pipe et boire un café fort, généreusement arrosé de rhum.

— Ce qu'il y a d'affligeant dans tout ça, fit Libenau en soupirant, c'est que ce Lykov n'est pas du tout un gros bonnet, mais un simple petit clerc. Vous dites qu'il vous a fait attendre longtemps, n'est-ce pas ? C'est parce qu'il avait envoyé chercher le « grand cafetan » (c'est une sorte d'habit officiel qu'on doit porter lors des cérémonies), et cela dans le seul but de vous impressionner. A son habitude, il cherchait à obtenir un petit cadeau ; c'est la coutume en Russie. Il aurait fallu lui promettre une paire de zibelines prises sur vos indemnités et tout se serait arrangé. Et en prévision de l'avenir, il aurait été également bon d'inviter ce fripon et deux autres clercs à dîner : ils sont très amateurs de guimauve et de fruits confits, que prépare si bien Frau Siebold, de la Cigogne. C'est tout ce qu'il fallait. Moyennant quoi vous gardiez votre titre de capitaine et l'intégralité de votre solde. Ah là là, monsieur ! Les marchands ne vous ont-ils donc rien appris ? Vous auriez dû venir d'abord ici, au faubourg Allemand, et après seulement, aller au ministère. Mais il est trop tard maintenant, impossible de réparer cette erreur. Si encore vous aviez humilié Lykov en tête à tête et même si vous l'aviez battu à mort, ce n'eût pas été un bien grand malheur, mais en présence d'inférieurs... c'est tout autre chose, il ne vous le pardonnera pas. Il a été déshonoré. Et pour outrage à son honneur, il prend très cher.

Au mot « honneur », von Dorn s'anima.

— S'il est homme d'honneur, je suis prêt à lui donner pleine satisfaction. A quoi est-il usuel de s'affronter dans ce pays ? Au sabre ? Au pistolet ? Je peux me battre à n'importe quelle arme !

Libenau se mit à rire. Il rit longtemps, avec délectation et de bon cœur.

— Un duel, vous en avez de bonnes ! Voyons, vous n'êtes pas en Europe, ici. Les princes locaux, lorsqu'ils se querellent, vous voulez savoir comment ils se battent en duel ? Ils montent à cheval et s'envoient des coups de knout dans la tronche jusqu'à ce que l'un d'eux soit renversé. Je vous le dis, un pays d'esclaves, aucune idée de l'honneur. A part le tsar, ils sont tous asservis, jusqu'au boyard le plus haut placé. Selon les conceptions locales, il ne peut y avoir offense que venant d'un égal ou d'un inférieur, jamais d'un supérieur, quand bien même vous aurait-il chié sur la gueule. Si, de sa propre main, le tsar tire les cheveux d'un prince ou d'un boyard ou qu'il lui donne des soufflets, c'est un sujet d'orgueil pour celui qui reçoit la punition. Tenez, l'hiver va arriver et avec lui la distraction préférée du tsar. Les gentilshommes de la chambre du tsar feront exprès d'arriver en retard au palais lors de la sortie du souverain. Et vous savez pourquoi ? Parce que le monarque ordonne de plonger dans l'étang gelé les retardataires et que cela l'amuse tellement qu'il bat des mains comme un enfant en les regardant. Les gentilshommes poussent à dessein des hurlements de plus en plus plaintifs et de plus en plus comiques afin de contenter l'oint du Seigneur. Quelques-uns, bien sûr, prennent froid lors de cette baignade et vont jusqu'à mourir, mais il arrive aussi qu'Alexis Mikhaïlovitch soit pris de pitié et offre au malheureux une récompense : une pelisse pour se réchauffer ou un petit village pour assurer sa subsistance. Voilà comment sont les nobles par ici. Chaque jour, près du palais, on en voit qui se font fouetter pour avoir commis quelque faute. Et vous, vous parlez de duel.

— Et les étrangers se font également fouetter ? demanda von Dorn, blêmissant à la seule pensée d'un si honteux châtiment.

Il avait pris les vociférations du vice-ministre Lykov pour des menaces en l'air (avait-on jamais vu des gens de noble extraction se faire fustiger ?), or il apparaissait maintenant qu'il avait eu tort.

Le colonel se contenta de pousser un soupir comme en réponse au balbutiement d'un petit enfant qui ne comprend rien.

— Le fouet, ce n'est rien, on ne peut même pas parler de châtiment. Une petite réprimande tout au plus. Nous avons ici un capitaine parmi les derniers arrivés qui, voulant essayer le fusil qu'il venait d'acheter, a tiré sur un corbeau qui s'était posé sur la croix de l'église. Le capitaine s'est vu infliger le knout, avant d'avoir les narines arrachées et d'être envoyé en Sibérie jusqu'à la fin de ses jours.

— Pour un corbeau ? ! s'exclama Cornélius, incrédule.

— Pour acte sacrilège. Oh, mon ami, vous n'imaginez pas ce que sont les us et coutumes de ce pays ! Même en Perse, vous ne trouverez pas de règles à ce point ineptes et extravagantes.

Apparemment, le colonel prenait plaisir à effrayer le nouveau venu avec les atrocités locales. Il cria à la servante de préparer du café frais et de monter du genièvre de la cave, puis, souriant derrière ses moustaches, il entama un récit qui laissa von Dorn pantelant.

— Vous jouez aux échecs ? demanda Libenau.

— Parfois. Pas très bien, mais pour faire passer les longues soirées d'hiver…

— Interdit, le coupa le colonel. Pour cette distraction impie, c'est le knout… Vous prisez ?

— Non, cela me fait pleurer, et après, impossible de m'arrêter.

— Mais admettons que vous prisiez un jour en public, comme ça, pour voir, suggéra l'hôte perfide. Pour cela, conformément à la loi, on vous coupera le nez, ni plus ni moins ! Il est interdit de jouer avec les chiens, il est interdit de faire de la balançoire, il est interdit de regarder la lune au début de son premier quartier. Bientôt commenceront la canicule, la touffeur, mais vous, mon petit ami, ne songez surtout pas à vous baigner dans la Iaouza pendant l'orage. C'est de la sorcellerie ; on vous dénoncera et vous serez condamné à l'estrapade.

— Vous faites bien de me prévenir, remercia Cornélius, ruisselant de sueur à l'écoute de toutes ces mises en garde. Mais existe-t-il d'innocentes distractions qui soient autorisées ? Danser avec les dames ? Ecouter de la musique ?

— Chez nous, à Koukouï, vous pouvez vous considérer comme en Allemagne, nous avons ici nos propres lois. Mais à Moscou, il n'y a pas de musique : l'Eglise orthodoxe considère les violons, violes, flûtes et autres instruments comme des machinations sataniques.

L'allusion à l'Eglise fit prendre une autre direction aux pensées de von Dorn.

— De quelle confession êtes-vous, monsieur Libenau ? demanda-t-il prudemment. Romaine ou réformée ?

— Je suis originaire de la maison de Nassau, répondit avec bonhomie le colonel, et en conséquence protestant. Vous, en revanche, étant natif du Wurtemberg, vous devez être catholique, non ? Cela n'a pas d'importance, je suis de ceux qui pensent que la foi est affaire personnelle.

— Je le suis, en effet, dit Cornélius avec soulagement. Je suis catholique et voilà près d'un mois que je ne me suis pas confessé. Où puis-je trouver un prêtre ?

— Nulle part, répondit le vieux soldat en écartant les mains d'un air compréhensif. En Moscovie, la foi latine est strictement interdite. Nous, les protestants, sommes à peu près tolérés, mais vous ne trouverez ici ni prêtre ni église catholique.

— Mais comment vivre sans confession ni communion ? demanda von Dorn, saisi d'effroi.

— Il le faut bien, fit Libenau en haussant les épaules. On peut prier devant une image pieuse. Et les plus malins embrassent la foi russe. Pour cela, on a droit à un avancement et à un généreux cadeau de la part du tsar. Le converti n'est pas obligé d'habiter le Faubourg, il peut s'installer à Moscou. Et également épouser une Russe. Beaucoup le font, surtout parmi la communauté des marchands, précisa le colonel avec une grimace méprisante. Par intérêt. Une génération passera, puis une autre, et la bonne famille européenne dégénérera, c'est l'air d'ici qui veut ça. Ceux qui sont nés ici sont appelés « vieux Allemands », alors que les gens comme vous et moi sommes les « nouveaux Allemands ». Tenez, par la fenêtre j'ai vu près de vous ce truchement du nom de Pachka Niemtsérov. Son grand-père était le meilleur horloger de l'ancien faubourg Allemand, mais il n'a pas résisté à l'envie d'obtenir les commandes du tsar et s'est converti. Un demi-siècle a passé, et vous avez pu admirer en Pachka le fruit de ce reniement : une espèce de bâtard ni allemand ni russe. Vous avez remarqué sa bosse bleue sur le front ? C'est la marque de sa ferveur religieuse ; il n'arrête pas de se prosterner en se frappant le front contre terre. Il vit près d'une église, chante dans le chœur. Il a bien fait de ne pas dépasser le seuil de la porte, ce chien, sinon je le chassais à coups de pied au derrière.

Le commandant souffla avec colère et frappa du poing sur la table. La cafetière de porcelaine sauta et du bec jaillit un liquide noir qui se répandit sur la nappe.

— La mentalité obtuse et rétrograde des Russes ramollit la cervelle et corrompt l'âme ! S'il n'y avait pas notre Koukouï, voilà beau temps que nous serions tous abêtis. Et savez-vous l'idée que les Moscovites se font de la science ? Ils étudient la cosmographie d'après Cosmas Indicopleustus qui, comme chacun le sait, croyait la Terre carrée. Le comble de la sagesse, dont seuls quelques rares élus peuvent se prévaloir, se résume aux quatre opérations arithmétiques, et encore, ils ne savent pas diviser les grands nombres ; quant aux fractions, ils n'en ont même jamais entendu parler. Ils ignorent tout de la géométrie euclidienne, et est considéré comme lettré tout individu qui arrive tant bien que mal à griffonner son nom. A la veille du dernier Noël, j'ai invité un clerc de l'office de l'Armée, un certain Mitia Ivanov. Ce Mitia a pris sur la table une moule dans sa coquille, afin de la montrer à sa maisonnée. Puis il a conservé cette curiosité dans une coupe à vin. Ses camarades de travail ont alors rapporté qu'il cachait un diable dans cette coupe ! Et c'en fut fini de Mitia Ivanov. Quant à moi, j'en étais pour mon invitation et mon cadeau.

Trop heureux de pouvoir s'épancher sur un nouvel auditeur, Libenau von Lilienklau était impossible à arrêter. D'ailleurs, Cornélius n'en avait pas l'intention. Il écoutait en retenant son souffle, de plus en plus accablé par ce qu'il entendait. Il n'y avait pas à dire, le capitaine von Dorn était un sacré malin : il avait vraiment trouvé le pays qu'il fallait pour qui cherchait le bonheur.

— L'après-midi, à l'heure où le travail devrait battre son plein, tous les Moscovites vont se coucher, s'indignait le colonel. Les services et les boutiques ferment, tout le pays roupille. C'est comme la sieste en Espagne, il devient alors impossible de faire quoi que ce soit. A cela près qu'en été les Espagnols étouffent de chaleur alors qu'ici on se demande ce qui empêche les gens de travailler.

— Et l'armée russe ? demanda Cornélius, ne s'attendant à rien de bon. Ma tâche sera-t-elle difficile ?

— Oui, parce que le commandant de la compagnie est un voleur et un ivrogne. Je voudrais bien le chasser mais je ne le peux pas : ce gredin a des protecteurs haut placés. Quant à l'armée russe, c'est une horreur. Il ne faut jamais partir en campagne avec elle ; même contre les Polonais elle est incapable de combattre. Vous savez quelle stratégie observent les Russes dans les batailles ? demanda Libenau en appuyant de manière sarcastique sur le mot « stratégie ». Ils foncent en bande sur l'ennemi avec un cri terrible en espérant faire peur. Si cela ne marche pas, ils s'arrêtent et tirent une salve de leurs fusils et de leurs pistoles. Si l'ennemi n'est toujours pas effrayé, ce sont les Moscovites qui prennent peur. Ils font alors demi-tour et courent en se piétinant les uns les autres. Et la bataille est terminée. Le Premier ministre, le boyard Matféiev, veut bâtir une nouvelle armée, sur le modèle européen, mais il a beaucoup d'ennemis parmi les puissants, et le tsar (le colonel baissa la voix) est un homme faible et bête, chacun le manipule à sa guise. Tenez, allez donc dans le quartier de Kitaï Gorod admirer leur Tsar des Canons. C'est un gros crétin qui n'est jamais allé au combat parce qu'il est incapable d'envoyer le moindre boulet. Leur Tsar des Canons ne tire pas, leur tsar tout court ne gouverne pas. Ce pays tout entier est une énorme bulle de marécage. Il suffit de souffler un bon coup pour qu'elle éclate. Oh, mon ami, si j'ai atterri ici, ce n'est pas volontairement. J'étais au service de Radziwill le Lituanien quand j'ai été blessé et fait prisonnier par les Moscovites, il y a de cela vingt ans. Je n'ai pas eu le choix, c'était soit la prison, soit le service du tsar. Mais vous, qu'est-ce qui a bien pu vous amener ici ?

— Vous ne connaîtriez pas par hasard un certain monsieur Faustle, ancien sous-colonel de cavalerie ? demanda Cornélius, se rappelant les promesses de l'homme rencontré à Amsterdam.

— Pour sûr que je le connais, fit Libenau avec un geste méprisant de la main. Il n'est pas du tout cavalier. C'est un escroc, un filou, un représentant de ces « vieux Allemands ». C'est lui qui vous a appâté ? C'est son travail à ce Judas, pour cela il reçoit une rétribution qui lui est payée sur la cassette du tsar.

Von Dorn serra les poings et demanda tout doucement, comme s'il craignait d'effaroucher une proie.

— Ce qui veut dire que Herr Faustle va revenir ici ?

Le colonel eut un sourire malicieux :

— Pour revenir, il va revenir, mais Faustle n'est pas assez bête pour se montrer à Koukouï. Nombreux sont les officiers et les artisans qui aimeraient bien lui dire un mot, vous n'êtes pas le seul. Non, Faustle a sa maison de l'autre côté de la Moskova, dans le faubourg des Streltsy. Nous n'avons pas accès à ce côté-là de la rivière ; il existe une vieille inimitié entre les soldats et les arquebusiers.

Cornélius se souvint du curieux comportement de son escorte jaune canari dès qu'ils avaient pénétré dans le faubourg Allemand. Maintenant, il comprenait pourquoi.

— Tant pis, dit-il en grinçant des dents. Je devrai payer pour ma bêtise et ma crédulité. Mais j'arriverai bien à tenir quatre ans, et après, retour en Europe.

— Quatre ans ? s'étonna Libenau. L'Europe ? Est-ce possible que vous n'ayez toujours pas compris ? On peut venir ici, mais en repartir, jamais et dans aucun cas. Vous resterez en Russie jusqu'à la fin de vos jours, on vous enterrera dans l'aride terre russe, et de vos cendres poussera une bardane, la principale des plantes russes.

Chapitre cinquième

Il n'avait pas un sou, et soudain, un altyn [1]

Si, au lieu de deux secondes et demie, la chute libre avait duré un tout petit peu plus, le cœur de Nicholas aurait explosé de peur. Mais au moment précis où le maître en histoire prenait conscience de ce qui venait de lui arriver et s'apprêtait à crier à pleine gorge, le vol se termina dans un craquement, un fracas, un froissement répugnant, puis un choc sourd. Fandorine se retrouva dans un espace étroit de forme rectangulaire, du même vert que les feuillages frais et dont, curieusement, il sentait aussi l'odeur.

Ne comprenant rien, terrifié, tremblant convulsivement, il commença à se débattre dans cet inextricable cauchemar vert. Il parvint tant bien que mal à trouver une surface dure où appuyer ses pieds et se redressa d'un bond pour se retrouver enfoui jusqu'au torse dans les branches de peuplier et les déchets de papier. Il s'avéra que le vertigineux vol plané du second baronet, commencé en haut du toit, s'était terminé, avec la précision d'une balle au panier, dans un bac à ordures entièrement rempli de branches fraîchement coupées, de feuilles et de papier froissé.

1. Titre d'une pièce d'A. Ostrovski. (*N.d.T.*

Suffoquant, happant l'air avec sa bouche, Nicholas était couvert d'égratignures et étourdi par sa chute, mais apparemment plus ou moins entier.

Ses jambes ayant renoncé à le maintenir en position verticale, il s'affaissa sans force sur le matelas élastique que formaient les feuillages depuis peu trépassés. Au-dessus de sa tête se dressa instantanément une petite hutte de branchages à travers laquelle apparaissait le ciel bleu. Fandorine resta à regarder l'azur sans penser à rien, car à quoi pourrait bien penser un individu à qui, sans rime ni raison, vient d'arriver une chose pareille ?

Si le choc et la stupéfaction n'avaient momentanément privé Nicholas de toute aptitude à la réflexion abstraite, il est probable qu'il eût en cet instant médité sur l'étrange inadéquation entre la présomption humaine et la dure réalité de l'existence.

Tu vis sur terre armé de la solide conviction d'être le souverain et maître de ton propre univers et, pour l'essentiel, il en est ainsi. Mais ton monde rationnel et organisé n'est séparé du chaos que par une fine paroi de verre, et tu nages dans ce fragile aquarium tel un poisson aux yeux globuleux insouciant du danger. Alors se produit un événement contre lequel tu ne peux rien et dont le sens échappe à ton entendement : l'aquarium vole en éclats, le petit poisson se débat au milieu des débris de verre, actionnant stupidement ses branchies. Il y a un instant encore, tu étais maître de ta destinée, explorateur des secrets de l'histoire, partisan d'un mode de vie sain, défenseur de l'environnement ; tu nourrissais d'ambitieux projets d'avenir et savais de manière certaine que tu fêterais le prochain jour de l'An sur l'île volcanique de Tenerife. Puis légèrement, presque insensiblement, le chaos t'effleure de son souffle insensé, brûlant, et le verre se brise. Le maître de l'univers gît, tout tordu, dans un bac à ordures et regarde les nuages qui défilent dans le ciel sans pouvoir comprendre la raison pour laquelle il est encore en vie.

L'explication ne pouvait être que dans cette fameuse chance dont grand-mère Elisabeth parlait à son père quand celui-ci était petit. Selon ses dires, les hommes de la lignée Fandorine étaient protégés par une force surnaturelle et bienfaisante qui leur permettait d'échapper miraculeusement à toutes sortes de dangers. Tel le chat, les Fandorine mâles avaient chacun neuf vies et certains, à l'instar du grand-père Eraste Pétrovitch, disposaient même d'une réserve de vies supérieure à neuf.

C'était de la blague, bien sûr. Une légende familiale. Pour preuve la « chance » de sir Alexander quand il avait choisi de voyager sur le *Christiania*. Et que dire de celle de Nicholas ? Quelle poisse incroyable et humiliante ! Non, vraiment, rien n'était plus vexant et ridicule que de se retrouver, comme on dit, victime de la statistique. Un certain pourcentage de la population est statistiquement supposé être victime d'accidents. Par exemple, 0,01 pour cent des individus sont censés avoir un accident de la route ; 0,001 pour cent sont voués à contracter une encéphalite, tandis que 0,0001 pour cent sont prédestinés à être un jour victimes d'un maniaque ou d'un psychopathe. Tel Nicholas A. Fandorine, maître en histoire et baronet, pour ne citer que lui.

Comme disent les nouveaux Russes, on n'y peut rien, c'est la faute à pas de chance. L'attitude la plus stupide et la plus stérile consiste à se lamenter : pourquoi moi, pourquoi cela m'est-il arrivé plutôt qu'à un autre ? Qu'est-ce qui a poussé ce fou à lunettes à se trouver justement là et justement aujourd'hui ? Pourquoi, parmi tous les visiteurs, est-ce moi qu'il a choisi ?

Car, cela va de soi, derrière tout événement se cache une explication pour peu que l'on creuse un peu. En voici un exemple : Nicholas s'est fait attaquer par un historien muni d'un laissez-passer pour les archives et qui, au milieu de cet environnement démoralisant, a progressivement perdu la boule. Il est possible que le malheureux nourrisse une haine pathologique à l'égard des blonds de deux mètres portant un blazer bleu marine. C'est en effet un homme répondant à ces caractéristiques qui, vingt ans plus tôt dans une colonie de vacances, s'était moqué de lui outrageusement, lui causant un profond traumatisme psychologique. Dans la vie de tous les jours, l'individu était plus ou moins normal, mais dès qu'il apercevait un blazer bleu, il ne pouvait réfréner ses pulsions agressives. Bien que malingre, ce binoclard possédait une force surhumaine, manifestement d'origine émotionnelle. Incroyable, la facilité avec laquelle il avait balancé par-dessus sa tête le grand échalas de deux cents livres !

Ou bien, ce qui était encore plus vraisemblable, l'objet de son obsession était un attaché-case de couleur chocolat clair. Car c'était bien avec l'attaché-case que tout avait commencé. Telle était la forme spécifique de fétichisme dont il souffrait.

Seigneur, l'attaché-case !

Nicholas se redressa, gémit, entreprit de s'extraire du bac profond et étroit. Peut-être n'était-il pas trop tard ? La milice ! Des miliciens étaient en faction à l'entrée ! Vite !

Trois heures plus tard, le petit 4 × 4 jaune et bleu de la milice déposait à son hôtel le maître en histoire copieusement barbouillé d'antiseptique vert.

L'affaire était calamiteuse. Le cinglé en chemise à carreaux était resté introuvable sur tout le territoire des archives. Soit il s'était glissé dans les réserves et se cachait quelque part dans l'inextricable labyrinthe souterrain, et, dans ce cas, il y avait un espoir qu'il remonte tôt ou tard à la surface ou bien qu'il tombe sous les yeux d'un des collaborateurs. Soit il s'était miraculeusement faufilé par l'une des six issues en trompant la vigilance des miliciens en faction et, dans ce cas, on pouvait toujours courir pour remettre la main dessus.

Abattue, la victime des statistiques prit l'ascenseur de verre pour rejoindre son quinzième étage et, afin de restaurer un regard positif sur l'existence, essaya de composer un limerick optimiste. Mais il en sortit quelque chose de sombre où, de nouveau, comme aux archives, il était question de dommage corporel.

En fin de compte, on peut tout de même avoir un regard différent sur ce qui vient de se passer, essaya de se convaincre Fandorine. C'est un véritable miracle divin qui s'est produit, et l'heure est venue d'enfiler ses haillons et ses chaînes d'ascète et, nu-tête, de partir pour un pèlerinage à travers la Sainte Russie. Selon toute logique, il aurait dû se fracasser la tête sur une brique, se défoncer la cage thoracique contre un bloc de béton ou s'empaler sur une des armatures métalliques qui pointaient, au lieu de quoi il s'en tirait avec quelques égratignures. Cette histoire de veine héréditaire était bien sûr délirante, mais il fallait néanmoins reconnaître que, dans la façon dont il était tombé du toit, il avait bénéficié d'une chance exceptionnelle, tout bonnement phénoménale. Ainsi l'aquarium était intact, la vie continuait, et puisque la vie continuait, cela signifiait qu'il était possible de la remettre en ordre.

Avant tout, il convenait de minimiser les dommages subis. Appeler la Barclay's afin de faire opposition sur ses cartes de crédit. Et qu'ils lui virent un peu d'argent liquide via la Western Union : il ne pouvait rester sans un sou en poche. Contacter le consulat, car il avait besoin d'une attestation temporaire en remplacement de son passeport.

Informer British Airways de la perte de son billet, qu'ils en établissent un autre. C'était tout ?

Non, ce n'était pas tout. Il y avait une chose impossible à remplacer : le testament de Cornélius. C'était comme si une malédiction pesait sur cette feuille de vieux papier ou, plus exactement, sur ce qui était désormais moins une feuille de papier que quelques kilobits d'informations dans la mémoire d'un ordinateur. Le plus rageant était que Nicholas n'avait même pas eu le temps de lire le message du capitaine von Dorn. Seulement ces mots : « Ecrit pour mon fils Mikita quand ». Quand quoi ? A propos de quoi ? Et pourquoi, un peu plus loin dans le texte, évoquait-on un certain « altyn » et une « natte de tille » ?

Etait-il possible que, désormais, ces questions restent à jamais sans réponse ? Quelle fatale absurdité ! Mais le cinglé finirait peut-être par se lasser de son butin et le jetterait quelque part. La milice possédait une description de l'attaché-case et de tout ce qu'il contenait. Il était encore trop tôt pour désespérer.

Nicholas suivit le long couloir recouvert d'un tapis jusqu'à la chambre 1531. Il ouvrit la porte, s'arrêta dans la petite entrée pour se regarder dans le miroir. Quelle allure ! Son blazer était couvert de chaux et de sève de peuplier, une manche était déchirée et deux boutons manquaient. Son nœud de cravate était de travers et sa chemise n'était qu'une tache. Et sa figure ! Comme s'il n'avait pas assez des deux égratignures badigeonnées de vert qui lui barraient les joues, son menton était tout noir et des morceaux de coquille d'œuf étaient accrochés à ses cheveux. Quelle horreur ! Se débarbouiller, se débarbouiller immédiatement. Ensuite, sous la douche.

Nicholas appuya sur l'interrupteur, ouvrit en grand la porte de la salle de bains. Et se figea.

Sur la cuvette des toilettes, les jambes croisées, était assis l'homme aux lunettes, souriant d'un air affable au maître en histoire pétrifié.

Le premier sentiment qu'éprouva Fandorine ne fut pas la stupéfaction, mais une joie absurde à l'idée d'avoir retrouvé le voleur de son attaché-case. Absurde, car il n'y avait rien de réjouissant à voir un homme — lui en l'occurrence — tellement ébranlé et choqué qu'il commençait à « disjoncter » et à « halluciner » (deux verbes tirés de son carnet d'expressions à la mode).

— Où est l'attaché-case ? demanda Nicholas à l'hallucination.

L'apparition sourit :

— Je pensais que tu étais joueur de basket, mais en fait tu es plutôt ballon de basket. Beau panier, non ?

L'hallucination eut un hochement de tête admiratif, remonta ses lunettes de la main droite, souleva imperceptiblement la gauche, et Nicholas aperçut un tube noir à l'éclat mat avec, au centre, un trou plus noir encore.

— Tu as fait ton temps, ça suffit, dit le binoclard sur un ton de doux reproche. Place aux autres.

Le trou s'éleva d'un centimètre, de telle manière que, maintenant, il regardait Fandorine droit dans les yeux. Le doigt posé sur la détente bougea, et instinctivement, sans réfléchir, Nicholas pencha la tête de côté. Le tube émit un clappement sourd, un souffle brûlant effleura sa joue, derrière lui quelque chose heurta le mur d'un coup sec et de la poussière se répandit par terre.

En son temps, Nicholas avait été attaquant dans l'équipe de basket de l'université — non qu'il sût marquer des paniers depuis le centre du terrain ni du fait de sa taille (il y avait des gars encore plus grands que lui dans l'équipe), mais à cause de ses excellents réflexes et de son aptitude à s'orienter dans le jeu. Au cours du match, le futur maître en histoire subissait une prodigieuse métamorphose : sa réflexion se déconnectait complètement, il cessait de penser avec sa tête, laissant ses mains et ses jambes diriger ses mouvements, ce qu'elles faisaient parfaitement bien sans la moindre participation de son intellect. Sans doute était-ce à cause de ce catapultage périodique de sa réflexion qu'il était condamné à n'être jamais un grand savant. Peut-être aurait-il mieux fait de devenir sportif professionnel.

Ce genre de doutes (qui, eux, se rattachaient à la catégorie des pensées réfléchies) assaillaient assez fréquemment Nicholas. Mais, pour l'heure, c'était le catapultage qui lui avait sauvé la vie.

Sans entrer dans les nuances – l'homme aux lunettes avait-il vraiment tiré sur lui ou s'agissait-il malgré tout d'une hallucination ? –, Fandorine recula dans l'entrée et plongea derrière le mur. Juste à temps : le miroir se fendit en dessinant une multitude de rayons noirs partant d'un petit trou rond. Encore un bond, et Nicholas se retrouva dans le couloir.

A droite, à une trentaine de mètres, se trouvait l'ascenseur : trop loin, la balle l'atteindrait avant qu'il arrive. Fandorine se tourna vers la gauche, où était l'escalier. Trop loin également ! Cependant, à quelques pas de la porte 1531, deux hommes très bruns au nez fort observaient avec intérêt l'individu qui venait de bondir hors de sa chambre, tel un diable d'une tabatière.

– *Sorry*, bredouilla le maître en histoire avant de se glisser entre les deux Causasiens, heurtant au passage l'épaule aussi dure que du bois de l'un d'eux, un solide gaillard à la fière moustache.

D'une voix retentissante teintée d'un fort accent du Sud, l'homme cria dans son dos :

– Hé ! J'ai pas compris !

Nicholas ne songea même pas à se retourner, fonçant à toutes jambes le long de l'étroit couloir.

– Vous êtes tous cinglés ou quoi ? ! lança d'un ton encore plus furieux la même voix, tandis qu'une autre, sonore et gaie – la voix du binoclard –, répondait :

– Mille pardons, messieurs. Moi et mon pote on va chercher de la bière. Hé, Kolia, cours pas comme ça, on a tout le temps !

– Commence par t'excuser, tu courras après ! ordonna une deuxième voix caucasienne, plus frêle que la première.

Fandorine n'entendit pas la suite car il avait déjà passé le seuil salvateur et descendait quatre à quatre l'escalier.

Seigneur, bénis soient les Géorgiens et leur caractère irascible !

Nicholas ne sut pas lui-même comment il avait fait pour dévaler les quinze étages. Sa capacité de réflexion n'était pas rétablie, sinon ses jambes lui auraient sans doute manqué.

Ce n'était pas du tout un fou ! C'était un tueur ! Et à en juger par ses façons, par l'horrible bruit de bouchon émis par son arme, il s'agissait d'un tueur professionnel, du genre de ceux que, jusqu'alors, Nicholas n'avait jamais vus qu'au cinéma ! Ce n'était nullement après l'attaché-case qu'en avait l'homme aux lunettes ! Il voulait tuer Nicholas, et il s'en était fallu de peu qu'il n'y parvienne. Par deux fois Nicholas venait d'être miraculeusement sauvé : d'abord grâce à un container à ordures, ensuite grâce à deux belliqueux Géorgiens. Le chat avait déjà épuisé deux vies.

Dans le hall, le milicien en faction lança un regard sévère au client hirsute qui venait de surgir.

Nicholas hésita : devait-il l'appeler à l'aide ou valait-il mieux filer sans demander son reste ?

Grâce à Dieu, sa capacité de réflexion était de retour et avait repris ses droits. De quelle aide parles-tu ? lui souffla-t-elle. Le scélérat avec son fichu sourire avait pénétré le plus facilement du monde dans l'enceinte des archives, pourtant gardée par des hommes armés de mitraillettes, et en était ressorti tout aussi facilement. Il était entré dans l'hôtel sans plus de difficultés, malgré la présence d'un suisse pointilleux et du milicien en question. Pourtant sa mise était tout ce qu'il y a de suspecte : chemise à carreaux et chaussures de sport. Non, il fallait fuir au plus vite s'il voulait rester en vie !

Mais pour aller où ?

Une fois dans la rue, Nicholas observa, stupéfait, le flot de voitures qui s'écoulait lentement le long de la rue de Tver. Il ne pouvait même pas prendre un taxi, il n'avait pas de quoi payer. Il n'avait ni argent ni papiers.

L'ambassade britannique, voilà où il fallait aller. Là, régnaient l'ordre et la raison, il y trouverait de l'aide.

— Excusez-moi, vous ne sauriez pas où se trouve l'ambassade du Royaume-Uni ? demanda Nicholas à une jeune fille qui faisait le pied de grue non loin : une petite brune avec des cheveux bruns et un front plissé en une expression sévère.

Levant la tête, elle le regarda d'un air perplexe, haussa les épaules. Soit elle ne connaissait pas la réponse, soit il n'avait pas posé la question comme il convenait.

Il ne fallait pas s'attarder plus longtemps. Fandorine courut jusqu'au passage souterrain tout proche et se fraya un chemin parmi la foule compacte tout en réfléchissant fébrilement à la façon de s'y prendre pour trouver l'ambassade.

Apparemment, l'esprit du chanceux maître en histoire n'avait pas recouvré toute sa lucidité, car dans la poche de sa veste se trouvait l'excellent Baedeker. Tout en marchant, Nicholas feuilleta le lumineux opuscule. Il trouva l'ambassade : quai de Sofia. Où était-ce ? D-7 sur le plan du centre-ville. En face du Kremlin, sur l'autre rive de la Moskova. C'était à deux pas de là, un quart d'heure de marche à tout casser !

Ravi de cette heureuse nouvelle, Fandorine continua en direction du fleuve, d'un pas rapide mais sans plus courir afin de ne pas attirer l'attention sur lui.

Il était vraiment dommage de devoir traverser la place Rouge comme ça, sans s'arrêter. Hélas, l'heure n'était pas aux réminiscences historiques. Pourtant, combien de fois Nicholas s'était-il imaginé tremblant d'émotion alors qu'il posait le pied sur cette place sacrée d'où commence le décompte des espaces infinis de la Russie ! Il avait aussi la ferme intention de visiter le mausolée avant qu'on ensevelisse sous terre la momie de celui qui avait causé la perte de la grande puissance.

Bien qu'il fût pressé, bien qu'il eût la tête à tout autre chose, il se tourna tout de même vers le mausolée – une fois, puis une seconde. Jamais il n'aurait pensé que cette ziggourat lui rappellerait à ce point les cubes assemblés d'un jeu de construction.

Mais qu'était cette chose qu'il venait fugitivement d'entrevoir derrière, au milieu de la foule ? Cette chose à carreaux jaunes et verts ?

A-a-a, suffoqua le maître en histoire dans un cri avorté. A une vingtaine de mètres, avançant à grands pas, l'homme aux lunettes le suivait. Quand il vit que Fandorine s'était retourné, il agita joyeusement la main et son visage s'illumina d'un sourire, comme pour dire : tout va bien, je suis là.

Nicholas s'arrêta brutalement, s'accroupit, actionna le levier de sa semelle droite, puis celui de sa semelle gauche. Il se fit plus grand de quelques centimètres lorsque les roues sortirent et, prenant de la vitesse, s'élança sur le pavé en direction de la cathédrale Basile-le-Bienheureux. Derrière lui retentit un coup de sifflet puis un autre, mais peu lui importait.

Il traversa tel l'éclair le pont qui enjambait la Moskova. Il est d'ailleurs fort possible qu'il ait, à cette occasion, établi le record de vitesse sur patins à roulettes. Il était tellement entraîné par son élan qu'en tournant à droite pour suivre le quai, une de ses chaussures s'accrocha à un raccord d'asphalte, et il s'étala de tout son long.

Il s'écorcha de belle manière le genou et déchira son pantalon déjà en piteux état. Mais le plus rageant de tout était que deux roues de sa semelle droite avaient sauté, le privant de toute possibilité de poursuivre en rollers.

Nicholas jeta un regard apeuré derrière lui. Il n'y avait pas de chemise à carreaux jaunes et verts sur le pont. Il avait apparemment semé son poursuivant.

Boitant de sa jambe blessée, il avança en direction du refuge salvateur : l'ambassade du Royaume-Uni de Grande-Bretagne et d'Irlande du Nord.

Le conseiller pour la sécurité, Lawrence Pumpkin, un homme corpulent à la tête de bouledogue et aux yeux bleu clair, enveloppa lentement du regard le visiteur exténué, se mordilla les lèvres et demanda, impassible :

— Qu'est-il arrivé à vos vêtements, mister Fandorine, enfin… sir Nicholas ? Et pourquoi ces raies vertes sur les joues ?

— Vous comprenez, je… d'abord je suis tombé dans un bac à ordures, ensuite j'ai fait une chute de rollers, répondit Nicholas.

Il rougit, conscient du ridicule de sa réponse. Il devait avoir l'air d'une espèce de comique à la Max Linder.

Mais le conseiller ne manifesta pas le moindre étonnement. Au contraire, il se leva, contourna son bureau, donna une solide poignée de main à Nicholas et lui proposa un fauteuil antédiluvien qui devait se rappeler lord Beaverbrook. Pour sa part, il prit place en face, alluma une cigarette russe à filtre de carton, qui rougeoya faiblement lorsqu'il tira dessus, et ordonna :

— Allez-y, racontez-moi tout ça.

Il l'écouta attentivement, sans l'interrompre une seule fois et même quasiment sans bouger, si ce n'est pour secouer sa cendre.

Quand Fandorine eut terminé son histoire à dormir debout qui, dans le cadre guindé de ce bureau d'ambassade, avait dû faire l'effet d'un vrai délire de drogué, le silence s'instaura. Agitée par un courant d'air, une clochette japonaise accrochée au vasistas tintait de temps à autre.

— Vous pensez que je suis dérangé ? demanda Fandorine incapable de supporter plus longtemps le silence pesant. Que je souffre de paranoïa ? Pour être franc, moi-même je ne suis pas totalement convaincu que tout cela me soit effectivement…

Pumpkin l'arrêta d'un geste.

— Non, sir Nicholas, je vois que vous dites la vérité. Ou, en tout cas, ce que vous *pensez* être la vérité. Qui plus est, je suis même prêt à croire que vous n'avez pas la moindre idée de la raison pour laquelle on veut vous liquider. Je séjourne depuis de longues années dans ce pays et je sais une chose : ici tout peut arriver, même le plus extravagant. Tout, absolument tout… Et la vie humaine n'y vaut pas grand-chose. Néanmoins, il ne fait aucun doute qu'il y a à votre histoire une explication parfaitement rationnelle.

— Laquelle ? ! s'écria Nicholas. C'est mon premier jour à Moscou ! Je suis le représentant d'une paisible profession qui n'intéresse pas grand monde ! Quel motif rationnel pourrait-il bien y avoir ?

Le conseiller pour la sécurité poussa un soupir et hocha légèrement la tête.

— Je peux en proposer au moins trois. Un : on vous a pris pour quelqu'un d'autre. Quoique ce soit peu vraisemblable dans la mesure où le tueur vous attendait dans votre chambre d'hôtel. Deux : sans même vous en rendre compte, vous avez été témoin de quelque chose que vous n'auriez pas dû voir. Trois : quelqu'un, qui prend des décisions, se trompe en pensant que vous avez vu quelque chose que vous n'auriez pas dû voir. Et Dieu sait quoi encore... Vous voulez un bon conseil ?

Le conseil d'un fonctionnaire du Foreign Office ? Nicholas battit de ses paupières bordées de cils blonds. Visiblement, mister Pumpkin avait effectivement passé trop de temps dans ce pays et s'était en partie russifié. Il fumait même ces horribles cigarettes brunes à bout de carton, ce qui était tout dire.

— Un conseil ? répéta Fandorine, perplexe.

— Eh bien oui, confirma Lawrence Pumpkin, un peu gêné. Après tout, ne suis-je pas conseiller ?

— Alors, avec plaisir, je vous en serai très reconnaissant !

— Restez jusqu'à demain à l'ambassade. Vous pourrez passer la nuit sur ce divan ; moi-même, il m'arrive d'y dormir lorsque je reste tard le soir à travailler. N'allez nulle part. Nos bureaux sont déjà fermés, mais dès demain matin on vous établira un passeport temporaire. Mes collaborateurs vous feront sortir dans le coffre d'une voiture et vous conduiront directement à l'aéroport afin que vous preniez le premier vol pour Londres. Sauvez-vous, sir Nicholas, pendant que vous êtes encore entier. Sinon, je crains fort qu'il ne faille vous renvoyer chez vous dans un cercueil plombé.

Ce n'était pas du tout à ce genre de conseil que s'attendait Fandorine.

— Mais si je pars maintenant, je ne saurai jamais ce que signifiait tout cela et je me perdrai en conjectures tout le reste de mon existence. Et, par ailleurs, je ne peux pas rentrer sans le testament de von Dorn ! Mes descendants ne me le pardonneraient pas.

— Ah bon, parce que vous avez des enfants ? interrogea le conseiller en fronçant les sourcils, comme si ce fait compliquait encore l'affaire.

— Non. Mais j'en aurai un jour. Pourquoi cette question ? demanda Nicholas, sur ses gardes.

Pumpkin ne répondit pas tout de suite.

— Je ne sais pas, sir, qui veut vous tuer ni pourquoi. Mais, apparemment, celui qui le veut le veut *vraiment*. Il est possible que ce soit la mafia. Ou les services spéciaux, qui sont maintenant en quantité innombrable, chacun ayant ses secrets et ses intérêts propres. Avant c'était infiniment plus simple : il y avait le KGB et le GRU, point, alors qu'actuellement la Russie connaît une période de morcellement de type féodal. Chaque petit potentat possède son staff de professionnels pour l'exécution d'opérations spéciales. En plus, on fait appel à certaines petites unités pour des contrats particuliers. Le travail est devenu très difficile, se plaignit mister Pumpkin. Je dis cela pour que vous compreniez que je n'arriverai pas à vous protéger. J'ai de bonnes relations, beaucoup d'excellents amis dans les services spéciaux aborigènes, mais dans votre cas je ne sais tout simplement pas vers qui me tourner ni à qui m'adresser. Et le temps que je prenne des renseignements… (Il barra sa gorge de son doigt jauni par la nicotine. Nicholas en eut un haut-le-cœur.) Et de retour à Londres, à votre place je me montrerais un peu plus prudent. Qui sait jusqu'à quel point les intentions de ceux qui vous en veulent sont sérieuses. Ils peuvent s'en prendre à vous y compris en Grande-Bretagne. Il y a eu des précédents... Vous ne pourriez pas trouver une expédition archéologique quelconque qui vous tiendrait éloigné pendant six mois ou un an ? En Amérique du Sud ou quelque part dans l'Himalaya ?

C'était tout bonnement inouï ! Un fonctionnaire de l'Etat, le représentant d'une institution ayant pour vocation d'assurer la sécurité des citoyens britanniques, conseillait à un homme totalement innocent de disparaître de la circulation, de mettre une croix sur sa vie personnelle et sur sa carrière professionnelle.

— Je ne suis pas archéologue, je suis historien, dit Fandorine d'un ton tranchant. Je n'ai rien à faire dans l'Himalaya. Et je ne partirai pas d'ici avant d'avoir recouvré mon bien !

Sa peur avait disparu. A la place, il se sentit submergé par une vague de colère : contre ce mauvais tour que lui jouait injustement le destin ; contre ce conseiller indésirable qui ne songeait qu'à se débarrasser au plus vite d'un problème ennuyeux ; contre ce pays fangeux, absurde et odieux où cessaient de fonctionner les lois de la logique et de la raison. C'était le diable qui avait amené ici Cornélius von Dorn ! Pourquoi n'était-il pas tranquillement resté dans sa Souabe natale ?

Mais il suffit à Nicholas de prononcer mentalement ces paroles subversives pour qu'aussitôt il rentre la tête dans les épaules. Il eut l'impression de voir les huit générations de Fandorine russes avec à leur tête Cornélius en train de regarder avec sévérité leur lamentable descendant et de secouer avec mépris leurs têtes — moustachues, barbues ou bien encore parées de superbes favoris :

« Honte à toi, Nicholas Fandorine. Garde-toi de telles pensées sur ta famille. Rien n'est plus méprisable que la trahison et la lâcheté. »

Le conseiller remua ses lèvres charnues et allait ouvrir la bouche quand Fandorine l'interrompit de la manière la plus impolie :

— Je sais déjà ce que vous allez me dire. Qu'ici ce n'est pas la Grande-Bretagne ni l'Europe. Que la milice ne va pas me protéger du cow-boy à lunettes ni chercher mon attaché-case parce qu'elle n'en a rien à fiche. Qu'ici c'est la jungle. Que les Russes sont une nation de sauvages qui n'a aucune idée des droits de la personne, de la dignité humaine, de la légalité. Que tout ici est rongé par la corruption. Parfait ! Je ne conteste pas ! Tout est effectivement comme ça ! (Il s'emporta jusqu'à frapper du poing sur l'épais cuir de l'accoudoir.) Mais c'est justement ce dont je vais me servir. La milice va refuser de chercher les objets qui m'ont été ravis par manque de motivation ? Je vais lui en trouver ! J'offrirai une récompense à celui qui me rapportera la lettre et le portable. Dix, non, vingt mille livres. Cinquante mille ! Et s'il le faut cent mille ! J'hypothéquerai mon appartement, j'emprunterai de l'argent à la banque mais je récupérerai la relique familiale ! Qu'en dites-vous, mister Pumpkin, ne pensez-vous pas que le superintendant de la police criminelle ou son équivalent — je ne sais pas comment on l'appelle ici — va se remuer un peu plus si je promets une prime de cent mille livres ?

Apparemment, le conseiller pour la sécurité commençait aussi à s'énerver. Il fronça ses sourcils broussailleux, plissa les yeux d'un air mauvais et dit :

— Un. Je ne considère aucunement les Russes comme des sauvages. Les Russes sont comme ils doivent être compte tenu des conditions dans lesquelles ils sont élevés et vivent. Ici, sir Nicholas, le climat moral est différent, plus cruel, plus rude que chez nous. Chez nous, il est infiniment plus facile pour un individu d'être bien élevé, respectueux des lois, tolérant et politiquement correct. Quel mérite a-t-on à être bien élevé quand, dès son enfance, on est sûr d'avoir un hamburger à manger, un toit au-dessus de la tête et les droits de l'homme pour vous défendre ? Etre un homme civilisé est bien plus dur en Russie, car c'est le résultat d'un processus mûrement réfléchi et non une chose acquise par héritage comme c'est le cas pour vous et moi. En cent ou cent cinquante ans de vie agréable, une couche de culture a poussé sur notre peau britannique et décemment recouvert le poil originel. Mais ne vous laissez pas abuser par la civilisation européenne. La couche de culture – acquise sans effort uniquement grâce à des facteurs géographiques particulièrement favorables – tient tant que le vent ne souffle pas trop fort. Croyez-moi, j'ai vu pas mal de choses dans ma vie. Au premier vrai danger, l'homme soi-disant civilisé retourne à son état primitif : pour survivre, il griffe et mord tout aussi bien que n'importe quel Russe.

De toute évidence, Lawrence Pumpkin était piqué au vif. Son visage devint rouge et il se mit à lancer des postillons. Une telle passion forçait le respect. En outre, Fandorine se remémora ce qu'avaient écrit les journaux à propos du naufrage du *Christiania* : la bagarre pour les gilets de sauvetage, la façon dont les politiquement corrects Britanniques, Suédois et Danois avaient éjecté des canots les passagers les plus faibles.

Mais une situation extrême est par définition un cas particulier, faillit objecter Nicholas. Aucun homme ne peut jurer de ce que serait sa conduite face à un danger mortel. Dans de tels cas, c'est l'instinct qui prend le dessus, alors que l'éducation se manifeste dans le fonctionnement quotidien de la société. Peut-on qualifier les Russes de nation civilisée alors qu'ils griffent et mordent chaque jour que Dieu fait, et cela pour n'importe quoi et sans aucune raison ?

L'argument était de poids, mais le conseiller n'en avait manifestement pas terminé.

— Deux. Votre idée de prime n'est pas mauvaise, si vous tenez tant à ce bout de papier. Il n'y a pas de superintendant ici, mais à Pétrovka 38 se trouve la police judiciaire de la ville, laquelle a comme chef le colonel Nekhvataïlo. Je pourrais même vous mettre en contact avec lui. (Là, Pumpkin avait employé une forme grammaticale appelée « mode irréel » dans la grammaire anglaise, d'où on pouvait conclure qu'il n'avait pas l'intention de mettre Nicholas en contact avec mister Nekhvataïlo.) A une condition : que vous ne soyez pas l'objet d'une chasse à l'homme. Ecoutez-moi, Fandorine, l'heure n'est pas aux grands sentiments aristocratiques. Ce bout de papier, même s'il a trois cents ans, n'est jamais qu'un bout de papier. Vous dites que vos descendants ne vous le pardonneraient pas. Mais si vous vous attardez à Moscou, vous n'aurez aucun descendant, vous n'aurez pas le temps de vous en pourvoir. Votre merveilleuse lignée s'interrompra là, et il n'y aura plus personne pour se vanter des reliques familiales. Filez d'ici, jeune homme, décampez, tirez-vous (le diplomate poursuivit sa suite de synonymes par des verbes encore plus énergiques qui firent frissonner Fandorine). Et le plus vite sera le mieux.

— Non, martela Nicholas, éprouvant une certaine fierté face à son propre entêtement.

La foule des Fandorine à laquelle s'était ralliée la multitude des von Dorn hochaient la tête en signe d'approbation comme pour lui dire : « Bravo, petit. D'abord l'honneur, le reste après. »

– Dans ce cas, voici ce que j'ai à vous dire, fit mister Pumpkin en prenant un ton officiel. Vous êtes un ressortissant britannique que menace un évident et incontestable danger. Conformément aux instructions, j'ai le droit en pareil cas, y compris contre votre volonté, de prendre des mesures pour assurer votre sécurité. D'autant plus que vous n'avez pas de papiers et qu'il convient également d'établir votre identité. Je vous consigne pour la nuit sur le territoire de l'ambassade, et dès demain matin vous regagnerez Londres. Libre à vous ensuite de vous plaindre pour abus de pouvoir auprès des instances supérieures.

On voyait tout de suite, à sa mine sérieuse, que le gentleman ne lançait pas des paroles en l'air. Il allait de ce pas appuyer sur le bouton placé sur sa table, appeler des gardes, et c'en serait terminé : adieu Moscou et, par la même occasion, adieu le testament de Cornélius von Dorn.

Fandorine poussa un soupir, s'épongea le front, écarta les mains d'un air coupable :

– Je vous prie d'excuser mon hystérie. Ce sont les nerfs. Trop de choses me sont tombées dessus aujourd'hui. Sans aucun doute, sir, vous avez raison. Rester à Moscou serait stupide et irresponsable. En effet, cela ne rime à rien. Quant à offrir une prime à celui qui retrouvera le document, je peux aussi bien le faire de Londres. Puis-je espérer que vous me mettrez en contact avec qui de droit ?

Le conseiller plongea un regard scrutateur dans les yeux clairs de Fandorine et, apparemment, le crut.

– Bon, voilà qui est mieux. Bien sûr, je vous mettrai en contact avec qui il faut. Et avec le temps, j'arriverai à découvrir qui vous a « commandé », comme on dit ici pour désigner quelqu'un qui a un contrat sur sa tête. Et on saura alors si avez ou non besoin d'aller dans l'Himalaya… Allez, ne vous en faites pas. (Mister Pumpkin tapota le coude du jeune homme en signe d'encouragement.) *A force de mal aller, tout finira par s'arranger,* dit-il en russe, avant d'ajouter : *La nuit porte conseil.* Reposez-vous. Je vais demander qu'on vous apporte une brosse à dents et du linge propre, je vous prêterai une de mes chemises. Le col sera trop large et les manches vous arriveront au-dessus du coude, mais ce sera toujours mieux que vos guenilles.

— Je vous remercie, vous êtes très aimable, fit Nicholas avec un sourire ému. Excusez-moi, mais où sont les toilettes ?

— Dans le couloir, troisième porte à droite. Nous pourrions peut-être dîner ensemble ? Notre buffet n'est pas mal du tout.

Fandorine eut un nouveau sourire, gêné cette fois.

— Avec plaisir, dit-il alors qu'il avait déjà ouvert la porte. Seulement je dois vous prévenir que je n'ai pas un penny.

— Ce n'est pas grave, je ne me ruinerai pas, grommela le conseiller.

Finalement, le fonctionnaire n'était pas si formaliste ni si guindé que ça, mais cela ne changeait rien.

Nicholas longea le couloir au pas de course et descendit l'escalier. Dans le hall d'entrée, il salua poliment le gardien et sortit dans la cour.

Une demi-minute plus tard, il laissait derrière lui les portes en fer forgé de l'ambassade. Très satisfait de sa ruse, Fandorine partit en boitant à la rencontre de nouveaux dangers et de nouvelles aventures.

Peu lui importait. D'abord l'honneur, le reste ensuite.

L'incroyable journée touchait à sa fin. Il faisait nuit, le long du quai les réverbères étaient allumés et, en face, sur l'autre rive, le Kremlin éclairé par en dessous répandait une lueur féerique. C'est vraiment très beau, se dit Nicholas. Sans doute une des plus belles vues du monde. Et afin de ne pas céder au romantisme (qui dans les conditions présentes eût été malvenu), il ajouta intérieurement : Au lieu de dépenser de l'argent pour des illuminations, ils feraient mieux de payer en temps voulu le salaire des archivistes.

Clopinant en direction du Grand Pont de Pierre, il essaya de dresser son plan d'action. Où aller ? A l'hôtel ? Au seul souvenir de sa chambre et du miroir où s'étendait la toile d'araignée laissée par la balle, Nicholas frémit. N'importe où mais pas là ! D'ailleurs, c'était sûrement là-bas que l'attendait le joyeux drille à lunettes.

Alors où ? Aller voir le chef de la milice et offrir une prime ? On se demande bien laquelle, vu qu'il n'avait pas un sou en poche. Et, plus généralement, de quoi aurait l'air un homme en loques, sans papiers, arrivant au 38 rue Pétrovka et demandant qu'on le conduise auprès du chef de la police judiciaire, le colonel Nékhvataïlo. C'était loufoque ! Le songe d'une nuit d'été !

Nicholas s'arrêta, conscient de s'être conduit de manière totalement déraisonnable. Il ne fallait pas confondre le sens de l'honneur et une morgue imbécile. Que pouvait faire dans ce dangereux pays un étranger seul, sans soutien et sans un sou en poche ?

Conclusion : il n'y avait pas d'issue. Il fallait retourner auprès du conseiller pour la sécurité en faisant amende honorable et le convaincre de donner à Fandorine, avant qu'il soit rapatrié, la possibilité de se mettre d'accord avec le grand chef de la police moscovite. Pumpkin était un homme intelligent et sans malice, il pourrait accéder à la demande de Fandorine, à la condition, bien entendu, qu'il ne soit pas trop fâché d'avoir été trompé.

Et puis, peut-être ne s'était-il encore rendu compte de rien : après tout, il ne s'était pas écoulé plus de cinq minutes.

Le quai était désert, seuls des pas résonnaient derrière, les pas peu pressés et sonores de quelque passant attardé. Poussant un soupir, Nicholas fit volte-face avec l'intention d'aller se rendre.

– Kolia ! cria joyeusement le passant attardé. Quel heureux hasard !

Nicholas recula.

– Alors, t'es pas content de me voir ? dit l'homme aux lunettes, faisant mine d'être vexé (ses petits verres venaient de briller à la lumière d'un réverbère et, dans sa main, quelque chose de métallique avait lancé un éclair – pas un pistolet à silencieux, cette fois, mais un couteau ou un poignard). Allez, faut bien mourir un jour ou l'autre.

Le terrifiant personnage hâta le pas et, désormais, n'était plus éloigné de Nicholas que de cinquante pieds.

Fandorine se retourna et, traînant la jambe, s'éloigna en courant, mais lentement, trop lentement. Et ses rollers étaient cassés, impossible d'aller plus vite. Seigneur, était-ce possible que tout finisse là, près de ce fleuve indifférent, dans cette ville étrangère et hostile ?

On entendit, de plus en plus proche, le reniflement précipité d'un moteur de faible puissance, puis un couinement de freins. Le long du trottoir s'arrêta brusquement une toute petite *towncar* – Nicholas savait que ce modèle s'appelait Oka.

La portière s'ouvrit.

– On se casse ! cria une voix de femme.

Se délestant cette fois encore de toute pensée réfléchie, Fandorine s'engouffra tête la première dans le petit habitacle et se tassa sur le minuscule siège, ses longues jambes repliées contre lui.

La voiture naine démarra en trombe, et la portière encore ouverte se mit à battre comme l'aile d'un moineau.

Nicholas parvint tant bien que mal à s'installer. Une fois assis, les genoux sous le menton, il regarda en arrière. Sur le trottoir, il vit une silhouette qui lui envoyait un baiser.

— *Oh, my God,* fit le jeune homme en frissonnant avant de se retourner à la hâte.

Non, finalement, c'était un cauchemar.

— La porte, ordonna la voix qui, peu avant, avait crié « on se casse ».

Nicholas claqua la portière et se tourna vers sa bienfaitrice. Dans la pénombre, il distingua un profil sévère avec un nez court très légèrement retroussé et un menton volontaire. Une jeune fille ou jeune femme, mince et de très petite taille. Elle lui parut vaguement familière, à moins qu'elle ne ressemblât à quelqu'un, sans qu'il puisse dans l'immédiat se rappeler qui. Peut-être bien Maria Schneider dans *Le Dernier Tango à Paris.*

— *Dream, midsummer night's dream*[1], bredouilla Nicholas, ne doutant presque plus d'être en train de rêver.

— T'es quoi, vraiment anglais ? demanda Maria Schneider en lançant un bref regard à son passager.

— Vraiment anglais, confirma Fandorine. Et vous, qui êtes-vous ? Comment vous appelez-vous ?

— Altyn.

Cette réponse eut pour effet instantané de rassurer Nicholas. Ainsi, c'était bien un rêve. Voilà donc le mystérieux altyn du testament de Cornélius qui se manifestait.

Mais la petite femme précisa :

— Altyn, c'est un prénom. Mon nom de famille est Mamaiéva. Et toi alors, t'es qui ? Et pourquoi ce taré tient tellement à avoir ta peau ?

1. Le songe, le songe d'une nuit d'été.

Appendice :

Limerick composé par N. Fandorine dans l'ascenseur de son hôtel, le 14 juin aux environs de cinq heures et demie de l'après-midi :

Dans la bataille pour Saratoga,
J'ai perdu une jambe et deux bras.
Allongé sur mon grabat
Je fais pipi sous moi.
Sapristi, j'ai eu d'la chance, les gars.

Chapitre sixième

Le service est le service. Les habitudes amoureuses des femmes russes. Le lieutenant von Dorn met au point la Disposition. Apparition d'un ange.

— Où toi aller comme ça, espèce de bûche ? On a dit : *Halt* ! La première dizaine *links* ! La deuxième dizaine *rechts* ! La troisième *links* ! La quatrième *rechts* ! La cinquième *links* ! La sixième *rechts* ! La septième *links* ! La huitième *rechts* ! Le tambour : e-e-e-t, tra-ta-ta-ta, tra-ta-ta-ta !

Cornélius prit ses baguettes au jeune tambour, exécuta le bon roulement et caressa les cheveux du gamin : courage, tu finiras par apprendre. Ce petit gars était futé, il pigeait vite.

La compagnie évoluait sur le champ des Vierges, une place éloignée située au-delà du faubourg des Arquebusiers, et s'entraînait au demi-tour.

Les cinq mois d'apprentissage assidu n'avaient pas été vains. De leurs bottes, les soldats martelaient de bon cœur la terre déjà tassée à l'extrême, viraient hardiment, arboraient un regard fier et hardi. Même s'il criait de temps à autre – plus pour le principe que pour autre chose –, von Dorn était satisfait. En regardant cette compagnie, on pouvait difficilement croire que, moins de six mois plus tôt, la majorité des soldats ne savaient pas distinguer leur droite de leur gauche : pour les gauchers, la droite correspondait à la main ou au pied dont ils se servaient le plus commodément, et comme le régiment comptait cinq gauchers, il était impossible d'obtenir des exercices harmonieux. Afin que les soldats ne se trompent plus, il avait fallu leur apprendre de nouveaux mots : le côté où battait le cœur était *links*, l'autre *rechts*. Eh bien, ils avaient fini par s'y faire. On apprend bien à une guenon à frapper dans les mains et à danser la polonaise !

Pour les soldats, ça allait : l'exercice les avait réchauffés, leurs gueules étaient rouges, ils transpiraient, alors qu'à faire du surplace, monsieur le lieutenant était passablement transi de froid. Vers la fin octobre, à Moscou, il faisait comme dans le Wurtemberg en hiver, sans compter cette petite pluie fine et glaciale qui tombait depuis le matin. Il aurait pu, bien sûr, s'emmitoufler dans un manteau, mais en fait de commandant, il aurait plutôt eu l'air d'un corbeau hérissé. Aussi Cornélius se tenait-il gaillardement, vêtu de son seul uniforme en se contentant de taper du pied en rythme.

A l'extrémité de la place, comme toujours, se massaient les curieux. La pluie froide indifférait les Moscovites. Quand il est trempé d'être resté sous la pluie, le Russe s'ébroue comme un chien et repart comme si de rien n'était.

Cornélius était habitué à la présence des badauds. Bien sûr, c'était principalement la populace qui s'attardait devant le spectacle des exercices militaires, mais il n'était cependant pas rare d'y voir quelque boyard accompagné de sa valetaille. C'était pour l'heure le cas. Au-dessus de la foule, en effet, pointait une chapka de somptueuse fourrure. Juché sur un coursier arabe blanc se tenait un important personnage : grand, avec un visage émacié et une longue barbe grise. Autour de lui, des nobles descendus de cheval, environ une dizaine, et également des courriers vêtus du même cafetan framboise. Qu'ils regardent, cela ne faisait de mal à personne. Dans la ville de Moscou les distractions étaient rares, or ici on battait le tambour et des soldats marchaient au pas dans un bel ensemble. Von Dorn avait essayé de les faire défiler au son de la flûte mais les nonnes du couvent des Vierges s'étaient plaintes. Considérée comme objet de tentation, la flûte était interdite.

Bref, tant bien que mal, le lieutenant abusé avait fini par s'adapter à son bagne moscovite. Pourtant, son temps de service avait commencé de la pire façon.

Il n'avait pas touché la moindre indemnité : ni argent, ni peaux de zibeline, ni drap. Le vice-ministre Fedka s'était tout mis dans la poche en échange de son accord d'oublier l'offense qui lui avait été faite ; et encore, il avait fallu le supplier, ce chien, c'est tout juste si le colonel Libenau était parvenu à le convaincre.

Des soldats comme ceux qui constituaient sa compagnie, Cornélius n'en avait jamais vu, et il n'aurait même jamais soupçonné qu'on puisse qualifier de soldats de semblables monstres. Qu'ils fussent sales et loqueteux, passe encore, mais que, dans toute la compagnie, il n'y eût pas un seul mousquet en bon état, pas un seul sabre aiguisé, ni balles, ni poudre, c'était un comble ! Drôles de mousquetaires, en vérité.

La faute en revenait, bien sûr, au commandant de la compagnie, le capitaine Ovseï Tvorogov. Non content d'être saoul chaque jour dès le matin et de gueuler à longueur de temps, celui-ci était en outre un voleur d'une impudence rare. Il vendait toutes les munitions et provisions ; au lieu qu'ils se consacrent au service des armes, il louait les soldats comme ouvriers à la journée, et se mettait l'argent dans la poche. Tvorogov avait également essayé de tirer profit du nouveau lieutenant en le casant comme gardien des entrepôts de marchandises, au faubourg de Sretenka, seulement là, il était mal tombé.

Cornélius était allé se plaindre au colonel, mais à quoi bon ? Libenau von Lilienklau était un homme vieillissant, las de la vie russe et résigné pour ce qui était du service. Il avait donné au lieutenant un conseil : *laissez faire,* mon ami, *far niente,* il n'y a pas de quoi fouetter un chat. Les Moscovites vous ont eu, à vous de les avoir. Vous êtes encore jeune, pas comme moi qui suis une vieille baderne. Il y aura bien une guerre avec les Polonais ou sinon les Turcs. Laissez-vous faire prisonnier à la première occasion, et vous serez libéré du joug des Moscovites.

Mais von Dorn n'était pas habitué à être payé pour ne rien faire, quand bien même sa solde fût-elle réduite de moitié. L'essentiel, toutefois, était qu'un plan avait peu à peu mûri dans son esprit. Ce plan, soigneusement élaboré, que Cornélius avait baptisé « Disposition » exigeait du lieutenant de la 3e compagnie qu'il fût irréprochable dans son service.

Il avait commencé par le principal : ramener le capitaine à la raison, car, avec un tel commandant, remettre de l'ordre dans le régiment était impossible. Cornélius avait parfaitement assimilé la leçon de son premier jour en Moscovie : dans ce pays, on pouvait faire tout ce que l'on voulait pourvu seulement qu'il n'y ait pas de témoins. Eh bien, il allait se passer de témoins.

Un beau matin, il chopa Tvorogov avant que celui-ci ait sombré dans l'hébétude éthylique, et lui assena une bonne correction. De bon cœur et méthodiquement. Afin de ne pas lui laisser de bleus ni d'écorchures, il le frappa avec une chaussette remplie de sable mouillé. Il lui interdit de crier en le menaçant de le battre à mort. Tvorogov ne cria pas, endura les coups en silence. Cornélius lui déconseilla également de se plaindre. Il lui fit comprendre par des gestes (il ne parlait pas encore russe à l'époque) : un seul mot, voleur, et n'importe lequel des soldats sera prêt à t'étrangler de ses mains pour quelques kopecks.

Tvorogov avait beau être un ivrogne, il n'était pas idiot. Il comprit. A partir de ce jour-là il devint calme, paisible, cessa de crier des injures et de persécuter les soldats. Désormais, il se saoulait dès le matin au point qu'il passait le reste de la journée dans une remise, immobile comme une souche.

Cornélius se dota d'une ordonnance particulière, un Finnois sobre, qu'il attacha à la personne de Tvorogov : il veillait à ce que celui-ci ne se noie pas dans son vomi et n'essaye pas de sortir. Dès qu'Ovseï commençait à bouger et à battre des paupières, le Finnois lui faisait avaler un godet de vin, et le capitaine retrouvait son calme. Tout le monde s'en trouvait bien, lui comme les soldats.

Dès lors, von Dorn commanda seul le régiment.

— Compter un sur deux ! cria le lieutenant en battant la mesure avec sa canne. Premiers, deuxièmes, premiers, deuxièmes ! Tous les premiers, un pas en afant ! *Kehrt* [1] ! Enlefer cuirasses !

Il passa entre les deux rangs disposés face à face afin de se choisir un partenaire pour une démonstration de combat au corps à corps. Il désigna Epichka Smourov, un gaillard vigoureux mais gauche, afin de mieux mettre

1. Demi-tour.

en évidence l'importance primordiale de l'intelligence dans la lutte.

– Soldats, pien regarder ! Je ne pas recommencer deux fois. Epichka, frappe-moi dans pleine gueule !

Un ordre est un ordre. Epichka retroussa sa manche, pivota lentement pour prendre son élan et s'apprêta à démancher la tête du lieutenant.

Cornélius se courba prestement, laissant le terrible coup passer au-dessus de lui, et quand, entraîné par son poing, Epichka partit de côté, le lieutenant lui donna un petit coup à l'épaule droite et lui fit un croc-en-jambe.

Le géant s'effondra telle une masse de fonte, la trogne dans la terre, et le lieutenant s'assit sur lui et l'attrapa par les cheveux. De la foule monta un murmure ravi ; l'entraînement au combat à coups de poing dans la figure jouissait parmi les spectateurs d'un engouement particulier.

– *Klar*[1] ? Premier taper, deuxième faire tomper. Allez !

Les soldats commencèrent allègrement de se taper dessus. Von Dorn allait et venait parmi eux, les corrigeait, leur montrait les bons gestes. Puis il enseigna à la compagnie un autre truc simple et utile, à savoir comment étourdir l'ennemi qui ne s'attend pas à l'attaque : qu'on le frappe sous le bout du nez avec le tranchant de la main, et il est immédiatement sonné, hébété au point qu'on peut faire de lui ce qu'on veut. L'avant-veille, comme à l'accoutumée, les soldats s'étaient battus contre les arquebusiers. Sans sortir sabres et poignards toutefois, car à Moscou on ne plaisantait pas avec cela : c'était la potence sur-le-champ et personne n'essayait de comprendre qui avait raison et qui avait tort. Auparavant, dans les bagarres à poings nus, à nombre égal, c'était toujours les arquebusiers qui gagnaient : ils étaient plus solidaires et plus habitués à

1. Clair.

batailler, mais là, pour la première fois, les soldats de von Dorn avaient eu le dessus. En guise de trophées ils avaient rapporté dix-sept bonnets rouge canneberge. Pour ce haut fait, le colonel Libenau avait eu droit à la gratitude du général Bauman et à un tonnelet de vin de Moselle, tandis que Cornélius avait reçu les félicitations du colonel Libenau accompagnées d'une livre de tabac.

Les soldats étaient en train de faire de curieux gestes en direction de leurs visages respectifs : le lieutenant leur avait ordonné d'arrêter leur main à un verchok[1] du nez. Les badauds s'étaient calmés, ne comprenant pas quelle était cette étrange distraction inventée par l'Allemand. Un des valets du boyard s'approcha, tourna la tête d'un côté et de l'autre, observa attentivement.

Il était habillé à la russe, mais lui-même était noir de peau, et de sa riche chapka dépassaient des cheveux épais et crépus fortement grisonnants. Bref, un Nègre. Les hauts dignitaires russes, comme d'ailleurs ceux d'Europe, accordaient une grande valeur aux Maures et aux Nègres. A ce que l'on disait, pour un homme tout à fait noir, on payait jusqu'à trois cents roubles. Quant à celui-ci, richement paré, avec son sabre au côté, Cornélius ne le voyait pas pour la première fois sur la place, un tel homme passait difficilement inaperçu. Simplement, les fois précédentes, le Nègre était venu seul alors que, ce jour-là, il était en compagnie de toute une troupe, et il y avait même un boyard avec lui.

Mais, au même instant, von Dorn distingua sur le côté, à l'écart de la foule, une belle silhouette de femme – robe noire, long cafetan azuré, petit baluchon blanc à la main –, et il oublia aussitôt le Nègre.

Stechka apportait le repas. Il était donc midi.

1. Ancienne mesure russe valant 4,4 cm. (*N.d.T.*)

Bien que de veuve, la robe de Stechka, loin d'être modeste, était cousue dans un admirable velours de Limoges. Le cafetan était de bon drap, et quand les pans s'écartaient on apercevait ses souliers en peau de chèvre et ses bas de maroquin rouge. Son visage était enduit de blanc, ses joues, fardées à la mode moscovite, rappelaient deux petites pommes vermeilles. La vue de Stechka était réjouissante, et son baluchon le bienvenu. Dedans, Cornélius le savait, se trouvaient des pâtés à l'esturgeon et aux graines de pavot, une cruche de bière, un bon morceau de mouton au gingembre et, immanquablement, des œufs de saumon blanc cuit dans le vinaigre.

Selon l'horloge européenne, il était midi, alors que pour les Russes il était trois heures. Les Moscovites avaient une curieuse façon de compter le temps qui passait. L'heure était calculée à partir du lever du soleil, si bien qu'elle changeait toutes les deux semaines. Actuellement – on était fin octobre – les journées, chez les Russes, comptaient neuf heures de jour et quinze heures de nuit. Et comme trois heures s'étaient écoulées depuis le lever du jour, cela signifiait qu'il était trois heures.

Stechka s'assit bien convenablement sur un rondin, arrangea les plis de sa robe et regarda du coin de l'œil sa « petite hirondelle » (ce mot tendre signifiait *Schwalbe*, bien que Cornélius ne ressemblât guère à ce fin volatile noir). Les femmes moscovites réprouvaient les marques de tendresse en public, respectaient la sévérité chez les hommes ; de même, la galanterie était assimilée à de la faiblesse de caractère, raison pour laquelle von Dorn détourna son regard de sa bien-aimée. Le repas attendrait, il n'avait pas le temps pour l'instant.

Avec Stechka, le lieutenant avait eu une chance exceptionnelle, au regard de la Disposition et dans tous les sens du terme. Le mari de Stechka, avant de mourir asphyxié dans une étuve, était préposé aux incendies dans le faubourg Allemand ; il veillait à ce que les étrangers n'allument pas de feux de camp et nettoient les cheminées de poêle. Devenue veuve, la jeune femme était tout de même restée à Koukouï. Elle vivait mieux qu'au temps de son mari, car elle s'était établie comme couturière, confectionnant du linge pour les matrones du cru : chemises, blouses, bas, fichus de batiste. Elle s'était fait construire une maison à la sortie du faubourg, une maison dans le style russe, mais propre et claire. Désormais, les chemises de Cornélius étaient plus blanches les unes que les autres, taillées dans de la fine toile de Hollande, avec des cols en dentelle amidonnés, et lui-même était toujours bien nourri, chauffé, dorloté.

Il faisait bon dans la maison de Stechka. Le poêle avec ses carreaux de faïence bleu et vert, ses fenêtres constituées de petits morceaux de mica teintés de couleurs gaies qui faisaient danser sur les murs des reflets multicolores comme dans les églises catholiques. Les bancs de bois étaient recouverts d'un tissu aux couleurs bigarrées et sur la couche était posé un édredon en duvet de cygne. Spécialement pour son « petit Kornéï », afin qu'il soit plus confortablement installé pour fumer sa pipe, la maîtresse de maison s'était pourvue d'un fauteuil allemand en bois sculpté et d'un petit banc pour poser les pieds. Elle-même s'asseyait par terre, tout près de lui, posait sa tête sur son genou et se mettait à chanter. N'était-ce pas le paradis ? Surtout après les plaisirs de Cupidon, eux-mêmes précédés d'un bain de vapeur accompagné d'hydromel frais, à la cerise ou à la canneberge.

Il fallait reconnaître que la vie russe avait aussi ses bons côtés. Ou plus exactement, disons que si une femme veut rendre plaisante la vie d'un homme, elle peut y parvenir même en Moscovie.

La veuve avait invité Cornélius à venir s'installer chez elle, mais il avait refusé en prenant prétexte du service qui nécessitait, avait-il expliqué, qu'il vive près du *zeughaus*[1]. Ce mot incompréhensible avait fait peur à Stechka, qui avait pour un temps renoncé à son idée, mais bientôt elle était revenue à la charge. Le *zeughaus* n'était pas en cause, von Dorn craignait seulement de s'enraciner dans cette vie suave, d'y perdre un peu de cette hargne qui nourrissait sa détermination de ses sucs ardents. Que l'affaire se termine par un mariage n'était pas ce qui lui faisait peur. Grâce à Dieu, les lois russes étaient sévères en la matière. Il était interdit à une orthodoxe d'épouser un « mécréant », et les Moscovites pouvaient toujours courir pour que von Dorn se convertisse à la foi grecque. Stechka, elle, aurait sans doute volontiers embrassé le catholicisme, mais ici, on pouvait se retrouver sur le bûcher pour un tel acte. Et d'ailleurs, l'aurait-elle fait ? Elle aurait peut-être refusé de se convertir, même par amour pour sa « petite hirondelle », car elle était vraiment très pieuse.

A chaque fois qu'elle s'apprêtait à rejoindre son lieutenant sur la couche, Stechka enlevait la petite croix qu'elle portait sous sa chemise, demandait pardon à la Mère de Dieu, puis couvrait l'icône d'un voile, ainsi que le voulait la coutume russe. Le lendemain du péché, elle s'interdisait d'entrer dans l'église, priait sur le parvis au milieu des femmes dépravées ou adultères. Gamins et malappris les montraient du doigt, se moquaient d'elles, mais Stechka subissait, se contentant de se prosterner jusqu'à terre. Il faut dire qu'en Moscovie, les femmes étaient d'une infinie patience.

Leurs époux les battaient, les tenaient enfermées, leur interdisaient d'aller en visite et de prendre place à table.

1. Arsenal. (*N.d.T.*)

D'après ce qu'on disait, lorsqu'elle voulait voir quelque émissaire étranger ou bien se divertir d'un spectacle de comédie, la tsarine elle-même était tenue de regarder en cachette à travers un grillage, et encore, cela était considéré comme un extraordinaire privilège.

Un époux trompé était en droit de battre sa femme à mort sans être inquiété d'aucune sorte. Par ailleurs, étant dans l'impossibilité de rembourser une dette, rien ne lui interdisait de prêter pour un temps son épouse à son débiteur. Quant au sort réservé à une femme qui avait le malheur de lever la main sur son mari, Cornélius l'avait vu de ses yeux. La justice moscovite était aussi sommaire qu'étaient terribles les châtiments, même pour d'insignifiantes broutilles.

Un scribe de l'office des Etrangers, un dénommé Senka Kononov (c'est de lui qu'en son temps von Dorn avait reçu son titre de subsistance), avait par mégarde oublié une lettre dans la désignation du tsar. Pour cela, conformément au code, on lui avait coupé la main : on ne déshonore pas le puissant souverain. Mais son moignon avait pourri, la gangrène s'était répandue, et le malheureux Senka était mort dans d'atroces souffrances.

Il y avait eu aussi le cas de ce mousquetaire du nom de Iachka Rébrov, un garçon qui appartenait à la meilleure compagnie du régiment, celle à qui était confiée la surveillance des rues lors des sorties du tsar. Sans la moindre arrière-pensée, par simple inadvertance, il avait laissé tomber son mousquet alors qu'il montait la garde à la porte du Sauveur. Le mousquet était de toute nouvelle fabrication, avec une platine à silex qui, en heurtant la pierre, avait fait partir le coup. Personne ne subit de préjudice, la balle s'étant perdue en l'air. N'empêche, tirer d'une arme à feu à proximité de l'auguste personne était un crime d'Etat. Aussi, au lieu de le fouetter pour sa négligence ou de lui infliger trois jours de cachot, Iachka fut remis au bourreau. Le garçon eut la main droite et la jambe gauche tranchées, et qu'il se débrouille avec ça.

Au début, Cornélius était sans cesse épouvanté par la rigueur insensée des lois moscovites, mais, le temps passant, il avait commencé à remarquer que les gens s'en moquaient plus ou moins, qu'ils s'en accommodaient et qu'ils violaient ces lois bien plus souvent qu'en Europe, où pourtant elles étaient beaucoup plus indulgentes à l'égard des imperfections humaines. Et le lieutenant d'en tirer cette conclusion : quand les prescriptions de la loi sont sévères à l'excès, les hommes ne les appliquent pas, ils trouvent le moyen de les contourner. A chaque force on peut opposer une ruse. L'eau s'infiltre à travers la pierre, et l'herbe pousse à travers les briques.

Et pour ce qui était de la ruse et des artifices, les Moscovites pouvaient en remontrer à n'importe qui. Prenons un délit bénin et des plus courants : quelqu'un a emprunté de l'argent qu'il est incapable de rembourser. Pour cela, à Moscou, on attrape le débiteur et on le condamne au « recouvrement forcé de la dette » : heure après heure, du matin au déjeuner, on le frappe à coups de trique sur les malléoles jusqu'à ce qu'il hurle de douleur et parte en courant se vendre lui-même comme esclave à seule fin d'échapper à la douleur. Au cours de ses années de service dans l'armée, von Dorn s'était tant de fois retrouvé aux prises avec des dettes qu'il ne pouvait rembourser que, s'il avait fallu suivre la coutume russe, il aurait depuis longtemps dû se vendre comme galérien et serait à l'heure qu'il est en train de tirer sur des rames dans le cliquetis de ses chaînes.

Mais voilà, les habitants de Moscou, qui sont des gens avisés, vont la veille du châtiment rendre visite au bourreau, se prosternent devant lui en lui offrant de l'argent ou du drap. En retour, le bourreau donne un morceau de fer-blanc à glisser dans la tige de botte. Et comme ça, on peut tenir tout le temps qu'il faut sous les coups de trique.

Quant aux femmes, pour peu qu'elles aient du caractère et la tête sur les épaules, elles ne se laissent pas marcher sur les pieds. Le colonel Libenau racontait en riant comment la princesse Koutchkina s'était débarrassée d'un mari féroce. Elle avait fait courir le bruit, parmi les femmes de la maison du tsar, que le prince son époux connaissait une formule magique pour soulager les souffrances des goutteux. Or le tsar était justement affligé de la goutte, et il n'était pas rare de le voir dans un fauteuil avec la jambe bandée et pleurant de rage. Les femmes s'empressèrent d'aller rapporter le bruit à la tsarine. Celle-ci de se ruer à son tour chez son auguste époux. Le prince Koutchkine, dit-elle, sait conjurer la goutte, il se soigne d'ailleurs lui-même mais le fait en cachette. On fit venir le guérisseur imaginaire auprès du tsar. Le prince gémit, jura ses grands dieux que rien de tout cela n'était vrai. Alexis Mikhaïlovitch essaya longuement de le convaincre, lui offrit une grosse récompense, mais le prince ne céda pas et subit les foudres du monarque. Pour sorcellerie, et plus encore pour son inadmissible obstination, Koutchkine reçut le knout et fut envoyé au monastère de Solovki pour une pénitence éternelle. Quant à la princesse, veuve d'un époux vivant, elle vécut dès lors comme un coq en pâte et se dota de tout un chœur de jolis chanteurs.

Si l'on ne reculait pas devant la perfidie et la bassesse, si l'on était prêt à transiger avec l'honneur et la fierté, à se coucher devant les forts et à écraser les faibles, alors il était possible de très bien vivre même en Russie. Et beaucoup d'étrangers vivaient fort bien. A l'instar des marchands hollandais au Japon, qui n'hésitaient pas à piétiner les crucifix pour obtenir des païens de la soie et de la porcelaine.

Ici, en Moscovie, n'importe quel homme un tant soit peu débrouillard n'avait qu'à se convertir à la foi byzantine pour qu'aussitôt toutes les portes s'ouvrent devant lui : il pouvait commercer à sa guise, acheter des serfs, prendre une riche épouse. Parmi les marchands européens, lesquels réussissaient le mieux à faire fortune ? Non pas les honnêtes commerçants, mais ceux qui savaient soudoyer un clerc en lui glissant un pot-de-vin au moment opportun et discréditer ses concurrents aux yeux des autorités. Et Cornélius, pauvre jobard, qui espérait encore faire de l'honnête commerce dans ce pays ! Comme si on pouvait s'entendre avec ces sauvages.

Concernant les cheveux roux destinés aux perruques « Laura », les choses n'avançaient guère. Les femmes russes, voyez-vous, considéraient comme honteux de montrer leurs cheveux. Elles auraient exhibé n'importe quelle partie de leur corps plutôt que leurs boucles. Or, essayez donc, sous les fichus et les chapkas, de savoir qui est roux et qui ne l'est pas. Les demoiselles, il est vrai, laissaient leur natte pendre librement, mais chez les jeunes filles moscovites, la natte était la plus belle des parures. Plus elle était longue et épaisse, plus la fiancée avait de valeur, quand bien même eût-elle des boutons plein la figure. Pour rien au monde une demoiselle n'aurait vendu sa natte. Il ne restait donc que les filles des rues qui erraient dans Moscou tête nue. De celles-là, il ne manquait pas, elles pullulaient dans tous les sens, mais les rousses étaient beaucoup moins nombreuses qu'en Hollande. Jusqu'à maintenant, Cornélius n'avait obtenu de cheveux de la couleur recherchée que d'une seule de ces femmes, une ivrogne à qui il avait donné une bouteille de vin et un demi-kopeck. Plus tard, en les examinant attentivement, il avait découvert que les cheveux étaient teints au henné. Néanmoins, il avait toujours le morceau de parchemin contenant l'échantillon ; il ne voulait pas le jeter. Parmi le régiment, le bruit courait qu'on allait bientôt les envoyer dans le Nord, pour lutter contre les « vieux-croyants », ces hérétiques qui restaient claquemurés dans leurs ermitages au cœur de la forêt, ne se signaient pas comme il le fallait et refusaient de payer les impôts au tsar. Là-bas, il y avait, paraît-il, beaucoup de rousses. Von Dorn supputait la façon dont il s'y prendrait pour obtenir ses trophées. Il ne couperait pas les cheveux à la racine, il n'était pas un monstre ; il pourrait laisser aux femmes et aux jeunes filles environ quatre verchoks[1]. Ce ne serait pas bien méchant, en un an les cheveux auraient repoussé.

Et si on ne l'envoyait pas dans les forêts du Nord, tant pis. En ce cas entrerait en vigueur la Disposition secrète.

— Nofikov, misérable porc ! Je fais écrapouiller ta sale gueule !

Von Dorn se jeta sur Minka Novikov, un soldat du quatrième peloton. Ce Minka lui donnait bien du fil à retordre : un être vil, cruel, redouté des autres soldats. La veille, à ce que l'on racontait, il avait attrapé et écorché vif un chat ; on avait entendu les cris dans toute la caserne. Cornélius n'avait pas encore décidé des suites qu'il donnerait à cette écœurante affaire. Si les faits se révélaient exacts, il enverrait Minka avec un billet au prévôt du régiment : qu'il administre à ce monstre cinquante coups de fouet pour lui apprendre à ne pas torturer des créatures privées de la parole ni déshonorer le nom de soldat. C'était comme maintenant, alors qu'ils étudiaient comment éviter un coup de couteau, Novikov avait fait exprès de démettre le poignet du soldat tout

1. *Cf.* note page 136. (*N.d.T.*)

malingre qui faisait l'exercice avec lui. Celui-ci grimaçait de douleur mais avait peur de crier.

Il fallut donner une correction à Minka. Cornélius le fit mettre au garde-à-vous et commença à lui marteler la figure à coups de poing, pas suffisamment fort pour lui fracasser le nez et lui briser les dents, mais tout de même assez pour qu'il saigne. Minka hurlait, le petit doigt sur la couture du pantalon. Ce n'est encore rien, espèce de dégénéré, sous les coups de fouet du prévôt tu brailleras encore plus, pensa le lieutenant.

Von Dorn recourait rarement aux verges et aux beignes, seulement dans le cas où un soldat était insensible à la parole et ne comprenait rien aux instructions. Celui qui dirige les autres doit être capable de trouver la manière de s'y prendre adaptée à chacun, sinon quel commandant fait-il ? Si un soldat est mauvais, c'est la faute de l'officier qui n'a pas été assez avisé pour trouver la bonne approche. Mais, naturellement, il y avait quelques gars comme Novikov qui n'étaient sensibles qu'aux coups et aux injures.

Les raclées étaient une chose, il aurait été bien de pouvoir s'en passer complètement, en revanche les injures étaient primordiales : sans elles, impossible de donner un ordre ni de conduire un assaut. Dans son apprentissage de la langue russe, von Dorn s'était avant tout autre chose efforcé d'acquérir cette science de l'invective. Contrairement à d'autres domaines, les Russes se montraient inventifs et subtils dans l'art du juron. La raison, selon Cornélius, en était de nouveau l'extrême rigueur des lois. Toute obscénité à laquelle se trouvait mêlée le nom de la mère était sévèrement punie. Les places et les marchés étaient sillonnées par des espions de la police (ou ce qui en tenait lieu en Moscovie) qui tendaient l'oreille. Dès qu'ils surprenaient quelqu'un en train de crier un juron interdit, celui-ci était arrêté et jugé sommairement. Toutefois, cette mesure était d'une efficacité des plus douteuses : elle n'avait pour résultat que de faire dire des jurons encore plus expressifs et plus venimeux. Sans compter que lorsqu'ils attrapaient par les cheveux un contrevenant et le traînaient à l'office des Affaires intérieures, les gardiens de la moralité eux-mêmes juraient de telle façon que les gens qui n'étaient pas habitués, notamment les étrangers, étaient saisis d'horreur et s'empressaient de faire le signe de croix.

La connaissance approfondie du langage ordurier moscovite n'était pas seulement nécessaire pour le service de l'armée, elle l'était également pour le succès de la Disposition. Pour cette raison, Cornélius avait appris à jurer de manière si convaincante que les habitants de Koukouï les plus experts en la matière en restaient bouche bée. Stechka, elle, parfois rougissait, parfois riait. Attendez un peu, menaçait in petto von Dorn, vous n'avez encore rien vu. J'apprendrai si bien à m'exprimer dans votre langage de barbares que personne ne pourra me reconnaître comme allemand à ma façon de parler.

Pour être franc, ce n'était pas non plus sans quelque arrière-pensée que le lieutenant s'était choisi une amante du cru, mais au contraire à dessein. Ses fières moustaches et ses dents blanches nettoyées à la poudre éveillaient la convoitise de Lieschen, la servante de la Cigogne, comme celle de la brodeuse Molly Jenkins, mais il leur avait préféré Stechka. Pourquoi ? Outre les raisons déjà évoquées, parce que la moitié du temps qu'ils passaient ensemble était consacrée à l'étude de la langue : comment appeler telle chose, comme dire telle autre, comment prononcer tel mot particulièrement difficile.

Le soir, à l'écurie, il s'entraînait avec un sac de paille, dans lequel, à partir de diverses positions, il enfonçait sa rapière (il devait absolument se livrer quotidiennement à cet exercice afin d'entretenir la souplesse de ses membres et son habileté). Ce faisant, von Dorn s'imaginait en train d'anéantir toute une troupe de vils Moscovites. Et voici ce qu'il disait à ses ennemis : « Vous croyez m'avoir à jamais enterré dans votre ignoble marécage, hein ? Vous pensez m'avoir enfermé dans un cercueil solidement cloué et recouvert de votre sale terre russe humide et froide ? Nous, les Européens, nous sommes pour vous des gens ineptes, des monstres privés de la parole, des « Allemands » comme vous dites, des gens qu'on reconnaît à une lieue ? Vous prétendez qu'aucun étranger n'a jamais fui Moscou pour regagner l'Europe ? Que ceux qui ont tenté de le faire ont vite été rattrapés et expédiés en Sibérie, non sans avoir auparavant reçu la bastonnade et s'être fait arracher les narines ? Eh bien, espèces de brutes à longues barbes, avec Cornélius von Dorn, voilà un Allemand comme vous n'en avez jamais vu. Je vous quitterai, je m'enfuirai, je vous enverrai au diable ! Je recouvrerai la liberté, je deviendrai riche et je réglerai mes comptes avec mon offenseur. A beau jeu beau retour, comme vous le dites si bien. »

Quant à la fameuse Disposition, voici en quoi elle consistait.

En une année, à savoir vers l'été prochain, il devrait avoir si bien appris le russe que personne ne pourrait le soupçonner d'être étranger. Ses vêtements typiquement moscovites étaient déjà prêts : un cafetan, une chapka à bout pointu, des bottes en cuir de Russie. Rapidement, dans un mois ou deux, il serait temps de laisser pousser sa barbe.

Mais le point principal de la Disposition consistait à ne pas partir de Moscou les mains vides ni la queue basse, mais chargé de trophées et l'esprit pleinement satisfait.

Le jour où le sous-clerc de l'office des Etrangers, ce Lykov d'où venaient toutes les offenses et brimades, devrait pour une quelconque raison se montrer en « costume d'apparat », c'est-à-dire dans le cafetan du tsar provenant de la Salle des Armures, il guetterait le concussionnaire depuis un coin sombre comme il y en a tant à l'intérieur du Kremlin. Il lui donnerait un bon coup sur la tête pour l'assommer. Il lui ôterait le cafetan entièrement broché d'or, au col perlé et aux boutons de rubis, et aussi la chapka de zibeline avec son agrafe de diamant. De quoi se dédommager pour le rang de capitaine qui lui avait été retiré, pour la solde incomplète et les indemnités volées. Et avec d'énormes intérêts.

Il aurait assez pour acquérir une belle demeure digne de la pendule paternelle, et il lui resterait de quoi donner à son frère Claus pour la restauration de Theofels. Mais le plus délicieux de tout était de savoir que, pour cette perte d'un bien appartenant au tsar, l'ignoble Lykov recevrait la badine, longuement, tant qu'il n'aurait pas compensé le préjudice jusqu'au dernier kopeck. Il s'en souviendrait, ce fils de chienne, de « Korneïka Fondorine ».

Le lieutenant avait mis un certain temps à se faire à la forme russifiée de son nom. Sans que l'on sache pourquoi, prononcer « Cornélius von Dorn » était au-delà des forces des gens du cru. Il répondait donc désormais soit au nom de Korneï Fondornov, soit à celui de Korneïka Fondorine. Mais qu'importe, il n'avait plus longtemps à souffrir.

En dernier lieu, avant d'aller déjeuner chez Stechka, Cornélius passa à l'exercice le plus important de la journée : le combat à l'arme à feu en formation. Cette subtilité de l'art militaire était une invention personnelle dont il tirait une fierté toute particulière.

Tout avait commencé lorsqu'il s'était aperçu que, parmi les mousquetaires russes, bien peu étaient aptes au tir. Jusqu'à la venue du lieutenant von Dorn, faute d'armes en état de marche, de balles et de poudre, les soldats ne savaient pas du tout tirer. Quand, après s'être débarrassé du capitaine Tvorogov et avoir tant bien que mal réparé les mousquets, Cornélius avait pour la première fois conduit la compagnie sur le champ de tir, le résultat avait été désastreux. Avant d'appuyer sur la détente, les mousquetaires se signaient et plissaient les yeux. Il y en avait même deux (il ne les avait pas surveillés d'assez près) qui avaient oublié la baguette dans le canon : l'un avait eu l'œil crevé, l'autre la main arrachée. Certes, le lieutenant n'avait pas été puni pour ces mutilations, monnaie courante dans l'armée moscovite, mais il avait fallu enseigner le tir à chaque soldat en particulier. Cela étant, désormais, même dans l'armée du prince de Condé il n'aurait pas eu à rougir d'une telle compagnie.

Von Dorn faisait planter les cibles devant le mur aveugle d'un magasin à grains abandonné : cent pieux de la largeur d'une main, figurant des janissaires turcs.

A son ordre : « Compagnie, en position tir ! », les soldats se mettaient à courir, s'alignaient sur quatre rangs, chacun à sa place. Au premier rang se trouvaient les meilleurs tireurs, lesquels avaient juste derrière eux les hommes préposés au chargement des armes.

Le boyard à cheval s'approcha pour se poster à côté du Nègre. Il était maintenant possible de distinguer son visage : traits secs et prononcés, nez busqué, sourcils noirs tranchant avec une barbe grise. Tout indiquait un personnage très important.

Cornélius jeta un regard en coin au dignitaire. S'incliner, ôter son chapeau ou pas ? D'après le règlement militaire, cela n'était pas obligatoire lors des exercices. Bon, puisque ce n'était pas nécessaire, il s'en abstiendrait.

Il se tourna, leva son bâton :

— Feu !

Ce qui était bien dans la formation mise en place par Fondornov, c'était qu'elle n'exigeait du commandant aucun ordre supplémentaire. Le tir ne s'effectuait pas par salves, mais librement, selon la visée de chacun. Le soldat tirait et, derrière, on lui tendait déjà un nouveau mousquet chargé, et ainsi de suite sans interruption. En une minute, un mousquetaire du premier rang effectuait jusqu'à quatre tirs, et non à l'aveuglette, comme cela était d'usage dans toutes les autres armées, mais de façon posée et réfléchie.

Paradant devant le boyard et les autres spectateurs, Cornélius s'assit sur le tambour, croisa les jambes et alla même jusqu'à allumer une pipe. Fracas, fumée, copeaux s'envolant des cibles... et, pendant ce temps, le commandant reste assis à bâiller, comme pour signifier que tout se passe très bien sans lui.

A peine trois minutes plus tard, sur la centaine de cibles, seule une quinzaine n'avaient pas été touchées. Des janissaires, il ne restait plus grand-chose.

Cornélius souffla dans un sifflet d'argile, audible même à travers la fusillade. Immédiatement, les mousquetaires posèrent leur fusil le long de la jambe.

— A la païonnette ! cria von Dorn.

Les soldats fixèrent de longues pointes au canon de leur mousquet.

— A l'attaque ! En afant, marche !

Et là, Cornélius mit sa pipe de côté, dégaina son épée et partit en avant.

— Hourra-a-a !

En un clin d'œil, la compagnie eut réglé leur compte aux derniers Turcs, peu combatifs il faut bien dire.

Alors que von Dorn faisait de nouveau aligner les soldats échauffés et aux visages noircis par la fumée, quelqu'un lui tapa sur l'épaule.

C'était l'homme vu un peu plus tôt et dont le visage était encore plus noir que celui des mousquetaires. Il dit en russe (Cornélius commença par envier la pureté de son langage, et après seulement prêta attention au sens de ses paroles) :

— Rajuste ton chapeau et viens. Le proche du souverain, le boyard Matféiev, désire te parler.

Von Dorn laissa tomber son bâton, s'empressa de remettre en place son couvre-chef. Voilà donc qui était ce haut dignitaire ! Le tout premier des ministres russes, quelque chose comme un chancelier, le principal conseiller du tsar, le connétable de toutes les armées de Moscovie, Artamon Serguéiévitch Matféiev !

S'il avait su, il aurait salué bien bas, cela ne lui aurait pas brisé le cou. Et il n'aurait pas dû s'asseoir avec cette désinvolture sur le tambour, avec les jambes croisées, et en fumant la pipe par-dessus le marché.

Marchant au pas comme à la parade, il s'approcha du haut personnage, s'immobilisa, raide comme un piquet, et d'un geste vif ôta son chapeau à plumes. Levant la tête, il regarda l'homme avec de grands yeux pleins de respect et de ferveur, ainsi qu'il convenait. Selon la règle moscovite, il n'était pas d'usage de décliner ses nom et qualité devant un supérieur. Mais si on vous demandait qui vous étiez, alors là, il fallait répondre.

— Tu es habile au commandement, capitaine, dit le chancelier en regardant von Dorn de ses yeux d'un bleu glacial. Je n'avais jamais vu un tel savoir-faire. Qui es-tu ? De quel régiment ?

— Régiment de Khrestian Lipenafine, troisième compagnie de mousquetaires, lieutenant Korneï Fondornov ! lança Cornélius d'un seul jet et presque sans accent.

— Allemand ? demanda le boyard.

Et, aussitôt, sans même attendre la réponse, il posa une série d'autres questions, se dévoilant comme un homme à l'esprit vif et impatient.

— Depuis combien d'années es-tu en Russie ? A moins que tu ne sois un « ancien Allemand » ? Où se trouve le capitaine de la compagnie ? Pourquoi es-tu resté assis sur le tambour pendant que la compagnie tirait ?

Von Dorn répondit point par point en s'efforçant de faire le moins de fautes possible.

— En effet, Allemand. Je suis arrifé ici il y a six mois. (Les sourcils du boyard eurent un frémissement étonné.) Le capitaine Tvorogov est souffrant. Quant au tampour, j'y suis resté assis exprès. Comme si une palle turque avoir tué le commandant, mais tant pis, cela n'empêche pas de se pattre. Avec cette façon de tirer, la compagnie peut très pien se passer tout à fait de commandant.

— C'est qui, ce Tvorogov ? demanda Matféiev au Nègre.

L'homme noir dit, d'un ton calme et désinvolte, comme s'il s'adressait à un égal :

— Ovseï Tvorogov, un fils de boyard. Il aurait été incapable d'enseigner aux soldats ce que l'on vient de voir : il est toujours soûl et reste vautré à longueur de journée. Il faudrait le destituer, cet ivrogne, mais c'est le filleul de Khovanski, le prince Ivan. Je vous l'avais bien dit, boyard, cela valait la peine de jeter un coup d'œil à cet exercice. Et à ce lieutenant. Qui mieux que lui pourrait prendre la place de Mitka ?

Cornélius lança un regard oblique à l'étonnant Nègre. Il était au fait de tout, même de l'ivrognerie d'Ovseï !

Le ministre-chancelier étudia attentivement von Dorn, l'air de supputer quelque chose. Ce qu'il fallait attendre de cet examen n'était pas clair, mais son flair disait au lieutenant que maintenant, à cette minute précise, son sort était en train de se sceller, et, à cette pensée, Cornélius serra les dents pour les empêcher de claquer.

— Eh bien, à toi de voir, Vanka, dit Matféiev en se frottant les yeux (les mains du boyard étaient sèches, blanches, couvertes de bagues). Je compte sur toi. Explique au capitaine les tenants et les aboutissants. Pour ma part, je vais au palais à Facettes, siéger à la Douma.

Le magnifique coursier fit demi-tour et partit au petit trot en direction des portes de la ville. Les nobles de la suite s'empressèrent de monter en selle et les courriers en livrée s'élancèrent plus rapidement que les chevaux. Ne resta plus auprès de Cornélius que le Nègre Vanka. Lui aussi l'étudiait, et encore plus attentivement que le ministre. Les yeux de l'homme noir étaient grands, ronds, avec le blanc strié de vaisseaux rouges.

Von Dorn se mit au repos – il n'était tout de même plus devant le chancelier – sans toutefois recoiffer pour l'instant son chapeau.

Pour rompre le silence, il dit :

– Je ne suis pas capitaine, mais lieutenant. Le poyard se tromper.

– Artamon Serguéiévitch ne se trompe jamais, prononça Vanka lentement et à voix basse. Il se rappelle tout jusqu'au moindre détail et n'a pas pour habitude d'employer un mot à la place d'un autre. S'il a dit « capitaine », c'est donc que tu es désormais capitaine, Korneï. Et pas seulement capitaine, mais chef de la compagnie de mousquetaires de Matféiev.

Von Dorn avait évidemment entendu parler de cette compagnie. Constituant la garde impériale, sa subsistance était du ressort du chancelier. Un simple mousquetaire y recevait une solde supérieure à celle d'un lieutenant dans un régiment ordinaire, il était nourri et logé, vivait comme un seigneur. Dans la compagnie de Matféiev, les seuls Russes acceptés étaient des nobles de vieille souche, sinon y servaient surtout des Suisses, des Allemands et des Ecossais. Des gaillards mieux faits les uns que les autres que Cornélius avait vus plus d'une fois sur la place Rouge ou devant les portes du palais Matféiev, rue Pokrovka. Il avait admiré leur maintien, leurs cuirasses argentées. Avec envie.

C'est pourquoi il s'était senti palpiter en entendant les paroles du Nègre ; il n'en croyait pas son bonheur. Pour lui, obscur soldat, entrer dans la compagnie de Matféiev et se retrouver enseigne, c'était une grande chance.

— Appelle-moi Ivan Artamonovitch, poursuivit son bienfaiteur. Je suis le filleul du boyard et occupe dans sa maison la fonction de majordome. Tu feras ce que je te dirai de faire. A partir de maintenant, tu habiteras la demeure d'Artamon Serguéiévitch. Renvoie ta compagnie avec un sous-officier, et toi, viens avec moi afin de prendre ton nouveau commandement.

— Mais qu'est devenu le précédent capitaine ? demanda von Dorn, craignant tout de même quelque mauvais tour.

— Mitka Vébérov est mort, répondit tranquillement Ivan Artamonovitch. Il y a trois jours, on l'a surpris sortant subrepticement des appartements d'Ivan Mikhaïlovitch, prince Miloslavski, alors qu'il n'avait rien à y faire. Et le matin, alors qu'il emmenait les mousquetaires prendre leur garde au palais impérial, Mitka a trébuché et est tombé sur un couteau. Qui lui a tranché la gorge. Il n'a même pas eu le temps de dire une dernière prière. Tout est dans la main de Dieu.

Le Nègre se signa de sa main brune aux ongles blancs.

— Fais bien attention, Korneï. Si tu es loyal et sers consciencieusement, tu iras loin. Mais si tu voles, si tu te laisses séduire par de pernicieuses promesses, tu connaîtras le même sort que ce chien galeux de Mitka. Tu recevras la mort de cette main que tu vois là, je le jure par Jésus-Christ Notre-Seigneur, par le prophète Mahomet et par le dieu Zitomba.

Cornélius n'avait jamais eu l'occasion d'entendre parler du dieu Zitomba, mais il regarda de nouveau la main d'Ivan Artamonovitch, cette fois encore plus attentivement. Une main noueuse, puissante, énorme.

— Mais tu n'auras pas besoin de voler, dit le Nègre d'un ton plus amène. Tu es un homme intelligent, voilà longtemps que je t'observe. Tu sauras reconnaître où est ton intérêt. Tu recevras une solde de quarante roubles par mois et autant de la part du boyard, plus un équipement complet, plus des gratifications pour bons services. Sois dévoué à Matféiev, capitaine. Tu ne le regretteras pas.

Le nouveau chef de von Dorn sourit, révélant des dents encore plus blanches que celles de Cornélius. Il lui demanderait bien avec quoi il les nettoyait. Avec de la perle pilée, ce ne pouvait être que ça. Sur les incisives humides de salive d'Ivan Artamonovitch, se refléta un rayon de soleil automnal, et le capitaine von Dorn eut une soudaine révélation : il ne s'agissait aucunement d'un Nègre mais de l'ange le plus charitable qui soit, envoyé du haut des cieux par le Seigneur pour l'indemniser de toutes les humiliations et injustices subies.

Chapitre septième

Un petit hérisson dans le brouillard

— Bon, résuma Altyn Mamaiéva à la fin de l'histoire que Nicholas venait de raconter pour la deuxième fois en une heure (sans pour autant que son récit en soit le moins du monde plus vraisemblable). De deux choses l'une : soit t'es vraiment jobard, soit tu racontes des craques.

Nicholas réfléchit à l'alternative proposée et prit un air offensé :

— Vous pensez vraiment que je pourrais vous raconter des craques ?

— J'en donnerais ma main à couper, répondit sévèrement Altyn. Simplement, tu joues les idiots.

— Eh bien, je suis en effet un vrai jobard, fit Nicholas. Il n'y a aucun doute là-dessus.

Le maître en histoire était assis dans la cuisine du microscopique studio où, depuis le quai de Sofia, l'avait amené sa bienfaitrice. Dans la voiture, à la question : « Où m'emmenez-vous ? », elle avait fait cette réponse obscure : « A Beskoudniki. » Puis, après un silence, elle avait ajouté : « Il faut te cacher. Sinon, ils vont te faire la peau, et moi, je ne saurai jamais quel diable t'a mis dans mes pattes. Et maintenant, crache ce que tu sais, sinon je te ramène sur le quai. »

Et Nicholas avait craché tout ce qu'il savait. D'abord, parce qu'il éprouvait de la gratitude à l'égard de cette Altyn Mamaiéva tombée du ciel. Ensuite, parce qu'il n'avait pas la moindre envie qu'elle le ramène sur le quai (même si l'on pouvait supposer que la menace n'avait pas été prononcée sérieusement). Enfin, parce qu'il n'avait aucune raison de faire des cachotteries. D'autant qu'il était fort possible que miss Mamaiéva en sache beaucoup plus long que lui sur ce qui venait de se passer.

Il avait raconté son histoire pendant tout le chemin, jusqu'à ce qu'ils arrivent à l'endroit ci-dessus nommé, lequel se révéla une cité-dortoir exclusivement composée de parallélépipèdes préfabriqués d'un blanc sale. Il avait continué alors qu'ils grimpaient à pied au neuvième étage (pour une raison inconnue l'ascenseur ne fonctionnait pas), et avait terminé, cette fois dans la cuisine, devant une tasse de café que la maîtresse des lieux avait préparée avec la même rapidité et la même énergie qu'elle mettait à conduire sa petite automobile. Elle n'avait pas écouté moins attentivement que mister Pumpkin : sans dire un mot, l'air concentré. Elle ne l'avait pas interrompu, n'avait pas posé de questions (sinon une fois, pour demander qui était le boyard Matféiev), se contentant de temps à autre de regarder le narrateur d'un air soupçonneux, comme si elle s'interrogeait sur la véracité de ses dires.

Maintenant, à la douce lumière diffusée par l'abat-jour rouge, Nicholas pouvait enfin examiner la jeune fille au nom si étrange.

Cheveux noirs coupés court ; yeux également noirs, peut-être un peu trop grands pour son visage mince aux pommettes saillantes ; large bouche à l'expression résolue ; nez court et légèrement retroussé : voilà à quoi ressemblait la locataire de l'appartement de Beskoudniki. Il faut ajouter qu'elle était particulièrement petite, surtout au regard des paramètres de

Fandorine. Elle évoquait à la fois une hirondelle noire, pleine de vivacité, et un petit animal sauvage, plutôt du genre carnivore, comme une zibeline ou une hermine.

Je sais ce que ce visage a d'inhabituel, se dit tout à coup Nicholas : depuis le début, cette fille n'a pas souri une seule fois. Et, à en juger par l'expression dure de sa bouche, on peut se demander s'il lui arrive parfois d'entrouvrir les lèvres pour sourire. Certes, Fandorine avait lu dans un article que, au cours de sa vie, le Russe moyen souriait trois fois et demie moins souvent que l'Européen moyen, sans parler des Américains et de leur sempiternel rictus. Le même article expliquait que l'apparente morosité des Russes était voulue par un code de conduite différent – par une moins grande affabilité et une conception plus limitée du rôle social de la politesse. Toutefois, Nicholas ne voyait pas grand mal au fait qu'en Russie le sourire n'ait pas perdu son sens originel et ne se soit pas transformé en une grimace vide et dénuée de signification. Dans ses discussions avec les détracteurs de la Russie, Nicholas avait eu bien des fois l'occasion de répéter : « Quand un Russe sourit, c'est qu'il est vraiment content ou qu'il a une réelle sympathie pour son interlocuteur. Alors que si vous et moi sourions, cela veut seulement dire que nous n'avons pas honte de notre dentiste. » Le sérieux de la locataire du minuscule appartement confirmait cette théorie. La jeune fille n'était pas contente et Nicholas ne lui plaisait pas, donc elle ne souriait pas.

Bon, tant pis. En revanche, il était vexant qu'après avoir reçu toutes les informations susceptibles de l'intéresser, Altyn Mamaïéva ne juge pas utile de donner des explications à son hôte ou, au moins, de se présenter un peu mieux qu'elle ne l'avait fait.

– Je vous suis très reconnaissant, dit pour la énième fois Nicholas. Là-bas, sur le quai, vous êtes arrivée juste à temps, cependant...

— Un peu que je suis arrivée à temps, le coupa-t-elle, songeuse, réfléchissant intensément à quelque chose. Le timing était super. Deux secondes de plus, et ce taré te butait. T'as vu le pétard qu'il avait dans la main ?

— Vaguement. (Fandorine s'ébroua, essayant de chasser l'horrible souvenir, puis, poliment mais fermement, rappela :) Vous ne m'avez toujours pas expliqué comment et pourquoi...

Ayant apparemment pris une décision, Altyn lui coupa de nouveau la parole et, tout en dardant sur lui de grands quinquets étincelants, prononça :

— Le Grand Sosso.

— Pardon ?

— Sosso Gabounia, continua l'impolie demoiselle. Je vois à ton air ahuri que ça ne te dit pas grand-chose... Eurodebetbank ?... Pas plus. Westsiboil ?.... Toujours rien. Dans ce cas, je pige que dalle. C'est quand même pas le boyard Matféiev qui peut expliquer tout ce foin...

Nicholas sentit que sa patience était à bout. Allait-on encore longtemps se payer sa tête ? Quand on ne le balançait pas du haut d'un toit, on lui tirait dessus ou on menaçait de l'étriper, et maintenant, voilà qu'on le traitait comme un débile. Cela suffisait, *enough is enough, basta.*

Nicholas se leva et dit d'un ton affecté :

— Merci encore pour votre aide. Et pour votre excellent café. Je vois que je n'obtiendrai aucun éclaircissement de votre part, or je dois absolument retrouver le document qui m'a été volé. Dites-moi, je vous prie, comment puis-je regagner le centre-ville ?

— Par le 672, il y en a pour cinquante minutes, répondit Altyn Mamaiéva sur le même ton. Le problème est que le soir les autobus sont rares. Et, au fait, tu comptes resquiller ? Si j'ai bien compris, t'as pas un rotin en poche, c'est toi-même qui me l'as dit.

Nicholas se laissa retomber sur le tabouret, en proie à un sentiment de totale impuissance. Le petit bout de femme s'assit pour sa part sur la table de la cuisine, se mit à balancer son pied de poupée chaussé d'une tennis blanche et déclara :

— Maintenant, c'est moi qui parle. Quant à toi, tu ouvres les écoutilles, compris ?

— Quoi ?

— Tu te tais et t'écoutes. Le magazine *Télescope*, tu connais ?

— Oui, c'est un hebdomadaire illustré. Genre *Time*. La bibliothèque de notre université est abonnée, j'y jette un coup d'œil de temps à autre.

— Eh bien, c'est justement au *Télescope* que je bosse, en tant que *scout*. Nous sommes toute une équipe au sein de la rédaction. Lorsqu'il se prépare un article important ou un dossier thématique, c'est nous, les *scouts*, qui réunissons et vérifions les informations. Pour éviter au journal de commettre des bourdes et de se faire épingler. Pigé ?

En effet, Fandorine commençait plus ou moins à comprendre quelque chose. Voyons, mais bien sûr ! Altyn Mamaiéva était journaliste, comment ne l'avait-il pas compris plus tôt ? Ce regard tenace, cet aplomb, cette façon de parler… Sans compter que, sur le siège arrière de la voiture, Nicholas avait remarqué un Canon équipé d'un objectif qui n'avait rien d'un joujou : du matériel de professionnel.

— Notre rédac-chef a décidé de sortir un numéro spécial ayant pour thème « La légalisation de l'économie de l'ombre » et montrant comment le développement du capitalisme, de sauvage qu'il est dans un premier stade, devient quasi normal dans un second. Globalement, la tâche primordiale de notre revue est de mettre en lumière le processus d'ancrage de la Russie dans la civilisation. Plutôt que de nous appesantir sur les tares dont souffre la société et de nous couvrir la tête de cendres, nous mettons l'accent sur le positif. Afin qu'après avoir lu leur magazine, les gens se disent : on vit mieux, notre existence est devenue radieuse.

— C'est très bien, approuva Nicholas. Car, sinon, la majorité de vos quotidiens et de vos revues ont une forte tendance au masochisme.

— C'est exactement ce que pense Kouzia.

— Kouzia ? C'est un journaliste de votre revue ?

— Oui, notre superstar. Deux bobs la ligne. Il doit faire le portrait d'un grossium du business qui, de tout noir, est devenu tout blanc.

— Bon, très bien, mais qu'est-ce que j'ai à faire dans tout ça ?

— Patience, l'Anglais, ne mets pas la charrue avant les bœufs. D'abord, je t'explique ce que, moi, j'ai à faire dans cette histoire, ensuite ton tour va venir. Donc, je reprends. Quand le *writer* dit « en avant ! », la *scout* ne fait ni une ni deux et part au combat.

— Et le *writer*, lui, qu'est-ce qu'il fait ?

— Rien pour l'instant. Chez nous, la répartition des tâches est très stricte. Parmi les tâches du *writer*... Et puis non, laisse tomber...

— Pourquoi ?

— Ça n'a rien à voir avec l'affaire. Ce qui a quelque chose à voir, par contre, c'est que mon *writer* Kouzia a choisi Sosso Gabounia comme cible. C'est lui qui nous servira de papier de tournesol.

— Sosso ? répéta Fandorine. L'homme à propos de qui vous m'avez interrogé ?

— Oui. Le Grand Sosso a d'abord été un gros bonnet du crime organisé, une sorte de parrain géorgien. Ensuite il s'est lancé dans le business. Pour blanchir de l'argent sale, c'est clair. Son affaire a tellement bien prospéré qu'il n'a plus eu besoin de tremper dans le crime : même sans ça, il ramasse les biffetons à la pelle. Et puis il faut dire que les temps changent. L'époque des « frangins » se termine. Les uns sont morts et enterrés, et les plus intelligents se rééduquent tout seuls. Plutôt que d'envoyer des tueurs à un concurrent, il est actuellement plus sûr et plus rentable de lâcher sur lui avocats et députés. Ce qui, finalement, est plutôt réjouissant. Sosso est un type intelligent, il sait tourner avec le vent. Il est devenu un citoyen modèle, à vous tirer les larmes. Président du conseil d'administration de l'Eurodebetbank, mécène, ami des jeunes sportifs, il file du fric pour les orphelins et les petites vieilles, ne se met jamais à table sans le métropolite plus un ou deux archiprêtres, même pour manger un plat de haricots. Bref, le candidat idéal pour un article intitulé « Comment le Seigneur a réveillé la conscience du féroce criminel ». Mais avant que Kouzia raconte sur son Mac ce joli conte de fées, je dois vérifier si Sosso est aussi nickel qu'il en a l'air et s'il convient à notre tableau d'honneur ou si mieux vaut jeter notre dévolu sur quelqu'un d'autre. Telle est ma tâche.

Nicholas regarda Altyn avec respect. Ainsi confiait-on à ce bout de femme un travail dont seul un reporter très expérimenté était capable de se sortir.

— Mais c'est une tâche extrêmement difficile. Et dangereuse, non ?

La maîtresse des lieux haussa négligemment les épaules :

— Une petite femme ne peut pas courir après du menu fretin.

Fandorine essaya d'évaluer combien elle pouvait mesurer. Quelque chose comme cinq pieds, pas plus.

— Combien mesurez-vous ? Un mètre et demi ?

— Plus, répondit-elle fièrement. Je dépasse le mètre et demi d'un bon centimètre. Mais pourquoi tu n'arrêtes pas de m'interrompre ? Je te l'ai déjà dit : tu ouvres les écoutilles et tu fermes ton clapet.

— Oui-oui, excusez-moi. Continuez.

— Bon. J'ai donc couru à droite et à gauche, fouillé, mis mon nez ici et là, discuté avec les uns et les autres. Apparemment tout était net, pas de squelettes dans les placards. Concernant les opérations bancaires, on reste dans la norme, si l'on excepte quelques menues fredaines avec l'argent public, ce qui chez nous n'est pas considéré comme bien grave. Ajoutons les opérations off-shore plus ou moins douteuses, mais c'est également sans intérêt. Actuellement, Sosso se démène pour le contrôle de Westsiboil. Il faut dire que c'est un morceau juteux, plus d'un en bave. Il y a bien sûr autour de ça toutes sortes d'embrouilles et de magouilles mais rien de franchement criminel. Le business modérément sale de l'ère du capitalisme sous-développé. J'étais déjà sur le point de donner mon feu vert à Kouzia : vas-y, mon gars, écris. Et là, tout à coup, bing ! (Altyn marqua une pause expressive et, l'œil luisant, lâcha dans un murmure :) Il s'avérait que notre client avait deux SB !

— Deux esbés ? demanda Nicholas, intrigué. Mais ça veut dire quoi, esbé ?

— Service de sécurité.

— En quoi un patron de banque a-t-il besoin d'un service de sécurité ? Il s'agit d'une compagnie ordinaire, pas d'un groupe militaro-industriel.

— Ici, n'importe quelle banque un tant soit peu sérieuse possède son service de sécurité ; en Russie, c'est quelque chose dont on ne peut pas se passer. L'Eurodebet a donc le sien. Tout est fait dans les règles : ancien colonel du KGB comme chef, jeunes gens en complet veston, appareillage spécial, autorisations de port d'armes... bref, le tableau habituel. Mais le hic, c'est que Sosso a un deuxième SB ! s'exclama la journaliste. Et ultrasecret, celui-là, même Serguéiev n'est pas au courant.

— Qui ça ?

— Serguéiev, le kagébiste qui dirige le service de sécurité de la banque. A part Sosso lui-même, pas une seule personne à l'Eurodebet ne connaît l'existence du second SB. Qu'est-ce que cela t'évoque ?

— Activités illégales. On peut supposer que monsieur Sosso n'a pas rompu avec son passé criminel et a conservé une structure destinée à des opérations délictueuses.

— C'est exactement ce que je me suis dit. Si c'est le cas, le SB officiel n'est probablement qu'un paravent. Quand il s'agit de foutre la trouille à quelqu'un, voire de l'expédier dans l'autre monde, Sosso a son propre « escadron ». C'est comme ça qu'ils s'appellent eux-mêmes. Je le sais, j'ai réussi une fois à me régler sur leur fréquence. Tu parles de cavaliers, fit Altyn, l'air sombre.

— Parlons plutôt d'« escadron de la mort », comme en Argentine, grommela Nicholas, parcouru par un brusque frisson. Ce sont eux qui veulent me tuer, hein ? Mais pour quelle raison ? En quoi je les dérange ? C'est la première fois aujourd'hui que j'entends parler de Westsiboil, je vous le jure !

— Seigneur, vous les Anglais, ce que vous pouvez être exubérants, fit Altyn Mamaiéva en hochant la tête. Tu me laisses raconter ou pas ?

Confus, Fandorine posa sa main sur son cœur, manière de dire : pardon, je me calme.

— Ce matin tôt, j'ai pris en filature une de leurs tires, une Opel Frontera. Ça, c'est de la bagnole ! fit la journaliste avec un soupir d'envie. Va suivre ça avec ma petite caisse merdique.

— Moi, je trouve que vous êtes charmante dans votre voiture économique, dit Nicholas, galant, sans vraiment se forcer.

— Je serais cent fois plus charmante au volant d'une Frontera. (Dans la voix d'Altyn perça une réelle amertume.) D'accord, tu vas me dire que les demoiselles comme il faut ne roulent pas en Jeep... En plus, il faut reconnaître qu'aujourd'hui mon Oka tombait à pic. Pas un de ces voyous ne pouvait imaginer un seul instant être suivi par une chiotte pareille. Sans compter qu'en Oka il est facile de se cacher au milieu de la circulation. Quant à eux, ils ne pouvaient pas me semer vu qu'eux-mêmes se traînaient.

— L'Opel suivait quelqu'un ? demanda Nicholas, brillant de perspicacité. Et c'est pour cela qu'elle avançait lentement ?

— En fait, les membres de l'« escadron » étaient répartis dans trois jeeps : la Frontera, une Pajero et un Grand Cheerokee. J'ai vite pigé, même s'ils n'arrêtaient pas de changer. A partir de là je n'avais plus qu'une envie : savoir qui ils pistaient avec un tel acharnement.

Fandorine eut un ricanement triste :

— Je devine du premier coup. L'escogriffe en blazer bleu marine. C'est bien ça ?

— Non, pas du tout... (Altyn prit un air énigmatique, comme si elle s'apprêtait à faire une très agréable surprise à son interlocuteur.) L'escadron suivait une Jigouli bleu foncé immatriculée à Moscou. Et il faisait ça délicatement, dans les règles de l'art : sans jamais s'approcher à moins de cent mètres, en changeant de voiture toutes les trois minutes et le reste à l'avenant. Au volant de la Jigouli, termina la journaliste d'un ton patelin, était assis un avorton portant des lunettes genre film des années soixante et une immonde chemise à carreaux.

— Quoi ?!

De surprise, Nicholas bondit en se détendant tel un long ressort et se cogna la tête contre une boîte en bois peint, bizarrement accrochée au mur de la cuisine. La boîte se fracassa par terre, s'éparpilla en morceaux tandis que sur le linoléum roulait un quart de pain noir emballé dans un sac plastique.

Altyn commenta l'incident d'un ton détaché :

— Le bouillant jeune homme britannique a brisé la boîte à pain de maman. Quoi, quoi ? répéta-t-elle, moqueuse. Ce que tu as entendu. Au départ, je n'avais pas du tout pigé qu'il y avait un autre larron dans l'histoire. Je n'arrêtais pas de me demander pourquoi cette petite Jigouli avançait à vingt kilomètres à l'heure, suivie de l'escadron et de moi-même. C'est seulement après la place Zoubovskaïa, où les passants étaient rares, que je t'ai aperçu pour la première fois. Pourtant j'aurais pu remarquer plus tôt un pareil phénomène en rollers.

La sévère jeune fille tordit légèrement la bouche, mais ne sourit pas pour autant.

— Ah c'est donc ça ! réalisa Fandorine tout en massant son crâne endolori. Donc, moi je suis en rollers, suivi de la Jigouli bleu foncé, elle-même suivie des trois jeeps de l'escadron, tandis qu'au volant de votre Oka vous fermez la marche, c'est bien ça ? Et moi, comme un idiot, je me balade et j'admire les curiosités de la ville…

— Exact, une vraie procession. Je ne savais pas quoi penser. Qui était cet abruti de Cach en Jigouli ? Et qui était cet abruti plus gros encore en rollers ? Une vraie parade de bouffons !

Nicholas fut piqué d'une telle comparaison, ce qu'il exprima par un léger mouvement de sourcils, mais Altyn poursuivit comme si de rien n'était :

— Nous nous sommes arrêtés à Pirogovka, devant les bâtiments des archives : la Jigouli, les jeeps disposées en un large triangle et la petite chiotte merdique – en retrait, juste devant un immeuble décrépi avec écrit au-dessus en lettres de pierre ARCHIVES DES DOCUMENTS ANCIENS. 1882.

Nicholas frémit, mais ne dit rien.

– J'ai poireauté un bon bout de temps, environ deux heures sinon plus. Le Cach... Ce mot vient de Club Amateur de la Chanson, expliqua Altyn, voyant l'air interrogateur de Nicholas. C'était une sorte de mouvement indépendant, genre guitare, feu de camp, refaisons le monde. Bref, c'est sans importance. Ton copain rappelle un peu ce style. Donc, le Cach est resté une demi-heure dans sa voiture, ensuite on l'a appelé sur son portable et il est entré dans le bâtiment. Là-dessus, les hussards se mettent à appeler à leur tour. Puis plus rien, ils se calment et attendent. Simplement ils courent aux gogues à tour de rôle, il y en a dans le petit square à côté. Moi je ne bouge pas, je crève d'envie de faire pareil. Je me dis : ça suffit, je tiendrai pas plus longtemps. Comment font les bonnes femmes qui bossent comme détectives ? Pour les mecs, c'est simple... (Apparemment, Altyn aurait volontiers développé cette idée, mais se contenta de balayer l'air d'un geste de la main.) Bref, je me suis éclipsée cinq minutes, et il s'en est fallu d'un poil que je manque le plus intéressant. Comment le Cach t'a amené sur le toit, ça, je ne l'ai pas vu, mais par contre j'ai pu observer la façon dont il te faisait voltiger pardessus sa tête. Le spectacle était impressionnant. Incroyable que tu ne te sois pas rompu les os. Tu sais voler, ou quoi ?

– Quelque chose dans ce goût-là, marmonna Fandorine.

– Les autres, en jeep, ont commencé à s'agiter : les uns ont bondi hors de la voiture et se sont mis à courir ; le moustachu qui leur tient lieu de chef s'est rué sur son portable. Par précaution, j'ai préféré m'éloigner. J'ai appelé un flic de mes connaissances qui travaille au centre informatique de l'Inspection automobile et je lui ai demandé de vérifier le numéro de la Jigouli. Il me répond qu'elle est signalée comme volée depuis la veille et me remercie pour l'aide apportée à la maréchaussée. Je me dis : bon d'accord, autrement dit le Cach ne reviendra pas récupérer sa guimbarde. J'attends, j'observe l'« escadron » à distance de sécurité. L'un des mecs fonce aux archives, revient, et là, ils échangent des messes basses. Ils ne partent toujours pas. L'heure tourne, la vie passe, nouvelle envie de faire pipi. Ensuite le flic te fait sortir. Je fixe mon téléobjectif, je règle le zoom, je regarde : le roi de la voltige est indemne, il a seulement la gueule barbouillée de vert. On t'installe dans la voiture de la milice, et le cortège nuptial part en sens inverse, sauf que ça va nettement plus vite qu'à l'aller. Moi, dans ma Ferrari, j'ai bien failli me faire semer. Rue de Tver, devant l'hôtel, les jeeps se sont de nouveau dispersées. Deux « hussards » t'ont suivi, le moustachu et...

— Stop ! s'écria Nicholas. Des Géorgiens, l'un avec des moustaches en croc, l'autre en blouson de cuir, c'est ça ?

— Exact. Moralité, tu n'es pas aussi idiot que tu en as l'air. Tu les as donc repérés ?

— Ainsi ils n'étaient pas là par un heureux hasard ! s'alarma Fandorine. Ils montaient la garde devant ma chambre ! Ils savaient qu'on essayait de me tuer et, au moment critique, ils sont venus à ma rescousse !

Altyn émit un sifflement :

— Parce qu'on a aussi essayé de te buter à l'hôtel ? Tu as une vie intéressante, dis donc. Maintenant je comprends pourquoi tu t'es tiré de l'Intourist à toute blinde.

N'écoutant plus, Nicholas essaya de reconstituer la trame des événements :

— Ils ne me suivaient pas, ces « hussards », ils me protégeaient ! Pourquoi, je l'ignore, mais le fait est là. Et quand j'ai traversé la place Rouge avec le tueur derrière moi, mes gardes du corps n'étaient pas loin non plus. Ensuite, avec mes rollers, j'ai semé mon poursuivant et je les ai semés par la même occasion. Et comme ça, je suis resté sans protection.

— Il faut bien dire qu'avec tes rollers tu nous as tous bien eus. Le Cach a foncé vers la gauche, en direction du Goum, avec nous tous sur ses talons : toi, de toute façon, on n'avait aucune chance de te rattraper. Mais dans le magasin, ton petit copain s'est évaporé comme par enchantement.

— Je sais, c'est sa spécialité, admit Fandorine, se rappelant son infructueuse chasse à travers les archives.

— Les « hussards » ont tourné, viré et, après avoir jacté quelque temps au téléphone, ils sont partis. Ils faisaient grise mine. Sosso avait dû leur passer un bon savon.

Le front plissé, Nicholas continua de reconstituer la chaîne logique :

— Ils ne savaient pas où me chercher. Mais le binoclard, lui, a compris que je me dirigeais vers le quai de Sofia, où se trouve l'ambassade. En fin de compte, ce n'était pas sorcier à deviner. Où peut bien aller un Britannique se trouvant en danger et sans papiers ? On peut supposer que l'homme s'est posté en observation devant l'ambassade et a attendu dans l'espoir que je sorte. Et il n'a pas été déçu… Stop ! s'interrompit brusquement Nicholas. Mais vous, comment se fait-il que vous vous soyez trouvée à l'ambassade ? Cela ne pouvait pas être une coïncidence ! Vous ne saviez même pas que j'étais britannique !

La journaliste le regarda d'un air consterné, comme si elle avait affaire à un demeuré.

— Ah, t'es quand même pas finaud. Apparemment le régime herbivore ne favorise pas l'intellect, c'est à cause de ça que vous, les Européens, vous avez l'esprit ramolli. C'est toi-même qui m'as demandé où se trouvait l'ambassade du Royaume-Uni.

Voilà donc pourquoi le visage d'Altyn lui avait paru vaguement familier ! Maria Schneider n'avait rien à voir dans l'histoire.

Seigneur, c'était tout simplement un miracle qu'étant aussi peu observateur, aussi bouché à l'émeri, il soit encore en vie. Sir Nicholas A. Fandorine, M. A., Bt, B. E., voilà ce qui aurait dû figurer sur sa carte de visite.

— Résumons-nous, fit tristement Nicholas. La seule chose qui soit claire, c'est qu'un tueur professionnel cherche à me liquider tandis qu'un entrepreneur douteux lui met des bâtons dans les roues. Qu'est-ce que tout cela signifie ? En quoi ai-je pu complaire à monsieur Sosso et déplaire au joyeux drille à lunettes ?

La question resta en suspens.

— Il est plus de deux heures du matin, je tombe de sommeil, annonça Altyn en se laissant glisser de la table de cuisine. Cette journée pourrie m'a achevée. Allons dans les bras de Morphée, la nuit porte conseil.

Fandorine poussa un soupir :

— C'est la deuxième fois aujourd'hui qu'on me dit ça.

La table était dure et très inconfortable. Même avec ses rallonges, elle était trop courte pour lui et ses pieds dépassaient ; quant à l'oreiller, il s'obstinait à vouloir glisser.

L'autre solution qui s'était présentée consistait à s'installer par terre, mais après examen, elle avait été résolument écartée.

« Je n'ai qu'un lit, et encore il est minuscule, avait dit Altyn quand, quittant la cuisine, ils avaient regagné la pièce. De toute manière, tu n'y tiendrais pas.

— Etalez-moi quelques chiffons, et je dormirai très bien à même le sol, avait-il répondu. (Il avait déjà repéré un endroit : près du mur à côté d'énormes enceintes.) Elles ne vont pas me tomber dessus ?

— Tu entretiens de bons rapports avec les souris ? avait demandé la maîtresse des lieux.

— Pas vraiment, avait répondu Fandorine, sur ses gardes. Pourquoi, vous avez des souris ?

Inquiet, il avait regardé dans les coins. La petite pièce n'était pas très propre : le parquet tout éraflé n'avait pas été nettoyé depuis des lustres, sur le buffet surmonté de tourelles sculptées de la poussière dessinait des ramages gris. A part ce meuble monumental, datant du début du siècle, se trouvait le fameux lit, une table, une desserte pour ordinateur, une énorme chaîne stéréo, deux téléviseurs l'un sur l'autre (n'oublions pas qu'elle était journaliste) et une unique chaise. Que ce ne soit pas un intérieur douillet, passe encore, mais c'était un tel foutoir que le soigneux maître en histoire en resta pantois. Par terre, des bouquins ouverts côtoyaient des journaux couverts d'auréoles de café, sous la table traînait une basket de petite taille, tandis qu'à l'espagnolette séchait quelque lingerie intime.

— Pas des souris, une souris, répondit Altyn tout en tirant de sous le lit une pile de draps et de taies d'oreiller. Elle s'appelle Alissa et vit là, derrière le buffet. Je la nourris de fromage et de sablés. Elle est timide, c'est pour cela qu'elle s'est cachée. Mais pendant la nuit, elle sortira à coup sûr. Elle est très curieuse, tout comme moi. Mais si tu ne tiens pas à faire sa connaissance, je sors les rallonges de la table.

Et ils s'étaient installés : elle dans son lit, lui sur la table. Ils avaient éteint la lumière. Nicholas avait souhaité une bonne nuit à son hôtesse et attendu en vain une réponse. Le silence avait régné pendant un certain temps, puis Altyn Mamaiéva avait demandé d'un ton ironique :

— Nicholas Fandorine. Tu parles d'un nom ! Tes amis, comment ils t'appellent ? Nick ?

— Non, mes vieux amis m'appellent Nif-Nif. Vous savez, c'est un personnage de…

— Je connais, le coupa-t-elle. En Russie aussi on lit des livres. Même plus qu'en Angleterre… Non, je ne t'appellerai pas Nif-Nif, tu n'as rien d'un petit cochon. Tu ressembles au petit hérisson dans le brouillard. Tu connais ce conte pour enfants ?

— Oui, mais je ne vois pas le rapport, objecta Nicholas. Enfin, disons que, pour le brouillard, on comprend. Mais pourquoi hérisson ? Je pique ?

— Je n'arriverai jamais à t'appeler Kolia, continua-t-elle, pensive, ignorant sa question (décidément, chez Altyn Mamaiéva, la politesse laissait à désirer). Cela sonne trop russe, ça ne te va pas du tout. Quant à Nicholas, ça fait personnage de Dickens. Non, je vais t'appeler Nika, O.K. ? Et arrête de me vouvoyer, c'est ringard. Mais si tu veux être franchement ridicule, tu peux aussi m'appeler par mon prénom et mon patronyme : Altyn Farkhatovna.

— Ainsi, vous… ou plutôt, tu es tatare ? devina Nicholas.

Voilà qui expliquait les pommettes saillantes et les yeux légèrement en amande.

— Mon père était un méchant Tatar, répondit-elle, sombre. Il m'a gratifiée de ce drôle de nom. Mais en fait je suis purement moscovite.

— C'est vrai, il était méchant ?

Fandorine s'imagina une enfance soviétique, triste et dépourvue de tout : un père alcoolique, un appartement communautaire, le camp de pionniers. Dans ces conditions, on comprenait que la malheureuse jeune fille n'ait jamais appris à sourire.

— Non, ce n'est pas vrai. C'était un homme intelligent. Il voulait que je n'aie pas honte d'être tatare et que je m'endurcisse. Eh bien, je me suis endurcie… Tu crois que c'est simple de s'appeler Altyn Mamaiéva quand on fréquente une école de la banlieue de Moscou ? En ce temps-là j'étais petite et bête, j'avais honte de mon nom. Je voulais que l'on m'appelle Alla. Résultat : on me taquinait encore plus. On me surnommait « l'Orible ». Cela, parce que, bêtement, je m'étais un jour vantée de ce que mon nom, Altyn, signifiait « or » en tatar et aussi parce qu'à cette époque j'étais affreuse et pleine de boutons, expliqua-t-elle. On m'appelait également Petit Kopeck ou Petit Sou ; ça, c'était plutôt à cause de ma taille et parce que l'altyn est aussi une ancienne pièce de monnaie.

De l'imagination fertile de Nicholas surgit aussitôt une gamine noiraude portant l'uniforme des écolières et la cravate des pionniers : pas jolie, renfermée, la plus petite de la classe.

— Bon, grommela Altyn d'un air mécontent. Je te raconterai mon autobiographie un de ces jours. Si tu n'es pas mort avant.

Cette cruelle remarque arracha Fandorine à son attendrissement momentané et le ramena à la réalité. Il se tourna d'un côté, de l'autre, se mit à soupirer. Je suis là, allongé sur une table, pensa-t-il, et rien ne me dit que, demain, je ne serai pas à la morgue dans la même position, bien loin de toute préoccupation. Dans l'ombre mystérieuse du tombeau, peut-être descendrai-je.

Ah non, tant qu'à faire de la poésie qu'au moins ce soit un limerick…

Après avoir composé un quintain plein de désinvolture, il demanda négligemment :

— En attendant, qu'est-ce qu'on fait demain ? Tu as des idées ?

— Oui, répondit une voix sonore dans l'obscurité. J'ai pris deux photos de ton Cach. Je ferai un saut à la rédaction pour les développer. Ensuite je passerai à Pétrovka me renseigner auprès d'un flic de mes connaissances. Je lui montrerai les photos, il en sortira peut-être quelque chose.

Là, les pensées de Nicholas prirent une orientation autodestructrice. Humiliant pour lui était le contraste entre la petite femme de gros calibre et le grand gaillard de petit calibre (maudit soit le professeur Crisby et sa mauvaise langue). Comme on aimait à le dire dans les publicités télévisées, « voyez la différence » : à Nicolas il manquait un centimètre pour atteindre deux mètres, tandis que la fougueuse gamine dépassait d'un centimètre le mètre et demi. En l'occurrence, ce n'était pas la taille qui comptait, l'essentiel était dans ce petit moins d'un côté et ce petit plus de l'autre. Ce bébé discutait avec lui comme si elle était une adulte et lui un gamin, alors qu'il devait bien avoir dix ans de plus qu'elle.

C'est une vraie professionnelle, pensa Nicholas avec envie. Elle a des relations un peu partout, elle a vu et sait des tas de choses. Elle a une vie intéressante, dangereuse, un *vrai* travail.

— A propos, de quoi exactement s'occupe une *scout* ? demanda-t-il.

— Notre revue est d'un genre nouveau, commença à raconter Altyn. Nous damons le pion à nos concurrents grâce à notre professionnalisme. Dans les autres rédactions le journaliste fait tout lui-même : il se procure les sources, recueille les matériaux, les vérifie, rédige l'article. Mais notre rédac-chef a décidé d'appliquer à la revue le principe d'Henry Ford : chacun occupe une place précise sur la chaîne. La *scout* a pour mission de recueillir et de vérifier les informations. Le *writer*, ou rédacteur, est responsable de la conception et du style. Il y a aussi le *headliner*, qui ne s'occupe que des titres. Il y a le « candide », un type naturellement bête qui, pour toute formation, a suivi des cours de culture physique par correspondance et qu'on paye pour qu'il lise la revue du début à la fin et dise s'il y a des choses qu'il ne pige pas. Ces passages sont alors réécrits par un « adaptateur », nous avons aussi cette fonction.

— Mais c'est injuste ! s'indigna Fandorine. Tu fais l'essentiel du travail, tu prends tous les risques et c'est ton Kouzia qui récolte la gloire et le fric. Un *writer*, tu parles… Il ne s'agit tout de même pas d'écrire *Eugène Onéguine*. Ne me dis pas que tu ne serais pas capable d'exposer les faits aussi bien que lui ! Et quand bien même ! Ce sont tes informations, pas les siennes !

Les émotions, l'heure tardive, la dureté de son lit eurent raison de la volonté de Fandorine, qui se laissa irrésistiblement entraîner par cette exécrable habitude qu'il avait de donner des conseils qu'on ne lui demandait pas.

— Je ne sais pas, Altyn, ce que tu finiras par découvrir dans cette sombre histoire, mais tout laisse entrevoir une affaire explosive. Un banquier connu qui s'entoure d'un bataillon d'hommes de main ; un tueur professionnel ; un Anglais jobard. Quand toi et moi aurons démêlé cet imbroglio, tu iras voir ton rédacteur en chef et tu lui diras : « Est-ce que vous voulez une vraie bombe ? Une affaire ahurissante sur laquelle toutes les télés vont se déchaîner ? J'ai tous les éléments en main. Mais c'est moi qui écris l'article, toute seule, sans rédacteur. Sinon, au revoir, je le publie dans une autre revue. » Pardonne-moi mon manque de tact, Altyn, mais à en juger par ton appartement et ta voiture, le *Télescope* ne te paye pas cher, tu n'as donc rien à perdre. Et, devant ton chef, contente-toi d'allusions sur le genre d'affaire dont il s'agit. Seulement, tu ne lui laisses pas le choix ! C'est un crétin s'il refuse.

En réponse à ce conseil intempestif, il reçut la claque qu'il méritait.

— Va te faire foutre avec tes conseils de merde, répliqua Altyn avec fiel.

Sur quoi la discussion fut close.

Il fut réveillé par un son à la fois faible et aigu, dont l'origine était obscure mais le sens évident : il venait de se produire quelque chose d'inquiétant.

Nicholas ouvrit les yeux, se redressa légèrement sur la table (malgré les coussins et les couvertures, son corps était ankylosé), remarqua le lit vide éclairé par le soleil matinal et, alors seulement, comprit avec un temps de retard ce qui l'avait réveillé : Altyn venait de pousser un cri.

Il était si peu dans le caractère de la journaliste d'exprimer ses émotions que toute trace de sommeil quitta instantanément Fandorine.

— Altyn ! appela-t-il.

D'un bond, il se mit sur ses pieds, puis se précipita dans le minuscule couloir.

Altyn se retourna. Elle était vêtue d'un pyjama rose, un vif rayon de lumière provenant de la cuisine éclairait sa joue encore froissée de sommeil. L'entrée, derrière la jeune fille, était plongée dans une épaisse obscurité.

— Du calme, fit Altyn d'une voix tendue. Tu laisses de côté ton tempérament anglais, d'accord ?

Elle serra alors les lèvres, tandis qu'à l'inverse elle ouvrait des yeux immenses, qui, brusquement, parurent très beaux à Fandorine.

Ce fut comme s'il voyait sa protectrice pour la première fois et, par la même occasion, découvrait qu'elle n'était pas mal du tout, même s'il n'était pas exclu que le halo de soleil qui parsemait d'étoiles ses cheveux ait ici joué un certain rôle. Si elle souriait ne serait-ce que de temps en temps, se dit Fandorine, on pourrait la qualifier de mignonne. Pour une raison évidente, il n'avait jamais été attiré par les filles de petite taille, comme si elles appartenaient à une autre espèce. Comment pourrait-on éprouver un intérêt particulier pour un être qui, debout, a le sommet de la tête qui vous arrive à peine au diaphragme ?

A ce point de ses réflexions, Nicholas remarqua la main qu'Altyn tendait vers l'entrée plongée dans la pénombre. Il suivit la direction de son doigt et oublia immédiatement ses futiles pensées.

– C'est à toi ? demanda-t-elle d'une voix faussement calme.

Devant la porte d'entrée se dessinait une forme rectangulaire. Fandorine à son tour poussa un cri, mais infiniment plus fort qu'Altyn un peu plus tôt. L'attaché-case ! Il se jeta dessus et s'en empara. Son Samsonite, sans doute possible ! Quelle était cette hallucination ?

La maîtresse des lieux tendit la main vers la poignée de la porte, qui s'ouvrit dans un faible grincement.

– Je l'avais verrouillée ! déclara Altyn d'une voix tremblante. Je m'en souviens parfaitement. A double tour !

Elle claqua précipitamment la porte, tourna fébrilement le verrou et mit la chaîne.

Sur ses bras tendus, précautionneusement comme s'il s'agissait d'une tasse remplie à ras bord, Fandorine porta l'attaché-case dans la cuisine. Avant de l'ouvrir, il ferma les yeux en retenant son souffle.

Tout était en place. L'ordinateur, le téléphone, le scanner, les papiers, le porte-monnaie. Et la lettre ? !

Grâce à Dieu, elle y était. A l'endroit où il l'avait laissée, dans son enveloppe. On avait le sentiment que l'attaché-case n'avait pas été ouvert ou, en tout cas, qu'on n'avait touché à rien.

Quoique si, on l'avait ouvert et on avait touché à quelque chose. A son étui à stylo en cuir était scotché un petit morceau de papier. Dessus, gribouillé au stylo à bille d'une écriture large, on pouvait lire : « Mille pardons, Kolia. »

— Qu'est-ce que ça veut dire ? murmura Nicholas. Je ne comprends rien.

— Tu as retrouvé ta relique ? demanda Altyn.

Elle s'efforçait de faire bonne figure, mais ses dents continuaient de claquer.

— En gros, le contexte s'éclaircit, déclara la journaliste. Les hommes de Sosso ont fini par mettre la main sur le Cach et lui ont réglé son compte. Et ils t'ont rendu ton bien. Comment ils nous ont dégotés et comment ils sont entrés, voilà la question. Quoique ouvrir cette porte ne soit pas sorcier : la serrure est pourrie, on peut la crocheter avec un ongle. Il y a longtemps que je dois la changer. Non, l'essentiel est ailleurs. Pourquoi ce soudain intérêt pour ta personne ? (Elle fronça les sourcils, regarda la mallette et, brusquement, claqua des doigts.) Ça y est, j'y suis !

— Mais encore ? demanda Nicholas, inquiet.

— J'ai compris ! Apparemment ce n'est pas toi qui es en cause mais ton attaché-case. Ou plus exactement le testament de ton von Machin. Mais oui, bien sûr ! Ce que voulait le Cach en premier lieu, c'est mettre la main sur le papelard, te liquider n'était pour lui qu'une tâche secondaire. Pour que tu ne fasses pas de remous et ne lui mettes pas de bâtons dans les roues. Dis-moi un peu, qu'est-ce qu'il y a d'écrit sur ce foutu papier ? Pourquoi tout ce souk ?

Elle allongea le cou avec curiosité. Fandorine eut tout juste le temps de couvrir de sa main la note d'où il ressortait que l'hypothèse de la journaliste n'était pas juste et que l'horrible type était vivant et bien vivant.

– Eh bien, maintenant que nous avons les deux moitiés, nous allons pouvoir tout de suite reconstituer le puzzle, dit Fandorine, plein d'allant, en sortant son portable de la mallette.

Appendice :

Limerick composé par N. Fandorine dans la nuit du 14 au 15 juin :

Quand l'aube succède à la nuit,
En l'honneur de l'hôte de la Russie,
Dans la tombe à la mystérieuse ombre,
Autour de la terre béante et sombre,
Les nécrophiles se sont réunis.

Chapitre huitième

Nouveau service. La cour du grand souverain. La grande politique moscovite. Il n'est interdit à personne de rêver. Nouvel An à l'européenne. Le scintillement de la lune sur une bande d'acier.

Son nouveau service se révéla incomparablement plus mouvementé et plus prenant que le précédent, mais il aurait eu mauvaise grâce de s'en plaindre.

D'abord, la compagnie : une merveille. Des soldats parfaitement entraînés, bien nourris, sobres et disciplinés, connaissant chacun son rôle et exécutant les ordres de telle manière qu'il n'était pas besoin d'élever la voix. Dès la deuxième semaine, n'ayant pas matière à invectiver les mousquetaires, Cornélius avait commencé à oublier les formules injurieuses, devenues inutiles.

La caserne se trouvait à trois cents pas du palais Matféiev. Elle était propre, claire, possédait sa cuisine et son arsenal. Toutefois, selon l'usage, le commandant ne logeait pas avec la compagnie mais dans une aile du palais, à proximité du boyard.

La demeure et ses nombreuses dépendances se trouvaient près de Pokrovka, dans une rue qui, en hommage au chancelier, avait été baptisée rue Artamon. Le capitaine s'était vu affecter un vaste appartement pourvu de meubles en chêne importés d'Europe et d'un poêle hollandais. En plus d'une ordonnance, on lui avait attaché les services d'un serf et ceux d'une jeune blanchisseuse. Sa nourriture provenait de la table du boyard : s'il y était invité, il prenait ses repas dans la grande salle (Artamon Serguéiévitch était un homme affable, aux manières simples), sinon il était servi directement dans ses appartements.

Son équipement méritait une mention particulière, car von Dorn n'en avait jamais eu de tel. Casque en argent et cuirasse incrustée d'or ; deux uniformes, un de parade, vert, orné de galons, et un autre pour tous les jours, en bon drap anglais. Quatre paires de bottes, dont une, vernie, luisait comme un miroir. En outre, il avait reçu en cadeau de la part du boyard une pelisse de castor et une chapka pour l'hiver, une demi-douzaine de chemises de batiste, deux paires de caleçons chauds. Les soirs où il était de repos, Cornélius se rendait au faubourg Allemand (hélas, les occasions étaient rares) et, là, déambulait au milieu des maisons tel un godelureau : nouveau chapeau à plumes d'autruche ; pelisse offerte par Matféiev largement ouverte sur un pourpoint brodé ; au côté, épée dans un fourreau doré flambant neuf ; dans une main, canne à pommeau en défense de morse ciselé, dans l'autre, tabatière de délicate facture. Avec quarante roubles par mois, il pouvait se gâter un peu.

On avait alloué au capitaine un cheval : un pur-sang turkmène d'une beauté inouïe. Son ancien cheval espagnol, Cornélius l'avait vendu, bien qu'avec tristesse. Il aurait pu le garder encore un peu dans l'écurie du boyard dans la mesure où il ne payait ni les soins ni le foin, mais on n'engraissait pas un cheval à ne rien faire. Il avait vendu son cheval moreau à un major de cavalerie du nom de Luc Charpentier, et cela pour un bon prix : trente-deux roubles et demi. Bien qu'il fût son aîné et son supérieur en grade, le reître s'adressait à von Dorn avec déférence et plein d'envie. Quand il avait appris que ce dernier recevait vingt-cinq pistoles d'or en plus d'être logé et nourri, il s'était mis à pester en gascon : en temps de paix, la solde des reîtres était divisée par deux.

Côté argent, tout allait bien pour Cornélius. Pour la première fois de sa vie, il avait commencé à épargner, et même beaucoup. Et, d'ailleurs, comment ne pas le faire ? Il ne buvait pas de vin – à Moscou il ne fallait pas boire, si on ne voulait pas rapidement sombrer dans l'ivrognerie ; il ne jouait pas aux dés – Ivan Artamonovitch l'aurait désapprouvé et, de toute façon, dans la position élevée qu'il occupait désormais, il n'avait personne avec qui jouer ; il ne dépensait pas d'argent avec les femmes – si ce n'était de temps à autre pour un cadeau à Stechka. Du reste, il avait maintenant tant à faire qu'il se rendait plus rarement chez la couturière ; par ailleurs, celle-ci lui rapportait plus qu'elle ne lui coûtait : non seulement elle le nourrissait, mais elle-même lui faisait des cadeaux. Il y a peu encore, elle lui avait offert un col en guipure de Bruxelles. Dans ces conditions, on pouvait en deux ans amasser suffisamment pour acheter une belle maison à Stuttgart ou Tübingen, avec une pommeraie et même un étang privé. Mais la question de savoir exactement où et quand acheter une maison ne lui venait maintenant à l'esprit que de manière confuse. Cornélius savait qu'il quitterait un jour la Russie, mais, bien sûr, pas l'été suivant. Plus tard. Qui songerait à fuir son bonheur ?

Artamon Serguéiévitch était un homme généreux. Au cours de sa deuxième semaine de service, il était allé voir von Dorn au corps de garde et lui avait demandé de vérifier les armes : étaient-elles proprement entreposées, les mousquets et les arquebuses étaient-ils graissés, les épées affûtées ? Il avait été satisfait. Après avoir félicité le capitaine, il lui avait offert deux peaux de zibeline d'une valeur de dix roubles. Pas mal, non ?

Les fonctions de Cornélius étaient diverses. La principale (on ne le disait pas, mais cela allait de soi) consistait à assurer la sécurité du boyard lui-même, de sa cour et de sa famille. A part cela, en alternance avec les arquebusiers de l'office des Ecuries et les piquiers du prince Miloslavski, les mousquetaires montaient la garde au Kremlin. Parfois, lors des festins ou des réceptions d'émissaires étrangers, il incombait à von Dorn, en tant qu'officier de service, de rester en faction à la porte. En cuirasse rutilante, épée au clair à la main, il se dressait, immobile, l'œil fixe, telle une idole de pierre, ce qui ne l'empêchait pas de voir et d'observer bien des choses. Il était flatté d'être le seul, dans cette immense salle, à porter une arme, si l'on exceptait les gardes d'honneur du souverain avec leur petite hache de cérémonie en argent. Même les ambassadeurs étaient privés de leur épée à l'entrée du palais ; quant aux courtisans, inutile d'en parler. Se présenter devant les yeux augustes du souverain avec un sabre ou même un simple poignard était puni de mort sans pitié. Ainsi, ce qui était interdit à tous était autorisé au capitaine von Dorn ; mieux, c'était son devoir. Telle était la confiance dont il jouissait (ou plutôt dont jouissait Artamon Serguéiévitch).

Depuis deux mois qu'il occupait ses nouvelles fonctions, Cornélius avait eu tout le temps d'admirer à loisir le Kremlin, les mœurs de la cour, et le souverain tsar autocrate grand prince de toute la Russie lui-même.

Le Kremlin était un immense château entouré d'une triple muraille et d'un profond fossé, mais en cas d'attaque, il n'aurait guère été difficile de le prendre. La forteresse était entièrement de construction ancienne, en brique, sans aucun rempart de terre. Au premier tir d'artillerie effectué avec des armes modernes, les murs voleraient en éclats, blessant et tuant les défenseurs. Quant aux tours avec leurs clochers, elles étaient bien trop hautes : il aurait suffi de renverser une de ces stupides constructions par une salve ajustée pour que s'écroule la moitié de la citadelle.

A l'intérieur, le Kremlin faisait moins penser à la résidence d'un monarque qu'à une fourmilière. C'était une accumulation absurde et désordonnée de constructions de pierre et de bois, reliées entre elles par des galeries ouvertes ou fermées. Les grandes demeures de bois étaient pour la plupart vétustes et toutes de guingois. Au-dessus des toits pointaient des tourelles, coupoles, clochetons, girouettes, mais toutes ces merveilles ne résisteraient pas au premier grand incendie. Une seule bombe incendiaire tirée d'un mortier polonais ou suédois, et la citadelle du tsar se transformerait en un amas de braises.

Lors de la garde au Kremlin, le mieux était de se tenir sur le versant de la colline où étaient établis le Jardin Haut et le Jardin Bas, avec leurs étangs intérieurs, leurs orangeries aux fruits rares, qui, même en hiver, donnaient des figues, des citrons et des fraises. Là, loin des boyards et des nobles, Cornélius avait plusieurs fois vu le souverain en personne. Sa Majesté aimait à se promener parmi ces arbres enchanteurs, cueillir ici une orange amère, là une prune, croquer dedans puis la jeter.

Heer Zaar und Grossfurst aller Russer Selbsterhalter Alexei Mikhailowitz, surnommé par les Russes le Très-Paisible, avait le teint coloré, des yeux bleu clair, une barbe ronde d'un roux foncé. Il portait difficilement son embonpoint, se dandinait sur ses pauvres jambes enflées. Sa Majesté flânait dans l'orangerie, gaie, souriante, fredonnant tantôt des chants sacrés, tantôt quelque chose de plus léger. La première fois, regardant à travers l'épais verre d'une étroite lucarne, Cornélius avait été frappé de voir à quel point ce gros homme débonnaire ressemblait peu à l'idole impassible qui recevait les émissaires étrangers dans le palais à Facettes. Lors de ses audiences, le tsar restait assis immobile, telle une poupée en or, sans même remuer les yeux. Comme s'il n'était pas un être vivant mais quelque allégorie personnifiant toute la pesanteur et la gaucherie de la Troisième Rome.

Or, ainsi que von Dorn le comprit vite, bien que lourde, Sa Majesté était très alerte et avide de tous les divertissements possibles. La jeune tsarine Nathalie, pupille et parente par alliance d'Artamon Serguéiévitch, aimait à s'amuser de mille façons, et son époux cédait à tous ses caprices. Si l'immense puissance menait une existence terne et misérable, n'écoutait pas de musique, ignorait le théâtre, le tsar, lui, avait à demeure son orchestre, son ballet, sa troupe de bouffons et d'acteurs. Voilà en vérité *quod licet Jovi*[1]. C'était presque chaque jour qu'Alexis Mikhaïlovitch jouait aux échecs, pourtant interdits. Pour ce faire, il avait Balthazar, un fou savant, seul homme à ne pas craindre de battre le grand souverain, même si cette audace lui valait parfois quelques coups d'échiquier sur la tête. En fait, le tsar ne tapait pas fort – il était trop poussif pour cela – et, après l'avoir battu, il se mettait à plaindre le malheureux, le récompensait, lui faisait des cadeaux, si bien que Balthazar n'en était jamais pour ses frais.

Dans les appartements du tsar, des oiseaux mélodieux chantaient, des perroquets multicolores criaient dans leurs cages, qui des paroles pieuses, qui des insultes. Il n'était pas rare qu'un visiteur se trouvant là pour la première fois

1. Ce qui est permis à Jupiter.

manque mourir de peur en entendant Carolus, un perroquet huppé au jabot rouge, crier : « Couper la caboche ! »

Il y avait aussi les deux lions mécaniques de la salle du trône. En cuivre avec des crinières en laine de mouton, ils encadraient le siège où prenait place le tsar. Quand on actionnait le levier dissimulé dans une remise, les lions ouvraient toute grande leur gueule aux énormes dents, se mettaient à rouler des yeux terrifiants et à émettre des rugissements d'outre-tombe. Parmi ceux qui, sans cela, tremblaient déjà d'émotion en se soumettant aux augustes regards, beaucoup étaient saisis de stupeur. Et le souverain, aux anges, se tapait sur les côtes, tandis que les boyards riaient à gorge déployée.

De bonne humeur, Alexis Mikhaïlovitch aimait les plaisanteries les plus simples. Un jour, lors d'un grand banquet, Cornélius avait observé cette scène : le tsar demanda au grand chambellan le prince Skariatinski de s'approcher sous prétexte de le faire boire de sa propre main, marque d'une insigne faveur. Au lieu de quoi, évitant volontairement les lèvres tendues du boyard, il versa le vin du Rhin sur la tonsure et dans le cou du haut dignitaire. Sa Majesté partit d'un petit rire gras, et le grand chambellan, ravi d'une telle gaieté, rit à son tour et remercia le souverain sous les regards envieux des autres.

Une fois, alors qu'il inspectait la garde sur le toit du Terem[1] où se trouvaient un jardin d'hiver et un bassin, Cornélius avait vu le tsar vêtu à l'européenne — en pourpoint et bas-de-chausses —, allongé sur un banc, la tête posée sur les genoux de la tsarine. Celle-ci cherchait les poux dans l'épaisse chevelure du souverain. Ce n'est pas l'épouillage en soi qui étonna le capitaine, c'était chose habituelle. Autour des tables de banquet, tout le monde se

1. Résidence privée du tsar et de sa famille. (*N.d.T.*)

grattait, et Alexis Mikhaïlovitch pas moins que les autres (seul un capitaine des mousquetaires du palais restait immobile grâce à la précieuse petite boîte qu'il gardait sous l'aisselle). Non, c'est par le costume européen qu'il fut étonné. Lorsqu'il raconta cela au majordome de Matféiev, Ivan Artamonovitch, ce dernier lui révéla que, depuis sa plus tendre enfance, le tsar Alexis se vêtait à l'allemande, ainsi que son précepteur, le boyard Morozov, l'y avait accoutumé. Le souverain n'aimait pas le costume russe, lourd et inconfortable, mais il le portait par devoir, comme il seyait à un monarque orthodoxe. Dans l'intimité, en revanche, loin des regards étrangers, il donnait libre cours à son penchant. Cinq ans plus tôt, lorsqu'il courtisait la future tsarine, il s'était rasé la barbe, afin de plaire à Nathalie Kirillovna. Par la suite, il est vrai, il l'avait laissée repousser, cette fois par souci de plaire à Dieu.

En raison de cette même piété, le tsar observait tous les jeûnes – et en Russie, il y en avait une multitude –, n'absorbant aucune nourriture les lundis, mercredis et samedis, restant debout six heures par jour à l'église, se prosternant jusqu'à mille cinq cents fois de suite. Quant à la tsarine, bien qu'il l'aimât infiniment, il n'entrait dans sa chambre à coucher qu'une fois tous les trois mois, pieuse chasteté dont tous les Russes étaient fiers, d'autant plus que, nonobstant cette abstinence, Alexis Mikhaïlovitch avait engendré une nombreuse descendance : Sa Majesté avait trois fils et six filles, en plus des six princes et princesses que le Seigneur avait rappelés à lui alors qu'ils n'étaient encore que des enfants ou des adolescents.

Parmi tous les enfants du tsar, la préférée de Cornélius était Sophie Alexéievna, une jeune fille de dix-huit ans. Elle était différente des autres princesses qui, lors des banquets ou des audiences, regardaient furtivement derrière une grille ou par l'entrebâillement de la porte. Elle était audacieuse, son regard limpide reflétait la curiosité, elle s'exprimait dans un langage direct, sans timidité. Inspectant ses hommes autour du terem de pierre, où se trouvaient les chambres des princesses, le capitaine avait plus d'une fois vu Sophie à la fenêtre non pas les yeux baissés comme il convenait à une jeune fille bien élevée mais regardant le ciel, les joues toutes roses et le regard lointain. Il l'avait également vue dans le jardin, avec un livre, ce qui était encore plus curieux. Mais une fois, alors que von Dorn était de service dans la galerie du palais des Menus-Plaisirs, la princesse s'était brusquement approchée et, en français, lui avait demandé s'il avait entendu parler des comédies de l'écrivain parisien Molière, ajoutant qu'il pourrait peut-être lui trouver au faubourg Allemand une de ses œuvres. Cornélius ignorait tout de ce Molière, mais avait promis d'interroger le libraire Bromélius. Et il avait satisfait à la demande de Son Altesse en lui rapportant une pièce intitulée *George Dandin, ou le mari confondu,* toutefois gêné d'un contenu aussi frivole. En récompense, il avait reçu une bague ornée d'un rubis, valant dix fois le prix du livre.

Sophie eût été un tant soit peu plus jolie, Cornélius aurait sans doute nourri des rêves insensés, mais, d'une part, il entretenait déjà de vaines chimères pour quelqu'un et, d'autre part, la princesse n'était vraiment pas belle : large carrure, menton lourd, teint terreux. Mais qu'importait la beauté à la fille du tsar ? De toute façon, elle n'avait d'autre avenir que le monastère. On ne mariait pas les princesses russes à des souverains étrangers afin de ne pas souiller l'orthodoxie ; et pas plus aux dignitaires locaux, puisque tous étaient les esclaves du tsar. Or partager la couche d'un esclave était indigne de la fille du tsar.

Sophie eût vécu en Angleterre, elle aurait pu devenir une grande souveraine, tout autant que la rousse Elizabeth. Mais le trône reviendrait au chétif Fiodor Alexéiévitch ou à son frère Ivan, un pauvre d'esprit. Les deux étaient des êtres indolents, faibles, bons à rien. Le tsar avait encore un autre fils, le petit Pierre, que lui avait donné Nathalie, la nouvelle tsarine, mais avec ses deux frères aînés devant lui, le trône était bien lointain pour le gamin. Pourtant ce Pierre était, lui, débrouillard et vif ; femmes et nounous étaient perpétuellement en train de courir après lui à travers le palais. Une fois, ce polisson s'était assis par terre à côté de Cornélius, et s'était évertué à arracher la molette de son éperon. Il soufflait, peinait, refusait de se calmer. Quand le capitaine lui intima tout bas l'ordre d'arrêter, le prince leva des petits yeux ronds insolents et se mit à tourner la molette de plus belle. Or un éperon en moins était un outrage à l'uniforme. Von Dorn regarda alors autour de lui (il n'y avait personne à proximité) et donna une chiquenaude à la nuque bouclée du fripon, comme pour dire « arrête tes bêtises ». Bien qu'il n'eût que trois ans, le tsarévitch, loin de fondre en larmes, ne broncha même pas. Il essuya son nez du revers de sa manche en brocart, regarda d'un air scrutateur le gros bonhomme dans sa cuirasse étincelante et, grâce à Dieu, finit par le laisser tranquille et partit en courant rejoindre ses pénates.

A cette époque, Cornélius avait déjà appris à s'orienter dans la grande politique moscovite et savait que la lutte pour influencer le pusillanime Alexis opposait deux clans de courtisans : les parents et partisans de la précédente tsarine, laquelle appartenait à la lignée des princes Miloslavski, et les alliés de la nouvelle souveraine Nathalie Narychkine.

Pour l'heure, les Narychkine avaient le dessus, avec à leur tête le chancelier Matféiev. La position d'Artamon Serguéiévitch était forte et reposait sur trois piliers. Le premier, le plus solide, était la tsarine Nathalie : elle avait été élevée dans la maison de Matféiev, vouait une admiration infinie au boyard, l'appelait « père ». Le deuxième pilier était la très ancienne amitié qui liait Artamon Serguéiévitch au tsar. Ils avaient grandi ensemble, étaient camarades d'études et de jeux. Le troisième pilier était ses talents d'homme d'Etat et de ministre. Mais ce point d'appui était de tous le plus fragile, car le tsar Alexis était d'une intelligence limitée et prisait moins ceux qui agissaient que ceux qui avaient l'heur de l'amuser. Et, en la matière, Matféiev n'arrivait pas à la cheville des flagorneurs de la cour, tel le grand maréchal Khitrovo ou le prince Ivan Miloslavski. Il faut dire que les Miloslavski mettaient l'essentiel de leurs espoirs dans le neveu, le prince héritier Fiodor Alexéiévitch. Ce dernier monterait sur le trône, et alors, leur temps serait venu. Les Matféiev et les Narychkine n'auraient plus alors que leurs yeux pour pleurer.

Mais le tsar n'était pas encore vieux et il y avait toutes les chances pour qu'il survive au valétudinaire Fiodor, comme il avait survécu au précédent tsarévitch Alexis le Jeune. La seule chose désolante était que la vive et intelligente princesse Sophie appartînt à l'autre camp et fût donc l'ennemie de Matféiev et, en conséquence, du capitaine von Dorn.

Le plus étonnant de tout dans cette rivalité était qu'Ivan Miloslavski et le boyard Matféiev vivaient dans la même rue, séparée en deux parties hostiles comme par une frontière invisible. Artamon Serguéiévitch avec sa compagnie de mousquetaires, formant la garde impériale, les Miloslavski avec une autre compagnie : les piquiers. Les uns et les autres barraient la rue avec des grilles et des gardes, échangeant des injures et parfois même des coups. Mais les duels et les bagarres avec effusion de sang étaient interdits, von Dorn et le capitaine des piquiers avaient à cet égard des ordres stricts. Le souverain ne supportait pas que ses gardes s'entretuent. Si jamais c'était le cas, des têtes voleraient, et

Ivan Mikhaïlovitch comme Artamon Serguéiévitch y laisseraient leur peau. C'est pourquoi les voisins s'abstenaient de faire couler le sang mais s'observaient d'un œil vigilant, redoutant les mauvais tours et, par-dessus tout, l'espionnage et la trahison.

Cornélius comprenait maintenant de quoi s'était rendu coupable son prédécesseur le capitaine Mitka Vébérov, surpris chez le prince Miloslavski par un des espions de Matféiev.

Les mousquetaires devaient assurer la garde au Kremlin un jour sur quatre ; le reste du temps, ils étaient attachés à la personne et à la cour d'Artamon Serguéiévitch. Ils gardaient sa vaste demeure et ses nombreuses dépendances, suivaient le boyard dans ses déplacements – pas tous les mousquetaires, bien sûr, seulement une dizaine choisis pour l'occasion ; en revanche, la présence du commandant de la compagnie était dans tous les cas requise.

Avec le temps, s'étant habitué au capitaine, Matféiev avait commencé à l'utiliser non plus seulement pour la sécurité, mais également pour d'autres missions qui, peu à peu, se firent de plus en plus délicates et confidentielles. Cornélius laissait de plus en plus souvent la compagnie à son aide de camp le lieutenant Miron Sobakine, tandis que, pour sa part, soit il servait de truchement à Artamon Serguéiévitch, soit il partait à cheval distribuer les ordres dans les régiments, soit, dignement installé dans un carrosse tiré par quatre chevaux, il allait transmettre des messages aux résidents étrangers. On pouvait dire que, désormais, il n'était plus seulement le chef de la garde du boyard, mais son adjudant le plus proche.

Avide de pouvoir et d'action, le premier des conseillers du tsar avait sous sa houlette pas loin d'une dizaine d'offices, mais, insatiable, cela lui paraissait encore peu. L'office des Ambassadeurs – ministère russe des Affaires étrangères – était de son ressort, mais aussi celui de la Guerre, celui de la Petite Russie, sans compter divers gouvernorats. Même l'office des Apothicaires, paisible institution s'il en était, Matféiev ne l'aurait cédé à personne ; il le gardait précieusement car il prisait hautement le savoir et passait même parmi les Moscovites pour un nécromancien. La meilleure pièce de son palais était d'ailleurs occupée par une considérable bibliothèque, riche d'environ trois cents tomes. S'y trouvaient peu de livres russes (et comment y en aurait-il eu beaucoup quand on imprimait si peu à Moscou), surtout des ouvrages polonais, allemands, latins.

Cornélius n'était guère coutumier de la lecture et s'il lui arrivait de visiter la bibliothèque, c'était surtout pour les cartes accrochées aux murs. Il examinait les différentes routes qui menaient à la frontière polonaise ou suédoise, non qu'il songeât à s'enfuir dans un bref délai, mais comme ça, en prévision de l'avenir. Dame Fortune, comme chacun le sait, est une personne versatile. Aujourd'hui tu roules en carrosse et tu es choyé par le pouvoir, mais demain tu devras peut-être t'enfuir comme un voleur.

En attendant, il faisait tout ce qu'il pouvait pour complaire au boyard, pour ne pas le décevoir. Il accomplissait scrupuleusement toutes les missions que celui-ci lui confiait, mais sans empressement excessif : Artamon Serguéiévitch n'aimait pas le zèle ostentatoire. Fais ce qui t'est demandé et inutile de plastronner. Le fait que von Dorn fût de plus en plus fréquemment invité à sa table, même en présence d'invités, prouvait que le boyard était satisfait de ses services. Cornélius appréciait cet immense honneur, se montrait discret : il s'asseyait tout au bout de la table, près de la porte, et se gardait bien d'être le premier à allumer sa pipe.

La demeure de Matféiev était d'une magnificence unique à Moscou. Tant par son aménagement que par les usages qui y prévalaient, elle n'avait rien de comparable avec le palais du tsar.

Dans les appartements privés du tsar, les plafonds étaient ornés de peintures de fleurs et de verdure, les bancs habillés de velours, les festins servis dans de la vaisselle en argent pur, mais le sol était sale et couvert de reliefs des repas passés, les pièces étaient sombres et il y régnait une pestilence où l'odeur de l'ail rivalisait avec celle des boyards marinant sous leurs pelisses.

En revanche, la demeure de la rue Artamon était claire et propre. La vaste cour était pavée de dalles multicolores, des plaques de cuivre faisaient resplendir le toit, dont le faîte était surmonté d'une girouette figurant un chevalier. L'intérieur était encore plus fastueux. Au lieu d'être nus comme au Kremlin, les murs étaient tendus de cuir doré et repoussé. Partout des tapisseries et des gravures, des portraits de monarques européens alternant avec des Vénus et des Naïades à la peau blanche. Il y avait de vrais meubles et pas seulement des bancs et des coffres, comme c'était le cas en Moscovie : fauteuils recouverts de tapisserie ou de brocart, armoires sculptées, chaises vénitiennes à hauts dossiers dans la salle à manger et, dans le cabinet du maître, un énorme globe terrestre foisonnant de tritons et de monstres marins.

La maison était administrée par Ivan Artamonovitch, un Nègre baptisé qui, vingt ans plus tôt, avait été offert au boyard par des Cosaques Zaporogues qui l'avaient arraché à un convoi du pacha turc. Au cours de longues années de pérégrinations et d'aventures, l'homme noir en avait vu de toutes sortes. Plus rien ne pouvait lui faire peur ni l'étonner, et comme il voyait à travers les gens, beaucoup dans la maison le craignaient. Un regard de ses énormes yeux noirs, un léger pincement de ses lèvres épaisses, et il savait tout de toi : de quoi tu étais coupable, ce que tu pensais, quel dieu tu priais. Il était calme, n'élevait jamais la voix, aimait à lire. Il avait par ailleurs une distraction bien particulière : d'un troupeau tatar, on lui amenait des étalons sauvages, et le Nègre les débourrait dans la cour. Il lançait son nœud coulant et, du premier coup, attrapait le fougueux animal. Pendant une heure ou deux, il le faisait trotter au bout de sa longe en décrivant des cercles. L'étalon s'ébrouait, se cabrait, piaffait, dardait sur son tortionnaire des regards furieux, mais Ivan Artamonovitch, tel un piquet, restait planté à sa place, avec seulement un rictus qui découvrait ses dents prodigieuses et des yeux aussi exorbités que ceux de l'étalon.

A son boyard, le Nègre était dévoué à la vie à la mort. Il connaissait tous ses secrets et même ses projets les plus lointains. N'était sa peau noire, Ivan eût été depuis longtemps à la tête d'un important ministère. Toutefois, sa modeste position de majordome ne lui pesait pas et il ne prenait pas comme une offense le fait que son destin eût été dicté par la couleur de sa peau. Il suffisait à son bonheur qu'un ordre parfait règne dans la grande maison de Matféiev et que celle-ci soit un exemple envié pour tous ceux à qui il était donné de visiter la somptueuse demeure de pierre blanche.

Rares étaient, il est vrai, ceux qui avaient cette chance, car Artamon Serguéiévitch était pointilleux sur le choix de ses invités. Etre convié à ses « veillées du jeudi », que pour lui-même Cornélius avait baptisées « jours fixes », était considéré comme un très grand honneur réservé à de rares élus. Autrefois, le tsar lui-même venait sans façon y passer un moment. Il écoutait le clavicorde, regardait les images dans les livres étrangers, lorgnait les femmes et les jeunes filles : dans la maison de Matféiev, à la manière européenne, les dames étaient admises à table et, loin d'observer l'étiquette russe – celle-ci exigeait qu'elles aient les yeux baissés et, Dieu les en garde, qu'elles s'abstiennent de rire ou de sourire –, elles se comportaient avec naturel et sans contrainte. L'épouse d'Artamon Serguéiévitch était une Ecossaise née Hamilton et, chez elle, ni le Code domestique ni les vieux usages moscovites n'avaient cours. Belles-sœurs et filleules au teint frais et à l'œil vif étaient nombreuses dans la maison de Matféiev, et l'une d'elles, Nathalie Narychkine, avait été choisie comme tsarine par le souverain devenu veuf.

Pour ménager les apparences, on avait suivi le rituel ancien : on avait amené au palais des jeunes filles issues des meilleures familles, on les avait réparties par trois dans des lits, avec ordre de rester tranquillement couchées en faisant mine de dormir et interdiction d'ouvrir les yeux pour regarder le souverain. Pour la forme, Alexis Mikhaïlovitch avait parcouru les chambres à coucher, avait regardé les beautés faussement endormies et avait choisi l'une d'elles, pas n'importe laquelle toutefois, mais la pupille de Matféiev. Celle-ci savait par avance qu'elle serait l'élue, et c'est avec calme et sérénité qu'elle avait épié la scène à travers l'épaisseur de ses cils.

Après le mariage, le tsar avait cessé de venir le jeudi, mais les veillées n'en avaient pas pour autant perdu de leur charme ; elles étaient simplement devenues plus vivantes, plus familières et également plus gaies. Ici, on recevait avec raffinement, sans l'habituelle goinfrerie moscovite, on ne vous servait pas à boire jusqu'à ce que vous soyez soûl, comme c'était le cas au Kremlin. Au contraire, on vous servait avec modération des vins français, allemands et italiens. A chaque changement de plat, au lieu de tout mettre dans la même assiette, on vous apportait de la vaisselle propre. Au palais du tsar, une écuelle pouvait être lavée une fois par an, et encore, alors qu'ici la vaisselle brillait tellement que l'on pouvait s'y mirer. Près de chaque couvert (on ne vous mettait pas seulement une cuillère mais aussi une fourchette et, pour la viande, un couteau), on posait une serviette de lin, afin que l'on s'essuie les mains de manière élégante et non à son vêtement ou à ses cheveux. Une fois, lors d'une réception chez le tsar, Cornélius avait vu le chambellan Mikichka Sokovnine penché, en train de se moucher discrètement dans la nappe de brocart, ce qui lui avait valu d'être mis dehors sur-le-champ et sans ménagement par Mikhaïl Cherbatov, le vigilant maître de cérémonie. Une scène barbare telle que celle-ci était inconcevable chez Artamon Serguéiévitch.

Ici, on discutait poliment, sans crier. On ne faisait pas étalage de son patrimoine, on ne tenait pas de propos malséants, on faisait fi des vieilles querelles. On discutait de philosophie et de politique, on commentait les nouvelles d'Europe et de Turquie et, avec les femmes, on parlait des usages en vigueur aux palais de Versailles et de Saint James.

Si, avec ses cinquante ans, Artamon Serguéiévitch était déjà un vieillard, son épouse, Evdokia Grigorievna, avait encore l'âge d'enfanter et continuait de donner à son mari une progéniture chaque année ou presque. Il est vrai qu'à cause du climat malsain qui régnait à Moscou les enfants ne vivaient pas longtemps, beaucoup mouraient en bas âge. Pour l'heure, par exemple, la maîtresse de maison portait le deuil de son petit garçon d'un an, qui avait rendu son âme à Dieu le jour de l'Intercession de la Vierge. Toutefois le Seigneur, dans sa miséricorde, avait laissé deux enfants aux Matféiev : un garçon et une fille.

Du haut de ses dix ans, le petit Andreï Artamonovitch était déjà écuyer du tsar, et non seulement il savait lire et écrire, mais il connaissait également le français, l'allemand, l'anglais. Aux soirées du jeudi, il lisait des vers latins, et poliment, à la manière européenne, les invités l'applaudissaient. Tout montrait qu'il sortirait quelque chose de bon du gamin.

Cependant, ô combien plus intéressante pour Cornélius était la fille du chancelier, Alexandra Artamonovna, Sachenka pour les familiers. Frêle et pâle, avec son visage rond, son nez fin légèrement retroussé et ses grands yeux gris en amande, von Dorn y voyait un oiseau de passage se retrouvant dans la barbare Moscovie par les caprices d'un vent mauvais : il avait soulevé le tendre oiselet, l'avait emporté aux confins de la terre puis jeté au beau milieu d'une forêt inconnue, sauvage. Des demoiselles aussi raffinées que celle-ci, Cornélius en avait vu à Hambourg, Amsterdam et Paris, mais il ne s'attendait pas à en rencontrer à Moscou, ce qui lui rendait Alexandra Artamonovna deux fois, trois fois plus belle encore.

Contrairement à la coutume locale, elle ne se mettait pas de rouge sur les joues ni d'antimoine sur les sourcils, et malgré cela (ou peut-être, justement, à cause de cela), elle était une merveille de fraîcheur et un régal pour les yeux. Une fois, elle était sortie pour aller en visite vêtue d'une robe française, avec un corsage découvrant ses épaules éblouissantes. Les hommes s'étaient tous tus, les yeux écarquillés, tandis que Cornélius, qui était en train d'allumer sa pipe, avait reçu un tel choc au cœur que tout son tabac s'était répandu par terre.

Plus tard, durant la nuit, il avait longuement marché de long en large dans sa chambre et, pour se consoler, s'était remémoré ses conquêtes amoureuses. Sachenka, Alexandra Artamonovna pour le capitaine von Dorn, était aussi accessible qu'une étoile scintillant au firmament. Et cette pensée l'effrayait.

Néanmoins, le lendemain matin, tout en attendant qu'Artamon Serguéiévitch sorte de son cabinet (le boyard était en train de rédiger un mémorandum à l'intention de l'hetman ukrainien et, apparemment, il en avait pour longtemps), Cornélius entreprit une manœuvre de diversion – sans espoir particulier, simplement parce que le fait que Sachenka ne le remarque pas du tout lui paraissait insupportable ; devant elle, il était comme transparent, et si par hasard elle croisait son regard et souriait, c'était un sourire distrait, dénué de sens, qui aurait pu tout aussi bien s'adresser à un chien frétillant de la queue.

Il attendit dans le salon principal où convergeaient les différents couloirs menant aux appartements privés et où, tôt ou tard, devrait immanquablement apparaître la demoiselle, que ce soit pour sortir, pour se rendre chez sa mère, à la bibliothèque ou bien ailleurs.

Le capitaine avait fixé à sa chemise son plus joli col de dentelle, accroché un anneau d'or à son oreille, coiffé lui-même sa perruque couleur de jais afin de la rendre plus vaporeuse, la laissant retomber en deux vagues sur ses épaules. Sur la chaise voisine reposait son chapeau à plumes d'autruche, noires et blanches. Dessous était caché son précieux réveil.

La veille, Cornélius avait vérifié si le mécanisme fonctionnait. Grâce à Dieu, il marchait à la perfection : les artisans de Hambourg connaissaient leur affaire. Au moment voulu, les clochettes dissimulées à l'intérieur entonnaient la joyeuse chansonnette *Salut à toi, nouveau jour divin,* afin que l'on se réveille de bonne humeur, le sourire aux lèvres.

Il n'attendit pas en vain. Conformément à la chance héréditaire dont bénéficiaient les von Dorn, Alexandra Artamonovna était seule. Elle tenait à la main une petite ardoise et un boulier en os comme ceux qu'utilisaient les marchands pour compter : à coup sûr elle se rendait chez son frère, Andreï Artamonovitch, afin d'étudier l'arithmétique avec lui (on se demande à quoi cette vile science pouvait bien servir à une demoiselle de haute lignée).

Sans se retourner, comme s'il ne la voyait pas, Cornélius, à travers le chapeau, appuya sur le levier de la sonnerie et ôta aussitôt sa main et la posa sur son genou. Sans bouger de son siège, il observa Sachenka du coin de l'œil, à travers son reflet dans un miroir.

Alors qu'elle avançait tranquillement en faisant claquer ses talons sur le parquet de chêne, soudain, la jeune fille s'immobilisa : venus d'on ne sait où, s'égrenaient des sons modulés et enchanteurs, légèrement étouffés, comme s'ils provenaient de sous terre ou, au contraire, des sphères célestes. Von Dorn, lui, resta assis comme s'il n'entendait rien, se contentant simplement d'avancer légèrement la main qu'il gardait posée sur la garde de son épée afin que le soleil joue sur la bague qui ornait son petit doigt.

— Capitaine... Comment déjà... Ah oui, Korneï ! l'appela Sachenka dans un murmure.

Alors, bien sûr, Cornélius bondit de sa chaise, se retourna, s'inclina de la manière la plus respectueuse, sa perruque touchant presque le sol.

— Oui, Votre Lumière ? (Ainsi avait-il traduit en russe le mot *Durchlaucht.*)

— Tu entends ? demanda peureusement la fille du boyard en pointant son doigt rose et en battant des cils. Tu entends ?

Von Dorn plissa le front, fit mine de tendre l'oreille. Puis il écarta les mains d'un air perplexe.

— Un cheval qui crie ? C'est jument baie Ivan Artamonovitch. Elle va avoir petit.

— Mais non, ce n'est pas une jument ! répliqua Sachenka avec agacement. Ecoute, écoute ! C'est une musique divine !

Le regard tourné vers Cornélius était à la fois apeuré et avide d'un miracle.

Le capitaine prononça alors une phrase apprise d'avance, bien tournée et sans une seule faute :

— Je suis un homme simple et un pauvre pécheur, il ne m'est pas donné d'entendre la musique divine. Seules le peuvent les créatures célestes.

Et, de nouveau, il s'inclina, avec respect, sans galanterie déplacée.

La jeune fille, baissant la tête, écouta encore un instant la sonnerie, puis, brusquement, se précipita vers la chaise et rejeta le chapeau.

— C'est quoi ? Une tabatière à musique ? Toi alors, Korneï, quel plaisantin tu fais !

Elle s'empara du réveil et partit d'un rire sonore, non moins argentin que le son des clochettes.

— Comme il est ravissant ! Et pourquoi ces chiffres ? Et ces signes célestes ?

Cornélius expliqua humblement le mécanisme du réveil et dit en s'inclinant :

— Permettez-moi, Votre Lumière, de vous offrir ce modeste présent.

A ces mots, son cœur se serra : cela lui faisait tout de même de la peine de se séparer du réveil paternel.

Mais les choses tournèrent on ne peut mieux. Alexandra Artamonovna refusa le cadeau, ne prit nul ombrage de la plaisanterie et, de ce jour, cessa d'ignorer von Dorn. Désormais ses sourires avaient un sens, comme ceux qu'on adresse à un ami. Lorsqu'elle partait se promener en traîneau, elle lui demandait de chevaucher à sa suite. Une fois, même, lors d'une promenade à Sokolniki, elle l'avait prié de lui apprendre à tirer à la pistole. Quand la demoiselle avait pris la crosse à deux mains et que Cornélius l'avait aidée à diriger le canon, sa joue rouge de froid s'était trouvée si près de lui que le capitaine avait manqué sa cible – un épais tronc situé à dix mètres –, ce qui l'avait mis dans un embarras inconcevable. Sachenka avait même dû le consoler.

L'homme n'est pas maître de ses fantaisies. Et des visions plus invraisemblables les unes que les autres commencèrent à hanter l'esprit de von Dorn. Après tout, il n'est pas interdit de rêver.

Par exemple, le merveilleux palais de pierre prenait feu ; fuyant la chaleur, les serviteurs se sauvaient dans tous les sens. Cornélius se ruait dans la maison, montait dans la chambre enfumée de Sachenka, prenait dans ses bras la jeune fille défaillante et l'emportait dehors. Elle, en signe de reconnaissance, posait un baiser sur ses moustaches roussies. Pour un tel bonheur, il aurait été prêt à mettre lui-même le feu au palais. A Moscou, il ne se passait pas un jour sans incendie, personne ne s'en étonnerait...

Ou, mieux encore, il sauvait Artamon Serguéiévitch d'un attentat ou de quelque autre danger mortel et, en récompense, le boyard lui disait, comme dans les contes : « Prends pour épouse ma fille unique, fidèle et valeureux chevalier Korneï. » Bien sûr, à l'aune de Matféiev, le capitaine von Dorn était un miséreux, de petite noblesse par surcroît. Cela étant, Son Excellence elle-même n'était pas descendante de l'illustre dynastie des Rurikides, mais fils d'un noble de fraîche date. Dans son dos, ses ennemis fustigeaient sa basse extraction. Et pour ce qui était de la différence de confession, pour l'amour de Sachenka, il se serait volontiers converti ; Dieu lui aurait pardonné, parce qu'au nom de l'amour Il pardonne beaucoup.

Quand ses chimères atteignirent ces sommets, Cornélius commença à éprouver de la honte et de la peur, car il sentit qu'il pourrait y perdre son âme de chrétien. Mais surtout, c'était en vain, sans motif valable qu'il péchait en pensée, dans la mesure où, pour Alexandra Artamonovna, se profilait déjà un fiancé, et un fiancé des plus enviables. Vassili Vassiliévitch Galitski : un homme riche, intelligent, instruit, d'une beauté insolente. Les Galitski étaient la première des seize grandes familles qui, depuis des siècles, constituaient le socle même du trône. Galitski était toujours présent aux soirées du jeudi, il n'en manquait pas une seule. Il siégeait à la place d'honneur, près du maître de céans, mais prenait toujours soin d'orienter sa chaise de telle manière qu'il pût voir également Alexandra Artamonovna.

Tout en tortillant sa moustache blonde et soignée (il se rasait la barbe), le prince s'exprimait avec intelligence sur l'Etat, le commerce, les questions militaires. Sur tous les points, il était en totale communauté d'idées avec Artamon Serguéiévitch Matféiev, lequel se contentait d'opiner du bonnet. Avec les hôtes étrangers, Galitski parlait en latin et en français, et tous étaient charmés par ce brillant interlocuteur. Cornélius avait beau chercher, il ne trouvait aucun défaut à Vassili Vassiliévitch ; incontestablement, celui-ci surpassait en tout point le capitaine des mousquetaires.

Il faut dire que pour la seule beauté de son visage — fin, racé, au profil légèrement aquilin —, n'importe quelle reine aurait succombé au prince. Quand, rejetant en arrière sa tête bouclée, Galitski regardait Sachenka avec un mouvement de sourcils ravageur, von Dorn sentait ses mâchoires se contracter. Et si en plus la demoiselle rosissait et baissait les yeux, Cornélius sortait de la salle et là, dans le corridor, soulageait son cœur : il s'imaginait ferraillant avec le prince, lui plongeant dans le ventre sa lame espagnole jusqu'à la garde, tandis que, dans un ultime étonnement, les beaux yeux bleus de cet enfant chéri de la Fortune sortaient de leurs orbites.

Mais enfin, pourquoi le monde était-il si mal fait ?

Le cours paisible et régulier de l'existence du capitaine von Dorn prit fin dans la nuit du 1er janvier de l'an de grâce 1676, 7184 selon le calendrier russe. Chez Artamon Serguéiévitch, on fêtait le nouvel an à l'européenne, et non le 1er septembre comme il était de coutume en Moscovie. Ce soir-là, se réunirent pour l'essentiel des invités appartenant au cercle choisi de Matféiev, auxquels s'ajoutèrent quelques nouveaux.

Parmi les habitués figuraient le prince Galitski (d'une beauté révoltante dans son splendide cafetan polonais blanc et or) ; le pasteur Grégori (fondateur du théâtre impérial et tout jaune à cause d'une maladie du foie), que Cornélius connaissait du faubourg Allemand ; le chambellan Likhatchev, un homme souriant qui faisait penser à un gros chat repu ; le prince Dolgorouki, général des arquebusiers et compagnon d'armes d'Artamon Serguéiévitch ; un Croate érudit au nom de famille imprononçable, tout en *zch* et *tsch*, et encore quelques autres personnes.

L'hôte le plus important était, pour l'heure, Son Eminence Taïssi, patriarche d'Antioche. Ce Grec d'une rare érudition, anciennement docteur en théologie de l'université de Padoue et vicaire catholique, avait adopté la foi orthodoxe et atteint les sommets de la hiérarchie ecclésiastique. Tout le monde savait que le souverain le tenait en haute estime et que, dans les affaires divines, il l'écoutait encore plus qu'il n'écoutait autrefois le patriarche Nikon aujourd'hui détrôné.

Cornélius voyait souvent Taïssi au palais, et ce n'était pas la première fois que le métropolite venait chez Matféiev. Mais alors que, dans les appartements du tsar, l'homme trônait, imposant et majestueux, avec sa mitre entièrement cousue de perles et de diamants, sa chasuble d'or et sa crosse pastorale, chez Artamon Serguéiévitch, il venait en toute simplicité, vêtu d'une soutane en fin lainage, et se montrait accessible, aimable. Avec lui, on pouvait parler de n'importe quoi, de politique comme des dieux païens de l'Antiquité, mais c'était surtout quand la discussion s'orientait sur les livres que Taïssi s'animait. Ses yeux marron s'enflammaient, il se mettait machinalement à tirailler sa barbe grise et soyeuse, une légère rougeur de vieillard montait à ses joues.

Cependant, une conversation qu'il avait eue avec Son Eminence avait conduit Cornélius à se demander si l'homme était aussi simple et pieux qu'il voulait le paraître. Un jour, se trouvant chez le tsar, le métropolite s'était approché de von Dorn alors que celui-ci inspectait les postes de garde. Il l'avait d'abord aimablement salué, puis avait engagé la conversation, lui demandant qu'elle était sa foi et comment il faisait pour se passer de confession et de communion. Quand Cornélius avait répondu qu'il s'en passait difficilement et qu'il devait se contenter de la seule prière, Taïssi, après avoir regardé à droite et à gauche, s'était mis à parler tout bas. « Un chrétien ne peut pas vivre sans confession, c'est un péché, avait-il dit. Tu sais, mon fils, tu n'as qu'à venir te confesser à moi. Bien que j'aie embrassé l'orthodoxie, je n'ai pas renié la foi catholique, car le Sauveur est un, qu'on le prie en latin ou en slavon. Et le Saint-Siège ne m'a pas excommunié de notre mère l'Eglise, il ne m'a pas retiré mon titre de prêtre catholique. Je peux et te confesser et te donner l'absolution. Tu viendras ? » Pour Cornélius, grande était la tentation de soulager son âme, mais un doute l'avait saisi. Comment pouvait-on être à la fois catholique et orthodoxe ? Von Dorn remercia Taïssi de son offre, promit de venir. Mais il n'en fit rien, et, alors que, par la suite, les deux hommes se revirent de multiples fois, le Grec n'insista pas.

A la personne de Taïssi était attaché un frère convers, un homme à la barbe noire, taciturne, au visage osseux. Non russe, il devait lui aussi être grec ou bien encore levantin. Il s'appelait Jossif. On disait de lui qu'il était féroce dans sa foi, qu'il portait sous son froc des chaînes d'ascète et mortifiait sa chair de multiples façons. La nuit, pour se délivrer des tentations qui le tourmentaient, il s'aiguisait les dents avec une lime, car seule cette atroce souffrance lui permettait de se dominer. Si Cornélius n'avait pas vu les chaînes, il avait en revanche remarqué les dents pointues, presque triangulaires, et en avait éprouvé un profond respect. On voyait que Jossif était effectivement un saint homme.

Pour l'heure, les nouveaux invités étaient au nombre de deux. Le premier, un savant médecin et pharmacien du nom d'Adam Walser, avait été amené par Golossov, bras droit du boyard à l'office des Apothicaires. Herr Walser plut tout de suite à Cornélius. Calme, grisonnant, il avait un gentil sourire et de bons yeux bleus qui, derrière de grandes lunettes à monture d'étain, contemplaient le monde avec curiosité. Dans l'antichambre, armés de solides gourdins et de lanternes en mica plantées au bout de longues perches, deux robustes serviteurs attendaient l'apothicaire. De cette précaution, on pouvait conclure que Walser n'était pas nouveau à Moscou, qu'il savait parfaitement comment se protéger des dangers de la nuit. Celui qui sortait seul le soir, de surcroît sans sa lumière, n'allait pas loin dans cette ville de brigands : soit des larrons le détroussaient, soit c'étaient des sentinelles qui, voyant un homme seul, ne résistaient pas à la tentation. Golossov et Walser arrivèrent avant les autres. L'apothicaire, intimidé par la vaste salle de réception, demanda timidement la permission de visiter la bibliothèque et, une fois qu'il s'y fut enfermé, ne montra plus le bout de son nez avant un long moment.

Pour sa part, le second des nouveaux venus, un clerc de l'office des Ambassadeurs, un certain Afanassi Lébédev, tout juste de retour d'Europe, captiva immédiatement l'attention générale. Il se mit à raconter les dernières nouvelles rapportées de France concernant le roi Louis et ses maîtresses. L'ensemble du monde éclairé, d'après ses dires, débattait du grand événement : la position de la belle marquise de Montespan chancelait. Le plus piquant de tout étant que celle qui avait ravi à la brillante favorite le cœur de Sa Majesté n'était pas une jeune beauté, mais une femme d'un certain âge, gouvernante des bâtards que la marquise avait eus avec le Roi-Soleil. D'après ce que racontait le clerc, cette madame de Maintenon était fort pieuse, modeste et, âgée de quarante ans, elle avait séduit le monarque de Versailles non par ses charmes éblouissants mais par son esprit et sa haute moralité.

— Ce qui veut dire qu'après s'être épuisé dans les batailles d'alcôve, ce n'est plus la fougue que le roi Louis recherche chez les femmes mais seulement le repos, dit d'un ton allègre le prince Galitski. Il est devenu comme le coq qui ne couvre plus les poules et se contente de faire cocorico. Pour ceux-là, un seul chemin : la soupe.

Ses paroles étaient non seulement spirituelles mais également politiquement subtiles. Aucun des invités n'avait de sympathie pour la France, et la plaisanterie fut accueillie par un rire général. Puis on parla de choses et d'autres, mais von Dorn fut longuement tourmenté par la façon dont Sachenka avait souri à la scabreuse plaisanterie du prince. Il avait une consolation : comme chez la majorité des Moscovites, les dents de Galitski étaient vilaines :

quand il riait, on voyait qu'elles étaient jaunes et de travers. Saisissant au vol le regard d'Alexandra Artamonovna, le capitaine fit un large sourire. Qu'elle compare et juge. La demoiselle sourit à son tour. Avait-elle apprécié la blancheur et la régularité de ses dents ? Difficile à dire.

Quand, dans le cliquetis de l'argenterie, les serviteurs apportèrent les plats du festin, Adam Walser émergea de la bibliothèque. Il huma les bonnes odeurs de pain chaud, de viande épicée, de saumon fumé et, brusquement, son visage se métamorphosa. Ses yeux se mirent à cligner d'un air effrayé, ses joues roses blêmirent. Cornélius s'étonna d'un tel changement et suivit le regard de l'apothicaire. Il s'avéra alors que Walser avait les yeux posés sur le patriarche d'Antioche et que le Grec, pour sa part, regardait le petit homme tranquille avec un déplaisir manifeste.

D'ailleurs, Taïssi se détourna aussitôt du médecin et fit signe à Cornélius de venir. Quand ce dernier s'approcha avec un salut respectueux, Son Eminence murmura :

– Capitaine, demande à frère Jossif de venir me rejoindre.

Von Dorn alla dans l'antichambre chercher le moine à la barbe noire, et quand ensemble ils revinrent, ils croisèrent Herr Walser qui, toujours aussi pâle, sortait précipitamment de la salle.

– Vous partez, monsieur ? s'étonna Cornélius. Mais les festivités ne font que commencer.

– Une affaire importante... J'avais oublié. En plus, je ne me sens pas bien, balbutia l'apothicaire d'une voix brisée, tout en regardant d'un air horrifié le moine à la peau basanée.

Il s'élança vers la sortie presque en bondissant... Curieux bonhomme.

Cornélius ne resta pas longtemps dans la salle : une minute, deux tout au plus. Le patriarche, après avoir chargé de quelque mission son frère convers (Jossif s'était aussitôt exécuté), engagea avec le pasteur Grégori une savante discussion à propos des conceptions d'un certain Pascal, tandis que le prince Vassili Galitski s'asseyait à côté de Sachenka et entreprenait de lui chuchoter quelque chose à l'oreille. La demoiselle baissa les yeux. De temps à autre, le maître des lieux, Artamon Serguéiévitch, regardait les jeunes gens avec un sourire attendri, et le capitaine ne se sentit plus la force de continuer à subir ce spectacle.

Au diable le saumon, de toute façon il ne passera pas, décida Cornélius, et il partit dans la nuit inspecter les postes de garde. De toute façon, ses tourments prendraient bientôt fin. Galitski enverrait les marieurs, on célébrerait la noce, et Alexandra Artamonovna cesserait de tourmenter le malheureux capitaine avec ses marques d'amitié et son sourire lumineux. Et avec le temps viendrait l'oubli. Comme on dit, le moulin de la vie finit par tout broyer, après les tourments, ne reste que le froment.

Il longea la rue Artamon. A la grille qui marquait la séparation avec les Miloslavski étaient postés le sergent Olafson et deux autres gardes vêtus de touloupes. Ils ne dormaient pas, ne fumaient pas la pipe. Au poste suivant, au bout de la rue, tout était également en ordre.

Cornélius décida de contourner le domaine par l'arrière en longeant le mur aveugle ; comme ça, non par devoir mais pour se dégourdir les jambes. Retourner dans la salle pour voir Galitski chatouiller avec ses moustaches la tendre oreille d'Alexandra Artamonovna était au-delà de ses forces.

La nuit était claire, avec une belle lune et des myriades d'étoiles. Von Dorn marchait en regardant le firmament éternel et soupirait. Il gardait à tout hasard la main sous son giron, les doigts refermés sur la crosse de sa pistole.

Soudain, de l'endroit où, dans l'obscurité, on devinait l'enceinte de l'église Saint-Nicolas, on entendit un remue-ménage, puis, bien entendu, un cri : « Gardes, à moi ! On m'assassine ! »

Cornélius hocha la tête et s'apprêta à faire demi-tour. Il pouvait toujours crier, les gardes de rue n'allaient pas accourir : eux aussi tenaient à la vie. Plus tard, quand les cris se seraient tus, ils approcheraient, mais pas avant. Si l'homme n'était pas mort, ils le conduiraient au conseil de district. Dans le cas contraire, ils l'emmèneraient à la morgue. Mais, des maisons voisines, personne ne se mêlerait de venir en aide à un homme en train de se faire trucider, cela n'était pas d'usage à Moscou. Non seulement on risquait soi-même de se faire égorger, mais en plus, lors de la procédure à l'office de la Justice, on se faisait harceler par des questions sans fin : « Qui es-tu ? Pourquoi t'es-tu mêlé de ce qui ne te regardait pas ? Et si c'était toi le voleur ? »

Alors, grand bien leur fasse, à ces Moscovites, qu'ils s'entretuent comme bon leur semble.

Mais soudain, du même endroit funeste, parvint cet appel en allemand :

– *Hilfe ! Hilfe !*[1]

Voilà qui était différent. On ne pouvait abandonner à son malheur un Européen, qui plus est un compatriote.

Von Dorn donna trois petits coups de sifflet pour appeler ses hommes et, sans attendre leur arrivée, se précipita vers l'endroit d'où venait le bruit.

Il contourna l'enceinte, vit les lanternes dans la neige : l'une éteinte, l'autre encore allumée. A côté, deux corps inertes allongés bras écartés. Des cris provenaient d'un endroit où l'obscurité s'épaississait. Le capitaine plissa les yeux et distingua deux silhouettes noires traînant quelqu'un qui se débattait et poussait des vagissements.

Puis, de nouveau :

1. Au secours ! Au secours !

— Gardes ! *Hilfe !*

Mais cette voix lui était familière ! Maintenant qu'il était tout près, Cornélius la reconnaissait : Herr Walser. Ç'eût été d'autant plus un péché et même un crime de ne pas venir en aide à un hôte de Matféiev.

— Plus un geste ! hurla furieusement von Dorn en saisissant sa pistole, une arme suédoise avec une platine à roue.

Un des hommes, tout en noir, se retourna, son visage dessinant une tache blanche dans la nuit. Cornélius fit feu, et le brigand tomba sur le dos.

Il dégaina son épée, se jeta sur le deuxième larron tout en criant en allemand :

— Herr Walser, poussez-vous !

Rampant à quatre pattes, l'apothicaire s'écarta prestement.

Le voleur en long vêtement noir (un froc, l'homme était déguisé en moine !) sortit une large dague, mais ce lourdaud ne pouvait guère espérer rivaliser avec la meilleure lame de l'ancien régiment du Wurtemberg. Au premier assaut, von Dorn transperça le gredin de part en part.

Toutefois il s'avéra que les bandits n'étaient pas deux, mais trois. Le troisième — grand, la tête couverte d'un capuce — se tenait légèrement en retrait, les mains enfoncées dans ses manches, immobile. Apparemment, il était apeuré. On ne distinguait pas le visage, mais uniquement une silhouette, car la lune éclairait le voleur nocturne par-derrière.

— A genoux, fils de chienne ! ordonna Cornélius d'une voix terrible en brandissant son épée ensanglantée. Je fais tuer toi comme chien !

L'homme sortit une main de sa manche, la leva très légèrement, et brusquement un coup sonore atteignit le capitaine à la poitrine : le couteau lancé avait traversé sa pelisse et résonné sur le métal de sa cuirasse.

Ah, c'est comme ça ! En ce cas, pas de quartier !

Cornélius leva son épée pour porter un coup fatal et se jeta sur le brigand. Ce dernier se tenait toujours aussi immobile, comme rivé au sol.

La lame fendit l'air en sifflant, mais n'eut pas le temps de trancher la tête du voleur. D'un mouvement imperceptible à l'œil, ce dernier attrapa la lame de sa main gantée de cuir et, comme pour plaisanter, arracha son épée au capitaine et, sans autre forme de procès, telle une brindille, la brisa en deux.

Saisi de stupéfaction, von Dorn recula d'un pas et, de la tige de sa botte, tira son poignard. Il eut alors l'impression terrible et certaine d'avoir vu tout cela dans un cauchemar : il frappait un ennemi avec son épée, et l'épée se brisait ; il frappait avec son poignard, et celui-ci se tordait comme s'il était de cire.

Le monstre invulnérable agrippa le poignet de Cornélius, le retourna jusqu'à faire craquer ses os, tandis que, de l'autre main, il lui assenait un coup puissant en plein visage.

Von Dorn vola à la renverse. La rue, le ciel, les maisons se mirent à tournoyer, avec une fâcheuse tendance à vouloir se placer sens dessus dessous. S'étant tourné sur le côté, Cornélius, au milieu d'un jet de sang, cracha dans la neige deux dents de devant. Mais l'heure n'était pas à pleurer sur sa beauté perdue : le chemin sur terre du capitaine des mousquetaires touchait à sa fin.

Le brigand se baissa, ramassa le poignard tombé par terre, posa son pied sur la poitrine de Cornélius, étourdi par le coup, et le plaqua au sol. Reflétant la lumière de la lune, la bande d'acier brilla d'un éclat mat. De sa vie, von Dorn n'avait jamais rien vu de plus beau que cette lueur fugitive.

Seigneur, accueille l'âme de Ton serviteur Cornélius, fils de Théodore et d'Ulrika.

Chapitre neuvième

J'ai quitté le vieux, j'ai quitté la vieille

Allumer l'ordinateur et ouvrir le dossier *vondorn.tif* fut l'affaire d'une minute. Et aussitôt s'afficha le testament du capitaine Cornélius von Dorn tel qu'il avait été reconstitué et scanné. Pour autant, bien entendu, que cette missive à son fils Nikita fût bien un testament.

Même selon les critères du dix-septième siècle, l'écriture du capitaine n'était pas fameuse. Nicholas plissa les yeux et lentement, en détachant chaque syllabe, il commença à lire.

— Quoi, quoi ? l'interrompit Altyn après quelques phrases de vieux-russe. Ecoute, j'entrave que dalle. Tu ne pourrais pas me traduire ça dans un russe normal ?

— Tout de suite, dit Fandorine. Mais d'abord il faut déchiffrer l'écriture.

Il entra dans le programme Scribmaster, expliquant au passage qu'il s'agissait d'un logiciel de nouvelle génération, conçu spécialement pour les chercheurs travaillant sur manuscrits anciens. La base de données de ce remarquable programme contenait jusqu'à trois mille façons différentes de former les lettres latines, grecques, hébraïques et cyrilliques, lettres que Scribmaster était capable de déchiffrer et de transformer dans n'importe lesquels des caractères modernes. Dans une longue liste de styles, Nicholas cliqua sur la ligne ***skoropis 17th cent***[1], dans la colonne ***transform to***, il choisit « Ijitsa », une police de caractères malcommode à lire, mais la seule qui soit adaptée à la lecture des textes vieux-russes car comprenant des lettres disparues dans la graphie moderne. Les signes diacritiques, bien sûr, seraient perdus, mais peu importait, cela ne nuirait pas à la compréhension du texte.

Altyn observait avec intérêt les manipulations de Nicholas, qui sentait le souffle de la jeune fille sur son oreille et même, de temps en temps, le chatouillement de ses

1. Ecriture manuscrite XVIIe siècle. (*N.d.T.*)

cheveux courts sur sa tempe. Elle sentait bon le matin, le sommeil et le frais. Nicholas dut prendre sur lui pour ne pas se laisser distraire de l'essentiel.

— Allez, c'est parti.

Il se signa et appuya sur ***enter***.

— Dis-moi, t'es de la calotte ? demanda Altyn.

— Non, à vrai dire, je suis agnostique. Mais ça ne peut pas faire de mal.

Le texte manuscrit disparut de l'écran et apparut une icône : une pendule ancienne dont l'aiguille décomptait lentement les secondes. A l'issue de la deuxième minute l'icône vacilla, et les inintelligibles pattes de mouche firent place à un texte ordinaire en lettres d'imprimerie. D'un même mouvement spontané, Nicholas et Altyn se penchèrent en avant, sans remarquer que leurs joues se touchaient, puis ils s'immobilisèrent, les yeux rivés sur l'écran.

— Même en lettres d'imprimerie, ça reste du charabia ! s'exclama soudain la journaliste. C'est imbitable.

Nicholas se contenta de balayer la remarque d'un geste discourtois, tandis que son regard continuait de parcourir les lignes. Une fois sa lecture terminée, il secoua la tête d'un air perplexe. Puis il relut tout une seconde fois.

— Libereia ? Libereia d'Ivan ? marmonna-t-il. Serait-ce possible qu'il s'agisse de ça ? Mais c'est dingue ! C'est complètement délirant !

Altyn le regardait fixement.

— Quoi ? Le Liberia ? Le pays d'Afrique, tu veux dire ?

L'air sombre, Fandorine continuait de fixer l'écran en remuant les lèvres.

Alors, de son petit poing rageur, la journaliste lui assena un bon coup dans les côtes (de surprise, Nicholas poussa un cri).

— Traduis, espèce de salopard ! Tu vas me faire crever d'impatience !

Et il traduisit, accompagnant sa lecture des commentaires qui s'imposaient :

— *Ecrit pour mon fils Nikita, quand il aura l'âge de raison et que je ne serai plus là, si Dieu veut que je ne revienne pas à Moscou. Et si tu ne comprends pas ou n'arrives pas à trouver ce qui est cherché, c'est que telle sera la volonté divine, afin de conjurer la tentation diabolique. Mais si tu trouves, alors, au nom du Christ, prends seulement cette Libereia qui se trouve en bas dans l'altyn-tolobas* (j'ignore ce que c'est). *Quant à Zamoleï, caché sous une natte de tille, ne le touche surtout pas, au nom du salut de ton âme.* (Aucune idée de ce qu'est ce Zamoleï.) *A partir du Skorodom* (j'ai oublié ce que c'était, mais ce doit être le nom du rempart de terre) *et des portes en Pierre, parcours 230 sagènes* (une sagène valant sept pieds, cela nous donne une distance d'environ 500 mètres) *à travers le Faubourg noir, dans la même direction que celle du Rocher de Théo, notre ancêtre, par rapport au Domaine princier* (Hum, curieux. Le Rocher de Théo, c'est sûrement Theofels, le château de famille des von Dorn. Mais de quel domaine princier peut-il être question ? Ah oui ! Il veut parler de Fürstenhof, la petite ville voisine, où se trouvait jadis la métairie des princes Gogonloe ! Dans quelle direction se trouve-t-elle donc ? Attends que je me souvienne, j'y suis allé il y a deux ans et j'ai exploré les environs de fond en comble... Ça y est, j'y suis : Fürstenhof est situé au sud-est de Theofels. Cela étant, il se méfie drôlement, Cornélius ! Bon, mais continuons)... *au Domaine princier, et là, tu verras une maison en bois pourvue d'autant de fenêtres que notre ancêtre Hugo le Fort avait de filles.* (Hugo Stark, dit le Fort, a vécu au quinzième siècle. J'ai lu dans la chronique familiale des von Dorn de Souabe qu'il avait eu treize filles et un unique fils. Donc, treize fenêtres. Curieux nombre pour une construction moscovite du dix-septième siècle.) *Et si, entre-temps, la maison a brûlé, ce n'est pas grave, car son « soubassement »* (c'est-à-dire le rez-de-chaussée ou le sous-sol) *est solide. Quand tu entreras dans ce « soubassement », dirige-toi vers le coin nord-est. Là, il y a une étroite dalle de pierre. Soulève cette dalle et, dessous, tu trouveras une chaîne et un anneau en fer forgé. Tire dessus et tu découvriras une cachette au sol en terre battue. Avant d'y descendre, prie Notre Seigneur Jésus-Christ. N'aie pas peur des ossements mais, au nom du Christ, ne cède pas à la curiosité et, pour rien au monde, ne touche Zamoleï.* (Voilà de nouveau ce mystérieux Zamoleï !) *N'enfreins pas la volonté de ton père, ou tu causeras ton malheur et celui de tout le genre humain. Ecarte le livre et...* (Il y a un blanc. Mais le scanner n'est pas en cause, il y a un défaut sur ma moitié de lettre, le papier est détérioré. Il y a un petit trou, mais il ne manque pas grand-chose. Pour le reste, le document est parfaitement conservé. A en juger par le contexte, il ne s'agit pas de quelque chose d'important, mais plutôt d'une expression à connotation religieuse. « A la grâce de Dieu », par exemple. Mais, par contre, que peut-il bien y avoir de si terrible dans ce Zamoleï recouvert d'une natte de tille ? Pourquoi vouloir à ce point effrayer son fils ? Il doit s'agir d'une superstition quelconque. Bon, et maintenant le principal : la fin.) *Ainsi trouveras-tu la Libereia d'Ivan.*

Que le Christ te bénisse. Ecrit à Kroméchniki le 3 mai de l'an 7190. Korneï Fondorn a signé.

La joue appuyée sur sa main, Nicholas se mit à réfléchir à voix haute :

– Ce n'est pas un testament, mais plutôt des indications topographiques que Cornélius a écrites en 1682 pour son fils, sans doute encore tout petit à cette époque. Sur quoi repose ma supposition quant au très jeune âge de Nikita ? La lettre n'est pas écrite en allemand mais en russe, ce qui veut dire que le capitaine a fondé une famille en Russie.

Or il n'est arrivé ici qu'en 1675, seulement sept ans avant la date indiquée dans la lettre.

Nicholas se leva d'un bond avec l'intention d'aller et venir dans la cuisine, mais en deux pas il se retrouva nez à nez avec le mur. Il resta à piétiner sur place en gesticulant d'un air absent, puis reprit sa place à la table.

— Ce document est follement intéressant ! Il soulève une multitude de questions. Il écrit : « Lorsque... et si Dieu veut que je ne revienne pas à Moscou. » Cela confirme clairement l'hypothèse selon laquelle Cornélius a accompagné Matféiev dans son exil et qu'il est revenu à Moscou en même temps que le boyard disgracié ! Ce n'est d'ailleurs plus une hypothèse, mais un fait. Qui à lui seul peut permettre de construire une monographie !

Altyn interrompit sans ménagement les ardeurs scientifiques de l'historien :

— Au diable ta monographie et ton Matféiev ! Explique-moi plutôt pourquoi ton arrière-arrière-grand-père — ou ce qu'il est pour toi, je ne sais plus — parle par énigmes : un coup c'est le Rocher de Théo, après c'est ce père de famille nombreuse, et le reste à l'avenant.

Nicholas haussa les épaules :

— De toute évidence, l'auteur ne tenait pas à ce que le sens de sa lettre soit compréhensible pour un étranger. Il est probable que Cornélius avait pour habitude de raconter à son jeune fils les légendes attachées aux von Dorn ; il lui parlait du château de famille, des ancêtres... de telle façon que Nikita était censé comprendre le sens des allusions contenues dans la lettre. Il est curieux que le chroniqueur russe de notre famille, Isaac Fandorine, ne rapporte pas ces légendes, que je n'ai personnellement apprises qu'à l'époque où j'ai étudié l'histoire des von Dorn de Souabe. Apparemment, à la mort de Cornélius, Nikita était trop petit pour se rappeler les récits de son père, et il ne les a pas transmis à sa descendance.

– Pour moi, tout est clair, annonça la journaliste. La lettre de ton ancêtre renferme le plan d'un trésor caché. Et c'est bien là le hic : des truands croient sérieusement qu'on peut retrouver ce trésor aujourd'hui, après trois cents ans. C'est pour ça qu'on t'a attiré en Russie. C'est pour ça qu'on t'a piqué l'autre moitié de la lettre. Et si on a essayé de te zigouiller, c'est aussi pour ça.

– Admettons, convint Nicholas, que sa découverte incitait à raisonner de manière scientifique. Mais pourquoi dans ce cas me rendre ce qu'on m'avait volé ?

– Va savoir, répondit Altyn en se grattant l'arête du nez. Quelque chose n'a pas collé entre eux. Ou, plus probable, il n'y a pas qu'une seule bande qui cherche le trésor, mais deux. Et pendant que la première cherche à t'éliminer, l'autre te protège pour une raison x. Et là, c'est mystère et boule de gomme. Reste la question principale : quel est ce fameux trésor ?

Fandorine sourit d'un air condescendant :

– Mais justement, c'est ce qui est absolument évident.

La demoiselle si sûre d'elle le regarda avec une telle admiration (pour la première fois !) que, machinalement, Nicholas se redressa. Il prit la bouilloire, remplit son verre d'eau, vida lentement sa tasse bien qu'il n'eût aucune envie de boire ; simplement, il voulait prolonger ce délicieux instant.

– L'ignorant ou les ignorants à l'origine de tout ce micmac considèrent qu'il est question dans la lettre de Cornélius de la légendaire « Libereia », à savoir la bibliothèque d'Ivan IV. Tu en as entendu parler ?

– De la bibliothèque d'Ivan le Terrible ? Oui, en effet. Il y a environ deux ans, les journaux en ont fait tout un foin : on était sur le point de la retrouver et ce serait alors un vrai pactole parce que cette bibliothèque recelait pour des milliards de dollars d'ouvrages rares. Des livres anciens et des manuscrits que ce monstre complètement taré d'Ivan avait planqués sans qu'on sache ni où ni pourquoi. Bon, mais dis-moi, elle a vraiment existé, cette bibliothèque ?

Fandorine fit une grimace sceptique et dit sur le ton du conférencier face à un large auditoire :

— Je n'ai jamais eu l'occasion d'approfondir personnellement cette question, mais j'en connais les faits essentiels. Après la prise de Constantinople par les Turcs en 1453, la précieuse bibliothèque des basileus byzantins, qui l'avaient eux-mêmes héritée des empereurs romains et, en mille ans, l'avaient considérablement enrichie, échut à Thomas Paléologue, frère du dernier empereur et despote de Morée. Ce dernier transporta la bibliothèque en Italie et c'est de là que, faisant partie de la dot de sa fille Sophie, donnée en mariage à Ivan III, la Libereia se retrouva à Moscou. A propos, « libereia » n'est pas un nom propre et signifie simplement « collection de livres ». Qu'est-il advenu par la suite de ces trésors, nul ne le sait. Il faut dire que les souverains moscovites de l'époque ne lisaient guère. On pense que les caisses de livres ont été entreposées telles quelles dans une des caves du Kremlin et y sont restées de nombreuses années. Sous le règne de Vassili Ivanovitch, fils d'Ivan III, on fit venir du mont Athos un bibliophile du nom de Maxime le Grec, afin qu'il répertorie et traduise pour le souverain certains livres anciens — ceux-là mêmes sans doute. Puis, cette fois à l'époque d'Ivan le Terrible, un prisonnier livonien aurait vu la Libereia et en aurait même établi la description. Cela est sans doute la dernière mention plus ou moins digne de foi de la bibliothèque du tsar. Ensuite, sa trace disparaît définitivement. La majorité des chercheurs pensent que la bibliothèque a été dispersée ou bien, ce qui est le plus vraisemblable de tout, qu'elle a brûlé lors d'un des multiples incendies qu'a connus le Kremlin. Mais il y a aussi les enthousiastes, qui sont persuadés que la Libereia se trouve toujours dans quelque sous-sol abandonné du Kremlin, du faubourg Alexandrov ou d'un des monastères vénérés par Ivan IV. Plusieurs fois, au cours des cent dernières années, des fouilles ont été entreprises au Kremlin, y compris sous Staline, mais on n'a, bien sûr, rien trouvé. Quant à Cornélius von Dorn, ayant vécu un siècle plus tard, quel rapport aurait-il pu avoir avec Ivan le Terrible ? Non, dans sa lettre, c'est d'une autre « Libereia d'Ivan » qu'il parle. Tes chercheurs de trésor sont des incultes et des dilettantes, victimes de leur égarement.

– Merci pour la conférence, rétorqua Altyn. Il semble que cette histoire de bibliothèque soit effectivement du bidon. Mais pour ce qui est des incultes et des dilettantes, moi, à ta place, je les prendrais un peu plus au sérieux. Sinon tu risques d'être toi-même victime de leur égarement. Nous ignorons tous les deux jusqu'à quel point cette Libereia les a rendus marteaux mais, apparemment, ils sont prêts à tout. On peut supposer qu'un d'entre eux est le Grand Sosso. Mais il y a aussi quelqu'un d'autre avec lequel Sosso est en concurrence et pour qui travaillait feu le Cach...

Elle brancha la bouilloire, après l'avoir remplie d'eau non filtrée, prise directement au robinet (Nicholas en frémit, mais se garda de tout commentaire), et fila dans la pièce principale.

– Ne rentre pas, je me change ! cria-t-elle à travers la porte ouverte. Donc, résumons-nous. On se boit un café, de toute façon il n'y a rien à bouffer, et je fonce à la rédaction. Je vais essayer de savoir quel genre de zèbre est ton Cach. Ou plus exactement était, parce que, après sa rencontre avec les gus du Grand Sosso, je doute qu'il appartienne encore au monde des vivants. Quant à toi, l'historien, pendant ce temps tu restes tranquille et tu fais travailler ta matière grise. Peut-être que tu peux encore tirer quelque chose de la lettre. Dans le frigo, c'est le zen absolu, il va falloir que tu tiennes. Dis-toi bien que tu es dans un pays du tiers-monde où sévit la disette. Au retour, je ferai un saut au magasin, j'achèterai quelque chose. Fais gaffe : tu ne mets pas le pied dehors. Et ne t'approche pas des fenêtres.

Une minute après que la fougueuse Lilliputienne eut avalé sa tasse de café en deux gorgées, sans même s'asseoir, Nicholas se retrouva seul dans l'appartement. Il but également un café (sans crème ni sucre), mâchonna distraitement un croûton de pain rassis, généreusement laissé par la maîtresse des lieux, et se mit, comme demandé, à faire travailler sa matière grise. Le contour général des événements commençait à se dessiner à travers le brouillard.

Quelqu'un – appelons-le monsieur X – apprend l'existence du document provenant de la cachette de Kroméchniki. La mention relative à la Libereia d'Ivan l'intrigue et il s'imagine qu'il s'agit de la mythique bibliothèque d'Ivan le Terrible et que la lettre renferme la clé permettant de parvenir à cet inestimable trésor. Ou, plus exactement, un fragment de clé, dans la mesure où manque la partie gauche de la lettre. Notamment, dans la moitié de lettre trouvée à Kroméchniki, ne figure pas la signature, si bien que X ne dispose d'aucun fil conducteur pour entamer ses recherches.

Trois années passent, et un beau jour monsieur X entend parler de l'article d'un historien britannique, qui lui remet immédiatement en mémoire la découverte faite à Kroméchniki. X fait le recoupement, reconstitue le début de la lettre avec les premières lignes citées dans l'article de l'Anglais et en conclut que c'est bien la partie manquante du « manuscrit disparu ». Les intentions ultérieures de X sont alors évidentes : il décide d'attirer l'Anglais à Moscou afin de s'emparer de l'autre moitié du document.

Mais qui pouvait donc être ce X ?

Pas un historien, c'est clair. Un chercheur n'aurait pas eu l'idée de le voler et encore moins de lui envoyer des tueurs. Et, en outre, il aurait su que la bibliothèque d'Ivan le Terrible était une fiction démasquée depuis belle lurette. Sans même parler du fait que la lettre de von Dorn avait été écrite cent ans plus tard.

C'était un bandit, un membre de la mafia russe. Pour le moment, c'était tout ce qu'on pouvait en dire. Inutile de vouloir chercher plus loin, cela risquait de conduire à des conclusions erronées – on disposait de trop peu d'informations. Mieux valait pour l'instant laisser entre parenthèses la question de savoir qui se cachait derrière toute cette histoire de lettre et, à la place, s'occuper du document lui-même.

Et là, il n'y avait que des questions.

Pourquoi Cornélius avait-il écrit cette lettre ? Pour quelle raison l'avait-il coupée en deux ? Pourquoi une partie était-elle restée à Kroméchniki avec le médaillon en or et le réveil en cristal (des objets dont tout portait à croire qu'ils étaient particulièrement chers au capitaine), alors que l'autre moitié s'était retrouvée dans le coffret de la famille Fandorine ? Où était passé le capitaine après le mois de mai 1682 ? Pourquoi n'avait-il pas été lui-même récupérer son trésor ? Et finalement, que contenait-il, ce trésor ? Certes, il ne s'agissait pas de la bibliothèque d'Ivan le Terrible, mais « libereia » signifiait qu'il s'agissait tout de même de livres.

Nicholas le sentait : il ne lui manquait que très peu de chose pour parvenir à son lointain aïeul. Si seulement Cornélius voulait lui souffler un tout petit détail supplémentaire ! Mais le capitaine restait muet. Il était tout proche, Nicholas le voyait, silhouette grise, immobile dans les ténèbres, avec sa tunique de cuir, son casque rond, son épée au côté. Le capitaine aurait été heureux de venir à la rencontre de son descendant, mais cela n'est pas du pouvoir des morts. Nicholas devrait seul combler la distance qui les séparait. Mais voilà, comment faire ?

Il relut le manuscrit plusieurs fois de suite. Quels étaient ces ossements susceptibles d'effrayer Nikita ? Et pourquoi n'était-ce pas eux qu'il fallait craindre mais ce Zamoleï recouvert d'une natte de tille ? Et c'était quoi, ce « Zamoleï » ?

Hélas, son instinct suggéra à Nicholas que le secret de Cornélius appartenait à cette sorte de mystères que le Temps garde jalousement et ne livre pas aussi facilement.

Bien sûr, il aurait été intéressant de se mettre en quête de la cachette de von Dorn. La maison aux treize fenêtres n'existait plus, naturellement, et l'endroit où elle s'élevait avait peu de chance d'être identifié, ce qui voulait dire que le trésor était perdu à jamais. Cependant, au fil des recherches, il n'était pas exclu qu'on puisse éclairer ne serait-ce que certaines parties du tableau. Peut-être parviendrait-il à découvrir quelle collection de livres pouvait, à l'époque de Cornélius, s'appeler « Libereia d'Ivan ». Car, dans la Moscovie du dix-septième siècle, toutes les collections de livres étaient connues et il est évident qu'on devait pouvoir trouver trace de celle-ci. Peut-être était-il question de la propre bibliothèque de Matféiev, connu pour être amateur de livres. On pouvait penser que cette bibliothèque avait été pillée après la chute du tout-puissant ministre. Mais si, à l'inverse, le boyard avait eu le temps de la cacher et que le mercenaire Cornélius ait été au courant ? En voilà une trouvaille sensationnelle !

Attention, ne nous emballons pas. Pour l'instant, le problème était de sortir d'ici vivant.

Fandorine s'obligea à revenir à l'impitoyable réalité. Il était possible que les mafieux russes à la recherche de la Libereia aient lu le texte complet de la lettre, qu'ils aient compris qu'ils ne trouveraient jamais le trésor avec de telles indications et aient décidé de laisser l'historien anglais regagner ses pénates.

C'était possible, mais pas sûr. Il fallait attendre de voir si l'énergique Altyn Mamaiéva avait pu découvrir quelque chose. De toute façon, l'urgent était de trouver un avion et de rentrer à Londres. Au diable la patrie historique, ses intrigues criminelles et ses casse-tête.

La justesse de sa décision ne faisait aucun doute, et Nicholas décida d'accorder quelque repos à son cerveau exténué. Comment tuer le temps ?

Pour commencer, il aurait été bien de donner à sa mise une allure un peu plus convenable.

Il nettoya tant bien que mal les taches de son pantalon et de sa veste, lava le col et les manchettes de sa chemise et les fit sécher au-dessus du gaz. Puis il recousit sa manche déchirée et rapiéça sommairement le trou qu'il avait au genou. Ce n'était pas de la haute couture mais, au moins, la milice ne le prendrait pas pour un clochard.

Bien. Et maintenant, à quoi s'occuper ?

Fandorine regarda la pagaille qui régnait dans l'appartement, et il lui vint une excellente idée : remercier la maîtresse des lieux pour son hospitalité. Il se mit en caleçon, s'arma d'un chiffon et, tout en sifflotant, entreprit de mettre en ordre la tanière d'Altyn Mamaiéva. Il lava le sol, récura les éviers, essuya la poussière. Il s'abstint de faire les vitres, se rappelant la mise en garde. Il était peu plausible que le tueur soit planqué sur le toit voisin avec un fusil de sniper, mais, comme on dit, mieux vaut être trop prudent que pas assez.

Il mit en tas les draps et le pyjama rose. Quant au slip à fleurs bleues trouvé sous le lit, il eut la délicatesse de ne pas y toucher. Il ramassa les livres éparpillés et les rangea sur une étagère. Deux titres sautèrent aux yeux de l'homme de ménage improvisé, qui se sentit horriblement gêné : *Comment grandir de cinq centimètres* et *101 Conseils aux femmes qui veulent être désirables.* Fandorine fut saisi d'un remords tardif. Pourquoi diable s'imposait-il ainsi avec sa reconnaissance et sa stupide obsession de la propreté ? Il y avait peu de chance que la jeune fille apprécie cette intrusion dans son intimité... Devait-il tout replacer à l'endroit où c'était ? Mais comment faire avec la poussière et la saleté, il n'allait pas les remettre !

Il était en proie à ces doutes cruels quand le téléphone sonna.

Dans l'appareil, retentit la voix tendue d'Altyn :

— Nika, écoute-moi attentivement. Je viens d'apprendre ici que... Stop, Mamaiéva, se morigéna-t-elle, reprends par le début... Dis donc, t'es sacrément verni, c'est dingue. Tu sais qui te filait le train, hier ? Pas le dernier des péquins, mais un *killer* superclasse ! On me l'a tout de suite identifié d'après la photo. Son surnom : Chourik, mais personne ne connaît son vrai nom.

— Drôle de surnom, Chourik, dit Fandorine pour qu'Altyn ne pense pas qu'il avait peur.

Mais, sur le combiné, sa paume était devenue subitement froide et odieusement moite.

— Un tueur nouvelle génération, avec un style bien à lui. Un fana des années soixante : jeans, baskets et toute la panoplie. Et côté états de service, c'est le pompon. Il a déquillé Atlas, Jmiria et Levontchkik : les pires truands de la banlieue de Moscou. D'après ma source, c'est sûrement Chourik qui a buté les frères Otarichvili. Et le président de la Sviatogor-Bank, et le président de la Ligue des invalides. Mais qu'est-ce que j'ai à te raconter tout ça, tu es un petit hérisson dans le brouillard, tu ne connais rien de notre histoire récente ! Bref, Chourik est un Killer avec un grand K. Il ne prend pas moins de cent tonnes de billets verts par contrat. A priori, un tueur de ce calibre doit avoir un patron au-dessus de lui, mais qui, mystère. Quoi d'autre ? Ah oui, Chourik a sa marque de fabrique : il n'aime pas tuer de loin. Il n'utilise ni explosif ni flingue à lunette, préfère le couteau, le pistolet, le coup-de-poing américain ou simplement ses mains – il est cinquième dan de karaté. Tu sais, le genre de sadique qui aime voir les yeux de sa victime.

– Je... sais, prononça avec peine Nicholas, se rappelant le sourire réjoui du binoclard.

– Pourquoi tu as l'air inquiet, tout à coup ? demanda Altyn pour le rassurer. Exit Chourik. Les mecs de Sosso l'ont chopé.

– Oui, bien sûr, prononça timidement Fandorine.

– Reste à la maison et attends-moi. Je dois simplement passer à notre centre d'information, les copines ont promis de me dégoter des bouquins sur la bibliothèque d'Ivan le Terrible et le dossier de presse sur les recherches. T'as la dalle ?

– Non, pas trop...

– Bon, tiens le coup encore un peu.

Fandorine laissa tomber le combiné sur son support et se mit à arpenter la pièce.

Chourik, ce cauchemar vivant, était sain et sauf ! Le mot était écrit de sa main, cela ne faisait pas le moindre doute. « Mille pardons » ! C'était lui qui avait discrètement déposé l'attaché-case, personne d'autre. La veille, sur le quai, il était resté calme et avait fait un signe d'adieu quand la voiture s'était éloignée. Il avait noté le numéro, ce qui lui avait permis de trouver l'adresse sans difficulté. Quand on pense qu'il était entré ici la nuit, qu'il les avait regardés, Altyn et lui, en train de dormir... Pour une raison ou une autre, il ne l'avait pas tué. Avait-il changé d'avis ? Avait-il reçu de nouvelles instructions ? Sans doute.

S'il était impossible de savoir à quel jeu jouait cet aimable tueur, une chose était sûre : pas question de faire courir un quelconque danger à la journaliste. Déjà qu'elle avait été à un cheveu de la mort à cause de Nicholas. A un dégénéré qui aimait voir les yeux de ses victimes, cela ne coûtait rien de tuer une jeune fille d'un mètre et demi plus un centimètre, sa main ne tremblerait pas.

Il fallait partir d'ici immédiatement. Mais comment ? L'appartement était certainement sous surveillance. Que faire ? Que faire ? Que faire ?

Après avoir rangé son attaché-case, Fandorine resta encore dix minutes à aller et venir dans l'appartement, puis il se ressaisit : il s'assit, croisa les jambes, serra les mains autour de son genou, et s'obligea à se calmer.

Donc, résumons-nous.

Mettre Altyn hors de danger. C'était le principal. Le reste ensuite.

Il fallait lui dire que Chourik était vivant et quelque part dans le coin. Mais maintenant c'était trop tard, et il n'avait même pas son numéro de portable.

Lui laisser un mot ?

Mais il est probable que les autres se pointeraient ici à peine aurait-il quitté l'appartement. C'était même certain. Ils n'avaient pas l'intention de le supprimer pour l'instant, c'était clair. Ce qui voulait dire qu'ils allaient le suivre, lui « filer le train », comme aurait dit Altyn. Pour une raison inconnue, ils avaient besoin de lui, sinon pourquoi lui avoir rendu son attaché-case ?

Et si ces très sérieux messieurs étaient décidés à le suivre, ils chercheraient forcément à installer ici un système d'écoute. Ils ignoraient en effet que l'Anglais ne reviendrait plus.

En conséquence, il fallait faire en sorte qu'ils le sachent.

Fandorine prit une feuille de papier et, d'une écriture ample, écrivit au feutre :

Mon poussin, j'ai dormi tout mon soûl et je pars.

Merci de m'avoir hébergé. Tu n'imagines même pas à quel point tu es arrivée à temps avec ta petite guimbarde. Pour cela, je te dois une reconnaissance particulière et cinquante dollars en plus des cent précédents. Et merci de ne pas m'avoir posé de questions superflues. Pour cela, encore cinquante.

Je t'embrasse,

Kolia

« Kolia », c'était bien. Elle comprendrait. Ne devait-il pas ajouter quelque chose pour la prévenir du danger ?

Non, il ne fallait pas prendre Chourik pour un idiot. En soi, le départ inopiné de Nicholas ajouté au contenu offensant de la lettre devrait suggérer à Altyn quelque chose d'anormal. Fandorine réfléchit, feuilleta son carnet d'expressions folkloriques et, pour renforcer l'impact de son message, ajouta :

Et la baise était de première classe.

Voilà, comme ça elle comprendrait. Du moins pouvait-on l'espérer.

Il posa sur la feuille deux billets de cinquante dollars. A tout hasard, il mémorisa le numéro de téléphone indiqué sur l'appareil. Il n'était évidemment pas question de l'appeler ici pour discuter, mais au moins il pourrait entendre sa voix, s'assurer qu'elle était en vie.

Il n'y avait rien de plus à faire pour l'instant. Comme aurait dit Altyn, il était temps de riper ses galoches, direction l'aéroport. Et s'il n'y avait pas de place sur le vol pour Londres, il prendrait n'importe quel avion pourvu qu'il se tire d'ici.

Adieu, petite femme courageuse qui rêve de grandir de cinq centimètres et d'être séduisante. Que tes vœux soient exaucés.

Avant de sortir de l'immeuble, Fandorine emplit ses poumons d'air et, de nouveau, se signa. Attention, cela commençait à devenir une vilaine habitude.

Marchant avec une lenteur délibérée, il passa devant un banc où étaient assises de vieilles femmes. Celles-ci le toisèrent sans aucune gêne, et il entendit l'une d'elles murmurer :

– C'est le petit copain d'Altyn. Il a passé la nuit chez elle.

L'autre fit remarquer :

– T'as vu ce grand flandrin.

Ne pas regarder à droite et à gauche. L'imbécile d'Anglais ne soupçonne rien, il est persuadé que sa mallette lui a été rendue par la divine providence.

A droite, le porche. Tourner. Pas de bruit de pas derrière.

Dans la rue poussiéreuse et inondée de soleil, Fandorine s'autorisa à regarder derrière lui. Personne. Pour s'en assurer, il longea le trottoir pendant cinq minutes, mais ne remarqua rien de suspect.

Peut-être dramatisait-il. Et si, après avoir lu la lettre de Cornélius, monsieur X avait effectivement perdu tout intérêt pour la Libereia ?

Dans ce cas, tant mieux !

Maintenant, la suite. Arrêter une voiture. Le guide expliquait qu'il y avait peu de taxis à Moscou mais que, par contre, les particuliers vous prenaient facilement. Depuis la proche banlieue, il vous en coûtait une somme modique d'environ cinq dollars pour rallier le centre de Moscou. Là, il n'aurait plus qu'à prendre un vrai taxi, et direct pour l'aéroport de Chérémétiévo.

Après s'être retourné une dernière fois (toujours aucune trace de filature), Nicholas commença à attendre qu'une voiture veuille bien le prendre. Comme par un fait exprès, il ne passait que des camions. Evidemment, c'était bientôt la fin de la journée de travail.

Enfin, au coin de la rue, surgit une voiture de sport rouge vif. Nicholas s'apprêtait à lever la main, mais se ravisa aussitôt. Qu'est-ce que le propriétaire d'un aussi luxueux équipage pouvait avoir à faire de cinq dollars ?

Pourtant, freinant sans bruit, la voiture s'arrêta le long du trottoir. La vitre teintée s'abaissa dans un bourdonnement délicat.

Au volant se tenait un Viking à la chevelure dorée tombant jusqu'aux épaules et à la barbe taillée court. Ses yeux pervenche regardaient Nicholas avec un étonnement amusé.

— C'est pas vrai, un British. Il ne manque que le chapeau melon et le parapluie. Dans cette banlieue paumée ! *What are you doing here, dear sir ?*[1]

— En fait, je cherche à rejoindre Chérémétiévo, balbutia Fandorine, contrarié d'être reconnu au premier coup d'œil comme étant britannique.

1. Que faites-vous ici, cher monsieur ?

— Pas british, mais c'est bien imité, constata le beau Nordique. Félicitations, c'est du grand art. Montez, sir, je vous laisserai à hôtel International. De là, n'importe quel tacot vous conduira à Chérémétiévo pour cinquante roubles.

La voiture de race féline bondit sournoisement, enfonçant Nicholas dans le dossier moelleux de son siège.

Le Viking se tourna vers lui avec curiosité et s'apprêta à dire quelque chose, mais au même moment retentit la marche nuptiale de Mendelssohn (Nicholas avait lu dans le journal que les Russes adoraient mettre des sonneries musicales sur leurs téléphones portables), et le début de la discussion fut ajourné.

— Moi-même, dit le grand blond.

Puis, après une pause, il prononça d'un ton sec :

— Je me fous de ce qu'a dit Tchernomor. Vous, Léonid Robertovitch, vous avez bien promis la licence ? Oui, vous l'avez promise. Le fric, vous vous l'êtes mis dans la fouille ? Oui, vous vous l'êtes mis dans la fouille. Alors, arrêtez votre baratin et, comme on dit élégamment, acquittez-vous de vos obligations... Ça, c'est une autre histoire... Donc, demain, se tient le comité ministériel ? Eh bien, j'attendrai. Et n'oubliez pas, c'est votre problème, pas le mien. Ciao.

Nicholas savait que, dans l'administration et les milieux d'affaires russes, « Tchernomor » était le surnom donné au Premier ministre Tchernomyrdine, et il regarda le propriétaire de la voiture avec un intérêt particulier. Qui était-il pour braver ainsi le chef du gouvernement ? Un gros industriel ou lobbyiste ?

— Eh bien, sir, pourquoi ce silence ? demanda l'homme d'affaires après avoir raccroché. En paiement de la course, entretenez au moins la conversation. Racontez-moi quelque chose. Vous êtes qui exactement ?

De nouveau la marche nuptiale se fit entendre.

— Moi-même, prononça cette fois encore le macho nouveau russe… Non mais ça va pas, Tolia, c'est quoi ces salades avec la bande de Réoutovo ? Y a aucun problème, mais après va pas pleurer… D'accord, Tolia, c'est oublié.

Cette conversation avait été menée d'une tout autre façon que la précédente. Désormais, Nicholas n'y comprenait plus rien. Cette référence à la bande de Réoutovo laissait entendre que l'homme n'était ni un politique ni un businessman mais appartenait plutôt au milieu criminel.

Cette fois, le Viking balança avec humeur le téléphone sur le tableau de bord et proféra entre ses dents : « Connard de merde. » Puis aussitôt, il se rappela l'existence de son passager et dit avec un large sourire :

— Pardon. On ne nous laisse pas nous présenter. C'est un blazer de chez Harrod's ? La manche est déchirée, vous avez vu ?

— Oui, merci. Hier, je suis malencontreusement tombé… répondit Nicholas, souriant à son tour. Je n'aurai plus qu'à le je…

— Hé, sir, mais c'est qu'on est suivis, le coupa brusquement le conducteur, qui après avoir réglé son rétroviseur, venait de se retourner. C'est pour vous ou c'est pour moi ? Moi, a priori, je ne vois pas qui pourrait me filer le train.

Regardant à son tour derrière, Fandorine vit tout près, à une vingtaine de yards, une Niva vert clair. Au volant du 4 x 4 se trouvait un homme à lunettes, avec une touffe de cheveux jaune paille au-dessus du crâne. Chourik !

— C'est pour moi, répondit immédiatement Fandorine tandis que son cœur se mettait à battre à toute vitesse. Ecoutez, je ne veux pas vous faire courir de danger. Lâchez-moi ici. Ou bien… (Il regarda le Viking et termina à voix basse :) Ou bien accélérez. Avec votre moteur, nous le sèmerons facilement.

A peine eut-il terminé sa phrase qu'il se sentit rougir, car demander un aussi dangereux service à un parfait inconnu était indigne, honteux. Mais la frayeur, surgie du tréfonds de son âme, l'emportait sur tout autre sentiment. C'est ce qui avait dû se passer pour les passagers du *Christiania* lorsque le navire avait commencé de gîter et le pont de s'approcher dangereusement des flots froids couleur de plomb... Cette pensée aida Nicholas à surmonter son accès de faiblesse.

– Non, il ne faut pas accélérer, dit-il. Déposez-moi. C'est mon problème, pas le vôtre.

Le Viking mit son clignotant et tourna à droite, dans une rue étroite.

– Aucune intention d'appuyer sur le champignon, dit-il en jetant un coup d'œil dans le rétroviseur. (La Niva se trouvait à la même distance.) C'est mal de dépasser la vitesse autorisée. Ça, c'est le premier point. Deux, je ne vais pas non plus vous laisser descendre, parce que ma bagnole, c'est comme ma maison. Autrement dit, vous êtes mon invité, et je ne trahis pas mes invités. Et, troisièmement... (Il tourna une nouvelle fois, sous un panneau indiquant « Impasse ».) Je suis épouvantablement orgueilleux. Mais c'est quoi ce merdeux qui me colle au cul ?

La voiture eut un balancement : le conducteur venait de freiner. La Niva s'arrêta également, après avoir réduit la distance à une dizaine de yards. Autour se trouvaient un terrain vague, des garages et des bosquets poussiéreux.

Voyant que l'audacieux Viking s'apprêtait à ouvrir la portière, Nicholas, paniqué, l'attrapa par la manche :

– Qu'est-ce que vous faites ! Vous ne savez pas qui est cet homme !

– Et vous, vous ne savez pas qui est Vlad Soloviev, répondit, imperturbable, le candidat au suicide. C'est bon, sir, pas d'affolement. On va s'expliquer gentiment comme des gens bien élevés.

Il s'extirpa de la voiture et, sans se presser, avança en direction du 4 x 4 vert.

Fandorine ouvrit sa portière pour lui crier : « Attention, il est armé ! »

Mais il s'en abstint. Pour ne pas paraître encore plus idiot qu'il ne l'était déjà.

Pour Nicholas, une évidence venait de s'imposer : il était tombé dans un traquenard. Ces deux-là, le curieux businessman et Chourik, étaient de mèche. La Jaguar ne s'était pas arrêtée par hasard devant le grand escogriffe britannique.

Nicholas jeta un coup d'œil sur le tableau de bord. Comme de bien entendu, Vlad avait pris les clés avec lui.

Bondir hors de la voiture et s'enfuir par le terrain vague ?

Mais, au fait, pour quelle raison le ferait-il ? Apparemment, ils n'avaient pas l'intention de le tuer. Pour l'instant. Après tout, ils pourraient au moins lui expliquer ce qu'ils attendaient de lui.

Résigné à l'inévitable, il se retourna et se mit à observer la façon dont allait se passer la rencontre entre les deux complices.

Chourik ne descendit pas de voiture. Il était assis au volant, le coude dépassant de la fenêtre ouverte, et regardait avec un sourire candide le gandin en costume italien de couleur crème qui s'approchait à pas rapides en balançant négligemment un trousseau de clés au bout de sa main. Allaient-ils se saluer ? Echanger une poignée de main ?

— Salam aleikoum, prononça Vlad Soloviev d'un ton affable.

Puis, brusquement, d'un geste précis et vif comme l'éclair, il lança ses clés droit dans le visage de Chourik.

Le trousseau atteignit l'homme au volant en plein dans ses lunettes, et les verres se brisèrent dans un craquement. A la même seconde, Vlad couvrit d'un bond les derniers mètres qui le séparaient de la Niva, saisit Chourik par sa touffe de cheveux clairs et, par deux fois, lui plaqua violemment le front contre le rebord de la portière.

De stupéfaction, Nicholas se pétrifia.

L'habile Viking ouvrit en grand la portière, et Chourik s'écroula, tête la première, sur l'asphalte. Il s'avéra alors que, dans sa main droite restée jusqu'alors dissimulée, il tenait le pistolet au canon d'un noir mat bien connu de Nicholas.

Vlad Soloviev prit l'arme, l'examina et, sans se retourner, fit signe à Fandorine de venir. Parvenant tout juste à plier les jambes, ce dernier approcha puis s'arrêta à une certaine distance du corps inanimé.

— Beretta 93, annonça, plein de respect, Soloviev. C'est du flingue sérieux. Il tire des rafales à trois coups. J'ai comme l'impression que je me suis fourré dans une histoire merdique. Qui est ce gus ?

Du bout de sa botte de cow-boy, il poussa la main inerte de l'homme gisant à terre.

Nicholas n'eut pas le temps de répondre, car, brusquement, la main reprit vie et saisit Vlad par sa botte. Toujours à terre, Chourik se ramassa sur lui-même et, détendant ensemble ses deux jambes, faucha son adversaire par un double coup de pied à son autre cheville.

Soloviev tomba lourdement à la renverse, tandis que le tueur ramenait ses genoux sous son menton et, d'un bond, se remettait sur ses pieds. Sans laisser au Viking le temps de reprendre ses esprits, il envoya un grand coup de pied (ce jour-là, le fondu des années soixante ne portait pas de baskets mais de grosses chaussures de marche) dans le pistolet — l'arme voltigea de côté et rebondit sur l'asphalte.

Pivotant sur son talon, Chourik porta un coup dans la direction opposée, atteignant son adversaire au menton. Mais Vlad esquiva, fit une roulade en arrière et se remit debout. Le dos de sa splendide veste crème était entièrement marbré de noir.

Les bras tendus un peu plus haut que la ceinture, Chourik se rua en avant. Ses mains, ses jambes se mirent alors à bouger à une telle vitesse que leurs mouvements se fondirent en un tourbillon unique, telles les hélices d'un ventilateur. Nicholas n'avait jamais vu semblables bagarres que dans les films de Hong Kong et les avait toujours considérées comme des trucages de la plus belle eau. Les cris rauques se mêlaient au martèlement sourd des coups. On voyait clairement que s'affrontaient deux maîtres du combat au corps à corps, ce qui n'autorisait pas pour autant Nicholas à rester en dehors de la mêlée. Il se mit à son tour à crier à gorge déployée et se rua sur le tueur. Moins dans l'intention de le faire tomber – il ne fallait pas rêver – que pour détourner sur lui son attention et, ainsi, aider Soloviev dans sa défense.

Son aide se révéla piètre. Sans même se retourner, Chourik lança sa jambe en arrière, atteignant Nicholas en plein dans les parties génitales. Sous la violence du coup, le maître en histoire se plia en deux. L'immensité infinie de l'univers se contracta en une fraction de seconde, pour ne plus se réduire qu'aux strictes limites de l'endroit meurtri.

Nicholas s'écarta en titubant. Dieu qu'il avait mal !

C'est alors que, malgré sa douleur, il aperçut le pistolet : il reposait tranquillement sur le bas-côté, scintillant au soleil dans une parfaite indifférence. Oubliant sa douleur, Nicholas se jeta sur l'arme, s'en empara et fit demi-tour, juste à temps pour assister au dénouement de l'impressionnant combat singulier.

Vlad Soloviev, reculant sous la pression du tourbillonnant Chourik, accrocha son talon à une trappe de canalisation. Il perdit l'équilibre, fit des moulinets avec ses bras et aussitôt se vit infliger un puissant coup de semelle en pleine poitrine. Il tomba, bras en croix, et resta ainsi sans bouger.

— Pas un geste ! Mains en l'air ! cria Fandorine, tendant en direction du tueur sa main armée du pistolet.

Nicholas n'avait jamais été amené à tenir une arme de guerre, mais il savait tout de même que quelque part sur la crosse devait se trouver un cran de sûreté. Si on ne le levait pas (à moins qu'il faille plutôt le baisser, allez savoir), le coup ne partirait pas.

De sa main gauche, Fandorine tâta la surface lisse de l'arme sur la droite puis sur la gauche, actionna une sorte de levier. Il ne restait plus qu'à espérer qu'il s'agît bien du fameux cran de sûreté. Désormais la plus extrême prudence était requise : au moindre mouvement de son index, le coup pouvait partir.

— Mains en l'air ! cria-t-il de nouveau à Chourik.

Ce dernier se tenait au-dessus de son adversaire terrassé et regardait Nicholas avec un sourire condescendant. Il hocha la tête, avança vers Nicholas.

— Arrêtez-vous, intima Nicholas, montant d'un ton. Je vais tirer ! Parole d'honneur !

Ne prenant pas au sérieux cette parole d'honneur, Chourik continua sans ralentir son pas.

Nicholas avait tant de fois assisté à cette scène au cinéma qu'il éprouva une nette sensation de déjà-vu : l'amateur tenant un pistolet d'une main tremblante, et le méchant qui sait parfaitement que tout homme normal et civilisé est incapable de tirer à bout portant.

— Vous ne devriez pas ! prévint Nicholas, conscient d'être trahi par le ton implorant qui perçait dans sa voix. Arrêtez-vous ! Il ne faut pas ! Ne m'obligez pas à...

— Si, il le faut, le coupa Chourik avec une feinte sévérité en tendant la main en direction de l'arme vacillante.

Nicholas comprit alors de façon très précise que jamais et pour rien au monde il ne pourrait tirer sur un homme en train de le regarder droit dans les yeux et de lui sourire. De terreur et d'impuissance, ses doigts se contractèrent involontairement. Le pistolet tira brusquement et, de lui-même, cracha successivement trois coups sourds. Très vite : tchmok, tchmok, tchmok.

Ce fut comme si Chourik avait été scié par le milieu. Il se plia en deux, tout en continuant de regarder Fandorine, pétrifié. Les lèvres du tueur s'étiraient encore en un sourire moqueur, mais ses yeux s'étaient élargis, l'air étonné, et il apparut alors que si l'un d'eux était bleu comme auparavant, l'autre, bizarrement, était marron.

Dans la bagarre, une de ses lentilles bleues a sauté, se dit Nicholas en reculant. Chourik, quant à lui, resta encore un instant sur ses pieds dans une pose tordue et ridicule, puis bascula sur le côté. Il gisait maintenant sur l'asphalte, recroquevillé, serrant son ventre de ses deux mains, sans cesser d'étirer ses lèvres en un sourire sinistre.

Nicholas fut saisi d'une frayeur insoutenable. Il ne savait pas lui-même ce qu'il craignait le plus : le fait que cet homme meure ou celui qu'il se relève et s'avance de nouveau vers lui avec son terrifiant sourire.

Mais Chourik ne se relevait pas, et ne mourait pas non plus : il remuait convulsivement un de ses pieds enserré dans sa lourde chaussure et, à intervalles réguliers, répétait :

— A... A... A... A...

Un sang rouge s'écoulait de sa bouche, tandis que se formait déjà une petite flaque sombre.

Vlad revint à lui. Il s'assit, secoua la tête comme pour chasser l'ivresse. Il regarda tour à tour Nicholas et Chourik gisant à terre. Il se releva sans difficulté, ramassa son trousseau de clés. De la manche de son veston irrémédiablement fichu, il essuya sa bouche meurtrie.

— Tu l'as eu, ce fumier ? demanda Soloviev, passant au tutoiement. Bien joué. Dis donc, Michael Jordan, t'as des drôles de copains. T'as vu ce qu'il m'a balancé ?

— Il est cinquième dan de karaté, expliqua Nicholas sans quitter des yeux le tueur blessé. Il faut appeler les secours.

— Très juste. (Vlad s'approcha de Chourik.) Cinquième dan, tu dis ? Maintenant je comprends. Moi je ne suis que quatrième. Mais qu'est-ce que tu es donc en train d'admirer ? Tu ne vois pas que cet homme se sent mal ? Les secours, tu les as, tu n'as qu'à t'en servir.

Il indiqua le pistolet, toujours serré dans la main de Fandorine. Figé de stupeur, Nicholas regarda fixement Soloviev. Etait-il possible qu'il suggère d'achever le blessé ?

— Dis-moi, c'est la première fois ou quoi ? (Vlad hocha sa tête à la chevelure dorée.) Dans ce cas, doublement bien joué. Allez, mec, tu ne vas pas te gratter pendant une plombe, termine ce que tu as commencé. De toute façon, il est en train de crever. Lui, il n'aurait pas hésité à nous rectifier sans sourciller... Allez ! Bon, d'accord, je m'en charge.

Il arracha l'arme de la main molle de Fandorine et visa Chourik à la tête.

— Ne regarde pas, si t'es si sensible que ça.

Il aurait fallu s'opposer au meurtre, mais une étrange apathie s'était emparée de Nicholas, qui n'eut que la force de se retourner.

Une nouvelle pétarade retentit, puis les « A » cessèrent.

Soloviev prit Nicholas par les épaules et l'entraîna rapidement vers la Jaguar.

— C'est fini, petit, c'est fini. On se casse.

Il essuya à la hâte le Beretta avec son mouchoir, retira le chargeur de la crosse et jeta le pistolet vide sur la chaussée. Il expliqua :

— Sinon, les gamins du coin vont le ramasser et faire des conneries avec. Je jetterai le chargeur plus tard. Grimpe dans la tire, merveilleux inconnu. Eh bien, on peut dire qu'avec toi j'ai décroché le gros lot.

Au premier feu rouge, Soloviev tendit la main.

— Passons aux présentations officielles. Vlad Soloviev.

Fandorine, après une hésitation, se présenta ainsi :

— Nicho... Nikolaï Fandorine.

— Tu es un type intéressant, Kolia. Simplement, j'en ai ma claque, des gens intéressants, ils me pourrissent l'existence. Te fâche pas, c'est pas après toi que j'en ai, mais après le Bon Dieu. Excuse-moi, bien sûr, pour cette curiosité mal placée, mais peux-tu me dire exactement qui on vient de rectifier ? (Il jeta un regard en biais au visage blanc comme un linge de l'historien). A en juger par ton allure et tes fringues, tu n'es pas du milieu. Pour parler comme les tapineuses et les flics, tu as tout du « botaniste », d'autres diraient une tête de premier de la classe. Dis-moi, botaniste Kolia, qu'est-ce que tu as bien pu bricoler pour te faire courser par de gros méchants loups armés de Beretta 93 ?

Nicholas mourait d'envie de tout raconter à ce courageux et téméraire garçon, d'autant que la dette qu'il avait à son égard aurait exigé qu'il ne lui cache rien. Mais, d'un autre côté, mêler un étranger à ses sombres affaires était irresponsable. Vlad avait déjà eu sa part, inutile d'en rajouter. D'accord, l'horrible Chourik était mort, mais, d'après Altyn, il devait avoir un patron...

Soloviev attendit une demi-minute et haussa les épaules :

— Si tu ne veux pas, ne dis rien. C'est ton droit. Sache une chose, Kolia, tu m'as sauvé la vie. Si tu n'avais pas plombé ce cauchemar vivant, c'est lui qui m'aurait fait la peau.

— Vous comprenez... commença Fandorine, gêné. Tu comprends, Vlad, je ne suis pas sûr d'avoir le droit de t'entraîner dans cette histoire... Elle est tellement trouble, embrouillée. Je dirais même mystérieuse. Et très dangereuse.

— Dangereuse, tu parles, comme si je n'en avais pas vu d'autres. Mais, de toute façon, je ne m'intéresse pas aux secrets des autres, fit Vlad en grimaçant. J'ai déjà bien assez des miens. Mais dis-moi, pourquoi tu as besoin d'aller à Chérémétiévo ? Tu veux riper de Russie pour le soleil d'Antalya ou pour l'accueillante Tchéquie ? Tu en as marre des copains, tu veux te reposer d'eux ? Remarque, Kolia, je te comprends. Surtout s'ils sont tous du genre de ce gentleman. Tu as peut-être des problèmes ? Je vais t'aider. Papelards, visa... je te fais tout ça en vingt-quatre heures. Tu peux même te barrer en Nouvelle-Zélande.

— Merci, ce n'est pas la peine. J'ai tous mes papiers.

Nicholas sortit son passeport de sa poche et l'exhiba.

Vlad ouvrit le livret rouge et or, y jeta un coup d'œil et émit un sifflement.

— Alors, comme ça, t'es british pour de bon. Tu parles d'une affaire. N'empêche, Kolia, pour Chérémétiévo, il vaudrait mieux attendre un peu. Comment tu peux être sûr que personne ne nous a vus en train de commettre un acte pour le moins délictueux ? Et si jamais un type, à l'intérieur d'un garage, nous avait observés à travers une fente ? Ou une mémé en train de ramasser des bouteilles vides ? Ou encore un alcoolo en train de pisser dans les buissons ? Tu es sacrément facile à repérer avec ta taille de basketteur. Certes, nos flics ne valent pas Scotland Yard, mais si on les lance sur un mec d'allure étrangère avec des traces vertes sur les joues et une expression débile, ils auront vite fait de t'alpaguer. Attends tranquillement un jour ou deux, le temps que je vérifie si tu es ou non recherché. Et si tu n'as nulle part où te planquer, demande l'asile politique à Vladik. Allez, Kolia, commande la musique, Vlad Soloviev va te l'interpréter. Pour notre ami de la radieuse Albion, voici une chanson patriotique.

Et, d'une belle voix de baryton, il se mit en effet à chanter :

Auprès de toi resterai,
terre natale bien-aimée,
du soleil étranger, n'ai rien à faire,
et je me fiche de l'Angleterre !

Emu et impressionné, Fandorine se taisait. Le fil de ses pensées était approximativement le suivant.

Il y avait tout de même une grande et incontestable vérité dans les propos de Dostoïevski sur la générosité universelle de l'âme russe. Il suffisait de prendre l'exemple de Vladik : apparemment, un individu marginal, un bandit selon les critères occidentaux, et pourtant, quel cœur, quelle grandeur d'âme dans ce flibustier nouveau russe ! Comment ne pas penser à *La Fille du capitaine* de Pouchkine et à cette étrange amitié qui lie Pierre Griniov et le sanguinaire et magnifique Pougatchev ? Ce dernier, démesuré dans le bien autant que dans le mal, voue lui aussi une infinie reconnaissance au jeune Griniov, qui lui a offert une modeste pelisse de lapin. Voilà le genre d'hommes qu'engendrait la terre russe ! Ici, la beauté, la puissance, l'audace et la noblesse de cœur côtoyaient le plus absolu mépris des lois et des règles de la morale sociale. Un homme venait de placer trois balles dans la tête d'un autre, et, loin de manifester le moindre remords, il chantait.

— Alors, qu'est-ce que tu as décidé ? demanda gaiement le nouveau Pougatchev en doublant sur la droite une voiture de la milice.

Fandorine regarda derrière, persuadé que les gardiens de l'ordre public allaient sur-le-champ arrêter le contrevenant. Mais le conducteur à casquette jeta un rapide coup d'œil au numéro de la Jaguar et se contenta de hocher la tête.

— Nous venons tous les deux de tuer un homme, Vlad, dit doucement Nicholas. Et je suis incapable de penser à autre chose.

Le visage du Viking-flibustier se fit sévère, ses yeux se plissèrent comme sous l'effet d'un subit coup de vent.

— Ton problème, Kolia, vient de ton éducation anglaise bien douillette. Je parie que, gamin, tu portais des culottes courtes, et que, à l'école, vos bagarres s'arrêtaient à la première égratignure.

— Pourquoi, ce n'était pas votre cas ? s'étonna Nicholas.

— Moi, Kolia, j'ai grandi à Tchernogorsk. Là, dès le jardin d'enfants, on se tabassait jusqu'à rester sur le carreau. Tu as entendu parler de Tchernogorsk ?

— Non.

— Peu de monde en a entendu parler. C'est un cloaque, pas une ville : treize mines, vingt débits de boissons, deux hôpitaux pour tuberculeux, quatre cimetières et quarante mille ploucs et dégénérés, pour qui il n'y a pas d'ailleurs. Et si je roule aujourd'hui en Jaguar, si j'ai un bureau dans l'ancien palais des comtes Dobrinski, vingt-six puits de pétrole à Yamal, une villa à Saint-Tropez et j'en passe, ce n'est pas parce que je travaillais bien à l'école. Mais parce que, Kolia, j'ai très tôt compris un truc simple. (Il frappa un coup rageur sur le volant.) Si moi, bête de somme, je voulais sortir de l'enclos à bestiaux et échapper au cycle infernal Mine-Magasin-Tuberculose-Tombe, il me fallait abattre pas mal de barrières à coups de tête. Moi, Kolia, de manière générale, je n'aime pas les barrières. Là où j'ai besoin d'aller, je fonce. Vlad Soloviev ne sait pas reculer. Si je fais quelque chose, c'est jusqu'au bout, en enfonçant la lame jusqu'à la garde. Je me suis fixé un but : je crèverai, mais pas sans être arrivé à mes fins. Et avant, crèveront tous ceux qui se seront mis en travers de ma route. Et beaucoup s'y sont mis. Et beaucoup y ont laissé leur peau, mais ce n'est pas moi qui suis fautif, c'est eux. C'est comme ton pote de tout à l'heure, c'est lui-même qui est venu chercher les ennuis. Ici, Kolia, on n'est pas en Angleterre, mais nous vivons conformément à une loi anglaise. Inventée par ton compatriote Charles Darwin. Cette loi est la suivante : ou c'est toi, ou c'est eux. Mais si tu ne veux pas te plier à cette loi, alors reste à croupir à Tchernogorsk, continue à t'enfiler du tord-boyaux et à cracher tes poumons pleins de poussière noire.

Le discours enflammé de l'évolutionniste de Tchernogorsk produisit sur Fandorine l'effet recherché : il eut soudain honte d'avoir grandi dans le quartier policé de Kensington, d'avoir joué de la flûte quand il était petit et d'avoir voulu se pendre à l'âge de onze ans parce que sir Alexander avait refusé de lui acheter un poney.

Sur la droite, Nicholas reconnut le Centre de commerce international : un ensemble de constructions grises et rectangulaires, aux vitres étincelantes. Devant, un Hermès de bronze était figé dans une pose de danseur.

Soloviev fit demi-tour en franchissant allégrement la ligne continue et, un peu plus loin, s'arrêta devant un bâtiment à un étage portant l'enseigne *Taverne.*

– C'est quoi ? demanda Fandorine.

– Ce qui est écrit, une taverne. Tu sais, Kolia, j'ai mal au crâne à cause des pains que m'a balancés le défunt. J'ai des douleurs dans la poitrine, un goût de salé dans la bouche, une dent qui branle. Bref, j'ai besoin de me soigner.

Nicholas s'étonna.

— Mais ce n'est pas un hôpital.

— Cet établissement, Kolia, m'appartient, et il y a tout ce qu'il faut : un restaurant, un bar, des chambres et, si besoin est, ça peut faire office d'hôpital. En plus, je te signale qu'en russe « se soigner » veut dire s'envoyer un peu de vodka.

— Je ne bois pas d'alcool. Du tout.

— Qui te parle de boire ? s'offusqua Vlad en s'extirpant de la voiture. J'ai dit « un peu ». On va s'asseoir un moment et faire plus ample connaissance. Et on priera pour le repos éternel du cher disparu.

Nicholas n'eut pas l'occasion de bien voir le restaurant. Dans l'escalier qui menait directement du vestiaire au premier étage, ils furent accueillis par une ravissante blonde en costume strict et élégant : apparemment, maître d'hôtel ou gérante.

— Bonjour, Vladik, dit-elle d'une voix profonde en rosissant de façon charmante.

— Salut, Zina, répondit Soloviev en regardant la jeune femme avec un plaisir manifeste. Installe-nous dans un salon. Fais au mieux et surtout qu'on ne nous dérange pas. D'accord ?

— Bien, Vladik, roucoula la jeune beauté. Je m'occupe de vous personnellement. Vous voulez manger ou seulement grignoter quelque chose ?

— Apporte tout ce que tu trouves. On décidera après.

A l'évidence, Zina n'avait rien à refuser à Vladik. En à peine cinq minutes, la longue table, dressée pour deux, était entièrement couverte de carafes et de zakouski, dont un esturgeon en gelée qui impressionna particulièrement

Nicholas. Quant aux trois bassines de caviar béluga, sévruga et oscière, au tarif de la boutique Caviar House de Piccadilly, il y en aurait eu pour quelques milliers de livres. Nicholas se souvint alors que son dernier vrai repas datait de la veille au matin, au restaurant de l'hôtel (un jus d'orange, une omelette au fromage et un toast), et son estomac fut parcouru de spasmes voluptueux, tandis que, dans sa bouche, jaillissait un flot ininterrompu de salive.

Zina disposa devant Soloviev une étonnante rangée de petits verres en cristal, remplis chacun à ras bord d'un liquide transparent.

— Je ne bois jamais deux fois dans le même verre, expliqua Vlad. Chez moi, c'est un principe. Ce doit être une séquelle de mon enfance difficile. Etant gosse, j'ai tellement de fois bu la vodka à la même bouteille que les copains que je suis devenu un individualiste forcené... Mais pourquoi tu restes assis sans rien dire ? Eh bien, pour commencer, je lève mon verre au fait que nous soyons assis autour de cette table plutôt qu'allongés à la morgue, même si nous n'en sommes pas passés loin.

Comment ne pas boire dans ces conditions ? D'autant que, pour Nicholas, l'éventualité d'être allongé à la morgue s'était déjà présentée la veille aux archives, où il aurait fort bien pu tomber du toit et ne jamais plus se relever.

— Arrête de te poser des questions, botaniste, bois, le pressa Soloviev. En plus, c'est excellent pour les nerfs.

Levant le coude d'un geste bref et énergique, il envoya le contenu du verre dans son gosier, et Nicholas n'eut plus qu'à suivre l'exemple de son hôte.

Rien de terrible ne se passa. Tout au contraire : une douce chaleur l'envahit et il se mit à respirer plus facilement. Puis, effectivement, après avoir mangé des champignons en saumure, de la galantine et une petite tranche de foie gras, ses nerfs mis à mal se relâchèrent.

— A la rencontre entre deux personnes intéressantes qui se sont trouvées comme la balle son trou, dit Vlad. Allez, allez, on ne s'arrête pas au milieu de la chaussée. Bon, c'est moi qui vais réguler la circulation. Et un petit concombre pour rattraper la vodka... Maintenant, encore un verre chacun, on avale une bricole par-dessus, et stop. Pendant que la petite Zina nous prépare le plat chaud, je vais t'attribuer ton logement.

Il s'avéra que, tout à côté, juste après le coude que formait le couloir, se trouvait une chambre luxueusement meublée, parfaitement digne d'un hôtel cinq étoiles.

— Ne va surtout pas penser que j'amène des filles ici, dit Soloviev. Tu vois, il y a un bureau, un ordinateur super équipé. Il m'arrive d'avoir la flemme de rentrer au bercail, alors je passe une journée, parfois deux, ici. Et c'est ce que tu vas faire. Demain on saura si oui ou non la milice et les pompiers te recherchent. Tu n'as qu'à laisser ton fichu attaché-case ici, personne ne viendra te le prendre.

— Mais pourquoi les pompiers ? demanda Fandorine, faisant mine de ne pas avoir entendu la dernière phrase.

Après s'être fait voler par deux fois sa précieuse mallette, il n'avait pas la moindre envie de s'en séparer, même pour une minute.

— Ah, c'est vrai, j'oubliais que tu n'es pas soviétique, fit Vlad avec un geste de la main. Tu jactes tellement bien le russe... Au jardin d'enfants, il y avait un poème merdique qui, en gros, parlait d'un vilain garçon que tout le monde recherchait, « et la milice et les pompiers ». Je ne me souviens plus de ce qu'il avait fait comme connerie. Il avait dû foutre le feu quelque part, mais peu importe. Bon, tu as vu ta piaule, tu te rappelleras le chemin. Maintenant, demi-tour, il est temps de faire plus ample connaissance.

Nicholas connut alors des moments étonnants, mais non dénués d'agrément. La tête appuyée sur sa main, il était assis à la table et écoutait, montant du restaurant, le son de l'accordéon et une merveilleuse voix rauque qui chantait une belle chanson d'autrefois où il était question de chemin, de poussière, de brume et de steppe. Son blazer pendait au dossier de sa chaise, la cravate qui l'oppressait avait été transférée de son cou au goulot d'une bouteille. Autour, l'espace vacillait et tanguait légèrement, mais cela ne dérangeait aucunement Fandorine : qu'il tangue. Nicholas savait qu'il n'était pas tout à fait dans son état normal, et cette lucide appréciation témoignait du fait qu'il n'était pas aussi soûl que cela. Son secret était simple : sagesse et prévoyance. Ne pas boire à chaque fois que Vlad, manifestement très entraîné, s'envoyait un verre, mais ralentir sa consommation : il avait ainsi laissé passer deux tours et bu ; de nouveau laissé passer deux tours et bu. A noter que Zina venait de poser devant le flibustier une troisième rangée de verres...

On avait maintenant fait pleinement connaissance. Fandorine savait désormais tout de son nouvel ami : Vlad Soloviev était président de la holding Montagne noire, laquelle contrôlait le consortium Black Mountain, la chaîne de parfumeries Mont noir, la brasserie Schwarzberg, l'usine d'assemblage d'ordinateurs Kuroyama, le réseau d'établissements récréatifs Monténégro (dont faisait notamment partie la remarquable taverne Taverne).

Et, dans toute son infinie démesure, s'était dévoilée l'âme russe de l'homme d'affaires.

– La vie, Kolia, il faut mordre dedans à pleines dents, et que ça craque comme quand tu manges une pomme, disait Vlad en agitant une petite pomme rouge de Crimée. Afin que le jus jaillisse de toutes parts. Sinon, à quoi bon dépenser de l'oxygène ? Est-ce que tu crois vraiment que les rêves de Vlad Soloviev s'arrêtent à un beau bureau près du Kremlin ? *Und morgen die ganze Welt*[1], tu comprends ? Le but final n'est rien, le mouvement est tout, tu comprends ?

— Je comprends, acquiesça Nicholas, observant avec intérêt la façon dont la table se soulevait et s'abaissait, se soulevait et s'abaissait : une vraie séance de spiritisme. Moi, Vladik, j'ai compris une chose. Tu es un être complet, un homme de la Renaissance. Et je t'envie. (Nicholas eut un geste plein d'amertume.) Tu as de l'envergure, tu fonces, tu exploses. Tu comprends ce que je veux dire ?

Vladik, bien sûr, comprenait tout parfaitement, et même mieux que Nicholas. L'homme de la Renaissance posa la main sur l'épaule de son ami, croqua bruyamment dans sa pomme et secoua son index en signe d'avertissement :

— Tu vois, Kolia, eh bien là, tu n'as pas raison. Il ne faut jamais envier personne, c'est moche. C'est le sentiment des gens qui ne vivent pas leur vie. Si tu vis ta vie, si tu réalises ce pour quoi Dieu t'a créé (il pointa un doigt en direction du plafond), tu n'auras à envier personne. Ce ne sont pas des conneries que je te raconte là, je te parle franchement. Au fait, tu es quoi, historien ?

— Oui, historien, acquiesça Nicholas avant d'avaler une gorgée.

— Alors, sois historien. Qu'est-ce que tu as besoin d'envier Vlad Soloviev ? Tu sais, Kolia, je suis un sale type. Un truand. Tôt ou tard je vais me rompre le cou, dans un craquement, comme j'ai vécu. Mais toi, vas-y, écris des livres. Fais des découvertes. (Il agita sa fourchette dans un geste incertain.) Dans la science his… historique, on fait des découvertes ? Oui ? Alors, vas-y, fonce, va jusqu'au bout. Sinon quel putain d'historien tu peux faire ?

1. Et demain, le monde entier.

Comme c'était juste ! Fandorine hocha la tête et, au même instant, prit une décision qui lui parut aussi simple que naturelle. Certes, il n'était pas tout à fait dans son état normal, mais cette décision n'en était pour autant moins fondée. Car ce n'est pas avec le cerveau mais avec le cœur que l'on reconnaît la justesse d'un choix. L'esprit peut se tromper, le cœur jamais.

Il ne fallait pas abandonner Cornélius qui, du fond des ténèbres, tendait la main à son descendant. Il ne fallait pas avoir peur ni reculer, comme Vlad, qui n'avait peur de rien et ne reculait jamais. Comment Nicholas pourrait-il continuer de vivre, comment pourrait-il se sentir un homme accompli, avoir du respect pour lui-même s'il renonçait à découvrir ce mystère, s'il refusait la première véritable tâche que lui offrait le destin ?

Suffoquant d'un trop-plein de sentiments, Fandorine dit doucement :

— Oui, Vlad, il arrive que nous fassions des découvertes. Et quelles découvertes... Je vais te raconter quelque chose.

Il se pencha pour parler à son ami du testament de Cornélius von Dorn, de la Libereia et du boyard Matféiev, mais au même moment, dans le salon, apparut Zina : elle ramassa une serviette tombée par terre, ôta de l'épaule de Vlad un petit brin d'oignon vert dont on se demandait comment il était arrivé là, puis s'éloigna sans bruit.

— Vladik, mais c'est qu'elle est amoureuse de toi, déclara Nicholas plus fort qu'il n'aurait voulu quand la jeune beauté fut partie. Fichtre, tu as vu comme elle te regarde ? Et ce n'est pas parce que tu as beaucoup d'argent. Crois-moi, elle est folle de toi.

Soloviev se tourna vers la porte d'un air interrogateur.

— Qui ça, Zina ? Non, tu parles sérieusement ? Tu sais, Kolia, j'ai un principe : pas d'histoires de fesses avec le personnel, sinon ça devient le bordel. Ici, à la Taverne, Zina est la gérante. Elle est futée, je voulais l'affecter au casino. Une nana en or. Ecoute, tu crois vraiment qu'elle... ?

Nicholas mit la main sur son cœur et, pour plus de conviction, ferma les yeux.

– Je te parie tout ce que tu veux. Tu es un homme heureux, Vladik. Tu as de l'argent à ne plus savoir qu'en faire et tu plais aux jolies femmes.

– C'est vrai, admit le président-directeur général. Et tu veux savoir pourquoi ? Parce que j'attache assez peu d'importance à l'un et à l'autre : l'argent et les souris. Pardon, les femmes. Tu vois, Kolia, c'est toute une philosophie, j'y ai beaucoup réfléchi. L'argent, c'est vraiment quelque chose de vivant. Et ce que le fric aime en nous, les mecs, c'est aussi ce qui plaît aux gonzesses... Pardon, aux femmes. Avec les bonnes femmes comme avec le pognon, il faut se montrer léger, gai et en même temps trè-è-ès attentionné. Le manque d'attention et la négligence sont deux choses que ni l'un ni l'autre ne pardonnent, tu comprends ? On parle souvent des mystères insondables de l'argent et des secrets de l'âme féminine. N'en crois pas un mot. Il n'y a rien de secret là-dedans, tout est clair comme de l'eau de roche. Ce qu'il faut surtout, c'est se comporter avec elles comme avec de bons copains. Sans être mufle, mais sans non plus les fétichiser. *Verstehst du oder nicht* ?[1] Tu peux les aimer, et c'est même recommandé, mais évite de les bassiner avec ton amour, retiens-toi. Et c'est elles-mêmes qui te courront après. Et pour l'argent, c'est un peu pareil. Mais excuse-moi, Kolia, de ces considérations philosophiques. Tu voulais me dire quelque chose.

Pa-pa-papa-pa-pa... se mit à couiner la marche nuptiale, pour la dixième sinon la quinzième fois de la soirée.

1. Tu as compris ou pas ?

Nicholas ne cessait de s'étonner devant les multiples façons dont Soloviev s'adressait à ses interlocuteurs invisibles : tantôt dans un argot de truand à la limite du compréhensible, tantôt dans une langue émaillée de tournures recherchées (telles que « ménager ses efforts », « en savoir gré »...), tantôt en anglais, en allemand ou encore dans une langue à consonance turque.

Un personnage de la Renaissance, un Benvenuto Cellini, se dit Nicholas, admirant la maestria avec laquelle Vlad vidait un verre tout en écoutant son interlocuteur. D'ordinaire, l'échange ne durait pas plus d'une minute, mais cette fois la discussion se prolongeait. Soloviev plissa le front et se mit à tambouriner sur la table.

— ... C'est sûr ?... (Pour l'essentiel, ses interventions se limitaient à de brèves questions.)... Le nom, et le prénom ?... Et on ne peut pas l'arrêter ?... Qui ça, qui ça ?... Lui ?... Merde, alors c'est foutu. Ça va faire un de ces foins... C'est sous le contrôle de qui ?... Lui en personne ?...

Et le reste à l'avenant.

Fandorine attendait avec impatience. Avec ce qu'il s'apprêtait à lui raconter, Vladik comprendrait une chose : l'étude de l'histoire pouvait se révéler une aventure pas moins risquée que l'audacieux business à la russe.

— Bon, voilà, Kolia, dit Vlad quand il eut terminé sa conversation. (Ses yeux regardaient Nicholas sérieusement et sans le moindre trouble, comme si les trois rangées de verres qu'il avait absorbées n'avaient laissé aucune trace.) Ça sent le roussi. C'est mon informateur de chez les flics qui vient de m'appeler. En arrivant ici, je lui avais passé un coup de fil pour m'assurer qu'il n'y avait pas d'os. Autrement dit, qu'on ne s'était pas fait repérer et qu'on n'était pas recherchés.

– Et alors, on est recherchés ? interrogea Fandorine, brusquement parcouru par un frisson glacial.

Le visage sombre, Soloviev répondit :

– Moi non, mais toi oui. Personne ne nous a vus là-bas. En tout cas aucun témoin ne s'est manifesté. N'empêche, on s'est foutus dans le pétrin, Kolia, comme de vrais bleus. On n'a pas pensé à fouiller le macchab. Or lui, ce fumier, il avait ta photo dans un petit carnet, avec écrit derrière « Nicholas Fandorine », plus un nom d'hôtel et une adresse rue Pirogovka. Dans ces conditions, désolé, mister Fandorine, mais la frontière russe est fermée pour vous jusqu'à nouvel ordre. (Vlad poussa un soupir.) Tu es recherché, Kolia, et ce n'est pas de la rigolade. L'affaire est suivie au plus haut niveau.

– Pourquoi au plus haut niveau ? demanda Nicholas d'une petite voix.

Il tendit la main pour boire, mais se reprit : son cerveau était déjà assez embrumé comme ça. Quant à cette histoire, elle prenait un très sale tour.

– L'affaire est sous le contrôle du ministre en personne. Est-ce que tu sais au moins qui on a dessoudé ? demanda Vlad avec un sourire nerveux. Non ? Alors, considère ce que je viens de t'annoncer comme une bonne nouvelle, parce que ce qui va suivre en est une mauvaise. L'enfoiré au Beretta n'est autre que Chourik, le roi des tueurs à gages. Pas le genre à s'intéresser au premier péquin venu. Je pense qu'à cause de Chourik un certain nombre de gens vont t'en vouloir à mort, des gens à côté de qui les flics du ministère de l'Intérieur et de la Criminelle te paraîtront d'aimables plaisantins.

Fandorine se frotta le front d'un geste rageur, afin que le monde environnant cesse de se balancer avec cette insouciance.

– Je dois me rendre aux autorités. Je leur expliquerai comment tout s'est passé. Que c'était de la légitime défense.

– C'est ça, fit mine d'approuver Soloviev. De la légitime défense. Et les trois balles que je lui ai mises dans le caisson ? A moins que tu n'expliques aux flics que c'est ton ami Vladik qui l'a achevé ?

– Comment peux-tu penser ça ? s'écria Nicholas, horrifié. Je ne dirai pas un mot de toi, évidemment ! J'expliquerai que j'ai arrêté la première voiture qui passait, que je ne me rappelle pas le numéro, que je n'ai pas bien vu le chauffeur, que...

– Ne crois pas que les gens de la Crim' soient débiles. Va donc essayer de leur expliquer comment un historien anglais peut avoir des amis du genre de Chourik et que c'est à Cambridge qu'on t'a appris à dézinguer un supertueur avec son propre pétard.

Fandorine baissa la tête. La situation était absolument sans issue. Se rendre à la milice reviendrait à mettre dans le pétrin un homme qui était venu à son aide dans un moment difficile. Ne pas se rendre ferait de lui un criminel en fuite.

– J'ai mieux à te proposer, dit Vlad. (Il donna un coup de poing sur la table, renversant deux verres vides et faisant déborder la vodka des trois qui étaient pleins.) Je n'ai rien à cirer de Chourik, rien à cirer des flics, rien à cirer du ministre Koulikov. Tu vas rester peinard ici le temps qu'il faudra. Et quand les choses se seront tassées, je te ferai passer en Turquie avec des faux papelards. J'ai pas de souci avec les condés, ils ne te trouveront pas ici. C'est les autres qui me foutent les jetons. Ceux qui ont lâché Chourik contre toi. Maintenant, Kolia, vas-y, dis-moi tout ce que tu sais, arrête de me faire lanterner. Je dois savoir d'où risquent de venir les coups pour me garer à temps.

Nicholas regardait ce très bel homme qu'était Vlad Soloviev et se taisait. Pour le maître en histoire, c'était la soirée des décisions courageuses. Un instant plus tôt, il en avait pris une, aberrante par son audace, et il venait maintenant d'en concevoir une seconde, plus folle encore.

Non, il ne raconterait rien au vaillant flibustier. Et il n'utiliserait pas son refuge. Parce que ce serait d'une monstrueuse bassesse. Cela suffisait d'avoir entraîné Altyn dans cette épouvantable affaire. Etait-il un complet salaud pour causer la perte de ceux qui lui venaient en aide ?

Il n'avait qu'une seule façon de se conduire correctement et dignement avec Vlad : disparaître de son existence et lui éviter un danger mortel.

– Pourquoi tu ne dis rien, abruti d'Anglais ? explosa Soloviev. Tu penses que je ne saurai pas te protéger ? Je saurai, t'inquiète. Ne te fie pas au fait que je me promène sans escorte. Je n'aime pas les gardes du corps. Mon corps, je me le garde très bien tout seul. Sinon, c'est que je ne vaux pas tripette. En revanche j'ai mes guerriers, des gars armés jusqu'aux dents. Je les importe de Tchernogorsk, si bien qu'ils me vénèrent comme le Bon Dieu… Pourquoi t'es tout blanc ? Tu ne te sens pas bien ?

En fait, Nicholas avait blêmi en comprenant une chose : Soloviev ne le laisserait pas partir. Du point de vue de son éthique de flibustier, c'eût été une trahison. Coûte que coûte, il retiendrait son ami tombé dans le malheur, de force si besoin était. Il l'enfermerait à double tour dans la chambre au mobilier d'acajou et à l'ordinateur « super équipé », et cela sans autre forme de procès. Il ne fallait pas permettre une chose pareille.

Les ruses les plus simples étaient les meilleures. Nicholas se rappela la façon dont il avait habilement faussé compagnie à mister Pumpkin, le très expérimenté conseiller pour la sécurité.

— En effet, je me sens mal, dit Fandorine en ouvrant son col de chemise d'un geste brusque. (Il se leva, son attaché-case à la main, fit mine de chanceler.) C'est une crise d'allergie, cela m'arrive de temps en temps. Je vais aux toilettes.

— Pourquoi tu prends ton attaché-case ?

— J'ai mes comprimés à l'intérieur, mentit Nicholas. Je vais en prendre tout de suite, et ça va passer.

Pour plus de crédibilité, il jugea bon de laisser son blazer au dos de sa chaise. Avec son passeport dans la poche intérieure. Mais à quoi désormais pourrait bien lui servir son passeport ? Il avait son argent dans sa poche de pantalon, c'était l'essentiel.

Il sortit dans le couloir. Dévala l'escalier. Du restaurant, lui parvinrent les sons traînants d'une chanson populaire intitulée *Dans les steppes sauvages du Baïkal.* Deux voix s'entremêlaient : toujours la même voix d'homme, un peu rauque, et une autre, mélodieuse, une voix de femme celle-là. L'ensemble était très réussi, mais l'heure n'était pas aux chansons.

Faire un signe de la main à Zina, lui sourire. Glisser un billet au portier.

Et terminé !

La nuit. Tiens, la nuit était déjà tombée.

Sacré Nicholas, tu les as tous bien eus ! Comme dans le conte *Roule galette* : J'ai quitté le vieux, j'ai quitté la vieille.

Il fait frais tout à coup. Allez, en avant, marche ! Dans les steppes sauvages du Baïkal ! Gauche, gauche ! Une, deux !

Appendice :

Limerick composé par N. Fandorine dans un état de légère ébriété, le 15 juin, alors qu'il s'enfuyait de la Taverne :

Aigrefin et habile rascal
Mais aussi menteur sans égal
Mon seul soulagement
Marcher jusqu'à épuisement
Dans les steppes sauvages du Baïkal.

Chapitre dixième

La maison aux treize fenêtres. Les propriétés magiques de la corne de rhinocéros. Cornélius apprend de nouveaux mots. Le secret de la pierre philosophale. Les murs parlent. Ivan Artamonovitch conte une histoire. Les choses tournent mal.

Le sergent Olafson avait mérité un tonnelet de bière, les mousquetaires Saltykov et Lutzen une bouteille de vin chacun. Parce qu'ils couraient vite, leur avait expliqué le capitaine von Dorn, reprenant quelque peu haleine et quittant ses préoccupations célestes pour revenir à d'autres plus terre à terre.

Pour l'avoir sauvé d'une mort certaine, il aurait pu leur offrir une gratification autrement plus importante, mais il devait veiller à son honneur de commandant. Quand, du coin de l'église, les trois soldats avaient surgi dans le cliquetis de leurs armes, l'affreux bandit en froc avait disparu comme par enchantement. Il était là, le poignard prêt à frapper, et l'instant suivant, il s'était évanoui dans l'obscurité, sans que la neige émette le moindre crissement. Les soldats n'avaient pas vu le malfaiteur, mais seulement le commandant de la compagnie qui se relevait en gémissant. Ils ne l'avaient pas vu, et c'était très bien comme ça. Il n'était pas utile qu'ils assistent au spectacle du bandit en train de piétiner leur capitaine.

Adam Walser, lui, avait bien sûr tout vu, mais il ne souffla mot. Il faut dire qu'il avait eu une telle frousse qu'il ne retrouva pas immédiatement l'usage de la parole, mais seulement bien plus tard quand, au poste de garde, on lui vida un petit verre de vodka dans la bouche.

— Je vous suis sincèrement reconnaissant, monsieur le capitaine von Dorn, de m'avoir sauvé la vie.

L'apothicaire saisit la main de Cornélius, apparemment pour la lui serrer. Mais au lieu de cela, il émit un sanglot, se pencha brusquement en avant et appliqua sans façon un baiser sonore sur les doigts du capitaine, avant que celui-ci ait pu retirer sa main.

— Je suis vieux et faible, reprit Walser. Il est tellement facile de me tuer ! Et, dans ce cas, tout mon savoir, tous mes secrets seront perdus à jamais. Ma raison s'éteindra. Oh, quelle perte ce serait !

Von Dorn n'écoutait que d'une oreille, préoccupé qu'il était par une tout autre perte. Dans le reflet de son miroir de poche, une bouche édentée souriait hideusement à l'inconsolable capitaine. Et il en serait ainsi jusqu'à la fin de ses jours ! Sans parler du fait qu'il perdait définitivement son unique avantage sur le brillant prince Galitski. Désormais, il ne sourirait plus jamais aux dames, ne sifflerait plus entre ses doigts, n'arracherait plus d'un coup de dents un morceau de gigot rôti... Qu'il soit damné, ce maudit médecin-pharmacien avec ses jérémiades, dommage qu'il ne se soit pas fait discrètement égorger là-bas, dans la ruelle !

— Je vais vous donner des soldats. Ils vous raccompagneront chez vous, bougonna Cornélius.

Là, il retint un gémissement : en plus, il chuintait !

— Cher, précieux monsieur von Dorn, s'alarma Walser. Ne pourriez-vous pas me raccompagner vous-même ? Je... je voudrais avoir avec vous une très importante discussion. Une discussion extrêmement intéressante, je vous assure !

Malgré toute sa bonne volonté, Cornélius n'arrivait pas à imaginer de quel sujet si intéressant ce petit bonhomme pouvait vouloir discuter avec lui. De clystères ? De traités scientifiques ?

— Non. Le service.

En répondant aussi brièvement, le capitaine avait voulu éviter de chuinter. Sapristi ! Il avait prononcé « Cherviche » !

Brusquement, le ton de l'apothicaire se transforma, d'implorant il se fit patelin.

— Cessez donc d'admirer vos chicots. Je vous mettrai de nouvelles dents, plus blanches que les précédentes ! Et ce sera entièrement gratuit. Il me reste un petit morceau de corne de rhinocéros d'Afrique, je le garde pour les plus hauts dignitaires, mais pour vous, je ferai une exception.

Le capitaine sursauta :

— On peut me remettre des dents ? Ce n'est pas une plaisanterie ?

— Bien sûr qu'on le peut ! J'ai amassé une assez jolie fortune ici en confectionnant de remarquables dents artificielles pour les Moscovites fortunées : en défense de morse ou d'éléphant et même, pour les plus élégantes, en perle façonnée !

Face aux horizons qui soudain s'ouvraient devant lui, le visage et l'âme de Cornélius s'illuminèrent.

— En perle, c'est parfait ! Moi aussi je veux des dents en perle !

Walser grimaça :

— Vous avez tort. Pourquoi forcément en perle ? Dans un an ou deux elle va s'effriter, tandis que la corne de rhinocéros vous durera jusqu'à la tombe. Et n'oubliez pas ce qu'écrivaient les anciens sur les propriétés de la corne de rhinocéros. Elle porte bonheur, préserve de la maladie et, plus important que tout, elle ensorcelle le cœur des femmes.

L'apothicaire fit un clin d'œil malicieux, et le capitaine capitula immédiatement :

— Oui, oui, le rhinocéros, c'est exactement ce qu'il me faut. Bon, mais qu'avez-vous à rester assis ? Levez-vous, on y va ! Finalement, c'est moi qui vais vous raccompagner. Quand pourrez-vous me confectionner de nouvelles dents ?

— Sur-le-champ, si cela vous arrange, pendant que nous discuterons. Je vais vous arracher les racines, prendre un moulage, façonner de nouvelles dents et vous les poser. Certes, vous ne mordrez plus dans les pommes Antonov, mais vous pourrez sourire aux demoiselles autant qu'il vous plaira.

Tant pis pour les pommes Antonov. Cornélius les avait goûtées, elles étaient trop fermes et affreusement acides.

Walser habitait loin, au-delà du mur de la Ville Blanche et du rempart de terre de Skorodom, et non pas à Koukouï, où vivaient tous les étrangers, mais dans un simple faubourg russe.

— Ne soyez pas étonné, dit-il, suivant à grand-peine les longues enjambées du capitaine. Avant tout autre chose, en arrivant en Moscovie, je me suis converti à la foi locale. C'est pour cela que je peux habiter où cela me chante. Là-bas je suis plus tranquille, sans compatriotes pour mettre leur nez dans mes affaires.

Cornélius était désagréablement surpris. Un renégat ! Un apostat ! Alors que ce petit vieux avait l'air si brave, si charmant.

— Vous êtes choqué ? demanda Adam Walser avec un sourire malicieux. Vous ne devriez pas. Je n'accorde aucune importance à ces sottises. L'homme n'a qu'un seul dieu : la raison. Tout le reste n'est que vaine superstition.

— L'amour du Christ, une superstition ? ne put s'empêcher d'objecter von Dorn. Les commandements divins ? Le salut de l'âme ?

Il ne se serait pas lancé dans des débats théologiques, mais cet apothicaire s'était détourné de la foi de Jésus avec vraiment trop de légèreté.

Walser répondit volontiers :

— La superstition, c'est croire que le salut de ton âme dépend de la façon dont tu pries ou fais le signe de croix. Ton âme — et derrière ce mot, j'entends la raison et la morale —, tu ne peux la sauver qu'en faisant le bien autour de toi. Là est l'amour, là sont les commandements de Moïse. Et qu'est-ce que cela fait si je ne vais pas à l'église et ne crains pas le diable ? En revanche, mon vaillant monsieur von Dorn, je soigne gratuitement les pauvres et ne refuse jamais un morceau de pain aux orphelins sans feu ni lieu. Devant ma porte, il y a toujours une boîte avec du pain rassis.

— Pourquoi rassis ? s'étonna Cornélius.

— C'est à dessein. Celui qui n'a pas faim ne le prendra pas, mais pour celui qui est réellement affamé, même un croûton de pain dur est une aubaine.

Puis ils poursuivirent leur chemin en silence. Von Dorn réfléchissait à ce qu'il venait d'entendre. Nonobstant leur caractère hérétique, les opinions de Herr Walser paraissaient justes. En effet, le Seigneur pouvait-il être satisfait d'un homme qui mille fois par jour faisait son signe de croix, mais qui, dans le même temps, tyrannisait et martyrisait ses proches ? Etaient-ils si rares, les cagots de cette espèce ? Non, sois bon et charitable envers ton prochain, et ce qu'il y a entre toi et Dieu ne regarde personne. C'est aussi ce que disait son frère aîné Andreas, un saint homme.

Finalement, Cornélius commençait à ne plus regretter d'être intervenu dans la bagarre à cause du petit apothicaire. D'autant moins que de nouvelles et merveilleuses dents devraient bientôt occuper la place des incisives perdues.

Au milieu d'une rue sombre entièrement longée de palissades pleines, le pharmacien s'arrêta et pointa son doigt :

— Là, vous voyez ce toit ? Eh bien, c'est ma maison. (Il ricana, rajusta ses lunettes givrées.) Vous ne remarquez rien de particulier ?

Von Dorn regarda. Une palissade de planches, haute d'une fois et demie un homme avec, derrière, une assez grosse construction en rondins au toit en pente. Des fenêtres sombres. Rien de notable : une maison en tout point semblable à celles avoisinantes.

— Comptez les fenêtres.

Dès qu'il eut fini de compter les étroits rectangles, Cornélius se signa machinalement. Treize, chiffre porte-malheur !

— Pour quelle raison ? demanda-t-il à mi-voix.

Avec sa clé, Walser ouvrit un portillon à la serrure compliquée et invita le capitaine à passer devant.

— Et le rez-de-chaussée, en pierre, compte lui aussi treize fenêtres. Magnifiquement pensé ! Sans cela, je passe déjà pour un sorcier parmi les habitants du coin : allemand, médecin, herboriste, forcément. Mais les treize fenêtres me protègent mieux que tous les chiens et tous les gardes possibles. Les voleurs font un détour pour éviter la maison, ils ont trop peur.

Riant de bon cœur, il verrouilla le portillon.

— Désormais, je n'ai plus de serviteurs. J'avais deux gars, mais ils sont restés là-bas, allongés dans la neige, dit Walser avec un soupir navré. Ils étaient bêtes, tout juste bons à se remplir la panse et à dormir, mais j'ai tout de même de la peine. L'un était un enfant trouvé, mais l'autre a sa vieille mère qui vit au bourg. Je vais lui donner de l'argent pour qu'elle puisse continuer à vivre et payer l'enterrement. Maintenant, j'aurai du mal à recruter de nouveaux gardes. Tous mes espoirs reposent sur vous, Herr capitaine.

Pourquoi avait-il dit cela, Cornélius ne le comprit pas et s'abstint de toute question. Il avait trop envie que l'apothicaire, et médecin par la même occasion, s'occupe au plus vite de ses dents.

La maison reposait sur un soubassement de pierre blanche, à demi enfoui sous le sol et qui se confondait presque avec la neige. Après avoir descendu trois marches, Walser ouvrit une petite porte garnie de fer et, cette fois, entra le premier.

— Attention, Herr capitaine ! retentit sa voix depuis l'obscurité. N'ayez surtout pas peur !

Trop tard. Cornélius fit un pas en avant, leva sa lanterne et se figea d'horreur : dans les ténèbres, un squelette humain le fixait de ses orbites noires.

— C'est pour mes travaux d'anatomie, expliqua Walser, qui venait d'allumer une chandelle. Il s'appelle comme moi, Adam. Je le laisse dans l'entrée comme protection supplémentaire contre les voleurs. Pour le cas où quelqu'un de particulièrement audacieux ne serait pas effrayé par le nombre de fenêtres ou, éventuellement, ne saurait pas compter jusqu'à treize : entrez, je vous en prie.

Il alluma plusieurs autres chandelles, si bien qu'il était maintenant possible de distinguer la vaste pièce qui, sans doute, occupait la majeure partie du soubassement. Ici, les curiosités foisonnaient, plus effrayantes les unes que les autres.

Au mur, au-dessus d'un schéma d'entrailles humaines, était accrochée une gigantesque tortue à la carapace polie. A gauche, un énorme lézard aux dents redoutables (un crocodile, devina Cornélius). Sur les étagères s'alignaient des crânes humains jaunis et des fioles où, dans un liquide transparent, baignaient des morceaux de tripailles, également humaines, semblait-il. Partout, sur des cordes, étaient accrochées des touffes d'herbe sèche, des chapelets de champignons, diverses racines. Bien qu'ayant volontairement inspecté chaque recoin, Cornélius ne découvrit ni icône ni crucifix.

— Cette pièce me sert à la fois de salon pour recevoir mes patients et de pharmacie, expliqua le maître des lieux tout en installant entre quatre candélabres un curieux fauteuil, avec des courroies fixées aux accoudoirs.

— C'est pour quoi faire ? demanda von Dorn avec un regard craintif à ce qui avait tout l'air d'un siège de torture.

— C'est pour que mes patientes ne se débattent pas et ne fassent pas de gestes intempestifs, dit Walser. Mais vous, bien sûr, je ne vous attacherai pas. Pour le courageux soldat, comme d'ailleurs pour le philosophe, la douleur est une futilité qui ne mérite pas qu'on s'y arrête. Une simple démangeaison des nerfs dérangés. Asseyez-vous et ouvrez grand la bouche. Parfait !

Cornélius s'apprêta à souffrir, mais les doigts du médecin étaient habiles et délicats : ils effleuraient plus qu'ils ne touchaient, chatouillaient plus qu'ils ne faisaient mal.

— Très bien. Le coup a été si puissant que les deux racines branlent. Je vais les arracher facilement... Quelles superbes dents blanches, on dirait celles d'un jeune loup. Oh, vous êtes un vrai brave ! Vous savez, je suis un homme plutôt craintif, je ne comprends pas l'essence de la hardiesse. Les gens courageux risquent leur vie avec une telle légèreté, une telle facilité, sans penser un instant aux conséquences... Pourtant, la moindre petite erreur, et tout est fini. C'est le noir, le néant, la fin de toute chose. Neuf mois dans le sein maternel, une longue et douloureuse période de maturation, des myriades de maladies, de dangers évités, et voilà que, pour un seul geste inconsidéré, tout cela est rayé, balayé. Tu meurs et ne sauras jamais ce qu'il adviendra demain, dans un an, dans dix ans. Jamais plus tu ne verras un matin de printemps, un soir d'automne, une verte prairie ondulant sous le vent ! Oh, comme vous êtes stupides et, en cela, criminels et impardonnables, messieurs les risque-tout ! Et pourtant, j'admire votre stupidité. Elle est admirable, cette insouciance avec laquelle, pour une fantaisie, une bagatelle, un caprice, l'homme renonce à tous les dons de la vie et à l'existence même ! En vérité, seul le maître de l'univers est capable d'une telle prodigalité ! Plus grand la bouche, plus grand !

Cornélius se mit à rugir, car le médecin venait brusquement de l'attraper avec un objet en fer – directement par la mâchoire, lui sembla-t-il – et de tirer.

– Ça y est, la première est enlevée. Et hop ! Voilà la deuxième. Rincez-vous la bouche à la vodka et recrachez dans l'écuelle.

Après avoir bien fait circuler une grande gorgée de vodka entre ses joues, le capitaine se garda, bien sûr, de recracher. Il avala le liquide et tendit aussitôt la main vers la bouteille pour se resservir, mais Walser l'arrêta.

– Assez. Je veux que vous ayez l'esprit clair pour m'écouter. Je m'apprête à vous annoncer quelque chose qui va changer votre vie.

En proie à une émotion manifeste, l'apothicaire rajusta ses lunettes et regarda von Dorn d'un œil inquisiteur.

– La changer en bien, j'espère, plaisanta ce dernier.

Walser réfléchit.

— Avant que je réponde à cette question, Herr capitaine, dites-moi si vous avez, dans votre vie, un grand secret que vous cherchez à percer.

— Grand ? Grâce à Dieu, non. (Cornélius sourit.) Si ce n'est, bien sûr, celui de la vie.

— Dans ce cas, considérez que, jusqu'à maintenant, vous n'avez pas vraiment vécu, dit Walser très sérieusement, et même avec solennité. La vie humaine ne prend de sens que lorsque surgit en elle le Grand Secret. Ecoutez bien. Vous êtes le premier à qui j'ai décidé de m'ouvrir. Si je croyais en Dieu, je dirais que vous m'avez été envoyé par le Seigneur. Mais Dieu n'existe pas, il n'y a que le hasard aveugle et, par conséquent, merci au hasard aveugle.

Von Dorn se sentit gagné par l'émotion de son interlocuteur, et, n'essayant plus de plaisanter, il se fit tout ouïe.

— Vous êtes un valeureux chevalier, fort et généreux. Vous avez des yeux vifs et intelligents. Or, bien peu d'individus cumulent ces précieuses qualités : la force, la générosité et l'intelligence. Peut-être suis-je en train de commettre une irréparable erreur en vous faisant confiance mais, après tout, si vous ne vous étiez porté à mon secours avec une telle abnégation, je serais de toute façon mort. (Walser eut un frisson.) Les moines m'auraient étripé vivant, soutiré mon secret sous la torture, puis jeté en pâture aux corbeaux.

— Les moines ? Mais je croyais que c'était de simples brigands qui avaient mis des frocs noirs pour qu'on ne les distingue pas dans l'obscurité.

— Comment, vous n'avez pas reconnu Youssoup ? s'étonna l'apothicaire. Pourtant vous étiez face à lui.

— Quel Youssoup ? Vous voulez parler de la canaille qui m'a fait sauter deux dents ? Non, je n'ai pas vu son visage, la lune l'éclairait par-derrière. Mais je suis censé le connaître ?

– Voyons, c'est Iossif, l'homme de main du patriarche d'Antioche !

– Vous voulez dire que ce sont les gens de Taïssi qui vous ont attaqué ?

Cornélius se rappela avoir vu Sa Haute Eminence chuchoter quelque chose à l'ascète à barbe noire, et celui-ci filer aussitôt. Non, c'était absolument impossible.

– Non, je ne peux pas le croire, dit le capitaine en secouant la tête. Un tel savant, un serviteur de Dieu. Vous faites erreur !

– Quel serviteur de Dieu ? Youssoup ? dit Walser en éclatant de rire. Je ne voudrais pas rencontrer son dieu. Youssoup est un Syrien, un haschischine, le principal homme de confiance de Taïssi, l'exécuteur de ses basses œuvres.

– Haschi… quoi ?

– Haschischine. Il existe en Orient un ordre qui porte ce nom. Ses membres sont préparés à la profession de tueur dès leur plus tendre enfance. Ces gens croient qu'ils peuvent atteindre le paradis s'ils tuent sur ordre de leur imam. Tous les meurtres mystérieux du Levant et du Maghreb sont commis par des haschischines, ils sont maîtres dans leur art sanguinaire. Ils n'ont pas de famille, sont dénués des sentiments et des passions habituelles des êtres humains ; pour eux, rien ne compte hors l'usage du haschisch et la fidélité à leur imam.

– En effet, j'ai plus ou moins entendu parler de ces fanatiques, acquiesça von Dorn. On les appelle également « assassins ». Mais que vient faire là Sa Haute Eminence ?

– Il y a bien des années, Taïssi a acheté Youssoup au pacha d'Antioche, le sauvant d'un atroce châtiment : être écorché vif. Depuis, Youssoup considère Taïssi comme son imam et lui est dévoué comme un chien. Savez-vous comment Taïssi a atteint la position qu'il occupe actuellement ? Tous ses ennemis et rivaux ont miraculeusement été envoyés dans l'autre monde. Il a suffi que Taïssi veuille la chaire épiscopale de Salonique pour qu'aussitôt la place se libère : sans rime ni raison, l'évêque s'est brisé le cou en tombant de son lit pendant la nuit. De la même façon, le Grec a reçu la mitre d'archevêque puis celle de patriarche. Oh, j'en sais long sur leurs forfaits, à lui et à Youssoup ! Quand Taïssi se fixe un but, rien ne peut l'arrêter. Pour la Libereia, ce vautour est capable de me mettre littéralement en pièces. Et encore, il ne sait rien de Zamoleï !

Cornélius fronça les sourcils à l'écoute de nouveaux mots.

— Libereia ? Zamoleï ? De quoi ou de qui s'agit-il ?

Adam Walser, perturbé, s'essuya le front.

— Excusez-moi, mon ami. Je saute d'un sujet à l'autre et je ne fais que vous embrouiller. Je me calme, je me calme, et je vous raconte tout dans l'ordre. Vous savez quoi ? Je vais parler et en même temps vous faire vos dents, cela aidera mon esprit à construire un enchaînement logique. Et, pour commencer, je ne vous dirai qu'une chose : il va être question du plus formidable de tous les trésors qu'ait jamais connus l'humanité.

A n'en pas douter, l'astucieux pharmacien avait débité ce préambule à seule fin que le capitaine accorde à son récit toute l'attention voulue.

La ruse marcha : Cornélius se redressa, prêt à écouter avec le plus grand intérêt.

— Un formidable trésor ? demanda von Dorn d'une voix bizarrement enrouée, comme s'il ne suffisait pas qu'il chuinte. Vous voulez parler d'or ?

Walser partit d'un grand rire, toutefois plus amer que joyeux.

— Estimez-vous donc, Herr capitaine, qu'il n'est, en ce monde, rien de plus précieux que l'or ?

— Si, certaines choses. Les pierres précieuses, par exemple. Les diamants, les saphirs, les émeraudes.

— Eh bien (le pharmacien prit des sortes de petits crochets en os et eut un ricanement énigmatique), il y a aussi des pierres précieuses. Et de l'or autant que vous en voulez.

— Autant que j'en veux ? fit répéter Cornélius, perplexe.

— Exactement. Combien en faut-il pour vous satisfaire complètement : un poud[1], cent pouds, mille ?

Les sourcils de von Dorn se froncèrent de façon menaçante. Herr Walser aurait-il l'audace de se moquer ? De son côté, remarquant le changement d'expression du mousquetaire, l'apothicaire se mit à rire doucement, d'un rire qui n'exprimait pas la moquerie mais bien plutôt l'exaltation.

— Ne tournez pas la tête, mon jeune ami, vous me gênez. Restez assis tranquillement et écoutez patiemment, car je vais revenir loin en arrière.

Il plaça dans la bouche de Cornélius des pièces en os destinées à maintenir ses mâchoires écartées, ce qui eut tout naturellement pour résultat de transformer le dialogue en monologue.

— Il y a huit ans de cela, j'ai été engagé comme professeur de pharmacologie et d'herboristerie à la faculté de médecine de l'université de Heidelberg. Vous avez, bien sûr, entendu parler de cet honorable établissement.

Von Dorn émit un grognement approbateur : son frère Andreas avait fait ses études à Heidelberg, à la faculté de théologie.

1. Ancienne mesure valant 16,38 kg. (*N.d.T.*)

— Ne secouez pas la tête, restez tranquille... Une des conditions de mon contrat avec le recteur stipulait que, durant le temps libre que me laissaient mes cours et mes expériences de laboratoire, j'étais autorisé à fouiller dans les archives de l'université. J'étais à cette époque adepte de la thérapie de Galien, j'étudiais les vertus curatives de l'antimoine et j'espérais trouver des informations utiles sur cette étonnante substance dans les traités et les mémoires des célèbres alchimistes des siècles passés. Chemin faisant, je tombai sur une multitude de documents surprenants n'ayant aucun rapport avec l'objet de mon intérêt scientifique, mais tout homme doué d'un esprit curieux garde en permanence les yeux grands ouverts, car on ne sait jamais d'où jaillira la lumière bénie. Et voilà qu'un jour je découvre par hasard le mémoire d'un pasteur, un certain docteur Saventus, homme de grand savoir, connaisseur des sagesses grecque et hébraïque. Il vivait il y a cent ans.

Von Dorn se mit à grogner : il avait mal.

— Un tout petit peu de courage. Là, dans la gencive, un fragment de dent est resté. Voilà, c'est parti ! Vous n'aurez plus mal... Durant une guerre, ce théologien, prêtre d'une paroisse en Livonie, fut fait prisonnier par les Moscovites. Après de multiples aventures, que je ne vous conterai pas maintenant, Saventus se retrouva au Kremlin, où il comparut devant le tsar Ivan, celui-là même que, plus tard, on surnomma le Terrible. Le pasteur écrit que le tsar fit preuve de bienveillance à son égard et lui dit qu'il cherchait depuis longtemps un homme de science qui l'aiderait à trier l'antique bibliothèque qu'il avait héritée de ses ancêtres. Et, plus loin, l'auteur du mémoire expose l'histoire de cette collection de livres, qu'il appelle « Libereia ». La bibliothèque du tsar... Rincez-vous la bouche à la vodka, seulement, je vous en conjure, n'avalez pas.

Profitant de ce qu'il pouvait de nouveau parler, Cornélius s'écria avec impatience :

— Ecoutez, Herr Walser, au diable votre bibliothèque ! Parlez-moi donc du trésor !

— Mais cette bibliothèque, c'est justement elle le trésor !

Le capitaine fut saisi d'un profond découragement. Il le savait bien, que ce mangeur de livres bifurquerait sur quelque assommante fadaise. Lui qui écoutait sérieusement, les oreilles grandes ouvertes !

Walser rit de nouveau.

— Vous avez un visage étonnamment expressif, Herr von Dorn. Je vais maintenant vous faire un moule en cire. Ouvrez plus grand la bouche, et surtout ne bougez pas.

Il peut bien continuer ses bavardages, pensa Cornélius tandis que le médecin lui enduisait la gencive d'une matière visqueuse et chaude, pourvu qu'il me fasse de belles dents.

— La Libereia n'est autre que la fameuse bibliothèque des empereurs byzantins, constituée initialement à partir de la collection de la grande bibliothèque d'Alexandrie et des œuvres des premiers théologiens chrétiens. Il y a deux cents ans, la princesse Sophie, nièce du dernier empereur de Byzance, apporta ce trésor en dot au grand-duc des Moscovites. Incultes, les tsars s'intéressaient peu aux livres, et jusqu'à Ivan la bibliothèque resta dans des coffres, pratiquement intacte. Un demi-siècle avant Saventus, Maxime, un moine d'Athos, avait eu accès aux livres, mais on ne l'avait pas laissé inventorier jusqu'au bout la bibliothèque. Cependant, Saventus écrit que dans les coffres se trouvaient des manuscrits extrêmement rares, voire uniques, dont le moindre devait bien valoir mille ducats d'or. Estimation faite il y a cent ans, mais dans notre siècle éclairé, pour une comédie inconnue d'Aristophane ou un essai écrit de la main de Tacite, le roi de France paierait cinquante, que dis-je, cent mille livres !

Cornélius n'avait désormais plus du tout l'impression que Walser racontait des balivernes. Qui aurait pu penser que des vieux bouquins valaient des sommes aussi folles ? Cent mille livres !

— Mais Aristophane, Tacite, tout ça n'est encore rien, mon vaillant capitaine.

L'apothicaire se pencha au point que son visage touchait presque celui de Cornélius. Dans ses yeux bleus, les chandelles se reflétaient en lueurs exaltées.

— Parmi la dot de la princesse Sophie se trouvait un coffre renfermant des livres secrets, défendus, auxquels seuls les monarques avaient accès. Ce que contenait le coffre, le tsar Ivan l'ignorait, car tous les livres et les manuscrits étaient écrits en langues anciennes. C'est précisément par ce coffre qu'il fut ordonné à Saventus de commencer. A part quelques ouvrages datant du début de la chrétienté et considérés comme hérétiques à Byzance, le pasteur découvrit un traité de mathématique grec, écrit par un certain Zamoleï, dont, en dépit de tout son savoir, Saventus n'avait jamais entendu parler.

Le capitaine haussa les épaules, avec l'air de dire « et moi donc ».

— Le Livonien voulut commencer à étudier le traité et poussa un cri en découvrant que le livre était faux ou, plus exactement, double : sous le texte grec sur parchemin, se trouvait un autre texte, plus ancien encore, écrit sur papyrus. Dans les temps reculés, on procédait parfois ainsi : on cachait un livre à l'intérieur d'un autre… La cire a durci. Je vais vous l'enlever.

— Et qu'y avait-il sur ce papyrus secret ? demanda von Dorn, en essuyant un reste de cire sur sa gencive.

Adam Walser pointa un doigt et déclara :

— Tout l'or du monde. (Il regarda la mâchoire pendante du mousquetaire et se mit à rire.) Je ne plaisante pas. Dans ce manuscrit araméen, de la façon la plus détaillée, était décrite la recette de la « teinture rouge ».

— La recette de quoi ?

— De la « teinture rouge », ou « magisterium », poudre magique parfois également appelée « pierre philosophale ».

— Cette même pierre philosophale qu'essaient d'obtenir les alchimistes ? La pierre capable de transformer en or n'importe quel métal ?

Mais peut-être ce pharmacien est-il fou, se dit le capitaine. Oui, bien sûr. D'ailleurs, il se conduit bizarrement, parle d'une drôle de manière. Mais la voix de la raison se tut presque aussitôt, étouffée par le battement furieux de son cœur. Tout l'or du monde !

— Non, pas tout à fait n'importe lequel, répondit Walser en secouant la tête, seulement les plus proches de l'or par leur masse substantifique. Par exemple, le mercure. Voyez-vous, mon cher ami, à l'intérieur de chaque parcelle de matière sommeillent des forces puissantes qui n'attendent que de se réveiller. De la position dans laquelle ces forces se sont figées dépend la nature même d'une substance donnée : fer, cuivre ou, disons, étain. La substance appelée « pierre philosophale » réveille cette force cachée, la multiplie, de telle sorte que les forces de la matière se mettent en mouvement et s'immobilisent après s'être combinées de façon différente. En conséquence de ce processus, un élément est capable de se transformer en un autre. Il va de soi que plus les éléments sont apparentés les uns aux autres, moins il est besoin de pierre philosophale pour réaliser la transmutation.

— Et donc, dans ce fameux livre de Zamoleï, se trouvait la recette de l'or, c'est bien ça ?

— Oui, avec une description très détaillée des différents stades de ce processus et même un échantillon de paillettes d'or. Saventus les a vues de ses propres yeux et les a soumises à l'épreuve de l'acide.

Cornélius tira sur son col : il faisait étouffant tout à coup.

— Donc, tout est exact ? Et la pierre philosophale n'est pas une invention de charlatans ?

— Dans ses notes, le pasteur jure devant Jésus-Christ que l'or est véritable et la recette fiable. Saventus avait eu l'occasion de pratiquer l'alchimie et, en conséquence, il s'y entendait dans ce genre de choses.

— Attendez un peu, Herr Walser, je ne comprends rien, dit le capitaine en portant la main à ses tempes. Pourquoi les empereurs de Constantinople n'utilisèrent-ils pas la recette ? Avec la pierre philosophale, ils auraient pu non seulement restaurer le grand empire de Rome, mais encore conquérir le monde entier !

L'apothicaire battit des paupières, l'air déconcerté.

— En effet, pourquoi ? bredouilla-t-il. Ah oui, je sais. Les basileus considéraient l'alchimie comme démoniaque, comme une science diabolique. L'empire d'Orient a duré mille ans et, durant tout ce temps, n'a pour ainsi dire pas changé. Il était semblable à la mouche figée dans l'ambre. Les Byzantins ne croyaient pas en la science, la raison et le progrès, c'est pour cette raison qu'ils se sont fait devancer par les barbares d'Occident et d'Orient. A Constantinople, on ne développait pas les connaissances, on se contentait de les accumuler sans en rien faire. Remercions-les tout de même de ne pas les avoir détruites, mais conservées, comme ce précieux coffre aux livres. En cela, les empereurs grecs ressemblaient beaucoup aux tsars russes.

— Mais alors, le tsar Ivan craignait lui aussi les œuvres du démon ?

— Quand Saventus l'informa de sa découverte, le tsar fit arracher les pages en parchemin du faux traité et, quant à celles en papyrus, il ordonna qu'on les insère dans une reliure d'argent entièrement incrustée « de lals flamboyants du pays de Vouf » — je reprends mot pour mot ce qui est écrit. J'ignore quel est ce pays mais, par contre, les « lals », en Russie, désignent les rubis.

— Entièrement incrustée de rubis ? reprit von Dorn d'une voix tremblante.

Un tel trésor était plus facile à se représenter que cette obscure pierre philosophale.

— Oui. Mais en voyant de quelle lueur d'avidité s'étaient enflammés les yeux du tsar, le pasteur prit peur, car il venait de comprendre qu'Ivan ne laisserait pas partir vivant le détenteur d'un tel secret. Alors, profitant de ce qu'il était libre de ses mouvements, Saventus s'enfuit de Moscou. Il gagna d'abord la Lituanie, de là, la Pologne, puis Heidelberg, où il s'établit. Là, il mourut peu après, non sans avoir légué son mémoire à la faculté. Sur la page de titre du manuscrit est restée cette annotation du secrétaire scientifique : « Délire et absurdité, car monsieur le docteur Saventus, comme chacun le sait, avait la raison vacillante. Quant à ses divagations sur les coutumes des Moscovites, elles sont complètement invraisemblables. » Tel était le verdict. Pas étonnant dans ces conditions que personne jusqu'à moi n'ait ouvert le mémoire, resté intouché pendant cent ans.

— Et s'il s'agissait vraiment de délire et d'absurdité ? s'inquiéta le capitaine. Vous ne l'avez pas vu, ce Saventus, alors que le secrétaire scientifique le connaissait bien. Et, d'après ce qu'il dit, tout le monde à Heidelberg savait que votre pasteur était fou.

— Il est très possible que, à la suite de toutes ses mésaventures, Saventus ait effectivement en partie perdu la raison, admit Walser. Mais son témoignage n'a rien d'extravagant. Pour les professeurs de Heidelberg du siècle dernier, la Moscovie était une contrée légendaire, mais, moi, je sais maintenant que ce qu'écrivait le pasteur à propos des mœurs des Moscovites est entièrement véridique. Il ne fait aucun doute que Saventus a réellement vécu au Kremlin et qu'il a rencontré le redoutable tsar Ivan. Et alors qu'il est tellement précis dans les détails secondaires, pourquoi aurait-il inventé cette fable de la pierre philosophale ?

L'apothicaire regarda le capitaine par-dessus ses lunettes et brandit la petite lime avec laquelle il était en train de façonner un os blanc — sans doute un morceau de la fameuse corne de rhinocéros aux vertus magiques.

— Mais il se peut que ce soit en cela justement que se manifestait la folie du pasteur, non ? Dans ses divagations à propos de la Libereia ?

— Non, impossible. Après avoir lu le mémoire, j'ai commencé à rassembler des informations sur la bibliothèque des empereurs byzantins et j'ai découvert que, là non plus, Saventus n'inventait rien. La Libereia s'est effectivement retrouvée à Moscou. Et, plus tard, en route pour la Russie, j'ai fait halte à Dorpat, où j'ai pu voir le répertoire de la bibliothèque, dressé par un certain pasteur Wetterman, un autre Livonien à qui le tsar Ivan avait montré son trésor. La *Mathématique* de Zamoleï figure aussi dans la liste de Wetterman.

— Cela change tout, prononça doucement Cornélius. Donc, il n'y a aucun doute, n'est-ce pas ?

— Pas le moindre. (La main de Walser allait et venait en cadence au-dessus d'un petit établi en émettant de légers grincements.) Je suppose que, après la fuite de Saventus, le tsar russe ne put trouver à Moscou d'homme suffisamment instruit et perspicace pour non seulement lire mais aussi déchiffrer les caractères araméens. Saventus écrit que l'auteur ancien a utilisé une cryptographie que seul était capable de comprendre un maître expérimenté de l'alchimie. On sait que, dans les dernières années de son règne, le tsar Ivan aimait à converser avec les bibliophiles, et pour certains d'entre eux, cela s'est mal terminé. Puis le tyran perdit la raison. Il mena dès lors une vie de reclus, fit creuser sous ses palais du Kremlin et du faubourg Alexandre des multitudes de passages secrets, y mit tous ses trésors à l'abri de ses ennemis réels ou fictifs. C'est dans une de ces cachettes que se trouve la Libereia, mais personne ne sait où exactement. Le tsar mourut de façon subite, en jouant aux échecs. Sans avoir eu le temps de révéler ses secrets à son héritier.

— Mais alors, où chercher ces fameux coffres ?

— Ici, à Moscou, déclara fermement Walser tout en examinant la double dent qu'il venait de tailler. C'est la huitième année que je consacre à la recherche de la Libereia. Je me suis engagé en Russie, puis j'ai appris la langue et adopté la foi orthodoxe, cela à seule fin d'avoir librement accès aux archives du tsar. J'ai des relations dans presque tous les ministères. J'ai soigné les uns, régalé d'autres, fait des cadeaux à d'autres encore. Et je suis maintenant près de résoudre l'énigme, très près. Bientôt le livre de Zamoleï sera à moi !

— Vraiment ? ! s'écria Cornélius.

L'apothicaire se pencha de nouveau au-dessus de son établi.

— Oui. Récemment, dans un registre de l'office des Ateliers royaux, je suis tombé sur une note de l'an 7072 indiquant qu'il avait été ordonné à l'artisan Sémion Ryjov, fabricant de citernes à eau, de façonner des plaques de plomb qui serviraient à recouvrir les sols, murs et voûtes d'une certaine cave, « connue du seul grand souverain », ainsi qu'il est dit dans le document. Vous imaginez ? !

Von Dorn réfléchit, haussa les épaules.

— Ce pourrait être n'importe quoi…

— Non, mon cher ami, les murs et les voûtes en plomb soudé étaient destinés à éviter l'humidité, afin que les livres ne pourrissent pas. Et la date correspond : Saventus s'est enfui de Moscou à l'automne 1564, c'est-à-dire 7072 selon le calendrier moscovite ! C'est bien de la cachette de la Libereia qu'il est question, j'en suis certain.

— Et où se trouve-t-elle, cette cachette, vous le savez ?

Walser s'approcha du capitaine.

— Je crois le savoir. Il ne me reste qu'une chose ou deux à vérifier. Encore un tout petit peu de temps, et j'aurai la solution… S'il vous plaît, ouvrez la bouche.

Mais Cornélius n'ouvrit pas immédiatement la bouche. Il plongea dans les yeux plissés de l'apothicaire et posa cette question :

— Si vous êtes si près du but, en quoi vous suis-je utile ? Pourquoi avez-vous décidé de me confier votre secret ? Vous n'avez pas peur que je veuille m'emparer de tout l'or du monde seul, sans vous ?

— Si, répondit timidement Adam Walser en poussant un soupir. Pour être franc, j'en ai même très peur. Mais il y a tant de choses effrayantes en ce monde qu'il faut choisir entre ce que l'on craint beaucoup et ce que l'on craint moins. Et puis, que feriez-vous sans moi du livre de Zamoleï ? Vous ne pourriez pas le lire, ni réaliser seul les métamorphoses chimiques extrêmement compliquées. Nous sommes indispensables l'un à l'autre, monsieur von Dorn, et ce besoin mutuel constitue le plus solide de tous les mortiers permettant d'ériger l'édifice de l'amour et de l'amitié. Je ne puis plus me passer d'un aide et d'un protecteur sûr. Surtout maintenant que Taïssi m'a vu dans la maison du boyard Matféiev.

Cornélius s'apprêtait à ouvrir grand sa bouche, mais il se ravisa pour demander :

— Pourquoi ?

— Le Grec est intelligent, il a vraisemblablement deviné pourquoi je m'étais introduit dans la maison de monsieur le chancelier. J'ai beaucoup insisté auprès de mon chef de l'office des Apothicaires, le vice-ministre Golossov, pour qu'il m'obtienne une invitation chez le boyard. Matféiev est l'homme le plus puissant de toute la Moscovie et, en outre, passe pour un amateur de livres rares. J'ai compris que, seul, je n'arriverais pas à mettre la main sur la Libereia, mais avec un protecteur aussi haut placé, l'affaire était tout autre. Je me suis décidé à cette démarche après de cruelles hésitations, mais il me sembla qu'il n'existait pas d'autres solutions. Il est vrai qu'alors je n'avais pas encore eu le bonheur de vous rencontrer. Ma réflexion était la suivante : chacun sait que Herr Artamon Serguéiévitch est un homme de culture et d'honneur. Il s'approprierait bien sûr la bibliothèque, mais, au moins, il me récompenserait généreusement. Disons que si, parmi toute la bibliothèque, je ne demandais en tout et pour tout qu'un seul et unique traité de mathématique, il y aurait peu de risques que le bon boyard me refuse une aussi infime faveur... Voilà pourquoi je suis venu à cette réception de Nouvel An. Pour observer Matféiev, me faire ma propre opinion à son sujet, et là, choisissant le meilleur moment, solliciter auprès de Son Excellence une audience privée pour affaire de la plus haute importance. Pouvais-je prévoir que je rencontrerais ce maudit Taïssi ? Le métropolite sait parfaitement que je ne suis pas au nombre de ces flatteurs qui font le siège des grands seigneurs par intérêt ou vain orgueil. Il a sans aucun doute deviné que, en la personne du chancelier, je recherchais un protecteur. C'est pour cette raison que le vil Grec a ordonné à son haschischine de me capturer, de me faire parler, puis, bien évidemment, de me tuer.

Cornélius agita la main impatiemment, pour faire comprendre qu'il avait quantité de questions.

— Doucement, Herr capitaine, c'est maintenant le moment le plus délicat : je vous fixe vos dents... Mais tout est pour le mieux. Je n'ai désormais plus besoin de Matféiev. Le capitaine von Dorn me suffit amplement. Mais nous allons préalablement nous entendre sur le partage de la Libereia. Vous n'allez pas vous approprier le livre de Zamoleï, je suppose ? Qu'en feriez-vous ? Si vous le voulez, je vous laisserai la reliure avec les rubis. Par ailleurs, dans les coffres se trouvent beaucoup d'autres ouvrages avec de précieuses reliures : ils sont tous à vous également. Avec un tel butin, vous deviendrez un des hommes les plus riches d'Europe. Quant à moi, je ne vous demande que le papyrus, d'accord ?

L'apothicaire appuya légèrement pour mettre en place les dents en os, puis regarda Cornélius d'un air implorant mêlé de crainte.

— T'accord, répondit généreusement le capitaine.

Il fit claquer sa langue, essayant de s'adapter à ses dents artificielles, et répéta d'une voix mieux assurée :

— D'accord. A vous le papyrus, à moi les rubis du pays de Vouf et tous les autres bouquins à précieuses reliures.

Tout l'or du monde, c'était énorme, naturellement, mais allez savoir si Walser parviendrait à obtenir la fameuse teinture d'après l'antique recette. Alors que les rubis, c'était du sûr, on pourrait toujours en tirer beaucoup d'argent.

— Mais il est grand, ce livre ? s'inquiéta tout à coup von Dorn.

Et s'il était de la taille du livre de prières qu'il avait vu à Sachenka Matféiev, si minuscule qu'il tenait dans le creux de la main ?

— Il est grand, très grand, le rassura le pharmacien. Saventus écrit qu'il est de la taille d'un in-quarto. Et les rubis couvrent la surface intégralement, des deux côtés. Le pasteur mentionne également un Code Justinien sous une reliure ornée d'énormes perles fines, une *Géographie* de Hefestion avec une reliure d'émeraudes et un antique exemplaire de *L'Enéide* dans un coffret ouvragé à Pergame et incrusté d'opales jaunes et noires. Croyez-moi, mon ami, vous n'en serez pas pour vos frais ! Donnez-moi seulement votre parole de gentilhomme que vous me laisserez Zamoleï !

— Sans sa reliure, précisa le capitaine avant de jurer, la main posée sur la poignée de son épée. Je jure sur l'honneur de la famille von Dorn que je respecterai les clauses de notre contrat. Et maintenant, passez-moi donc un miroir.

Il fit un large sourire à son reflet et en demeura entièrement satisfait : ses nouvelles dents n'avaient rien à envier aux anciennes. Et si, par-dessus le marché, on pensait aux pouvoirs magiques de la corne de rhinocéros, il en ressortait que, pour le prince Galitski, l'heure n'était pas encore venue de chanter victoire.

— Au fait, se rappela soudain von Dorn. Qu'en est-il de vos démêlés avec le métropolite ? Et comment pouvait-il deviner la raison de votre présence rue Artamon ? Quelle est cette clairvoyance surnaturelle ?

— Il n'y a rien ici de surnaturel. Taïssi est venu en Russie avec le même but que moi : rechercher la Libereia. La raison officielle était sa médiation dans la querelle opposant le tsar et l'ancien patriarche Nikon. Mais Nikon n'est plus là depuis longtemps, et Taïssi repousse depuis des années son retour dans sa métropole. Il prétend s'être pris de passion pour Moscou et le grand souverain. Mais moi, je sais pour quoi il s'est pris de passion. Taïssi est tout aussi obsédé que moi. Il était catholique, étudiait la théologie en Italie, où il était promis à une brillante carrière ecclésiastique. Or, subitement, sans crier gare, voilà le Grec qui part en Orient, se convertit à l'orthodoxie, s'insinue dans la confiance du patriarche de Constantinople. En fait, secrètement, Taïssi est resté fidèle à l'Eglise latine et il sert le Saint-Siège, mais il a un autre but, inspiré par la cupidité. Au cours de ses années d'études, il a eu connaissance de la dot de la princesse byzantine, et il a été saisi du désir de retrouver les précieux ouvrages. Il est d'abord parti pour Constantinople. Là, il a acquis la conviction que la Libereia se trouvait à Moscou, et a gagné la Russie. Avant toute chose, à peine arrivé, il a demandé au tsar Alexis Mikhaïlovitch de lui donner accès à la réserve de livres. Le monarque russe fut très étonné d'une telle demande, car la bibliothèque du grand souverain se résumait en tout et pour tout à trois dizaines d'ouvrages récents, missels et traités de fauconnerie. Le Grec comprit alors que la Libereia était cachée dans quelque endroit secret, que, depuis lors, il recherche. Il est obstiné, il ne renoncera pas. Quant à la façon dont le Grec a appris que je cherchais moi aussi la bibliothèque disparue, je vous conterai cela une autre fois. Pour l'heure, c'est sans importance.

— Le métropolite connaît l'existence de Zamoleï ? demanda le capitaine, l'air renfrogné.

— Non, il ne la soupçonne même pas.

— Dans ce cas, pourquoi toutes ces années passées à chercher des livres ? Taïssi n'est pas comme vous et moi, il n'a pas besoin de cela pour être riche. J'ai vu sa demeure, c'est un véritable palais.

— Ah, monsieur von Dorn, on voit que vous n'êtes pas un amateur de livres, dit Walser avec un soupir désolé. Si vous saviez quelle jouissance c'est pour le vrai connaisseur de tenir dans ses mains une précieuse œuvre ancienne dont il n'existe qu'un unique exemplaire... Pour les gens comme moi et Taïssi, c'est plus enivrant que n'importe quel vin. Cela étant, il ne faut pas non plus oublier l'argent. Dans les coffres du tsar, Saventus a dénombré huit centaines d'in-folio, dont chacun vaut aujourd'hui une montagne d'or. Il s'agit ici de millions, et le Grec est avide.

Là, frappé par une pensée soudaine, von Dorn fixa attentivement son interlocuteur. Soit : le métropolite d'Antioche était avide et prêt à tout pour de l'or. Mais l'apothicaire, lui, n'avait rien d'un homme âpre au gain. Pourquoi Herr Walser voulait-il « tout l'or du monde » ? Qu'en ferait-il ? En quoi ce philosophe, ce chantre de la raison humaine, avait-il besoin de palais, de luxueux équipages, de pourpoints de brocart et de riches courtisanes ? Il y avait là sujet à réflexion. Mais ce fut de tout autre chose que parla Cornélius :

– Eh bien, si j'avais su quel scélérat était ce Taïssi, je n'aurais pas ordonné de conduire les corps des deux moines à la morgue. Allez donc les retrouver maintenant, au milieu de tous ceux qu'on a occis cette nuit de par Moscou. Les sergents auront sans doute complètement déshabillé les moines : impossible de les reconnaître. Ç'aurait été une excellente preuve contre Taïssi : ce sont tout de même ses serviteurs qui ont essayé de vous enlever.

– Cher monsieur von Dorn, répondit l'apothicaire en haussant les épaules. En Allemagne cela aurait peut-être été une preuve, mais pas en Russie. Ici, il n'y a ni enquête ni justice. A plus forte raison pour ceux qui jouissent de la faveur de Sa Majesté le tsar. Qu'importe, je serai désormais doublement vigilant, mais, de toute façon, avec vous je n'ai absolument rien à craindre, n'est-ce pas ?

Walser fixa sur le capitaine un regard plein de confiance.

Prenant conscience de sa responsabilité à l'égard de cet original faible et sans défense, Cornélius se redressa. Feu son père ne lui disait-il pas : « Le pire des méfaits n'est ni le vol ni le crime, mais la trahison. Ne trahis jamais un homme qui t'a accordé sa confiance. Tu n'es en droit de tromper que ceux qui ne croient pas en toi. » Herr Walser ne regretterait pas d'avoir confié son destin à Cornélius von Dorn.

— Voici ce que je peux vous proposer pour votre sécurité, déclara le capitaine d'un ton affairé. Si vous n'êtes pas à deux altyns près par jour, deux soldats de mon ancienne compagnie se relaieront en permanence auprès de vous. Je me mettrai d'accord avec eux. Seulement, ne leur achetez pas de vin, et ne les payez pas à l'avance mais à la fin de la journée. Pour ma part, je serai auprès de vous pendant mes heures de liberté. Par où commencerons-nous les recherches de la Libereia ?

Après un court instant de réflexion, l'apothicaire répondit :

— Je vais continuer à fouiller dans les vieux cadastres. Il devrait rester des traces de travaux souterrains. De votre côté, mon ami, cherchez la cachette plombée sous le Terem en Pierre, ainsi qu'on appelle la résidence du tsar. Vous devrez pénétrer dans les caves de l'aile qui donne sur l'église du Sauveur-sur-le-Bois. C'est là que se trouvait le palais de bois du tsar Ivan. Le palais actuel est construit sur l'ancien soubassement. Il m'est impossible d'accéder à cet endroit, mais vous, vous êtes souvent de garde là-bas. Pensez-vous pouvoir vous introduire dans la partie souterraine sans prendre de risques démesurés ?

— Oui, répondit avec assurance Cornélius. Mes mousquetaires assurent la garde tout autour du palais, et moi je vais et viens comme bon me semble, afin de m'assurer qu'ils s'acquittent correctement de leur tâche. Mercredi prochain, c'est de nouveau notre tour. Du côté du palais à

Facettes une petite porte ouvre sur les caves. Elle est obstruée par un tas de bois de chauffage ; apparemment elle n'a pas servi depuis longtemps. Bon, mais qu'est-ce que je dois faire une fois à l'intérieur ? Les caves sont en majeure partie encombrées de toutes sortes de vieilleries inutiles, on n'y trouve rien de valeur.

— Parcourez tous les souterrains. Frappez le sol avec le fourreau de votre épée en essayant de repérer un son creux, l'écho sonore que devrait produire la voûte plombée de la cachette. Vous vous en sortirez ?

— Evidemment.

Cornélius s'imagina le délicieux instant : il frappe avec son épée sur une dalle de pierre et un merveilleux bruit de vide lui répond.

— Eh bien, parfait, dit-il. Supposons maintenant que je trouve la Libereia et que je commence à sortir les livres par un ou deux à chaque fois. Où allons-nous cacher notre butin ? N'oublions pas que c'est la propriété du tsar. Vous savez ce qu'il en coûte de voler un bien appartenant au souverain ?

— Je le sais, acquiesça l'apothicaire. J'ai tout spécialement consulté le Code pénal. D'abord, on nous coupera la main droite, on la cautérisera à la poix brûlante afin que nous ne mourions pas prématurément d'hémorragie, ensuite on nous pendra par le flanc à des crochets de fer, où nous resterons tous deux pendus jusqu'à ce que l'on crève. Ne vous tracassez pas, j'ai tout prévu. J'ai une cachette toute prête qui n'a rien à envier à celle du tsar. Venez, je vais vous montrer.

Il se dirigea vers le coin le plus éloigné de la pièce, se pencha au-dessus d'une des dalles du sol et, avec un certain effort, la souleva après l'avoir décollée au moyen d'un couteau. La dalle était fine et peu lourde : bien que faible, Walser n'eut aucun mal, seul, à la mettre sur le côté.

— Vous voyez, il y a ici une autre dalle, avec un anneau. Tirez-la.

Sous la deuxième plaque s'ouvrit un trou noir. Walser prit un candélabre à trois bougies et éclaira l'échelle qui menait à la cave.

— Passez le premier, je vous suis.

Retenant son épée contre lui, Cornélius se glissa dans la trappe. La fosse se révéla peu profonde, et, une dizaine de pieds plus bas tout au plus, les talons du capitaine touchèrent le sol de terre battue. Au-dessus, ahanant, descendait l'apothicaire.

— J'ai ici un laboratoire secret prêt à servir, expliqua-t-il en levant bien haut le candélabre. Il est moins dangereux de réaliser certaines expériences loin des regards indiscrets. Celle consistant à obtenir la pierre philosophale, par exemple.

Dans le champ lumineux on vit une table avec des fioles et des tubes, une chaise en bois grossier.

— Regardez par ici.

Walser s'arrêta juste au milieu d'une sorte de petite crypte. Là, il s'accroupit et gratta légèrement le sol. Apparut le couvercle en bois renforcé de métal d'un grand coffre. L'apothicaire en saisit la poignée des deux mains et le rabattit. Le coffre était vide.

— C'est ce que l'on appelle un « altyn-tolobas », c'est-à-dire un coffre imprégné d'une substance particulière ne laissant pas passer l'humidité. A l'époque où les Tatars dominaient la Moscovie, c'est dans de tels « tolobas » que les collecteurs de tribut du khan transportaient or, argent, zibelines. Les manuscrits peuvent bien rester là mille ans, il ne leur arrivera rien. Et personne ne les trouvera. L'essentiel est seulement de ne pas vous faire prendre quand vous sortirez les livres du Kremlin.

Pénétrer dans les caves du palais se révéla plus facile encore que ne l'avait supposé Cornélius. Quand les mousquetaires prirent leur garde (très tôt le matin, avant même les premières lueurs de l'aube), le capitaine repoussa une partie du tas de bois couvert de neige, laissant derrière un étroit passage permettant d'accéder à la porte de fer rouillée. Il tourna la serrure avec la pointe de son poignard, graissa les gonds avec de l'huile à fusil. Ensuite, en faisant sa ronde, il revint au même endroit et se glissa par la porte.

A l'intérieur aussi était entreposé du bois de chauffage, et cela depuis plus d'un an, à en juger par le réseau de toiles d'araignée qui recouvrait les bûches.

C'est tout à fait russe, pensa von Dorn tandis qu'il longeait les parois, une bougie à la main : on fait des provisions plus que nécessaire, et après on les laisse pourrir.

Tout au bout du passage, il découvrit une autre porte, en tout point semblable à la première, à cela près qu'il n'eut pas à se donner la moindre peine pour actionner la serrure, tellement rouillée qu'elle céda au premier tour de sa lame. Dans la salle suivante, une odeur de pourriture le prit à la gorge : celle de jambons fumés, moisis et rongés par les rats. Traversant le plus rapidement possible ce lieu puant, il gagna la salle suivante, vide. Là, se présentaient deux portes : l'une, à gauche, ouvrait sur une étroite galerie, l'autre, à droite, sur une longue enfilade de caves voûtées et basses. Cornélius les regarda tour à tour, mais décida de ne pas aller plus loin : pour une première fois, c'était suffisant.

La compagnie n'assurant la garde au Kremlin que tous les quatre jours, il fallut attendre le 9 janvier pour continuer les recherches. Ce jour-là, Cornélius s'engagea dans l'enfilade, sondant soigneusement chaque archine du sol. Avant l'expiration du délai de garde, il revint à quatre reprises dans les caves. Il explora deux salles et un caveau. Sans résultat : partout, le sol répondait à ses coups par un bruit sourd.

Il poursuivit sa recherche le 13. Il atteignit la fin de l'enfilade, c'est-à-dire l'extrémité nord du souterrain. De nouveau, rien, hormis une cave où étaient entreposés des tonneaux de vin. Cornélius avait voulu en transvaser un peu dans sa gourde. Il avait goûté : du bon vin hongrois, mais piqué. Oh, un tel trésor gaspillé !

Dans l'intervalle entre deux gardes, il était attaché au service d'Artamon Serguéiévitch, et courait voir Walser au faubourg dès qu'il le pouvait. Il ne lui restait presque pas de temps pour dormir, mais, de toute façon, quelque chose faisait qu'il n'en avait pas envie. S'il lui arrivait de sombrer dans le sommeil, quelque part dans un coin, sur un banc ou dans un traîneau, Cornélius rêvait alors des rubis scintillants du pays de Vouf et de Vouf lui-même : un pays inondé d'un soleil éclatant, avec des clochers alambiqués et des jardins odorants. Quant à Sachenka, le capitaine ne la voyait que fugitivement. Il avait expérimenté sur elle ses dents de rhinocéros, en la gratifiant d'un sourire jusqu'aux oreilles. Apparemment, cela avait produit son effet. La demoiselle avait regardé le rictus du mousquetaire avec un étonnement mêlé d'une sorte de crainte. Peu importe, quand la Libereia aurait rejoint l'altyn-tolobas, on verrait bien, des prétendants, lequel était le plus enviable : le prince Galitski ou quelqu'un d'autre.

Le 17 janvier, arrivé dans la troisième salle, von Dorn prit cette fois sur la gauche, vers la galerie. Désormais, il ne se contentait plus de sonder le sol mais également les murs. Eh bien, dès le premier coup, le mur de droite résonna creux. Le cœur de Cornélius bondit. Etait-ce possible ? Il pressa son oreille contre la paroi, frappa avec le manche de son poignard, cette fois de toutes ses forces. Pas de doute : du vide !

Il sortit faire le tour des postes de garde et, près du tas de bois, ramassa une tige de fer. Il retourna au précieux endroit. Après avoir dit une prière et craché dans ses mains, il commença à frapper le mur avec sa pique. Du premier coup il transperça la paroi et, du trou, s'échappa une odeur de pourri. Il plaqua son œil à l'orifice, mais, dans le noir, impossible de distinguer quoi que ce soit. Il se mit alors à taper avec une telle ardeur que, cinq minutes plus tard, toute une montagne de plâtre s'entassait à ses pieds.

Le capitaine se plia en deux et, muni d'un bout de chandelle, se glissa dans l'ouverture qu'il venait de pratiquer. Des coffres ! Sur trois étages, presque jusqu'au plafond !

Cornélius dut se contenir pour ne pas se jeter d'emblée sur le trésor. D'abord, comme il convient à un bon catholique, il rendit grâce à la Sainte Vierge : « Sois bénie, Sainte Mère de Dieu, patronne des... » Seulement alors, tremblant d'émotion, il souleva le couvercle récalcitrant, dilaté par l'humidité.

A l'intérieur, ses doigts palpèrent quelque chose de moite, évoquant des cheveux de femme emmêlés. Von Dorn approcha la bougie et se mit à gémir, en proie à une intolérable déception. Le coffre renfermait des ballots de fourrures, négligemment abandonnées depuis des lustres et complètement pourries. Même chose dans les autres coffres : des peaux de zibeline, pelées, impropres à tout usage. Quelqu'un les avait cachées ici une vingtaine sinon une trentaine d'années plus tôt et avait oublié de les en retirer. On eût dit que le palais du tsar reposait tout entier sur un amoncellement de provisions accumulées sans discernement et d'objets inutiles livrés à la pourriture.

Il ne trouva rien d'autre ce jour-là qui méritât d'être noté.

En revanche, lors de la garde suivante, le 21 janvier, Cornélius fit une étonnante découverte. La galerie le conduisit à une petite porte, qu'il n'arriva pas à enfoncer du premier coup : le fracas se propagea dans tout le souterrain. De ce côté, la voie se poursuivait, mais au lieu d'être droite, elle zigzaguait. En outre, les coudes formés par le curieux labyrinthe (dont on se demandait dans quel but il avait été creusé) semblaient répartis sans logique ni ordre apparent. A l'extrémité de chaque tronçon, un orifice noir, de forme carrée, apparaissait au plafond. Tout d'abord, le capitaine n'accorda pas d'importance particulière à ces ouvertures, pensant qu'elles avaient été percées dans le but de rafraîchir l'air, mais après le troisième ou le quatrième tournant, d'en haut lui parvinrent des voix assourdies mais tout à fait distinctes.

— Je vais te tordre le cou, fils de chien, rugit le trou d'une voix d'outre-tombe. Je vais crier « parole et action », et tu sauras ce que veut dire voler les chandelles du souverain. Tu en as piqué beaucoup ?

— Efrem Silitch, répondit plaintivement le voleur invisible. Deux petites bougies en tout et pour tout, pour lire le saint psautier. Ne me dénonce pas, je t'en prie par le Christ-Dieu !

— C'est bon. Demain, apporte cinquante kopecks, et je ne te dénoncerai pas. Et gare à toi la prochaine fois. Ah, il est bien, le dapifer du tsar.

Emerveillé par les caprices de l'éther, capable de transmettre les sons par des conduits d'air, Cornélius reprit sa marche. Au zigzag suivant, le plafond se révéla de nouveau bavard.

– « Et si ce voïvode ne cesse ses actes de concussion, le mettre aux fers, le ramener à Moscou et le livrer au ministère du Brigandage... » Tu suis ? Ecris aussi : « Le grand souverain dit également et les boyards... »

Quelqu'un était en train de dicter un papier officiel à un scribe, et ici, sous les palais, on entendait tout.

Sans cesser de taper le sol avec son épée, Cornélius accéléra le pas. Certains recoins du passage secret restaient muets, d'autres discutaient, riaient, priaient. Et l'on distinguait chaque mot, même murmuré.

Désormais, la raison de ce labyrinthe était claire : il n'avait pas été percé arbitrairement, au petit bonheur la chance, mais de manière calculée, afin de pouvoir espionner chaque pièce du palais. Qui avait imaginé cette subtile construction, Cornélius l'ignorait, mais, de même que pour les jambons, le vin hongrois et les peaux de zibeline, cette prévoyance ne servait à personne. A en juger par l'épaisse couche de poussière accumulée sur le sol de pierre, il y avait des temps et des temps que personne n'avait pénétré ici afin d'espionner les hôtes du terem.

En une heure de déambulation sous terre, Cornélius en entendit de toutes sortes, mais à l'endroit où le passage se divisait brusquement en deux, au-dessus de lui retentit une voix qui le fit s'arrêter. Comme cloué au sol, le mousquetaire cessa même de taper sur les dalles.

– Tiens, de nouveau un bruit métallique, prononça d'un ton apeuré une chaude voix de ténor un peu sifflante. Tu as entendu, l'idiot ?

– Comment ne pas entendre, tsar bienheureux, esprit lumineux ? rima une voix de fausset. (Au palais, seul le bossu Balthazar, bouffon bien-aimé du tsar, s'exprimait ainsi.) C'est la méchante sorcière et son tisonnier de fer.

Hé, hé, hé, sur nous elle va sauter et les côtes nous chatouiller !

Le grand souverain en personne ! Ainsi, ses propres appartements étaient pourvus d'un trou d'écoute. Ça alors !

— Tu mens, avec tes histoires de sorcières ! Des gens de confiance m'ont dit que voilà déjà deux semaines que le terem résonne ici et là de ces bruits métalliques : gling, gling. Cela fait très peur ! Je sais qui c'est, je le sais très bien ! C'est l'Homme de Fer qui est venu me chercher, pour m'attirer dans la terre humide. Il était déjà venu rendre visite à mon père avant sa mort.

— Le Seigneur est avec toi, mon souverain, répondit le fou, cette fois sans bouffonner. Tu devrais moins écouter les commères et les colporteurs de ragots. Qui est donc cet Homme de Fer dont tu parles ?

— Je le sais bien, moi, qui il est, répondit Alexis Mikhaïlovitch en murmurant (néanmoins, chaque mot était parfaitement audible.) Toujours le même. C'est le Petit Voleur qui a grandi et qui veut nous exterminer, nous les Romanov, nous faire payer son enfance ruinée. Ceux qui l'ont vu, ce démon, disent qu'il a le visage blanc comme un linge et la poitrine tout en fer. Quelle horreur, Seigneur !

Là, se retournant, Cornélius accrocha son fourreau à une pierre, et le tsar poussa un cri perçant :

— Tiens, de nouveau ce cliquetis ! Seigneur Dieu, l'heure est-elle vraiment venue pour moi de descendre dans la tombe ? Ne pourrais-je vivre encore un peu, hein, mon Dieu ?

Le capitaine quitta sa dangereuse cachette sur la pointe des pieds et décida d'attendre la prochaine fois pour aller plus loin.

Le lendemain, quand il alla au faubourg, il demanda à Adam Walser qui était ce Petit Voleur et pourquoi le tsar le redoutait tant.

— C'est le fils de trois ans du tsar de Touchino, le Faux Dimitri, et de la belle Polonaise Marina Mnichek, expliqua le savant apothicaire. Afin que le garçon ne prétende pas au trône quand il grandirait, les Romanov l'ont pendu. Le bourreau a conduit l'enfant à la potence, enveloppé dans une pelisse. Il a passé sa petite tête dans le nœud et l'a étranglé. Beaucoup disaient qu'après un tel crime la nouvelle dynastie ne connaîtrait jamais le bonheur, que rares seraient les Romanov à mourir de leur belle mort, qu'ils termineraient comme ils avaient commencé : des scélérats feraient subir à leur progéniture un sort identique à celui qu'ils avaient réservé au Petit Voleur. Il va de soi que tout cela n'est que balivernes et superstition. Cela étant, je vous conseille de tirer profit de cette légende. La prochaine fois que vous irez vous promener dans les souterrains, mettez-vous un masque de tissu blanc. Quant à votre poitrine, elle est déjà en fer grâce à votre cuirasse. Ainsi, si jamais quelqu'un vous voit, il en conclura immédiatement que vous êtes l'Homme de Fer.

Le 25 janvier, Cornélius n'eut pas le loisir de descendre dans les caves, car le souverain se rendit en pèlerinage au monastère Novospasski, où il resta à prier toute la nuit. A cette occasion, au lieu de monter la garde au Kremlin, les mousquetaires de Matféiev allumèrent des feux le long de la muraille d'enceinte du monastère (c'était une nuit de gel) puis, quand le train du tsar prit le chemin du retour, ils firent la chaîne tout le long du faubourg de Pierre.

La veille, Cornélius avait eu une courte et peu intelligible conversation avec Alexandra Artamonovna. Il était tombé sur la demoiselle alors qu'il sortait de chez le boyard son père (ils étaient allés à Koukouï voir le général Bauman, dont c'était la fête). Sachenka se tenait dans la réception comme si elle attendait quelqu'un. Pas Cornélius par hasard ?

Voyant von Dorn, elle avait demandé de but en blanc :

— Dis-moi, Korneï, on dirait que tu m'évites, je me trompe ? T'aurais-je offensé de quelque manière ? Voilà longtemps que nous ne sommes pas allés à Sokolniki.

Sous son regard — un regard direct et insistant qui n'avait rien de celui d'une jouvencelle —, le capitaine s'était troublé, sans rien trouver à répondre. Il avait marmonné quelque chose à propos du service, de ses nombreuses obligations...

— Tu sais, je n'ai pas l'intention de te supplier, avait répondu d'un ton tranchant Sachenka, avant de tourner les talons et de sortir.

Cornélius n'avait pas du tout compris ce qu'il avait fait pour la mettre ainsi en courroux. Ivan Artamonovitch, qui assistait aussi à la conversation, s'était contenté de hocher la tête sans rien dire.

Le 29 janvier, von Dorn reprit son exploration à partir de l'endroit où le souterrain se divisait en deux. C'était la nuit et, grâce à Dieu, il n'entendit pas la voix du tsar. A tout hasard, par mesure de précaution, le capitaine avait suivi le conseil de l'apothicaire. Il avait dissimulé son visage sous un tissu blanc avec des trous pour les yeux, même s'il ne voyait pas qui il pourrait bien rencontrer dans les caves du palais. A la rigueur quelque fripon appartenant à la valetaille errant dans les caves abandonnées dans l'espoir de trouver quelque chose à dérober.

Au-dessus, on se taisait à cette heure tardive, et seul, ici et là, parvenait un ronflement. Toc-toc, toc-toc, martelait le fourreau, mais partout le même bruit sourd lui répondait.

Tout à coup, après un des tournants, il entendit murmurer dans un souffle :

– Mon amour chéri, je ferai pour toi ce que tu veux... Viens, viens ici, la nuit est encore longue.

Une scène d'amour ! C'était la première fois que Cornélius surprenait ce genre de conversation dans le si ennuyeux terem du tsar, et il dressa l'oreille. Des amants secrets, il ne pouvait s'agir de rien d'autre. A part le tsar et la tsarine, il n'y avait pas d'autres époux dans le palais.

– Attends un peu, ma tsarevna, répondit une voix d'homme, familière. Nous n'avons pas encore résolu notre affaire.

Galitski ! Qui d'autre que lui parlait avec de telles modulations qu'on avait l'impression qu'il était en train de faire rouler des pierres précieuses dans une poche de velours. Tsarevna ? Oui, mais laquelle ?

– Si l'on n'arrête pas Matféiev, le tsar va définitivement tomber sous sa coupe, continua la voix. Je passe beaucoup de temps chez lui et je lis dans ses pensées, à ce vieux renard. Il croit que je vais épouser sa cachectique de fille et se comporte ouvertement avec moi comme si j'étais déjà son gendre. Il cherche à entortiller le tsar pour qu'il ne désigne ni Fiodor ni Ivan comme successeur, mais Pierre. Il dit que les fils de Marie Miloslavski sont tous les deux chétifs et bons à rien, alors que le louveteau de Nathalie Narychkine est vigoureux et dégourdi. Pour le carnaval, lors de la promenade à Kolomenskoïé, ce fichu Artamon veut parler de ça avec le souverain. Tu connais ton père : Matféiev le mène par le bout du nez. Si nous n'arrivons pas à le contrecarrer, tu sais toi-même, Soniouchka, ce qui va arriver.

Soniouchka ? Ainsi Galitski se trouvait dans la chambre à coucher de la tsarevna Sophie ! Ah, le roublard, ah, l'intrigant ! Dans sa bouche, le chancelier devenait « ce fichu

Artamon » et Sachenka était « cachectique » ! Eh bien, prince, ces paroles te coûteront cher.

Dans un geste d'indignation (et de joie, pourquoi le cacher), von Dorn cogna le mur avec le coude de son armure, produisant un fracas métallique.

— Qu'est-ce ? demanda immédiatement Sophie. On dirait un bruit de ferraille. Ne serait-ce pas cet Homme de Fer dont parlent les servantes ? Tu as entendu, mon petit Vassili ?

— Comment ne pas entendre ? répliqua d'une voix sèche Vassili Vassiliévitch. Il n'y a aucun Homme de Fer ici. C'est plutôt quelqu'un qui nous épie toi et moi. Le bruit venait de cet endroit là-bas où il y a une grille sous le plafond. D'ailleurs, à quoi sert-elle ?

— Je ne sais pas, Vassenka. Il y en a de semblables dans toutes les pièces. Pour empêcher l'air de stagner sans doute.

— Nous allons voir tout de suite.

On entendit un grincement, comme si on traînait par terre un banc ou une chaise, puis un cliquetis assourdissant. La voix du prince se fit soudain plus forte, au point que Cornélius eut l'impression que Galitski lui criait directement dans l'oreille.

— Tiens, mais c'est qu'il y a tout un passage ici. Une cheminée de pierre qui descend en biais. Eh bien, tsarevna, appelle donc les gardes. Qu'ils élucident ces prodiges.

Dans l'orifice, quelque chose crissa, des particules de chaux se mirent à tomber : de toute évidence, le prince était en train de fouiller avec sa main ou de gratter avec son poignard.

— Hé, toi ! Fais venir la garde ! retentit de loin la voix impérieuse de la tsarevna.

— Attends un peu avant d'ouvrir, murmura Vassili Vassiliévitch. Je vais sortir par cette porte… Donne-moi mes bottes et mon ceinturon. Là, sous le banc. Adieu, Soniouchka.

Cornélius s'attarda sur place, attendant de voir ce qui allait se passer. Il ne craignait pas la troupe de nobles qui constituaient la garde interne du Kremlin. Qu'auraient-ils pu lui faire depuis le premier étage, où se trouvaient les appartements de la tsarevna ?

Des bruits de talons retentirent, dans la chambre de Sophie firent irruption cinq ou six hommes, sinon plus.

– Vous croyez peut-être qu'on vous nourrit à ne rien faire ? leur cria la tsarevna d'un ton menaçant. On en veut à la vie de la tsarevna, on l'épie par cette cheminée secrète. Tiens, toi le rouquin, glisse-toi là-dedans et attrape-moi ce malfaiteur !

Un craquement de bois, une craintive voix de basse :

– Tsarevna, c'est étroit là-dedans, et sombre. Et ça descend à pic. Et si je me blesse ?

Sophic dit :

– Choisis ce que tu préfères. Tu peux te blesser ou ne pas le faire. Mais si tu n'y vas pas, je demanderai à mon père qu'on te pende pour incurie. Alors ?

– J'y vais, tsarevna, j'y vais. (Bruissement et cliquetis.) Ô, Reine des Cieux, ne m'abandonne pas !

Dans la cheminée de pierre retentit un fracas mêlé de hurlements, et von Dorn comprit que le garde du Kremlin allait sans tarder lui tomber sur la tête. Premier étage ou pas.

A peine se fut-il à la hâte réfugié derrière un coin qu'un grondement résonna dans le souterrain, immédiatement suivi d'un cri d'allégresse.

– Vivant ! Les amis, je suis vivant !

Cette nouvelle réjouit d'autant moins le capitaine qu'à ce cri de joie s'en ajouta un autre, lourd de menaces celui-là.

– Allez, suivez-moi ! Vous ne risquez rien, ça descend en pente douce !

Au mépris de toute prudence, le mousquetaire s'élança à toutes jambes dans la direction d'où il était venu. Alors qu'il courait en suivant les zigzags et les tournants, des trous d'écoute parvenaient maintenant cris et lamentations.

Voix de femme, glapissante :

– Des pillards au palais ! Ils tuent tout le monde !!!

Voix d'enfant, interrogative :

– Un incendie, hein ? Un incendie ? Nous allons tous brûler ?

Voix de basse, autoritaire :

– Que les mousquetaires prennent place le long des murs, qu'ils surveillent les fenêtres et les portes des caves !

Ah, malheur ! Désormais il ne pourrait plus sortir du souterrain sans que ses propres soldats ne s'emparent de lui.

Derrière, les bottes des gardes martelaient le sol, tout près. Ils allaient le prendre, lui donner l'estrapade afin de lui faire avouer pour le compte de qui il espionnait. Le pis, c'est que la réponse apparaissait évidente : n'était-il pas l'homme de confiance de Matféiev ? C'est pour le coup que les ennemis d'Artamon Serguéiévitch – les Miloslavski et Galitski – allaient pouvoir se réjouir !

Il était impossible de fuir par la remise à bois : la porte était certainement déjà surveillée. La situation était sans issue. A une fourche, il s'engagea dans un étroit passage qu'il n'avait jamais emprunté auparavant. De toute façon, il n'avait plus rien à perdre.

Les bottes des gardes s'éloignèrent, Dieu soit loué. Sur la pointe des pieds, serrant son épée contre lui, von Dorn s'enfonça dans les ténèbres. Dans sa course, sa chandelle s'était éteinte, et il avait bien trop peur de la rallumer.

Il trébucha contre une pierre et tomba bruyamment sur des sortes de marches. Derrière, les autres avaient-ils entendu ou non ?

– Hé, les gars ! Il y a eu du bruit par là-bas ! Vite, dans cette direction !

Ils avaient entendu !

A toute vitesse, s'aidant des mains et des pieds, Cornélius commença à gravir le sombre escalier. Le passage devint encore plus étroit, au point que ses deux épaules raclaient la paroi.

A un moment, le casque du capitaine heurta une pierre. Un cul-de-sac, était-ce possible ? Non, ce n'était qu'un palier entre deux volées de marches, il suffisait de tourner.

Il franchit encore quatorze marches. Une porte de fer. Fermée, et pas le temps de la défoncer.

Nouvelle volée de marches, nouvelle porte. Pareil : impossible de l'ouvrir.

Plus haut, plus haut. Vite !

Voilà, les marches s'arrêtaient. Impossible de grimper plus haut. Les gardes n'étaient pas encore arrivés en bas de l'escalier, mais ils ne tarderaient pas.

Cette fois, c'était la fin.

Il se mit à aller et venir sur l'étroite plate-forme, tâtonnant le long des murs dans un geste d'impuissance. Ses doigts s'accrochèrent à un petit pivot. Quelque chose grinça, craqua, puis brusquement le mur partit sur le côté et, à travers l'ouverture, se déversa une douce lumière.

Sans prendre le temps de réfléchir au sens et à la nature de ce prodige, Cornélius se rua en avant. Il traversa au galop un réduit avec une chaise percée (un cabinet d'aisances ?), puis une pièce plus grande avec un baldaquin de velours surmontant un immense lit et atterrit dans une chapelle.

Profusion d'icônes, cierges allumés posés sur des colonnettes dorées et, devant un crucifix finement ouvragé, incrusté de pierres précieuses, un barbu en chemise blanche agenouillé, front contre terre.

Entendant le fracas métallique, l'homme manqua s'étrangler au milieu de sa prière. Vers le capitaine, figé d'effroi, se tourna un visage aux yeux à fleur de tête et aux joues mafflues.

— Le Petit Voleur, prononça d'une voix sifflante le grand souverain Alexandre Mikhaïlovitch. Il est venu me chercher !

Le tsar porta à sa gorge sa main potelée, couverte de bagues, et se mit à remuer ses lèvres épaisses, mais ce qui en sortit n'était déjà plus un sifflement mais un râle étouffé.

C'était bien sa chance : avec son apparition inopinée, il avait effrayé Sa Majesté le tsar ! Mais qui aurait pu penser que ce passage secret donnait sur les appartements du souverain ?

Cornélius se précipita sur le monarque, mais à ce point affolé qu'il en oublia son russe.

— *Majestat ! Ich...*[1]

En regardant le visage recouvert de blanc avec deux trous à l'endroit des yeux, Alexis Mikhaïlovitch eut un hoquet, puis bascula mollement sur le côté.

Malheur ! Il fallait un médecin.

Le capitaine sortit de la chapelle par l'antichambre, retirant son masque tout en courant. On se mit à tambouriner à la porte, et Cornélius fit un bond de côté pour se réfugier derrière la portière. On frappa de nouveau, cette fois de façon plus insistante et, sans plus attendre de réponse, la porte s'ouvrit sur toute une troupe : trois hommes en cafetans blancs cousus d'argent — les gentilshommes de la chambre —, suivis d'autres nobles, dont certains en simple chemise.

— Majesté ! crièrent-ils d'une même voix. Un malfaiteur s'est introduit dans le terem ! Nous sommes venus protéger ton auguste personne !

1. Majesté ! Je...

L'antichambre fut bientôt entièrement remplie de protecteurs : beaucoup voulaient se distinguer devant le souverain. Aussi, quand en catimini le capitaine sortit de derrière la portière, personne ne lui prêta la moindre attention.

Dans le vestibule, le chef des gardes, un haut dignitaire du nom de Berséniev, fondit littéralement sur Cornélius.

– Qu'est-ce que tu fiches ici ? Il y a bien assez de zélateurs sans toi ! Va rejoindre tes mousquetaires, capitaine ! Ta tâche est de protéger le palais de l'extérieur ! Prends garde que la souris ne file par un trou !

Von Dorn n'eut pas à se le faire répéter deux fois. Il s'inclina devant Berséniev et, d'un pas rapide et affairé, descendit contrôler les postes de garde.

C'est à peine s'il eut la patience d'attendre que les piquiers arrivent pour prendre la relève des mousquetaires. Il en aurait des choses à raconter à Artamon Serguéiévitch ! Evidemment pas sur la façon dont il avait par inadvertance fait irruption dans les appartements du tsar – le boyard n'avait pas besoin de connaître cet épisode –, mais à propos de Galitski. Voici le genre de fiancé que vous essayez d'appâter, Excellence !

Mais le chancelier n'était pas chez lui : dès l'aube, une estafette du palais était venue chercher Artamon Serguéiévitch, sa présence urgente étant requise auprès du souverain. Mais qu'importait, il pouvait tout aussi bien faire part au Nègre de sa découverte concernant le prince.

Cornélius expliqua sa présence dans les caves du terem par un zèle méritoire. Il avait, dit-il, décidé de vérifier si des malfaiteurs ne risquaient pas de s'introduire dans le terem en passant par les anciennes caves, et là, par hasard, il était tombé sur une galerie pourvue de trous qui permettaient d'entendre tout ce qui se disait au-dessus.

Ivan Artamonovitch écouta, ses paupières brunes et ridées réduites à deux fentes à travers lesquelles, de temps à autre, ses yeux lançaient au capitaine des regards vifs et pénétrants. Il n'exprima ni étonnement, ni émotion, ni colère. Il écouta avec le même calme toutes les stupéfiantes révélations : la liaison amoureuse entre le prince et la tsarevna Sophie, les paroles offensantes prononcées à l'encontre d'Artamon Serguéiévitch, l'intention qu'avaient les amants de contrecarrer les projets de Matféiev.

Cornélius commença avec fougue mais, ne rencontrant pas l'écho attendu de la part du majordome, son ardeur retomba peu à peu.

L'ayant écouté jusqu'au bout, Ivan Artamonovitch s'exprima en ces termes :

– La débauche à laquelle se livre la tsarevna avec Galitski est un fait connu de longue date. Si besoin est de chasser le prince du Kremlin, Artamon Serguéiévitch en parlera au souverain mais, en attendant, qu'ils prennent du bon temps, ce n'est pas bien grave. Quant à contrecarrer les desseins du boyard, Sophie et Galitski n'ont pas le bras assez long pour cela. Et pour ce qui est des paroles désobligeantes à l'encontre d'Alexandra Artamonovna, c'est sans importance. Le boyard n'a jamais eu la moindre intention de lui donner sa fille, à ce vil personnage. Nous savons que le prince est à la solde des Miloslavski. Artamon Serguéiévitch l'admet délibérément dans son entourage, afin qu'il croie avoir gagné sa confiance.

Ainsi, Cornélius n'avait rien appris de nouveau au Nègre. Le capitaine aurait dû en être affecté, mais l'information selon laquelle le boyard n'avait nulle intention d'accorder au prince la main de Sachenka compensait largement sa déception.

Voyant von Dorn s'empourprer, Ivan Artamonovitch gémit, soupira, puis fit brusquement dévier la discussion dans une direction inattendue.

— Korneï, veux-tu que je te raconte une belle histoire ?

Le mousquetaire crut avoir mal entendu, mais le majordome continua comme si de rien n'était.

— C'est un conte très ancien de mon peuple. Je l'entendais de ma grand-mère quand j'étais gamin. Il était une fois un crocodile, un gros lézard des marécages. Il restait tranquillement près de son étang à manger des grenouilles et des crapauds, loin de tout souci. Or, une nuit, le crocodile connut un grand malheur. Regardant dans l'eau, il y vit le reflet de la lune et en perdit la tête. Le court sur pattes n'eut plus qu'une envie : se marier avec la lune. Elle était si blanche, si belle, avec sa face ronde. Mais voilà, comment l'attendre, elle qui vivait dans le ciel ? Il eut beau réfléchir, réfléchir, aucune idée ne lui vint. Et toi, capitaine, qu'aurais-tu conseillé au crocodile ?

Cornélius écouta le conte, plus mort que vif. Il baissa la tête et marmonna :

— Je ne sais pas…

— Dans ce cas, écoute ce que je vais te dire. (Le ton d'Ivan Artamonovitch se teinta de sévérité.) Soit le crocodile doit s'envoler vers le ciel, soit c'est à la lune de tomber dans l'étang. Sinon, ils n'arriveront jamais à se rencontrer. Tu comprends à quoi je fais allusion ? Et maintenant, va, dors un peu après ta garde. Et si le sommeil ne vient pas, réfléchis à mon histoire. Tu me plais. Je ne voudrais pas que tu perdes la tête.

Mais von Dorn n'eut le loisir ni de dormir ni de penser au conte.

D'abord, à peine fut-il sorti de chez le Nègre qu'un exprès arriva en courant du Kremlin pour se ruer directement chez Ivan Artamonovitch. C'était évident : quelque chose était arrivé.

Cornélius, inquiet, demeura dans le vestibule.

Il n'attendit pas en vain. Très vite, deux hommes sortirent, le Nègre et le messager. Tout en fermant son cafetan de cérémonie, Ivan Artamonovitch, l'air sombre et tendu, murmura sans s'arrêter :

— C'est grave. Le tsar a eu une attaque pendant la nuit, il se meurt. Désormais, on peut s'attendre à tout.

Sur quoi, ils partirent au grand galop.

Von Dorn passa toute la journée qui suivit à errer dans sa chambre, tenaillé par une question : était-il possible que le grand souverain n'ait pas supporté la frayeur qu'il lui avait faite ? Il avait poussé un râle et ne s'était pas relevé. Ah, quel malheur, quelle honte !

Vers le soir, Adam Walser fit irruption, le visage couvert de taches rouges, le regard enflammé. Il entra sans frapper et demanda sans préliminaires :

— Vous connaissez la nouvelle ? Sa Majesté a eu une attaque d'apoplexie. On doute qu'il passe la nuit. Tous les boyards sont à son chevet, ainsi que le haut clergé, Taïssi en tête. On va lui administrer les derniers sacrements. Ce qui veut dire que l'heure a sonné pour nous d'aller chercher la Libereia.

— Où cela, au Kremlin ? s'étonna von Dorn. Est-ce bien le moment ?

— Comme s'il s'agissait du Kremlin ! s'écria l'apothicaire, agacé. La bibliothèque se trouve dans un tout autre endroit !

Cornélius fut frappé de stupeur.

— Mais alors, vous l'avez trouvée ? !

— Oui !

Chapitre onzième

Parlons des bizarreries de l'amour [1]

A trois cents mètres de la Taverne et de ses lumières, Nicholas se retrouva dans un square sombre et désert. Il s'assit sur un banc de bois, afin de dresser son plan d'action.

Le plan refusait de s'établir. Dans les conditions présentes, le problème n'avait pas de solution. Quelles diable d'actions aurait-il bien pu entreprendre ? Lever la tête et hurler à la lune, voilà tout ce qui lui restait à faire.

Il ne pouvait pas se rendre aux autorités. Il ne pouvait pas partir. Il n'avait nulle part où passer la nuit. Aucune aide à attendre de qui que ce soit. Il avait des bourdonnements dans la tête. Et très très froid. Comme dans cette détestable chanson de Chris de Burgh, *Minuit à Moscou.*

Il ne fallut pas très longtemps pour que la peur, l'angoisse et le froid aient raison de son ébriété mais, avec elle, faiblit également son intention de plonger son épée « jusqu'à la garde ». A vrai dire, même sa seconde décision – noble et courageux, s'en aller dans la nuit – lui paraissait maintenant idiote (il regrettait tout particulièrement son blazer, qui lui aurait évité d'avoir si froid).

1. Vers extrait de *La Gavriliade* de A. Pouchkine. (*N.d.T.*)

Etait-ce à dire qu'il devait retourner dans la chaleur et la lumière ? Accepter l'aide de Vladik ? Abandonner définitivement tout amour-propre ? Et mettre en danger son ami ? Pour rien au monde !

« Et Altyn alors ? Tu l'as bien mise en danger, dit à Fandorine la voix de sa conscience. A l'heure qu'il est, les patrons de Chourik sont peut-être en train de la cuisiner en refusant de croire qu'elle ne sait rien sur toi. »

A cette abominable pensée, Nicholas bondit de son banc, prêt à se rendre immédiatement à Beskoudniki, au besoin en courant s'il ne trouvait pas de voiture. Il se rassit : il ne connaissait même pas l'adresse exacte, et les immeubles, dans cette banlieue-dortoir, se ressemblaient tous comme des balles de coton.

Le téléphone ! Ce n'était tout de même pas pour rien qu'il avait appris par cœur son numéro !

Fandorine ouvrit son attaché-case, mit en marche son Ericsson et, après une courte hésitation, composa les sept chiffres du numéro.

Après une première sonnerie, la voix de la journaliste retentit dans l'appareil :

— Allô... Allô... Qui est-ce ?

Nicholas se taisait, en proie à un profond soulagement. Il lui était bien sûr impossible de répondre, car il y avait toutes les chances que la ligne soit surveillée. Mais il n'avait pas envie de raccrocher : dans la nuit froide, la voix sonore d'Altyn lui apportait un peu de chaleur.

— Allô, qui est-ce ? répéta-t-elle, avant de demander d'un ton rageur : C'est toi, espèce de salaud ? Attends un peu que je remette la main sur toi ! Réponds, crapule, au lieu de te taire !

Affolé, Nicholas appuya sur le bouton *end*. Apparemment, Altyn avait tout de même mal compris le sens de son message. Pour qui le prenait-elle donc ?

Et le maître en histoire transi de froid sombra dans le découragement.

Que faire ? Que faire ?

Impossible de se tourner vers ses amis, que ce soit Vlad Soloviev ou Altyn Mamaiéva (pour autant que cette dernière considère encore ce salaud de Britannique comme un ami, ce dont on pouvait douter). Il ne pouvait pas non plus s'adresser à mister Pumpkin : c'était un personnage officiel, il n'allait sûrement pas venir en aide à un homme soupçonné d'assassinat. Et pourtant, Fandorine ne s'en sortirait pas sans aide.

— Combien de temps encore vas-tu ainsi te lamenter sur ton sort ? se morigéna Nicholas. Eh bien, qu'est-ce que tu attends ? dit-il, s'adressant à sa cervelle. Vas-y, fonctionne, cherche une solution. De toute façon, à part toi, je n'ai personne sur qui compter.

La cervelle prit pleinement conscience de sa responsabilité. Elle cessa son hystérie et se mit au travail. Et là, il s'avéra que le problème avait une solution, de surcroît pas si compliquée. En fait, la seule possible.

Puisqu'il était exclu de demander de l'aide aux gentils, il n'y avait qu'à s'adresser aux méchants. Dans cette histoire, les *bad guys* étaient représentés par deux clans opposés, que l'on pouvait conventionnellement appeler le « clan de Chourik » et le « clan du Grand Sosso ». Quant à savoir de ces deux maux quel était le moindre, la réponse était évidente. La veille, le Grand Sosso et son « escadron » avaient protégé l'hôte étranger, pourquoi ne continueraient-ils pas aujourd'hui ? Pris à la gorge, le maître d'histoire ignorait complètement dans quel jeu compliqué il entrerait en s'adressant à eux, mais avait-il le choix ? Et là, au moins, il n'y aurait pas de problème de conscience. Dans ce thriller, Sosso Gabounia n'était pas du tout un personnage extérieur ni un innocent agneau, mais un des acteurs principaux.

Ainsi, la question *que* faire était résolue.

Restait à savoir *comment.*

Ni l'adresse ni le numéro de téléphone du dénommé Sosso Gabounia n'étaient connus. Et, d'ailleurs, que signifiait Sosso ? Ce ne devait pas être un vrai prénom, mais plutôt un surnom. Quoique non. Apparemment, Sosso était en géorgien le diminutif de Jossif, à savoir Joseph. C'est comme cela, en effet, que ses vieux amis appelaient Joseph Staline.

Donc, Joseph Gabounia. Quoi d'autre ? Président du conseil d'administration de la banque Eurodebet, s'il se rappelait bien le nom cité par Altyn. Dans ce cas, rien de plus simple : il suffisait d'entrer dans n'importe quelle cabine téléphonique, de chercher dans l'annuaire et le tour était joué.

Une demi-heure plus tard, définitivement transi, Nicholas revenait dans le square et s'asseyait sur le même banc que précédemment, la tête entre les mains. Dans aucune des trois cabines découvertes dans les rues avoisinantes ne figurait d'annuaire. Qui plus est, Fandorine n'avait nulle part remarqué de tablette sur laquelle aurait pu être posé le bouquin en question. Et s'il n'était tout simplement pas de coutume en Russie de pourvoir d'annuaires les cabines téléphoniques publiques ?

Diable, pourquoi dans ce pays tout était-il aussi compliqué ? A priori, trouver un numéro de téléphone était pourtant la chose la plus simple du monde. Nicholas restait assis, claquant des dents, fixant tristement l'attaché-case sur lequel il s'appuyait.

Tout à coup, il eut un éclair de génie. Pourquoi chercher un annuaire téléphonique quand ici même, dans sa mallette, se trouvait un ordinateur avec accès à Internet ? Une preuve de plus que l'excès de boisson est préjudiciable aux facultés intellectuelles.

Il s'empressa d'allumer son ordinateur, y connecta son téléphone et, en deux temps trois mouvements, trouva sur le web russe les pages jaunes de Moscou.

Eurodebetbank : adresse, téléphone des renseignements, e-mail, lien avec le site de la banque. Parfait.

Maintenant le site. Tout y était : capital social, membres fondateurs, président du conseil d'administration : Jossif Gouramovitch Gabounia. Et même le numéro de téléphone de son secrétariat.

Nicholas composa le numéro. Naturellement, à minuit, il ne pouvait attendre autre chose que la voix sépulcrale d'un répondeur : « Bonjour. Ici le secrétariat de Jossif Gouramovitch Gabounia. Votre appel est enregistré automatiquement. Veuillez indiquer votre nom et laisser votre... »

Cet échec (d'autant qu'il n'avait rien d'étonnant) ne découragea nullement Fandorine, à nouveau convaincu de la toute-puissance de la raison humaine. Il était bien sûr possible de tenir jusqu'au matin, puis de se rendre directement à l'adresse de l'Eurodebetbank, mais, primo, cette nuit en plein air risquait de se terminer par une pneumonie et, secundo, pourquoi remettre au lendemain ce qu'on pouvait faire le jour même ?

Nicholas retourna sur Internet et demanda au moteur de recherche de sélectionner toutes les pages comportant la combinaison de mots suivante : Jossif + Gabounia + Eurodebet. La récolte se révéla assez fructueuse.

Après avoir rapidement parcouru les articles sélectionnés, Fandorine choisit les deux plus volumineux.

Tout d'abord, dans un numéro de la revue *Secrets* daté de novembre de l'année précédente, il lut un article intitulé « Les capitaines du business russe », où il apprit beaucoup de choses fort intéressantes sur la biographie de Jossif Gouramovitch.

A en juger par tout ce qui était écrit, il s'agissait d'un homme hors du commun : trafiquant étroitement lié aux milieux criminels de Géorgie à l'époque soviétique ; trois séjours en prison ; titulaire de deux maîtrises et même d'un doctorat en sciences économiques. Certes, l'auteur de l'article précisait non sans malice qu'il s'agissait de diplômes « made in Georgia », mais tout de même. En affaires, la palette d'intérêts de monsieur Gabounia n'était pas moins variée que chez Vladik, l'ami de Nicholas, mais, dans la Russie contemporaine, cet éclectisme était apparemment considéré comment étant dans l'ordre normal des choses.

Toute cette information était incontestablement utile. Dommage seulement que nulle part ne soit indiqué comment trouver Jossif Gouramovitch maintenant, en plein milieu de la nuit. Puis Fandorine se plongea dans la lecture d'un article plus léger, tiré du magazine *En face* qui, le mois précédent, avait consacré un numéro entier au magnat géorgien.

Dans l'obscurité, la voix grognon d'une vieille femme retentit :

– Ils sont devenus complètement fous !

Fandorine tressaillit et leva la tête. Non loin, lorgnant vers le banc d'un air hostile, clopinait une vieille dame d'allure miteuse, dont on se demandait ce qu'elle pouvait bien faire là à pareille heure. A la main, elle tenait un cabas dans lequel tintait quelque chose, et Nicholas se rappela les paroles énigmatiques de Vladik à propos d'une mémé qui ramassait des bouteilles vides. De toute évidence, c'était d'elle qu'il s'agissait.

On pouvait comprendre la pauvre femme. La nuit, les bosquets sombres, et un homme en chemise blanche qui regarde dans une espèce de boîte d'où provient une lueur surnaturelle. Etrange spectacle en vérité. Nocturne urbanistique.

Fandorine se remit à fixer avidement l'écran.

Jossif Gabounia, l'homme du mois. Sur la couverture du magazine, un gros type à l'air débonnaire et vêtu d'un smoking gris souriait de sa bouche lippue, un minuscule toy-terrier noyé dans sa grosse main charnue, couverte de diamants. Une vraie caricature de nouveau riche !

Nicholas passa en revue la série de photos légendées. Jossif Gouramovitch à l'église, le jour de son mariage avec le top model Sabrina Swing (une blonde d'une beauté indescriptible). Jossif Gouramovitch (l'air tendu et malheureux) en tenue de tennisman et une raquette à la main, participant au tournoi « Le grand chapeau ». Jossif Gouramovitch embrassant Joujou, son chien préféré (air effrayé du toy-terrier). Jossif Gouramovitch inaugurant un internat pour enfants aveugles et sourds-muets (gros plan sur la mine affligée du bienfaiteur, visage gras et plissé, larmes aux yeux).

Le texte était à l'avenant. C'était clair : il s'agissait d'un article de commande, de toute évidence généreusement rétribué. Fandorine le relut deux fois de suite en attachant une attention toute particulière aux paragraphes où était décrite la maison de campagne du banquier. Pas un seul détail auquel se raccrocher. Le « mont Nicolas », allez savoir où c'était !

A moins que l'on puisse tirer quelque chose du passage concernant le club Pedigree. L'auteur de l'article affirmait que Jossif Gouramovitch aimait y passer ses soirées à jouer au poker et au billard avec les membres de cette assemblée exclusive (le mot « exclusif » semblait beaucoup plaire au journaliste, car on le rencontrait un nombre incalculable de fois dans le texte) qui n'acceptait dans ses rangs que les rejetons des plus anciennes familles. Parmi les plus brillants représentants de ces vieilles lignées d'aristocrates et partenaires permanents de Jossif Gouramovitch, étaient mentionnés un célèbre sculpteur, héritier d'une famille princière géorgienne, un réalisateur de cinéma, qui aimait à évoquer ses racines nobles, et également quelques autres stars de niveau local dont les noms ne disaient rien à Fandorine.

Après tout, qui ne tente rien n'a rien.

Nicholas trouva sur Internet les coordonnées téléphoniques du club Pedigree. Il composa le numéro et demanda monsieur Gabounia.

— Jossif Gouramovitch ne se déplace pas au téléphone du club, répondit une voix suave de larbin. Appelez-le, je vous prie, sur son portable.

Bingo ! Le Grand Sosso était au club ! Mais voilà, comment se frayer un passage jusqu'à lui à travers la cohorte de loufiats ?

— Veuillez dire à monsieur Gabounia que Fandorine a cherché à le joindre. Pour une affaire urgente.

— Pourquoi, vous ne connaissez pas son numéro de portable ? demanda le larbin d'une voix déjà nettement moins sirupeuse. Jossif Gouramovitch n'aime pas qu'on le dérange lorsqu'il joue au billard. Je transmettrai quand il aura fini sa partie. Il a votre numéro, monsieur... euh... Fédorine ?

— Fan-do-rine, prononça Nicholas en détachant chaque syllabe.

Puis, après une courte hésitation, il indiqua son propre numéro.

Il ferma son ordinateur, accrocha son téléphone à sa ceinture de pantalon et se mit à courir dans le square en agitant les bras. Quand on pense qu'ils appellent ça l'été ! Il fait quelque chose comme treize degrés, pas plus ! Si, l'avant-veille, l'exigeant Nicholas avait trouvé minable sa chambre d'hôtel, il s'en souvenait maintenant comme d'un lieu de délices. Même la veille, sur la table à rallonges, il avait passé une nuit absolument merveilleuse. C'était un peu dur, bien sûr, mais en revanche il faisait chaud et, dans l'obscurité, il entendait le souffle régulier d'Altyn. Elle s'était endormie instantanément (Nicholas, lui, n'arrêtait pas de tourner et de se retourner) et, une fois, elle avait marmonné indistinctement quelque chose de plaintif, alors que, dans la réalité, il était impossible de l'imaginer se plaignant.

C'était vraiment bête. Son portefeuille était bourré d'argent, de cartes de crédit, et une chose aussi simple que passer une nuit sous un toit apparaissait comme un luxe indécent. Impossible de se pointer à l'hôtel sans passeport. Et quand bien même en aurait-il eu un, autant aller directement passer la nuit à la « maison d'arrêt », comme aurait dit sir Alexander, car aujourd'hui ils employaient un autre mot. Ah oui, CDP, cellule de détention provisoire.

Serrant contre lui sa mallette, Nicholas se tenait sous un arbre et regardait tristement, brillant de tous ses feux, le royaume d'Hermès, dieu du commerce. Des limousines se dirigeaient vers l'immense complexe, les portes de l'hôtel International ne cessaient de s'ouvrir et de se refermer, tandis que le citoyen du Royaume-Uni, diplômé de l'Université et descendant des croisés, faisait le pied de grue dans le noir, tel un vulgaire gavroche devant la vitrine du boulanger.

A l'angle de la rue qui menait au merveilleux palais, une longue Daimler-Benz s'arrêta, juste à la hauteur d'une demoiselle en jupe très courte et bottes très hautes. Elle se pencha vers la vitre, échangea quelques mots avec le conducteur et fit un geste furieux de la main, qui devait signifier quelque chose comme « va donc voir ailleurs ». La voiture repartit et, cinquante yards plus loin, freina à côté d'une autre demoiselle ressemblant comme deux gouttes d'eau à la première.

Nicholas était un adversaire résolu de la prostitution, honteux commerce dans lequel il voyait non seulement un foyer de criminalité et de maladies, mais également un outrage à la dignité humaine, celle des femmes en premier lieu. Jamais de sa vie il ne lui serait venu à l'esprit qu'il pourrait passer la nuit chez une adepte de l'amour vénal, mais à l'idée d'une chambre bien chauffée, d'un lit moelleux et de la douce lumière d'une lampe à abat-jour, le cœur de Nicholas se serra avec mélancolie. Simplement pour se réchauffer et dormir un peu, pour rien d'autre ! Payer pour un ensemble complet de services, s'allonger sous la couverture, enlacer son Samsonite et, ne serait-ce que quelques heures, rompre avec l'atroce réalité.

Mais non, c'était absurde. Et dangereux par-dessus le marché.

Toutefois, un quart d'heure plus tard, l'idée ne paraissait plus du tout aussi ridicule à Nicholas. Il y avait des choses autrement plus périlleuses, comme de se faire agresser et dépouiller ou, pis encore, se faire arrêter par une patrouille de la milice demandant à vérifier ses papiers.

Au moment précis où Nicholas faisait demi-tour en direction de la rue du vice, à sa ceinture, sonna son téléphone.

— Nikolaï Alexandrovitch ? roucoula une douce voix de baryton teintée d'un accent géorgien à peine perceptible. C'est très bien que vous ayez exprimé le désir de me rencontrer. Mes gens ont scanné le signal de votre portable. Vous vous trouvez quelque part à côté du Centre de commerce international, n'est-ce pas ? J'ai déjà envoyé une voiture vous chercher. Soyez dans dix minutes devant la porte principale. Il s'agit d'une Nissan Pathfinder noire.

Et, sans attendre de réponse, il coupa la communication.

Un homme intelligent, pensa Fandorine. Très intelligent, très précis, très calme. Pas du tout l'impression qu'il donne sur les photos du magazine. Ce qui veut dire qu'il est aussi très malin. Et donc doublement dangereux.

Peut-être devrait-il fermer son perfide téléphone et, pendant qu'il était encore temps, se fondre dans la nuit ?

Au volant, se trouvait le Géorgien moustachu qui avait exigé des excuses de la part de Chourik dans le couloir de l'hôtel Intourist. Nicholas essaya de discuter avec lui comme avec une vieille connaissance, mais l'autre observait un mutisme impénétrable : il avait apparemment reçu des instructions dans ce sens. Ou peut-être n'avait-il pas reçu pour instruction de lier conversation. Allez savoir comment ils fonctionnaient, ces spécialistes des affaires secrètes, et quels étaient leurs usages.

Le club Pedigree se révéla un ravissant petit hôtel particulier très ancien, égaré quelque part dans une des ruelles de la Ville Blanche. Nicholas s'orientait trop mal dans Moscou, surtout enveloppée dans les ténèbres de la nuit, pour en déterminer la localisation exacte. Mais une chose était sûre : le 4 × 4 avait dépassé l'Anneau des Boulevards.

Les hautes portes de fer s'ouvrirent sur une charmante cour, abondamment éclairée par des lampadaires. Nicholas grimpa les marches de pierre blanche, passa entre deux loups velus et poussa une porte vitrée.

Là, déjà, l'attendait un portier : en perruque poudrée, pourpoint à galons et bas blancs. L'homme fit un salut et confia Fandorine à un autre serviteur. Habillé de manière identique, si ce n'était ses épaulettes et ses aiguillettes dorées, ce dernier ne posa aucune question et conduisit Nicholas dans les profondeurs du bâtiment.

Le club était tout simplement remarquable : avec une fontaine au son cristallin, des tableaux sombres dans des cadres de bronze, des armes anciennes accrochées aux murs et des armoires antiques remplies de précieuse porcelaine. Tout cela plut énormément à Nicholas, quoique, si l'on voulait pinailler, les armoires n'étaient pas initialement conçues pour y ranger de la vaisselle mais des livres, et les tapisseries qui habillaient les sièges faisaient se heurter de front le vingtième siècle avec le dix-huitième. Mais, néanmoins, on voyait tout de suite que le club était au plus haut point « exclusif » et qu'on n'y laissait pas entrer qui voulait.

C'était manifestement ce qui expliquait les regards que Fandorine sentait peser sur lui tandis qu'il suivait le soldat de la Garde impériale. Le groupe de quatre imposants messieurs assis à une table de jeu, les deux dames tirées à quatre épingles debout près du bar et même les trois gaillards au visage rubicond et aux cravates de guingois, tous examinaient avec la même perplexité le grand flandrin en chemise défraîchie.

— Pour Jossif Gouramovitch, expliquait tout bas le guide à perruque poudrée à ceux qui exprimaient leur étonnement de manière par trop démonstrative.

Après la première salle, une seconde suivait, entièrement occupée par des tables. A certaines d'entre elles, mangeaient et buvaient des hôtes des deux sexes richement vêtus. Eh bien, ils étaient tout de même un certain nombre à en avoir réchappé, les rejetons des anciennes familles, pensa Nicholas avec un étonnement mêlé de respect en scrutant les visages. Sans doute se trouvait-il ici des représentants de familles liées aux Fandorine par le sang ou par mariage. Après tout, ils avaient vécu côte à côte durant trois cents ans.

L'orchestre — une harpe, un violoncelle et un piano à queue — jouait une mélodie mélancolique, tandis qu'une chanteuse au décolleté presque aussi long que sa robe interprétait quelque chose à propos des enivrantes soirées russes, à ne pas confondre avec les célèbres *Soirs de Moscou*, une chanson que Nicholas connaissait bien.

A l'extrémité de la salle, derrière une colonnade, étaient alignées trois tables de billard. Deux étaient vides, tandis qu'à celle du centre, un homme d'une corpulence considérable et portant un gilet de satin jouait tout seul. Nicholas reconnut immédiatement Jossif Gabounia. Il reconnut également le toy-terrier nommé Joujou qui dormait paisiblement sur la feutrine verte. La partie solitaire avait, semblait-il, pour objet de loger toutes les billes dans les blouses sans déranger le chien. Et il faut bien dire que le virtuose s'acquittait brillamment de sa tâche. Poussif, son énorme panse appuyée sur le rebord de la table, le Grand Sosso visait longuement, puis frappait d'un mouvement bref et précis. Les billes s'entrechoquaient, traçant une trajectoire idéale qui, infailliblement, se terminait par le balancement repu du filet. Apparemment habitué à ce rituel, le chien miniature ne se réveillait pas au bruit des boules qui se heurtaient, et c'est à peine si, de temps à autre, ses petites oreilles noires esquissaient un frémissement.

Entre les dents du banquier pointait un long cigare, à ses doigts velus des bagues brillaient d'un éclat aveuglant, tandis que, sur le rebord de la table, scintillait un verre de cristal rempli de cognac. A l'écart, sur une petite table de malachite, étaient posées une bouteille ventrue, déjà bien entamée, une coupe de fruits et une immense boîte de chocolats.

— Vous tâtez du billard, Nikolaï Alexandrovitch ? demanda le mastodonte en regardant Fandorine du coin de l'œil.

Puis, d'un simple mouvement de ses épais sourcils, il intima au larbin l'ordre de s'éloigner.

— Non, répondit brièvement Nicholas en scrutant l'intrigant personnage.

En chair et en os, il donnait exactement la même impression que sur les photos des magazines : une baudruche ridicule sortie d'un film hollywoodien sur les joyeuses années vingt et transplantée dans un club moscovite. Il expédia une nouvelle bille dans la blouse, se gratifia d'un chocolat et lâcha avec délectation un jet de fumée.

— Vous êtes issu d'une vieille famille ? ne put s'empêcher de demander Fandorine, essayant en vain de découvrir le moindre signe de noblesse dans la physionomie adipeuse et les manières du banquier. Si je ne me trompe, le grand duc Mikhaïl Nikolaiévitch avait un prince Gabounov comme trésorier. Vous êtes sûrement de la même famille ?

— Non, Nikolaï Alexandrovitch, répondit le Grand Sosso en secouant la tête d'un air désolé. Je suis sans doute le seul Géorgien au monde à n'être absolument pas d'origine princière. Plébéien héréditaire. Cependant, merci de m'avoir parlé de ce prince. Eventuellement, j'en ferai mon arrière-grand-père.

— Mais n'est-ce pas ici une sorte d'assemblée de la noblesse ? demanda Fandorine en baissant la voix. J'ai lu que ce club était exclusivement réservé à des gens ayant du sang bleu dans les veines.

— Du sang vert, comme les billets du même nom, corrigea Gabounia tout en frottant la pointe de sa queue avec la craie. Tu payes cinq mille dollars par an, tu obtiens une recommandation d'un des membres du club, et voilà, tu es noble. Sans la recommandation, c'est dix mille dollars. Mais vous, Nikolaï Alexandrovitch, vous êtes ici de plein droit. J'ai fait constituer un dossier sur vous, je sais que la lignée des Fandorine est connue depuis le douzième siècle. Si vous le voulez, je vous donne une recommandation pour faire partie du club.

— Je vous remercie, mais ce n'est pas la peine, répondit sèchement Fandorine, hésitant encore sur la façon de se comporter avec cet énigmatique monsieur.

Au téléphone il s'était exprimé en homme d'affaires, alors que maintenant il faisait le clown et n'avait, de toute évidence, aucune envie de parler sérieusement.

— Dors, mon petit Joujou, dors, mon joli mignon. (Longue visée, coup rapide, bille dans la blouse.) Bravo, Sosso. Tu as droit à une truffe. Vous ne voulez pas un petit chocolat ? Vous avez tort, on me les fait sur commande, ce sont mes préférés, dit Jossif Gouramovitch, continuant de débiter des sornettes. Et vous avez bien raison de ne pas vouloir devenir membre du club. Avec un nom pareil : Pedigree… Ceux qui ne connaissent pas l'anglais pensent que ce sont des éleveurs de chiens ou des pédérastes qui se réunissent ici. Il y en a même qui sont vexés quand on les invite. La direction voudrait changer le nom et appeler le club « Sang bleu », mais là aussi c'est à double sens, car, comme vous le savez probablement, chez nous, les gays sont appelés « bleus ».

Ayant achevé sa longue chanson sur les enivrantes soirées russes, la chanteuse annonça au micro :

— Et maintenant, conformément à la tradition, pour notre cher Jossif Gouramovitch, voici *Souliko,* sa chanson préférée.

Et, croisant les mains sur sa poitrine, elle entonna :

J'ai cherché la tombe de ma bien-aimée,
Mais il n'est pas facile de la trouver.

Un bruissement feutré d'applaudissements parcourut la salle. Gabounia mit sa queue de côté, s'inclina, puis fit mine de diriger l'orchestre.

— Quelle chiotte ! grommela le banquier, et, serrant les lèvre en cul-de-poule, il envoya un baiser à la chanteuse. Tu mérites des dattes plutôt que cent dollars, grognasse.

— Dites-moi, demanda doucement Nicholas. Pourquoi est-ce que vous faites ainsi le pitre ? En réalité, ce n'est pas du tout ce que vous êtes.

Jossif Gouramovitch ne marqua aucun étonnement face à une telle impertinence et se contenta de regarder Nicholas d'un œil luisant.

— Primo, Nikolaï Alexandrovitch, je suis en partie effectivement un pitre. (Il contourna la table, cherchant le bon angle pour son prochain coup.) Secundo, il ne faut jamais décevoir les gens. Ils attendent de moi un certain comportement, pourquoi irais-je détruire mon image de marque ? Par exemple, je ne peux pas supporter le tennis, et pourtant j'y joue. C'est à peine si ma raquette arrive de temps en temps à toucher la balle. Mais, comme on dit, ne gagne pas celui qui joue bien mais celui qui sait choisir ses partenaires. Ce qu'on admet du gros et ridicule Sosso quand il envoie ses balles dans le filet ne serait pas pardonné au Jossif Gouramovitch qui écrase tout le monde au billard et au poker. Dans un cas, je contente mon adversaire, dans l'autre, je me fais plaisir. Voyez-vous, Nikolaï Alexandrovitch, je ne perds jamais, même quand je ne marque pas un seul point, comme hier au tennis avec…

Là, il prononça un nom qui fit frémir Nicholas : était-il sérieux ? Oui, il en avait tout l'air.

Brusquement, le Géorgien tourna son corps massif vers Nicholas, puis, le regardant dans les yeux, il demanda :

— Nikolaï Alexandrovitch, qui êtes-vous exactement ?

Nicholas cligna des yeux. Que signifiait cette question ? Etait-elle sérieuse, ou le rusé banquier jouait-il de nouveau les imbéciles ?

– Oui, je sais que vous êtes citoyen britannique d'origine russe, poursuivit Jossif Gouramovitch, que vous êtes spécialiste d'histoire russe, que vous êtes arrivé avant-hier, que vous êtes descendu à l'Intourist et que vous vous apprêtiez à travailler aux archives. Je vous l'ai dit, j'ai tout un dossier sur vous. Mais je n'y ai rien trouvé permettant expliquer pourquoi le Grison vous a envoyé Chourik en personne. Autant dire que ce dossier est bon à foutre aux chiottes, il y manque l'essentiel vous concernant. Qui êtes-vous ? Etant donné que c'est vous-même qui êtes venu me chercher, vous ne devez pas être opposé à me raconter tout ça.

Etait-il possible que le Grand Sosso ne sache rien ? Non, c'était inconcevable. Il faisait semblant.

– Le Grison ? Quel Grison ? demanda prudemment Fandorine.

Gabounia eut un hochement de tête satisfait :

– Tiens, tiens, vous ne demandez pas qui est Chourik. Hier, il est vrai, vous avez eu le temps de faire ample connaissance avec lui. Etonnant, d'ailleurs, que vous soyez encore en vie.

– J'ai cru comprendre que vous n'y étiez pas pour rien, répondit Nicholas sur le même ton. Pourquoi vos gens me suivaient-ils ?

– Ce n'est pas vous qu'ils suivaient, mais Chourik. (Jossif Gouramovitch posa sa queue et se mit à essuyer ses mains barbouillées de craie.) Parce qu'il travaille pour le compte du Grison. Tout le monde sait que Chourik ne s'occupe pas de bricoles. Si le Grison l'a payé pour vous liquider, c'est que vous êtes quelqu'un de sérieux. Ce qui nous ramène à la question précédente : qui êtes-vous vraiment, Nikolaï Alexandrovitch ? Quel est le but de votre voyage à Moscou ? Et pourquoi le Grison cherche-t-il à se débarrasser de vous ?

S'il fait semblant, ce Gabounia est un remarquable acteur, se dit Fandorine. Et bien qu'il soit impoli de répondre à une question par une autre, il demanda :

— Je ne connais aucun Grison. Qui est-ce ?

Le Grand Sosso se mordilla les lèvres d'un air sceptique, puis poussa un soupir et répondit patiemment :

— Mon ennemi.

— Une histoire de vendetta ? demanda Nicholas, se rappelant ce qu'il avait lu sur le Caucase : les vengeances meurtrières, les serments prononcés la main sur un poignard, et autres coutumes exotiques.

— Pourquoi vendetta ? s'étonna le banquier. Simplement, depuis quelque temps, le Grison et moi commençons à nous marcher sur les pieds. Il a grandi, j'ai grandi, et nous nous sentons à l'étroit. Même en Sibérie, il n'y a pas assez de place pour nous deux. Le business, Nikolaï Alexandrovitch. Ou bien il me bouffe, ou bien — ce qui est plus probable — c'est moi qui le bouffe. Il n'y a pas de troisième voie. Aussi, le Grison et moi nous observons l'un l'autre dans l'attente du premier qui fera un faux pas... Vous voyez, Nikolaï Alexandrovitch, je suis franc avec vous, je réponds à toutes vos questions. Je compte sur la même franchise de votre part. Réfléchissez vous-même, est-ce que vous croyez vraiment pouvoir encore longtemps échapper à Chourik ? Or, moi, je peux vous protéger.

Nicholas esquissa un grimace. Décidément, aujourd'hui, tout le monde voulait le protéger. D'un côté, c'était flatteur, de l'autre, cela posait toutes sortes de questions. Altyn avait parlé d'intrigues à propos du partage de la compagnie Westsiboil. En Russie, le gaz et le pétrole rendaient tout le monde dingue. A croire qu'il n'y avait rien d'autre à partager dans ce pays que les combustibles. Mais quel était le rapport entre la bagarre des magnats du pétrole et un modeste chercheur en histoire ?

Apparemment, Sosso lui-même ne savait rien. Il avait constaté que son adversaire cherchait à liquider un Anglais de passage et avait agi selon le principe : démolis les plans de ton ennemi, même si tu ignores en quoi ils consistent.

« Je me suis adressé à vous parce que je suis un petit hérisson dans le brouillard et espérais avec votre aide dissiper ne serait-ce qu'un tout petit peu ce brouillard », faillit avouer sincèrement Nicholas, mais une chose était claire : le Géorgien ne pouvait rien lui expliquer. Ou bien il ne le voulait pas.

Le téléphone posé sur la table à côté de la boîte de chocolats se mit à sonner. Gabounia décrocha. Il écouta sans rien dire. Il leva un sourcil. Puis le deuxième suivit. Sans qu'on sache pourquoi, le regard du banquier vint se poser sur Nicholas et se fit aigu, pénétrant.

– Compris, Vladimir Ivanovitch, dit Sosso avant de raccrocher.

Il prit un chocolat, se mit à mâcher lentement, tout en continuant de regarder Fandorine de la même façon.

– C'était Vladimir Ivanovitch Serguéiev, mon conseiller pour la sécurité. Un ancien colonel du contre-espionnage, un homme au bras long. On vient de lui annoncer une nouvelle intéressante. Chourik a été retrouvé mort. Trois balles dans le ventre, trois autres dans la nuque... Je vois, Nikolaï Alexandrovitch, que cette nouvelle ne vous étonne guère. Vladimir Ivanovitch a également ajouté qu'en liaison avec cet événement un avis de recherche a été lancé contre un ressortissant britannique...

Nicholas se sentit blêmir. Et si le subtil Gabounia jugeait finalement plus utile pour lui de livrer le fuyard à la milice ?

L'air songeur, Jossif Gouramovitch fit tourner une des bagues qu'il avait aux doigts.

– Voici ce que j'en conclus : ce n'est pas pour obtenir une protection que vous êtes venu me voir. Apparemment, vous savez fort bien vous défendre tout seul. Alors, pourquoi êtes-vous là ? Vous avez une information à me vendre ? Si je peux l'utiliser contre le Grison, j'achète, et je paye bien.

Fandorine secoua négativement la tête.

— Ce n'est pas ça ? constata Sosso. Alors quoi ? Vous êtes venu me demander de l'aide, c'est ça ?

Nicholas s'apprêta de nouveau à secouer la tête, mais hésita. Après tout, c'était bien pour avoir de l'aide qu'il était venu. Que pouvait-il faire seul, dans un pays étranger, une ville étrangère, recherché par la milice et la mafia ?

Gabounia versa du cognac dans deux verres.

— Compris. Vous avez besoin d'aide. Je vois que vous êtes quelqu'un de sérieux, vous ne perdez pas votre salive pour rien. J'apprécie les gens comme vous, surtout moi qui suis un incorrigible bavard... Vous savez quoi, Nikolaï Alexandrovitch, si vous ne voulez pas me parler de vos démêlés avec le Grison, ne le faites pas. Je vous aiderai de toute façon.

— Mais je ne connais pas de Grison ! laissa échapper Nicholas. Je vous jure !

Cette dernière exclamation chargée d'émotion et aux accents enfantins dut porter un rude coup à l'image de l'agent taciturne et réservé des services secrets de Sa Majesté (« Je m'appelle Bond. James Bond ») que Jossif Gouramovitch semblait s'être façonnée à son propos.

Le sourcil du magnat se souleva de nouveau. Il laissa de côté les verres pleins, prit sa queue et tapa dans la boule n° 6. Celle-ci dessina un angle aigu, contourna Joujou, toujours endormi, et se logea dans la blouse, après avoir heurté la boule n° 7, laquelle se mit à tournoyer autour de son axe, avant, à son tour, de se diriger directement vers le filet.

— Vous savez, Nikolaï Alexandrovitch, dit le banquier après une assez longue pause, peut-être suis-je un gros — dans tous les sens du terme — imbécile, mais je suis tenté de vous croire. Je pense en effet que vous n'avez aucune idée de qui est le Grison ni de la raison qui le pousse à vouloir vous tuer. Je ne suis pas né de la dernière pluie et je sais par expérience que les intérêts humains se heurtent parfois de la manière la plus saugrenue. (Nouveau tir.) Ah, cette boule ! Quelle merveille ! Cela mérite bien un chocolat praliné. (Après s'être récompensé pour ce nouveau coup de maître, Jossif Gouramovitch reprit :) Admettons que vous ne connaissiez pas le Grison, lui, en revanche vous connaît. Il a lancé Chourik à vos basques, et ça, ce n'est pas de la gnognotte. Ça prouve à quel point monsieur le Grison tient à entraver vos projets. Ce qui signifie que Sosso — c'est ainsi que m'appellent mes amis — a d'autant plus envie de vous aider à les mener à bien, quel qu'en soit l'objet. Mais, au fait, en quoi consiste votre travail ? Qu'êtes-vous venu faire à Moscou ? Seulement, répondez franchement.

Nicholas répondit en comptant sur ses doigts :

— Lire un vieux manuscrit aux archives. Chercher les traces de mon ancêtre Cornélius von Dorn, qui vécut il y a un peu plus de trois cents ans. Rassembler des matériaux pour un livre. Et c'est tout…

Il sentit lui-même que ses paroles sonnaient de façon ridicule et peu convaincante, mais Sosso l'écouta attentivement, en hochant la tête d'un air méditatif.

— Eh bien, dans ce cas, lisez, cherchez, rassemblez… J'ignore ce que votre respectable ancêtre a pu faire de mal au Grison, mais vous devez mener à bien votre tâche. Pour ma part, je vous aiderai de toutes les manières possibles. Toutes, répéta avec insistance Gabounia. Alors, professeur, on se met au travail ?

– Je ne suis pas professeur, mais seulement maître en histoire, marmonna Nicholas tout en recommençant à peser le pour et le contre.

De toute façon, il ne pouvait pas fuir la Russie. En admettant qu'il parvienne à quitter le pays avec de faux papiers, que vraisemblablement Sosso saurait lui fournir tout aussi bien que Vladik, que se passerait-il après ? Pénétrer sur le territoire du Royaume-Uni muni de faux documents était considéré comme un délit de droit commun. Sans omettre que le ministère russe des Affaires intérieures pouvait déposer une demande d'information officielle concernant Nicholas A. Fandorine, soupçonné d'assassinat. Dès demain matin, mister Lawrence Pumpkin pouvait très bien recevoir un avis de la part des autorités compétentes.

Non, la fuite n'était pas une solution. Ce qui voulait dire que, dans tous les cas, il devrait prolonger son séjour à Moscou.

La cause de toutes ses mésaventures se trouvait dans la lettre de Cornélius, nulle part ailleurs. Or, que recelait cette lettre ? Une indication quant à l'emplacement d'une cachette abritant une certaine « Libereia d'Ivan »

Pourquoi le document volé avait-il été subrepticement rendu ?

De deux choses l'une : ou bien les voleurs avaient compris qu'il ne présentait aucun intérêt, ou bien, à l'inverse, ils n'avaient plus rien à faire de la lettre car, ayant pu utiliser les explications qu'elle contenait, ils avaient d'ores et déjà trouvé ce qu'ils cherchaient.

Mais non, mais non ! Nicholas se mit à s'agiter face à l'évidence qui venait de s'imposer à lui. Sosso regardait fixement l'Anglais, qui gesticulait sans rime ni raison.

Tout était bien plus simple et bien plus logique ! Les voleurs avaient lu la lettre et, constatant qu'elle était en partie chiffrée (allusions au Rocher de Théo, au nombre de filles de l'ancêtre Hugo...), ils avaient compris que, mis à part un spécialiste de l'histoire de la famille von Dorn, personne ne pourrait résoudre l'énigme qu'elle contenait. Ils avaient à dessein rendu la lettre à Nicholas, afin qu'il s'attelle aux recherches. Quant à eux, leur intention était probablement de suivre attentivement tous ses faits et gestes. Dans ces conditions, allait-il se laisser manipuler par ce mafieux surnommé le Grison et ses tueurs à gages ?

Toutefois, l'affaire méritait d'être examinée sous un autre angle. Si les bandits étaient à ce point certains que la lettre avait une réelle valeur, pourquoi lui, descendant direct de Cornélius, ne voulait-il pas entendre l'appel de son aïeul ? Chourik avait disparu de la circulation. Le Grison en était pour ses frais. Pourquoi ne pas chercher lui-même la « Libereia d'Ivan » ?

Nicholas se sentit palpiter en imaginant ce que cela impliquait : trouver la cachette ensevelie du capitaine von Dorn ! C'est finalement cet émoi irrationnel, mystique, qui fit pencher la balance.

— Très bien, prononça lentement Fandorine. Je vais essayer. De vous, monsieur Gabounia, voici ce que j'attends : un, que personne ne vienne me distraire de mes recherches...

— Qu'on vous protège ? acquiesça Sosso. C'est comme si c'était fait. Je vais vous attacher les services de Vladimir Ivanovitch. Il veillera sur vous mieux que Korjakov sur le président. Deux ?

— Je suis recherché par la milice, or il me faut absolument certains livres, matériaux, documents anciens...

— Donnez la liste à Serguéiev, il vous trouvera tout ce dont vous avez besoin. N'importe quel livre, n'importe quel document. Dût-il les sortir des archives du FSB. Quoi d'autre ?

— J'aimerais pouvoir me changer, fit Nicholas avec un soupir en regardant avec dégoût sa chemise crasseuse et son pantalon rafistolé. Vous pouvez m'arranger ça ?

— Le problème est compliqué mais soluble, plaisanta le banquier en prenant les deux verres. Nous avons beaucoup de choses en commun vous et moi, Nikolaï Alexandrovitch. Nous sommes l'un comme l'autre confrontés à de gros problèmes. Eh bien, buvons à ce que tous se règlent aussi facilement.

— Non, non, je vais être malade, s'affola Fandorine. J'ai déjà bu aujourd'hui. Beaucoup.

Apparemment, en Russie, cet argument n'était pas considéré comme valable. Jossif Gouramovitch sourit aux paroles de Fandorine comme s'il s'agissait d'un bonne blague et lui glissa le verre entre les doigts.

— C'est du cognac vingt ans d'âge. Il n'a encore jamais fait de mal à personne. Seulement du bien. Vous faites comme Monte-Cristo chez le comte de Morcerf : vous ne buvez ni ne mangez, c'est ça ? Enfin, est-ce que nous sommes ennemis ? Nous venons de conclure un marché mutuellement avantageux, il faut arroser ça. Votre intérêt est évident. Et pour moi c'est un investissement utile dont j'attends de solides dividendes.

Indécis, Fandorine regarda le liquide mordoré. Et s'il acceptait un seul petit verre pour éviter le rhume après ce séjour dans le square ?

— Buvons à nos problèmes, cher Nikolaï Alexandrovitch, dit le banquier en trinquant, parce que, sans problèmes, la vie est d'un ennui mortel.

— Je me serais fort bien passé de votre Grison, bougonna hargneusement Nicholas, vidant néanmoins son verre.

Gabounia n'avait pas menti. Après un seul petit verre de cette boisson magique, Fandorine se sentit tout de suite bien. Si bien qu'il ne pouvait y avoir qu'une seule explication :

grâce à cet apport supplémentaire, tous ses précédents investissements alcooliques, un temps gelés par le froid et la tension nerveuse, commençaient à donner des dividendes. Les Russes avaient une expression pour décrire ce phénomène, il faudrait qu'il la retrouve.

– Que vient faire le Grison dans l'histoire ? s'étonna Sosso. Le Grison n'est pas un problème, mais une petite écharde sur mon gros cul. Et cette écharde, je vais l'arracher. Avec votre aide, je l'espère. Non, cher Nikolaï Alexandrovitch – donnez-moi donc votre verre –, mes problèmes sont autrement plus sérieux.

Ils vidèrent un nouveau verre, qu'ils firent passer avec un chocolat, et le banquier reprit :

– J'ai trois gros problèmes. Un : je pèse cent vingt-quatre kilos, je dois maigrir, mais j'aime manger. Deux : je suis malheureux en amour, j'ai des rapports bizarres avec ce noble sentiment. Et trois : je vais régulièrement à l'église, j'en ai même construit trois, je finance quatre asiles de vieillards, et pourtant, je ne crois pas en Dieu. Pas du tout, malgré tous mes efforts. Je lis des livres pieux, je prie, et tout ça, comme on dit, pour des prunes. Voilà ce que j'appelle des problèmes sérieux. Il faut les résoudre, mais comment : aucune idée.

Après le deuxième verre, Nicholas se sentit encore mieux. Il se retrouvait dans la situation classique, si souvent décrite dans les livres et au cinéma, de l'étranger victime de l'hospitalité agressive des Russes. Il y a aussi un mot en russe quand on recommence une tournée sans avoir complètement dessoûlé de la précédente, pensa Nicholas. Comment dit-on, déjà ? Mais ce qui le tracassait encore plus, c'est qu'il n'avait pas la moindre envie de s'arrêter.

Il tendit de nouveau son verre, regarda Jossif Gouramovitch et éprouva un brusque accès de sincère sympathie à l'égard de ce gros bonhomme qui en avait vu de toutes les couleurs, qui rusait et faisait le malin, mais qui, en même temps, s'épanchait à la manière d'un enfant.

Ce picotement attendri dans sa poitrine signifiait que Nicholas serait bientôt saisi de l'irrésistible envie de dispenser ses conseils. Le cognac vingt ans d'âge avait affaibli tous ses mécanismes de retenue. Il se domina une demi-minute de plus – le temps pour Sosso de placer les boules en triangle sur le tapis vert –, puis il capitula.

– Le problème de la foi est le plus simple de tous, dit-il.

– Vraiment ? s'étonna Gabounia, se figeant avec sa queue prête à tirer.

– Il ne faut pas faire d'efforts, il ne faut pas s'obliger à croire en Dieu. C'est peine perdue.

– Vous croyez ? Ça veut dire que je n'ai plus besoin de donner de l'argent aux asiles de vieillards ?

Coup sonore. Le triangle se dispersa en petites boules jaunes, dont aucune – véritable miracle – ne toucha Joujou, toujours endormi.

– Mais pourquoi cela ? Continuez de donner, c'est une bonne action, approuva Nicholas. Mais n'en attendez pas la grâce divine. Donnez, si vous en avez les moyens, et oubliez la foi. Si vous en ressentez le besoin, elle viendra toute seule le moment venu, mais vous ne la sortirez pas de votre âme par des subterfuges. On boit ?

Ils vidèrent leurs verres.

Nicholas fit passer son cognac avec un minuscule éclair au chocolat. Il était d'humeur conquérante, tous les problèmes du monde lui paraissaient simples et faciles à résoudre.

– Maintenant, parlons des bizarreries de l'amour, proposa-t-il. Il y a quelque chose qui ne va pour vous ? Vous avez pourtant une jeune et splendide épouse, je l'ai lu dans une revue.

– Elle ne m'aime pas, dit amèrement Sosso, ses grosses joues flasques s'affaissant tristement. La 8 contre la 9 et dans celle du milieu. Et toute la vie ç'a été pareil. C'est la fatalité. J'avais vingt ans quand je me suis marié pour la première fois. Ma fiancée était un ange, son papa était secrétaire du Parti. Ah, ce que je l'aimais, ce que je l'aimais ! Il y avait une chanson, *Un million de roses rouges*, vous vous souvenez ?

Nicholas secoua la tête : il ne s'en souvenait pas. L'espace environnant commençait à se conduire de manière aussi irresponsable qu'à la Taverne. Pire encore.

— Alla Pougatcheva la chantait. Ou plutôt, elle l'a chantée après, dans les années quatre-vingt. Eh bien moi, en 66, sans avoir besoin de Pougatcheva ni de personne d'autre, c'est toute la récolte de roses du kolkhoze Quarante ans d'Octobre que j'ai achetée pour ma Nino, et j'en ai tapissé toute la rue devant chez elle ! Voilà comme je l'aimais... Elle, elle se donnait des airs, m'humiliait, me traitait plus bas que terre. Avec les autres hommes, elle faisait la coquette. Elle me trompait... (La voix de Gabounia trembla à l'évocation de ces amers souvenirs.) Un jour je n'ai plus supporté, je l'ai tuée.

Fandorine avala son cognac de travers.

— Trente ans ont passé, le rassura Sosso. J'étais jeune, fougueux. Je n'avais pas encore terminé mes études à l'université. A l'époque, les lois étaient strictes, je suis resté six mois en prison ! (Il leva fièrement le pouce, puis aussitôt sombra de nouveau dans l'abattement.) Je me suis marié une deuxième fois, là aussi par amour. Un amour fou. Elle était chanteuse à l'opéra de Tbilissi. Sa voix ? Les anges du paradis n'en ont pas d'aussi belle. Elle faisait des tournées à travers tout le pays. Moi, je la suivais comme un petit chien, tenez, comme Joujou que vous voyez là ! Il y avait toutes sortes de sales types qui tournaient autour d'elle, lui envoyaient des fleurs, des billets doux, et moi, j'endurais. Pendant dix-sept ans j'ai tenu ! En 89, elle s'est tuée en voiture, Dieu ait son âme. Quelle honte ç'a été...

– Pourquoi honte ? demanda Nicholas, l'air sombre, compatissant.

– Elle se trouvait dans la voiture d'un acteur géorgien très connu à l'époque. Quand on a découpé le toit au chalumeau pour les sortir, lui était au volant sans pantalon, et ma Lika était à côté... Ah, le scandale ! fit Jossif Gouramovitch en levant les bras. J'ai quitté Tbilissi pour m'installer à Moscou. Je me disais, c'est fini : plus de femmes, plus d'amour. Mais j'ai vu Sabrina et je me suis laissé avoir comme un vieil imbécile. Je ne lui refuse rien : fringues, joncaille... j'ai même fait venir un iguane d'Amérique. C'est une espèce de lézard répugnant, mais elle en avait tellement envie, ma petite Sabrina. Et alors ? La semaine dernière, je l'ai trouvée en train de baiser avec son masseur. Avant-hier, c'est le chauffeur que j'ai dû mettre à la porte. Trois mois et demi après notre mariage ! Cent jours ! Si au moins elle me demandait pardon ! Mais je t'en fiche ! Elle se contente de te regarder comme ça avec ses mirettes à n'en plus finir. (Sosso leva la tête, plissa le nez, imitant l'air méprisant de sa femme.) Non, Nikolaï Alexandrovitch, il y a, dans l'amour, quelque chose d'essentiel que je ne comprends pas... La 3 contre la 11 et dans l'angle.

Après une courte réflexion, Fandorine prononça d'un ton docte :

– D'après moi, Jossif Gouramovitch, vous vous y entendez parfaitement en amour, et chaque fois vous trouvez la femme qui vous rend heureux.

D'étonnement, la main du joueur trembla. La boule partit en biais et atterrit directement sur le front du pauvre Joujou. Avec un hurlement indigné, le toy-terrier bondit sur la feutrine verte et se mit à japper, mais Sosso ne jeta même pas un regard à son animal bien-aimé : par-dessus son épaule, levant la tête, il observait Nicholas.

— Vous plaisantez, n'est-ce pas ? dit le banquier, vexé. C'est de l'humour anglais, hein ?

— Absolument pas, commença à expliquer Fandorine. Simplement, pour vous, être heureux en amour, c'est se sentir mal-aimé, malheureux et crever de jalousie. D'ailleurs, qu'est-ce que l'amour ? (Lyrique, Nicholas fit un grand geste avec son verre vide.) L'amour, c'est cette impression que tu peux recevoir d'un autre individu quelque chose qui est pour toi d'une importance vitale. Quelque chose que personne d'autre ne pourra te donner. Il n'est pas rare que cette impression soit erronée, mais ici, ce n'est pas le cas. On dit souvent : « Quel couple malheureux ! Sa femme lui en fait voir de toutes les couleurs, le pauvre, alors que lui, d'une patience à toute épreuve, continue de l'adorer, de tout lui pardonner. Et comme ça ils vivent ensemble depuis des années et ne divorcent pas. » Mais en réalité l'homme patient a besoin d'une telle femme, d'une femme qui le fasse souffrir. En admettant, Jossif Gouramovitch, que vous soyez tombé sur une autre femme, qui celle-là n'aurait juré que par vous, eh bien, je parie que vous ne l'auriez même pas regardée, vous l'auriez envoyée paître... Si bien qu'en ce qui concerne l'amour et le bonheur familial, tout est parfaitement en ordre chez vous.

Nicholas remplit lui-même son verre de cognac.

— Quel était le troisième problème ?

— Je suis gros, rappela Sosso, quelque peu décontenancé. J'ai honte de le dire, mais je ne peux pas lacer tout seul mes chaussures. J'ai suivi tous les régimes possibles et imaginables, j'ai fait des cures d'algues dans des cliniques spécialisées, rien ne marche. Je me torture pendant deux mois, je perds vingt kilos, mais ma vie est un enfer. Je vois partout des brochettes de mouton, des homards, des gigots sauce aux noix. Ensuite, je laisse tomber le régime, et en un mois je retrouve mes cent vingt-quatre kilos.

— Et est-ce que vous avez déjà pesé cent vingt-cinq kilos ? demanda Nicholas d'un ton grave.

— Jamais. Cent vingt-quatre, un point c'est tout. Ni plus, ni moins.

— Si c'est comme ça, vous n'avez pas besoin de maigrir, fit Fandorine, enclin à la générosité. Cent vingt-quatre kilos est votre poids optimal, celui pour lequel la nature vous a programmé. Si vous continuiez de grossir, ce serait une autre affaire, mais puisque c'est comme ça, mangez, buvez, ne vous privez pas. A propos de boire (Nicholas leva son verre), comme disent chez nous les gens qui ne connaissent pas le russe : « Na zdarovié ! »

— Vous me plaisez, Nikolaï Alexandrovitch, dit Sosso, profondément touché, après avoir vidé son verre. Vous êtes un homme sage. Laissez-moi vous embrasser.

— Un moment, fit Nicholas en levant la main. D'abord je vais vous dire une poésie. Philosophique. Elle vient juste d'éclore.

Appendice :

Limerick boiteux dit par N. Fandorine au club Pedigree dans la nuit du 15 juin.

Il n'y a sur terre aucun méchant.
Tels des enfants, nous sommes tous innocents,
Menteurs et provocants,
Toujours nos jouets partageant,
Et on nous fait nos lits pendant ce temps.

Chapitre douzième

Moscou souterraine. Il y a quelque chose ! Plus pointues que chez le loup. Dans la tour Constantin et Hélène. La dernière volonté du pieux souverain.

— Comprenez, répéta une fois de plus Walser, l'air coupable, en regardant le capitaine par-dessus ses lunettes. Je devais vous éprouver. Oui, pendant tout ce temps je savais où était cachée la Libereia, mais il était de toute façon impossible d'y pénétrer, et je voulais vous observer un peu mieux. Durant ce mois, j'ai pu m'assurer que vous étiez un homme honnête et quelqu'un qui sait tenir sa langue. J'ai fait le bon choix.

— Ecoutez, Herr Walser, je vous l'ai dit, je ne vous en veux pas, même s'il en ressort que j'ai sondé pour rien les sols de toutes les caves du palais. (La patience de Cornélius était à bout.) Assez de justifications ! Racontez-moi plutôt où se trouve la cachette. Comment l'avez-vous trouvée ? Quand ?

Alors que le soir commençait à tomber, ils marchaient à pas rapides dans la rue qui conduisait aux portes du Skorodom.

— D'abord, je vais vous raconter comment je suis arrivé à déterminer le lieu. Car là réside l'essentiel : le travail de réflexion, la confrontation et l'interprétation correcte des informations. Le reste n'est que broutille : un peu d'habileté et un effort des muscles. C'est ma raison qui a réalisé le plus gros travail. Je vous ai parlé de cette note de 1564 trouvée dans le registre des Ateliers impériaux concernant le fabricant de citernes Sémion Ryjov, vous vous souvenez ? Mais j'ai volontairement omis de vous dire que, dans le manuscrit concernant la construction de la Cour des Opritchniks, érigée à la même époque, Ryjov est également cité et, avec lui, certains « maîtres en travaux souterrains » dont les noms ne sont pas mentionnés. On sait par les chroniques historiques que le terem du tsar et la Cour des Opritchniks, où le tsar Ivan vint s'installer en 1565, étaient reliés par un passage souterrain, creusé sous le mur du Kremlin et la rivière Néglinka. Vous voyez vers quoi je me dirige ?

— Vous voulez dire que sous ce palais des… comme vous dites, le dénommé Ryjov a construit une autre cachette étanche ?

Von Dorn plissa le front, essayant de deviner où voulait en venir l'apothicaire.

— Si c'était *une autre* cachette, on aurait trouvé dans les bordereaux la trace d'une commande supplémentaire pour des plaques de plomb ou autres matériaux, or, rien de ce genre n'a été nécessaire pour le palais des Opritchniks. Non, il s'agit de la même cache, je l'ai tout de suite compris ! Les plaques de plomb ont été amenées au Kremlin, et les travaux ont été exécutés au palais des Opritchniks, sous terre, vous comprenez ?

— Ce qui veut dire… (Cornélius s'arrêta et se tapa sur la cuisse.) Ce qui veut dire qu'on a creusé sous le palais un passage menant à la Cour des Opritchniks et que c'est par là qu'on a transporté le plomb, c'est bien cela ? Mais pourquoi ? Pour garder le secret ?

— Evidemment, pour quelle autre raison voulez-vous que ce soit ? (Walser se mit à rire avec exaltation, clignant des yeux pour se protéger de la neige fine qui s'était mise à tomber et frappait les deux compères en plein visage.) Tout le monde sait que la colline de Borovitski, sur laquelle s'élève le château du grand-duc, est, depuis les temps les plus reculés, entièrement criblée de passages souterrains. Des gens bien informés m'ont raconté qu'en plein milieu de la colline passait autrefois un fossé, par la suite comblé de terre. Comblé, oui, mais les galeries n'en demeurèrent pas moins. Et, au cours des siècles, on ne compte plus les gens qui ont creusé sous le Kremlin ! Le passage que vous avez trouvé dans la cave du Terem de Pierre est d'origine récente. Il est possible que ce soit le boyard Morozov, précepteur et conseiller d'Alexis, qui l'ait fait percer : il était, dit-on, friand des secrets d'autrui. Quant à la Cour des Opritchniks du tsar Ivan, voici ce qu'il en advint. Au moment de l'attaque de Moscou par les Tatars de Crimée, le palais entièrement construit en bois fut réduit en cendres. Le plus raisonnable aurait été de le reconstruire à un autre emplacement afin de ne pas avoir à dégager les poutres calcinées. Or, le tsar ordonna d'édifier le nouveau palais sur le lieu même de l'incendie. Vous voulez savoir pourquoi ?

— A cause de la cachette plombée ! s'exclama le capitaine. Puisqu'elle ne pouvait avoir été détruite dans l'incendie !

— Très juste, mon cher ami. C'est aussi ce que j'ai pensé. Et plus tard, quand le tsar établit de nouveau sa résidence au Kremlin, il n'eut pas à transférer la Libereia, c'était inutile. Depuis les appartements du souverain, il ne fallait pas plus de cinq minutes pour rejoindre la cachette en passant par le souterrain, une seule petite bougie suffisait.

— Mais où donc se trouvait la Cour des Opritchniks ?

Le visage de Walser se plissa en un sourire malicieux.

— Rue Mokhovaïa, très précisément entre l'actuel office des Affaires intérieures et le palais Narychkine...

Von Dorn en resta ébahi et, aussitôt, dans sa bouche ouverte, s'engouffra une fine poussière de neige.

— Mais alors... Mais alors, c'est la résidence du métropolite d'Antioche !

L'apothicaire éclata de rire.

— Eh oui, eh oui. Et maintenant, mon valeureux capitaine, je vais vous expliquer pourquoi Sa Haute Eminence Taïssi n'est guère bienveillante à mon égard. Ayant compris, à force de déductions, où devait se trouver la cachette plombée, je me suis fait engager comme bibliothécaire personnel du métropolite. A cette époque, j'ignorais le véritable objet de la venue à Moscou de Taïssi. Mais lorsque j'ai découvert au milieu de ses papiers tout un cahier entièrement rempli d'informations concernant la Libereia, j'ai redoublé de prudence... Par chance, le Grec s'est engagé sur une fausse piste. Il est persuadé que le tsar Ivan a transféré les précieux ouvrages au faubourg Alexandre, et, année après année, il continue de chercher la cachette là-bas : il a fouillé toutes les ruines et, par endroits, a creusé la terre jusqu'à une profondeur de presque trente aunes. (Walser partit d'un bon gros rire. Ce brave homme était visiblement incapable de se montrer méchant.) N'est-ce pas drôle ? Il est carrément assis sur le trésor, et il s'acharne à creuser la terre à trente lieues de là. Le métropolite a rassemblé une belle bibliothèque qui, elle aussi, vaut des sommes fabuleuses, mais sans aucune commune mesure avec la Libereia, bien sûr. Mon travail consistait à recopier les titres des ouvrages sur de petites feuilles avec une brève description, puis à ordonner ces fiches suivant les thèmes et les disciplines. L'idée n'était pas bête du tout.

Taïssi a appelé cette méthode « cartothèque ». Face à une très grande quantité de livres, il est parfois difficile de trouver celui dont on a besoin, alors que, là, il suffit de prendre la boîte de fiches pour avoir immédiatement tout sous les yeux. Par exemple, vous avez besoin de trouver des informations relatives à la cosmographie...

– Herr Walser, intervint le capitaine, désireux de ramener l'enthousiaste bibliophile à l'essentiel. Pour la cartothèque, vous me raconterez cela un de ces jours. Pour l'heure, parlez-moi de la Libereia.

– Oui, oui, pardonnez-moi, acquiesça l'apothicaire d'un air coupable. J'ai travaillé quelques mois chez Taïssi. Mon travail concernant la cartothèque avançait lentement car, vous l'avez compris, ma tâche principale résidait ailleurs. Faisant preuve d'une sage prévoyance, le métropolite avait installé sa bibliothèque non pas en haut du palais, dans la partie construite en rondins, mais dans une cave profonde aux murs de pierre. L'endroit était facile à creuser, car s'y trouve une cavité naturelle. Je me dis alors que, cent ans plus tôt, au moment de la construction du palais des Opritchniks, les artisans avaient dû raisonner de la même manière. Si la cachette était effectivement là, c'était directement sous la bibliothèque du métropolite qu'il fallait chercher. Pris dans la journée par mon travail à l'office des Apothicaires et par ma pratique de médecin, je venais le soir rue Mokhovaïa et travaillais durant la nuit. Cela servait mieux mes desseins, car les serviteurs, comme Taïssi lui-même, dormaient. J'ai déterminé un emplacement au sol, dont j'ai décloué les lattes de chêne de telle façon qu'il soit facile de les enlever et de les remettre en place. Je découvris alors que le parquet reposait sur des planches. J'y découpai à la scie une ouverture carrée et assemblai entre eux les morceaux de planches au moyen d'une colle de ma fabrication, créant ainsi une sorte de trappe. Sous les planches, se trouvaient de la cendre et de la terre brûlée, vestiges de l'incendie tatare. Là, commença la partie la plus ardue de ma besogne. J'entrepris de creuser une fosse en évacuant la terre dans de petits sacs. Le travail avançait lentement. Pendant des mois, je ne dormis presque pas, mangeai n'importe quoi à la va-vite. Et pourtant, je ne tombai pas malade ni ne m'affaiblis. Au contraire, je développai ma force musculaire et renforçai ma santé. Preuve supplémentaire du fait que l'esprit gouverne le corps. Les possibilités de l'organisme humain sont réellement illimitées ! Il suffit de savoir utiliser correctement l'arsenal que, dans sa bienveillance, la physiologie met à notre disposition. S'ils ne se liaient pas les mains avec de vaines superstitions, s'ils ne ravalaient pas leur propre raison, les hommes seraient semblables aux dieux de l'Antiquité. « Quel chef-d'œuvre que l'homme ! Qu'il est noble en sa raison, infini en ses facultés ! » disait le grand Shakespeare.

— Qui ça ? demanda Cornélius. D'ailleurs, c'est sans importance. Au nom du Christ, Herr Walser, ne partez pas sur des sujets futiles. Racontez-moi plutôt comment vous avez pu mener vos fouilles pendant des mois sans vous faire remarquer.

— Oh, mais je m'y étais minutieusement préparé, répondit fièrement l'apothicaire. J'avais élaboré un système remarquable. Passez-moi votre épée. Tenez, regardez. (Il s'accroupit et se mit à dessiner dans la neige avec l'extrémité du fourreau.) On ne peut accéder à la cave où se trouve la bibliothèque qu'en empruntant un escalier qui donne dans la chambre à coucher de Taïssi. La nuit, le Grec s'enfermait, si bien que je ne pouvais sortir avant le jour, ce qui me convenait parfaitement. On me posait une cruche d'hydromel, de la nourriture, un seau pour mes besoins. Pour dormir, on m'allouait une paillasse. Et c'est justement cette paillasse qui me donna une idée. J'en apportai quelques autres de chez moi, en cachette je les bourrai de laine et les plaçai sous les planches afin que le parquet ne produise pas de résonance. Sous une des marches supérieures de l'escalier, je fixai un ressort relié à une clochette que je gardais près de moi dans le trou. S'il était brusquement venu à l'esprit de Taïssi de descendre à la bibliothèque, j'aurais aussitôt été prévenu par cette alarme. Comme l'escalier est assez haut et raide, et que le Grec est atteint de la goutte, j'aurais eu le temps de m'extirper de mon trou et de remettre les lattes à leur place. Une fois, le métropolite est effectivement descendu dans la cave tard dans la nuit, à la recherche d'un manuscrit. Entendant le tintement de la clochette, j'eus une terrible frayeur et, d'émotion, je n'arrivai pas à emboîter une des lattes de chêne : il ne me resta plus qu'à poser dessus un livre grand ouvert. Taïssi se contenta de me dire : « Eh bien, docteur Walser, vous lisez à quatre pattes ? Vous seriez plus confortablement installé à la table. » Je marmonnai quelque parole incompréhensible ; je tremblais comme une feuille. Mais l'incident s'arrêta là. En sept mois de travail nocturne quotidien, je m'étais enfoncé de sept pieds sous terre. J'avais ménagé des marches en damant la terre afin qu'il soit plus commode de monter et descendre. Parfois, bien sûr, j'étais dévoré de doutes : ne m'étais-je pas trompé dans mes déductions ? Mais à la fin de l'année passée, très exactement le 2 décembre 1675 (jamais je n'oublierai ce jour, le plus important de toute mon existence !), le poignard avec lequel je creusais la terre heurta une surface dure. J'entrepris de la déblayer : un ouvrage de maçonnerie ! Des cubes de pierre calcaire soigneusement taillés et joints avec du mortier. J'appliquai l'oreille et frappai : la réponse fut un bruit métallique caractéristique.

— Incroyable !!! s'exclama Cornélius en saisissant l'apothicaire par les épaules.

— Vous me faites mal, Herr capitaine... Oui, oui, un tintement sourd ! C'était comme dans un rêve merveilleux. Je ne vais pas vous assommer avec des détails sur la façon dont j'ai procédé pour dégager et sortir les pierres, puis percer un trou dans le revêtement de plomb. Ce ne fut pas tâche facile car je ne pouvais pas me servir d'un burin : le bruit se serait répercuté dans toute la maison. Le 16 décembre, le travail était terminé. J'ôtai le lourd carré de plomb que j'avais découpé et glissai dans l'ouverture une lanterne accrochée au bout d'une corde...

— Et alors ? demanda Von Dorn, le cœur comprimé comme dans un étau, au point de ne plus pouvoir ni inspirer ni expirer. Qu'avez-vous découvert ?

— Elle ! La Libereia ! répondit Walser en chuchotant bien que, à part eux deux, il n'y eût pas un chat dans la rue sombre. Je ne suis pas parvenu à descendre à l'intérieur, mais j'ai vu les coffres, des tas de coffres anciens ! Deux ou trois douzaines !

— Et si ce n'était pas des livres ? demanda Cornélius, passant à son tour au chuchotement. Et si c'était de l'or ?

— De l'or ? En voilà une idée ! dit Walser avec effroi. Qu'allez-vous chercher là ! Ce ne peut pas être de l'or, c'est la Libereia d'Ivan !

L'apothicaire était tellement bouleversé qu'il fallut le calmer : oui, bien sûr, les coffres ne pouvaient contenir que des livres. Et, en son for intérieur, le capitaine ajouta : mais si ce n'est pas elle, tant mieux. Des coffres anciens ! Pour sûr, ils contiennent quelque chose de très précieux. Mais Cornélius revit alors la cachette du palais avec les zibelines pourries, et son enthousiasme retomba quelque peu. Je ne survivrai pas à une seconde déception de cette sorte, se dit-il.

— Et pourquoi n'êtes-vous pas parvenu à descendre ?

Walser soupira.

— Cette nuit-là, je n'avais pas pris d'échelle de corde, et je remis la descente au lendemain. Or, au matin, je fus honteusement chassé de chez le métropolite... Hélas, mon ami, je ne peux m'en prendre qu'à moi. Quand on m'a libéré de la cave, j'étais comme dans un état second : j'ai salué Sa Haute Eminence de manière irrévérencieuse. C'est à peine si je ne lui ai pas ri au nez tant je trouvais la situation burlesque : il dormait carrément sur la Libereia et ne se doutait de rien. Taïssi est un homme hautain, il ne supporte pas la moindre impertinence de la part des inférieurs. Il a ordonné à ses valets de me flanquer dehors avec ordre de ne plus jamais me laisser entrer. Et par la même occasion, il ne m'a pas payé mes émoluments... Mais ça, ce n'est rien. Il y a bien pis. Alors que les moines me chassaient à coups de pied, sans m'en apercevoir, j'ai laissé tomber mon carnet dans la cour. Or, dans ce carnet, parmi diverses pensées d'ordre philosophique, se trouvait la liste des ouvrages de la Libereia, découverte et recopiée par moi à l'université de Dorpat.

— Quelle imprudence ! s'écria von Dorn.

— Comment pouvais-je supposer que la liste tomberait aux mains de Taïssi, seul homme, dans toute la Moscovie, qui soit à même de comprendre le sens de cette énumération...

— Et qui vous dit que le métropolite a lu vos notes ?

Walser répondit tristement :

— Je le sais, voilà tout... Le lendemain soir, alors que je revenais de l'office des Apothicaires, deux moines m'ont attrapé et traîné dans la rue. J'avais beau crier et me débattre, personne ne m'est venu en aide. L'un d'eux — non content de me flanquer un coup de poing dans l'oreille et de me faire très mal — me dit : « Monseigneur souhaite te voir. » Pourquoi Taïssi aurait-il voulu me voir, moi, pitoyable ver de terre, si ce n'était à cause de la Libereia ? Non, le perfide Grec a lu ma liste, c'est absolument certain. Et sans doute a-t-il imaginé que j'avais été envoyé par quelqu'un pour l'espionner. Quelqu'un connaissant son intérêt pour la Libereia... Ce soir-là, j'ai eu de la chance. Près du pont de la Trinité, qui enjambe la Néglinka, j'ai aperçu mon chef, le clerc Golossov, avec des arquebusiers : il apportait au tsar une drogue de la pharmacie Allemande. Je me suis mis à crier et à gesticuler. Les moines ont pris la fuite. Après cet épisode, j'ai loué les services de deux solides serviteurs, sans lesquels je ne suis plus jamais sorti. Depuis lors, je me creusais la tête pour savoir comment accéder à la cachette. J'en suis finalement arrivé à la conclusion que seul le chancelier Matféiev disposait d'assez d'influence pour contrecarrer le métropolite. Quant à la suite, vous la connaissez, vous en avez été le témoin... Pendant tout le mois de janvier, j'ai attendu dans l'espoir que Taïssi parte quelque part : au monastère de la Trinité, en pèlerinage, ou au faubourg Alexandrov, pour fouiller les fossés. Vous et moi aurions alors essayé de pénétrer dans son palais et d'accéder à la Libereia. Mais l'infâme Grec se calfeutrait et dormait chez lui toutes les nuits. Sur ses vieux jours, Taïssi est devenu sensible au froid. Apparemment, il n'avait pas l'intention de bouger avant le retour de la chaleur. Et voilà tout à coup cette crise d'apoplexie du tsar qui tombe comme une aubaine ! Le métropolite sera absent toute la nuit, il ne saurait quitter le lit funèbre. Aujourd'hui, s'offre à nous une chance rare, et peut-être unique !

Ce fut avec le plus grand soin qu'ils se préparèrent à leur expédition nocturne. Il faut dire qu'Adam Walser avait déjà pensé à tout.

Ils revêtirent un vêtement noir et enveloppant. Pardessus, pour avoir chaud, ils enfilèrent des vestes tatares ouatinées. Von Dorn ne prit pas son épée : longue, elle l'aurait gêné. A la place, il s'arma d'un sabre-briquet, d'un fléau d'armes accroché à son ceinturon et, derrière, sous son col, il fixa un stylet dissimulé dans un étui. C'était un Portugais qui lui avait enseigné ce truc durant la guerre des Flandres, irremplaçable quand on avait besoin de porter un coup foudroyant par surprise. On attrapait le stylet dans son dos et on pouvait alors soit le lancer, soit entailler le visage de son ennemi : rien de plus pratique. Il ne prit pas de pistolets, de toute façon il était exclu de faire du bruit. A la place de l'échelle de corde, il se munit d'une corde à nœuds terminée par un crochet, qui permettrait aussi bien de descendre que de grimper le long d'un mur ou à une fenêtre.

Walser était chargé de porter la lampe à huile et la réserve de chandelles. Il avait également avec lui un sac de tille vide.

— Pour les livres, avait expliqué l'apothicaire. Nous n'en emporterons pas beaucoup, bien sûr, car ils pèsent lourd et ne nous permettraient pas d'escalader l'enclos. Ce sac fera tout juste l'affaire. Nous prendrons évidemment Zamoleï, pour le reste, c'est vous qui choisirez. La toile de tille est ce qui convient le mieux. En cas de fatigue, on peut poser le sac dans la neige sans risquer de mouiller les livres.

Ils parvinrent sans incident à la rue Mokhovaïa. Le capitaine disposait d'un laissez-passer grâce auquel les gardes de rue lui ouvraient sans discussion les grilles verrouillées pour la nuit.

La résidence du métropolite était ceinte d'un mur de pierre d'une hauteur d'environ dix pieds. Cornélius choisit un coin sombre, lança le crochet et, en moins de deux, se retrouva au sommet. Walser peina à grimper et, pour finir, il fallut le tirer par le col. Pour l'instant, la lanterne était éteinte.

Juchés au sommet du mur, ils inspectèrent la cour. Tout était calme. Aucune lumière à l'intérieur. De derrière l'écurie déboulèrent deux énormes mâtins, qui se mirent à japper tout en martelant le mur de leurs pattes griffues.

Walser avait aussi prévu cela. Il sortit du sac (finalement, pas tout à fait vide) deux morceaux de viande, qu'il jeta aux chiens. Ces derniers se ruèrent dessus et n'en firent qu'une bouchée. Une demi-minute plus tard, les deux bêtes chancelèrent, puis basculèrent sur le côté.

— Morts ? interrogea von Dorn.

L'apothicaire s'offusqua :

— Quelle horreur ! Pourquoi, sans absolue nécessité, priver un être du précieux don de la vie ? C'est un dormitif que j'ai confectionné pour la princesse Troubeskaïa, qui souffre d'insomnie. S'il agit sur cette noble personne, qui pèse dix pouds, il le fera d'autant mieux sur les chiens du métropolite.

Ils sautèrent dans une congère et, à toute vitesse, traversèrent la cour en direction de la maison.

— Par ici, indiqua Walser. Là-bas se trouve une porte dérobée par où les moines sortent pour aller aux latrines. Le Grec, lui, dispose, près de sa chambre, d'un petit réduit bien chaud avec un déversoir.

Le capitaine s'étonna :

— Un déversoir, mais pour quoi faire ?

— Je vous expliquerai plus tard, murmura l'apothicaire. Allez, en avant !

Après le coin, se trouvait effectivement une porte basse non verrouillée.

Ils se glissèrent dans le vestibule sombre et étouffant et, de là, deux marches les menèrent à une étroite galerie.

– Chut ! susurra Walser d'une voix à peine audible. Vous voyez, là, c'est la cellule de Youssoup. Dieu nous garde de le réveiller. Nous devons continuer jusqu'aux appartements de Taïssi.

Cornélius jeta un regard craintif en direction de la porte du terrible moine et passa devant sur la pointe des pieds.

– Maintenant, à gauche, fit l'apothicaire en poussant Cornélius dans le dos. Attention, dans la salle de la Croix, juste avant la chambre du maître, un frère convers veille en permanence.

Au coin, le capitaine passa juste la tête. Il découvrit une vaste pièce aux murs décorés, dont l'un entièrement couvert d'icônes. Près d'une petite table où brûlait une chandelle, en train de se ronger les ongles, était assis un solide gaillard vêtu d'un froc. Il bâilla, fit un signe de croix et de nouveau porta le doigt à sa bouche.

Walser s'approcha de Cornélius et lui glissa à l'oreille :

– Si possible, évitez de le tuer.

Que de difficultés superflues à cause de cette maudite philanthropie, pensa von Dorn. Néanmoins, il enfila une moufle sur la boule de son fléau d'armes.

Lentement, à pas de loup, il traversa la salle.

Surpris, le moine battit des paupières, puis plissa les yeux, essayant de distinguer quelque chose dans la semi-obscurité.

– Joachim, c'est toi ?

Cornélius franchit en deux bonds la courte distance qui lui restait à parcourir et, dans un même élan, frappa le veilleur au moment où il allait se lever – non pas à la tempe, comme il aurait fallu, mais sur son front rendu aussi dur que la corne par les prosternations. Eh bien, qu'il vive et rende grâce à la bonté de Herr Walser. Même s'il aurait été plus sûr de lui défoncer purement et simplement le crâne.

Le gaillard tomba d'un bloc sans même pousser un cri, assommé.

— Vite ! le pressa l'apothicaire.

— Un moment.

Le capitaine attacha les mains et les pieds du moine avec sa cordelière et le bâillonna avec sa calotte. Voilà, maintenant il pouvait continuer.

Ils traversèrent au trot la chambre du métropolite, poussèrent une haute porte derrière laquelle descendait un long escalier.

Ils rallumèrent la lanterne.

— Voici la bibliothèque, annonça Walser quand ils furent descendus dans une petite pièce carrée, aux murs entièrement couverts de livres. Il y a ici jusqu'à trois mille in-folio, personne n'en possède autant en Moscovie.

Désormais, l'apothicaire pouvait parler haut et fort, sans plus craindre d'être entendu.

Au centre de la pièce, il s'agenouilla, avec la pointe d'un couteau enleva une latte de chêne, une autre, une troisième, une quatrième. Ensuite il souleva une planche carrée puis, dessous, une paillasse bien rembourrée. Von Dorn vit alors un trou sombre avec des marches grossières de terre damée.

Impatient, le capitaine poussa Walser pour passer le premier. Derrière, l'apothicaire haletait. Ils firent descendre la corde dans le trou noir bordé de métal blanc et fixèrent le crochet.

— A la grâce de Dieu, dit Cornélius en se signant.

Il serra entre ses dents l'anneau de cuivre de la lanterne et commença à descendre, une main après l'autre.

Il toucha le sol.

Des coffres, d'énormes coffres ! Trois, puis six, quatre dans le coin, et d'autres encore contre le mur du fond.

Vingt-huit au total. Il essaya d'en pousser un : trop lourd, impossible à déplacer.

— Tenez la corde ! cria d'en haut Herr Walser. Moi aussi je veux voir !

N'ayant pas la patience d'attendre, il descendit seul en tortillant comiquement ses courtes jambes.

Le capitaine tirailla la fermeture du coffre le plus proche (elle résistait) et, décidant que la délicatesse n'était pas de mise, il la fit sauter d'un coup de son fléau d'armes. Sous le couvercle, chatoya un tissu de velours framboise. Il le souleva. Dessous, sur toute la largeur du coffre, reposait un énorme volume à l'épaisse reliure de cuir. Von Dorn le souleva, vit d'autres livres, beaucoup de livres.

Il poussa malgré lui un soupir. En son for intérieur, il avait tout de même espéré que la cachette n'abriterait pas la Libereia mais quelque chose de plus sérieux : pièces d'or, rubis, émeraudes, filigranes d'or et d'argent.

— Je vous l'avais bien dit, je vous l'avais bien dit ! s'écria Walser, des sanglots dans la voix, tout en caressant amoureusement le vélin roux.

Il saisit le fléau, se mit à courir parmi les coffres, exécutant une sorte de danse baroque. Il cassait une serrure, soulevait le couvercle et se mettait à marmonner d'étranges paroles : les titres des livres sans doute.

— Ô, Hefestion ! Ô, Commode ! Et cela ? Ne serait-ce pas Libanios ? Incroyable ! Mais… mais où se trouve donc Zamoleï ?

Cornélius non plus ne perdait pas son temps. Privé de son fléau, il ouvrait les coffres avec son poignard. Il jetait par terre les ouvrages simplement recouverts de cuir et mettait de côté ceux aux reliures précieuses. Certaines étaient de toute beauté : incrustées de perles, de jaspe, d'émeraudes. Il fourrait dans le sac les plus riches, mais n'eut bientôt plus de place. Il lui fallut retirer les plus simples pour les remplacer par de plus précieuses. Il y avait tant de trésors que cela défiait l'imagination !

Sur la voûte de plomb à l'éclat mat, s'agitaient des ombres et les reflets de pierres précieuses. Le balbutiement insensé de Walser s'était mué en un sifflement indistinct.

Le sac finit par être très lourd, surtout quand on pensait qu'il faudrait escalader le mur avec et le traîner à travers tout Moscou.

— Vite ! intima von Dorn, jetant un regard circulaire aux livres éparpillés sur le sol. (N'avait-il rien oublié de précieux ?) Quelqu'un va trouver le moine ligoté et donner l'alerte.

— Personne ne le trouvera, répondit avec assurance l'apothicaire. Quand le métropolite dort chez lui, la garde est effectivement relevée à trois heures, mais, pour l'heure, ce n'est pas le cas.

— Pressez-vous tout de même.

La réponse prit la forme d'un grincement de couvercle qu'on soulève, accompagné d'un souffle recueilli.

Ouvrant nonchalamment le premier livre qui se présentait, Cornélius reconnut des caractères grecs. Il referma l'ouvrage. Son regard fut attiré par un manuscrit de petite taille avec des images en couleur et des lettres aux formes alambiquées. Il hésita : devait-il le prendre ? Non, la reliure — en cuivre incrusté d'argent — était par trop modeste.

— C'est lui !!! hurla Walser tel un forcené. C'est lui. Le voilà ! Les pierres de feu, regardez !

Il se mit à sautiller parmi les coffres en serrant le livre contre lui : la reliure était incrustée de pierres rondes et rouges, aux reflets fabuleux. Les voilà donc, les fameuses pierres de feu du pays de Vouf. Il y en avait des centaines. Cela devait valoir une vraie fortune !

Un sentiment de jalousie étreignit Cornélius. Selon l'accord, la reliure lui revenait. Or, cela se faisait-il de serrer ainsi contre soi le bien d'autrui ?

— Donnez, je vais le mettre dans le sac, et allons-y, il est temps.

— Non, ça va, ne vous inquiétez pas, grommela l'apothicaire, serrant de plus belle Zamoleï. Je préfère le porter moi-même.

Et, à l'air dément qui perçait dans son regard, Cornélius comprit que l'homme préférerait mourir que de se défaire du livre.

— Comment allons-nous ressortir ? demanda le capitaine après un soupir. Par là où nous sommes arrivés ou par le passage souterrain ?

Selon toute vraisemblance, le passage commençait derrière la porte en demi-cercle ménagée dans le mur du fond, et elle aussi revêtue de plomb.

Walser ne pouvait se départir de son air hébété, et lui demander conseil n'avait pour l'heure aucun sens : l'homme n'était pas lui-même.

— Prendre le souterrain serait dangereux, se répondit à lui-même von Dorn, réfléchissant tout haut. En cent ans, la galerie a très bien pu s'effondrer en quelque endroit. Et puis, on ignore où il débouche... Non, mieux vaut repartir par la maison. Sortons, Herr Walser.

L'apothicaire donna à la hâte au capitaine un paquet de feuilles crissantes, dépourvues de toute reliure.

— Prenez donc ça également. Si je ne me trompe, il s'agit d'un manuscrit rédigé de la propre main du grand Aristote : un ouvrage dont par ailleurs je n'ai jamais entendu parler. Si c'est le cas, ce papyrus n'a réellement pas de prix !

Cornélius regarda le piètre manuscrit d'un air sceptique, haussa les épaules et le fourra dans le sac. Il n'allait pas perdre son temps en vaines discussions.

Remonter par la corde était autrement plus compliqué que de descendre. Si von Dorn s'extirpa assez vite de la cachette et parvint à extraire le sac sans grandes difficultés, il n'en fut pas de même pour Walser, à qui il fallut nouer une corde autour de la taille afin de le hisser comme un sac.

Enfin sortis, ils remirent en place la plaque de plomb, avec des pierres par-dessus et, pour finir, de la terre ; il y avait peu de chance qu'ils reviennent ici dans un proche avenir. Ils laissèrent la fosse en l'état, mais replacèrent la paillasse, la trappe de planches et le parquet de chêne avec le plus grand soin. Désormais, il serait impossible de découvrir ce souterrain à moins de connaître son existence.

Ils gravirent l'escalier, traversèrent la chambre pour regagner la salle de la Croix. Le moine avait repris conscience : il s'agitait, grognait, se tortillait comme un ver. Il fallut lui assener un bon coup de poing sur l'occiput afin qu'il reste tranquille un moment encore.

C'est de nouveau sur la pointe des pieds qu'ils longèrent la cellule de Youssoup : Walser pressait contre sa poitrine le précieux volume, tandis que von Dorn tenait à deux mains son butin, plus inestimable encore. Ils franchirent l'obstacle avec succès, sans bruit, sans grincement. Parvenus à quelques pas des marches et de la sortie, ils poussèrent un soupir de soulagement.

A tort.

Soudain, la porte de la cour émit un léger piaillement en tournant sur ses gonds, et, émergeant d'un nuage de buée, une haute et large silhouette s'avança sur les marches. Longue barbe ébouriffée, nez fin et proéminent, visage chiffonné de sommeil. Youssoup ! Sur ses épaules, par-dessus son cilice, il avait jeté une espèce de couverture, pour se protéger du froid, sans doute. Ainsi, même les ascètes avaient besoin de sortir la nuit dans la cour.

Les yeux noirs du haschischine lancèrent des éclairs. Ses longs bras s'écartèrent pour fermer le passage.

Walser poussa un cri de stupeur, se colla contre le mur et mit devant lui, tel un bouclier, le livre à la reliure flamboyante : il n'y aurait aucune aide à attendre de la part de l'apothicaire.

Pourvu seulement que Youssoup ne crie pas et n'appelle pas les autres : voilà ce qui, pour l'heure, préoccupait Cornélius. Lâchant son sac, il se rua en avant avec son fléau d'armes, qu'il lança contre la tête de son adversaire, visant non plus le front cette fois, mais la tempe. Le moine fit un mouvement de côté, esquivant le coup, qui siffla seulement au-dessus de son oreille. Ensuite, il saisit le bras du capitaine et, dans un craquement, le lui retourna dans le dos. Le fléau d'armes chuta lourdement sur le plancher.

De sa main gauche, Cornélius parvint à sortir le sabre-briquet de son fourreau, frappa derrière lui à l'aveuglette, mais s'enfonça dans quelque chose de mou.

Youssoup repoussa avec force le mousquetaire. Ayant atterri à plusieurs pas de là, le capitaine se redressa vivement et se fendit. Hélas, il ne transperça que le vide. L'habile moine était de nouveau parvenu à esquiver. Reculant face à la large lame tendue devant lui, il arracha d'un geste la toile qui recouvrait ses épaules et la jeta sur le capitaine. Celui-ci fit un bond en arrière, se heurtant le dos contre le mur. Le haschischine ne perdit pas de temps : il se baissa, ramassa le fléau d'armes et, de toutes ses forces, se mit à le faire tournoyer. Cornélius s'écarta du moulinet étincelant, choisissant le moment de l'attaque. Etrange, mais le moine n'appelait pas à l'aide. Il se contentait de sourire en dévoilant ses dents pointues de vampire.

Dommage que ce ne soit pas une épée, mais une lame courte que von Dorn ait dans la main, sinon il aurait montré au barbu une ou deux bottes de son cru. Il y avait cependant un truc, également valable au sabre-briquet, et qu'on appelait « couple ». Le capitaine fit mine de se fendre, fit passer son arme d'une main dans l'autre et porta le coup de côté.

Agile, le haschischine se protégea avec le manche en fer du fléau d'armes, et la lame se brisa dans un bruit sec. Von Dorn fixa, bouche bée, le demi-pouce d'acier qui pointait du manche. Quant à Youssoup, il jeta le fléau, tendit ses mains osseuses et, sans façon, saisit Cornélius au collet, tel un chaton qui vient de faire une bêtise. Il le souleva de terre puis le jeta avec force contre le sol, au point que le capitaine en eut le souffle coupé. Il voulut glisser sa main derrière son cou, là où, dans un étroit étui de cuir, se cachait le stylet, son dernier espoir, mais le moine fondit sur lui, tel un aigle sur sa proie. Il s'assit sur la poitrine du mousquetaire, lui serra fermement les poings et lui mit les bras en croix.

Se penchant, il rugit :

— Je vais t'égorger avec mes dents.

Ce n'était pas une menace, mais une information.

Cornélius fut pris de terreur à la vue de la gueule béante aux dents pointues qui s'avançait vers lui. *Werwolf* ! Le loup-garou ! Celui-là même dont le menaçait sa nounou lorsqu'il était petit !

Du coin de l'œil, il perçut un mouvement. L'apothicaire venait enfin de quitter son mur. Il leva des deux mains le pesant Zamoleï dans sa reliure d'argent et de pierreries et, de toutes ses forces, l'abattit sur la tête du loup-garou.

Quelques petites pierres sautèrent et se mirent à gambader sur les planches.

Youssoup bascula sur le côté : sur sa joue et sa pommette, les pierres de feu avaient laissé leur empreinte.

Poussant un rugissement, le haschischine se tourna vers Walser et l'attrapa par le pan de sa veste ouatinée.

Profitant de ce qu'il avait une main libre, Cornélius se saisit de son stylet et le planta de bas en haut sous le menton du moine. Il l'enfonça jusqu'au bout puis, dégageant son autre main, poussa Youssoup d'un coup dans la poitrine.

Le moine tomba à la renverse. Ecarquillant ses yeux noirs et luisants, il tâta sa barbe : caché dessous, le stylet n'était pas visible, mais quelque chose bouillonnait et sifflotait. Apparemment, le coup avait porté là où il le fallait.

Von Dorn bondit sur ses jambes et ramassa le fléau d'armes, prêt, si nécessaire, à défoncer le crâne du monstre. Ce ne fut pas nécessaire. Youssoup remua encore un peu, poussa un râle et se tut. Sa barbe, en s'imprégnant de liquide vermeil, devint semblable par sa couleur à l'inoubliable teinte « Laura ».

— Je vous remercie, Herr Doktor, prononça avec émotion Cornélius. Vous m'avez sauvé la vie.

Bien qu'encore tout tremblant, Walser répondit cérémonieusement :

— Je suis content d'avoir pu être utile à quelque chose, Herr capitaine.

Sur ces mots s'acheva l'échange d'amabilités, car, dans la maison, des portes s'étaient mises à claquer tandis que retentissaient des voix d'hommes : la rixe avec Youssoup avait été trop bruyante.

— Donnez ! ordonna Cornélius en arrachant Zamoleï à l'apothicaire et en le fourrant dans le sac. Vite, dehors !

Ils coururent dans la neige crissante : Walser devant, n'ayant plus d'autre charge que la corde qu'il tenait à la main, suivi de près par le capitaine ployant sous le faix. Le maudit sac devait bien peser deux pouds, sinon trois.

Maladroit, l'apothicaire ne parvint qu'à la troisième reprise à fixer le crochet en haut du mur. Aux fenêtres, les feux s'allumèrent, et à l'intérieur on vit des ombres s'agiter.

— Grimpez ! intima von Dorn, poussant Walser par le postérieur. Vous attraperez le sac. Ensuite, ce sera à mon tour.

L'apothicaire grimpa tant bien que mal et manqua retomber quand il tira le sac.

Une porte claqua.

— Frères, le voilà, le scélérat ! Là-bas, sur le mur !

Serrant les dents, Cornélius commença à grimper à la corde. Derrière, le bruit des pas se rapprochait. Il y avait au moins une bonne chose : Walser avait disparu de l'autre côté du mur, apparemment sans s'être fait remarquer par les moines.

Le capitaine s'agrippa des deux mains au rebord du mur et se hissa.

Mais, au même moment, quelqu'un l'attrapa par les jambes, tira fortement, et il lâcha sa prise en même temps que, transpirant et suffocant, des hommes s'abattaient sur lui — et pas deux ou trois, mais une bonne demi-douzaine.

Pour Cornélius von Dorn, la situation était dramatique.

Il tremblait de froid dans l'étroit cachot où les geôliers de la tour Constantin et Hélène l'avaient fait entrer tête la première.

Cette tour était célèbre, tout Moscou la redoutait, car ici, derrière d'épais murs de brique, siégeait l'office de la Justice. Dessous, se trouvaient la prison et la chambre de torture, qui faisait que, parmi le peuple, la tour n'était jamais désignée par son joli nom, mais simplement appelée « tour des supplices ».

Comme c'était la nuit, le brigand capturé chez le métropolite n'avait pas été conduit d'emblée à l'interrogatoire mais jeté jusqu'au matin dans la « fente », une cavité de trois archines de long et d'une archine de haut et de large, où il était impossible de se soulever, de s'accroupir ou même de se retourner normalement. Rares étaient ceux qui résistaient plus d'une journée dans de pareilles conditions. Quant à ceux qui craignaient particulièrement d'être enfermés dans un lieu clos et exigu, ils devenaient fous. Habiles et expérimentés, les commis de l'office le savaient : qui avait passé une seule nuit dans la « fente » se montrait doux comme un agneau le matin à l'interrogatoire. Cela évitait au bourreau des tracas, facilitait le travail du clerc et évitait au scribe de gâcher du papier à enregistrer toutes sortes de balivernes.

Transi de peur, le capitaine avait passé les cinq premières minutes à s'agiter, se cognant tour à tour la tête et les coudes contre les parois de pierre. Les geôliers avaient claqué sur lui la porte minuscule — pas vraiment une porte, plutôt une sorte de bouchoir — dans laquelle était ménagée une étroite ouverture afin d'éviter l'étouffement.

Puis von Dorn avait serré les dents et s'était obligé à recouvrer son calme. Avant de partir pour l'université de Heidelberg, puis au monastère, son frère Andreas parlait souvent à Cornélius, alors jeune adolescent, de la nature de la peur. A cette époque, Andreas considérait comme pire ennemi de l'homme non pas les dix péchés mortels ni le diable, mais la peur. « La peur, voilà le diable, d'elle proviennent tous nos malheurs », répétait son frère aîné. Et il disait encore : « Personne ne te fera jamais plus peur que toi-même. Et pourtant il n'y a rien à craindre. Que peut-il exister de plus effrayant que la mort ? Or même la mort n'est nullement effrayante. Elle n'est pas seulement la fin, elle est aussi le début. C'est comme dans un livre : on termine un chapitre et, à la page d'après, un autre commence. Et meilleur est ton livre, plus passionnant sera le chapitre suivant. »

Que disait-il encore ?

« Si tu as mal, dis-toi toujours que le mal a une fin, et ne perds pas courage. Il n'arrive jamais qu'un homme ait à dépasser la limite de ce qu'il peut endurer car, dans sa miséricorde, le Seigneur aura alors pitié et rappellera à lui son âme. Mais en attendant, tiens bon. »

Et Cornélius avait décidé de tenir bon.

Qu'importe ce cachot où il est impossible de se soulever, se dit-il. Après tout, si je m'étais mis au lit pour dormir, songerais-je à me lever ? Alors, dors tranquillement jusqu'au matin.

Il essaya d'imaginer, au-dessus de sa tête, non pas une paroi de pierre, mais un espace infini et la haute voûte étoilée. S'il ne se levait pas, ce n'était pas par impossibilité mais parce qu'il n'en avait pas le désir. Ainsi, il se sentait parfaitement bien. Tantôt, on l'avait traîné dans la rue, poussé à coups de pied et battu, mais maintenant, il était bien, serein et, grâce à la paille étalée sous lui, sa couche n'était finalement pas si dure.

Au matin, lorsqu'on l'emmènerait à la question, qu'on le pendrait à l'estrapade et qu'on commencerait à lui arracher la peau du dos à coups de knout, cette « fente » lui semblerait un paradis...

Voilà justement ce à quoi il ne fallait pas songer. A la seule pensée de la chambre de tortures, le pire ennemi de l'espèce humaine s'était sauvagement jeté sur Cornélius et lui avait griffé le cœur à le faire hurler.

Ah, si seulement la nuit pouvait durer un peu plus longtemps !

Adam Walser avait eu de la chance, il s'en tirait plutôt bien. Juste avant le lever du jour, dès que les rondes de nuit déserteraient les chemins, il se précipiterait hors de Moscou. Il emporterait son Zamoleï bien-aimé et jetterait les autres livres. Peut-être, à la rigueur, prendrait-il aussi l'Aristote tout déchiré : il ne pesait pas lourd.

Il connaissait bien la langue. Il lui suffirait d'enfiler un cafetan miteux, des bottes de feutre, une chapka en poil de chat, et il passerait pour un Russe. Et il y avait toutes les chances qu'il arrive ainsi jusqu'à la frontière : Dieu protège les faibles. Et, en Europe, tous les rêves de l'apothicaire se réaliseraient. Il transformerait tout le mercure qu'il trouverait en lingots d'or et, dès lors, vivrait libre et riche.

Le capitaine éprouva une telle amertume face à cette injustice qu'il eut un frisson et se mit à pleurer. Qu'allait-il dire sous la torture ? Devait-il annoncer qui il était ou valait-il mieux endurer et se taire ? Il n'avait de toute façon aucune aide à attendre du chancelier : pour un meurtre dans la demeure du métropolite, le boyard Matféiev livrerait lui-même son ordonnance au bourreau… Devait-il crier les mots « parole et action » signifiant qu'il détenait des informations sur un crime commis contre le tsar et tout raconter à propos de la cachette et de la Libereia ? De toute façon, il en ressortirait que Korneï Fondorine était un voleur. Qu'il avait dérobé un bien appartenant au souverain, et l'avait fait sciemment. Pour un tel forfait, ainsi que le lui avait dit Walser, on vous coupait la main puis on vous pendait à un crochet. Il faudrait d'abord savoir comment les Moscovites punissaient le meurtre d'un moine, alors seulement il choisirait d'avouer le vol ou de se taire.

Cette pensée aida Cornélius à retrouver son calme. L'essentiel était en effet de prendre une décision, le reste dépendait de la volonté divine.

Il se tourna légèrement (la paille ne lui était pas d'un grand secours), en tremblant de froid dans sa cage de pierre, et s'endormit sans même s'en rendre compte.

Le lendemain, le bouchoir ne cliqueta que bien après midi. On tira von Dorn par les pieds pour le sortir, complètement engourdi, de la « fente », puis, le maintenant sous les aisselles, on le traîna d'une cave à une autre, non plus froide, celle-ci, mais au contraire étouffante de chaleur, car dans un coin de la chambre de torture brûlait un feu. Devant, remuant des instruments dans la braise, se tenait un être trapu aux manches retroussées et au tablier de cuir.

Cornélius regarda tout d'abord les tenailles chauffées au rouge, la corde qui pendait du plafond (la fameuse estrapade), puis, après seulement, se tourna vers la table où deux hommes étaient assis : un clerc à la barbe de bouc, au visage blême et aux lèvres fines, et un tout jeune scribe qui béait d'étonnement devant le prisonnier : apparemment, il était nouvellement employé à la question.

Je n'ai pas peur, se dit von Dorn, serrant les dents afin qu'elles ne claquent pas. Il y a la douleur, mais la douleur n'est qu'une simple « démangeaison des nerfs dérangés ». On va me torturer, je vais brailler, de toute façon il n'y a rien d'autre à faire.

— Hé, le voleur, tu souris, hein ? dit le clerc avec un rire mauvais. Tu as appris la clémence du souverain ? Je vais vous la couper, votre sale langue, si vous ne pouvez pas la garder, dit-il, s'adressant non plus à Cornélius, mais aux geôliers qui l'avaient amené.

Ces derniers étaient sur le point de jurer leurs grands dieux qu'ils n'avaient rien dit de tel au prisonnier, mais l'homme aux lèvres fines leur intima l'ordre de se taire d'un signe de la main.

— Par la volonté du Dieu tout-puissant, le grand tsar souverain et grand prince Alexis Mikhaïlovitch, en quittant le royaume terrestre pour la félicité éternelle du royaume des cieux et avant que de rendre son âme au Seigneur (là, le clerc se signa trois fois), a ordonné de remettre leur dette aux débiteurs, de rendre la liberté aux forçats et aux prisonniers et même de gracier les meurtriers…

Cornélius eut un sursaut. Le tsar était donc mort ! Mais avant de mourir, il avait dû reprendre connaissance et, conformément à l'usage russe, avait déclaré l'amnistie des dettes et des crimes, cela afin que les débiteurs de l'Etat et les prisonniers prient avec plus de ferveur le Très-Haut pour le rachat des péchés d'Alexis, nouvellement rappelé à lui. Ils n'étaient finalement pas si mauvais, les usages moscovites !

— ... Mais tu aurais tort de te réjouir trop vite, larron. Avant de rendre l'âme, Sa Majesté le tsar a bien recommandé de n'accorder aucune indulgence aux malfaiteurs ayant ôté la vie à des hommes de Dieu, car un tel péché n'est pas du ressort du tsar terrestre, mais de celui du Maître des Cieux. Et, pour l'heure, il a été ordonné que vous, monstres coupables d'avoir tué un pope ou un moine, soyez châtiés non plus avec indulgence, en étant roués comme auparavant, mais de manière impitoyable : empalés après avoir été sévèrement soumis à l'estrapade. Emparez-vous donc de lui, mes colombes. Avez-vous entendu la dernière volonté du souverain ? demanda sentencieusement le clerc en levant l'index. Puisqu'il a été dit « sévèrement », que ce soit sévèrement.

Chapitre treizième

Mais il n'est pas facile de la trouver

Travailler avec Vladimir Ivanovitch Serguéiev, chef du département de la sécurité de l'Eurodebetbank, était un vrai régal.

Ce respectable monsieur à l'éternel costume de tweed et à la moustache en brosse rappelait étonnamment un de ces gentlemen anglais à jamais disparus avec la chute de l'empire britannique. La ressemblance s'accentua encore lors de leur première rencontre, lorsque Vladimir Ivanovitch s'adressa à Fandorine en anglais, langue dans laquelle il s'exprimait pratiquement sans accent et de façon quasi parfaite, si ce n'était une légère tendance à abuser des américanismes. Par la suite, il est vrai, ils prirent pour habitude de discuter en russe, même si, de temps à autre, l'ex-colonel glissait dans son discours quelque tournure étrangère alambiquée.

On installa Nicholas non loin de la gare de Kiev, dans un immeuble où vivaient beaucoup d'étrangers et où son allure quelque peu singulière sautait moins aux yeux. L'appartement, composé de deux pièces de taille modeste (un bureau et une chambre), était pourvu de tout le nécessaire pour travailler et se reposer. Un restaurant lui livrait ses repas, et quand il lui fallait aller en ville, il demeurait sous la constante protection de discrets jeunes gens en complets stricts. Deux lui emboîtaient le pas, tandis que, le long du trottoir, roulait doucement la voiture de service ce jour-là : dans tous les cas, un gros véhicule tout-terrain aux vitres teintées.

Vladimir Ivanovitch passait chaque matin, à neuf heures tapantes, et appelait immanquablement tous les soirs pour s'enquérir de nouvelles missions éventuelles. De celles qui lui étaient confiées, il s'acquittait vite et bien. Il s'abstenait de questions superflues et ne cherchait pas à comprendre la nature des recherches que menait Nicholas. Si tous les officiers du KGB étaient aussi efficaces, se disait parfois Fandorine, il est vraiment surprenant que l'empire soviétique se soit effondré aussi facilement. Mais, de toute évidence, le colonel Serguéiev appartenait à l'élite.

Nicholas s'était rendu une fois au siège de la banque. Il avait bu un café (sans cognac) dans le splendide bureau de Jossif Gouramovitch. Le banquier avait essayé de lui soutirer des informations sur l'état d'avancement de leur « affaire », mais Fandorine avait répondu de manière évasive et, quant à l'invitation à dîner, il l'avait refusée, prétextant sa surcharge de travail. « Je vois, je vois, avait répondu Gabounia avec un soupir chagriné. Vous me faites comprendre que nos relations sont strictement d'affaires. Très bien, je ne vous ennuierai plus. Travaillez tranquillement. »

La journée de travail de l'historien commençait selon le même rituel.

Sept heures et demie : lever. Gymnastique, douche écossaise, jus de pamplemousse. Après l'indigne soirée au club

Pedigree, il en avait une fois pour toutes terminé avec les boissons alcoolisées. Au seul souvenir de cette débauche et de la pénible gueule de bois qui s'était ensuivie, Nicholas grimaçait douloureusement. Dans le bar s'alignait toute une batterie de bouteilles, parmi lesquelles l'inoubliable cognac vingt ans d'âge, mais il s'interdisait de toucher à tout ce poison.

Huit heures vingt : jogging le long du boulevard d'Ukraine (escorté de l'inévitable 4 × 4 noir). Neuf heures : visite de Serguéiev. Le colonel apportait son lot quotidien d'ouvrages, interrogeait Nicholas sur son programme de la journée, tenait pendant dix minutes des propos mondains sur la politique (c'était un patriote convaincu et un inébranlable étatiste), puis se retirait. Après quoi, on livrait à Nicholas son petit déjeuner.

Ensuite, travail. Durant les premiers jours, celui-ci avait consisté à lire des ouvrages historiques. Nicholas s'efforçait de camoufler son intérêt pour la légendaire bibliothèque d'Ivan le Terrible, si bien que les publications sur ce sujet ne constituaient qu'une faible partie des monographies, documents et mémoires qu'il se faisait apporter.

Les possibilités de Vladimir Ivanovitch semblaient en effet illimitées. Le soir, on fournissait à Nicholas des boîtes de fiches provenant des principales bibliothèques de Moscou. Puis, dans la nuit, les classeurs retournaient d'où ils venaient. Fandorine n'avait encore jamais eu l'occasion de se livrer à des travaux de recherche dans des conditions aussi enviables.

Le troisième jour, étudiant l'ouvrage du professeur Bélokourov *De la bibliothèque des souverains moscovites du XVIe siècle,* Nicholas fit une incroyable, une fantastique découverte.

Dans le fameux inventaire de la Libereia découvert cent soixante-dix ans plus tôt par le professeur Dabélov, de l'université de Dorpat, parmi d'autres manuscrits grecs et latins, figurait l'ouvrage d'un auteur ancien inconnu de la science contemporaine : *Zamolei sine Mathemat,* autrement dit « Mathématique » de Zamoleï.

Lorsqu'il tomba sur ce nom, Fandorine bondit sur ses pieds en renversant sa chaise et entra dans un tel état d'excitation qu'il dut avaler deux verres d'eau minérale (en proie à un tremblement nerveux, ses dents cliquetaient contre la paroi du verre).

Etait-ce possible qu'il s'agisse bien du livre dont il était question dans la lettre de Cornélius ? Si c'était le cas (et comment ne le serait-ce pas ?), il en ressortait que von Dorn savait où se trouvait cette fameuse Libereia d'Ivan ! Et donc que celle-ci existait bel et bien !

Fandorine étudia toutes les informations dont il disposait concernant la mystérieuse bibliothèque et les nombreuses tentatives de la retrouver, tentatives qui toutes, immanquablement, s'étaient soldées par un fiasco.

Ainsi, que savait-on exactement de la Libereia ?

En 1472, en même temps que la dot de Sophie Paléologue, nièce du dernier empereur byzantin, furent acheminés à Moscou, par chariots entiers, des coffres de livres qui, pendant tout un temps, n'intéressèrent personne.

Quarante ans plus tard, Vassili Ivanovitch « ouvrit les trésors de ses ancêtres les grands princes et découvrit, répartis dans plusieurs pièces, un nombre incalculable de livres grecs, absolument incompréhensibles pour des Slaves ». Peu après, on fit spécialement venir du mont Athos un moine érudit du nom de Maxime le Grec, qui traduisit une partie des ouvrages en langue russe. Par la suite, sans que l'on sache pourquoi, la bibliothèque fut soigneusement mise sous clé, et le malheureux traducteur, quant à lui, ne fut jamais autorisé à rentrer chez lui.

En 1565, un prisonnier livonien, le pasteur Wettermann (celui-là même qui, plus tard, établirait le catalogue de Dorpat), fut convoqué par le tsar Ivan et conduit dans un souterrain secret, où le souverain lui montra une vaste collection de manuscrits anciens dont il lui demanda d'assurer la traduction. Effrayé par la quantité d'ouvrages qu'il lui faudrait traiter, le pasteur prétexta son ignorance et Ivan le laissa partir en paix. Il faut dire que le tsar n'était pas encore devenu « le Terrible » à cette époque, même si la funeste transformation se produisit peu après.

Sous Alexis Mikhaïlovitch, un métropolite de passage qui avait entendu parler de la précieuse collection sollicita auprès du tsar le droit d'accéder à la Libereia, mais, à cet époque, plus personne déjà ne savait où étaient entreposés les livres.

Le dernier des tsars à l'avoir possédée de façon certaine ayant été Ivan IV, la bibliothèque fut par la suite baptisée « bibliothèque d'Ivan le Terrible ».

La première tentative pour retrouver la cachette souterraine du tsar fut entreprise sous Pierre le Grand, lorsqu'un sonneur de cloches du nom de Konone Ossipov présenta un rapport au Bureau des affaires fiscales, dans lequel il évoquait l'existence de deux salles situées « sous le Kremlin » et entièrement remplies de coffres. « Mais ces salles sont très protégées, leurs portes sont en fer, avec des chaînes fermées par d'énormes cadenas scellés avec des cachets de plomb. Chaque salle ne dispose que d'une petite fenêtre munie d'une grille fixe. » Ossipov aurait entendu parler de cette cachette bien des années auparavant par un clerc du Trésor qui avait découvert cette cave alors qu'il explorait les sous-sols du Kremlin sur ordre de la tsarevna Sophie.

C'est à la fin du siècle dernier qu'avaient commencé les recherches systématiques de la Libereia.

En 1891, un chercheur de Strasbourg, Edouard Tremer, ayant obtenu le consentement du tsar, chercha la cachette près de l'église Saint-Lazare et dans la partie est des anciens terems impériaux, dont les caves de pierre blanche avaient survécu aux incendies de Moscou les plus dévastateurs.

Puis le directeur du palais des Armures, le prince Chtcherbatov, et le professeur Zabeline creusèrent la colline Borovitski, mais sans y mettre de zèle excessif, car ils ne croyaient pas à l'existence (et encore moins à la conservation) de la Libereia.

Dans les années trente, la bibliothèque disparue fut activement recherchée par l'archéologue Ignace Stelletski, qui avait fait de cette tâche l'œuvre de sa vie. Mais le Kremlin, en ce temps-là, était devenu une zone hautement sensible et on ne laissa guère au chercheur enthousiaste le loisir de s'adonner à sa passion.

Par la suite, on vit resurgir l'affaire à deux reprises : d'abord au début des années soixante, puis tout récemment, lors de la constitution d'une commission ad hoc auprès de la mairie de Moscou, il y a de cela deux ou trois ans. D'après ce qu'écrivaient les journaux (pour ne pas se dévoiler, Fandorine avait demandé qu'on lui fournisse d'emblée la presse sur plusieurs années), la seconde moitié du vingtième siècle avait vu émerger de nouvelles hypothèses, selon lesquelles Ivan le Terrible avait pu cacher l'inestimable collection non pas au Kremlin mais au faubourg Alexandre ou bien dans l'un de ses monastères favoris.

A quoi tout cela aboutissait-il ?

D'un point de vue scientifique, pratiquement à rien. Il n'existait aucune preuve directe de l'existence de la Libereia, seulement des preuves indirectes (l'original de la liste de Dorpat, par exemple, avait disparu irrémédiablement). Les chercheurs sérieux supposaient que la bibliothèque avait initialement existé, mais qu'elle avait ensuite été dispersée. Ou qu'elle avait brûlé. Ou bien encore qu'elle avait pourri dans quelque souterrain humide.

Or, seulement maintenant, au soir du second millénaire, venait d'apparaître une preuve indéniable, dont disposait un seul et unique individu : Nicholas A. Fandorine, obscur chercheur en histoire. Il savait, et pouvait en apporter la preuve, que cent ans après Ivan le Terrible, à la fin du dix-septième siècle, la Libereia existait encore et était dissimulée quelque part dans la cave secrète d'une maison se trouvant dans un certain « faubourg Noir », au-delà d'une certaine « porte en Pierre ».

Il s'agissait déjà en soi d'une découverte historique de première importance. Et pas seulement historique, car on pouvait parier que sa publication donnerait lieu à une nouvelle vague de spéculations. Si l'on voulait estimer la valeur actuelle de la collection de livres d'Ivan, il est probable qu'il faudrait compter en milliards. On verrait immédiatement surgir de nouvelles commissions et reprendre les recherches et les fouilles. A la place de tout cela (communications, conférences de presse, télévision, titre de docteur en histoire, membre de l'Académie royale !) Nicholas devait demeurer dans l'illégalité en se demandant qui des deux allait le trouver en premier : la milice ou les bandits.

Au sixième jour (oui, oui, dès le sixième jour, car Nicholas travaillait vite), toute la littérature quelque peu en rapport avec le sujet, y compris la description de la vie quotidienne des Moscovites et les mémoires des habitants du faubourg Allemand, avait été étudiée et partiellement résumée. L'heure était venue de l'interprétation et de l'analyse.

La première conclusion ne se fit guère attendre. Elle reposait, peut-on dire, en surface.

Où Nicholas A. Fandorine avait-il pris que lui seul était conscient de la valeur scientifique de la lettre de Cornélius ? Ceux qui cherchaient la Libereia avaient compris le sens du mot « Zamoleï » tout aussi bien que lui. Et si l'on considérait le fait que Nicholas, historien professionnel (qui, en outre, grâce au capitaine von Dorn, avait lu une quantité non négligeable d'ouvrages sur l'histoire de la Russie d'avant Pierre le Grand), n'avait jamais entendu parler de ce Zamoleï, on pouvait en déduire une chose fort intéressante : les bandits bénéficiaient des lumières d'un spécialiste hautement qualifié.

Or, qui lisait les revues d'archives et la *Revue royale d'histoire* ? Un historien sérieux, nécessairement. Il avait confronté les deux publications relatives à l'obscur testament et envoyé un mystérieux pli à Londres.

Et, tout naturellement, les pensées de Fandorine s'orientèrent vers le Mozart des archives, le remarquable érudit Maxime Edouardovitch Bolotnikov. Qui avait travaillé sur la découverte faite à Kroméchniki ? Bolotnikov. Pouvait-il ne pas s'intéresser à « Zamoleï » et à la « Libereia d'Ivan », dont il était fait mention dans la première moitié de la lettre ? Evidemment non. Dans ce cas, pour quelle raison Maxime Edouardovitch avait-il accordé — ou plutôt *délibérément et contre toute logique manifesté* — si peu d'attention au chercheur britannique et à la seconde moitié du document ? Ah oui, c'est vrai, la sommité des archives avait un tournoi de tennis, ce qui, avouez-le, est autrement important ! A moins que cette indifférence affichée ne s'explique par le fait que Bolotnikov savait parfaitement que la lettre serait bientôt entre ses mains. Autre chose : si Chourik avait un complice parmi les éminents collaborateurs des archives, on comprend aisément que le tueur ait pu pénétrer sur le territoire des archives et en sortir sans se faire remarquer.

Le lendemain matin, le colonel Serguéiev se vit confier pour mission urgente de réunir toutes les informations possibles et imaginables sur le chef du département « traitement » aux Archives centrales des documents anciens : mode de vie, relations, biographie détaillée.

Vingt-quatre heures plus tard, le diligent Vladimir Ivanovitch était de retour, pourvu d'un rapport exhaustif.

— J'ignore, monsieur Fandorine, la raison pour laquelle vous avez décidé de vous intéresser à cet archiviste, mais il s'agit incontestablement d'une personnalité complexe, voire trouble, annonça sans préliminaires Serguéiev. (Il tenait dans ses mains un calepin électronique, mais ne le consultait pratiquement pas : le colonel jouissait d'une excellente mémoire.) Il reste à préciser en quoi exactement il est trouble, mais *see for yourself.* Dans votre monnaie, le salaire de Bolotnikov s'élève à quatorze livres par mois. Sans compter qu'il est payé de manière irrégulière : on lui doit actuellement deux mois de retard. Or, Bolotnikov occupe un appartement acquis il y a peu pour l'équivalent de quatre-vingt-trois mille livres sterling. Il s'habille dans les magasins de luxe, avec une prédilection pour les costumes Hugo Boss et les chemises Yves Saint Laurent. Il roule au volant d'une Mazda sport achetée récemment. Il est célibataire, entretient des relations suivies avec une femme mariée et deux filles, dont les noms sont…

— Inutile, fit Nicholas en grimaçant. C'est sans intérêt. Bolotnikov fréquente-t-il les milieux criminels ? A-t-il des relations avec le Grison ?

Serguéiev eut un frémissement de sa moustache. Il était manifestement ahuri par la connaissance qu'avait l'Anglais des milieux criminels moscovites. Il répondit avec circonspection :

— Rien pour l'instant n'a été découvert dans ce sens. Il ne semble lié à aucun individu sérieux du genre de celui que vous venez de nommer. Ce n'est pas le style. Mais on peut sonder dans cette direction. Doit-on continuer la surveillance ?

Il n'y avait pas de temps à perdre et, de toute manière, tout était clair.

– Ce n'est pas la peine, répondit Fandorine. Est-ce que vous pouvez m'organiser une rencontre avec Bolotnikov ?

Le colonel haussa légèrement les épaules.

– Pas de problème. On vous l'amène ?

Nicholas faillit demander que le service de sécurité n'utilise ni la force, ni le rapt, ni autre méthode barbare, mais s'en abstint : le très anglicisé chef du département aurait pu en prendre ombrage.

– Pas ici. Quelque part ailleurs... fit Nicholas avec un geste vague de la main.

– Compris. Ce sera fait. A cinq heures, ça ira ?

Apparemment, Nicholas avait tout de même surestimé le niveau d'occidentalisation de l'ancien kaguébiste.

Conduit au lieu de rencontre, le grand archiviste arborait une mine livide et ouvertement apeurée. Il était assis entre deux solides gaillards aux costumes irréprochables, sur le siège arrière d'une gigantesque jeep garée face au parc de la Culture. Quand on amena Fandorine, la jeep attendait déjà.

– Vous pouvez discuter avec lui directement dans la voiture, *face to face*, expliqua Vladimir Ivanovitch. Mes gars vous attendront dehors.

– Vous ?! s'exclama Maxime Edouardovitch d'un air complètement ahuri quand Fandorine prit place sur le siège avant et se tourna vers lui. Ainsi vous n'êtes pas étranger ? Vous êtes du FSB ? Pourquoi m'a-t-on arrêté ? De quoi suis-je suspecté ? On a failli me démancher le bras ! Ce doit être un mal...

— Un malentendu ? dit Nicholas, saisissant la balle au bond et sans éprouver le moindre remords quant au bras malmené du perfide archiviste. Et le fait que l'on m'ait balancé du haut du toit de votre aimable institution, c'est aussi un malentendu ?

Bolotnikov cligna plusieurs fois des yeux.

— En effet, j'ai entendu parler de cet incident. Mais... mais en quoi suis-je concerné ? Je n'étais pas sur place à ce moment-là. Souvenez-vous, je suis parti jouer au tennis.

— Et vous étiez si pressé que vous ne vous êtes même pas intéressé à la partie gauche du manuscrit... (Nicholas marqua une pause.) Nonobstant le fait que, dans la partie droite, étaient mentionnés la Libereia d'Ivan et Zamoleï. Mais, bien sûr, comment un spécialiste du Moyen Age russe connaîtrait-il le sens de ces mots étranges ?

L'ironie eut l'effet escompté. L'archiviste blêmit encore plus, se passa la langue sur les lèvres et avala sa salive.

— Eh bien, que répondez-vous à cela, *collègue* ? demanda Fandorine, en appuyant péjorativement sur le dernier mot.

Il faut dire que ce n'est pas tant le bras que le cou qu'il lui aurait volontiers tordu, à ce Mozart. Dommage que son éducation le lui interdise.

— Je... Je vous jure que j'ignore qui a tenté de vous tuer et pourquoi, prononça doucement Maxime Edouardovitch. Moi-même, cela m'a fait un choc quand j'ai appris la nouvelle. Et j'ai pris peur. En fait, j'ai bien une idée, mais...

Il tourna la tête en direction des jeunes gens qui se tenaient immobiles de chaque côté de la voiture.

— Ecoutez, qui êtes-vous ? Ces gens ne sont donc pas du FSB ?

Fandorine se rappela une réplique parfaitement à propos tirée d'un vieux film qu'il avait vu lors d'une rétrospective du cinéma soviétique à Chelsea.

— Ici, c'est moi qui pose les questions.

Et cela marcha ! L'archiviste rentra la tête dans les épaules et fit un signe d'acquiescement.

– Bien, bien. Je vais tout vous expliquer, depuis le début… Bien sûr, vous avez raison : quand, il y a de cela trois ans, j'ai reçu le fragment de Kroméchniki, cette trouvaille m'a intéressé au plus haut point. La mention faite de la « Mathématique » de Zamoleï, ouvrage figurant dans la liste de Dabélov mais n'apparaissant dans aucune autre source, combinée avec les mots « Ainsi trouveras-tu la Libereia d'Ivan » m'a ébranlé. Pendant toute une semaine, je n'ai pu ni manger ni dormir ! Vous-même êtes historien, vous pouvez me comprendre… Mais il y a aussi le fait que j'ai vu dans cet événement l'empreinte du destin, une sorte de coïncidence mystique !… Je vous explique. Excusez-moi, je suis troublé et cela rend mon discours confus. Le problème est que, juste à la même période, on assistait au énième boom sur la fameuse bibliothèque disparue, la « fièvre de la Libereia », comme je l'appelle. Les journalistes avaient, comme régulièrement, exhumé cette vieille histoire. De nouveaux enthousiastes se révélèrent, on réunit des fonds privés et on créa même une commission municipale. Commission à laquelle j'apportais mon concours en qualité d'expert. Etonnante coïncidence, hein ? Non, il n'y a rien d'extraordinaire à ce qu'on ait fait appel à moi plutôt qu'à un autre : je peux dire en toute modestie que je suis le meilleur spécialiste des documents d'archives et des ouvrages de cette période. Et que l'étrange moitié de manuscrit me soit arrivée entre les mains est tout aussi naturel. En revanche, ce qui m'a stupéfié c'est la concomitance des faits ! Vous comprenez, juste avant cela, en ayant tellement assez du dilettantisme dont faisaient preuve les chercheurs de la Libereia, j'ai présenté à la commission un rapport à l'emporte-pièce dans lequel je démontrais de façon convaincante que la bibliothèque d'Ivan le Terrible n'existait pas et n'avait jamais existé. Et là, patatras ! Me tombe dessus une solide preuve du fait que la bibliothèque avait bien existé et était cachée quelque part à Moscou. N'était-ce pas un miracle ? N'était-ce pas, si j'ose dire, l'œuvre de Dieu ?

Tout cela était parfaitement vraisemblable, mais aussitôt une question s'imposa.

— Pourquoi n'avez-vous pas fait part de votre découverte à la commission ?

Bolotnikov hésita, gêné.

— A ce ramassis de fanatiques loufoques et de rapaces incultes ? Non, je ne voulais rien avoir à faire avec eux. Je... Après tout, pourquoi le cacher ? Je voyais dans cette trouvaille une véritable chance. La vraie, la grande chance dont rêve tout historien. Celle de faire une découverte qui passera à la postérité. (Dans le regard de l'archiviste, brilla l'éclat de la passion.) Prouver que la bibliothèque d'Ivan le Terrible avait bel et bien existé ! De manière convaincante, incontestable ! Réfuter les Bélokourov, Zabeline et tous les autres pontes ! Mais cela nécessitait du temps, beaucoup de temps et beaucoup de travail. Il me fallait bâtir une hypothèse convaincante. Et voilà qu'elle s'offrait à moi !

Maxime Edouardovitch se pencha en avant, l'air exalté. Il n'était plus pâle ni tassé sur lui-même, mais tout au contraire il était rouge, gesticulait et avait cessé de lancer des regards par la vitre en direction des deux gaillards.

— Artamon Matféiev, voilà ce que je me suis dit. C'était clair comme le jour. Bibliophile, proche confident du tsar Alexis Mikhaïlovitch, instruit de tous les secrets de la cour. Qui mieux que lui aurait pu savoir où se trouvait la précieuse bibliothèque ? En 1676, sentant venir l'inévitable disgrâce et l'exil, il transféra la Libereia dans une cachette connue de lui seul. Et en 1682, quand, après la mort de Fiodor Alexéiévitch, le boyard fut rappelé dans la capitale, il n'eut pas le temps d'accéder à sa cachette car, le 15 mai, trois jours après son retour, il fut mis en pièces par les arquebusiers insurgés. Tout correspondait ! Trouver les preuves afin d'asseoir cette hypothèse devint le but principal de mon existence. En quelque sorte, une obsession. Alors, Oxford, c'était bien le dernier de mes soucis ! Je n'aurais pas quitté Moscou pour tous les trésors de Fort Knox. (Bolotnikov eut un bref éclat de rire.) Je dénichai trois autographes du boyard, inconnus jusque-là, et, pour cela, je reçus une petite médaille de la Société des Archives et d'Histoire, mais ce n'était pas les médaillettes qui m'intéressaient, ce que je voulais, c'était comparer les écritures. Et, hélas, elles ne correspondaient pas ! J'étais au bord du désespoir. Il était maintenant certain que la lettre avait été écrite par un des proches de Matféiev, se trouvant avec lui à Kroméchniki à la veille de la levée de sa disgrâce. Mais « un des proches », cela ne faisait pas une preuve. Pour être probant, il me fallait un nom. Malheureusement, j'avais beau chercher, impossible d'obtenir des informations fiables sur les gens qui entouraient Artamon Serguéiévitch au cours de cette période. J'étais sur le point de m'avouer vaincu et de publier le peu que j'avais pu élucider. Cela ferait déjà du bruit, même si ce n'était pas au niveau dont je rêvais. Et là, je lis votre article dans une revue anglaise !

Dans les yeux incandescents de l'archiviste, se reflétait cette folie du découvreur que Nicholas lui-même connaissait bien. Le maître se sentit malgré lui gagné par l'exaltation de Bolotnikov. Les secrets du Temps constituaient une drogue puissante. Celui qui s'y était adonné en restait un peu fou.

– L'auteur de la lettre avait un nom ! Il s'agissait du capitaine des mousquetaires von Dorn, dont on savait qu'il avait été attaché à la personne d'Artamon Serguéiévitch et qui, selon toute vraisemblance, connaissait ses secrets. Mais ce n'était pas tout : la présence de la deuxième moitié du document m'offrait une chance dont je n'aurais même pas osé rêver. (Maxime Edouardovitch ouvrit de grands yeux ronds et prononça dans un murmure :) *Trouver la Libereia !* Qu'importait Matféiev, qu'importaient les preuves ! *Trouver la bibliothèque,* dans quelque état qu'elle se trouve. A moitié pourrie, irrémédiablement gâtée par la moisissure, c'était égal ! Mais il n'était pas exclu qu'elle soit intacte, au moins en partie. Après tout, Matféiev s'y entendait en matière de livres et, quittant Moscou sans savoir pour combien d'années – peut-être pour toujours –, il n'aurait jamais eu la mauvaise idée de cacher les précieux manuscrits dans un endroit humide. Vous... vous vous représentez ce qu'aurait été cette découverte ? lâcha Maxime Edouardovitch, suffoquant d'émotion.

Nicholas se dit : il ne faut surtout pas succomber à cette fièvre de l'or. Ce n'est pas de découvertes qu'il est ici question, mais de choses infiniment plus triviales et peu ragoûtantes : la perfidie, la bassesse, le crime.

– Maintenant tout est clair, prononça le maître d'un ton glacial. Vous m'avez attiré à Moscou et avez sollicité l'aide du Grison.

– De qui ? demanda Bolotnikov, abandonnant son ton triomphant. Du Grison ?

L'archiviste ne doit pas avoir directement affaire au magnat, mais plutôt à un de ses hommes de main, pensa Fandorine. Ce qui ne change rien sur le fond.

– Quels sont vos émoluments ? s'enquit froidement Nicholas.

– Pardon ? interrogea l'archiviste, encore plus décontenancé. Vous voulez parler de ma paye ? Trois cent quatre-vingt-dix mille roubles. Ou deux cent quatre-vingt-dix, je ne me rappelle plus exactement... Mais pourquoi cette question ?

— Et c'est avec cette somme ridicule que vous pouvez vous habiller dans les magasins les plus chers, acheter un nouvel appartement et une voiture de sport ?

Le visage de Bolotnikov changea d'expression. Tiens, il avait fait mouche !

— Ainsi, c'est vous qui m'avez dénoncé à Verchinine ! Bien sûr, qui d'autre cela pouvait-il être ? C'est pour cela qu'il me regardait avec son air malin. Il me fait venir et me dit : « Eurêka, Maxime Edouardovitch. Je sais comment nous procurer des fonds. Vous voyez, je ne suis pas aussi empoté que vous le croyez. Nous allons accepter des commandes de la part de chercheurs étrangers, nous faire payer grassement, et en devises fortes ! Voilà. » C'est tout juste s'il ne m'a pas fait un clin d'œil. Or, la veille, vous étiez justement chez lui. Vous avez cafté, hein ? Mais comment avez-vous su que je prenais des commandes à titre privé ?

— Ah bon, parce que c'est le cas ? demanda Fandorine, perplexe.

— Depuis longtemps. Sinon, avec quoi vivrais-je ? Avec deux cent quatre-vingt-dix mille roubles ? Ces commandes extérieures m'ont, bien sûr, pris du temps et détourné de mes recherches, mais je ne suis pas un ascète ni un moine. L'histoire, c'est bien beau, mais il faut également vivre. Je suis un éminent spécialiste, mes services valent cher.

Nicholas se renfrogna. Cette nouvelle inattendue réduisait à néant toute sa belle théorie sur les liens de l'archiviste avec les bandits.

Non, pas toute !

— Vous mentez ! s'emporta Nicholas, se remémorant un autre détail important. Si vous aviez été à ce point passionné par vos recherches sur la Libereia, vous ne seriez pas parti au tennis ! Non, vous saviez pertinemment qu'on allait me tuer et que, dans les délais les plus brefs, le texte serait entre vos mains ! Vous êtes un assassin ! Non, plus méprisable encore : vous êtes le complice sans scrupule d'un assassin !

Le regard de Fandorine s'assombrit de fureur au souvenir du « Dommage pour le petit oiseau » et de sa chute du toit. Se penchant par-dessus le siège, il attrapa Bolotnikov par le revers de son veston. Pour lui, homme civilisé, adepte convaincu du politiquement correct, quelle déchéance que ce geste. La voilà bien, la pernicieuse influence de la sauvagerie ambiante.

Dès la seconde suivante, Nicholas se reprit et desserra son étreinte, mais, dans l'habitacle, avaient déjà fait irruption les deux gardes du corps, apparemment capables de voir à travers les vitres teintées. L'un saisit Bolotnikov à la gorge et lui plaqua la tête en arrière, tandis que l'autre l'attrapait par les mains.

— Lâchez-moi ! prononça d'une voix rauque l'archiviste à moitié étranglé. Je n'en avais pas besoin, de votre lettre ! J'ai une excellente mémoire photographique. Je me suis spécialement entraîné pour cela ! Il me suffit de regarder une page pendant vingt secondes pour la mémoriser. Vous voulez que je vous dise la lettre de mémoire ?

Et Bolotnikov se mit à réciter sans faute, au détail près, le testament de Cornélius.

D'un geste de la main, Fandorine fit comprendre aux jeunes gaillards que tout allait bien, qu'il n'avait pas besoin de leur aide, et aussitôt leurs poignes se desserrèrent. Les portières se refermèrent, les deux collègues se retrouvèrent à nouveau seuls.

— Ainsi, vous n'avez parlé de moi à personne ? demanda doucement Nicholas, n'y comprenant de nouveau plus rien. Parole d'honneur ?

— Mais à qui vouliez-vous que j'en parle ? ! s'exclama Bolotnikov en se frottant la gorge. Et surtout, pourquoi ?

A mon avis, vous n'avez pas complètement conscience de ce que cela signifie : *trouver la Libereia.* C'est une découverte qui n'a pas d'équivalent dans la science historique. C'est la renommée internationale assurée, un fric i-ni-ma-gi-nable, la reconnaissance éternelle des générations futures ! Pourquoi aurais-je voulu partager cela avec quelqu'un ? De plus, avant de vous envoyer le pli, j'ai pris des renseignements sur vous, j'ai lu toutes vos publications et en suis arrivé à la conclusion que, en tant que chercheur, vous ne représentiez pas un danger pour moi. Vous vous êtes livré à de menues recherches factuelles, dénuées d'analyse, et je n'ai décelé dans vos articles ni ampleur, ni dimension conceptuelle.

La bouche de Nicholas s'affaissa de chaque côté. Et celui-là aussi ! Mais Bolotnikov ne remarqua pas qu'il venait de raviver, dans l'âme de l'historien « de petit calibre », une blessure inguérissable.

– Vous ne vous êtes jamais occupé de la Libereia. Il est même probable que vous ne la connaissiez que par ouï-dire. La seule chose qui vous intéresse, c'est l'histoire de votre ancêtre, et tant mieux. Maintenant je vois que je vous ai sous-estimé. Vous avez parfaitement tout compris et vous vous êtes assuré le concours d'alliés sérieux. Je ne vous demande pas qui sont ces gens, dites-moi seulement une chose : sont-ils en rapport avec un quelconque institut de recherche historique ? demanda avec inquiétude l'archiviste.

Fandorine ne put retenir un sourire.

– Non, ces gens sont dans une tout autre branche.

– Grâce à Dieu ! se réjouit Maxime Edouardovitch. Donc, comme spécialistes, seuls vous et moi sommes au courant pour la Libereia. Dans ce cas, tout n'est pas perdu ! Ecoutez, Fandorine, vous n'êtes pas d'ici ; en Russie, vous êtes un étranger et, comparé à moi, vous n'êtes en fin de compte qu'un amateur. (Nicholas grimaça de nouveau, mais ne contesta pas.) Ne me laissez pas mettre en pièces par vos nervis. Cherchons la Libereia ensemble, d'accord ? Je possède parfaitement la topographie de Moscou au dix-septième siècle, je connais les documents, j'ai de vastes relations dans le milieu des musées, des architectes et même des rats d'égout. A nous deux, nous pouvons nous passer de commission ! Et si nous ne trouvons pas la Libereia, cela voudra dire que personne ne la trouvera. Ne soyez pas cupide, il y a des honneurs et de l'argent pour deux. Nous ne permettrons pas (de nouveau il se mit à chuchoter en regardant les gardes du corps) que des profiteurs avides démembrent la bibliothèque et la vendent en douce aux enchères du monde entier. La Libereia a de la valeur précisément comme collection formant un tout. Ne croyez pas que je sois resté à me tourner les pouces pendant tout ce temps, j'ai même bien avancé. Sans moi, vous aurez du mal à vous en sortir. Je vous en supplie, ne m'écartez pas des recherches ! J'en mourrais, purement et simplement !

Difficile de soutenir le regard d'un homme qui vous considère avec une telle peur en même temps qu'un tel espoir. Fandorine détourna les yeux et poussa un soupir.

– D'accord, Maxime Edouardovitch. D'autant que je ne pourrais de toute façon pas faire obstacle à vos recherches. Travaillons donc ensemble. Et, en effet, je me passerais difficilement de votre expérience et de vos connaissances. Seulement, soyez bien conscient que vous vous embarquez dans une affaire très dangereuse. A part nous deux, une troisième personne connaît l'existence de la Libereia.

– Ah ! Je le savais ! gémit l'archiviste. Un de nos historiens ? Blioumkine ? Golovanov ?

– Non. Un entrepreneur mafieux surnommé le Grison.

Bolotnikov fut aussitôt rassuré.

— Bon, soit. Il a dû entendre parler de la bibliothèque d'Ivan le Terrible à l'époque de la commission municipale et a décidé de se faire un gros paquet de pognon. Pendant tout un temps, des individus suspects m'ont tourné autour en me promettant une montagne de dollars si j'acceptais un certain travail. J'ai pensé qu'il était question de vol de documents d'archives, et je les ai envoyés paître. Il s'agissait peut-être d'émissaires de votre Grisou.

— Grison, corrigea Nicholas. Oui, c'est clair. Ils ont flairé que vous vous intéressiez à la Libereia et vous ont fait suivre.

— Qu'ils aillent au diable, fit Maxime Edouardovitch avec un haussement d'épaules indifférent. (Il était stupéfiant de voir à quelle vitesse cet homme passait de l'abattement à l'assurance.) Je vois que nous avons sur qui compter pour nous défendre. Alors, mettons-nous plutôt à l'ouvrage, cher sir. Par où pensez-vous commencer ?

— Par là où vous vous êtes arrêté. Qu'ont donné vos recherches préliminaires ?

Bolotnikov n'avait, en effet, pas perdu son temps. En l'espace d'une semaine, à savoir depuis qu'il disposait du texte complet de la lettre, l'archiviste avait élaboré un plan d'action conséquent, étonnant de simplicité et de logique.

— D'une part, l'emplacement exact de la cachette est codé. D'autre part, aucune maison ayant le nombre de fenêtres indiqué n'existe évidemment plus depuis bien longtemps. La cachette souterraine se trouve sous plusieurs mètres de couche archéologique. Mais la Libereia est toujours là, il n'y a aucun doute là-dessus, car si elle avait été retrouvée, les ouvrages de la liste de Dabélov auraient forcément refait surface dans les bibliothèques ou les collections privées : ils ont bien trop de valeur pour passer inaperçus. La plus anodine de ces reliques vaudrait aujourd'hui des dizaines, non, des centaines de milliers de dollars. Et si on tient compte du fait que les empereurs byzantins comme les tsars russes avaient pour habitude de recouvrir les livres de reliures précieuses entièrement incrustées de rubis, saphirs, filigranes d'or et d'argent... (En un geste expressif, Maxime Edouardovitch frotta l'un contre l'autre son pouce et son index.) Bref, vous voyez ce que je veux dire. Non, non, Fandorine, la Libereia est toujours sous terre, enfermée dans son altyn-tolobas.

Les deux partenaires se trouvaient dans l'appartement de Nicholas. Ils n'avaient même pas remarqué qu'aux fenêtres des immeubles voisins les lumières s'étaient d'abord allumées, puis éteintes. Le temps leur avait joué un de ses tours favoris : il s'était arrêté sans prévenir. Ils venaient tout juste d'étaler sur la table les documents rapportés de chez Bolotnikov et de tirer divers agrandissements de la lettre de Cornélius que l'aube s'annonçait déjà.

— D'accord, mais c'est quoi, un « altyn-tolobas » ? demanda le maître au docteur.

— Je ne sais pas au juste. Ce doit être un genre de soubassement de pierre pour la conservation d'objets particulièrement précieux. En turc, *altyn* signifie « or ».

— Je sais, je sais, acquiesça Fandorine.

— Mais ce que veut dire *tolobas,* je l'ignore. J'ai fouillé dans tous les dictionnaires, je n'ai rien trouvé. A l'époque du protectorat tatar sur la Russie, circulaient une multitude de mots d'emprunt qui, par la suite, sont progressivement sortis de l'usage. Certains ont disparu sans laisser de traces, dont pas mal issus des langues turques. Mais peu importe, le sens général est clair. Comme est claire notre tâche. Je la formulerais comme suit...

L'archiviste fixa la fenêtre d'un air concentré et cligna des yeux avec étonnement : apparemment, il venait seulement de remarquer que, dehors, il faisait nuit depuis longtemps, mais il oublia aussitôt les prodiges de la nature pour se tourner de nouveau vers son interlocuteur.

— Nous devons ensemble définir, ne serait-ce qu'approximativement, disons à cent mètres près, quel endroit est décrit dans la lettre du capitaine von Dorn. Voilà, c'est tout.

— C'est tout ? répéta ironiquement Nicholas, à qui la tâche ne semblait pas du tout aussi insignifiante que cela. D'ailleurs, que nous donnera une précision « à cent mètres près » ? Cela fait tout de même un hectare.

— Oui, et alors ? Si nous possédons des preuves convaincantes, il sera possible de faire appel à tous les moyens et de rallier toutes les instances qu'on voudra ! Elles feront même la queue pour participer aux recherches ! Là où c'est possible, nous creuserons, là où ça ne l'est pas, nous sonderons et nous prélèverons des échantillons de terrain. Ce n'est tout de même pas au Kremlin, sous les fesses du président, qu'il faut fouiller, mais au-delà de l'Anneau des Jardins ! Ce n'est pas du tout la même chose.

— Pourquoi êtes-vous si sûr que c'est au-delà de l'Anneau des Jardins ?

Maxime Edouardovitch leva les yeux au ciel, ce qui de sa part était assez impoli, et expliqua à cet ignorant d'étranger :

— L'Anneau des Jardins suit le tracé de l'ancien Skorodom, autre nom de la Ville de Terre qui, au dix-septième siècle, marquait la limite de Moscou.

— J'ai entendu parler de la Ville de Terre, bredouilla Nicholas, honteux. Simplement, je ne savais pas qu'on l'appelait aussi Skorodom. Drôle de nom…

— Ce mot, composé de *skoro,* qui veut dire « vite », et de *dom,* qui veut dire « maison », vient de ce que, au-delà des murailles de la ville, on construisait les maisons n'importe comment, à la va-vite. Tenez, regardez...

Les deux historiens se penchèrent au-dessus d'une carte détaillée de l'ancien Moscou reconstituée par le très intelligent Maxime Edouardovitch à partir d'un plan hollandais datant de 1663, d'un autre établi en 1675 par le diplomate suédois Palmerstone et des dessins rue par rue provenant de l'office des Affaires secrètes.

— Vous voyez la ligne du rempart de terre avec ses tours ? Certaines tours sont pleines, d'autres permettent le passage. La logique des recherches, Fandorine, doit être la suivante : nous allons tout d'abord déterminer la porte dont il est question dans la lettre...

Nicholas s'étonna :

— Excusez-moi, mais cela n'est-il pas évident ? Il est bien dit dans la lettre « porte en Pierre » et il y a même le nom de la rue qui en part : le faubourg Noir.

— Nous reparlerons plus tard de la porte, dit sèchement Bolotnikov, surmontant son irritation. Et pour ce qui est de la rue, je vais devoir vous décevoir. Vous m'avez montré votre traduction de la lettre en langue moderne, or mon attention a immédiatement été attirée par une erreur fondamentale : vous avez arbitrairement placé des majuscules qui, n'étant pas encore usitées à l'époque, ne figurent évidemment pas dans l'original. C'est en particulier pour cette raison que la simple caractérisation d'une rue se transforme chez vous en son nom propre. Il n'existait aucun « faubourg Noir », l'auteur de la lettre fait simplement référence à un faubourg noir, comme on en comptait pas moins d'une quinzaine autour du Skorodom. On ne sait pas aujourd'hui combien il y en avait exactement, car les registres de population de cette période n'ont pas tous été conservés. Un faubourg noir était une agglomération où vivaient des petites gens assujettis à la taille : artisans, laboureurs, petits marchands.

Cette information plongea Nicholas dans le désarroi. Il avait vu sur le plan du métro de Moscou la station Nouveau Faubourg et en avait nourri le secret espoir que le faubourg Noir si convoité se trouverait quelque part à proximité. Et là, une autre idée, encore plus affligeante, lui vint à l'esprit.

— Mais alors, prononça-t-il d'une voix éteinte, cela peut aussi vouloir dire qu'il n'existait pas de porte en Pierre, mais des portes en pierre. Combien dites-vous qu'il y avait de portes dans le Skorodom ?

— Un nombre variable selon les époques. Dans les années soixante-dix du dix-septième siècle, il existait douze portes principales, mais il n'est pas exclu que des passages aient pu être pratiqués dans des tours initialement pleines.

— Et toutes ces portes étaient en pierre, fit Nicholas avec un hochement de tête abattu.

Bolotnikov le regarda avec un étrange sourire, observa une pause, puis déclara triomphalement :

— Eh bien non, justement ! Les portes de pierre étaient au nombre de deux : la porte de Kalouga et celle de Serpoukhov, toutes les deux construites à la fin du règne de Mikhaïl Fiodorovitch. Les autres tours de passage étaient en rondins. Il nous faut déterminer laquelle de ces deux tours est la bonne, reconstituer le tracé du faubourg noir, en suivre la rue principale en comptant deux cent trente sagènes, à savoir quatre cent quatre-vingt-dix mètres, et nous saurons alors où, approximativement, se trouvait la maison que nous recherchons. Ensuite, j'irai travailler aux archives, le temps d'étudier l'histoire de ce domaine foncier : quelles constructions s'y trouvaient et quand, ce qui leur est arrivé. Peut-être aurons-nous la chance de trouver des informations sur un bâtiment du dix-septième siècle : une maison construite sur un soubassement « solide » (ce qui veut probablement dire en pierre puisqu'il ne risque pas de brûler). Mais même si je ne trouve pas ces informations, la zone de recherche aura de toute façon été clairement établie.

— Mais alors, c'est simple comme bonjour ! se réjouit Fandorine avant de se mettre aussitôt sur ses gardes. Attendez un peu, dans ces conditions vous pouvez parfaitement vous passer de moi pour mener à bien les recherches. Vous trouvez l'endroit, vous vous adressez aux autorités municipales et obtenez leur total soutien.

L'archiviste grimaça et regarda d'un air sombre la carte du vieux Moscou, si amoureusement dessinée.

— Simple, simple... pas si simple. Il va falloir tout de même se démener un peu. Donc, résumons-nous. Concernant la porte, il n'y a pas de certitude à cent pour cent. C'est vrai, les portes de Kalouga et de Serpoukhov étaient bien en pierre, mais je n'ai trouvé aucune information indiquant qu'au-delà se trouvaient des faubourgs noirs. Et s'il y avait eu d'autres portes bâties partiellement en pierre et partiellement en bois et que ce soit justement à l'une d'elles que votre ancêtre fait allusion ? Ensuite, il y a ce drôle de code généalogique qui me chiffonne... Qu'est-ce que c'est que cette histoire de « maison pourvue d'autant de fenêtres que notre ancêtre Hugo le Fort avait de filles » ? C'est du délire ! Quel que soit le nombre de filles qu'ait pu avoir ce fichu Hugo, je doute que cela puisse être un signe distinctif de la maison.

— Ça l'est, et comment ! objecta Fandorine. Hugo von Dorn avait treize filles.

Bolotnikov se tassa dans son siège.

— Treize ! répéta-t-il brusquement d'une voix enrouée. Mais... mais c'est très important ! (Il bondit sur ses jambes et fit l'aller et retour de la fenêtre au fauteuil.) C'est inouï !

Je n'ai jamais rien rencontré de semblable ! Le chiffre treize... il y a de l'hérésie là-dessous. Il est très possible que nous trouvions une référence directe à cette maison insolite ! Voici ce que je vous propose, Fandorine, nous allons nous partager le champ d'action. Je vais aller fouiller dans les archives en concentrant mes recherches sur une maison d'un faubourg noir, construite sur un soubassement de pierre et possédant treize fenêtres en façade. Vous, pendant ce temps, vous vous occuperez des portes. A part les deux déjà nommées, j'en ai répertorié deux autres : la porte de Pokrovski et celle de Srétenka. J'ignore si elles reposaient sur des fondations en pierre mais, en revanche, tous les autres indices concordent. Au-delà de la porte Pokrovski s'étendait le faubourg des Façonniers, que l'on pouvait également qualifier de noir, une partie de sa population étant constituée de gens taillables. Ça, c'est le premier point. Deuxièmement, à proximité immédiate de cette porte se trouvait le faubourg Allemand, où il est presque certain que vivait le capitaine des mousquetaires. Et troisièmement, c'est de là que partait la route pour Préobrajenskoié, une résidence du tsar. Le voilà, votre « domaine princier » (ou plutôt grand princier).

Nicholas voulut contester, mais, d'un geste impatient de la main, Maxime Edouardovitch lui intima l'ordre de ne pas l'interrompre.

— Quant à la porte Srétenka, elle donnait accès à un autre faubourg noir, qui, lui, était traversé par une route menant au domaine des princes Tcherkasski. Là, vous voyez ? demanda Bolotnikov en indiquant un point sur la carte.

— Non, les portes Srétenka et Pokrovski ne conviennent pas, déclara résolument Nicholas tout en suivant le doigt de l'archiviste. Sous le terme de « domaine princier », le capitaine veut sûrement parler de Fürstenhof, une métairie située non loin du château de famille des von Dorn.

Bolotnikov se mit à trembler de tous ses membres, bouleversé par cette nouvelle.

— Mais alors, peut-être... (Il dut s'interrompre tant l'émotion était forte.) Mais alors, peut-être que vous comprenez intégralement le sens du passage où il est dit « dans la même direction que celle du Rocher de Théo, notre ancêtre, par rapport au Domaine princier » ? Quelle est cette direction ?

« Le sud-est », faillit répondre Fandorine, mais il s'en abstint. S'il révélait cet ultime secret, l'habile Maxime Edouardovitch n'aurait plus aucun besoin de coéquipier. Vu l'orgueil démesuré et la conception élastique de l'éthique dont la sommité moscovite avait fait preuve dans l'histoire du pli, mieux valait faire preuve de retenue. Les deux portes nord — celles de Pokrovski et de Srétenka — devaient absolument être exclues, car aucune voie menant vers le sud-est n'en partait.

— Je ne sais pas exactement, dit-il tout haut.

— Vous ne me faites pas confiance, se plaignit Bolotnikov. Il y a quelque chose que vous ne me dites pas. Ce n'est pas honnête et, en plus, ça complique les recherches.

— Je suppose que, vous non plus, vous ne me dites pas tout, répliqua assez sèchement Nicholas. Vous vous occupez de vos archives, alors que moi je vais me concentrer sur les portes.

Maxime Edouardovitch le regarda fixement et poussa un soupir.

— Bon, comme vous voudrez. Mais êtes-vous absolument certain que nous n'avons pas besoin des portes de Pokrovski et de Srétenka ?

— Absolument.

— Dans ce cas, c'est parfait ! Cela signifie qu'il ne nous reste plus que deux portes : Serpoukhov et Kalouga ! Tenez, regardez sur le plan le tracé des rues et chemins qui partaient des lieux de passage à l'époque de Cornélius : trois commencent à la porte de Kalouga, deux à la porte de Serpoukhov. D'ailleurs, les voies actuelles — l'avenue Lénine, les rues Donskaïa et Chabolovka, dans le premier cas ; les deux rues Serpoukhov, Grande et Petite, dans le second cas — sont leurs héritières directes, elles suivent strictement le même tracé. Il vous suffit d'une journée pour le secteur Kalouga et d'une autre pour celui de Serpoukhov. Vous n'aurez qu'à compter cinq fois quatre cent quatre-vingt-dix mètres (ou, disons, cinq cents). Ensuite, nous relèverons les données architecturales et topographiques correspondant à ces secteurs et définirons le plus susceptible de nous intéresser. Comme on dit chez vous : *a piece of cake* !

Piece of cake, vite dit ! Arpentant pour le cinquième jour consécutif les mêmes trottoirs devenus odieux, Fandorine se sentit gagné par le désespoir.

Pourtant, au début, la tâche lui avait paru encore plus simple qu'à Maxime Edouardovitch. Se rappelant le vecteur sud-est, il avait éliminé les voies menant directement vers le sud ou le sud-ouest, en conséquence de quoi, il n'était plus resté qu'une seule et unique rue méritant attention : la rue Serpoukhov-Grande.

A la place de Kalouga, il est vrai, commençait également une rue allant vers le sud-est : la rue Mytnaïa. Mais, ayant été percée cent ans après Cornélius, celle-ci ne pouvait être prise en considération.

Il en allait différemment de Serpoukhov-Grande. Il y a six cents ans, se trouvait déjà là une route carrossable, et c'est précisément au cours du dernier quart du dix-septième siècle qu'à cet endroit s'était constituée une voie aménagée et bordée d'habitations. A cinq cents mètres de l'endroit où jadis s'élevait une tour de passage, le maître en histoire découvrit sur la gauche un sinistre bâtiment de béton et de verre dans le style des années soixante-dix du vingtième siècle : l'Institut de chirurgie Vichnievski. A droite, se dressait un immeuble d'habitation à quatre étages, avec des ascenseurs extérieurs, dont les cages bleues couraient le long de la façade.

L'Institut de chirurgie occupait un ancien asile de vieillards, jadis construit sur les cendres d'une demeure ayant appartenu à un certain Boukine, intendant des écuries royales. Fandorine se réjouit : la voilà, la trace du tsar ! Mais, fouillant dans les documents, Bolotnikov établit que le maudit Boukine ne s'était installé là qu'en 1698, et l'on ignorait ce qui s'y trouvait précédemment, pour autant qu'il s'y trouvât quelque chose.

Quant à l'immeuble d'habitations, il lui avait été attribué un terrain qui, cent ans plus tôt, avait appartenu à une ancienne association. Mais il avait été impossible de remonter plus avant. Maxime Edouardovitch fouillait toujours plus profond dans les papiers poussiéreux (cette seule pensée déclenchait chez Fandorine une crise d'éternuements), tandis que Nicholas passait au peigne fin, les unes après les autres, toutes les rues historiques partant des anciennes portes du Skorodom et orientées vers le sud-est. Il fallait bien s'occuper à quelque chose.

Après le petit déjeuner, il partait en voiture sur l'Anneau des Jardins. Il déterminait, d'après le plan, où se trouvaient les portes de la ville et, à partir de là, comptait cinq cents mètres. Il regardait à droite et à gauche, notait les numéros d'immeubles, afin d'en référer le soir à Bolotnikov. Roulant le long du trottoir, le 4 × 4 noir suivait lentement Nicholas. A son bord, deux gardes du corps bâillaient d'ennui. Une ou deux fois, Serguéiev s'était montré. Après avoir cheminé quelque temps au côté de l'Anglais en train de parler tout seul, il avait hoché la tête et était reparti faire son rapport au chef — on se demandait bien sur quoi.

Gabounia tenait parole et n'importunait plus le maître en histoire. Celui-ci, en revanche, était harcelé par *Souliko*, la chanson qui exaspérait tant de Jossif Gabounia. Dès le matin, elle résonnait à ses oreilles au rythme de ses pas : J'ai-cher-ché-la-tom-be-de-ma-bien-ai-mée-mais-il-est-dif-fi-ci-le-de-la-trou-ver... Impossible de s'en défaire, une véritable obsession.

Un soir, après avoir longuement hésité, Nicholas avait appelé Altyn. Il ne dit rien, bien entendu, se contenta d'écouter sa voix.

— Allô, allô. Qui est-ce ? prononça la jeune fille d'un ton irrité, avant de poursuivre d'une voix aiguë et tranchante : Nika, où es-tu ? Est-ce que tu vas b...

Il décida tout de même de partir de la porte de Pokrovski, pas tant par intérêt pratique que pour se rapprocher de Cornélius. Là, autrefois, s'étendait le faubourg Allemand, Koukouï. Le capitaine Fondorine avait parcouru à cheval cette même route alors qu'il rejoignait le lieu de son service : la garde, l'exercice ou l'arsenal.

Viens à mon aide, Cornélius, murmurait Nicholas, longeant la rue Novobasmannaïa. Réponds-moi, tends-moi la main, j'en ai tellement besoin. Il me suffirait simplement d'effleurer le bout de tes doigts, ensuite je me débrouillerais seul.

Pourquoi as-tu découpé la lettre en deux ? Pourquoi en as-tu caché une moitié à Kroméchniki et emporté l'autre avec toi ? demandait Nicholas à son lointain ancêtre. L'ancêtre resta longtemps muet, puis se mit à parler, d'abord doucement, de manière à peine audible, puis plus fort.

« Je ne savais pas ce qui m'attendait à Moscou », expliqua-t-il tout en lissant sa moustache frisée. On ne distinguait pas son visage, seulement ses fières moustaches et l'anneau d'or qui scintillait à son oreille droite. « J'ignorais si la cachette de Kroméchniki était sûre. J'y ai caché ce que j'avais de plus précieux, mais je n'ai pas pu me résoudre à laisser entière la lettre dans laquelle je parlais de la Libereia. Trop grand est le secret qu'elle renferme. Au cas où ce serait le billot qui m'attendrait à Moscou, la partie gauche resterait parmi mes papiers. Quant à la façon de trouver la partie droite, je la soufflerais à un homme de confiance avant le châtiment, afin qu'il la transmette à mon fils quand il serait grand. Qui aurait pu savoir que j'étais voué à ne pas mourir comme un chrétien après la prière et l'absolution, mais sans confession, l'épée à la main, face aux hallebardes des *streltsy* ? »

L'ancêtre parlait un vieux dialecte souabe, que Nicholas avait étudié spécialement afin de lire les documents anciens relatifs à l'histoire de la famille. Mais il ne dit rien de plus que ce que le maître en histoire pouvait deviner de lui-même, il ne livra pas son principal secret.

Le soir du cinquième jour, Fandorine arriva place de la Taganka, où jadis se dressait la porte de Iaouza. De là, pas moins de quatre rues partaient en direction du sud-est.

La première était la rue Taganka. Tout en regardant à droite et à gauche, Nicholas se mit tristement à compter les pas : il devait arriver à six cent trente, ce qui, à quelque chose près, correspondait à cinq cents mètres.

Au quatre cent quarante-deuxième pas, le maître regarda distraitement le côté opposé de la rue, où s'élevait une sorte d'hôtel particulier d'un étage, en ruine et tendu d'un filet vert tel qu'on en utilise sur les chantiers de construction, sans doute en vue de travaux de restauration. Mais non, ils allaient plutôt le raser. Une maison ordinaire, sans rien de notable. Apparemment, elle datait de la fin du siècle dernier, éventuellement un peu plus, et, dans ce cas, elle avait été en grande partie reconstruite, ce qui voulait dire qu'elle ne présentait aucun intérêt du point de vue architectural.

Brusquement, à l'oreille de Fandorine parvint un son imperceptible, comme si quelqu'un l'appelait de très, très loin, sans espoir d'être entendu. Il regarda le bâtiment un peu plus attentivement : des vitres cassées, un toit effondré, des poutres noires pointant à travers le plâtre lépreux. Il haussa les épaules et continua d'avancer : il lui restait cent quatre-vingt-dix pas.

Il parcourut la distance fixée, nota les numéros des maisons de droite et de gauche. Il se demanda alors s'il n'allait pas retourner sur la place en voiture, puis décida que non.

Repassant devant l'hôtel particulier condamné à la destruction, il tendit l'oreille : entendrait-il de nouveau le lointain appel ? Non, seulement les bruits habituels de la rue : le bruissement des pneus sur la chaussée, les cliquètements du trolleybus lancé à toute vitesse, les bribes de musique provenant du parc. Et pourtant, il y avait dans cette maison quelque chose d'étrange, quelque chose qui ne sautait pas immédiatement aux yeux. Nicholas parcourut du regard les fenêtres mortes, aveugles, essayant de comprendre de quoi il s'agissait.

Ses gardes du corps bondirent hors du 4 × 4 et, regardant de tous les côtés, se précipitèrent sur le grand escogriffe anglais qui, tout à coup, s'était mis à chanceler, ses bras battant l'air.

— Vous êtes blessé ? Où cela ? cria l'un des deux hommes en attrapant Nicholas sous le bras, tandis que l'autre tirait son pistolet de sous sa veste et fouillait du regard les toits des maisons voisines.

— Treize, marmonna le maître en gratifiant le sévère jeune homme d'un sourire imbécile. Treize fenêtres !

— Ma première erreur : il fallait tout de même comprendre les noms des différentes portes, non pas comme des qualificatifs mais comme des noms propres. Au milieu du dix-septième siècle, à côté du monastère de Novospasski — ici sur la carte —, s'est constitué un faubourg où vivaient les maçons de la Couronne. Voyez-vous, Fandorine, même les rues font référence à cette activité : rue Grande-des-Maçons, rue Petite-des-Maçons. De toute évidence, c'est pour la même raison que la porte de Iaouza, alias porte de Taganka, s'est un temps appelée porte de Pierre, mais ce surnom n'est pas entré dans l'usage et a été oublié.

Les deux historiens se trouvaient dans l'appartement de Nicholas. De nouveau, ils étaient assis à la table, jonchée de cartes, de plans et de photocopies de documents anciens. Toutefois, entre les deux partenaires s'était opéré un changement psychologique dans la répartition des rôles qui, si elle ne sautait pas aux yeux, était évidente pour les deux protagonistes. Le leader était maintenant le maître, tandis que le docteur se retrouvait dans le rôle du rapporteur, obligé, en outre, de se justifier.

— Ma seconde erreur est encore plus impardonnable. J'ai arbitrairement décidé que les sagènes dont il est question dans la lettre étaient la mesure de longueur connue depuis les temps les plus reculés et largement répandue à partir du dix-huitième siècle, à savoir la sagène dite « oblique », dont la dimension précise a été officiellement fixée en 1835 à quarante-huit verchoks, c'est-à-dire deux cent treize centimètres.

Bolotnikov se mit debout, écarta largement les jambes, puis leva et écarta les bras de manière à former une sorte de X.

– La voilà, la sagène oblique : c'est la distance entre le bout du pied gauche et l'extrémité de la main droite. C'est donc comme cela que j'ai décidé que deux cent trente sagènes équivalaient à quatre cent quatre-vingt-dix mètres. Or – et je suis honteux d'une telle bévue – au dix-septième siècle, on utilisait le plus souvent la sagène « droite », égale à la distance entre les deux extrémités des mains tendues horizontalement. (Maxime Edouardovitch se mit dans la pose du pêcheur se vantant d'une prise record.) Cela fait trente-quatre verchoks, c'est-à-dire cent cinquante-deux centimètres. La maison découverte par vous se trouve à trois cent cinquante mètres de l'ancienne porte de Iaouza, à savoir très exactement à deux cent trente sagènes droites !

Chaque nouvelle confirmation de la justesse de sa découverte emplissait le cœur de Nicholas d'une douce chaleur et accrochait à ses lèvres un sourire béat, contre lequel il luttait vainement : la bouche du triomphateur s'écartait d'elle-même de manière incongrue, ce qui devait encore aggraver les blessures portées à l'amour-propre du conférencier. Quoique non. Il fallait rendre justice à Maxime Edouardovitch : il était lui-même tellement bouleversé et enthousiasmé par la stupéfiante découverte qu'il semblait avoir résolument mis de côté son orgueil et ses ambitions.

– Continuons, dit-il avec un sourire répondant à celui de Nicholas. L'actuelle rue Taganka était, il y a trois cents ans, la rue principale du faubourg noir de Sémionovski : le voilà donc, notre « faubourg noir ». Tout concorde, Fandorine, tous les indices contenus dans la lettre. Et maintenant, le principal : la maison. J'ai étudié tous les documents relatifs à l'histoire de la construction sur ce terrain, et j'ai découvert quelque chose de très intéressant. Tenez, regardez.

Les deux historiens se penchèrent sur la copie d'un document officiel frappé d'un sceau rectangulaire.

– La maison n° 15, destinée à être rasée comme bâtiment vétuste ne présentant pas d'intérêt culturel et historique, a été construite en 1823 par un marchand du nom de Mouchnikov. En 1846, 1865 et 1895, elle a subi des transformations. En 1852 et 1890, elle a brûlé. En un mot, l'histoire habituelle d'une maison moscovite, rien d'intéressant pour notre affaire. Mais... (Au-dessus de la photocopie, Bolotnikov posa le cahier renfermant ses notes.) Regardez un peu ce que je suis arrivé à dénicher. D'abord, le nom du propriétaire. On ignore lequel des Mouchnikov a fait construire la maison, mais on sait que les Mouchnikov étaient connus, au dix-neuvième siècle, pour appartenir à la secte des *khlysty*, ou « flagellants ». Sans doute organisaient-ils des prières collectives et des veillées dans la maison qui nous intéresse. Pour une des branches des « flagellants », le nombre treize revêtait un sens particulier, sacralisé, ce qui, de toute évidence, explique le nombre insolite de fenêtres.

– Tout cela est bien joli, commença à s'inquiéter Nicholas. Mais quel rapport avec von Dorn ? Il vivait ici un siècle et demi plus tôt !

L'archiviste fit un clin d'œil, tel un père Noël sur le point de sortir de sa hotte son plus beau cadeau.

– Patience, patience. A propos de la maison des Mouchnikov, il est écrit qu'il s'agit d'une « construction en rondins reposant sur un soubassement de pierre blanche, seule partie de l'ancienne maison en bois de chêne ayant résisté à l'incendie de 1812 ». Il est précisé que cette ancienne maison appartenait à un certain sorcier. Il faut dire que presque toute cette partie de la ville a brûlé lors de l'invasion napoléonienne et a été reconstruite progressivement au cours des quinze années qui ont suivi.

– Sorcier, c'est le nom de famille de l'ancien propriétaire ? demanda prudemment Nicholas, comme s'il craignait d'effaroucher une proie. Ou bien...

Bolotnikov sourit :

— A priori, c'est plutôt « ou bien ». Dans un rapport de police du quartier Taganka, daté de 1739, j'ai trouvé mention d'une certaine « maison de sorcier, ou maison Walser ». Or, dans les bordereaux d'appointements de l'office des Etrangers de l'année 1672 ainsi que, deux ans plus tard, dans une affaire de préparation d'herbes médicinales de l'office des Apothicaires, j'ai trouvé deux fois mentionné le nom d'un certain « maître apothicaire allemand du nom d'Adam Walser ». Vous savez parfaitement que, pour les Moscovites de cette époque, un apothicaire, étranger par-dessus le marché, passait forcément pour sorcier.

— Un Allemand ! s'écria Fandorine. Et Cornélius était allemand !

— Eh oui, en effet, mais là s'arrêtent les faits dont nous disposons et commencent les suppositions. Comment expliquer que la façade de cette maison datant d'après l'incendie de 1812 compte autant de fenêtres que la maison de l'apothicaire ? Simple coïncidence ?

Le maître secoua la tête :

— Non, bien sûr ! Mouchnikov a probablement acheté un terrain avec les ruines de la maison du sorcier, justement parce que, pour un *khlyst*, un nombre aussi inhabituel de fenêtres apparaissait de bon augure. Il est possible que la maison n'ait pas brûlé complètement et que la façade soit restée débout. Ou, tout simplement, que se soit perpétué le souvenir de cette ancienne maison comportant un nombre fatidique de fenêtres. Après tout, au moment de la construction, il ne s'était écoulé qu'une dizaine d'années depuis l'invasion de Moscou par les troupes de Napoléon et l'incendie qui s'est ensuivi.

— C'est exactement mon avis. (Maxime Edouardovitch repoussa les papiers et, se tournant vers Fandorine, dit en martelant ses paroles :) Mais l'essentiel pour nous est que

Mouchnikov ait fait rebâtir la maison sur les mêmes fondements. Le voilà votre « soubassement solide ». Si solide qu'il a résisté au Grand Incendie. J'espère que vous comprenez ce que cela signifie ? (Puis il acheva en baissant d'un ton :) Nous n'avons besoin ni de sponsors ni de quelconques fonctionnaires. *Nous pouvons trouver, seuls, la Libereia !*

En dépit de l'impatience qui les dévorait, il fallut aux chercheurs de trésor trois bonnes journées pour se préparer. Nicholas n'arrivait à s'endormir que juste avant l'aube, et pour deux ou trois heures, pas plus. Quant à Bolotnikov, à en juger par ses paupières rougies et ses cernes, il ne dormait pas du tout.

Ce n'était pas l'approvisionnement en instruments indispensables qui leur avait fait perdre du temps. Pour cela, Fandorine n'avait eu qu'à transmettre à Serguéiev une liste et, le jour même, on avait livré à l'appartement deux pelles suisses légères, de fabrication spéciale, deux pics, un cric, deux barres à mine ordinaires, des lampes torches, une échelle de corde et une foreuse électrique, pour le cas où il faudrait entreprendre des fouilles.

« Vous avez l'intention de creuser un souterrain ? lui avait demandé Vladimir Ivanovitch, l'air de plaisanter, tout en scrutant de ses yeux gris le monceau de papiers étalés sur la table.

– Oui, j'ai un truc à chercher, avait négligemment répondu Fandorine.

– C'est clair », avait acquiescé le colonel.

C'était à lui qu'était dû le retard. Trois soirées avaient été perdues en manœuvres de diversion. Les deux acolytes sortaient avec tous leurs instruments et se rendaient sur des lieux de ruines, choisis au hasard dans les environs de

Moscou. Là, ils commençaient à remuer les mottes de terre et à creuser le sol.

La première fois, Serguéiev vint en personne. Il observa un temps ce qui se passait. Et repartit.

La deuxième fois, il n'y avait déjà plus le colonel, mais, de derrière des décombres, les gardes du corps jetaient de temps à autre un regard. Quand ils se firent trop pressants, Nicholas décréta la mobilisation : il donna des pelles aux jeunes gens avec ordre de transférer un énorme tas de détritus d'un endroit à un autre. Les gamins prirent une bonne suée, salopèrent leurs jolis complets, et l'un d'entre eux se blessa à la cheville en heurtant une brique qui traînait par terre.

Le troisième jour, Fandorine et Bolotnikov s'affairèrent dans l'isolement le plus complet : les gardes restèrent à l'extérieur, sans plus manifester le moindre intérêt pour les fouilles des deux historiens loufoques. Cela signifiait qu'il était temps de passer à l'action.

Le plan était le suivant : poster les mignons de Serguéiev aux quatre coins de la maison n° 15, afin que personne – adolescents à problèmes, prostituées, alcoolos, amoureux sans abri – ne vienne les importuner. Par ailleurs, les gardes du corps sauraient sans difficulté se dépêtrer d'une éventuelle patrouille de la milice attirée par une lumière émanant du sous-sol. Nicholas et Bolotnikov forceraient la porte pourrie, descendraient, et n'auraient plus qu'à suivre les instructions de Cornélius von Dorn. Si (oh, si !) la chance leur était donnée de trouver quelque chose, ils essaieraient d'établir une estimation préalable et approximative du trésor, mais remonteraient sans rien emporter. En outre, le lendemain et même le surlendemain, ils iraient de nouveau fouiller des ruines quelconques, afin de ne pas éveiller les soupçons. Pendant ce temps, ils décideraient comment et sous quelle forme annoncer *urbi et orbi* leur grandiose, leur ahurissante découverte.

Ils arrivèrent rue Taganka peu après une heure du matin. Il n'y avait pas âme qui vive, tout était calme. Fandorine regarda à droite, à gauche, en haut. Il vit la lune qui essayait d'épier les deux chercheurs de trésor à travers les nuages, sans toutefois y parvenir, ce qui faisait ressembler le ciel noir et gris à une pierre tombale de marbre.

Ils postèrent les loulous. Ensuite, ils s'introduisirent dans la cour par un trou dans la palissade, et, à peine cinq minutes plus tard, ils se frayaient un chemin à travers les amas de planches et les gravats et descendaient dans la cave. La porte métallique étant rouillée, il fallut la défoncer à coups de barre à mine. Les grincements et les cliquetis se répercutèrent en un écho discordant entre les murs sombres, auxquels pendaient des lambeaux de peinture décollée.

– Donc, dit Fandorine tout bas (allez savoir pourquoi) en éclairant le plafond de la cave. Le coin nord-est est là-bas.

L'archiviste s'approcha du mur et le gratta avec son couteau.

– Du calcaire, du bon vieux calcaire moscovite, annonça-t-il, lui aussi à mi-voix. Et la maçonnerie est très ancienne. On taillait déjà comme ça à l'époque d'Ivan III. A Moscou, beaucoup de vieilles maisons reposent sur de tels fondements. Le mortier est à base de jaune d'œuf, auquel sont ajoutés du miel, de la cire d'abeille, de la fiente de poule et Dieu sait quoi encore. Ça tient mieux que n'importe quel matériau d'aujourd'hui.

Nicholas, que secouait un frisson nerveux, trouva quelque peu inopportun le cours d'histoire de l'architecture assené par Maxime Edouardovitch. Le maître se dirigea vers le coin opposé de la pièce, posa sa lampe torche sur le côté et saisit la pelle. Il convenait en premier lieu de déblayer le sol.

La chanson à propos de l'insaisissable Souliko laissait Fandorine tranquille depuis le jour où il avait compté les fenêtres sur la façade de la maison n° 15. A la place du folklore géorgien, Nicholas était maintenant hanté par un poème tiré d'un petit bouquin trouvé dans la bibliothèque de son cabinet de travail. De toute évidence, l'appartement de la gare de Kiev était utilisé par l'Eurodebetbank pour accueillir des hôtes de passage, ce qui expliquait le choix bien particulier d'ouvrages occupant la bibliothèque : annuaires professionnels en tout genre, magazines sur papier glacé, pas moins de cinq exemplaires de l'*Encyclopédie bancaire russe* et, bizarrement perdu tout seul, un petit volume de la collection « Les maîtres de la poésie soviétique ». Fandorine l'avait feuilleté au cours des nuits précédentes, alors qu'il luttait contre l'insomnie.

Le petit poème en question était obsédant ; il y était question d'amour prépubère. « La jolie petite Lida dans cette rue habite... » marmonnait maintenant Nicholas du soir au matin, et, devant lui, il voyait non pas quelque inconnue nommée Lida, mais la rue Taganka et la maison n° 15, tendue d'un filet vert.

Et, pour l'heure, le maître était en train de manier la pelle au rythme de l'amphibraque, particulièrement bien adapté à l'effort physique, si bien que le travail avançait promptement.

Enfin, sous la saleté, apparurent des planches à demi pourries. De toute évidence, quelqu'un avait jadis habité cette cave, puisqu'on y avait posé du plancher.

Il fallut abandonner la pelle et continuer à la barre à mine. Ils dégagèrent une couche de parquet et, dessous, en découvrirent une autre, calcinée.

— Ça, ce sont les vestiges de l'incendie de 1890, fit remarquer Bolotnikov en essuyant son front ruisselant de sueur. Mais qu'est-ce que vous avez à marmonner tout le temps ? En avant, Fandorine, nous sommes près du but.

Ils ôtèrent ce deuxième plancher.

– Ouais ! s'écria avec enthousiasme Maxime Edouardovitch quand le métal heurta la pierre. Des dalles ! J'avais tellement peur que, sous le plancher, se trouve simplement de la terre. Allez, allez, on déblaie !

Ils posèrent les lampes torches au bord du trou qu'ils venaient de former. Ils émiettèrent les lames de parquet, vidèrent à la pelle les copeaux et la poussière.

La dalle dégagée devait mesurer environ trois pieds sur trois.

Bolotnikov fronça les sourcils.

– Aïe, aïe, aïe. C'est la merde, Fandorine, il y a quelque chose qui cloche. La lettre parle d'une « étroite dalle de pierre », or celle-ci est carrée. En plus, elle a l'air d'être lourde, on ne doit même pas pouvoir la soulever à deux. Comment le petit Nikita aurait-il pu s'en sortir tout seul ? Bon, en attendant, attaquons-nous aux joints.

Accroupis, épaule contre épaule, ils entreprirent de gratter l'espace entre les dalles. Nicholas grimaçait douloureusement à chaque grincement du métal sur la pierre, et l'angoisse lui étreignait le cœur : était-ce possible qu'il se soit trompé ?

– Ça suffit, décida Maxime Edouardovitch. On va glisser les deux barres de chaque côté et faire levier en appuyant de toutes nos forces. Après tout, on peut peut-être arriver à la faire basculer. A trois, on y va.

Fandorine cala son pied contre le rebord du plancher, saisit fermement des deux mains la barre à mine et, à trois, pesa de tout son poids sur le bras du levier.

La dalle se dressa avec une facilité tellement inattendue que Bolotnikov faillit perdre l'équilibre.

– Voilà ce que signifie « étroite » ! s'écria Nicholas en maintenant la plaque debout et en indiquant sa tranche. Elle n'a pas plus de trois pouces d'épaisseur !

Prenant une profonde inspiration, Bolotnikov écarta son collègue, s'empara de la dalle (manifestement pas si lourde que cela) et la rejeta de côté. Retombant sur une des deux barres de fer, elle se brisa en deux.

— Pourquoi ? s'exclama Nicholas. N'oubliez pas que cet endroit deviendra plus tard un musée !

Sans daigner répondre, Maxime Edouardovitch se mit à quatre pattes et, à mains nues, entreprit de gratter et de déblayer la poussière sur la surface peu profonde de la cavité qu'ils venaient de dégager.

— Eclairez ici ! ordonna-t-il d'une voix enrouée. Vite, vite ! Là, au milieu. Bon, mais allez-y, que diable ! J'ai senti quelque chose !

Fandorine dirigea le faisceau de la lampe sur le fond sombre du carré, tendit le cou, mais, l'archiviste ayant le visage collé au-dessus du sol, il était impossible de distinguer quoi que ce soit.

— Qu'avez-vous trouvé ?

— Là, au centre, un crampon, répondit Bolotnikov d'une voix sourde. Du genre de ceux qu'on utilisait jadis pour fixer les anneaux de porte.

Appendice :

Limerick politiquement incorrect ayant aidé N. Fandorine à gratter la saleté dans la cave de la maison n° 15, dans la nuit du 3 juillet.

La mignonne petite Lida
Des costauds et des beaux gars
Tombait toujours amoureuse
Mais de protection n'était pas oublieuse
Pour ne pas attraper la castapiane ou le sida

Chapitre quatorzième

Ange malgré tout. « Je vous ai trompé ». A quoi mène de faire rubis sur l'ongle. La main gauche du capitaine von Dorn. Pourvu qu'il ait le temps.

On saisit fermement Cornélius par les mains, et le gars trapu qui s'affairait devant le fourneau se retourna. Il avait le front bas, des narines retroussées et poilues, un cou puissant, plus large que sa tête. Il examina le condamné de la tête aux pieds, émit un gloussement et s'avança d'un pas.

Le bourreau ! C'était lui qui allait maintenant tourmenter le pauvre corps de l'infortuné chevalier von Dorn.

— Parole et action... du souverain, murmurèrent imperceptiblement les pâles lèvres du capitaine.

Il fallait parler de la Libereia. N'importe quoi, mais retarder à tout prix la torture ! Qu'on le pende au crochet, mais pas tout de suite, plus tard !

— Il nous est interdit de vous écouter prononcer « parole et action », scélérats que vous êtes, fit le clerc. Ne note rien, Grichka. La peur de la mort fait dire n'importe quoi aux voleurs. Vas-y, Silantius, ne traîne pas. C'est bientôt l'heure du souper.

Cornélius ouvrit la bouche pour crier quelque chose qui obligerait son inquisiteur à tendre l'oreille : « Je sais où se trouve le trésor du tsar ! » Mais le bourreau le frappa sur les lèvres, façon de lui dire « tais-toi ». Bien que le coup ne lui parût pas fort, Cornélius sentit aussitôt un goût salé dans la bouche.

— Il est bien, ce paletot, dommage qu'il soit trop court, grommela Silantius pour lui-même, avant de hurler au prisonnier, comme il l'aurait fait à un cheval : Allez, allez !

Il saisit von Dorn par les épaules, fit signe aux geôliers de s'éloigner et secoua légèrement le criminel pour le défaire de sa veste ouatinée. Il mit le robuste vêtement de côté, puis, de la même manière, ôta à Cornélius son gilet en tricot. C'est avec un soupir de regret qu'il déchira la chemise : il glissa un doigt sous le col et tira un grand coup jusqu'au nombril. Les sous-clercs arrachèrent aussitôt les lambeaux de tissu, et le torse nu du capitaine se hérissa de froid.

— T'en fais pas, dit le bourreau avec un clin d'œil. T'auras bientôt trop chaud.

Mieux vaut la mort immédiate que la torture, décida Cornélius et, profitant de ce que ses jambes étaient libres, il donna au bourreau un coup de pied dans l'aine. Maintenant se libérer, attraper sur le fourneau les pinces les plus lourdes et, avant toute chose, frapper la sale gueule du clerc, puis celle de l'ignoble Silantius, et ensuite comme ça se présentera. La garde accourrait et le taillerait en pièces, mais c'était déjà sans importance.

Mais rien de tout cela n'arriva. Le coup de pied, qui aurait plié en deux n'importe quel homme normal, arracha tout juste un cri au bourreau, qui ne vacilla même pas.

Quant aux geôliers, habitués, ils s'accrochèrent fermement aux bras du mousquetaire.

— Et pour ça, ver de terre, tu vas voir.

Sur ces mots, Silantius enfonça profondément son doigt sous le sternum prisonnier. La douleur fut si intense que Cornélius en eut le souffle coupé et que ses genoux fléchirent.

Afin qu'il ne gigote plus, on lui attacha les jambes avec une courroie et on le traîna jusqu'à l'estrapade. Ils allaient maintenant le pendre en arrière par les poignets et tirer vers le plafond jusqu'à lui démettre les épaules, et là, ils commenceraient à le frapper avec un knout à sept pointes et à le brûler au fer rouge.

Brusquement, le clerc se leva, enleva son chapeau. Le jeune scribe bondit à son tour sur ses pieds.

Dans la salle de torture venaient d'entrer deux hommes : le premier était un coursier du Kremlin, vêtu du cafetan écarlate des gens du tsar, le second était difficile à distinguer dans l'obscurité ; on entendait seulement le cliquetis du sabre qu'il portait au côté.

— Ordre du proche du souverain, le boyard Artamon Serguéiévitch Matféiev, annonça l'émissaire de la cour et, après l'avoir déroulée, il lut l'ordonnance : « Le gardien du grand sceau impérial commande de libérer sans tarder son serviteur allemand, le capitaine Korneï Fondorine, sur qui ne pèse aucune faute, ainsi que preuve en a été donnée. Et que celui que Korneï désignera pour lui avoir causé déshonneur et offense soit mis aux fers et puni sans pitié de cinquante coups de knout. »

Puis le deuxième homme sortit de l'ombre. Il portait un cafetan argenté, une chapka de zibeline à calotte pointue, et sa peau était noire.

— Ivan… Ivan Artamonovitch, sanglota von Dorn sans parvenir tout à fait à croire au miracle.

— Tu as entendu l'ordre du boyard ? demanda le Nègre d'un ton sévère en se tournant vers le clerc. Ordonne qu'on le détache. A moins que tu préfères le knout ?

Le clerc inquisiteur, déjà pâle, devint blanc comme la farine.

— Je ne savais pas, j'ignorais... balbutia-t-il. Il ne s'est même pas nommé... ah, seigneur, si j'avais su, comment aurais-je osé... (Il avala de travers, puis se mit à crier :) Défaites les cordes, canailles ! Et vite, donnez ses vêtements à Sa Seigneurie !

Le majordome de Matféiev s'approcha de Cornélius, l'examina d'un air sombre, lui palpa les côtes de ses mains puissantes et fermes.

— Tu es sain et sauf ? Ils n'ont pas eu le temps de te rompre les os ? Tu es apte au service ?

— Oui, Ivan Artamonovitch, répondit von Dorn en enfilant son gilet (il renonça à sa chemise en lambeaux). Mais un peu plus, et il m'aurait fallu quitter le service. Pour infirmité.

Le Nègre regarda tour à tour l'estrapade et le fourneau.

— Eh bien, je vais t'attendre dehors. L'air ici est pesant. Mais ne tarde pas, Korneï. Le service attend.

Il sortit.

Cornélius frotta ses poignets engourdis. Ainsi, aucune faute ne pesait sur lui et le boyard en avait la preuve. L'affaire était close. Non, décidément, le système judiciaire russe avait ses avantages.

Il se tourna vers Silantius, lui prit la barbe d'une main, tandis que, de l'autre, il le frappait en plein dans les dents, de toutes ses forces, au point d'entendre le craquement. Non parce qu'il était bourreau, mais pour s'être moqué et pour le « ver de terre ».

Puis il s'approcha du clerc. Celui-ci plissa les paupières. Mais toute la hargne du capitaine s'était envolée avec le coup de poing assené au bourreau, si bien qu'au lieu de le frapper, il se contenta d'un crachat.

Ivan Artamonovitch attendait dans le traîneau avec, près de lui, une pelisse en poil d'ours, préparée à l'attention de Cornélius.

— Tu as vite fait, dit le Nègre avec un sourire malicieux. Ils ne t'ont pas causé grand tort, dirait-on.

Le capitaine tordit la bouche, prit place et s'emmitoufla dans la pelisse.

— Qu'ils aillent au diable, ces chiens. Pas besoin de se salir les mains. Merci, Ivan Artamonovitch. Tu m'as tiré d'un mauvais pas.

— C'est mal de ne pas venir en aide à un homme dévoué. (Le Nègre secoua les rênes ouvragées, et la troïka de chevaux gris s'élança sur la neige jaune.) Adam Valzérov ne m'a trouvé qu'à midi, avant, j'étais dans les appartements du tsar en compagnie du boyard. Quand j'ai su qu'on t'avait emmené de force à l'office de la Justice, je suis tout de suite venu. Heureusement, je suis arrivé à temps, sinon, ici, ils sont maîtres dans l'art de transformer les gens en chair à pâté. Seulement, je vais te dire quelque chose, Korneï. Réserve ton zèle à tes devoirs de soldat, le boyard a suffisamment d'espions sans toi. Quand tu n'es pas à épier à l'intérieur du palais, tu t'introduis en douce dans la demeure de cette fripouille de Taïssi. Modère tes ardeurs, modère tes ardeurs. Et inutile de nous remercier de t'avoir arraché à la chambre de torture. Artamon Serguéiévitch n'abandonne jamais ses zélateurs, souviens-t'en. Quant à ce chien latin de Taïssi, qu'il soit du côté des Miloslavski est un fait connu de nous, tu as eu tort de prendre des risques inutiles. Peu importe, quand nous l'aurons emporté, nous réglerons nos comptes avec tous ces scélérats.

– Comment ça « quand nous l'aurons emporté » ? interrogea le capitaine.

– Comme ça. Demain matin, le peuple de Moscou en grande foule se rendra au Kremlin. On désignera Pierre comme tsar et la tsarine Nathalie Narychkine comme régente. Les nôtres parcourent déjà Moscou et ses faubourgs. Ils répandent le bruit que Fiodor et Ivan sont faibles, débiles. Que, d'après les médecins, les deux fils du tsar n'en ont pas pour longtemps et qu'ils sont inaptes à gouverner. Va, capitaine, repose-toi. Il ne te revient pas d'être l'œil et l'oreille du boyard, ton rôle est de tenir fermement l'épée à la main. Demain, du travail t'attend. Dès l'aube, toi et tes hommes devrez prendre la garde au palais à Facettes, où siégera la Douma. Ne laisse pas approcher les piquiers ni les arquebusiers. S'il le faut, coupe-les en rondelles. Tu as compris quelle est ta tâche ?

Comment ne pas comprendre ? Eh bien, s'il le fallait, il les couperait en rondelles. Cornélius s'étira voluptueusement, enveloppa du regard la rivière blanche et glacée parsemée de trous noirs et la ligne framboise du couchant sur le ciel argenté. Il faisait bon vivre en ce bas monde. Quant à son miraculeux sauveur Ivan Artamonovitch, il avait beau être noir de peau, il n'en était pas moins un ange du Seigneur, cela ne faisait maintenant plus aucun doute.

Cornélius n'avait nul besoin d'aller se coucher. Dieu merci, il s'était reposé et avait dormi tout son soûl dans la « fente ». Après avoir donné à son lieutenant les nécessaires consignes concernant la compagnie (vérifier les armes et les munitions, ne laisser personne quitter la caserne, astiquer casques et armures), von Dorn se changea, vida au passage un godet de vodka – bien qu'il en eût envie, il n'avait pas le temps de manger – et se mit en selle.

Il lui fallut dix minutes pour atteindre la porte en Pierre de Iaouza ; là commençait le faubourg noir de Sémionovski. D'impatience et d'exaltation, le souffle lui manquait, de sorte qu'il ne respirait pas par le nez, mais avalait l'air glacé à grandes goulées. Si Walser avait attendu le retour du Nègre rue Artamon, cela signifiait : premièrement, qu'il était sain et sauf ; deuxièmement, qu'il était bien rentré chez lui ; troisièmement, qu'il n'avait pas pris la fuite ; quatrièmement, que c'était un être noble et digne d'estime, ce dont Cornélius n'avait jamais douté. Sinon, peut-être, dans un moment de faiblesse, alors qu'il gisait dans la « fente » étroite et froide. Pour l'heure, le même ignoble serpent s'agitait dans son âme en sifflant : « Ce n'est pas toi qu'il voulait sauver mais lui-même, il craignait que tu ne le dénonces sous la torture, c'est pour cela qu'il est accouru auprès de Matféiev. » Mais aussitôt, Cornélius repoussa l'animal maléfique et l'écrasa avec dégoût.

Son frère Andreas disait : « Ne pense jamais du mal d'un homme, tant qu'il ne t'a pas causé de tort. » Et on aurait pu ajouter : si quelqu'un t'a fait du bien, c'est un plus grand péché encore que de le soupçonner de mal.

Mais quand, au portail de chêne, s'ouvrit la petite lucarne, et que Cornélius vit le visage rayonnant de joie de l'apothicaire, le répugnant sifflement fut définitivement oublié.

– Mon Dieu, mon Dieu, ne cessait de répéter Walser, lui qui d'ordinaire ne prononçait jamais ce nom, et qui, on le sait, considérait la religion comme vaine superstition. Quel bonheur, monsieur von Dorn, que vous soyez en vie ! Je n'en crois tout simplement pas mes yeux ! Oh, comme je me suis inquiété à l'idée que l'on vous ait tué ou blessé ou, pis que tout, que l'on vous ait conduit à la torture ! Même la possession de Zamoleï ne pouvait apaiser mes tourments !

— Ainsi, vous avez le livre ? demanda le capitaine en mettant pied à terre. Vous êtes arrivé à le rapporter ? Bravo, Herr Walser. J'espère que vous n'avez pas enlevé la reliure afin qu'il soit moins lourd.

L'apothicaire fit un clin d'œil.

— Ne vous inquiétez pas, je ne l'ai pas enlevée. Tout votre butin est dans l'altyn-tolobas.

— Comment cela : « tout » ? !

Cornélius se figea, la bride à la main, près de l'endroit où l'on attachait les chevaux. Jamais il n'aurait osé rêver d'une chose pareille !

— Mais... Mais le sac était terriblement lourd, c'est tout juste si j'arrivais moi-même à le traîner ! Comment, seul, en pleine nuit, êtes-vous parvenu à traverser toute la ville avec un tel fardeau et à éviter les sentinelles ? C'est incroyable !

— Vous avez parfaitement raison, répondit en riant Walser. A la première grille, on m'a attrapé au collet... Mais rentrons donc dans la maison, il fait froid.

Il poursuivit son récit dans la grande pièce, où des bougies répandaient une lumière vive ; au mur, un crocodile africain clignait des yeux et, sur la table, une carafe de verre taillé remplie d'un liquide rubis étincelait de toutes ses facettes.

— ... Ils m'ont donc attrapé en criant : « Qui es-tu ? Un voleur ? Pourquoi n'as-tu pas de lanterne ? Qu'as-tu dans ton sac ? Le fruit de ton larcin ? » Et il ne s'agissait pas de simples veilleurs de rue, mais de vrais sergents de la police.

— Et alors ? s'écria von Dorn.

— Vous savez, Herr capitaine, je suis un homme honnête, je n'aime pas mentir. (Ses rides se rassemblèrent en une grimace espiègle qui ne seyait pas du tout au savant apothicaire.) Je réponds donc en disant les choses telles qu'elles sont : « Oui, j'ai dans mon sac le fruit d'un larcin. Je me suis introduit chez le métropolite et je lui ai volé un plein sac de livres. Vous pouvez me ramener là-bas ; pour votre zèle, vous aurez droit chacun à un altyn, au mieux, deux. Mais si vous m'aidez à porter mon sac jusqu'à chez moi, je vous donnerai un rouble à chacun avec, en plus, une bouteille de vin doux du Rhin. » A votre avis ?

— Ils vous ont porté le sac jusqu'ici ? s'étonna Cornélius.

— Non seulement ils l'ont porté, mais ils l'ont fait avec beaucoup de précautions et, après avoir reçu leur récompense, ils se sont inclinés tant et plus. Ils m'ont demandé de ne pas manquer de faire appel à eux en cas de besoin.

— Vous êtes tout simplement merveilleux ! Je veux boire à votre santé !

Le capitaine tendit la main vers la carafe qui scintillait de façon si tentante et près de laquelle étaient posés deux gobelets de terre tels qu'on en trouvait au marché pour un demi-kopeck. Nulle part ailleurs que dans la curieuse demeure de cet original le noble verre vénitien ne pouvait voisiner avec quelque chose d'aussi grossier.

Walser retint le bouchon.

— Non, mon cher Cornélius. Vous me permettez de vous appeler ainsi ? Ceci est un précieux vin de Chypre que, depuis fort longtemps, je garde en prévision de ce jour glorieux. Et nous le boirons ensemble, mais pas ici, en bas, à côté de notre formidable trophée.

— Alors, allons-y, vite !

Ensemble, ils enlevèrent les deux dalles de pierre et, par l'escalier de bois, descendirent dans la cave secrète.

Le tolobas enfoui dans la terre, avec son couvercle rabattu, était à demi rempli de livres aux reliures étincelantes. Le capitaine se mit pieusement à genoux, caressa les émeraudes, les saphirs, les rubis.

— Où est Zamoleï ? Je ne le vois pas.

— Là, sur la table. Je n'ai pas pu m'empêcher d'y jeter un coup d'œil.

— Et alors ? demanda von Dorn en regardant avec curiosité les pages couvertes de larges lignes, grises dans la semi-obscurité. Vous pouvez lire cela ?

Il s'approcha, mit la bougie dans le chandelier de terre cuite qui se trouvait sur la table, où Walser avait déjà disposé la carafe et les gobelets.

Les caractères d'un marron pâle couvraient les feuilles d'une toile d'araignée compacte. Etait-ce possible que, derrière ses griffonnages, se cache le secret de la grande transmutation ?

— Il y a une chose que je n'arrive pas à comprendre, dit pensivement le capitaine tout en versant le vin. En quoi avez-vous besoin, cher monsieur Walser, de tout l'or du monde ? Vous disposez de quoi vous procurer l'indispensable. Mon frère, savant homme et abbé d'un monastère bénédictin, disait : « La richesse n'est pas affaire de chiffres mais de sentiment. Un homme peut se sentir pauvre avec une rente de cent mille ducats, parce qu'il n'a jamais assez ; un autre va se trouver riche avec cent thalers, parce que cela lui suffit et qu'il a même trop. » Vous faites sans aucun doute partie de la seconde catégorie. Pour quelle raison avoir dépensé autant d'années et d'efforts pour un trésor dont vous n'avez pas besoin ? Je ne comprends pas. Quoi qu'il en soit, votre rêve est maintenant réalisé. Alors, buvons à cela, j'ai hâte de goûter votre excellent vin de Chypre.

— Un moment.

Brusquement, l'apothicaire se fit sérieux. Peut-être même avait-il peur de quelque chose, car il se lécha nerveusement les lèvres et fit craquer ses doigts.

— Je… Vous… Vous avez tout à fait raison, mon ami. J'ai tout de suite compris que non seulement vous étiez courageux, mais aussi plein de sagacité. Il me sera d'autant plus facile de tout vous avouer que vous êtes un homme intelligent et magnanime...

– Avouer quoi ? demanda von Dorn avec un sourire. Que vous vous êtes trompé et que Zamoleï renferme quelque absurdité ? Que ce bouquin poussiéreux ne vous permettra jamais d'obtenir aucun magisterium, teinture rouge ou je ne sais comment encore vous nommez votre substance magique ? Mais c'est sans importance. Mon butin suffit amplement pour deux. Je partagerai avec vous, d'autant plus volontiers que vous n'avez effectivement pas de bien grands besoins. Voudriez-vous que je vous achète une belle maison non loin de mon château ? Moi, je me ferai construire un vrai château à la française, avec des tours, un fossé et, en même temps, de grandes fenêtres et des pièces confortables. Quant à vous, je vous achèterai une charmante propriété avec un merveilleux jardin. Assis sous une gloriette parcourue de lierre, vous vous adonnerez tout à loisir à la lecture de vos assommants ouvrages. Et, qui sait, peut-être rédigerez-vous quelque traité philosophique ou bien décrirez-vous la recherche de la Libereia dans la sauvage Moscovie. Pourquoi ne pas en faire un roman ?

Il rit, content de sa plaisanterie. Walser lui, était encore plus sombre. Plus ça allait, plus il semblait inquiet de quelque chose.

– Je le répète, Herr capitaine, vous êtes un homme généreux, et le tableau que vous venez de dresser : la maison, le jardin, les livres, tout cela est bien séduisant pour moi. Mais un autre chemin m'est dévolu dans la vie. Non pas la paix, mais la bataille. Non le repos, mais le service sacrificatoire. Vous avez deviné : Zamoleï ne renferme pas la recette de la pierre philosophale. Pour une simple et bonne raison : il est impossible d'obtenir un élément à partir d'un autre, jamais le mercure ne donnera de l'or.

Dans notre siècle éclairé, aucun savant sérieux ne croit plus à ces délires alchimiques.

Cornélius était si étonné qu'il mit à l'écart son gobelet de vin.

– Mais... Mais alors pourquoi vous fallait-il cette vieillerie ? Pour les « lals du pays de Vouf » ?

– Non. Les pierres flamboyantes pas plus que l'or ne m'intéressent, sur ce point aussi, vous avez raison.

L'apothicaire montra du doigt le livre ouvert, et sa voix se mit à trembler, non plus d'émotion, cette fois, mais de jubilation.

– Ce manuscrit sur papyrus, vieux de plus de mille cinq cents ans, parle de tout autre chose. Pardonnez-moi, mon très cher ami. Je vous ai trompé.

Voyant des larmes briller dans les yeux du vieillard, Cornélius approcha le gobelet de Walser.

– Mais pourquoi être si chagriné, mon ami ? Personnellement, ce qui est écrit dans votre Zamoleï m'indiffère. L'important est que vous soyez content. Vous l'êtes, n'est-ce pas ?

– Oh, oui ! s'écria Walser, l'œil redevenu sec. Le texte dépasse mes attentes les plus audacieuses ! Cela va bouleverser...

– Eh bien, c'est parfait, l'interrompit le capitaine. Si vous êtes content, je le suis également. Et ma proposition est toujours valable. Dans mon château ou à proximité, il y aura toujours pour vous un confortable logis. Alors, buvons à cela.

– Mais cessez donc avec votre vin ! protesta l'apothicaire en levant les bras au ciel. Ne souhaitez-vous donc pas connaître le secret que j'ai si longtemps et si obstinément cherché au péril de ma vie et de la vôtre ?

— Si, bien sûr, cela m'intéresse au plus haut point. Je voulais simplement dire que je ne vous tiens pas rigueur de votre plaisanterie à propos de la pierre philosophale.

— Alors, écoutez.

Walser passa sa main sur son visage, comme s'il voulait mettre ou, au contraire, retirer un masque. Quand, de nouveau, il regarda son interlocuteur, celui-ci eut l'impression que l'apothicaire venait en effet d'enlever son masque de vieil original comique et débonnaire. Maintenant, c'était un homme résolu, passionné, opiniâtre qui regardait Cornélius. Ses yeux bleus de vieux médecin lançaient de tels éclairs que le sourire condescendant du capitaine s'effaça instantanément.

— Dans ce livre, commença doucement Walser, se trouve le salut de l'humanité. Ni plus ni moins. Pour l'homme inculte ou non préparé, il peut sembler terrifiant. Et, pour peu que sa raison soit immature et que son esprit soit sous l'influence de fausses croyances, même pour un savant, il est dangereux de lire ces pages. Dieu sait si le pasteur Saventus était un homme instruit et sensé pour son temps... Eh bien, même lui n'a pas supporté, il a pris ses jambes à son cou. Ce n'est pas du tsar russe qu'il a eu peur mais de ce manuscrit.

— Que contient-il donc de si terrible ? demanda le capitaine, regardant craintivement Zamoleï et, à tout hasard, s'écartant de la table.

Mais comme s'il n'avait pas entendu la question, l'apothicaire continua son récit d'une voix égale et sourde. Quant à ses yeux, ils étaient maintenant mi-clos.

— J'ai menti lorsque je vous ai dit que j'avais découvert les notes de Saventus à l'université de Heidelberg. Je suis tombé dessus dans les archives de l'Inquisition, à Milan, où je consultais les procès-verbaux d'interrogatoires d'hérétiques envoyés au bûcher par les saints pères de l'Eglise.

C'est le cardinal Litta qui m'avait accordé ce privilège pour me remercier de l'avoir guéri de ses hémorroïdes. Peu après sa fuite de Russie, en 1565, Saventus se retrouva dans les geôles de l'Inquisition. Apparemment, le choc qu'il avait subi avait quelque peu altéré sa raison. Il avait traversé toute l'Europe en bavardant beaucoup. Il avait fini par être dénoncé puis jeté dans un cachot d'où il ne sortirait plus.

— Pourquoi a-t-il ainsi perdu la boussole ?

Cette fois, la question fut entendue.

— Si vous vous souvenez bien, mon cher Cornélius, je vous ai dit que dans le coffre secret des basileus de Constantinople se trouvaient des livres hérétiques datant du début de l'ère chrétienne. Eh bien, ce livre est l'un d'entre eux, le plus connu. Personne ne l'avait vu depuis plus de mille ans, si bien que, à son propos, ne s'étaient conservées que de vagues légendes.

— Un livre hérétique ? demanda von Dorn d'un air déçu, cessant du même coup d'avoir peur de la table. En voilà une belle affaire !

— Saviez-vous, dit l'apothicaire en baissant un peu plus la voix, que les évangiles authentiques n'étaient pas quatre mais cinq ? Qu'une cinquième vie du fils de Joseph a été composée par l'apôtre Judas. Oui, oui, celui-là même.

— Alors, il ne s'est pas pendu après la crucifixion ?

— Les informations concernant la mort de celui qui a livré le messie au Sanhédrin sont contradictoires. Les évangélistes affirment qu'il s'est pendu. Dans les Actes des Apôtres, il est écrit que le traître « est tombé la tête la première et a éclaté par le milieu, et toutes ses entrailles se sont répandues ». Par ailleurs, chez Papias d'Hiérapolis, on peut lire que Judas vécut jusqu'à un âge avancé, et mourut d'un mal mystérieux : son corps gonfla terriblement et commença à répandre une puanteur intolérable, si bien que les gens répugnaient à s'approcher du malade. Papias était disciple de l'apôtre Jean et contemporain de Judas. On peut se fier à son témoignage. Ce qui veut dire que Judas vécut longtemps. L'homme qui connaissait de près le Christ et qui causa sa perte a laissé une description détaillée du prétendu Sauveur. Le cinquième évangéliste explique non seulement pourquoi il a mis un terme au messianisme de Jésus (il va de soi que ce n'est pas pour trente pièces d'argent), mais dit également toute la vérité sur le Nazaréen, sans rien cacher ni embellir. A l'aube de la chrétienté, ce manuscrit passa de main en main et, à sa lecture, beaucoup se détournèrent de la nouvelle croyance. Plus tard, à l'époque de l'empereur Constantin, qui fit du christianisme une religion d'Etat, l'« Evangile de Judas » disparut soudainement. L'on comprend maintenant ce qu'il en advint : toutes les copies furent détruites, tandis que l'original restait dans le coffre secret des empereurs. Il était interdit de mettre le nez dans le livre sous peine d'y perdre son âme. Toutefois, les basileus n'osèrent jamais détruire cet antique témoignage.

— On y raconte des vilenies sur le Sauveur ? interrogea von Dorn en fronçant les sourcils. Bon, et alors ? Qui croira les inventions d'un misérable traître ?

— Inventions ? dit Walser avec un ricanement. Dans le procès-verbal d'interrogatoire de Saventus, se trouvait cette annotation de l'inquisiteur : « Cette œuvre sacrilège, appelée « Evangile de Judas », est indubitablement due à Satan, le corrupteur des âmes, car même rapportée par autrui, elle engendre une irrésistible tentation de douter de la nature divine et de la miséricorde de Notre-Seigneur Jésus. » J'ai eu peu de temps, et le texte est difficile à lire mais, après avoir simplement déchiffré les quatre premières lignes, j'avais appris sur Jésus suffisamment de choses pour que le sens de tous ses actes m'apparaisse sous un jour totalement nouveau ! (Le narrateur suffoqua tant son excitation était intense.) Il suffirait de présenter au monde ces quatre pages pour que chancèle la foi de toute la chrétienté ! Mais le plus surprenant est que, si l'on se rend en Terre Sainte, même maintenant il doit être possible de trouver des preuves de véracité de cet évangile ! Savez-vous qui, en réalité, était Jésus de Nazareth et à quoi il s'est occupé les trente premières années de son existence ?

— Je ne le sais pas et je ne veux pas le savoir ! cria von Dorn. Ou plutôt non, je le sais et je ne veux rien savoir d'autre ! Le Sauveur était le fils d'un charpentier et il aidait son père, ensuite il est parti prêcher la vérité. Et je vous interdis d'affirmer quoi que ce soit d'autre !

Walser partit d'un rire amer.

— Voilà, vous êtes exactement aussi aveugle que tous les autres chrétiens. Les ténèbres de la superstition sont pour vous préférables à la lumière de la vérité. Très bien, très bien, inutile de vous boucher les oreilles. Je ne vous raconterai rien concernant le Christ. Ecoutez plutôt ce que j'ai pu apprendre sur le destin de l'évangile de Judas en Moscovie. Le premier à avoir découvert le redoutable ouvrage fut Maxime le Grec, qui entreprit de répertorier la Libereia pour le grand prince Vassili. Le moine tomba sur « La Mathématique » de Zamoleï, vit que le titre était faux et que suivait un texte sacrilège sur Jésus. Il en parla au souverain, qui, prenant peur, ordonna sur-le-champ de remettre la Libereia dans sa cachette. Et il interdit de laisser le Grec quitter la Russie. Ainsi Maxime finit ses jours au milieu des neiges moscovites. Puis, un demi-siècle plus tard, ce fut au tour d'Ivan, homme avide de savoir, de s'intéresser à la Libereia. Il chercha longuement parmi les érudits et les traducteurs, mais ceux qu'il trouvait n'étaient pas suffisamment savants. Enfin, se présenta le fameux Saventus. Ce dernier tomba très vite sur le faux Zamoleï et, lisant dans le texte, il commença à traduire au tsar l'écrit en caractères hébraïques. A en juger par le procès-verbal de l'inquisition milanaise, la lecture ne dura pas moins de douze jours. Au treizième, ayant perdu le sommeil et l'appétit, Saventus n'y tint plus et prit la fuite. Au cours de son interrogatoire, il expliqua que le tsar russe, auparavant croyant et pieux, avait été ébranlé dans sa foi à la lecture du livre et s'était mis à poser des questions impies. Lesquelles exactement, je l'ignore car, sur le procès-verbal, ces lignes, comme beaucoup d'autres, ont été soigneusement rayées à l'encre noire. Par-dessus tout, j'ai été frappé par un passage dont je me souviens mot pour mot. « L'évangile est écrit avec une telle force et une telle vraisemblance, affirmait Saventus, que même le pape de Rome en perdrait la foi et comprendrait cette vérité : Dieu n'existe pas, et les hommes sont livrés à eux-mêmes. » Même le pape de Rome ! (Walser, exalté, pointa l'index en direction de la voûte basse de la cave.) Donc, le pasteur s'enfuit de Moscou et perdit partiellement la raison. Quant au tsar Ivan, il ne supporta pas cette atteinte à sa foi. Alors que jusqu'à cette époque il était sage, modéré, charitable, en 1565 s'opéra en lui une effroyable transformation, qui le fit surnommer « le Terrible ». De telles atrocités, de tels sacrilèges, de telles abominations, ce pauvre pays n'en avait pas vu depuis les temps les plus reculés, même à l'époque de l'invasion tatare. Le tsar fou tantôt se laissait aller à des accès de rage furieuse, comme pour éprouver le Seigneur : admire mes obscénités, semblait-il lui dire, et arrête-moi, si Tu existes ; tantôt, effrayé par ses propres actes, il s'adonnait au jeûne et à la repentance. J'ai lu dans une chronique qu'Ivan s'habillait alternativement en noir, en rouge, en blanc. En rouge, il faisait couler à flots le sang. En noir, il semait également la mort, mais sans effusion de sang : par pendaison ou sur le bûcher. En blanc, il s'amusait, mais de telle manière que, pour beaucoup, ces amusements étaient pires que les plus atroces supplices... Quant à la Libereia, le tsar l'enferma dans une cave plombée, afin que ses descendants ne connaissent pas le même funeste égarement.

Cornélius écouta l'incroyable histoire en retenant son souffle, jetant simplement de temps à autre un regard à l'ouvrage coupable de tels actes. Heureux encore qu'il soit écrit en hébreu ancien que, hormis quelques grosses têtes et ces mécréants de juifs, personne n'était de toute façon capable de lire.

– Pour ce qui est de Saventus, poursuivit Walser, il connut un triste sort. Son interrogatoire eut lieu en secret, uniquement en présence d'un inquisiteur et d'un scribe chargé de rédiger le procès-verbal. Tout son récit de l'« Evangile de Judas » a été soigneusement noirci à l'encre. A la fin, on peut lire, écrit d'une autre main : « Au terme de l'interrogatoire, qui a duré sept jours sans qu'il soit recouru à la torture, ledit hérétique Saventus ayant parlé sans contrainte ni réticence, il a été décidé d'asperger la cellule d'eau bénite ; de placer une balle de cuir dans la bouche du possédé, afin qu'il ne puisse corrompre ses geôliers par des propos blasphématoires, et, à la fin du saint carême, de le pendre secrètement dans son cachot ; le scribe, frère Ambroisie, pourra rester en vie, mais pour éviter qu'il répande ce qu'il a entendu, il est décidé de lui couper la langue et les deux mains, puis de l'envoyer finir ses jours dans un lointain monastère. » On peut penser que le verdict a été prononcé par l'inquisiteur, qui a lui-même ajouté ce complément. Plus bas, figurait un autre ajout, écrit d'une troisième main. Court et sans commentaire : « Ce 13 décembre, le père Hieronimus, inquisiteur principal, s'est pendu à un tremble de la cour. » Alors, Herr capitaine, que pensez-vous de mon histoire ?

L'apothicaire fixait son interlocuteur, essayant de percer ses pensées. Von Dorn était pâle, la sueur perlait à son front. Il indiqua Zamoleï d'un doigt tremblant :

— En quoi avez-vous besoin de cette abomination qui n'apporte aux hommes que des malheurs, la folie et la mort ? Que lui trouvez-vous donc ? Elle aurait mieux fait de rester encore mille cinq cents ans dans son coffre.

— Non, mon ami, le temps est venu ! Il y a cent ans, à l'époque de Saventus, c'était trop tôt, mais maintenant, c'est juste le bon moment, dit Walser avec une profonde conviction. Au seizième siècle, la raison humaine restait enveloppée dans les ténèbres de l'ignorance, l'homme était encore à genoux. Mais le siècle éclairé que vous et moi vivons a apporté de grandes découvertes. Il nous a révélé que la Terre n'était pas le centre de l'Univers, mais seulement une des planètes qui tournent autour de l'astre du jour, ou bien encore que...

— Ce n'est pas possible ! cria, bouleversé, le capitaine. Chacun voit bien que c'est le Soleil qui tourne autour de la Terre !

— Il ne faut pas toujours se fier à ce que l'on voit, répliqua l'apothicaire avec un sourire, comme s'il s'adressait à un petit enfant. Vos yeux, par exemple, voient la Terre plate, alors qu'elle est ronde comme une pomme.

Terrassé par cet argument, Cornélius se sentit gagné par l'abattement. Etait-ce possible que la Terre ne soit effectivement pas au centre de l'Univers ?

— Et toutes ces merveilleuses découvertes de la science physique et chimique ! Et la médecine ! Jamais encore l'homme n'avait su autant de choses sur lui-même et sur la nature. Enfin l'esprit humain apprend à fonctionner sans crainte et de manière indépendante, enfin il sort des langes. Désormais, l'homme se sent et se comprend de manière complètement différente. Le sublime Shakespeare,

Cervantes y Saavedra, cet homme épris de liberté, John Donne, l'infatigable curieux, l'audacieux Spinoza et bien d'autres penseurs ont offert à l'humanité la possibilité d'être fière d'elle-même, de se respecter ! Nous n'avons plus besoin d'être bridés par la foi aveugle et intangible. Avant, dans des temps obscurs et misérables, la religion était indispensable, afin, par l'intermédiaire de la peur de Dieu, d'étouffer chez nos sauvages ancêtres les désirs bestiaux et la crainte face au mystère de l'existence. Mais la plupart des mystères qui jadis paraissaient insondables ont aujourd'hui été résolus par la science. Les savants auraient pénétré bien d'autres secrets de la nature si leurs facultés mentales n'avaient été obscurcies par la superstition. C'est fini, mon ami, le christianisme a fait son temps. Il faut le jeter, comme l'enfant qui grandit jette le vêtement trop étroit qui l'entrave. Pour avancer, pour aller plus loin et plus haut, l'homme n'aura désormais plus besoin de croire au miracle, mais en ses propres forces, en son propre entendement. Si les gens apprennent la vérité sur le Christ et les sources de son enseignement, il se produira une grande confusion dans les esprits, mais infiniment plus constructive qu'à l'époque de la Réforme. Car il est vrai que tout bouleversement, toute brèche dans l'uniformité de la pensée est propice à la réflexion. Beaucoup, bien sûr, reculeront de peur, fermeront leurs yeux et leurs oreilles. Mais nombreux aussi seront ceux qui écouteront avidement la nouvelle vérité. Et ce seront les meilleurs de tous ! Nous sommes au seuil d'un Siècle d'Or ! La science et l'art vont connaître un formidable développement, l'éducation un essor considérable ! Mais surtout, l'homme arrêtera de ramper devant un Etre suprême qui, en réalité, n'existe pas. Si les gens cessent de s'humilier devant le Maître des Cieux, très vite ils refuseront également de se prosterner devant les maîtres de la terre. Naîtra une nouvelle société, dont les membres seront fiers et respectueux d'eux-mêmes. Voilà un dessein dont l'accomplissement mérite bien qu'on lui consacre sa vie !

Walser ne put contenir plus longtemps son émotion. Sa voix se brisa, le long de ses joues coulèrent des larmes exaltées.

— Et qu'en est-il de la Vierge Marie ? demanda doucement von Dorn. Si Dieu n'existe pas, elle n'existe pas non plus ? Elle n'est pas à même d'intercéder pour qui que ce soit puisqu'elle est morte depuis près de deux mille ans ? Et il n'y a pas non plus de vie éternelle ? Il n'y aura rien après notre mort ? Rien du tout ? Mais alors, à quoi bon vivre ?

— Pour accomplir le chemin qui conduit de l'embryon dénué de raison au vieillard sage et noble, conscient d'avoir pleinement vécu sa vie, de l'avoir bue jusqu'à la dernière goutte, dit Walser d'une telle façon qu'on voyait qu'il avait longuement pensé à cette question et trouvé la réponse. J'ai cherché l'« Evangile de Judas » parce que je croyais à la force de ce livre. Aucun de ceux qui l'ont lu, voire simplement ouvert, n'a pu garder sa foi en Dieu, pas même l'inquisiteur. J'ai un projet avec lequel j'espère vous séduire, car dans l'avenir aussi j'aurai besoin à mes côtés d'un homme courageux. Je vais m'installer à Amsterdam, où l'obscurantisme n'est guère prisé. J'achèterai une imprimerie et j'éditerai le livre. J'en inonderai toute l'Europe. Je puis vous assurer que, dans deux ou trois ans, s'élèvera une vague en comparaison de laquelle l'hérésie luthérienne apparaîtra à la chrétienté comme une plaisanterie enfantine. Ensemble, nous provoquerons un considérable bouleversement dans les esprits et les âmes !

— Et commencera une nouvelle guerre de religion comme après Luther, hein ? demanda Cornélius. Les uns tueront au nom de la foi, les autres au nom de la raison.

Dans notre famille, on se souvient bien de la Réforme : elle a divisé les von Dorn en deux moitiés, dont la première a exterminé la seconde... Non, Herr Walser, il ne faut pas soumettre les âmes à une telle épreuve. (Le capitaine parlait de plus en plus fort et de plus en plus vite.) Le monde est imparfait et cruel, mais il est devenu ainsi de façon naturelle, personne ne l'y a obligé ni poussé. Laissons les choses se faire. Si vous avez raison, et que Dieu ne soit pas nécessaire à l'homme, que les gens le découvrent tout seuls sans votre Judas, qui, de toute façon, était et reste un méprisable traître, quelles que soient les intentions qui aient pu l'animer... Seulement, je pense que Dieu sera toujours nécessaire. Parce que Dieu, c'est l'espoir, et que l'espoir est plus fort et plus lumineux que la raison. Et Jésus sera lui aussi nécessaire ! Et la question n'est pas ici de savoir qui il était en réalité, ce qu'il a fait ou n'a pas fait... Je ne sais pas vous l'expliquer, mais je le ressens, je le sais : on ne peut pas vivre sans Jésus. Vous êtes un homme bon et intelligent, comment ne comprenez-vous pas cela ? (Von Dorn secoua vigoureusement la tête.) Pardonnez-moi, mon respectable ami, mais je ne permettrai pas que votre plan se réalise.

— « Je ne permettrai pas » ? répéta Walser en plissant les yeux. *« Je ne permettrai pas » ?*

— Donnez-moi Zamoleï. Je... non, je ne le détruirai pas, parce que si ce livre a traversé tant de siècles, cela veut dire que le Seigneur l'a voulu ainsi. Mais je l'enfermerai dans une cachette si bien dissimulée que personne ne pourra jamais le trouver sans une évidente volonté divine. Et n'essayez pas de me dissuader, ce serait peine perdue. (Désormais, Cornélius ne s'exprimait plus avec fièvre, mais calmement : venue d'on ne sait où, une ferme et inébranlable certitude semblait s'être emparée de lui.) Vous ferez appel à ma raison, alors que c'est avec mon cœur que j'ai pris ma décision.

L'apothicaire baissa la tête et ferma les yeux. Il demeura silencieux. Cornélius attendit patiemment.

Finalement – au bout d'un quart d'heure, mais peut-être le silence avait-il duré plus longtemps –, avec un lourd soupir, Walser déclara :

– Eh bien, mon brave ami, il se peut dans ce cas qu'il vaille effectivement mieux écouter la voix du cœur que l'appel de la raison. Je suis affligé et abattu de ne pas avoir su vous convaincre, vous qui êtes un homme intelligent et bienveillant. En fin de compte, vous ne faites que réitérer mes propres doutes. A travers vous, j'ai essayé de savoir si l'humanité était prête à accepter l'idée d'un monde sans Dieu. Maintenant je vois qu'elle ne l'est pas. Eh bien, que le Livre attende son heure. Quant à nous... Nous partirons d'ici. Faites construire votre merveilleux château et réservez-m'y une chambre. J'accepte votre généreuse proposition.

Les yeux du mousquetaire s'emplirent de larmes. A vrai dire, il s'était préparé à une longue et douloureuse dispute et s'était par avance durci le cœur, afin de ne pas céder.

– Vous êtes le plus noble des hommes, Herr Walser, s'écria avec émotion le capitaine. Je sais tout ce que vous sacrifiez : votre rêve, le but de votre vie, un grand projet. Mais vous avez suffisamment de sagesse pour comprendre qu'en voulant à tout prix leur bonheur, vous exposez les hommes à un danger mortel. Vous savez quoi ? (Emu, Cornélius indiqua d'un regard le couvercle rabattu de l'altyn-tolobas.) En compensation de votre livre, prenez donc la moitié de ma part. Ce ne sera que justice.

L'apothicaire eut un sourire distrait. On voyait bien que son projet grandiose et insensé continuait d'habiter ses pensées.

— Je vous remercie. Aristote me suffira, d'autant, me semble-t-il, que vous ne prisez guère ce modeste manuscrit... Alors, cher Cornélius, nous pouvons boire, maintenant. A l'effondrement des grands desseins et à la sage inaction.

Von Dorn leva volontiers son gobelet. Le vin se révéla épais et âpre, avec un arrière-goût de résine, de fût de chêne et d'herbes indéfinissables.

— Et vous, alors ? demanda le capitaine, voyant que Walser n'avait pas encore bu. Allez, buvez d'un trait. Ou, comme disent les Moscovites, *rubis sur l'ongle,* de façon que, si l'on retourne le verre au-dessus de l'ongle, il ne s'écoule pas plus d'une goutte. Ce principe perdra les Russes, mais vous, en revanche, vous ne deviendrez pas un ivrogne avec un seul godet de bon vin.

Sa propre plaisanterie fit rire le capitaine et, prenant par le fond le gobelet de l'apothicaire, il veilla à ce que ce dernier boive jusqu'à la dernière goutte.

— Et maintenant, tendez-moi votre ongle.

Suffoquant, Walser retourna son gobelet sur le bout de son pouce. Au lieu d'une goutte, ce fut un vrai ruisseau qui s'écoula, mais pour un rat de bibliothèque, ce n'était pas si mal.

— Je... Je ne suis pas habitué... à boire... autant, dit l'apothicaire, happant l'air avec sa bouche. (Il se mit à fouiller fébrilement dans sa poche et en sortit une fiole remplie d'un liquide lilas.) C'est un élixir pour l'estomac...

Il avala la moitié de la fiole, la remit dans sa poche, puis essuya du revers de sa manche son front mouillé de sueur.

Cornélius aussi commençait à sentir la chaleur. Le vin de Chypre, comme il sied à un vin noble, ne portait pas à la tête mais coupait les jambes, et le capitaine chancela.

— Vous êtes tout pâle, dit l'apothicaire. Il est vrai qu'après tout ce que vous venez d'endurer... Asseyez-vous.

Il approcha la chaise, et, l'ayant remercié, von Dorn s'assit et s'accouda à la table. Apparemment, la fatigue commençait à se faire sentir : une pesanteur de plomb, en s'accumulant, montait lentement de ses pieds vers le haut de son corps.

Walser regardait le capitaine d'un air bizarre, entre la peur et la compassion.

— Essayez donc de vous lever, dit-il soudain.

Cornélius s'étonna. Il s'appuya à la table et tenta de se lever, mais ses jambes ne lui obéissaient pas.

— Qu'est-ce qui m'arrive ? bredouilla-t-il en regardant, pétrifié, ses genoux rebelles.

— C'est le poison qui agit, mon pauvre ami, déclara tristement Walser. A mon plus grand regret, vous ne m'avez pas laissé le choix. De nouveau, comme au début de notre amitié, je vous ai mis à l'épreuve, mais, cette fois, sans succès. La première fois, j'ai voulu vérifier votre fidélité, aujourd'hui, votre maturité. Hélas, mon brave capitaine, vous êtes enfant des ténèbres et non de la lumière. Mais qu'importe, le Livre aidera à dissiper l'obscurité. Je réaliserai mon plan, sans votre aide, voilà tout. Tant pis si je péris sous les coups des fanatiques ou dans les flammes du bûcher, grâce à moi l'humanité aura fait un premier pas pour se libérer de ses chaînes.

— Vous m'avez empoisonné ? demanda Cornélius, incrédule. Avec le vin de Chypre ? Mais... mais pourtant vous en avez bu aussi ! Non, vous devez plaisanter. Cela vous amuse de me voir ivre dès le premier gobelet.

— Non, je ne plaisante pas. J'ai bu en même temps que vous, mais j'avais préparé un flacon d'extrait de serpentarium. Il annule l'effet du poison.

Quelle perfidie ! Faire boire du poison à un ami !

— Scélérat ! cria von Dorn.

Il saisit son poignard, essaya de transpercer le criminel. Il n'arriva pas à l'atteindre : le prévoyant apothicaire se tenait trop loin, et les jambes du capitaine s'obstinaient dans leur refus d'obéir. Pis encore, Cornélius sentit que ses reins étaient engourdis : il avait maintenant du mal à se tourner. Dommage qu'il ait laissé en haut son épée de peur qu'elle ne le gêne dans l'étroit escalier.

— Vous ne pourrez pas me tuer, dit Walser en écartant les mains comme pour s'excuser. Le poison va monter de plus en plus haut le long de vos veines. C'est une très ancienne recette, déjà connue dans la Grèce antique. C'est ce poison qu'utilisa Socrate pour en finir avec la vie. Toutefois, j'ai amélioré la composition, l'effet de la drogue est devenu moins cruel. Vous n'éprouverez pas de douleur. Ni de nausées. Quand le poison atteindra votre cerveau, vous perdrez tout d'abord l'usage de la parole, ensuite la vue, l'ouïe, puis les autres organes sensoriels et, pour finir, vous sombrerez dans le sommeil. C'est une mort enviable. Quand viendra mon heure, c'est ainsi que j'aimerais partir.

— Je vous en supplie, donnez-moi votre contrepoison ! implora Cornélius d'une voix rauque. (Il ne pouvait déjà plus tourner le tronc, seul son cou était encore mobile.) Je vous jure que je ne m'opposerai pas à votre projet ! Je vous le jure sur l'honneur ! Un von Dorn ne manque jamais à la parole donnée.

Walser eut un petit rire triste.

— Excusez-moi, mais c'est absolument impossible. Je vous crois, vous parlez sincèrement. Mais plus tard, une fois débarrassé de la peur de mourir, vous penserez autrement. Vous vous direz : bien sûr, j'ai juré sur l'honneur, mais qu'est-ce que l'honneur d'un capitaine des mousquetaires au regard du bonheur de l'humanité ? Vous êtes quelqu'un de noble, pauvre monsieur von Dorn. Au nom du salut du monde chrétien, vous sacrifierez votre honneur. Malheureusement, vous et moi avons une conception opposée du bonheur et du salut de l'humanité. Mon pauvre ami ! Oh, comme elle me coûte, cette prouesse au nom de la raison !

L'apothicaire eut un sanglot et se retourna.

— Ecoutez, Walser ! dit à toute vitesse le capitaine, craignant d'être bientôt privé de la parole et, dès lors, de ne plus rien pouvoir changer. Vous devez comprendre ! Sans Dieu, même un homme aussi bon et sage que vous est capable des pires méfaits. Je suis loin de vous valoir : je suis avide, moins intelligent, plus vaniteux. J'ai dû violer presque tous les commandements de Dieu, j'ai tué rien moins que dix-sept hommes au cours de ma vie. Mais à chaque fois que j'enfonçais ma lame ou pressais la détente, j'étais conscient de commettre un péché mortel. Alors que vous, vous tuez un ami et considérez cela comme une prouesse !

Un bruit métallique retentit : les doigts sans force de sa main droite venaient de lâcher le poignard.

— Le poison agit plus vite que je ne le pensais, dit Walser comme pour lui-même. L'autre main suivra un peu plus tard, car, à gauche, il y a le cœur qui active le sang... Bientôt, très bientôt.

— Je meurs, sauvez-moi ! gémit Cornélius, désespéré.

— Non. Vous laisser la vie serait une faiblesse impardonnable, le pire de tous les crimes.

Ayant perdu tout espoir, von Dorn referma les doigts de sa main gauche encore vivante et serra le poing.

— Non ! Le pire des crimes est la perfidie. Rien n'est plus abject que de violer sa foi, que ce soit la foi en Dieu, ou en celui qui vous considérait comme son ami, qui vous aimait et vous faisait confiance. Soyez maudit avec votre Livre !

— Moi aussi, je vous ai aimé ! Et en cet instant je vous aime encore ! (Walser fit un pas brusque en direction du condamné. Manifestement, les paroles du capitaine l'avaient piqué au vif.) Mais j'aime l'Homme plus que moi-même et que vous ! Dommage que vous mouriez sans avoir compris…

La main gauche du capitaine von Dorn n'avait pas encore perdu sa sensibilité. Bien qu'à moitié engourdi, le mousquetaire saisit l'apothicaire par le collet et, mettant dans ce geste toute sa force, toute sa soif de vivre, il frappa la tête de l'empoisonneur contre le coin de la table.

Walser s'affaissa et glissa à terre sans émettre un son.

« Vite, vite », murmura Cornélius en secouant sa chaise. Enfin, il parvint à pousser assez fort sur la table pour basculer en arrière avec sa chaise. Malgré la violence de la chute, il n'éprouva aucune douleur. Le froid se répandait dans son bras, depuis l'épaule jusqu'au coude. Il fallait à tout prix qu'il atteigne la poche de Walser où se trouvait l'antidote !

A l'instant même où ses doigts effleuraient la surface irrégulière du verre, sa main commença à s'engourdir.

Pliant le coude à grand-peine, Cornélius porta lentement la fiole à ses lèvres. Si jamais ses doigts s'ouvraient, c'était la fin.

Il arracha le bouchon de verre avec ses dents. Fit couler dans sa bouche le reste d'élixir lilas jusqu'à la dernière goutte et, privé de toute force, tomba en arrière.

N'était-il pas trop tard ?

C'est d'abord l'impression qu'il eut : il voulut avaler sa salive et sentit qu'il n'y arriverait pas. C'était au tour de sa gorge de ne plus lui obéir.

Qu'au moins je dise une dernière prière tant que mes lèvres et ma bouche fonctionnent encore, pensa Cornélius, et au même instant, il sentit une douleur à l'épaule droite, celle-là même qui avait heurté le sol lorsqu'il était tombé.

Jamais le capitaine n'aurait imaginé qu'une douleur puisse donner lieu à une telle jubilation. L'élixir agissait !

Et vite. D'abord ce furent ses mains qui reprirent vie, puis il put s'asseoir ; quelques minutes plus tard, vacillant légèrement, le capitaine était déjà debout.

Après avoir rendu grâce à la Très Sainte Vierge Marie et à son Fils Notre-Seigneur, pour l'avoir sauvé miraculeusement, Cornélius tira, de sous la table, le corps inerte de Walser.

Que faire de ce dément ? L'achever ? Il avait mérité la mort, mais von Dorn savait qu'il ne pourrait tuer le traître de sang-froid. Une chose était d'occire un ennemi au cours d'un combat sans merci, une autre de tuer un homme faible et sans défense. Cet acte-là était indigne d'un chevalier.

Fallait-il le relâcher après lui avoir pris Zamoleï ? Non, ce vieillard apparemment inoffensif était dangereux. Il en avait suffisamment lu, de cet horrible livre, pour semer à travers le monde ses graines vénéneuses...

Le choc contre le coin de la table avait laissé un creux violacé sur la tempe de l'apothicaire, tout près de l'œil. Cornélius effleura la plaie du doigt et tressaillit en sentant sous la peau fine pointer un éclat d'os. Il abaissa les paupières ridées de Walser et se signa. Finalement, le Seigneur avait déjà décidé du sort de l'apothicaire. Celui qui voulait éclairer l'humanité était mort.

En haut, la pendule sonnait les heures. A travers la trappe ouverte, un coup retentit, puis un deuxième et un troisième.

Trois heures du matin ! Bientôt l'heure de mener la compagnie au Kremlin !

Von Dorn commença à s'agiter, sortant un livre du coffre, puis le remettant dedans. Il n'avait pas le temps de cacher ailleurs le trésor. Et pourquoi le ferait-il ? En quoi cette judicieuse cachette était-elle moins bonne qu'une autre ? Personne ne savait aujourd'hui si Matféiev arriverait à ses fins. Proclamer tsar le plus jeune frère alors que l'héritier légitime était en vie avait tout de même quelque chose d'une trahison d'Etat. Certes, Artamon Matféiev était intelligent et perspicace, mais il était néanmoins plus sage de laisser la Libereia ici jusqu'à nouvel ordre.

Le capitaine referma le couvercle de l'altyn-tolobas, le recouvrit d'une couche de terre, qu'il tassa avec ses pieds. Il avait oublié Zamoleï !

Le maudit livre était toujours sur la table, ouvert et tentateur. Cornélius le ferma avec dégoût et plissa les yeux, aveuglé par l'éclat des pierres de feu. Un éclat diabolique !

Il fourra l'ouvrage dans un sac de tille et le jeta par terre, par-dessus l'altyn-tolobas. Que l'écrit satanique protège les précieux livres !

Une fois remonté, il referma soigneusement la cachette avec les dalles. La pendule indiquait trois heures et demie du matin.

Ah, malheur ! A quatre heures la compagnie devait être levée et le commandant à sa place !

Si, par avidité, lui, le chevalier von Dorn, causait le malheur de son bienfaiteur, ce serait une telle honte et un tel déshonneur qu'il ne lui resterait plus qu'à en finir avec la vie.

Bientôt le grand jour ! Au diable les trésors ! D'abord l'honneur, le reste ensuite.

Pourvu seulement qu'il arrive à temps, pourvu seulement qu'il ne soit pas en retard.

Cornélius passa le portail en tenant son cheval par la bride. Il referma tant bien que mal les deux battants. Faisant sonner ses éperons et retenant son épée, il se mit en selle.

Quand, s'éloignant, le capitaine se retourna, il lui sembla que la maison d'Adam Walser le regardait de ses yeux de taupe, ses treize yeux funestes et malveillants.

Chapitre quinzième

L'innocent est partout heureux

Le docteur et le maître étaient maintenant tous les deux à quatre pattes, tête baissée, examinant la cavité rectangulaire d'un pied carré, inondée d'une lumière blanche, blafarde. De l'anneau, ne restait que le cercle roux laissé par la rouille, mais l'anse grossièrement taillée dans la pierre était absolument intacte, et d'ailleurs, qu'aurait-il bien pu lui arriver en quelque trois cents ans ?

— On soulève avec la barre à mine ? demanda Fandorine en soupirant.

— Non, essayons plutôt à mains nues, répondit Maxime Edouardovitch d'une voix fluette, méconnaissable. Seigneur, est-ce possible que nous l'ayons trouvée ?

A deux, ils empoignèrent l'anse et tirèrent. D'abord, la dalle donna l'impression d'être ancrée dans le sol et de ne vouloir pour rien au monde quitter son logement, mais dès la deuxième tentative, elle émit un grincement plaintif et peu à peu céda. Elle était encore moins lourde que celle du dessus.

Lorsque les chercheurs de trésor l'eurent déposée sur le côté, dans le sol s'ouvrit un trou noir, d'où Nicholas sentit monter l'odeur du Temps : d'ordinaire si difficile à percevoir, elle était lourde, âpre et bien plus grisante que le haschisch que le futur maître s'amusait à fumer à l'époque où, jeune étudiant, il était frivole et influençable.

Les partenaires s'immobilisèrent au-dessus de la trappe secrète, échangèrent un regard. Bolotnikov avait tout d'un dément : cheveux en bataille, front strié de noir, regards fébriles. Je ne dois guère avoir meilleure allure, se dit Fandorine. Mais on pouvait comprendre : à un pas de la gloire planétaire, d'une fortune inouïe et, plus précieux encore, à un pas de résoudre ce qui était sans doute la plus intrigante et la plus mystérieuse de toutes les énigmes que l'histoire ait jamais connues.

– A qui l'honneur ? demanda Nicholas. J'apporte l'échelle de corde et on décide. Mais vous n'éclairez pas à l'intérieur sans moi, d'accord ?

Il fit quelques pas sur le plancher qui surplombait la trappe d'environ deux pieds et balaya le sol avec la torche afin de repérer où se trouvaient les autres instruments et l'échelle de corde. Ah, les voilà. Le cercle de lumière venait de sortir de l'obscurité le manche de la pioche, le tube noir du cric et, un peu à l'écart, un objet bizarre, blanc, de forme arrondie. Une chaussure de sport, apparemment. Non, une grosse chaussure de marche noire à rebord de caoutchouc et lacets blancs. Sans doute provenait-elle du tas d'ordures que l'archiviste et lui avaient retourné à la pelle.

Fandorine tourna la bague de la torche de telle façon que le faisceau soit moins intense mais, en revanche, plus large.

Emergeant de l'obscurité avec l'impétuosité silencieuse d'un cauchemar nocturne, se dressa une silhouette : d'abord des jambes, puis une chemise à carreaux, un visage blême, des lunettes reflétant la lumière, une mèche de cheveux clairs barrant obliquement le front.

Voyant devant lui le spectre de Chourik, ce n'est même pas de la peur qu'éprouva le maître mais une amère, une cruelle déception. Il le savait ! Tout cela n'était qu'un songe, un banal rêve : la trappe secrète, l'odeur du Temps... Le réveil allait sonner, et il faudrait se laver les dents et faire sa gymnastique matinale.

Dans la main du tueur, une boule de feu s'enflamma puis aussitôt s'éteignit, tandis que la torche voltigeait et retombait en mille morceaux. A travers le faible tintement, résonna l'ignoble clappement sourd que Nicholas ne connaissait que trop bien.

Il y a une autre explication, encore moins agréable, pensa Nicholas, maintenant dans le noir absolu. Ce n'est pas un songe, mais la folie. Et cela n'a rien d'étonnant après ce qui s'est passé ces derniers jours. Au moins, on ne le jetterait pas en prison pour meurtre, on le soignerait, et peut-être même le guérirait-on.

— Qu'est-ce que vous fichez ? demanda Bolotnikov. Vous avez laissé tomber la torche ? Ce que vous pouvez être maladroit ! Attendez, je vous éclaire.

Qu'était-ce ? Il lui sembla percevoir des pas qui s'avançaient lentement.

Nicholas recula vers l'endroit où, d'une fosse, montait une lumière constellée d'une multitude de grains de poussière.

En dépit de son éducation et de ses convictions, surgie de son enfance ou bien des profondeurs de son inconscient, une troisième explication s'insinua dans son esprit, tel un serpent tacheté : un fantôme !

Nicholas n'avait jamais cru aux forces de l'au-delà, revenants et autres balivernes, mais là, il se trouva en proie à une insupportable peur, à en avoir la nausée et des sueurs froides. Quelle était cette chose qui avançait vers lui ?

Nicholas recula encore et descendit dans le creux afin de toucher un être vivant. Il attrapa Maxime Edouardovitch par l'épaule, le secoua.

Celui-ci, toujours accroupi, se retourna.

— Bon Dieu, mais qu'est-ce que c'est que ce… prononça-t-il, manquant de s'étrangler.

Nicholas ne voyait pas le visage de l'archiviste, dont la torche était dirigée vers l'intérieur du trou. Ainsi, Bolotnikov n'avait pas tenu compte de la demande de son collègue, mais, pour l'heure, cela n'avait plus guère d'importance.

— Qui est-ce ? demanda sèchement Maxime Edouardovitch. Qui avez-vous amené ?

En tout cas, je ne suis pas fou, se dit Fandorine sans pour autant en éprouver de soulagement. Il se retourna lentement. L'apparition était tout près, juste au bord du creux. Elle avait maintenant perdu son volume et s'était transformée en une silhouette noire. Mais cela ne faisait aucun doute : c'était bien le fantôme de Chourik.

Le malheureux Bolotnikov continuait de ne rien comprendre. Apparemment, il croyait qu'un vagabond quelconque s'était introduit dans la maison.

— Comment est-il arrivé ici ? demanda-t-il, furieux. Qui est-ce ? Ah, ils sont bien, vos gardes du corps, rien à dire. Eh, vous, les gros bras ! cria-t-il à pleins poumons avant de s'interrompre brusquement.

Le revenant venait en effet de s'accroupir et de mettre sa main sur la bouche de l'archiviste.

Juste devant lui, Nicholas voyait le reflet des lunettes du fantôme.

— Silence, les souris, le chat est sur le toit, dit celui-ci avec un éclat de rire étouffé. Salut, Kolia. On t'a bien eu l'autre fois, pas vrai ? Adieu, je meurs…

Il émit un râle, écarta les lèvres, et sur son menton s'écoula un filet sombre. Puis il recracha quelque chose en expliquant :

— Du jus de grenade dans un petit sachet. J'avais pris ça pour t'amuser, mais toi, pauvre imbécile, tu es tombé dans le panneau. Elle est bien bonne !

Puis il se tourna vers Maxime Edouardovitch, qui restait figé, bâillonné par une main étrangère.

— Alors, espèce de larve, on ne reconnaît pas son vieux copain ? Mais si, tu le reconnais. Et même que t'en fais dans ton froc. (Chourik ôta sa main et, d'un air dégoûté, l'essuya à sa chemise.) Ah, tu as voulu doubler le Grison ? Tu as eu tort, Max, tu as eu tort. Tu as fait les repérages, servi d'indic, ramassé pas mal de pognon et, ensuite, tu as décidé de rafler la mise pour toi tout seul. Le Grison est très vexé, il t'en veut beaucoup. Voilà ce qu'il m'a demandé de te transmettre.

En prononçant ces mots, Chourik leva rapidement la main — pas celle dont il venait de se servir pour bâillonner Bolotnikov, mais l'autre, celle qui pointait un long tube noir (bien connu, trop bien connu de Fandorine !) —, pressa le silencieux contre le front de Maxime Edouardovitch, et l'instant suivant, la tête du Mozart des archives partit brutalement de côté comme si elle avait décidé de s'arracher du cou. Quant au corps lui-même, il bascula en arrière et, après en avoir heurté le rebord, disparut dans le trou béant.

Le tube noir à l'odeur de métal chaud et de poudre se tourna vers Nicholas. Celui-ci plissa les paupières. Puis il entendit :

— Pas de panique, Kolia. Le Grison a annulé le contrat sur ta tête. Respire un bon coup, tu ne crains rien.

— Annulé ? Mais pourquoi ? demanda Nicholas d'une voix éteinte.

— Tu lui as plu. Un mec cool, qu'il dit. Qu'on le laisse vivre.

Les yeux de Nicholas s'étaient habitués à la faiblesse de l'éclairage, et il pouvait maintenant voir très distinctement le visage du tueur : ses lèvres fines étirées en un sourire, son front lisse d'adolescent, ses joues creusées de fossettes.

– Moi ? J'ai plu au Grison ? Parce que je l'ai déjà ren... ?

Fandorine ne termina pas sa phrase. Il gémit, maudissant sa propre stupidité. Mais bien sûr, bien sûr ! Tout était tellement simple !

– Depuis le début Bolotnikov travaillait pour vous ? constata-t-il plus qu'il n'interrogea. Il est tombé sur mon article et s'est immédiatement précipité chez le Grison, c'est ça ?

– J'ignore sur quoi il est tombé, mais ce qui est sûr, c'est que le Grison et lui étaient de mèche depuis longtemps, depuis l'époque où Vladik filait du fric à la fameuse commission.

Ainsi, le Grison était le sponsor de la commission chargée de rechercher la bibliothèque d'Ivan le Terrible ! Voilà pourquoi, ayant lu l'article paru dans la revue britannique et comprenant que se présentait une chance de retrouver la Libereia, Bolotnikov était allé le voir pour lui demander son aide. Il avait attiré à Moscou le grand nigaud d'Anglais, l'avait confié aux bons soins de Chourik, et avait commencé à étudier la lettre. En fait, Maxime Edouardovitch n'avait aucune mémoire photographique ; simplement, la lettre était restée suffisamment longtemps entre ses mains pour qu'il en apprenne par cœur les premières lignes.

Que s'était-il passé ensuite ?

C'était tout aussi limpide. Presque immédiatement, Bolotnikov avait compris que la partie gauche du document renfermait des indications codées, déchiffrables uniquement par quelqu'un connaissant l'histoire de la famille von Dorn. Pour cette raison, Chourik avait reçu de son patron ordre non seulement de cesser sa chasse à l'Anglais mais aussi de lui restituer discrètement son attaché-case. Par ailleurs, le Grison avait décidé de prendre l'Anglais sous son aile et, pour ce faire, organisé la mise en scène avec bagarre et coups de feu – mise en scène tout à fait convaincante, il faut bien dire. Le plan était ce qui s'appelle *fool proof*[1] : intimider Nicholas et le mettre en situation de n'avoir personne à qui demander de l'aide. Et, lui offrir un refuge sûr où se planquer aussi longtemps qu'il le voudrait. Avec grand confort et totale assistance pour le cas où, s'ennuyant, l'envie lui serait venue de résoudre un certain casse-tête. Si, étant légèrement paf, Nicholas n'avait cédé à un brusque accès d'altruisme, tout se serait exactement passé exactement comme prévu...

– Donc, Vlad et le Grison sont une seule et même personne, fit Fandorine avec un sourire amer en se remémorant la grandeur d'âme du merveilleux flibustier. Et pourquoi ce surnom de Grison ? Il est tout jeune.

– C'est à cause de Soloviev[2], répondit obscurément Chourik.

Bon, mais peu importe. Nicholas avait une question autrement plus sérieuse.

– De quoi Bolotnikov était-il coupable à vos yeux ? A moins, tout simplement, qu'il soit devenu inutile ?

– Il était devenu trop malin. Il cherchait à rafler la mise dans le dos du Grison. « Le dénouement est lointain, et l'issue incertaine », dit le tueur, imitant la voix de baryton léger de l'archiviste. Il a pris le Grison pour un pigeon. Et ça, Kolia, chez nous, ça ne pardonne pas... Qu'est-ce que t'as à me regarder comme ça ? Vas-y, descends dans le trou.

D'un signe de tête, le joyeux tueur indiqua la trappe.

– Allez, allez. Je t'éclaire d'en haut. Ben, alors, t'as pris racine ? Il faut que je t'aide ?

1. Infaillible.

2. Allusion au compositeur soviétique Soloviev-Sédoï (Sédoï signifiant Gris ou Grison). (*N.d.T.*)

Fandorine se souvint de la grâce nonchalante avec laquelle Chourik lui avait envoyé son pied dans le bas-ventre, et s'empressa de dérouler l'échelle de corde. L'affirmation selon laquelle le Grison avait ordonné de laisser en vie le « mec cool » n'était pas à cent pour cent crédible. Mais avait-il le choix ?

Il fixa les crochets à des planches. Tira pour vérifier la solidité. Commença à faire descendre dans le trou obscur l'extrémité plombée. Assez vite, un bruit sourd se fit entendre, le plomb avait touché le fond. La cavité était peu profonde : moins de dix pieds.

Par un effort de volonté, Fandorine s'obligea à oublier qu'il était tout à fait possible qu'il ne ressorte jamais vivant de ce trou. Le mystère restait malgré tout le mystère et, en cet instant, bien que face à un danger mortel, il ne le fascinait pas moins qu'avant.

Que se cachait-il là, dans les ténèbres ? Etait-ce possible qu'il s'agisse de coffres bardés de fer contenant d'antiques manuscrits ?

Ses pieds touchèrent quelque chose de mou, d'élastique.

Nicholas regarda sous lui (Chourik l'éclairait d'en haut avec sa torche) et poussa un cri. Sa tennis appuyait sur le torse de feu Maxime Edouardovitch.

Le maître s'empressa de faire un pas sur le côté. Sous ses pieds, il ne trouva pas de la pierre mais de la terre. Elle était recouverte d'une épaisse couche de poussière grise, de bouts de bois noircis, vestiges de ce qui, jadis, avait dû être une échelle.

Le cercle de lumière s'élargit : Chourik venait de régler la lampe. En effet, le sol était en terre, argileux pour être précis. L'argile était la protection naturelle contre les eaux souterraines. Placer les livres dans tout autre sol eût été de la folie.

Par terre, près de la paroi de gauche, se trouvait quelque chose de large, en bois. A en juger par sa forme rectangulaire et l'encrier de bronze à demi enfoui dans la poussière, il devait s'agir d'un plateau de table. Fandorine poussa le bord de la planche avec son pied et tout un morceau tomba en poussière. A côté, traînaient les restes d'un siège en bois tout aussi vieux et délabré, des morceaux de verre, des éclats de vaisselle en terre cuite, quelques fioles vides de forme bizarre. Qu'y avait-il ici ? Un laboratoire ? Un entrepôt pharmaceutique ?

L'endroit se révéla de dimensions modestes, beaucoup plus exigu que l'étage supérieur. Pas trace de coffre. Et, plus généralement, rien qui saute aux yeux. Le royaume de la poussière. Même du plafond, pendaient des lambeaux gris.

Nicholas renifla, éternua – une fois, une autre.

– A tes souhaits ! lança d'en haut Chourik.

L'écho était si sonore que Fandorine sursauta.

– Alors, bingo ? demanda, impatient, le joyeux drille, modifiant sans cesse le faisceau de la torche.

Une espèce de monticule de forme oblongue apparut sur le sol.

Nicholas s'accroupit et entreprit de gratter la poussière avec sa main. Un squelette. Les maxillaires béants. Les vêtements étaient réduits en poussière. Seuls, au niveau du bassin, brillait une boucle en cuivre et, entre les vertèbres, scintillaient des boutons. Les voilà, les « ossements » dont Cornélius écrivait de ne pas avoir peur. Cela faisait tout de même froid dans le dos.

Un peu à l'écart, se trouvait un autre monticule, un peu plus petit.

Fandorine gratta précautionneusement la poussière (pas à la main, cette fois, mais avec sa chaussure).

Les fibres d'une toile grossière, passablement pourrie. La natte de tille ? Sans doute. Comment était-ce déjà, dans la lettre ? « Quant à Zamoleï caché sous une natte de tille, ne le touche surtout pas, au nom du salut de ton âme. »

Mais qu'était cette chose qui, à travers les lambeaux de toile, luisait d'un éclat aveuglant ?

— La voilà... lâcha le maître, comme ensorcelé. La voilà !

— La voilà ! répéta d'un ton satisfait Chourik, s'adressant à un mystérieux interlocuteur.

Une seconde ne s'était pas écoulée que retentit un bruit sec d'origine incertaine, quelque chose entre « pan ! » et « crac ! ».

Nicholas se retourna et vit tomber des lunettes, bientôt suivies par leur propriétaire. Chourik s'abattit sur le corps inerte de l'archiviste, roula sur le sol et s'immobilisa face contre terre, un abondant flot de sang noir jaillissant de sous ses cheveux paille. Et, sous les yeux de Fandorine, Chourik passa de blond à brun.

Toutefois, la torche ne tomba pas et resta là où elle était, au bord du trou. Tout à coup, sa lumière vacilla, se rétrécit progressivement en devenant plus intense, pour finir en un faisceau étroit dirigé directement sur les yeux de Nicholas, incapable de comprendre quoi que ce soit à ce qui se passait.

— Qui est-ce ? cria-t-il en se protégeant derrière sa paume. Igor, Sacha, c'est vous ?

Ce ne fut pas un de ses gardes du corps qui répondit, mais le chef du service de sécurité de l'Eurodebetbank en personne, Vladimir Ivanovitch Serguéiev.

— C'est moi, mister Fandorine. Votre ange gardien.

Nicholas crut déceler une pointe d'ironie dans la voix du colonel. Pourquoi ?

— D'après moi, il est mort, annonça Fandorine à Serguéiev. Vous avez mal calculé votre coup. Avec quoi l'avez-vous frappé ?

— Tenez, avec ça, répondit Vladimir Ivanovitch, invisible.

Et à côté de Nicholas, tomba quelque chose de métallique. Un bout de tube avec une tache humide sur l'extrémité ébréchée.

Il y avait quelque chose d'étrange dans tout cela.

— Et où sont vos collaborateurs ? demanda Nicholas. Je ne comprends pas comment il a pu passer près d'eux sans qu'ils le remarquent.

— J'ai laissé mes gars partir, qu'ils dorment un peu, répliqua Serguéiev d'un ton bon enfant. J'ai décidé de prendre moi-même leur relève. Bon, mais qu'avez-vous donc trouvé, mister ? Faites voir.

Le faisceau de lumière quitta le visage de Nicholas, fureta ici et là et s'arrêta sur les débris de natte, à travers lesquels se mirent de nouveau à fuser de vives étincelles.

— La voilà, la chère petite, marmonna le colonel. Elle n'est pas grande, mais elle doit avoir de la valeur pour que le Grison se soit démené comme ça pour l'avoir.

— Ainsi, vous saviez tout ? demanda stupidement Nicholas. Et donc également Jossif Gouramovitch, je suppose ?

Serguéiev se pencha un peu plus dans le trou, de sorte que son visage était maintenant éclairé latéralement. D'un côté noir, de l'autre blanc, il était aussi effrayant que le masque du méchant dans le théâtre Nô.

Eclatant d'un rire silencieux, Vladimir Ivanovitch expliqua :

— Sosso ne sait rien, c'est un tocard et, dans ce monde, cher sir, il n'y a pas de place pour les tocards. Le Grison, lui, est un aigle. Un vrai professionnel sait toujours de quel côté se placer, surtout quand il a à choisir entre un tocard et un aigle.

— Alors, vous travaillez pour le Grison ? ! Mais... mais, dans ce cas, pourquoi avoir tué Chourik ?

— Qu'est-ce que vous croyez, que le colonel Serguéiev allait gentiment faire le pet pendant que tout le magot revenait à Chourik ? dit avec un ricanement le chef de la sécurité. Vous me prenez pour un cave ou quoi ? Dites-vous que, si je n'étais pas là, jamais le Grison n'aurait été au courant de la fiesta prévue pour cette merveilleuse nuit.

Comment peut-il être aussi bien informé ? se demanda en frémissant Nicholas. Mais la réponse était là, évidente, tellement élémentaire que c'était une honte de ne pas y avoir pensé : des mouchards. L'appartement de la gare de Kiev devait être truffé de micros, et le perfide colonel était au courant de tout ce qui se disait et se préparait. Mais au lieu de rendre compte de l'état d'avancement des recherches à son patron, il en informait l'ennemi de celui-ci.

Je ne suis qu'un pion, pensa Nicholas. Ils m'ont utilisé, mené par le bout du nez. Altyn avait raison, je suis un petit hérisson dans le brouillard.

Néanmoins, tout n'était pas complètement clair.

— Croyez-vous vraiment, Serguéiev, que Vladik, alias le Grison, va vous pardonner le meurtre de son fidèle acolyte ?

De nouveau, Vladimir Ivanovitch ricana doucement, comme s'il venait de se rappeler une bonne blague et s'apprêtait à la raconter.

— Mais Chourik, ce n'est pas moi qui l'ai assommé, c'est vous. C'est vous, cher sir, qui l'avez tué. Vous lui avez collé un bon coup de barre de fer sur la cafetière. Le Grison sait que vous êtes dégourdi, il le croira. Quant à la barre, elle est là, par terre, entre vous et Chourik. Mais le brave Serguéiev est arrivé à temps et il a logé un pruneau dans la stupide carafe anglaise de mister Fandorine. A propos, vous le préférez dans quel œil, le droit ou le gauche ?

— Vlad ne vous croira pas ! s'écria Nicholas en mettant sa main devant ses yeux pour se protéger de la lumière. Il sait que je suis incapable de tuer un homme par-derrière ! Vous n'arriverez à rien ! Soloviev n'est pas idiot, il connaît les gens, et il vous fera payer tout ça !

Serguéiev prit un air songeur.

— Hum, c'est pourtant vrai ce que vous dites. Vladik est un garçon pointilleux. Il se pourrait bien qu'il relève les empreintes sur le bout de ferraille et qu'il ordonne une expertise. Merci pour le conseil, mister Fandorine. Sosso me disait bien que vous étiez un puits de sagesse.

Tout à coup, la voix du colonel changea et se fit sèche et autoritaire :

— Alors, vite, prends ce tube de fer, espèce de Big Ben à la manque ! Tape-lui sur la nuque, et de toutes tes forces, que ça éclabousse ta manche !

Nicholas répondit par une courte expression tirée de son carnet folklorique, signifiant le refus de la façon la plus ordurière et la plus catégorique.

Du carré noir fusa un éclair, et le fracas du coup de feu dans ce lieu clos fut tel que le maître se boucha les oreilles avec les mains et se plia en deux. Sur le coup, il lui sembla que ses tympans, conformément à leur étymologie, s'étaient mis à tambouriner furieusement et, ne supportant pas l'agression, avaient aussitôt éclaté.

Quand Nicholas recouvra l'ouïe (cela prit une demi-minute, pas moins), il s'avéra que Vladimir Ivanovitch ne se taisait pas, mais au contraire exposait les arguments en faveur de sa proposition.

— ... champion de tir, disait le colonel à la retraite. J'ai été primé quatre fois dans ma section. A cinquante mètres, je place une balle dans une alliance. Et la prochaine, espèce de charogne, tu vas la recevoir dans le coude de la main gauche, en plein dans le nerf radial. Tu n'imagines pas à quel point ça fait mal. Tu vas hurler, te rouler par terre de douleur. Et pourquoi ça, je te le demande ? De toute façon, je ne te laisserai pas sortir d'ici vivant. Allez, prends ce bout de ferraille. Tu abrégeras tes souffrances.

Fandorine serra instinctivement ses coudes et se jeta de côté pour sortir du cercle de lumière, mais le faisceau le retrouva aussitôt.

— Et ce que j'aime surtout, c'est tirer sur une cible mouvante...

Serguéiev éclata d'un tel rire qu'il faillit s'étrangler. C'est alors que la torche vacilla et, se retournant, éclaira le visage du colonel, dont les yeux étaient exorbités dans une expression d'étonnement ; lui-même penchait dangereusement au-dessus du trou, comme si quelqu'un lui appuyait dessus avec le pied.

Une voix sonore, au fort accent géorgien, que Nicholas avait déjà entendue une fois, mugit :

— Sosso, un tocard ? C'est toi le tocard, flic de merde !

— Pourquoi tu es grossier, Guivi ? demanda une autre voix, elle aussi teintée d'un accent, mais très faible celui-là. N'oublie pas que tu travailles maintenant dans une banque et que tu seras bientôt chef de service. Ce n'est pas bien, mon cher, perds cette habitude.

Jossif Gouramovitch Gabounia, le Grand Sosso en personne, et, avec lui, ce qui devait être les membres de son « escadron » secret. Seigneur, quelles nouvelles surprises allait encore lui réserver cette interminable nuit ?

— Jossif Gouramovitch ! brailla Serguéiev tout en essayant en vain de se libérer. Dites-lui d'ôter son pied de mon dos. Je vais tout vous expliquer ! C'est un double jeu compliqué. J'ai monté une combinaison à multiples détentes qui m'a amené au Grison, et maintenant on l'a à notre pogne. Je m'apprêtais justement aujourd'hui à conclure l'opération et à vous en référer. Le résultat est brillant. Désormais, je sais en quoi consistait…

Sans cesser de parler une seule seconde, l'entreprenant colonel, tout en s'appuyant au rebord du trou de la main qui tenait la torche, se débrouilla pour glisser discrètement l'autre (celle qui tenait le pistolet) sous son aisselle. Fandorine, qui, d'en dessous, avait observé la manœuvre, s'apprêta à crier aux Caucasiens de prendre garde, puis se ravisa. Que ces cafards s'arrangent entre eux pour savoir qui était le plus fort. Dans tous les cas, les perspectives personnelles d'un certain maître en histoire n'étaient guère enviables.

Vladimir Ivanovitch se retourna brusquement, en tendant sa main le plus loin possible, avec l'intention manifeste de pratiquer un orifice vertical dans le féroce Guivi, mais ce dernier n'était lui-même pas si bête. Un puissant coup de feu retentit, et le colonel, sans avoir eu le temps d'appuyer sur la détente, voltigea tête la première. Le corps fit une chandelle, heurta le sol et, après un tonneau ridicule, s'étala de tout son long.

La torche tomba à son tour, mais ne se cassa pas et resta allumée. Toutefois, ce qui, pour l'heure, intéressait Fandorine n'était pas tant une source de lumière qu'un moyen d'autodéfense. Or, dans sa main, feu Vladimir Ivanovitch serrait un pistolet compact à canon court.

Fandorine fit un mouvement rapide et aussitôt entendit, venant d'en haut :

– Non, non, non. Pas de ça, d'accord ?

Conclusion, pour l'autodéfense, c'était fichu. Le maudit Guivi connaissait trop bien son boulot. Il n'y avait rien à faire, nulle part où se réfugier. Nicholas se demanda combien de temps il allait ainsi rester enfermé dans ce caveau poussiéreux avec, pour compagnie, un squelette datant de quelques siècles et trois macchabées frais du jour.

— Bonjour, Nikolaï Alexandrovitch, prononça Gabounia, toujours invisible. Vous en avez eu aujourd'hui, des aventures ! Puisque vous êtes en bas, voyons donc les raisons de cette hécatombe. Quelle horreur, c'est un vrai champ de bataille. Alors, c'est quoi ce trésor que vous avez trouvé ?

Eh bien, se dit Nicholas, en fin de compte, ce n'est pas ce qu'il y a de pire comme dénouement. C'est un peu tôt, bien sûr, mais cela veut dire que c'était écrit d'avance. De la part du Grand Sosso, c'était même humain de lui donner la possibilité, avant de mourir, de satisfaire sa curiosité. Après tout, n'était-ce pas pour cela que tout homme venait au monde : pour satisfaire sa curiosité, percer quelque mystère et mourir ensuite ?

Les considérations mystico-philosophiques du malheureux Nicholas s'expliquaient par l'impression qu'il éprouvait tout à coup d'être au bord de l'épuisement. Combien de temps, en effet, le psychisme et le système nerveux pouvaient-ils supporter d'osciller ainsi entre la mort certaine et l'espoir ? Il s'était préparé à mourir de la main du sympathique Chourik : il s'en était sorti. Il avait été à un cheveu de recevoir la mort du perfide colonel : il était encore passé au travers. Ce qui ne voulait pas dire que cela allait continuer. Car, désormais, tout espoir était perdu.

Sans un mot, sans s'abaisser à donner quelque explication que ce soit, et encore moins à implorer la vie sauve, Fandorine ramassa la torche et s'approcha de la natte rongée par le temps. Il l'écarta et poussa un cri.

Sur le sol de terre, reposait un grand livre à la reliure d'une rare beauté, en argent entièrement incrusté de pierres dans les jaune-orangé-brun. L'argent avait noirci avec le temps, mais les pierres polies — et il devait y en avoir des centaines — se mirent à scintiller en jouant avec la lumière.

– Ah, dommage qu'on n'ait pas d'appareil photo ! résonna, d'en haut, la voix émerveillée du Grand Sosso. Quel spectacle !

Nicholas souleva avec précaution la lourde reliure et découvrit une page de garde en parchemin portant une inscription en caractères grecs estampés à la main, qui, initialement, avait dû être dorée, mais avait aujourd'hui perdu sa couleur.

L'émotion et l'extase submergèrent Nicholas qui, en cet instant magique, oublia le canon braqué sur son dos, les terribles événements de l'heure écoulée, ainsi que sa mort prochaine et inéluctable.

La main de Cornélius von Dorn avait touché ce livre ! Que pouvait-il y avoir de si terrible dans cet antique traité de mathématique ? Pourquoi, dans sa lettre, Cornélius conjurait-il à deux reprises son fils de ne pas toucher à l'énorme ouvrage ? Dans une seconde, le mystère allait être dévoilé. Quel bonheur que le manuscrit ait été rédigé sur parchemin, qui, contrairement au papier, résistait parfaitement au temps.

Nicholas tourna la page et poussa un cri. Malheur ! Les autres pages, au lieu d'être en parchemin ou même en papier, étaient en papyrus. Conservé de manière inadéquate, il tombait quasiment en poussière. Le texte était irrémédiablement perdu !

Nicholas se pencha le plus près possible. A travers un trou creusé par le temps, on distinguait quelques lignes intactes. N'était-ce pas de l'hébreu ancien ?

En un geste inconsidéré, le maître approcha le livre de la torche posée à terre, et le rectangle de papyrus desséché, maintenu par la seule immobilité, se désagrégea aussitôt en un petit tas de poussière. Il ne resta plus que la reliure et la page de garde sur parchemin, manifestement ajoutée au livre à une époque plus récente.

Un seul et unique livre ? Nicholas, déçu, regarda tout autour de lui. Mais où était donc la Libereia ?

De terre, là où, un instant plus tôt, se trouvait le livre qu'il venait de déplacer, pointait un morceau de bois ou, plutôt, une racine. Sinon rien. Absolument rien.

Tout s'explique, pensa avec tristesse Fandorine. Cornélius, évidemment, n'était pas très cultivé. Pourquoi, d'ailleurs, un capitaine des mousquetaires aurait-il eu besoin de s'y entendre en livres et en termes savants ? Il ne voyait pas bien ce que recouvrait le terme de « Libereia » et devait supposer que cela signifiait simplement « livre » et non « collection de livres ». Il avait dû se procurer quelque part (probablement chez ce même Artamon Matféiev) un volume de la collection d'Ivan le Terrible, très ancien et pourvu d'une précieuse reliure. Un tel ouvrage, déjà au dix-septième siècle, valait une somme fabuleuse. Avant d'accompagner son boyard en exil, von Dorn avait caché son butin, en espérant que la disgrâce ne durerait pas éternellement. Et même si c'était le cas, la Libereia d'Ivan (comprenons « un livre de la bibliothèque du tsar Ivan ») reviendrait à son héritier. Bien loin d'être un bibliophile averti, le capitaine ignorait que le papyrus ne se conserverait pas longtemps sans une parfaite herméticité. Sans compter que c'était moins le texte qui l'intéressait que la magnifique reliure.

Mais que pouvaient bien signifier les mots : « ne le touche pas au nom du salut de ton âme » puis, vers la fin : « au nom du Christ, ne cède pas à la curiosité et, pour rien au monde, ne touche Zamoleï » ? Peut-être le livre avait-il été volé et Cornélius mettait-il en garde son fils contre toute velléité de le vendre. Ce n'était, hélas, pas exclu. Le capitaine était un banal aventurier, venu en Russie pour y faire fortune. Il n'y avait pas de raison qu'il se gêne pour prendre ce qui se trouvait à sa portée, par exemple un livre de grande valeur figurant dans la collection de son protecteur…

La voix du banquier tira Fandorine de sa rêverie.

– C'est quoi ? Qu'est-ce qui brille comme ça ? Des pierres précieuses ? C'est un coffre, c'est ça ?

– Non, répondit Nicholas sans se retourner, puis il eut un petit rire. C'est la fameuse « Libereia d'Ivan ». Réjouissez-vous.

– Quoi, quoi ? s'étonna Jossif Gouramovitch. La liberia. C'est quoi ça encore ? Un livre ? C'est ça que vous avez tellement cherché ? En arpentant les rues, en comptant vos pas, en fouillant les ruines ? Guivi me faisait chaque jour son compte-rendu. Et, chaque fois, il répétait : « Je ne comprends rien à ce que ces gens fabriquent. » Alors qu'est-ce que vous avez là ? A cause de quoi le Grison a-t-il fait tout ce ramdam ?

Gabounia n'avait pas l'air de jouer la comédie. Quel intérêt aurait-il eu à le faire ? Surtout devant un homme condamné à mourir dans les plus brefs délais.

Il n'y a qu'à le laisser dans l'ignorance, ce salopard, pensa Fandorine. Qu'il crève de curiosité, ce gros porc. Mais Nicholas ne voulait pas finir sa vie sur une mesquinerie. Après la déception qu'il avait éprouvée, son état d'esprit avait changé : il était maintenant grave et solennel. Il fallait rester calme, faire preuve de dignité. Car c'était la seule chose qui restait à l'homme au terme d'une vie sans queue ni tête, vécue bêtement.

En quelques phrases succinctes, le maître expliqua au banquier quel avait été l'objet des recherches. Ce faisant, Nicholas ne regardait pas le carré noir d'où bientôt retentirait le tonnerre de la mort, mais la reliure chatoyante du livre, dont les reflets changeants donnaient au sombre caveau l'aspect d'une caverne féerique.

— Le fameux Ivan le Terrible ? s'exclama Sosso. Tu es sûr ? Maintenant, je comprends pourquoi le Grison est tellement remonté. Il est encore jeune et romantique.

Puis Jossif Gouramovitch baissa la voix et dit d'un ton patelin :

— Nikolaï Alexandrovitch, que comptez-vous faire de cette reliure ? Vous n'allez tout de même pas la céder à l'Etat contre une récompense égale au quart de sa valeur ? En tant que financier, je ne vous dirai qu'une chose : je ne vous le conseille pas. D'ici, je distingue mal, mais si ce que vous avez là, ce sont des saphirs jaunes, toutes les réserves de notre Trésor public ne suffiront pas à couvrir vingt-cinq pour cent de la valeur de ces merveilles. Même si ce sont des opales, ils ne vous paieront pas le prix. Ils trouveront un moyen de vous entourlouper. Vendez-les-moi plutôt, d'accord ? Je vous offrirai un prix honnête, le tiers du prix du marché. Que le Grison en crève de jalousie. Allez, dites oui, Nikolaï Alexandrovitch. De toute façon, on ne vous laissera jamais repasser la frontière avec un truc pareil.

Là, Nicholas se retourna. Il se fichait de lui ? Et avec quel raffinement !

— Prenez votre Liberia et remontez, fit Sosso. Il commence à faire jour. Guivi va appeler la milice, quant à nous, mieux vaut partir.

— Je vous dois des explications et des excuses, dit Gabounia, se levant de son immense bureau d'ébène pour venir accueillir Nicholas.

La nuit précédente (ou, plus exactement, le matin même à l'aube), la discussion n'avait rien donné. Après toutes ces péripéties, Nicholas était proche de l'état de choc. En quittant le caveau pour remonter dans l'entresol puis, de là, traverser la cour pour rejoindre la rue où l'attendait toute une procession de jeeps hippopotamoformes, il sentit sa tête tourner. A peine installé sur le siège au cuir crissant, il appuya sa tempe contre l'épaule rembourrée du banquier et sombra dans un sommeil lourd et profond, dont il ne sortit que neuf heures plus tard, dans l'appartement de la gare de Kiev. Il ouvrit les yeux, vit, assis sur une chaise près du divan, un brun immobile aux fières moustaches. C'était Guivi, le commandant de l'« Escadron » de Gabounia, l'homme qui, par deux fois déjà, avait sauvé la vie de Nicholas.

— Maintenant, une tasse de café à la géorgienne, une douche et on va voir le patron, dit-il d'un ton sévère, avec son inimitable accent.

Nicholas prit appui sur son coude et regarda autour de lui.

— La reliure a été donnée à l'expertise, expliqua Guivi sans attendre que la question lui soit posée.

Ensuite, tout se passa comme il l'avait dit : une tasse de café épais et fort, une douche froide, le trajet jusqu'au siège de l'Eurodebet — à une vitesse folle, avec gyrophare et en roulant au milieu de la chaussée. Curieusement, cependant, au lieu de le faire passer, comme la fois précédente, par l'antichambre où se trouvaient les secrétaires, Fandorine fut introduit chez le président par un escalier de service donnant directement dans son bureau. Nicholas ne comprit pas à quoi rimaient ces cachotteries.

Ainsi, la conversation commença par des excuses.

— Je me suis mal conduit avec vous, Nikolaï Alexandrovitch, dit le banquier en baissant la tête d'un air désolé, ce qui eut pour effet d'ajouter un troisième pli à son double menton. Je me suis servi de vous. Cela aurait pu vous coûter la vie, même si Guivi et ses gars vous surveillaient.

— Les gars de l'« Escadron » ? dit Fandorine, montrant qu'il était parfaitement informé.

Jossif Gouramovitch roula des yeux admiratifs, comme pour rendre hommage à la perspicacité de son interlocuteur.

– En effet. C'est une section spéciale que j'ai créée quand j'ai appris que le chef de ma sécurité avait été recruté par mon concurrent. C'était très pratique : le Grison pensait tout savoir de moi, alors qu'il savait uniquement ce que je voulais lui faire savoir via Serguéiev. Ah, ces kaguébistes ! Au lieu de se contenter d'exécuter, il faut toujours qu'ils cherchent à tirer les ficelles !

Fandorine fronça les sourcils :

– Vous m'avez donc confié aux bons soins de Serguéiev dans l'espoir que le Grison morde à l'hameçon ? Et, pendant ce temps, vos gens me surveillaient et surveillaient Serguéiev.

– Et le Grison lui-même, bien sûr, précisa Gabounia. Et voyez le brillant résultat. Le Grison se retrouve le bec dans l'eau et, en plus, privé de ses deux mains, sa main gauche, en la personne de Vladimir Ivanovitch Serguéiev (un grand pécheur, que le Seigneur lui pardonne), ayant coupé sa main droite, à savoir le méchant Chourik (celui-là, le Seigneur ne lui pardonnera de toute façon pas, je m'abstiendrai donc de le lui demander). Puis la main droite est tombée d'elle-même, Guivi ayant abattu notre cher colonel. Dommage, évidemment, mais comment faire autrement ? Bon, mais ce n'est pas grave, j'ai d'excellents avocats qui plaideront facilement la légitime défense. Guivi a une autorisation de port d'armes, tout est nickel. Ses gars – des types formidables – ont filmé avec une caméra cachée les rencontres du Grison avec Serguéiev, d'une part, et avec Chourik, de l'autre. Le film est déjà au Comité d'Etat pour la lutte contre le crime organisé. Maintenant, le Grison n'a plus qu'à se débrouiller pour expliquer le genre d'affaires qu'il traitait avec ce taré. Quant à Westsiboil, ce cher Vladik peut en faire son deuil : il aura fait tout ça pour des prunes.

Jossif Gouramovitch sourit avec délectation, et Nicholas, regardant sa bonne tête ronde de bouledogue, éprouva un sentiment proche de l'attendrissement. Le clairvoyant rédacteur en chef de la revue *Télescope* avait raison de vouloir consacrer un numéro spécial au processus de normalisation et de civilisation du business russe. Combien doux pour l'oreille de l'homme occidental étaient des mots tels que : avocats, légitime défense, autorisation de port d'armes ! Altyn pouvait être fière de sa « cible ».

— C'est comme ça chez nous, maintenant, Nikolaï Alexandrovitch, dit d'un air modeste le Grand Sosso, comme s'il avait deviné les pensés de Fandorine. Tous les problèmes se résolvent de manière civilisée, en toute légalité. Les pirates comme le Grison appartiendront bientôt au passé. Dans trois, quatre ans, il n'en restera plus.

— Et subtiliser un trésor appartenant à l'Etat, c'est aussi la légalité ? ne put s'empêcher d'objecter Nicholas.

Jossif Gouramovitch prit un air offensé.

— Ecoutez, on ne peut pas tout faire à la fois. Hier, on grimpait encore aux arbres et on se bouffait les uns les autres, vous n'allez pas aujourd'hui nous demander de traverser la rue au feu rouge. Il faut y aller doucement, progressivement. Par voie d'évolution. Il n'est pas interdit de tricher un peu, après tout, c'est humain. Alors que se trucider les uns les autres, excusez-moi, mais c'est franchement anachronique. Je bousille quelqu'un, après c'est moi ou mon gosse qu'on bousille… Ah, au fait ! s'exclama joyeusement Gabounia en se précipitant vers un placard. J'ai une grande nouvelle ! Ma Sabrina attend un bébé, elle vient de me l'annoncer. A cinquante-deux ans, je pensais vraiment ne jamais avoir d'enfant ! Si vous m'aviez vu devant elle bredouillant comme un idiot : « Mon enfant, mon bébé ! » Elle, cette garce, elle se met à rire : « Ne te réjouis pas si vite, rien ne prouve qu'il est de toi. » Oh, ce que ça m'a fait souffrir, vous n'imaginez pas, Nikolaï Alexandrovitch. Je suis resté éveillé la moitié de la nuit à me demander de qui pouvait bien être l'enfant. Avant, bien sûr, j'aurais souffert encore plus, alors que là, je me suis fait un peu de mouron, après quoi j'ai englouti deux gâteaux à la crème et je me suis endormi. C'est grâce à ce que vous m'avez expliqué. Sabrina et moi, nous formons un couple idéal. Désormais, je suis jaloux, je souffre, mais j'ai chaud au cœur, je suis bien. Merci à vous. Et maintenant, buvons à l'amour et au petit Gabounia !

Et, du placard, comme par magie, il sortit une bouteille ventrue, deux verres et une coupelle remplie de chocolats.

— Je ne bois plus du tout, prononça sèchement Fandorine, ne voulant pas montrer que les paroles de reconnaissance qu'il venait d'entendre lui étaient agréables. Et, à propos, je tiens à vous informer que je ne peux accepter votre proposition de m'acheter la reliure. Il faut respecter les lois du pays où l'on se trouve. Je vous demande donc de me rendre la reliure, afin que je la remette aux autorités municipales. Je n'insisterai pas pour que la récompense me soit versée immédiatement. On pourra me payer en plusieurs fois, ou plus tard, quand l'économie russe sera en meilleure santé.

Tout en mâchant tristement un chocolat, Jossif Gouramovitch poussa à plusieurs reprises des soupirs accablés.

— Ah, Nikolaï Alexandrovitch, mon cher ami, je ne le voulais pas, mais je vais tout de même devoir vous faire de la peine. Prenez votre reliure, elle est là, dans la boîte d'emballage du scanner. D'après les experts, elle présente un intérêt historique incontestable : il s'agit d'un bel exemple du travail des artisans russes du milieu du seizième siècle. En revanche, sa valeur marchande est faible. Argent faiblement titré et quelques centaines de pierres. Six cent soixante pour être exact. Il y en avait six de plus mais elles ont disparu, leur emplacement est vide. Ce ne sont ni des saphirs jaunes ni des opales. A strictement parler, d'ailleurs, il ne s'agit pas de pierres mais de vulgaires petits morceaux de verre d'origine volcanique qui ont été polis. Il est probable que c'était considéré comme une rareté dans la Russie du Moyen Age. Mais aujourd'hui, la moitié du Kamtchatka regorge de cette merveille. C'est donc pour rien que le Grison a fait tout ce bin's.

— Eh bien, tant pis, dit Fandorine, assez peu affecté. Je le donnerai à un musée, cela fera un souvenir de Cornélius von Dorn. Et j'écrirai un article. Après tout, ma découverte confirme indirectement l'hypothèse selon laquelle la bibliothèque d'Ivan le Terrible n'est pas une invention. Dans la mesure où le livre de Zamoleï existait bien, cela veut dire que la liste de Dabélov n'est nullement une fiction, mais un document digne de foi. Même si elle n'est pas très importante, c'est tout de même une découverte. Adieu, monsieur Gabounia. Je ne me suis que trop éternisé à Moscou, il est temps pour moi de rentrer à la maison.

Il tendit la main au banquier, mais Jossif Gouramovitch, au lieu de faire à son tour ses adieux, prit Nicholas par le coude.

— Ecoutez, Nikolaï Alexandrovitch, pourquoi retourner en Angleterre ? Quel intérêt pour un homme de faire des découvertes « pas très importantes » ? Croyez-moi, ce n'est pas votre truc d'avaler de la poussière dans les archives et d'écrire des bouquins scientifiques. Tous les soirs, Guivi me passait les cassettes de ce qu'il filmait avec sa caméra cachée. On vous voyait arpentant les rues, examinant les maisons, notant des choses dans votre petit carnet. Et plus je vous regardais, plus je m'étonnais. Comme il avait changé, cet Anglais ! Il était devenu tellement énergique, passionne, heureux ! Il chantait *Souliko* ! On le voyait tout de suite : l'homme était à son affaire. Savez-vous pour quoi vous êtes fait ? En quoi réside votre vrai talent ?

– Non, répondit Fandorine, écoutant attentivement. Je ne le sais pas. Ou, plus exactement, je sais que je n'ai aucun talent. Comme, d'ailleurs, la majorité des gens.

– Pour la majorité des gens, je ne sais pas, mais pour ce qui est de vous, cher Nikolaï Alexandrovitch, je le sais de façon précise. Vous m'avez donné trois conseils, pour lesquels j'aurais pu payer des millions. De dollars. Je vous en serai éternellement reconnaissant, je vous le jure ! Je mange autant que j'en ai envie, et sans aucune mauvaise conscience. Et d'un ! (Sosso commença à compter sur ses doigts et, pour preuve de sa sincérité, avala un nouveau chocolat.) Ma femme me fait la tronche, et moi, je la regarde en clignant les yeux de bonheur. Pour la première fois de ma vie ! Et de deux ! (Là, il leva son annulaire où brillait une alliance en or massif, bientôt suivi par le majeur, orné d'une chevalière sertie d'un diamant.) Et avec Dieu, tout va maintenant pour le mieux, parole d'honneur. Après notre conversation, j'ai cessé de prier. Assez d'hypocrisie, me suis-je dit, puisque je ne crois pas. Or, ce matin, quand nous sommes revenus de la rue Taganka, j'ai brusquement eu envie de me mettre devant une icône et de prier. Sans raison précise, simplement comme ça ! Je n'avais rien à demander, même pas de récupérer les deux millions que le fisc m'a piqués hier. J'avais besoin de prier, c'est tout. Je l'ai fait, et ça m'a fait du bien. Vous comprenez ce que cela signifie ?

Gabounia remplaça ses trois doigts levés par son seul index pointé éloquemment vers le plafond.

– Je comprends, acquiesça Fandorine, essayant de se rappeler le refrain de cette vieille chanson sur l'ataman

Koudéiar et les douze brigands. N'était-ce pas : « Prions le Seigneur Dieu » ?

— Mais non, vous ne comprenez rien. Vous ne comprenez pas votre talent ! Vous avez une vocation, Nikolaï Alexandrovitch : donner des conseils aux gens. C'est le don le plus rare, le plus précieux ! Vous vous intéressez aux gens, vous vous mettez immédiatement à la place de l'autre, et vous avez plus de flair que mon Joujou. Rien n'a plus de prix qu'un bon conseil donné au bon moment. Vous n'avez pas besoin de rentrer en Angleterre ! L'innocent est partout heureux, dit le proverbe, mais l'homme intelligent doit savoir où est sa place sur terre. L'homme intelligent doit comprendre qu'il existe la notion d'« *objectivement* mieux » et celle de « *subjectivement* mieux ». Objectivement, l'on vit mieux en Angleterre qu'en Russie, personne ne le conteste. Mais pour vous personnellement, Nikolaï Alexandrovitch Fandorine, il est subjectivement mieux de vivre ici. Et à ce propos, je vais vous dire une autre chose importante. (De nouveau, Sosso pointa l'index.) Ce qui est objectif n'a aucune valeur, seul compte ce qui est subjectif. En Angleterre, cher Nikolaï Alexandrovitch, vous allez vous morfondre, car personne là-bas n'a besoin de votre don. Où et à qui donner des conseils aux gens, si ce n'est en Russie ? C'est pour cela qu'on l'appelle aussi le Pays des Soviets[1]. Et maintenant, après les envolées lyriques, voici ma proposition. (Jossif Gouramovitch repoussa la coupelle de chocolats, comme pour faire comprendre que la discussion entrait dans sa phase officielle.) Créons ensemble un cabinet de consulting d'un genre nouveau, où tout individu se trouvant en difficulté pourrait s'adresser pour demander conseil, et où il recevrait de l'aide. J'ai déjà trouvé le nom de la société : *Baguette magique*. Ou, en anglais :

1. *Soviet* signifie « conseil » en russe. (*N.d.T.*)

Magic Wand. Je vous louerai un bureau, je vous achèterai tout l'équipement nécessaire : ordinateurs, fax et tout le bataclan. J'assurerai la publicité. Et, chose essentielle, je vous fournirai des clients sérieux, des gens importants. Les bénéfices, cinquante cinquante, ça marche ?

— Mais vous êtes tombé sur la tête ! s'exclama Nicholas, comprenant seulement maintenant que le banquier parlait sérieusement. C'est quoi, ce délire ?

— Très bien, dit Gabounia en levant la main dans un geste d'apaisement. 65 % pour vous, 35 % pour moi, mais à une condition : quand j'aurai besoin d'un conseil, vous me ferez un rabais de 50 %. On tope là ?

— Mais enfin, je n'ai pas envie de vivre dans votre Russie ! suffoqua Nicholas. C'est dangereux pour la santé et l'équilibre mental !

— Eh oui, vous faites bien de me le rappeler, fit Jossif Gabounia avec un regard inquiet en direction de la porte donnant sur l'antichambre. Il y a là une demoiselle mentalement dérangée qui vous cherche. Elle est haute comme trois pommes mais méchante comme une peste. Une journaliste. Elle a d'abord appelé, menacé : « Je sais que c'est vous qui avez enlevé Nika. Si vous touchez à un seul cheveu de sa tête, je vous anéantis. » Et maintenant, elle fait le siège de mon bureau. J'avais interdit qu'on la laisse entrer, mais elle s'est menottée à la poignée de la porte d'entrée. Il a bien fallu lui délivrer un laissez-passer, elle faisait fuir les clients. Je me suis refusé à appeler la milice — c'est tout de même une amie à vous, cela me gênait. Dès le matin, elle s'installe dans l'antichambre et y reste jusqu'au soir, avec un sandwich pour déjeuner. Mes secrétaires en ont peur. Et si vous alliez la calmer ? A moins qu'elle ne vous fasse peur à vous aussi ?

Sans rien dire, Nicholas se retourna, prêt à se ruer dans l'antichambre, mais avant, il jeta tout de même un regard par la porte légèrement entrouverte.

Altyn était assise dans un fauteuil en cuir, qui aurait pu facilement accueillir deux petites bonnes femmes comme elle. Les sourcils de la journaliste étaient froncés en une expression sévère, ses genoux résolument serrés l'un contre l'autre. A ses pieds, reposait un petit sac à dos noir.

Retranchées derrière des bureaux croulant sous divers matériels de bureautique et ressemblant à des bunkers inaccessibles, veillaient les deux secrétaires, l'une toute jeune, l'autre plus âgée, mais toutes les deux à la fois guindées et d'une extrême élégance.

— C'est la cent cinquantième fois que je vous le répète, disait d'une voix abattue la plus âgée, dont la coiffure évoquait un casque en platine. Jossif Gouramovitch est en voyage, il ne viendra pas non plus aujourd'hui.

— S'il était en voyage, je le saurais, répliqua sèchement Altyn.

Soudain, ses yeux se fixèrent sur la porte du bureau de Gabounia : sans doute venait-elle de remarquer qu'elle était entrebâillée.

Continuer de se cacher n'avait pas de sens.

Nicholas ouvrit en grand la porte et tendit la main avec un large sourire :

— Altyn, comme je suis heureux que tu sois là ! Tu vois, je vais parfaitement bien.

Telle une balle de caoutchouc, la journaliste bondit de son fauteuil et se précipita vers Fandorine. Face à une telle effusion, la poignée de main apparaissait notoirement insuffisante. Honteux de sa froideur toute britannique, Nicholas se ravisa en cours de route et ouvrit largement ses bras, prêt à les refermer autour de la jeune fille.

Prenant son élan, Altyn sauta et, usant de toutes ses forces, envoya son petit poing dur dans les dents de Nicholas.

— Mais pourquoi ? ! hurla celui-ci, pressant sa paume sur sa bouche meurtrie.

— Pour tout ! vociféra rageusement la furieuse Tatare. Pour être parti et n'avoir plus donné signe de vie ! Pour mes larmes ! Pour les cent dollars ! Et pour la « baise de première classe » !

Du coin de l'œil, Nicholas aperçut les secrétaires, tétanisées derrière leurs bureaux.

— Mais voyons, c'était une ruse ! cria-t-il à son tour, sachant qu'autrement elle ne l'entendrait pas. Pour brouiller les pistes !

Altyn mit les mains sur ses hanches et le fusilla du regard.

— Je ne sais pas ce que tu mériterais pour cette ruse à la con ! Moi, comme une cruche, je me fais du souci en pensant qu'il a faim, je téléphone à maman pour lui demander de lui apporter à manger ! Et quand elle arrive, qu'est-ce qu'elle trouve ? Un charmant petit mot avec cent dollars ! Je ne te parle pas de l'explication qui a suivi !

Elle assena un nouveau coup à Nicholas, cette fois dans l'estomac. Moins fort, mais tout de même.

— Et ça, c'est pour toutes les nuits passées sans dormir normalement. Tu ne pouvais pas téléphoner, non ? Je pensais que tu n'étais plus de ce monde. Je me disais que les chouettes avaient fini par manger le petit hérisson. (Altyn émit un son étrange, quelque chose comme un sanglot, mais ses yeux noirs restaient secs et impitoyables.) Et je suis là comme une tarée à attendre avec un couteau dans mon sac à dos. J'avais l'intention de crever la paillasse à ce gros porc de Sosso.

De nouveau, elle poussa un sanglot sans larmes, se précipita vers le fauteuil et sortit de son sac à dos le couteau à pain que Fandorine avait vu chez elle. Une des secrétaires poussa un cri, tandis que l'autre bondissait sur ses jambes et tendait sa main vers un bouton rouge, discrètement fixé au mur, juste au-dessus de sa surface de travail.

Nicholas était mort de honte. Quel égoïste il faisait ! Oui, il avait téléphoné, avait entendu sa voix, et s'était rassuré sur son sort. Mais elle, dans quel état était-elle ? Cette question ne l'avait même pas effleuré. D'un autre côté, pouvait-il imaginer qu'Altyn perdrait le sommeil et serait prête à commettre un meurtre pour un Britannique « pas vissé jusqu'au bout » ?

Fandorine s'approcha de la petite journaliste et lui dit d'une voix tremblante :

– Je suis si coupable envers toi. Pourras-tu un jour me pardonner ?

– Non ! répliqua-t-elle méchamment. Jamais ! Baisse-toi, que je t'essuie. Tu es dégoûtant à voir.

Tandis que, sans tendresse excessive, l'on essuyait ses lèvres ensanglantées avec un mouchoir, Nicholas, confus, jeta un regard oblique aux deux témoins involontaires de cette scène exotique. La toute jeune secrétaire écarquillait des yeux immenses, tandis que celle aux cheveux platinés, ayant détaché sa main du bouton, lui faisait des signes : elle lui murmurait quelque chose et hochait la tête avec l'air de l'encourager, de le presser. Mais dans quel sens ?

Il reporta son regard sur Altyn. Elle était si petite et en même temps si dangereuse, si implacable. D'un ton craintif, il marmonna :

– Comment vois-tu notre... ?

« ... avenir à tous les deux », faillit-il dire, mais il n'acheva pas sa phrase. Ne venait-elle pas à l'instant de lui refuser son pardon ? Non, ils ne pouvaient avoir d'avenir commun. Soudain, cette idée lui parut insupportable.

La réponse résonna de manière inattendue. Enigmatique, peut-on même aire.

Altyn jaugea Nicholas sur toute sa hauteur, secoua la tête et poussa un soupir :

— Ouais, ça ne va pas être facile. Mais bon, on essaiera de s'arranger.

Nicholas se dit qu'il avait mal entendu ou bien que sa perversité et son imagination démesurée lui avaient fait mal comprendre, mais derrière, quelqu'un pouffa de rire.

La plus jeune des secrétaires gloussait derrière sa main. L'autre, en revanche, regardait le grand escogriffe et la petite brunette avec une étrange expression, à la fois rêveuse et triste.

Altyn prit Fandorine par la main.

— C'est bon, Nika, on a suffisamment amusé la galerie. On rentre à la maison.

Alors que, s'efforçant de raccourcir ses pas, il la suivait le long du corridor, une question revint le tarauder : que pouvait être ce fameux mot dans la lettre de Cornélius ? Le seul qui ne s'était pas conservé. « Ecarte le livre et… »

Et quoi ?

Appendice :

Limerick composé par N. Fandorine deux mois plus tard, le jour de son mariage.

Volent les oiseaux migrateurs
Pour quitter le Grand Nord à l'heure.
Mais je n'ai rien d'une oie sauvage,
Je reste donc sur ces rivages,
Car plus rien ne m'appelle ailleurs.

Chapitre seizième

Il n'est si sage qui ne faille. Un sac d'or. Amour impossible, ou la lune dans l'étang. L'ancêtre des Fandorine russes. Ecarte et...

Ce n'est pas en vain que le capitaine von Dorn avait fait galoper son brave cheval à travers les rues sombres, ce n'est pas en vain qu'il avait martyrisé le noble pur-sang turkmène en lui donnant l'éperon et le fouet. Il était arrivé à la caserne juste à temps pour le lever et s'était personnellement assuré que chaque mousquetaire était fin prêt. A quatre heures et demie, les quatre pelotons, cent vingt-quatre hommes en tout, se tenaient en carré dans la cour. A la lumière des flambeaux, luisaient les casques à crête et les fers des hallebardes. Après réflexion, Cornélius avait jugé préférable de ne pas se munir de mousquets pour la garde – de toute façon, quelle que soit la façon dont tourneraient les événements, il était interdit de tirer des coups de feu au Kremlin. En revanche, il était fort probable qu'ils aient à se servir des hallebardes.

Les soldats prirent leur petit déjeuner – une infusion avec du miel et des épices, accompagnée de deux pâtés farcis – sans sortir du rang, car, à tout instant, un messager pouvait accourir de chez le boyard. Ils demeurèrent ainsi une bonne heure, et commencèrent à avoir froid. Von Dorn autorisa deux pelotons à aller se réchauffer. Un quart d'heure plus tard, il les fit revenir dans la cour, tandis que les deux autres allaient à leur tour se réchauffer. Pour sa part, le capitaine ne sentait pas le froid, mais il est vrai qu'il ne restait pas immobile, allait et venait sans cesse dans la cour. Et plus l'heure tournait, plus son inquiétude grandissait. Il était arrivé quelque chose d'incompréhensible.

A sept heures, n'y tenant plus, il se rendit chez le boyard pour s'enquérir de ce qui se passait. Le chancelier n'aurait-il pas oublié de se réveiller pour ce grand jour ?

Non, Artamon Serguéiévitch ne dormait pas. Le capitaine le trouva dans son cabinet, en compagnie d'Ivan Artamonovitch. Vêtus de riches cafetans, sous lesquels tintaient leurs cottes de mailles, tous les deux étaient assis à la table et, à en juger par leurs mines renfrognées, ils étaient engagés dans une grave discussion.

– Ah, capitaine, dit le boyard en se retournant vers la porte où von Dorn venait de passer la tête. Je t'avais oublié, n'en prends pas ombrage. Tu n'auras pas à servir aujourd'hui. Libère tes soldats. Ensuite reviens ici, j'ai à te parler.

Intrigué, Cornélius rejoignit sa compagnie, ordonna à tous de regagner la caserne, mais de rester néanmoins groupés en pelotons. Sait-on jamais, le boyard pouvait changer d'avis.

Quand il revint chez Artamon Serguéiévitch, celui-ci était seul.

Il expliqua brièvement, d'un air sombre :

– Cette nuit, mes ennemis ont réuni la Douma à mon insu. Le corps du souverain gisait encore sur son lit de mort. Taïssi, ce chien latin, au lieu de dire des prières pour le défunt, a secrètement dépêché des messagers auprès des boyards les plus proches. Galitski et Sophie ont parlé à chacun. Flattant les uns, menaçant les autres. Beaucoup de ceux que je prenais pour des alliés ont tourné casaque. C'est facile à comprendre : un pouvoir faible est plus doux aux boyards qu'un pouvoir fort. Avec moi, ils auraient été moins gâtés... Maintenant, c'est fini. Ils ont proclamé Fiodor tsar. Ils ont décidé de me retirer le grand sceau, l'office des Arquebusiers et celui de la Petite Russie, ainsi que celui des Apothicaires. Ce dernier, sans doute, pour éviter que je n'empoisonne le tsar ou que je ne lui fasse absorber quelque drogue maléfique. (Matféiev eut un sourire amer.) Pour l'instant, on m'a laissé ce qui concerne les affaires étrangères. Dans un mois, deux tout au plus, ils m'enlèveront ça aussi. On m'expédiera comme gouverneur dans quelque lointaine province, et là, loin de Moscou, ils m'achèveront. Voilà où en sont les choses, Korneï. Il n'aurait pas fallu observer la bienséance et, dès hier, au-dessus du lit de mort du souverain, les prendre à la gorge. Mais il n'est si sage qui ne faille.

Von Dorn se tenait au garde-à-vous, essayant de comprendre la portée de l'horrible nouvelle. Haut dans le ciel avait brillé l'étoile d'Artamon Serguéiévitch, mais elle était tombée et s'était en même temps éteinte. Le boyard était condamné à l'exil, mais qu'adviendrait-il de ceux qui l'avaient fidèlement servi ? Encore heureux si on se contentait de renvoyer Cornélius dans son régiment.

— Tu n'as plus besoin de rester auprès de moi, dit Matféiev comme s'il avait entendu les pensées de von Dorn. Tu périrais inutilement. Tu m'as servi consciencieusement et, pour cela, voici ta récompense : un laissez-passer pour quitter la Russie et aller librement où tu le désires, ainsi qu'un sac d'or. Que m'importe l'or, désormais ? De toute façon, le Trésor me le confisquera. Pars vite, capitaine, pendant qu'il est encore temps. Hier, des marchands suédois ont quitté la ville, ils font route vers Revel. Leurs traîneaux sont lourdement chargés, ils sont lents. Tu les rejoindras facilement. Eh bien, baise ma main et adieu. Ne garde pas rancune à Artamon Matféiev.

Cornélius sortit du cabinet du boyard en essuyant ses larmes. Le sac était lourd, consolant. A en juger par son poids, il devait bien contenir un millier de pièces d'or.

Dans la grande salle, se levant de son fauteuil vénitien, une fine silhouette vint à la rencontre du capitaine. Alexandra Artamonovna : Sachenka !

– Je sais tout, dit la demoiselle dans un murmure impétueux. Mon père m'a raconté. Tu pars ? Alors, que Dieu t'aide, Korneï, à trouver le bonheur. J'ai toujours su qu'il n'y avait pas d'avenir pour nous deux. Avant, je volais dans les hauteurs, maintenant je tombe et je vais me briser sur le sol. Adieu, *mon amour impossible*[1]. En russe, c'est une chose qui ne se dit pas, on a honte.

Sachenka entoura de ses bras le cou du grand mousquetaire, posa un rapide baiser sur ses lèvres et, avant même que Cornélius, désemparé, ait eu le temps de répondre à son étreinte, elle était sortie de la salle.

C'est dans un état de profonde rêverie que Von Dorn rentra chez lui.

L'important, pour l'heure, était de ne pas écouter son cœur, car cet imbécile s'était mis en tête de perdre Cornélius.

Ce qu'il convenait de faire était clair comme le jour. Prendre les livres dans l'altyn-tolobas et partir au galop afin de rattraper la caravane suédoise. Après avoir vendu les pierres précieuses des reliures, le chevalier von Dorn serait libre et riche et, au lieu de vivre dans ce pays sauvage,

1. En français dans le texte.

absurde et dangereux, il coulerait des jours paisibles dans sa douce Souabe. Et d'un.

Rester avec Matféiev était une folie, car le boyard était perdu. Et de deux. Un homme de cette importance ne serait, bien sûr, ni condamné à l'estrapade ni pendu ; on n'était tout de même plus au temps d'Ivan le Terrible. Mais le modeste chef de la garde qu'il était aurait vite fait d'être amené à la chambre de torture pour calomnier le boyard en disgrâce. Cornélius eut un frisson au souvenir du bourreau Saventus, de ses pinces dans la braise et de la corde au plafond.

Et enfin, il y avait un troisième point. Alexandra Artamonovna était sans conteste charmante. Mais, si on réfléchissait sainement, sans la griserie de l'amour, c'était une demoiselle comme beaucoup d'autres, sans rien de particulier. Pourquoi était-il tombé amoureux d'elle ? Simplement parce qu'elle était la seule dans tout Moscou à ressembler à une vraie jeune fille européenne de noble famille et de bonne éducation. Mais il n'était tout de même plus un gamin, il en avait vu de toutes sortes, des demoiselles et des dames, sans parler des simples filles et femmes du peuple. Il aurait été temps qu'il comprenne. A Amsterdam ou, à plus forte raison, à Paris, des jeunes filles comme Sachenka, sinon mieux qu'elle, on en trouvait tant et plus. Surtout si on était riche, bien de sa personne et pas encore tout à fait vieux.

Non, non, c'est décidé, se rassura Cornélius, content que son cœur insensé ait cédé à la raison. Dès demain matin, il irait prendre la Libereia dans sa cachette, et en route.

Après-demain au plus tard. Et dans tous les cas, pas plus tard que dans une semaine. Il rattraperait les Suédois quelque part après Torjok.

Le capitaine soupira et secoua la tête pour chasser une vision intempestive : les yeux gris de Sachenka quand elle l'avait regardé fixement, nez contre nez. *Mon amour impossible...*

Le conte du Nègre lui revint en mémoire. Longtemps, dans son étang, le crocodile avait attendu que la lune tombe entre ses pattes griffues, et voilà qu'elle avait fini par tomber.

Après tout, il pouvait bien rester encore un mois à Moscou. Cette caravane suédoise n'était pas la dernière, il y en aurait d'autres. Plus d'un mois, évidemment, ce serait dangereux, mais un mois, c'était tout à fait possible. Les Miloslavski n'allaient pas aussi vite dévorer le boyard. Ce serait inconvenant tant que durait le deuil du tsar.

Pour les livres, voici ce qu'il ferait. Il les prendrait juste avant son départ. En attendant, qu'ils restent dans leur cachette, ils ne pouvaient pas être mieux que là. Enfermé dans la cave secrète, on ne trouverait pas le cadavre d'Adam Walser, et personne ne le chercherait bien longtemps. On conclurait vite que le sorcier allemand était monté sur son balai et s'était envolé dans son pays de mécréants ou bien tout droit chez le Diable-Satan.

Pénétrer dans la maison vide serait on ne peut plus facile.

Il suffirait d'enlever les dalles de pierre et de descendre dans la cachette. Il pourrait se boucher le nez avec une pince à linge pour ne pas sentir la charogne. Après, tout était simple. La Libereia était là, sous une couche de terre d'un verchok d'épaisseur.

Ecarte le funeste livre et creuse.

Impression réalisée sur CAMERON par

BUSSIÈRE CAMEDAN IMPRIMERIES

GROUPE CPI

à Saint-Amand-Montrond (Cher)
en janvier 2004
pour les Presses de la Cité
12, avenue d'Italie
75013 Paris

Composé par Nord Compo
à Villeneuve-d'Ascq

N° d'édition : 7144. — N° d'impression : 040233/1.
Dépôt légal : février 2004.

Imprimé en France